博雅文学论丛

三四十年代平津文坛研究

北京大学中文系
天津师范大学文学院
编

北京大学出版社
PEKING UNIVERSITY PRESS

图书在版编目(CIP)数据

三四十年代平津文坛研究/北京大学中文系,天津师范大学文学院编.—北京:北京大学出版社,2013.1

(博雅文学论丛)

ISBN 978-7-301-21619-4

Ⅰ.①三…　Ⅱ.①北…②天…　Ⅲ.①地方文学史-研究-北京市-现代②地方文学史-研究-天津市-现代　Ⅳ.①I209.92

中国版本图书馆 CIP 数据核字(2012)第 281687 号

书　　　名:三四十年代平津文坛研究

著作责任者:北京大学中文系　天津师范大学文学院　编

责 任 编 辑:艾　英

标 准 书 号:ISBN 978-7-301-21619-4/I · 2541

出 版 发 行:北京大学出版社

地　　　址:北京市海淀区成府路 205 号　100871

网　　　址:http://www.pup.cn　新浪官方微博:@北京大学出版社

电 子 信 箱:pkuwsz@yahoo.com.cn

电　　　话:邮购部 62752015　发行部 62750672　出版部 62754962
编辑部 62756467

印　刷　者:北京大学印刷厂

经　销　者:新华书店

650mm × 980mm　16 开本　25.75 印张　412 千字

2013 年 1 月第 1 版　2013 年 1 月第 1 次印刷

定　　　价:45.00 元

目　录

下编 平津报刊研究

序:作为学术话题的“京津”

北京大学与天津的学校有缘。1919年9月,蔡元培校长发表《北大第二十二年开学式演说词》,称反正办学经费不足,不如将北大工科归并北洋大学(即现在的天津大学),以便集中精力办好理科。对于如此决策,蔡先生日后没有后悔,反而很得意,在《我在北京大学的经历》中再次提及。1937年抗战全面爆发,国民政府命令国立北京大学、国立清华大学与私立南开大学组成长沙临时大学,第二年改称国立西南联合大学。联大九年,三校精诚合作,得益于共同的学术理念,同时也因抗战前三校教授就互相兼课,自由转换,合作起来没有任何障碍。这些都是青史留名的大事,如今,京津之间的大学合作,又添了件小事,那就是北大中文系与天津师大文学院联合召开“20世纪三四十年代平津文坛”学术研讨会。

三次合作,层次不同,宗旨有异,影响更是不可同日而语。不过,我想说的是,京津之间的合作,既是历史研究的课题,也是近在眼前的事实,从长远看,二者都有很好的发展前景。我提交给会议的《另一种“双城记”》,专门谈这个问题。简要地说,就是四句话:第一,在近现代中国文化史上,天津很重要;第二,平津两座城市关系密切,适合做综合研究;第三,“双城记”是个很好的学术视野,便于互相发现;第四,所谓的“双城记”,可以是黑白对照,形成强烈的反差,也可以是五彩斑斓,同中有异、异中有同。大略而言,前者强调对抗中的对话,后者侧重合作时的竞争。

这两天半的“平津文坛”讨论,内容非常充实。昨天上午孙玉石、王得后、吴福辉、温儒敏四位先生的专题发言,我因事没能到场聆听,实在可惜;听与会的夏君转述,令人心驰神往。前天上午在未名湖边,紧接着开幕式的是“北方左联”专题,八位发言者,不仅在史实辨析上有所推进,更重要的是,让学界重新关注“北方左联”这个长期被忽略的话题。第三至第七这五场,发表的是关于30年代京派文学、40年代现代主义诗歌、三四十年代天津通俗小说等专业论文，多少都有所创获。值得庆贺的是，除解志熙、高恒文、吴晓东等已成熟的学者外，年轻一辈所撰论文也都很有分量，如中国人民大学张洁宇、北京师范大学林分份、首都师范大学张松建、中央民族大学冷霜、南开大学耿传明、中山大学李荣明、南京大学葛飞、北京社会科学院季剑青、中国现代文学馆陈艳等，一看就是训练有素，颇具学术实力。至于天津师大赵利民教授、高恒文教授与北大商金林教授、王风副教授的精诚合作，更是此次研讨会得以成功举办的重要保障。

这回的研讨会，蕴含某种学术企图——在“天津”阅读“北京”，在“北京”观看“天津”，当然更包括将“京津”视为一体，做综合性论述，不仅作史实考辨，而且作文学/文化批评，乃至理论建构。选择“京津”这一“双城记”视角，不是一时兴起的应景之作，更不是一次性的消费行为。对于我来说，这是一个长远的研究计划，为下一代研究者预留了发展空间。因此，我寄希望于有远大志向的年轻一辈学者的积极介入与参与。目前只是一些零星的散论，但十年后必定会成为热门话题，且能出大成果。

基于如此预期，这一回的讨论会，在我看来，有以下不尽如人意处：第一，注重“文学”而相对忽略“城市”，明显缺乏对于“都市研究”的兴趣与理论自觉。第二，注重“精英”而缺乏对于大众（通俗）文学、文艺、文化的关注与理解。第三，“京津”尚未成为全国性的学术话题，除两位日本学者（琦玉大学小谷一郎教授、东京女子大学下出铁男教授）外，与会者不是在京津生活，就是从北大毕业。第四，学者更多地谈论北京，而缺少对于天津的关注与体贴。第五，京津之间文学/文化/思想/学术的互动，没能很好地展开，形不成真正意义上的“双城记”。第六，提交给会议的论文不够成熟，会场上也缺乏深入的对话与争辩。之所以有这些遗憾，很简单，我们刚起步，还不到冲刺的时候。随着时间的推移，这个话题会吸引越来越多的研究者，各位的论述也必定会日渐深入、精致、广大。

陈平原

2010 年 11 月

上编　平津文坛漫议

另一种“双城记”

陈平原

一、为什么是“双城”

不同历史时期，诸多形态各异的城市之酝酿、崛起与衰落，乃构成中华文明史的重要章节。城市不仅聚敛权力与财富，还积聚文学与文化。虽有“首善之区”之类的说法，但即便政治上“一统天下”，也无法消弭各城市在文化上的巨大差异。在《中华帝国晚期的城市》中，施坚雅将农业中国划分为九个大区，每个大区发展出若干独立的城市体系，其中包括中心城市、小城市与广大乡村。进入20世纪，这一大区规模及城市体系的建构，更是日趋完善。在漫长的历史岁月中，某一中心城市的崛起及其影响力的扩张与收缩，一直处在变动不居的状态。对于治国者来说，亟需理顺的关系，除了“城与乡”，就是“城与城”。

城市之间的对峙、牵挂与竞争，包括政治、经济、文化等，其间风云变幻，莫测高深，具备多种可能性。对于具体的城市来说，政治地位由皇上/中央政府裁定，经济地位靠实力说话，只有文化地位相对模糊些，取决于众多文人学者的努力。至于城与城的关系，大略分三类：行政上的上下隶属，经济上的大小依附，文化上的“剪不断理还乱”。毫无疑问，我最关注的是既各自独立又互相联系的城市之间的对峙与对话。

说到城市间的对峙与对话，最容易想到的是“双城记”。比如，谈法国城市，我们会想起巴黎与里昂的竞争；谈俄国城市，我们会提及莫斯科与圣彼得堡的角力；谈日本是东京与大阪；谈印度则为德里与孟买。中国呢？30年代文坛上，曾有过喧嚣一时的京派与海派之争。其实，“京海之争”之所以引起那么多人关注，而且事后一再被提及，就因为涉及的是整个城市的性格，而不仅仅是“文学”。至于走出国门，谈国际上的“双城记”，若还是上世纪30年代，则西欧有伦敦与巴黎，中欧有维也纳与布拉格，东亚则是东京和上海。此类“双城记”的构想，随意性很大，你可以谈政治，也可以比经济，还可以论文学艺术。观察角度不同，得出的结论迥异，对这座城市的想象也就可能出现较大的偏差。

提起“双城记”，最有名的莫过于狄更斯的长篇小说。《双城记》中的伦敦和巴黎，只是故事展开的场景，作家并没有做“比较城市学”的意图。到了学者就不一样了，倘若他/她开口闭口“伦敦—巴黎”，那肯定是别有用心。有时甚至没有明说，只是暗中用力。李欧梵《上海摩登——一种新都市文化在中国，1930—1945》（北京：北京大学出版社，2001年）的《中文版序》提及：“我多年追踪30年代的上海，却无时不想到香港，这两个城市形影相随，其文化关系恐非一章《后记》可以充分表现。”李著第十章题为“双城记”，包含以下四节：“香港作为上海的‘她者’”、“怀乡：上海，作为香港的‘她者’”、“关于老上海的香港电影”以及“上海复兴”。这两座城市的比较，一不小心就影响到了社会舆论。在《寻回香港文化》（香港：牛津大学出版社，2002年）的《小序》中，李欧梵非常得意：“这个‘双城记’目前已成热门话题，我算是始作俑者之一，十几年前初创此意的目的是为我的上海都市文化研究（见《上海摩登》一书），开拓一个更广阔的比较空间，却没有料到我的‘理论’竟被急骤变化的现实所取代。”其实，可视为“双城记”并展开论述的，远不止香港与上海。

那么，城市比较，为何是“双城记”，而不是“三城记”或“五城记”呢？

法国小说家左拉创作过小说三部曲《三城记》（《鲁尔德》、《罗马》和《巴黎》），而上海文艺出版社前些年也曾刊行“三城记”小说系列。后者由上海王安忆、香港许子东与台北/纽约王德威这三位“三城居住者”各主编一本这三城的中短篇小说选，希望借此呈现同一时期上海、香港、台北这三座城市的发展轨迹。出版时间，第一辑2001年，第二辑2003年，第三辑2006年（第三辑改换编者），第四辑至今未见踪影。

至于“五城记”，我读过两篇相关文章。一是余秋雨《文化苦旅》（上海：东方出版中心，1992年）中的《五城记》，分写开封、南京、成都、兰州和广州，多感悟和抒情，很受中学生喜爱。如“开封”的开篇：“它背靠一条黄河，脚踏一个宋代，像一位已不显赫的贵族，眉眼间仍然器宇非凡。”结尾处，作者登上古塔:“当我爬到最后一层,我真想气喘吁吁地叫一声:‘我报到,我的祖先!’”曾在台北生活六年、现居北京的香港作家陈冠中,其《城市九章》(上海:上海书店,2008年)中有一则《三城记:上海、香港、台北的流动盛宴》,有点名实不符,因其中还牵涉北京和广州。作者的大判断我很喜欢:“毫不含糊地,我说北京、上海、广州、香港、台北是中文世界的文化五都。”(第83页)

“四城记”没人说,因那念起来像“死城记”,很不吉利;“八城记”或“九城记”呢,又好像是旅行社的广告。再说,一旦“相提并论”的城市太多,读者记不住,论者也无力做深入探究。导演贾樟柯拍过一部《二十四城记》,但那不是讲述二十四座城市的故事,而是借在飞机发动机制造厂原址上做房地产项目“二十四城”,表现成都的国有企业三代人的坎坷命运。

没有比较,看不出差异;太多的比较,又实在说不清楚——这就难怪那么多人喜欢口口声声谈“双城记”。

二、不同类型的“双城记”

喜欢讲述“双城记”故事的,既有政府官员,也有普通民众,更有专家学者。在“双城记”的叙述/阐释框架中,你可以谈论城市的历史文脉,也可以辨析城市的现实图景,还可以畅想未来,到底怎么做才更有意义?

首先,必须是两座各具特色但等级相当的城市,才适合做“双城记”的论述。若双方实力太过悬殊,性质及功能迥异,根本无法形成有效竞争,无论“高攀”还是“俯就”,都太吃力了,效果肯定不好。比如,你一定要论述“纽约与潮州”的同与异,当然也可以,但基本上没有什么意义。

其次,当我们做“双城记”时,必须顾及时空因素。所谓时间,是指都市之新旧交替,比如汉魏的长安与洛阳、宋代的东京与临安,你都可以做一篇很漂亮的“两都赋”;即便不是国都,唐宋明清,诸多城市在历史大潮中兴衰起伏,导致其对话者不同,且褒贬有异。所谓空间,国际上很多大都市远隔千里,牵手结成友好城市,展开各种深入的合作与对话;而同一时期同一城市,因立场设定或论述需要,可能选择不同的对话者,比如同一个香港,可以选择伦敦或新加坡或北京或上海或台北或广州,展开“双城记”的论述。与谁“捉对厮杀”,决定了你的论述方式,还可能蕴含着某种价值判断。比如近年最为活跃的沪港比较,显然是因为上海在经济上的迅速崛起。

再次，谈论城市，为何需要成双成对？现实生活中，之所以盛产“双城记”，就因为当事人认准在“对镜”过程中，互为他者，更容易有所发现——借了解对方，确定自家立场，力争扬长避短。政治家之谈论“双城记”，大都有赶超对方、压倒对方，争夺话语权的意味；学者不一样，我们只是借助此叙述框架，获得对照与比较，还有深入思考的空间。一旦两城并列，必定有比较，有褒贬，所谓“一碗水端平”，只是理想境界；不过，在我看来，好的“双城记”，不该争风吃醋，你死我活，而是相辅相成，相得益彰。

最后，也是我最想说的，世界上没有两座城市是完全一样的，所谓的“双城记”，可以是黑白对照，形成强烈的反差；也可以是五彩斑斓，同中有异、异中有同。大略而言，前者强调对抗中的对话，后者侧重合作时的竞争。如果以 30 年代的文坛为例，前者便是京海之间的对峙，后者则是平津之间的互补。

这当然取决于经济结构、语言文化以及历史传统，但似乎也与城市间的距离有关。北京与上海距离 1463 公里（火车，下同），上海与香港距离 1991 公里，有足够大的腾挪趋避的空间，容易做成对峙/竞争的大文章。另外一类“双城记”，距离就近多了——北京至天津 135 公里，苏州至杭州 160 公里（公路），广州至香港 173 公里，上海至南京 301 公里，成都至重庆 315 公里，不说“近在咫尺”，但确实相距不远，历史上以及现实中，多以合作/互补为主，当然也包含竞争。这两种类型的“双城记”都很重要，但针对目前中国学界的现状，我更愿意谈合作而不是对抗、互补而不是竞争的“双城记”——比如京津、沪宁、成渝、苏杭或者穗港（省港）。后一类“双城记”，反差不太大，因而不太耀眼，但其实更重要，不该被我们忽视。

北京与天津，这两座大城市离得这么近，但无论行政区划还是文化性格，都各有其特性，不可能也没必要合并。因此，关注一百五十年来京津这两座举足轻重的大城市，在文化上如何对话、呼应与竞争，特别有意思。以我粗浅的了解，晚清一直到 40 年代末，这两座城市在文化上呼应得很好；反而是新中国建立以后，人才变成单位所有，新闻出版以及文学艺术等，双方都得各搞一套，往来反而少多了。这有点可惜。近年政府提倡京津冀合作，更多考虑的是经济因素。其实，教育、学术、文化更应该这么做——起码，历史学家首先应该将京津作为“双城记”来综合研究。

三、作为一种学术思路的“京津”

在“京海之争”的论述框架中，天津的地位及作用被严重低估。我们都知道，挑起京派与海派之争的，是沈从文的《文学者的态度》。此文发表在1933年10月18日的《大公报·文艺副刊》上，因其偏袒京派而贬抑海派，引起上海作家不满，于是展开一场火药味很浓的论争。第二年1、2月份，沈从文又在《大公报·文艺副刊》发表《论“海派”》和《关于“海派”》。当上海的作家群起反击，攻击京派之依附官府因而同样缺乏独立性时，似乎没把作为“阵地”的天津考虑在内。当然，这只是个小插曲；我想引入的，是近现代中国文化史上，北京与天津之间关系如何密切。

“天津作为一个具有完整意义的都市，是在明清时期形成的”（参见来新夏主编《天津近代史》，第4页，天津：南开大学出版社，1987年）。但因其与作为帝京/首都的北京离得太近，常被不恰当地忽略了。就以当下来说，虽说是老牌的直辖市，比起上海和重庆，天津面目模糊，不太容易吸引公众的目光。不仅今天，几乎历来如此。可天津不仅是拱卫京师的大门，还是北方最重要的通商口岸、洋务中心，很长时间里，其工商业及消费水平均比北京高。至于文化建设方面，学校、报业、戏剧、曲艺等，也不比北京逊色。清末民初之开通民智、呼唤变革，天津的《国闻报》（1897，创刊时间，下同）、《大公报》（1902）、《庸言》（1912）、《益世报》（1915）可谓赫赫有名；至于《醒俗画报》（1907）、《人镜画报》（1907）、《北洋画报》（1926）对于政治时事、百姓生活以及文化娱乐的关切，《春柳》（1918）之提倡南北话剧融合，同样值得表彰。新文化运动时期，北京、天津的青年学生多有交往，南开新剧团对于西方近代话剧的推介，更是走在北京前面。30年代的京派文学、“北方左联”，平津两地多有沟通；至于北派武侠小说家，如还珠楼主（李寿民）、宫白羽、王度庐、郑证因、朱贞木等，都是30—40年代活跃在天津与北平，并得到广大读者的拥戴的。

可我最想说的，还是《大公报·文艺副刊》对平津文坛的意义。英敛之1902年创办的《大公报》，是当年北方最重要的新闻媒体。1926年胡政之、张季鸾、吴鼎昌的新记《大公报》，更是对平津的政治、文化、教育等起到了举足轻重的作用。它开辟众多专门性副刊，涉及社会、政治、经济、文化、艺术、医学、军事等，请北平等地的大学教授主持，办得风生水起。从1928年吴宓编“文学副刊”，到1933年杨振声、沈从文编“文艺周刊”，编辑方针有很大改变，但都是借用北平的作者群，后者连通讯地址都写“北平西单西斜街55号甲”（那是杨振声的家庭地址，真正的编者沈从文居住于达子营28号）。换句话说，这“文艺副刊”就是外包的“活”，北京编辑，天津印制并发行。1935年刚从燕京大学毕业的文学青年萧乾，接手编副刊，更是常跑北平组稿并征求意见。半个世纪后，萧乾撰《一代才女林徽因》（《读书》1984年第10期），描述当年的情境：“一九三五年七月，我去天津《大公报》编刊物了。每个月我都到北平来，在来今雨轩举行个二三十人的茶会，一半为了组稿，一半也为了听取《文艺》支持者们的意见。小姐（指林徽因——引者注）几乎每次必到，而且席间必有一番宏论的。”

30年代的北平文坛，废名编《骆驼草》、叶公超编《学文》，虽则美丽，都是昙花一现。至于朱光潜的《文学杂志》，1937年5月才出第1期。对于京派文人来说，天津的《大公报·文艺副刊》是最为重要的阵地。我们甚至可以这么说，没有天津的《大公报》，就没有30年代的京派文学。正是天津、北平这两座城市的文化人通力合作，方才成就了京派文学这一奇葩。至于1936年文坛上的两件大事：评选《大公报》“文艺奖金”，评委主要是北平的作家和批评家；编《〈大公报文艺丛刊〉小说选》，则干脆委托北平城里“太太的客厅”中美丽而睿智的女主人林徽因来做。

萧乾在《我与天津》（《萧乾全集》第四卷，武汉：湖北人民出版社，2005年，第682页）中称，当年到天津后，报馆的朋友不多，文学朋友却不少：“曾在北平沙滩汉园公寓住过的三位诗人——何其芳、卞之琳和李广田，当时都在八里庄南开中学教书。另外还有毕奂午以及巴金的哥哥李尧林。章靳以和万家宝（曹禺）那个时候恰好也在天津。”这里提及的，主要是京派或倾向于京派的文人。其实，同一时期的平津，不仅有京派文学，还有“北方左联”。孙席珍、陈沂、方殷等人的文章都提及“北方左联”主体在北平，但有个天津支部（参见《左联回忆录》下册，第497、573、627，北京：中国社会科学出版社，1982年）。张香山《天津左联的片断回忆》称，“天津左联”成员除了给文总办的综合性月刊《天津文化》写稿，还在《大公报》副刊《小公园》（曹世瑛编）上发文章（参见《左联回忆录》下册，第654—659页）。与上海“左联”多著名作家不同，“北方左联”多年轻学生，文学成就不高，杂志（北平刊行的《文学杂志》、《文艺月报》、《科学新闻》以及天津创办的《当代文学》)影响也不大,更多地是一种年轻人的政治热情。但作为一种政治性很强的文学实践,平津两地文学青年的热血及激情,还是值得后人追怀以及充分肯定的。

之所以需要“平津”这样的“双城记”,一是当初本就多有合作与互补,二是便于互相发现——在天津阅读北京,在北京观看天津,当然更包括将平津视为一体做综合论述,这都是拓展学术视野的绝佳途径。在我看来,不仅应该好好探究政治史或文化史上的“京津”,学界还可以在“双城记”的视野中,深入思考明清的苏杭以及民国史上的穗港(省港)、沪宁、成渝等。这些结构相似、多有合作与互补的“双城”,更适合于作为一个整体来观察、思考与论述。

2010年11月12日于香港中文大学客舍

(初刊《读书》2011年第1期)

(作者单位:北京大学中文系)

“平津文坛”漫议

吴福辉

“平津文坛”的概念，按理顺着“平津”的说法天然就是成立的。而且此概念内在地包含着时与空两面，空间不用说了，时间方面即现代以来“北京”改称“北平”有多久，这个当年的中国北方文坛便有多长——大致从1928年到1949年的北平、天津两地的作家群体、报刊及出版物的文学生长状况等，就都涵盖在里面了。30年代上海是全国的文学中心，北方主要有京派文学等。京派活动的范围包括天津，最明显的例子便是作为“京派重镇”的《大公报・文艺》副刊，由沈从文在北平编，报纸却是在天津出的。到了40年代，平、津均沦于日寇铁蹄之下，现在谈“沦陷区文学”一般是指东北沦陷区、平津沦陷区和上海沦陷区这样三块。这些都不会有什么争议，只是很久不大重视罢了。

不重视将平、津文坛合一，往往与人们的视线被“中心现象”遮蔽，来不及顾及、细化其他地方有关。比如一谈到“五四”文学，北京是发祥地，北京大学中文系、《新青年》作家群是焦点；一说到1930年以后的文学，中心转移到了上海，“左联”在上海，海派文学在上海，自然眼睛都盯在那儿。本来从晚清的政治地图看，北京是京畿重地，天津卫是保护京畿的门户，京津两个城市一体，并有合理分工（一个是政治城市，一个是商业城市；一个大陆城市，一个沿海城市）。到了全国的政治、经济、文化中心都南移之后，平津地区便一起失落。旧的文坛打散后，该如何重新聚集，就演变为自备一格的文学环境了。

一、京派—“北方左联”—北派通俗：文学形态多样的文坛

京派形成了能自立于强大的上海左翼文学之外的“纯文学”，是平津文

坛最显著的特色。那时在中国任何地区都不可能构成如此的纯文学创作条件,这已经有了许多研究。不过京派的纯文学并没有那么"纯"。中国没有真正的形式主义的写作,京派作品大部分具有温和的社会性。因为纯文学创作是没有普通市民读者市场的,依托的是校园:从校园精英文化生长出来,也基本由校园读者来消费,循环不已。所以当年的京派作家由北京大学、清华大学、燕京大学、北京师范大学、辅仁大学等校的师生组成,他们多半不等着稿酬买米下锅,可以相对从容地写作。1933 年沈从文辞去青岛大学教职到北京参与杨振声编辑教科书的班子,与张兆和结婚,接编天津《大公报·文艺》,三事联办,到 10 月就在自己编的副刊上发表《文学者的态度》,批判"玩票白相"的上海文人,引发了"京海论争"。第一个在上海写文章回应北方发难的苏汶(杜衡),在《文人在上海》里就认为一味指责上海文人"爱钱,商业化"是并不公平的,因这边"不容易找到副业(也许应该说'正业'),不但教授没份,甚至再起码的事情都不容易找",结果是"急迫的要钱","一完稿便急于送出,没有间暇搁在抽斗里横一遍竖一遍的修改"①,暗指京派作家大部分在大学任教,不像海派作家牢牢依靠稿费活着的状态。这对于一定的写作态度、作品品质、工作方式,对于写什么和怎样写,确实有举足轻重的影响。这一点杜衡说的倒是真话。

我们还可以举话剧在平津的情况来补充说明之。作为北方话剧运动中心的天津南开学校,远在晚清就由校长张伯苓带头发动,于 1914 年成立南开新剧团,几十年坚持演出,其宗旨为"练习演说,改良社会",以提高学生素质为主。张彭春在美国学成戏剧归来后更对新剧团做大力的推进。到 1930 年新剧团演出高尔斯华绥(英)《争强》;1934 年重排保留节目《新村正》;1935 年隆重推出莫里哀(法)《财狂》(即《悭吝人》),曹禺任主演,林徽因任舞台美术设计。但这些都是依托校园的,与处于话剧中心地的上海话剧演出团体不同。有趣的是,1935 年曹禺的《雷雨》在国内和日本首演,到第二年职业性"中国旅行剧团"终于在上海卡尔登大戏院连演三个月,场场爆满,标志了中国话剧商业演出的成功。几乎同步,曹禺本人也在参加母校南开新剧团的演出,不是校庆游艺,便是慈善赈灾,票价一般 2 角起(对本校游艺演出经常是免票的),实际不计成本(如竟规定"视线不周之座位,均行

---

① 苏汶(杜衡):《文人在上海》,《现代》第 4 卷第 2 期,1933 年 12 月 1 日。

划出,概不售票”)[1]。南开新剧团排练一部戏的成本可从曾被当局明令停演的易卜生名剧《刚愎的医生》(即《国民公敌》)透露出来,1928 年曾确切记下“赔了六百多元而不能公演”[2],这就可以知道成本的大概了。而如在校外演出,剧票贵者可卖到 2 元、1 元。1929 年新剧团和南开大学女同学会在天津法租界明星大戏院联合演出《少奶奶的扇子》、《可怜的斐迦》两剧,便是这类高票价,有明确的账目可查:“共售票得洋 1076 元,除广告、印刷、租金及其他用费 360 元外,下余 716 元。”这里没有列出制作的成本,只有演出成本,故低于 600 元(估计前后都在演此剧目,无需专置布景服装)。这余钱 716 元后来“以一半捐入天津联合筹赈会,以一半归入校友楼(科学馆)捐款”。[3] 这就是上演非商业性话剧、依托校园而存在的南开新剧团的经济状况:它不等着给演职人员发工资,能找到学校或资助人来做布景服装,即便有了困难也是暂时的(大不了不演。南开新剧团几次不运作的时候校内的话剧演出照样活跃),显示了与京派文坛一样“不差钱”的特点。

平津文坛也有左翼,那才是穷困的文学。除了平津那么多中学、大学里有左翼的文学社团,有校园的左翼文学刊物、文学墙报、油印出版物外,最重要的是存在于 1930—1936 年间的“北方左联”和短期的“天津左联”。“北方左联”又称为“中国左翼作家联盟北方部”,也有称为“北方左翼作家联盟”的,似乎名称也难统一。主要的人物有潘训(漠华)、谢冰莹、杨刚、陈沂、台静农等。因为是地下活动,究竟有多少盟员、领导层如何,是隶属上海左联总盟还是独立自成系统,目前研究界尚有不同看法。但它有过几个机关刊物,确实有左翼作品在发表,这一点无疑。如 1933 年王志之、潘训编辑的《文学杂志》,出版 4 期(3、4 期合刊),发表过鲁迅、茅盾、丁玲、张天翼、艾芜、宋之的、王志之、孙席珍等的作品。同年还有张盘石、陈北鸥主编的《文艺月报》,仅出版 3 期即遭查禁,登载过茅盾、吴组缃、穆木天、金丁、陈北鸥、张我军等的作品。北方的左翼文学,为什么没有沪地兴盛?原因有两点:一是离政治热点远了。国民党的政治中心在南京,共产党的领导机关曾经在上海,都不在北平。不是政治压迫严重的地方左翼被压得抬不起头,而是恰

---

① 《南开话剧编演纪事(1909—1949)》,《中国话剧先行者张伯苓张彭春》,北京:人民出版社,2009 年,第 478 页。

② 同上书,第 407 页。

③ 同上书,第 424 页。

巧相反,越是压迫重的地区反抗的力量越大。所以第一线的上海喊声四起,刀光剑影,北方则相对沉寂。二是左翼文学也离不开出版市场。印刷业、书局、发行渠道自来集中在上海,到了30年代,上海进入现代繁荣期就越发如此了。老牌的商务印书馆、中华书局之外,20年代中后期成立的良友图书公司、开明书店、现代书局,都敢出左翼的书刊。"良友"在丁玲被捕后迅速推出《母亲》;"开明"出《子夜》;"现代"出"左联"机关刊物《拓荒者》不算,被封后不得不出国民党民族主义文学的《前锋》,但主要经营者施蛰存主编的《现代》月刊,就既登新感觉派小说、象征派诗,也登鲁迅杂文！所以能推动左翼蒋光慈名声大噪的,当然是上海的出版界,北平就没有这样的出版魄力。就连原先与新文学关系不一般的北新书局,在1927年也把总店迁往上海,余下的几个书局平社、星云堂等便十分可怜。左翼文学不能在贫瘠的出版环境下生存,所以它并不因北方当局控制薄弱,或者天津也和沪地一样有外国租界可用以掩护,政治迂回空间大,就能做强势的发展。

平津虽非左翼文学生长的理想之处,却是北方市民文学的福地。平津原来的传统市民社会到了近代虽发展缓慢,但天津的部分现代化延伸使它成了上海的某种压缩版,便有了一些例外。天津与上海一样连着海运贸易,租界里有万国的金融银行,街市发达,现代商业文化与齐鲁燕赵的传统文化相混杂,就形成了品味与南派读者不尽相同的北方市民读者群体。这是北派通俗文学生存的基础。较早的张恨水是安徽南部人(地理位置也属江南),他北漂到北京参与《世界晚报》创刊并连载《春明外史》而走红。后来,渐渐有了以天津为依托的津籍通俗作家,远远超过了北平。写言情巨作《红杏出墙记》的刘云若是天津人氏,最初因《春风回梦记》在津地《天风报》连载出名,后来的作品都连载于津门的副刊、画报。而上承平江不肖生、下启金庸的武侠大家还珠楼主的代表作《蜀山剑侠传》,从抗战前连载到抗战后,最初也是在天津《天风报》跨出连载第一步的。至于所谓"北派武侠四大家"的宫白羽、郑证因,都是天津人;朱贞木虽是绍兴人,却在天津电报局当课员,与还珠楼主是同事,受其影响才走上写武侠之路。宫白羽少年时代起在北京接受教育,先受新文学刺激,所以自当北京邮员始,就写信向鲁迅、周作人求教。鲁迅指导他到公共图书馆自修,所写文字经鲁迅推荐发表多篇。但等他回到天津入了报社,写出的却是以"白羽"为笔名的社会武侠小说《十二金钱镖》。天津作为通俗文学的北方基地,在市民社会、市民读者的特殊性上值得我们注意。

这就可以看出当年平津文坛的独特了。这里生长的文学，形态多样。左翼虽然薄弱，但它是作为京派根源的中国学院文化的现代营垒（包括一部中国现代大学的发展史），是京派的栖息地；又拥有现代市民社会的丰富土壤，是后来居上的北派通俗文学发祥之所。

二、外来作家—学院派作家—新老市民读者：超出地域范畴的文坛

研究香港文学有一个“南来作家”的概念，我们观察平津文坛可注意“北来作家”。平津文坛主要的作家群是京派，如果我们去检点一下文学史，那么能占据一定历史地位的平津作家中大概七八成都是京派。我们不妨取钱锺书小说里的一段话做根据（注意那并非是正襟危坐的“京派论”，而是用调侃口吻道出的，更见得真切），来看京派作家的来源：

> 北京虽然改名北平，他们不自称“平派”。京派差不多是南方人。那些南方人对于他们侨居的北平的得意，仿佛犹太人爱他们入籍归化的国家，不住的挂在口头上。①

所谓“南方人”，一般是对长江以南包括长江流域住民的统称。“京派差不多是南方人”，属于作者的感觉和印象，但真是准确无误的。我现在来给钱锺书的话做注脚，取比较狭义的27位京派作家（“新月”、“语丝”诸身份比较复杂者，先行割爱）来统计，结果是原籍和出生地都属南方的有周作人（浙）、废名（鄂）、俞平伯（浙）、沈启无（苏）、丁西林（苏）、沈从文（湘）、卞之琳（苏）、梁遇春（闽）、朱自清（浙）、朱光潜（皖）、林徽因（闽）、孙毓棠（苏）、何其芳（川）、梁宗岱（粤）、汪曾祺（苏）共15人；原籍本为南方，由父辈或祖父辈迁京津定居者，按照中国的习惯仍应算南人的是曹禺（鄂人生于津）、凌叔华（粤人生于京）、林庚（闽人生于京）、焦菊隐（浙人生于津）、江绍原（皖人生于京）共5人；纯平津籍和北方籍的有萧乾（京）、冯至（冀）、李广田（鲁）、李健吾（晋）、师陀（豫）、杨振声（鲁）、李长之（鲁）计7人。这

---

① 钱锺书：《猫》，《人·兽·鬼》，福州：福建人民出版社，1983年，第21页。

样初步统计,京派之中南籍与北籍的比例是20:7。平津籍的作家主要未统计在内的是老舍,还有刘云若等几位市民作家,而属于南籍却不能算入京派的平津作家,至少还有胡适(皖)、徐志摩(浙)、闻一多(鄂)、冰心(闽)、梁实秋(浙人生于京)、张恨水(皖)等,且都是大家。所以这个“北来作家”的名单并不完全,而外来的文人占了大多数,平津籍本身却很少,是没有疑义的。这与晋宋两朝南渡,长江流域经济逐渐超过北方之后南方的发达有关。由文化而及政治,元明清三代科举取士更是南方优于北方。北迁官僚阶层文化积累的优势,当然造成这种平津文人多南人的典型现象。

这种南人优势便是文化优势。以上统计过的27名京派作家,如果再从是否属于大学师生的背景或有无受过大学教育的背景来调查,就更加彰显。如果说连沈从文这样仅有小学不完整学历的作家,因胡适的举荐始在中国公学教书,继而在青岛、北平、昆明的大学任教后,也具有“大学师生的背景”了,那么27人中就只有一人即师陀和大学无缘。而26名与大学有关的京派作家,如按是否出国留学或曾出国访学来统计,15人是有国外留学访学经历的,11人没有,前者超过一半,比例也相当惊人,这样便明白京派的知识精英比例有多么高了。

南人北上,又是高学历,这种学院文化的创作会带来哪些特色,我们将在下一节集中讨论。但是在平津,一方面原来以中原为基础的北方传统文化必然要受到南方文化的冲击,一方面学院能够伸向世界文化的触角必然是绵长、灵敏的,所以平津文坛的地域特点就会受到消解。它与其他各地文坛固守地方的文化就不尽相同,更呈多元性。京派写作几乎没有北京天津味,都留给了老舍,留给了通俗文学,于是纯文学这一块就显得开放超然得多了。

老舍的创作给我们的启发之一,是如何来看待平津的市民读者。在老舍的《离婚》、《骆驼祥子》、《四世同堂》里面,老派的市民安分守己、朴素信实、衰败、妥协、封闭。为什么老舍写老派市民充满同情?写洋学生出身的人物就带嘲笑、揶揄?因为平津地区在清朝覆灭、民国北洋政府垮台这两次历史大变故中,沉淀下无数的老派市民。老舍的满族身份使得他视野之内充满这些市民。老舍师范毕业,只受过中等的新式教育,如果不是到英国教书,他淡漠“五四”、淡漠新文化的态度不知何时能够改变呢。所以老舍的母亲所构成的市民社会,必然不是读“京派文学”的洋学生,而只能是读通俗文学的旧市民读者。平津读者至少有这样的分野。

这样的平津文坛,高可悬于古城洋场之上,低即沉于市井里巷之间。为什么北方好的大众画报如老牌的《北洋画报》,还有《147 画报》、《369 画报》都在天津?为什么从事纯文学的作家都不往天津去?而宫白羽在北京时想搞的是新文学,搞通俗文学时就回到天津?那是因为津门这地方才有商业文学的气息。而在北平,就会出现林徽因东总布胡同的“太太的客厅”,以文学谈吐的高雅、前卫和女主人亲做的西式点心出色而闻名。还有一个古色古香的文学沙龙,是敌伪时期北平八道湾周作人的“苦雨斋”,那里的周的友人和“四大弟子”,拥有的是象牙塔里的文明批评及“得半日之闲,于瓦屋纸窗下”的清茶一杯。这与上海文坛比较,就容易避俗。平津文坛因它的特殊文化结构,终成为一个并非世外桃源却带点超越的文化地带。

平津文坛还是个互渗、互补的文坛。纯文学以北平为主,俗文学以天津为主,是自然的分工。但不是说北平的俗文化的底子不厚。如果不厚,怎么能产生张恨水,产生老舍?也不是天津出不了大作家,而是出了作家就自然流到北平去了,像曹禺、李霁野、焦菊隐。“五四”时期北京有著名的晨报副刊、京报副刊,到了北平时期,好的副刊在北平编,却都在天津出版了,如《大公报》“文艺”副刊,《益世报》的“文学周刊”都是如此。平津文坛的辐射力当然遍布国中,但它最能互补互渗的是东北文坛,所以这是一个好题目,可以研究关永吉、李克异、梅娘等三类东北乡土的、现代派的、通俗的作家,如何流向平津的。至于延安文学、华北解放区文坛和平津的关系,更是个新课题。比如我听跟着贺龙到过冀中根据地的沙汀说过,他很惊奇于华北的农民有观看露天的广场话剧的喜好。如果说和河北定县熊佛西的“农民戏剧实验”有关,那么熊佛西是“燕京”出身,从美国留学回来也是一直在北平各大学任教的,这便涉及了平津文坛。这对于我们加深认识这个文坛,不无关联。

三、旅居催动回忆—书斋前卫—民间意识:文学中心之外的文坛

我们来初步探讨一下,这样的独立于文学中心以外的文坛,会给创作带来些什么特质。

既然很大一部分作家是"外来"的、"北来的",那么,他们在平津这块文化土壤上就不是本土作家,而是"旅居作家"。这种"旅居性"所带来的是"回忆性"的写作。这一点,鲁迅在总结"五四"时期北京的"乡土文学"时,就已经充分注意到了。他说起蹇先艾、裴文中、许钦文等人来是:

> 凡在北京用笔写出他的胸臆来的人们,无论他自称为用主观或客观,其实往往是乡土文学,从北京这方面说,则是侨寓文学的作者。……不过在还未开手来写乡土文学之前,他却已被故乡所放逐,生活驱逐他到异地去了,他只好回忆"父亲的花园",而且是已不存在的花园。①

这里使用的"侨寓"一词,就是"旅居"。而旅居者容易产生的是"乡土文学"。因为被生活从故乡"放逐",便只好"回忆"——鲁迅说得很是清楚明白。《父亲的花园》是许钦文一篇小说的名字,你可说凡回忆乡土的写作都是在重返"父亲"带给你的那个童年百草园。这类乡土回忆在"五四"作家手中侧重于对封建乡土的"暴露",而在京派文人笔下已是诗化般的再造重铸,及对现代社会的反思。我们看沈从文《边城》的题目,他已经是站在中国首善之区、中心之地来看待自己遥远的故乡土地了。《从文自传》里,《我所生长的地方》、《我上许多课仍不放下那一本大书》、《学历史的地方》这些题目在时序上都是回述。而《湘行散记》这部散文集子本身就是作者回乡探母病的"湘行"记录。沈从文的湘西辰河上下仍是明丽的,但现代的"侵入"已是无可避免。这鲁迅《故乡》式的返乡叙事,就是沈从文的回忆写作。废名的《浣衣母》、《竹林的故事》、《桃园》、《河上柳》也是对湖北黄梅家乡逝去的人物、人情的回溯。《桥》的开篇《万寿宫》写祠堂壁上漫漶的文字,"请看,这里有名字,'程小林之水壶不要动'",就引你发童年之幻想了。在这方面沈从文起初是学废名的。师陀是倒叙的里手,《无望村的馆主》、《果园城》这种名目及内在弥漫的忆旧的气息是如此浓厚,《落日光》、《里门拾记》这些散篇仿佛在低吟衰败的乡土,如烟,如泣。而萧乾的第一本小说集名为《篱下集》,述说他少年时代在京城寄人篱下的日子,幼年情结无处不在。京派"最后一个作家",并未真正在平津写作却最得老师沈从文真传的

---

① 鲁迅:《〈中国新文学大系〉小说二集序》,《鲁迅全集》第6卷,北京:人民文学出版社,1981年,第247页。

汪曾祺,借故乡高邮写乡土社会,写“最后一个”用木车床劳作的《戴车匠》,写“最后一个”孵鸡赶鸭出神入化的《鸡鸭名家》,他的继承性的突出之点,也在这里。正像我们如果要继续寻找京派回忆性写作的精品,剖析每一个京派个性鲜明的回忆性写作的特点,是举不胜举的。这是“旅居”带给作家的恩物,造成了现代中国乡土文学奇峰迭起的不凡景象。

此外,平津文坛既然拥有众多文化教养很高的作家,就必然给写作带来书卷气,带来书斋文化的气味。那么多大学教授组成的作家队伍,很多人是文学创作与学术研究兼任的。周作人教中国文学、西方文学,兼通现代人类学、民俗学、心理学、社会学等。江绍原本来的专业是宗教学,又心仪民俗学而与周作人不断切磋、请益。闻一多、朱自清、俞平伯都一边写诗、写散文,一边研究古代学术。废名在北大教国文、英文、古典诗歌(开研究陶渊明、李义山的课),还讲《孟子》、《论语》;他研究古典哲学、佛学,与熊十力观点不一,争论时竟如交手打架;发表小说《莫须有先生坐飞机以后》的同期,在佛学刊物上发表论文《佛教有宗说因果》,40 年代写成主要的佛学著作《阿赖耶识论》。平津作家中甚至有的文学仅是副业,比如林徽因的主业是古建筑;长诗《宝马》的作者孙毓棠,是清华大学历史系教授;中国独幕剧、轻喜剧的重要作家丁西林,在英国学的是物理、数学,且始终是国内著名物理研究所的主持者。这样的一群作家,他们文学创作的知性特点便十分明显。连与乡民联系紧密无隙的沈从文,都有对《法苑珠林》佛经故事改写小说的兴趣,写成了《被刖刑者的爱》、《扇陀》等。京派剧作家充满睿智,剧本适合于书房阅读甚于剧场演出的,如李健吾的代表作《这不过是春天》,书面性就非常强烈。“苦雨斋”的闲话小品,从题目看多序跋、书简、学术随笔,文题多忆旧录和读书记,谈古论今,舒展平淡。俞平伯的小品多历史记游体、学术文,喜写梦,为重刊《陶庵梦忆》写跋,写过《芝田留梦记》、《梦游》、《梦记》诸文,百则笔记总名《古槐梦遇》,真是书斋说梦不止。周作人借谈俞平伯的文字,总结这一派崇尚自然的絮语文的好处,是“有知识与趣味的两重的统制”[①],强调了“知识”。他说的“趣味”多半也是文人的,所谓涩味、简单味,从书本中来又回到书本去的味。

平津学院派的文学会有先锋意味,是它与世界文学进程保持同步的一

① 周作人:《〈燕知草〉跋》,《永日集》,长沙:岳麓书社,1988 年,第 78 页。

个明证。沈从文的"本色乡土"内含的现代性叙述,要到昆明时期才使前卫性尽显;林徽因的小说,刘西渭却从一开始就说像英国现代体;废名的先锋性,无论诗歌小说都很显著,再添加上东方的"禅意";何其芳获《大公报》文艺奖的散文集《画梦录》,被公认颇具实验价值。我们再看京派诗歌,内含了中国现代主义实验诗的一大系统(当然左翼诗歌里如后期创造社也有象征诗),从最早的"抒情诗人"冯至到年轻的"汉园诗人"之一卞之琳,从早期象征诗到后来成熟的十四行诗和现代诗,也是平津文坛生长出来的硕果。一直到沦陷前后还产生了学院派诗人陆志韦、吴兴华等。因为华北沦陷区既有乡土写作、通俗写作,小说方面还有袁犀(李克异)《贝壳》、《绝色》、《手杖》的现代派创作,现代主义引入是很全面的。假若从李金发最初的现代主义诗集都在北新书局出版算起,先锋文学持久地在风沙漫天的北方徘徊,究其因,是个值得探讨的课题。

最后还应提到平津作家的民间趋向。平津文坛再超越,毕竟是中国北方的文坛,它不可能不受到平津地方文化的浸染。鲁迅引过黎锦明的话,"在北京生活的人们,如其有灵魂,他们的灵魂恐怕未有不染遍了灰色罢"①。这包含了四合院的灰墙、街市的灰土和沙尘蔽日的天空,却并不是全然颓废的"灰",而是胡同文化的淳朴、传统、守旧,安分守己、吃喝拉撒睡的"灰",是小民的有活气、也易混吃等死的"灰"。我们读老舍、老向(王向辰)的文字,老舍从小羊圈胡同贫民区出发的叙事,老向的小说集《黄土泥》、《民间集》,从河北黄土泥写到北京胡同的黄土地,两人都熟知北地的民俗,如婚丧、问巫、玩耍、杂艺,从中了解民性。焦菊隐能将"北京人艺"最后带入表现北京平民最普通的社会人生的境地去,不是一日之功。"平民意识"成为平津作家普遍的思想倾向,不论是在东直门城墙根长大的萧乾,还是名门闺秀出身的冰心、林徽因都有。萧乾写《邓山东》、《印子车的命运》很自然,冰心会写《分》,林徽因写《窗子以外》、《文珍》、《绣绣》。将劳动人民收入自己眼底也不为怪。林庚在诗里不是还将北京的街头摄入了吗?所以,北平、天津的民间营养丰厚,一定会进入文学。如果北平的胡同大杂院可以进入老舍笔下,高门深院可以在张恨水的《金粉世家》里得到表

① 鲁迅:《〈中国新文学大系〉小说二集序》,《鲁迅全集》第6卷,北京:人民文学出版社,1981年,第249页。

现，北平、天津的风格也会迂回曲折地进入北方技击派的武侠小说之中，如郑证因熟悉北平武门（曾在北平国术馆学太极拳），又熟悉津门帮会仪式和黑社会内幕，其武侠小说的“阳刚”之气正是北派苍茫、阔大的一个代表，并对以后硬派技击小说的发展发生着影响。民间血液流淌在平津文坛之间，与文人传统一旦拍合，必是北方的优势。

于是，我们看到北方文坛执了两头：南人占多数的北方文人圈子必然令南北融和；纯文学和政治文学、消费文学的兼有，同样也会使三者相互掺杂。它如果永远离开“中心文坛”，就可以长久地不归并到一统的文学模式中去，那会有怎样的前程呢？不过这仅是我的一个假想。

2011 年 8 月 9 日草成

同年 8 月 24 日修改毕

（作者单位：中国现代文学馆）

我对京派与海派问题的疑问

王得后

海派问题是沈从文提出来的。他 1933 年 10 月在天津《大公报》发表《文学者的态度》,批评“文学的票友与白相人”,涉及上海的作家。这引出了苏汶的《文人在上海》①,力图消除“恶意”,坦然指出“文人在上海,上海社会的支持生活的困难自然不得不影响到文人,于是在上海的文人,也像其他各种人一样要钱。……我不觉得这是可耻的事情”。

沈从文随即于 1934 年 1 月发表《论“海派”》②,索性提出海派的名称“带点儿历史性的恶意”,因为与“礼拜六派”不能分开,那是一样东西的两种称呼,并认为“‘名士才情’与‘商业竞卖’相结合,便成立了我们今天对于海派这个名词的概念。但这个概念在一般人却模模糊糊的。且试为引申之:‘投机取巧’,‘见风转舵’,如旧礼拜六派一位某先生,到近来也谈哲学史,也说要左倾,这是所谓海派”。2 月,再发表《关于海派》。一场关于京派与海派的论争展开了。

鲁迅为此写了三篇文章:一是《“京派”与“海派”》,二是《“京派”和“海派”》,三是《北人与南人》。另外还有一些余谈,见《“文人相轻”》,《采薇》和《“立此存照”(一)》。概括起来,鲁迅的意见是:

一、京派、海派和作家的籍贯没关系。③

---

① 上海《现代》第 4 卷第 2 期,1933 年 12 月。

② 见天津《大公报》。

③ 见鲁迅《“京派”与“海派”》:“所谓‘京派’与‘海派’,本不指作者的本籍而言,所指的乃是一群人所聚的地域,故‘京派’非皆北平人,‘海派’亦非皆上海人。”

二、作家居住地对他的创作有重要影响。①

三、京派与海派的根本特质是：京派是“官的帮闲”；海派是“商的帮闲”。②

四、京派有五四运动的历史光荣，但已经分化。在日本步步侵略，威胁华北的形势下，却无所作为。③

五、一年后，鲁迅根据事实，承认此前对京派与海派的争论判断错误，原来是为了合流。④

六、鲁迅进一步从人的“地域性”（不是地理性。地理性是自然属性；地域性是社会属性，蕴含该地的政治、经济、文化诸多综合因素）解剖京派与海派的人性差异，希望在“理想的人性”上相互取长补短，走出一条“中国

---

① 见鲁迅《“京派”与“海派”》：“北京是明清的帝都，上海乃各国之租界，帝都多官，租界多商，所以文人之在京者近官，没海者近商，近官者在使官得名，近商者在使商获利，而自己也赖以糊口。”

② 见鲁迅《“京派”与“海派”》：“要而言之，不过‘京派’是官的帮闲，‘海派’则是商的帮忙而已。但从官得食者其情状隐，对外尚能傲然，从商得食者其情状显，到处难于掩饰，于是忘其所以者，遂据以有清浊之分。而官之鄙商，固亦中国旧习，就更使‘海派’在‘京派’的眼中跌落了。”

③ 见鲁迅《“京派”与“海派”》：“而北京学界，前此固亦有其光荣，这就是五四运动的策动。现在虽然还有历史上的光辉，但当时的战士，却‘功成，名遂，身退’者有之，‘身隐’者有之，‘身升’者更有之，好好的一场恶斗，几乎令人有‘若要官，杀人放火受招安’之感。‘昔人已乘黄鹤去，此地空余黄鹤楼’，前年大难临头，北平的学者们所想援以掩护自己的是古文化，而惟一大事，则是古物的南迁，这不是自己彻底的说明了北平所有的是什么了吗？

但北平究竟还有古物，且有古书，且有古都的人民。在北平的学者文人们，又大抵有着讲师或教授的本业，论理，研究或创作的环境，实在是比‘海派’来得优越的，我希望着能够看见学术上，或文艺上的大著作。”

④ 见鲁迅《“京派”和“海派”》：“但到得今年春末，不过一整年带点零，就使我省悟了先前所说的并不圆满。目前的事实，是证明着京派已经自己贬损，或是把海派在自己眼睛里抬高，不但现身说法，演述了派别并不专与地域相关，而且实践了‘因为爱他，所以恨他’的妙语。当初的京海之争，看作‘龙虎斗’固然是错误，就是认为有一条官商之界也不免欠明白。因为现在已经清清楚楚，到底搬出一碗不过黄鳝田鸡，炒在一起的苏式菜——‘京海杂烩’来了。

……

也许是因为帮闲帮忙，近来都有些‘不景气’，所以只好两界合办，把断砖，旧袜，皮袍，洋服，巧克力，梅什儿……之类，凑在一处，重行开张，算是新公司，想借此来新一下主顾们的耳目罢。”

人的一种小小的自新之路”。①

七、鲁迅也担忧,如果南人和北人的缺点结合,将产生一种新的“劣种”。②

八、鲁迅暗示了属于京派与海派的几个人:如京派是沈从文③、周作人④,海派是施蛰存⑤、苏汶⑥,及海派的刊物《文饭小品》⑦和海派的报纸《大公报》⑧。

我的疑问是:

一、怎样理解沈从文揭示的海派?他列举的问题是否存在?他的批评有没有道理?在当时的语境中有怎样的蕴涵?

二、鲁迅对京派与海派的分析是否合乎事实?有没有道理?在当时的

---

① 见鲁迅《北人与南人》:“这是看了‘京派’与‘海派’的议论之后,牵连想到的——北人的卑视南人,已经是一种传统。这也并非因为风俗习惯的不同,我想,那大原因,是在历来的侵入者多从北方来,先征服中国之北部,又携了北人南征,所以南人在北人的眼中,也是被征服者。

……

南人是有缺点的。权贵南迁,就带了腐败颓废的风气来,北方倒反而干净。性情也不同,有缺点,也有特长,正如北人的兼具二者一样。据我所见,北人的优点是厚重,南人的优点是机灵。但厚重之弊也愚,机灵之弊也狡,所以某先生曾经指出缺点道:北方人是‘饱食终日,无所用心’;南方人是‘群居终日,言不及义’。就有闲阶级而言,我以为大体是的确的。

缺点可以改正,优点可以相师。相书上有一条说,北人南相,南人北相者贵。我看这并不是妄语。北人南相者,是厚重而又机灵,南人北相者,不消说是机灵而又能厚重。昔人之所谓‘贵’,不过是当时的成功,在现在,那就是做成有益的事业了。这是中国人的一种小小的自新之路。”

② 见鲁迅《北人与南人》:“不过做文章的是南人多,北方却受了影响。北京的报纸上,油嘴滑舌,吞吞吐吐,顾影自怜的文字不是比六七年前多了吗?这倘和北方固有的‘贫嘴’一结婚,产生出来的一定是一种不祥的新劣种!”

③ 见鲁迅《“京派”和“海派”》:“京派大师曾经大大的奚落了一顿海派小丑”。

④ 见鲁迅《“京派”和“海派”》:“ 一,是选印明人小品的大权,分给海派来了;以前上海固然也有选印明人小品的人,但也可以说是冒牌的,这回却有了真正老京派的题签,所以的确是正统的衣钵。”按:施蛰存编的《晚明二十家小品》,有周作人题签。

⑤ 见鲁迅《“京派”和“海派”》:“京派大师曾经大大的奚落了一顿海派小丑”。

⑥ 见鲁迅《“京派”和“海派”》:“ 海派小丑也曾经小小的回敬了几手”。

⑦ 鲁迅《“京派”和“海派”》指出:“二,是有些新出的刊物,真正老京派打头,真正小海派煞尾了。”按:上海《文饭小品》第3期第一篇是周作人的《食味杂咏注》,最后一篇是施蛰存的《无相庵断残录》。

⑧ 见鲁迅《立此存照(一)》:“海派《大公报》的《大公园地》上,有《非庵漫话》,八月二十五日的一篇,题为《太学生应试》。”

语境中有怎样的蕴涵？

三、八十年过去，历史沉淀也好，情随事迁也好，今天，我们来阐释：到底什么是海派？什么是京派？它们各自到底有怎样的标志性的特质？

京派的标志性特质是什么？沈从文后来补充说明“从‘道德上与文化上的卫生’观点看来，这恶风气都不能容许它的蔓延与存在。这是我那篇文章的本来意思。当提及这样一群作家时，是包含了南方与北方两地而言的”①。他明确说：“茅盾、叶绍钧、鲁迅，以及大多数正在从事于文学创作杂志编纂人（除吃官饭的作家在外），他们即或在上海生长，且毫无一个机会能够有一天日子同上海离开，他们也仍然不会被人误认为海派的。”他又举了一个海派作家的例，是“旧礼拜六派一位某先生，到近来也谈哲学史，也说要左倾”。我没有研究沈从文，不知道他所指的作家是谁？

鲁迅没有点名，但明确暗示施蛰存是一个海派、苏汶是一个海派。而苏汶，早在一年前已经是“第三种人”的代表了。②

谁是京派作家？沈从文没有说。

鲁迅只暗示了一个，是周作人。此外，都没有说。

四、我最后一个的疑问是：种种“现在”的认识、判断、价值取向，合乎历史事实，合乎人的常理吗？比如：京派是“纯文学”吗？京派是封建的，海派是西化的吗？京派是乡土的，海派是现代的吗？

我又佩服苏汶的一个预见：“也许有人以为所谓‘上海气’也者，仅仅是‘都市气’的别称，那么我相信，机械文代（‘代’字疑误，似当为‘化’——笔者按）迅速的传布，是不久就会把这种气息带到最讨厌它的人们居留着的地方。”③

2010 年 11 月 13 日

（作者单位：鲁迅博物馆）

① 见沈从文：《关于海派》。

② 见鲁迅：《论“第三种人”》。

③ 见苏汶（杜衡）：《文人在上海》。

过度阐释:30年代鲁迅与"北方左联"关系辨析

商昌宝

今年是鲁迅诞辰130周年,鲁迅研究界以及文化界照例纷纷掀起鲁迅纪念的小高潮,然而历数各方文字和声音,依然是满目疮痍、不忍卒睹。这其中问题自然是多方面的,但有一个问题不容忽视,那就是很多研究者不加考证和判断,盲目地听信与鲁迅同时代的人后来的叙述和阐释,甚至完全忽视特定政治和意识形态的背景,所以在前提荒谬的情况下,结论就可想而知了。

关于鲁迅与"北方左联",其实原本没有什么特别关系,因为鲁迅并未实际参与其组织和活动,也未与其成员有过多的关系,只是在1932年北上省亲时有过一次短暂接触,再就是与个别成员的单向交往和支持过几篇稿件。然而即使是这样简单、明了的问题,却因为鲁迅"贵"为"左联"盟主以及后来被请上神坛的特殊地位,一些亲历者便由此联想、比附和升华,在回忆、记述和阐释中不断添加进一些想当然的元素,使得鲁迅与北方"左联"的关系被夸大至无限①,从而实现各自初始与终极的目的,以致连鲁迅的孙儿周令飞都不得不说:"从鲁迅逝世到1949年后,我们有很多回忆鲁迅的文章,那时描绘的鲁迅比较真实,是全景式的,但后来就越来越平面、一元化了。这是一个时代造成的,我们把鲁迅再还原,是要把原来的东西再找回来。"②

---

① 相关文章参见许广平:《鲁迅回忆录》,北京:作家出版社,1961年;《左联回忆录》,北京:中国社会科学出版社,1982年;《鲁迅回忆录》,上海:上海文艺出版社,1978/1979年;《鲁迅回忆录》,北京:北京出版社,1999年;等等。

② 《凤凰周刊》2010年第12期,2010年4月25日。

一、鲁迅与"北方左联"关系的被确立

考察各种回忆文字可知,鲁迅与"北方左联"关系的被夸大是一个渐进的、系列的,甚至是有组织、有创意的工程。1949 年前,最早将鲁迅与北方"左联"相联系的大概是 1936 年 11 月出版的王志之的专著《鲁迅印想记》(后更名为《鲁迅印象记》——笔者按)。在这篇长文中,曾出任过"北方左联"某小组组长的王志之,尽管绝大多数时候都在客观记述自己与鲁迅交往的经历,如拜访西三条、北师大演讲、《文学杂志》的创办等问题,但在行文中也穿插进这样的具有意识形态色彩的字句:"我们失掉了两个最伟大的文学导师——高尔基和鲁迅。但高尔基是死在苏联的宪法公布以后,鲁迅则在中华民族灾难深重的时刻殉难了!""我们的鲁迅却没有像高尔基一样幸运得以到意大利修养;他的死,我感到比对于高尔基还要更加惨痛,我们的损失,实在比苏联还要大得多啊!"①于是,鲁迅开始与"北方左联"之间构建了一定的暧昧关系。但此后直到 1949 年新政权成立,虽然早在 40 年代初远在延安的毛泽东就曾赋予鲁迅"三家"、"九最"、"一方向"的无上荣誉②,却很少看到有关鲁迅与"北方左联"关系的有影响的回忆文字。

1949 年后,在新意识形态的主导下,鲁迅被披上神圣的袈裟并置于光环闪耀的神坛,于是别有用心者、谬托知己者、顶礼膜拜者便都应运而生。最早在回忆文章中触及鲁迅与"北方左联"关系的是曾任"北方左联"常委兼出版部部长的陆万美。他在 1951 年 8 月写就、1956 年收于《忆鲁迅》的《追记鲁迅先生"北平五讲"前后》一文中非常确凿地宣布说:鲁迅的"北平五讲","都是党所领导的左翼文化团体布置,通过学校行政或学生会名义邀请的",鲁迅也"对当时北京的左翼文化团体工作上给了很多重要的指示和实际帮助"。文章还爆料说,鲁迅北上并非是专门探望生病的母亲,而是"主要因为接到苏联高尔基的邀请,希望他去莫斯科参加筹备着要召开的苏联作家代表大会,并在苏联住一个较长的时期,好休养休养身体并从事写作",还说这是"一个党内中央互济会的负责同志在南京监狱里告诉"他的

---

① 《鲁迅回忆录 · 专著上》,北京:北京出版社,1999 年,第 5、7 页。

② 毛泽东:《新民主主义论》,《毛泽东选集》第二卷,北京:人民出版社,1991 年。

"实际情况"。而后又说:"可惜由于国民党反动派的法西斯统治和对先生的严密监视,后来不能实现。"接着,高度评价了鲁迅的演讲,称其"对当时的'北平左联',也明确了方向,开始纠正关门主义的错误倾向"。作者还记述了两次与鲁迅的见面会,称第一次见面会"不仅有左翼文化团体的,还包括有 C·Y,反帝互济会的同志"。第二次见面会上,鲁迅"给'北平左联'工作开展上一些具体指示"。① 虽然没有证据表明此后的诸多回忆鲁迅与"北方左联"关系的文章直接受其影响,却大都惊人一致地沿着这一路向展开了。

陆万美之后较有影响的是原"北方左联"和"剧联"的于伶。他在 1956 年 9 月写作的《初见鲁迅先生时》一文中,首先转述了同去见鲁迅的一位同志的话:"今晚这是中国左翼文化运动总同盟北平分盟的代表,和'左联'、'剧联'、'教联'、'社联'等单位的人,代表组织去跟鲁迅先生秘密见面。"然后在文末极尽渲染地说:"我所理解那晚的会见鲁迅先生,是当时北平的革命文艺组织和鲁迅先生的会见,是鲁迅先生的关怀革命文艺组织。可是从来不曾有同志记述过的。"②1959 年,王志之写作了《忆"北方左联"》的长文,在文章第六个标题"欢迎鲁迅"中,他增补了见面会上,鲁迅"谈到了北方的左翼文艺运动、抗日运动"一幕。③ 同是 1959 年,在"大跃进的精神"、"总路线多快好省的号召"、"工人阶级和全国人民的冲天干劲和创造精神"的影响下,在"社会主义风格的工作方法"指导下,在"个人执笔,集体讨论、修改"下④,许广平完成了《鲁迅回忆录》。书稿的第十个标题即"向往苏联"(2010 年长江文艺出版社新版的由许广平手稿编印的《鲁迅回忆录》,未收入这部分内容——笔者按)一节中,主要阐述了鲁迅与"北方左联"的关系。许广平等开篇便介绍说:"苏联,人类伟大的心脏,世界革命的堡垒,他是指引着人民走向自由、光明、友爱、团结的人类大家庭的旗帜,是照耀着二十世纪科学技术的高度发展的灯塔……鲁迅和我们全家,就曾经想着前去。"然后文章开始征引鲁迅写给曹靖华、萧三的信,并抄录了陆万美的《追

① 陆万美:《追记鲁迅先生"北平五讲"前后》,《鲁迅回忆录·二集》,上海:上海文艺出版社,1979 年,第 43—51 页。

② 于伶:《初见鲁迅先生时》,《萌芽》1956 年第 8 期。

③ 《新文学史料》第 4 辑,1979 年 8 月。

④ 《鲁迅回忆录·前言》,北京:作家出版社,1961 年。

记鲁迅先生“北平五讲”前后》一文的两段文字，以期坐实鲁迅去北京是党组织安排转道去苏联的叙述。著述者还不失时机地感慨道：“鲁迅蔑视狗们的疯狂，与北京的地下党，以及党所领导的左翼文化团体紧密联合在一起。”①许广平之后，较有代表性的文章是原辅仁大学学生木将在 1961 年 8 月写作的《忆鲁迅先生的“北平五讲”》。作者在文中虽然没有明示鲁迅与“北方左联”的直接关系，但却断言说：“应该感激党的安排。先生的来到北平，先生的几次讲演，都是在党的有计划的组织之下，在先进的人们的期望和保卫中进行的。”②

还在“文革”的尾声阶段，于伶补写了《鲁迅北平五讲及其他》一文。文中，于伶改口转述那位带他去见鲁迅的同志的话说：“今晚，是秘密的集会。鲁迅先生只同意会见以‘左联’为主的一部分同志，只有‘文总’和‘剧联’、‘教联’等的少数负责人代表本单位也参加见见面。”在涉及北师大演讲时，于伶记述道：“听众除了师大学生与部分教师之外，更多的是北平各个革命文艺组织的成员。‘文总’领导下的当时八个联盟的盟员从中起着组织和维持秩序的作用。”③曾任“北方左联”常委的孙席珍也于 1977 年 12 月写作了《关于北方左联的事情》的回忆文章。文章虽然一方面宣称鲁迅到北平“和上次一样是为了探望他母亲的病，纯粹是个人行动”，“‘北平五讲’并非由北方左联主办”，但同时又声称“和北方左联也不是完全无关”，并以“左联”成员、北师大“文学研究社”成员王志之等邀请鲁迅演讲为证。④ 1979 年 5 月 13 日，曾先后担任“北方左联”候补执行委员、组织部干事、北方文化总同盟党团书记的陈沂写作了《1931—1932 年的北方左翼文化运动——向鲁迅先生的一次汇报和请示》的长文。文章开宗明义写道：“1932 年 11 月，鲁迅先生由上海来北平探亲，我同范文澜同志奉河北省委之命，接待先生……并代表北方文总向先生作过关于 1931—1932 年北方左翼文化活动情况的汇报，先生听了汇报之后，曾作过一些指示。”在文章的第四部分，陈沂再次述及，自己当时“奉党之命”去看望鲁迅，鲁迅在他汇报后“高度赞扬

---

① 《鲁迅回忆录·专著下》，北京：北京出版社，1999 年，第 1175—1178 页。

② 木将：《忆鲁迅先生的“北平五讲”》，《四川文学》1961 年 10 月号。

③ 于伶：《鲁迅北平五讲及其他》，《鲁迅回忆录·一集》，上海：上海文艺出版社，1978 年，第 182、187 页。

④ 孙席珍：《关于北方左联的事情》，《新文学史料》第 4 辑，1979 年 8 月。

了北方左翼文化团体”的各种行动。[①]

我们暂且不谈这些忆者的文字的真伪问题,因为他们内部之间就有龃龉,也早有朱正[②]、陈漱渝[③]、王彬彬[④]等学人做过具体勘误工作,而且这也不是本文的目的。一个毋庸置疑的事实是,这些文字直接促成和确立了鲁迅与“北方左联”的密切关系。

二、鲁迅形象的被高度革命化

既然鲁迅与“北方左联”的密切关系被确立起来,随之带来的一个结果是,原来作为革命同路人的反抗者鲁迅,其形象也就应该更革命化。因为大概只有这样,鲁迅才配得上领袖钦点的各种光环,也才不枉“北方左联”同仁的一片拳拳之心。

陆万美在这个系统工程中依然起着首要的作用。他在名文《追记鲁迅先生“北平五讲”前后》中,对鲁迅演讲的两篇文章进行了主观性的革命化阐释,说“北平五讲”的“中心内容”,一是“打击当时国民党反动派对侵略者的投降主义,‘攘外必先安内’的奴才政策以及其残害人民的血腥屠杀,荒淫无耻等卑劣行径。同时也尖锐地揭发了一些御用学者的欺骗言论”,并说这是“根据当时中国共产党的分析”,“并进而鼓励人民……‘认真地、实际地’准备和进行反抗日本法西斯的侵略战争”。二是批评“京派文人”“死气沉沉的亡国倾向”,说他们是“为帝国主义和国民党反动统治服务”,还强调指出,鲁迅“公开地——在当时旁人从不敢公开谈起,因为这可能引起被逮捕、杀头的危险——谈到上海左翼作家联盟的情况,如何在严重的压迫下坚持斗争的情形”,以及“小资产阶级出身的文艺作家的自我改造问题”,并转述鲁迅的话说:“普罗文学运动,是生根于中国社会最有前途的工人阶级,又和广大人民有着密切联系,任何的屠杀迫害,都不可能把它摧残下

---

① 陈沂:《1931—1932 年的北方左翼文化运动——向鲁迅先生的一次汇报和请示》,《新文学史料》第 4 辑,1979 年 8 月。

② 朱正:《鲁迅回忆录正误》,长沙:湖南人民出版社,1979 年。

③ 陈漱渝:《鲁迅史实新探》,长沙:湖南人民出版社,1980 年;《鲁迅史实求真录》,长沙:湖南文艺出版社,1987 年。

④ 王彬彬:《许广平在改写鲁迅中的作用与苦衷》,《文艺争鸣》2002 年第 1 期。

去。"他还记述了第二次见面会上，鲁迅"主张作家要写自己所最熟悉的生活，要尽可能深入工农，面向生产，获得实际斗争的锻炼和体验"。文末，还不忘高调阐释一番："先生以'甘为孺子牛'的无比忠诚，热爱无产阶级革命事业和共产主义的美好理想……每次讲话的内容，实际都密切地配合了党的斗争任务，生动地宣传了党对形势的分析和政策，并准确地打击了国民党的反动政策。""他对许多问题的看法和态度，完全和党的正确的政策路线，毛泽东的思想精神是一致的。"①除这篇文章外，陆万美还写作了《迎着敌人的刺刀尖，坚持战斗的"北平左联"》②一文，虽然不以鲁迅为叙述中心，但仍不忘在白色恐怖与英勇革命的回忆中穿插进鲁迅的"北平五讲"，借以衬托其光辉的革命形象。

在这一持续的创造性工程中，于伶自然不应被忘记。他在《初见鲁迅会见记》中对二人会面的描述是：鲁迅"谈着'一·二八'上海闸北抗战时的形形色色，以及关于传说先生在战火中受难的流言等等"，也"谈了上海方面的斗争情况"。还"言之凿凿"地说："这'北平五讲'，是先生在北平的五次大战斗。"③在鲁迅革命形象日趋高大的进程中，许广平等的《鲁迅回忆录》也不应忘记。文中，关于鲁迅的北上探亲这样写道："这不平凡的一次到京，是在日本帝国主义霸占了我国东北，并且酝酿移师关内的民族危机最严重的时候。北京人民从卧轨请愿到更深入尖锐的斗争中，革命者的鲜血，流洒在天桥，左联成员，牺牲在当地。此时此地以左联盟首的鲁迅到了北京，无疑要使叭儿狗们竖起耳朵，跃跃欲攫取目的物的。敌人既剑拔弩张，战士们则更加奋勇坚强。"④还有木将，他在那篇回忆文章中不无渲染地写道："先生的出走厦门，先生的转战广州，先生的战斗在上海，更增加了我们对先生的信任。'该回来看看你抛别已久的学生们了！该看看你工作过战斗过的北平了！'"还写道："他每次的讲演都那么及时，针对时弊，绕过了反动派阻拦和破坏的暗礁，闪耀着无产阶级崇高的智慧和艺术的光彩。五次

① 陆万美：《追记鲁迅先生"北平五讲"前后》，《鲁迅回忆录·二集》，上海：上海文艺出版社，1979年，第47—53页。

② 陆万美：《迎着敌人的刺刀尖，坚持战斗的"北平左联"》，《左联回忆录》（下），北京：中国社会科学出版社，1982年。

③ 于伶：《初见鲁迅先生时》，《萌芽》1956年第8期。

④ 《鲁迅回忆录·专著下》，北京：北京出版社，1999年，第1177页。

讲演合起来,真可说是一部辉煌不朽的政论。”最后还这样感慨道:“然而就是这些讲演,深深地刻印在我们的心里,我们看见先生铁铸似地站在北中国的夜空下,站在人民大众的反抗风暴中,愈久弥新。”①

被高度革命化的鲁迅形象,在经历了“文革”洗礼后,更加光辉起来。于伶在 1977 年的补充文章《鲁迅“北平五讲”及其他》中,又添砖加瓦地回忆说:“热爱党,尊重革命文艺组织,热爱青年的鲁迅先生,今晚也只能同意只跟少数同志见见面,秘密地谈谈话。”因为他的北上及此前的演讲“引起了反动统治当局的鹰犬们的嗅觉与注视”。于伶还煞有介事地讲述道:“一谈到‘左联’五烈士的牺牲,鲁迅先生的声音突然变了,他深情地象致哀悼词似的为我们素描了他对五烈士的印象,他们的战斗风貌和革命业迹……沉痛、悲愤地说:‘他们五位被杀害了!中国失掉了很好的青年,‘左联’失掉了很好的战士……’”接着,记述了鲁迅讲到“上海反动派对左翼文艺运动的迫害,禁书、扣刊物、封书店、捉书店老板,强卖他们豢养的走狗作家的狗屁稿子,强销他们的反动刊物等等罪行”。② “北方左联”的另一成员孙席珍,也在《关于北方左联的事情》中对鲁迅的革命形象予以强化和烘托。如在记述北师大演讲时,他写道:“一些特务也分布在大操场的里里外外进行监视,气氛相当紧张。后由同学们组成的临时纠察队护送他出校门登车,总算没有发生什么意外的事。”鲁迅在中国大学演讲时,他这样写道:“由于事先保密,学校当局也未加干涉……但还是被特务们侦知了,在场上徘徊瞻顾,显得有点失措的样子。那些天在反动派的小报上,已经散布了许多恶毒的诽谤……”正是通过这样的环境渲染,鲁迅的不畏惧危险的革命形象愈加明晰。③ 对鲁迅革命形象的塑造中,陈沂的作用是非常突出的。他在“向鲁迅先生的一次汇报和请示”的文章中,曾大量转述鲁迅的话,如:“你们这样结合群众的抗日运动,反对国民党法西斯暴政,还同泥腿子(农民)在一起,非常好。陈独秀就是不要泥腿子,看不起泥腿子,不愿同国民党干的那些坏事进行斗争,遭致了大革命的失败。”对公葬李大钊,鲁迅亲口对他说“这不仅是北方广大人民的心愿,也是我自己的心愿”。他记述道,鲁迅对

---

① 木将:《忆鲁迅先生的“北平五讲”》,《四川文学》1961 年 10 月号。

② 于伶:《鲁迅“北平五讲”及其他》,《鲁迅回忆录·一集》,上海:上海文艺出版社,1978 年,第 183—185 页。

③ 孙席珍:《关于北方左联的事情》,《新文学史料》第 4 辑,1979 年 8 月。

"北方左联"团结许德珩等教授的行为"十分满意",并说"在白色恐怖下公开宣讲马克思主义是了不起的事",要"继续做好这个工作,团结更多的教授",并"由教授推进到一般老师,胸襟还要宽一点",也"要注意教授们的安全,要保护他们"。陈沂还记述了他请求鲁迅借在中国大学演讲之际"斥责国民党法西斯专政、摧残进步文化运动、逮捕进步文化人",并"号召听众,去向国民党要人",而鲁迅"一点踌躇都没有,连声说:好! 好! 好!"其后,陈沂在向鲁迅告别时报告了上午"包围、冲进国民党市党部的经过",而鲁迅"听后微笑了",并说:"我又做了一件象当年保护女师大学生运动那样的事。"最后,忆者这样抒情地写道:"先生不是党员,但先生对党的感情、执行党付托的任务,难道不比一个党员还要坚强和无畏吗……从先生身上深深地体现了先生对党的忠诚,对我们这些年青的共产党员的爱,这正是先生深厚的阶级感情和组织纪律性的光辉体现,也是先生伟大的共产主义战士的崇高品德,这是那些讲先生是'同路人'的人所不能理解的。"[①]无疑,在当年的在场者或当事人这样一番集体性、集束性的强力打造下,鲁迅作为无产阶级革命者的形象便愈加熠熠发光了。

三、忆者革命业绩和形象的被提升

作为一种回忆性文章,忆者自然要根据其主观性思想欲求来取舍和运用客观材料,这是人之常情。但在这之中,有一个问题或尺度很难把握,那就是忆者如果为了达成某一愿望或目的,或有特别的感情倾向,有些时候是可能有意曲解或篡改历史的。当然,其行为不是为了历史本身,而是着眼于现世的需求。这一点,只要回到历史现场,是不难发现其良苦用心的。

在努力打造鲁迅形象工程之时,每一个亲身参与者其实都各自怀揣心思,也即在赋予鲁迅光环之时,也不忘给自己添上锦衣。如陆万美在文章中不但将鲁迅置于高度的革命状态下,还与时俱进地批判起当年的胡适等人。他说:"以胡适为首的,'在指挥刀保护下'的御用学者,反动'文豪'们,平日

---

① 陈沂:《1931—1932 年的北方左翼文化运动——向鲁迅先生的一次汇报和请示》,《新文学史料》第 4 辑,1979 年 8 月。

装着‘爱护青年’的假道学面孔……这时竟完全暴露了他们的反动面貌。”针对胡适在报纸上的那句“卷土重来”,忆者读出了“这简直是在舆论上对反动的宪兵警察的最好配合,以便于他们对先生进行迫害”。还原历史语境可知,一段时间以来胡适在中国大陆的声名是不怎么好的,而且还遭遇到多次集中整治。此时作这样的文章,自然可以一举两得,既配合现实政治的需要,也衬托出忆者早年的思想觉悟。当然,忆者考虑更充分、全面。如针对鲁迅的演讲安保问题,忆者言称“左翼团体内部”“十分注意”,“每次演讲前,都严密地做了保卫的布置。许多同志争着做纠察员,大有宁肯牺牲自己,也要很好保卫先生,绝不能让反动特务警卒稍稍碰到先生的一根头发似的”。在与“北方左联”其他成员一起去见鲁迅时,他们是“一直耐心等到天渐昏黑时……才一个个十分警惕地注意着自己身后是否被人盯上了梢,个人又都故意地绕了一些弯路,(这时更多是想到:怕影响到鲁迅先生的安全)才分别转到范文澜同志家里”。在范文澜约请鲁迅为人题字时,忆者马上想到:“这些资产阶级小姐真好搞这一套,居然来请一个无产阶级的战士题字”,但看到鲁迅“诚挚认真的表情”随即马上又想到“这是先生一贯接受青年人委托事务时真诚负责的态度”。在编辑刊物的工作上,忆者也强调说:“每次编辑会议,常常是通夜不眠的,大家仍感到非常愉快。直到潘训同志去张家口参加察北义勇军,谷万川和我也先后被捕,才不得不停刊。”当然,忆者最后还不忘表达自己进步的思想认识,说:“今天重新回忆先生当时的言论,深深感觉:他对许多问题的看法和态度,完全和党的正确的政策路线,毛主席的思想精神是一致的。他虽非共产党员,但尊重和服从革命组织的严肃坚定的态度,却十分令人敬佩。”①显然,在这样一种叙事之下,陆万美当年如何机敏、老道于革命的形象也便活脱脱地展现出来。

其他人也同样。于伶在两篇忆文中都提及鲁迅在中国大学演讲时,“组织上是事先做了准备,暗中动员了同志们紧紧地保卫在鲁迅先生周围”,还刻意强调自己是“方桌边上的一个纠察”②,并在后来的《鲁迅北平

① 陆万美:《追记鲁迅先生“北平五讲”前后》,《鲁迅回忆录·二集》,上海:上海文艺出版社,1979 年,第 45—53 页。

② 于伶:《初见鲁迅先生时》,《萌芽》1956 年第 8 期。

五讲及其他》中补叙说:“我们好容易才护送鲁迅先生出了校门。听众中间有人被反动派当场捕去了。”也是在这篇文章中,他还为提升自己的革命地位而声称当年“中国左翼戏剧家联盟北平分盟”的“主力单位‘呵莽剧社’(Come on)”坚持“从事着党领导下的革命活动”。面对鲁迅的演讲,他这样总结和自我标榜道:“这是一次北平文艺队伍的大检阅……这支奋战在北国的文艺部队。每个战士以自己受到鲁迅的检阅为光荣,得到力量,怀着更坚定的战斗决心回去。”[①]木将除了记述鲁迅的演讲外,也如陆万美一样,在文章中适时批判起“胡适们所散布的‘整理国故’和‘为艺术而艺术’的谰言,象余永泽这一类型的人所走的可耻道路”。在面对鲁迅演讲中提出的问题时,他这样越俎代庖上纲上线地分析道:“这里先生没有直说。但是我们都在心下明白,那就是:一,要坚持在国防最前线,坚持抗战;二,要‘韧性’地同日本帝国主义和一切反动派,包括国民党反动派斗争下去。在这里我们看见了自己的道路了。”“我们从这些讲演里认识了敌人,认识了北平反动学术界的真面目……我们悲恸,我们愤激,我们流出了激动的热泪。”最后,他还“由果及因”地推理道:“这以后,由于党的积极领导,由于先生的启示,广大青年学生从欺骗与蒙蔽中惊醒起来,向着进步和革命的方向转变。在‘一二·九’运动中,很多青年走上革命的道路。”[②]王志之在《忆“北方左联”》中,不但追忆了与鲁迅会面及演讲的情况,也适时地介绍了自己参加“左联”“接受党的领导”、“学习油印的《红旗》”、“于晚间到僻静处写粉笔标语”、奉命写作关于“一·二八”的抗战小说、“到察哈尔参加抗日同盟军”、“为了响应党中央‘建立抗日民族统一战线’的号召”而“举办了一次文艺茶话会”、多次参加情形危险的飞行集会,以及自己在北大演讲会上的英勇表现和被捕后坚持抗争的行为。[③] 孙席珍在记述完鲁迅的“北平五讲”后,旋即回忆了北方“文总”与“左联”派人到前线慰问、公葬李大钊和欢迎国际反帝反战大会代表而遭逮捕、杀戮的情形,以及在后来“白色恐怖愈演愈烈,斗争也更加艰苦”的环境下,自己和“北方左联”成员坚持革命的功绩。1980 年在中国作家协会左翼文化运动座谈会的发言中,孙席珍又强

① 于伶:《鲁迅北平五讲及其他》,《鲁迅回忆录·一集》,上海:上海文艺出版社,1978 年,第 181—189 页。

② 木将:《忆鲁迅先生的“北平五讲”》,《四川文学》1961 年 10 月号。

③ 王志之:《忆“北方左联”》,《新文学史料》第 4 辑,1979 年 8 月。

调指出:“我们夹在这些虎狼中间,四面受敌,一言一动,处处遭受监视、限制……偶一不慎,当天回家后就可能‘失踪’。”当然,他也不忘伺机结合时事做出反省,说当时“北方左联”与“左联”比起来,“水平低,政治思想不够成熟,斗争经验缺乏……自我改造要求不严,深入群众不够……”①陈沂自然是执著于自己的革命想象。他在忆文中首先表白并讨彩般地说:“我们加入左联,是为无产阶级革命,解放劳苦大众和苦难的中国同胞……要把劳苦大众和苦难的中国同胞组织起来,团结起来,去反对帝国主义和国民党的压迫。”接着,他着重谈了自己当年担任南下示威团的纠察队长,如何不惧危险地“攻打国民政府、国民党中央党部和《中央日报》”,以至“被捕,关押在南京宪兵司令部”,还提及他在自己创作的报告文学中如何记录并补述了“在国民党中央党部用童子军棍打了陈铭枢,抓了蔡元培作人质”的革命举措②。张中良在2010年7月“中国左翼作家联盟”成立80周年之际召开的“鲁迅与‘左联’学术研讨会”上,提出了“鲁迅给左联带来了什么”与“左联给鲁迅带来了什么”的问题。③ 我们此时是否可以这样回答:“北方左联”及其成员在回忆中给鲁迅带去了革命的脸谱,鲁迅给“北方左联”及其成员带去了革命的光环和现世的利益。

文章之所以这样成文,无非就是一个目的:通过回到历史现场,来还原那个被革命过度叙述的鲁迅,也即西谚所云:把恺撒的还给恺撒,把上帝的还给上帝。有学者曾说:“‘回到历史现场’曾经是蛊惑人的提法。我无法说清楚我们有无可能重返历史场所,但在对历史文献的阅读中我们会呼吸到历史的真实气息,即便它已经发霉,历史的质感因为有了这些文献而存在。”④的确,历史虽然已经过去,却并不久远,但如果忽视和漠视这些特定历史的文字及其背后的文化蕴藉,不但历史不再清晰,就是当下亦难把握。

---

① 孙席珍:《再谈北方左联——一九八〇年四月五日在中国作家协会左翼文化运动座谈会上的发言》,《左联回忆录》(下),北京:中国社会科学出版社,1982年,第514—515、520页。

② 陈沂:《1931—1932年的北方左翼文化运动——向鲁迅先生的一次汇报和请示》,《新文学史料》第4辑,1979年8月。

③ 张中良:《“鲁迅与‘左联’”学术研讨会暨中国鲁迅研究会2010年理事会综述》,《鲁迅研究月刊》2010年第7期。

④ 王尧:《改写的历史与历史的改写——以〈赵树理罪恶史〉为例》,《文艺争鸣》2007年第2期。

而那些过去的、现存的、将来的所谓的“正说鲁迅”[①]、纪念鲁迅、弘扬鲁迅等，不是歪理邪说、蛊惑别人，就是别有用心、装傻卖萌。

（作者单位：天津师范大学文学院）

① 孔庆东：《正说鲁迅》，北京：中国海关出版社，2007 年。

天津左翼作家联盟成立时间考辨

鲍国华

迄今为止，对于天津左翼作家联盟（以下简称“天津左联”）的研究，较之中国左翼作家联盟和北方左翼作家联盟而言，尚欠深入。即便是其成立时间这样的基本问题，也是众说纷纭，存在一定的争议。本文试图通过对相关史料的考察和不同观点的辨析，论证天津左联的成立时间，并分析造成争议的原因。

一

关于天津左联成立的时间，目前主要有三种说法：

一、1932 年说。

中共北京市委党史研究室、中共天津市委党史资料征集委员会编《北方左翼文化运动资料汇编》概述中指出：（天津左联）“成立于 1932 年 7、8 月间，以爱好文学的进步青年学生为主体”①。另据天津左联盟员高文通回忆：“一九三二年秋，女师、甲种商业学校和一些社会人士建立了天津左翼作家联盟，即左联，是由王士钟倡议，以原青联读书会会员为基本力量创组的。”②另一位天津左联盟员曹世瑛也同意此说，认为天津左联成立的时间大约在 1932 年的秋天。③

一些地方志类的书籍也采用此说。出版于 1991 年的《天津全书》这样记载：

---

① 中共北京市委党史研究室、中共天津市委党史资料征集委员会编：《北方左翼文化运动资料汇编》，北京：北京出版社，1991 年，第 10 页。

② 高文通：《30 年代天津左联的成立及其前后的革命活动》，同上书，第 462 页。

③ 曹世瑛：《我在天津参加“左联”》，同上书，第 468 页。

> 1932 年秋，天津左翼作家联盟成立，主要成员有潘漠华、张秀岩、吴砚农、张香山等十余人，曾创办出版了《天津青年》、《天津文化》刊物。[①]

2007 年出版的《天津通志·中国共产党天津志》则这样记载：

> （1932 年）1 月　中共河北省委将北方“左联”负责人潘漠华调到天津，领导天津左翼文化运动，建立了天津“左联”党支部，书记张香山……
>
> 7 月　天津左翼作家联盟、左翼社会科学家联盟正式成立。还成立天津左翼文化总同盟，内设党团，张秀岩任书记。[②]

二、1930 年说。

持此说者，除部分回忆资料外，主要是“左联”研究专家姚辛，最早见于其《左联词典》中有关天津左联的条目：

> 全称天津左翼作家联盟，1930 年 12 月，在中共天津地下党的领导下，由吴砚农等同志发起成立。成员有顾湘（顾柏苓）、王士钟、王士钧、张香山、曹世英（曹世瑛）、刘静、连志仪、高文通、顾文玲、邢继远、孙瑛、王学敬、李若文等，大多为进步文学青年。南开大学、北洋大学、河北工学院、法商学院、南开中学、中日中学、河北女子师范学校、三八女子中学等校大多设有以读书会名义组织的左联小组，开展政治活动，阅读进步书刊，部分左联成员从事文学写作，以多种笔名、化名在《天津文化》、天津《大公报·小公园》、《益世报·语林》、《南中学生》等报刊上发表各类作品。因白色恐怖，一度中断活动，1932 年暑假恢复。1933 年 10 月，因大部分成员被捕，停止活动。[③]

然而，由吴砚农发起成立的说法并不见于其他史料中，吴砚农本人的回忆也只提到 1930 年 10 月转到北大做旁听生，在北大与原天津南开中学的刘松云相识，并常在一起研究马克思主义理论和阅读进步书籍，“九·一

---

① 朱其华主编：《天津全书》，天津：天津人民出版社，1991 年，第 530 页。

② 天津市地方志编修委员会、中国共产党天津志编修委员会编著：《天津通志·中国共产党天津志》，北京：中共党史出版社，2007 年，第 34 页。

③ 姚辛编著：《左联词典》，北京：光明日报出版社，1994 年，第 11—12 页。

八"事变后发起"抗日救国五人团",之后参加了社联。[①] 其中并未涉及1930年在天津活动的情况。其后,在2005年出版的《左联史》一书中,姚辛进一步提出天津左联成立于1932年7、8月和1932年秋的说法"经查核可信史料,可以肯定这两种说法都错",并认为"天津左联1930年冬就有了","但天津左联成立的具体时间已不可考"。[②] 以上结论所依据的主要是两则史料,一是左联盟员冯润璋的回忆:

> 一九三〇冬,党中央派我和许权中同志到天津去作反立三路线工作……
>
> 我去天津,除了作反立三路线工作外,还负担了一个检查天津左联的任务。到天津后,召集了一次天津左联座谈会,负责的是一个姓黄的同志(名字记不起来了),了解天津左联的情况,大家谈了一些各人的意见。[③]

另一史料是中国左翼作家联盟秘书处扩大会议通过的《关于左联目前具体工作的决议》第5条:

> 中国左联在现在除出北平天津有它的支部以外,其他各地都还没有建立起支部来……[④]

姚辛据此指出:"1932年3月9日前北平、天津就已有了左联支部。"[⑤]并对天津左联作出以下描述:

> 天津左联是以南开中学"青联读书会"的成员为基础,再加河北女子师范学校、甲种商业学校以及部分社会人士、青年学生所组成,成员有张香山、曹世瑛、王士钟、王士钧、高文通等,不下30人。南开大学、北洋大学、河北工学院、南开中学、中日中学、河北女子师范学

① 吴砚农:《参加平津左翼文化活动的点滴回忆》,见《北方左翼文化运动资料汇编》,北京:北京出版社,1991年,第458页。

② 姚辛:《左联史》,北京:光明日报出版社,2006年,第53页。

③ 冯润璋:《我记忆中的左联》,中国社会科学院文学研究所、《左联回忆录》编辑组编:《左联回忆录》(上),北京:中国社会科学出版社,1982年,第88—89页。

④ 左联:《秘书处消息》第1期,1932年3月15日。见姚辛:《左联史》,北京:光明日报出版社,2006年,第53页。

⑤ 姚辛:《左联史》,北京:光明日报出版社,2006年,第53页。

> 校、三八女子中学等校均有左联小组或读书会等组织，读书会属左联领导，其中的优秀者常被吸纳为左联盟员。左联成员每周聚会一次，时间临时通知，地点常在王士钟家，有时在高文通家，有时也去公园或野外，内容多为讨论国际国内形势，或布置任务写文章（如配合“五一”等节日）。①

并强调“天津左联”和上海的中国左翼作家联盟之间存在隶属关系：

> 一些回忆录说天津左联与上海的中国左翼作家联盟没有隶属关系。事实正好相反，上引中国左联秘书处扩大会议通过的《关于左联目前具体工作的决议》第5条就是明证，左联派冯润璋去检查天津左联的工作，也是有力的旁证：不是上下级关系，如何能派人去检查工作？②

三、1930年成立左联小组，1932年正式成立说。

此说见于1991年出版的《中共天津党史大事记》：

> （1930年）12月9日　在全国和北平左翼文化运动影响下，天津学校中部分进步青年也成立了左翼作家联盟小组。③
>
> ……
>
> （1932年7月）本月　根据河北省委紧急通告要求，中共天津市委发动各校学生和文化工作者，广泛开展声援保定二师学生斗争的活动。同日，天津左翼作家联盟（简称左联）、左翼社会科学家联盟（简称社联）正式成立。④

保定二师的护校斗争发生在1932年的6、7月间，二师学生遭到屠杀是在1932年的7月6日，但文中的“同日”却难以断定是哪一天。2005年出版的《中国共产党天津历史》在《左翼文化运动在天津》的章节里也沿用了此说：“1930年12月，天津左翼作家联盟小组成立。1932年夏，天津左翼作家联

---

① 姚辛：《左联史》，北京：光明日报出版社，2006年，第53页。

② 同上书，第54页。

③ 中共天津市委党史资料征集委员会编：《中共天津党史大事记》，天津：天津人民出版社，1991年，第159页。

④ 同上书，第181页。

盟、天津左翼社会科学家联盟、天津左翼戏剧家联盟相继成立。”①

二

“天津左联”成立于1932年的说法在多位天津左联盟员那里都得到了印证，似乎不容置疑，但姚辛却否定了这一说法，提出1930年说。不过，比照《左联词典》和《左联史》两书中的描述，不难发现后者对1930年12月成立的说法有所动摇，但仍断定1932年成立的说法是错误的，并强调“天津左联”与上海“左联”之间的隶属关系。此外，还有一个更加微妙的变化。《左联词典》中的描述有前后不能衔接之处。前一部分“天津左联”是行动主体，介绍盟员组成后则说南开大学、北洋大学等学校设有“以读书会名义组织的左联小组”，并介绍这些小组“开展政治活动，阅读进步书刊”的情况，主体显然换成了“以读书会名义组织的左联小组”。那么，“以读书会名义组织的左联小组”就是吴砚农发起成立的盟员包括王士钟等人的天津左联吗？其中显然有疏漏之处，因此在《左联史》中作者变换了说法：“天津左联是以南开中学‘青联读书会’的成员为基础，再加河北女子师范学校，甲种商业学校以及部分社会人士，青年学生所组成。”用“……为基础，再加……所组成”的句式来避免“左联”与“左联”小组之间的脱节，而不再提及1930年由吴砚农发起成立。下文又强调南开大学等学校均有“左联”小组或读书会组织，“读书会属左联领导，其中的优秀者常被吸纳为左联盟员”。可见，作者试图使他认为1930年就成立的“天津左联”与以青联读书会为基础的“天津左联”相一致，强调“天津左联”由他们“所组成”或者说“属左联领导”。因此，1930年所成立的“左联”是否就是以青联读书会为基础成立的左联是问题的关键。据相关史料记载，天津青联读书会“是1931年‘九·一八’事变发生后，由南开中学一批进步学生串联其他学校共同组建的进步团体。该会会员利用市三八女子职业学校为活动地点阅读马列主义书籍，分析讨论国际国内形势，为天津‘左联’组织的发展奠定了基础，推动

① 冯德华主编，中共天津市委党史研究室：《中国共产党天津历史》（第一卷），北京：中共党史出版社，2005年，第218页。

了以学生为主的进步文化活动”①。可见,此“左联”并非1930年由吴砚农发起的“左联”。《左联史》中对“天津左联”的描述,没有注明所依据的史料,但不难发现姚辛参考的主要是前文曾引述过的“天津左联”盟员高文通的回忆文章:

> 一九三二年秋,女师、甲种商业学校和一些社会人士建立了天津左翼作家联盟,即左联,是由王士钟倡议,以原青联读书会会员为基本力量创组的,成员有王士钟、王士钧、吴宝贵、吴宝丰、周棨、孙克光、孙毓藻、王文灿、林森森、刘湘、顾文龄、邢继远、孙英、王学静、高文敏、黄崇善、冯建章、高文通、刘兆钟、庞曾沄、郜京石、□宝珍、张□彬,后又发展有张圭颖、王浮沉以及张香山、曹世瑛、李邦佐(? 曾任天津河北梆子剧院编导)、杨镶、张茜等。
>
> 这个组织每周聚会一次,时间临时通知,活动的地点经常在东门里贵家胡同一号王士钟家中,或南开秀海路一号高文通家中,有时也在公园或野外。②

可见,姚辛主要依据冯润璋的回忆和秘书处决议,否定“天津左联”1932年成立的说法,而在转述高文通的回忆时只采用了“天津左联”的人员构成和组织形式等信息,却忽略了其中“一九三二年秋”成立这一基本前提。

为坚持1930年成立的说法,姚辛将1930年成立的“左联”和以青联读书会为基础的“左联”融为一体,其中显然有矛盾之处,因此他不再坚持“天津左联”1930年正式成立的说法,而改说“天津左联1930年冬就有了”。那么,1930年成立的究竟是“左联”小组还是“左翼作家联盟”就是一个值得慎重考虑的问题了,1930年“天津左联”成立的说法也就需要斟酌和推敲。成立“左联”小组与“天津左联”正式成立毕竟不能画等号。而作者否定“天津左联”1932年成立所依据的史料也有可商榷之处。首先,冯润璋的回忆属于事后追忆,并不能排除记忆中有疏漏,把“左联”小组误作“天津左联”的可能。其次,依据1932年3月9日中国左翼作家联盟秘书处扩大会议通

---

① 中共天津市南开区委党史资料征集委员会编:《南中星火》,中共天津市委党史资料征集委员会,1991年,第283页。

② 高文通:《30年代天津左联的成立以其前后的革命活动》,《北方左翼文化运动资料汇编》,北京:北京出版社,1991年,第462页。

过的决议第5条，断定1932年3月前“天津左联”已然存在，这一判断看似无误，但材料中只提到“天津的支部”，这个支部是否就是“天津左联”，尚不得而知。而能否依据“必须加紧对于北平和天津的支部的领导”推断出“北平和天津的支部”是上海“左联”的下属机构，也难以定论。因此，这一材料也只能说明1932年3月前天津成立了“支部”，而这一“支部”到底是什么属性，是否就是“天津左联”，仍是个待证的问题。可见，姚辛论证天津左联的成立时间，在两个关键性前提，即“左联小组是否可以等同于左翼联盟”、“天津左联是否隶属上海左联”上都存在难以自圆其说之处。“天津左联成立于1930年”说，目前还缺乏过硬的证据。

“北方左联”盟员孙席珍明确指出：

> 北方左联（北方左翼作家联盟）是在中国左联（中国左翼作家联盟）成立大约半年以后成立的。它并非中国左联的分支机构，在系统上没有隶属关系。作为党的外围文化团体，它直接受北方局的领导，在组织上是独立的。①
>
> ……
>
> 由于盟员工作岗位常有变动，有些调往外地的，曾在当地（济南、太原、保定等）成立过临时小组，也曾组织过一些读书会。其中只有天津是常设性的，称为支部，由于天津活动范围比较宽广，而且北方局就在天津，通过联络员可以就近接受指导，所以特别重要。②

后来再次详细地回忆当时命名为“北方左联”时的讨论：

> 也有同志建议称为中国左联北平分盟，但因我们当时并未与中国左联正式联系，征得它的同意，所以也不便冒失地自称分盟。结果大家一致同意，定名为北方左翼作家联盟，简称北方左联。③

另一位左联盟员杨纤如在回忆“北方左联”成立大会时也提到命名问题：

---

① 孙席珍：《关于北方左联的事情》，见《左联回忆录》（下），北京：中国社会科学出版社，1982年，第495页。

② 同上书，第497页。

③ 孙席珍：《再谈北方左联》，同上书，第511页。

> 先说命名问题。会上有人主张用"中国左翼作家联盟北平分盟"的名称,但考虑到并未与上海左联取得联系,如何称得上"分盟"呢?再说这个活动是党的北京市委(一九三一年四月后才改称北平市委,连原在天津的顺直省委也是迁来北平后才改称河北省委的,历史背景不在这里赘述了)领导的,最后决定定名为北方左翼作家联盟,以为后来包括天津、保定、唐山、太原、济南的张本。①

其他"北方左联"的盟员也有同样的回忆:"北方左联"是在党的领导下在北平组织成立的。可见,"北方左联"并不隶属上海"左联"。而1930年底天津出现的所谓"支部"应该只是临时小组,或者是具有"左联"性质的青联读书会。

其实,论证"天津左联"成立于1930年,还有一则史料可供参考,即黄小同《黑夜中的星火——三十年代天津左翼文化运动》,该文指出:

> 1930年11月28日,继上海"左联"成立之后,中共北方局发出指示,为发展北方左翼文化运动,要求在学生中建立"左联"、"社联","要使各学生支部公开地在学校内发起这种组织,公开宣传马克思列宁主义"。12月,天津"左联"成立。12月9日,在河北中山中学新兴文艺研究会举行的讲演会上,天津"左联"代表就新兴文艺运动发表了讲演。②

这则史料提供的日期很具体,引用北方局指示时加了引号,应该是引用了指示的原文,可信度更高。但遗憾的是,作者并没有注明引文的详细出处。这是否可以作为"天津左联"1930年底成立的佐证呢?不难发现,该文引用的指示正是1930年11月28日北方局给保属特委的文件,而黄小同的引用有"曲解"之嫌。指示的原文在介绍了"左联"的性质后说:

> 在保属的一部分学生中和自由职业者中,一定有倾向于无产文艺的份子,所以保属的党,应当有计划的在群众中发起左联的运动(纲领

① 杨纤如:《北方左翼作家联盟杂忆》,见《左联回忆录》(下),北京:中国社会科学出版社,1982年,第523页。

② 黄小同:《黑夜中的星火——三十年代天津左翼文化运动》,中共天津市委党史资料征集委员会编著:《海河不会忘记》,天津:天津教育出版社,1991年,第110—111页。

与宣言另附)。[1]

而“发起左联的运动”和“发起左联”并不能相等同。指示接下来进一步强调说:

> 但是以保属的范围来说,进行学生运动之最中心的任务,还不是组织文艺团体的左联,而是在各校中以学校为单位,组织各校的学生革命会,并使之联合成立地方的学联会、革命的学联会。[2]

指示对“组织各校的学生革命会”加着重号以示强调。此外,黄小同文中所引“要使各学生支部公开地在学校内发起这种组织”,也有断章取义之处。指示的原文是:

> 同时在学生中,还可以组织辅助的团体,如文艺研究会(左联)、社会科学研究会(社联)及体育会等等。此地特别指出,社会科学研究会的运动特别重要,要使各学生支部公开的在学校内发起这种组织,公开宣传马克斯列宁主义,并且用马克斯列宁主义来解释目前社会上各种问题(如战争、农业危机、工人失业、学生失学、物价飞涨等),开演讲会,辩论会,公开批驳三民主义的反动性,将倾向我们的群众组织起来。[3]

可见,指示中的“这种组织”指的是“社会科学研究会”,但它们都还是“辅助的组织”,只是“左联”、“社联”成立的前奏,指示并没有要求成立“左联”,而是明确说“还不是组织文艺团体的左联”,由此可见,黄小同所说“12月,天津‘左联’成立”,这一“左联”应该就是指这种具有“左联”性质的学生革命会、学联会等组织。

综上可知,1930年成立的所谓“天津左联”,无论称之为“常设性的支部”,还是北方局指示下的“这种组织”,在描述时都显得语焉不详,而且并

---

① 《中共北方局关于左联和文化运动等问题给保属特委的指示》(1930年11月28日),见《北方左翼文化运动资料汇编》,北京:北京出版社,1991年,第41页。

② 《中共北方局关于左联和文化运动等问题给保属特委的指示》(1930年11月28日),见《北方左翼文化运动资料汇编》,北京:北京出版社,1991年,第41页。着重号为原文所有,下同。

③ 同上书,第42页。

没有史料记载更具体的盟员名单、活动地点、活动内容、任职分配等情况。因此,有理由相信 1930 年在天津成立的是具有“左联”性质的学生组织。由此得出“天津左联”1930 年成立的说法未免失之草率,否定 1932 年成立的说法显得证据不足。更重要的问题是,1930 年成立的具有“左联”性质的学生组织是否就是后来的青联读书会的前身呢?可惜目前还没有发现任何材料能证明他们之间的联系。就算是同一组织,依前文所述,也不能由此认定“天津左联”在 1930 年就成立了;如果不是同一组织,1932 年成立的说法就更没有错了。因此,本文认为以下说法更为准确和稳妥:1930 年底,天津出现了具有“左联”性质的学生组织;1932 年,“天津左联”正式成立。

(作者单位:天津师范大学文学院)

20世纪三四十年代天津文坛现象分析

郭长保

在20世纪三四十年代，天津文坛十分活跃，但又不同于当时的主流文坛。首先，通俗文学十分盛行，市井文化相对繁荣；其次，追求艺术趣味的主流文学同时并存。这形成了一种非常特殊的文坛现象，很类似于20世纪初的上海，所以天津有“北方小上海”之称。之所以形成这种文坛现象，既有历史的原因，也有北方文化所形成的特殊市民文化的原因，更有近代西方文化输入所逐渐形成的商业都市文化等诸多原因。但简单而言，正如冯骥才在其著述《俗世奇人》的序言中所说：“天津卫本是水陆码头，居民五方杂处，性格迥然相异。然燕赵故地，血气刚烈；水咸土碱，风习强悍。近百余年来，举凡中华大灾大难，无不首当其冲，因生出各种怪异人物，既在显耀上层，更在市井民间。”所以天津奇闻异事、街谈巷语的传奇故事较多，常常成为市民们茶余饭后、闲暇无事的谈资。这一市民文化的基础，再加上中国近代工业在华北的形成无疑是以天津为中心的，而北京主要是教育与政治文化中心，这就为天津20世纪三四十年代出版业和报刊业的形成发展，提供了诸多良好的铺垫。

一

通俗文学的产生，总是与一定时期的社会生产、经济、文化秩序、伦理等各个方面有着密切的联系。在古代文学中，宋代话本的产生与北宋经济文化、尤其是市民阶层的出现有着不可分割的联系，随着市场与消费文化的出现，娱乐业也繁荣起来。小说在中国作为一种通俗文化现象，同样也是伴随明代城市市民文化的出现而产生的。近代通俗文学的产生也不例外，它首先是在东南沿海伴随西方文化进入后由工业文化带来的现代城市文化而诞生的。所以它首先出现在工业化与城市化较高、人口较为集中的近代上海。尽管近代小说因精英阶层的引导与提倡而风气大变,但在 19 世纪末到 20 世纪初,在文学上大行其道的其实是我们今天所谓的通俗文学。从另一个角度来看,这是一个巨大的进步与发展,因为这种现象的产生,说明近代城市文明的出现与平民意识的滥觞,为后来现代新文化与下层社会逐渐走上历史舞台创造了条件。但这一现象却一度被大加贬斥,显然有失偏颇与公允。尽管"五四"新文化时期,新文化的代表人物对曾经出现的这些现象深表厌恶,进行了拨乱反正,但那只是历史的需要,要为新文化的产生铺平道路。这就是历史的辩证法。正如阿诺德·豪译尔所指出的,"我们谈论艺术社会学的时候,我们考虑更多的是艺术对社会的影响,而不是相反。艺术既影响社会,又被社会所影响。艺术与社会的关系可以互为主体与客体。事实上,社会对艺术的影响决定了两者关系的性质。当社会决定艺术的时候(这种情况在原始文化中特别显著),它就很少受到艺术的影响。当历史进入了更高级的阶段,艺术从一开始就反映了社会的特性,社会也是一开始就留下了艺术发展的痕迹。因此,我们必须看到社会和艺术的影响的同时性和互动性"①。所以通俗文学的繁荣与发达,在"五四"新文化后受到了一定程度的抑制,表达精英文化思想的新文学占据了上风,这也同样是历史与社会发展到一定阶段所需要的。但是,这一现象到了 20 世纪三四十年代在北方的京津地区发生了些微变化,那就是以"新派"面孔出现的所谓"北派通俗文学"在京津地区大行其道。当然不是说通俗文学在京津地区占据了绝对的文化市场,只是相对而言。其实以《大公报·文艺》等京津刊物为阵地,以沈从文等为代表的京派文学也是京津地区最为活跃的文学现象之一,俨然形成了两者并存的局面。而通俗文学现象的出现,并非偶然,是有着深刻的历史与文化渊源的。我们来看一下,在北派通俗文学的所谓"五大家"(还珠楼主、王度庐、宫白羽、郑证因、朱贞木)中,有四位与天津有着天然的血肉联系。

还珠楼主(1902—1961),原名李善基,后改名为李寿民,父亲死后家道中落。19 岁时随母亲移居天津,在《大公报》供职,23 岁进入军界做幕僚,

① 〔匈〕阿诺德·豪译尔:《艺术社会学》,居延安编译,上海:学林出版社,1987 年,第 35 页。

后为天津电话局局长秘书,一生著有武侠小说 36 部。人们一般都认为他的作品文笔华美,极富诗情,想象瑰丽,气势磅礴,且融儒、释、道三教哲理于一炉,寓意深远;其中有许多小说提倡崇善除恶、孝友义侠,表彰人的价值尊严。“七七”事变后,日寇曾设法劝诱李寿民任伪职,并将他抓入宪兵队,施以酷刑,还要挟他与日本人合办刊物,他不答应,结果被关了两个月。

宫白羽(1899—1966),原名万选,后改名竹心,原籍山东东阿,出生于河北省青县马厂。他是活跃在三四十年代的中国武侠小说作家,1928 年来到天津,长期在报社、电讯社任职,作品被人们评价为行文古朴简练,多用传统术语、诗词典故、山水自然、动物象形、神话传说来给各种掌法、兵器命名,增加了武侠小说世界的文学色彩。

郑证因(1900—1960),原名郑汝霈,天津人。早年在北平国术馆馆长许禹生门下学太极拳,练就一手漂亮的九环大刀。他不仅武艺高强,而且创作也十分勤奋,一生著有武侠小说 88 部,被称为“帮会技击派”。通常人们认为其小说的特点一是江湖,一是武功。写江湖则因他谙熟江湖门道,精通帮会的组织和戒律,笔下展开了一个广阔的江湖世界;写武功则因他本人是武林高手,所以所写人物神态逼真,无论内外功夫、长短兵器,施展应用巧妙谙熟,写暗器轻功更是出神入化;总体风格偏向于粗犷豪放、刚烈火爆,有江湖豪杰英雄气。

朱贞木,本名朱桢元,字式颛,浙江绍兴人。20—40 年代在天津电话局和日方电信公司工作。作品被人们评价为一是吸收奇幻派的瑰丽神奇于现实的江湖世相之中;二是吸收侠情派的缠绵婉约于江湖的壮烈凄艳之中;三是吸收历史派的沉雄厚重于小说的虚构幻想之中;四是在武功领域开创了许多奇功,为后代所继承;五是“一床数好”和“众女倒追男”的新派武侠模式。

其实在北派通俗文学“五大家”之外,在当时还有一位活跃于天津文坛的近似“言情”的通俗作家,那就是红极一时的刘云若。

刘云若(1903—1950),天津人。一生著有 40 余部长篇社会言情小说,是 20 世纪三四十年代天津著名的社会言情小说家,原名兆熊,又名刘存有,字渭贤。人们一般认为他的小说反映了众多市井文化形象,人物刻画生动,其中包含了他对现实生活的认识,即过于麻木平滑、消沉懒惰的人生,不断破坏人的生命力与斗志;他的作品中充满忧怨的风格,以及对真切、柔媚、充满生命力的“至性之人”的热切向往之情,这是其作品深受普通读者青睐的主要因素。但是,刘云若的所谓“言情”与传统意义上的言情略有不同。正如李国平所说,“如果细细品读,不难发现,刘云若的作品之所以是社会言情小说而不是单纯的言情小说,在很大程度上是因为其小说表现出鲜明的‘江湖气’。在一个个令人称奇的故事中,刘云若写出了众多市井人物,精心绘制了一幅幅天津市井风俗图。而在这一幅幅‘市井图’中,最引人注目的就是堪称天津特产的混混。‘江湖气’正是与‘脂粉气’并列的刘云若小说的另一重要特征”①。

从以上这些通俗作家所写的小说来看,无论是具有武侠风格的还珠楼主、宫白羽、郑证因与朱贞木,还是具有言情特色的刘云若,都反映了20世纪三四十年代天津文化中的某些特点,因此才能备受市民喜欢。在近代城市文化形成的过程中,天津的文化现象最为独特,它一方面受西洋文化的影响非常深刻,形成了被天津人称为“五大道”的独具特色的文化景观,又保留了具有顽固而侠义、朴素特性的中国北方农业传统文化特色的民俗文化性质,同时也保留了不少传统民间习俗。这也就是冯骥才所说的“然燕赵故地,血气刚烈;水咸土碱,风习强悍”。虽是“风习强悍”,但又十分重视所谓的“礼节”,热情豪爽,乐于助人,无论什么事都要讲个“理儿”。所有这些习性,都为北派通俗小说的产生创造了文化心理的条件。“西沽的杰出价值,体现在其深厚的世俗性(江湖气质)和包容亲民、雅俗共赏的文化形态上。”②所以无论是还珠楼主小说所提倡的“崇善除恶、孝友义侠,表彰人的价值尊严”,还是郑证因小说所追求的“粗犷豪放、刚烈火爆,江湖豪杰英雄气”,或者是刘云若的“言情”系列小说,都一定程度上适应了天津市民文化层的心理要求,所以才能在当时主流文化的夹缝中生根发芽。

值得注意的是,这一独特现象在20世纪三四十年代,不仅产生于京津地区,而且也出现于上海,只是其表现的形式与特点不同而已。在20世纪30年代的上海,不也出现了以市民消费文化为载体的所谓海派小说吗?如果说它与“北派”不同,主要还是表现在其已经具有了“现代城市文学”的特

① 李国平:《“江湖气”:刘云若社会言情小说的重要特征》,见《津门论剑录——民国北派武侠小说研究文集》,上海:上海远东出版社,2011年,第395页。

② 穆森:《天津西沽与郑证因家族》,同上书,第390页。

性，而在北方，特别是天津，还主要体现为与 19 世纪末、20 世纪初以上海为中心的通俗化文学类似，不过这种文学更倾向于“言情”，从一开始就带有较浓厚的现代市民文化色彩。这一现象，其实与中国近代文化的发展进程是比较吻合的。但在京津地区，除了天津文化特色外，由于交通的相近与便利，天津几乎是北京的门户，其文化与市场经济的互补性非常明显，其精英文化与文学的互补性也是如此。

二

前面已经说过，天津不仅具有鲜明的市民文化的民俗色彩，其受西洋文化与北京精英文化的影响也不容忽视。比如当时《大公报・文艺》尽管在天津，但撰稿人与编者却大部分居住于北京，编辑过这一副刊的，30 年代有沈从文、萧乾等人。再比如天津《益世报》也有非常大的影响，创办人是比利时人雷鸣远，1915 年在天津创刊，三四十年代主编过其文学与文艺副刊的就有梁实秋、柳无忌、李长之、沈从文、徐中玉等人。“《益世报》文学副刊的创办主要有三种文化资源。一是依靠北京。北京是全国文化中心，拥有全国著名的高等学府，精英云集、人才济济；在北京，《益世报》主要依托清华大学、北京大学、燕京大学、北平女子高等师范等院校。二是依靠天津。”[①]是的，所有这些现象都说明一个问题，一个地区的文化发展总是相对的，也是相互联系的。就北方而言，京津地区这一现象就更为突出。正如阿诺德・豪译尔所说，“艺术与社会处于一种连锁反应般的相互依赖的关系中，这不仅表明它们总是相互影响着，而且意味着一方面的任何变化都与另一方面的变化相互关联着，并向自己提出进一步的变化要求。说得形象些，两边的图画都是对方的各种角度的折射，就好像置于周围装有许多镜子的房子里。因此，双方都是处于不断增生和加强的过程中”[②]。陈平原在《另一种“双城记”》一文中认为，“对于京派文人来说，天津的《大公报・文艺副刊》是最为重要的阵地。我们可以这么说，没有天津的《大公报》就没有 30

---

① 杨爱芹：《益世报与中国现代文学》，北京：中国文史出版社，2009 年，第 11 页。

② 〔匈〕阿诺德・豪译尔：《艺术社会学》，居延安编译，上海：学林出版社，1987 年，第 37 页。

年代的京派文学”[①]。我们也可以说，没有天津“海河”这一独特的文化母体，也很难孕育出三四十年代京津地区的“北派通俗文学”；即使有，也可能不会有如此鲜明的天津地域文化特色。

如果单从文学与文化角度来看，人们对上海已经有足够的研究，对北京也已有足够的研究，要想从中寻找一些尚未开垦的文化资源，几乎很难找到；但对天津而言，尚有许多未被人们注意到的近现代文化资源。其实天津在近代文化史上，曾经有过非常辉煌的时期，只是长期以来被北京的辉煌所掩盖。学者们往往把眼光紧盯北京与上海，无暇顾及天津。天津不仅有《大公报》，在19世纪末还有《直报》、《国闻报》、《益世报》等，通俗小报、画报更是很多。严复最早表达其维新思想的文章《论世变之亟》、《原强》、《辟韩》、《原强续篇》、《救亡决论》就发表于1895正值创刊之初的《直报》；影响了近代与现代两代文人的《天演论》也是最初于1897年12月在严复自己创办的《国闻汇编》上连载的。除此之外，天津在近代话剧史上也开风气之先河，可以说南开话剧开启了中国话剧现代化的进程。张伯苓先生在创办南开学校之初，就把话剧这一西洋“舶来品”输入了南开，只比1907年的“春柳社”晚两年。著名剧作家曹禺先生早在中学时期就受到过南开极为活跃的话剧氛围的影响，而且他自己也曾参与其中。另外值得注意的就是几乎近代北京所有的达官贵人都与天津有着密不可分的联系，无论得意或失意者，近代的天津几乎成了北京上层阶级的后花园。

正是因为有了这些话题，才使天津这座极具市民文化的城市增添了许多色彩，供人们去品味。所以我们有理由相信，到20世纪三四十年代产生“北派通俗文学”绝非偶然。而不同于通俗文化的主流“精英”文化，之所以当时在天津与之并存，与北京的文化交流和融合互动是关键的因素。正像陈平原所说，没有《大公报·文艺》就没有30年代的京派文学，但同时没有早期的严复、梁启超、沈从文，没有20年代末到30年代梁实秋等人主编的《益世报》文学副刊，也很难有天津30年代的文化辉煌。

阿诺德·豪泽尔说：“当几种因素相互作用的时候，总是一种因素占主导地位，有时社会对艺术作品的影响占主导地位，有时候相反。但确定无疑的是，世上只有无艺术的社会，而没有无社会的艺术。艺术家，总是处于社

---

① 参见本书首篇文章。

会的影响之中，甚至当他企图影响社会的时候也是如此，这种影响只能被看成物质和精神两类因素作用的结果。对于社会艺术过程带有决定性意义的是各种因素的并列作用，而不是它们的前后顺序。"①精神文化的各种因素对三四十年代的天津而言产生了何种作用呢？显然它是物质文化之上的另一种东西，即精神文化的合力，正是这种不同城市文化的互动互补，造就了天津现代文化的整体。

三

如果说 20 世纪 30 年代京津文化产生了相互之间的互补与融合，那么，到 30 年代的后期与 40 年代，情况发生了变化。因为抗日战争的缘故，文人从京津地区撤离，文人的大撤离也就意味着文化的大转移。一时间，天津似乎失去了 30 年代已有的文化活力，又回到了原来的位置。如果事实真那么简单，也就无从探寻其究竟；事实是另一种力量仍然依照自己的规律顽强运行。至此我们就不得不探寻 40 年代处于沦陷区天津的通俗文学为何仍然十分活跃，尤其是武侠小说。

巧合的是，在天津通俗文学繁荣的同时，40 年代的上海沦陷区也出现了具有通俗性质的非通俗文学，那就是红极一时的张爱玲作品。实质上张爱玲的作品是不能与通俗文学画等号的，但是其畅销程度丝毫不比通俗文学作品逊色。也许是她作品中带有现代感的传统叙事角度与方式更适合上海人的欣赏口味，所以会受到读者不可思议的青睐吧。

而 40 年代的天津通俗文学则是一种真正意义上的通俗小说。许多通俗作家发生了新的变化，比如曾经的通俗小说家张恨水就转向了具有讽刺特色的创作，也许这是对通俗文学的又一次创新与提高。

沦陷区这一特殊的地理背景，也许使北派通俗文学在这一特殊的历史时期更能彰显其特殊的历史价值；正像在上海出现张爱玲一样，他们也给沦陷区人们的精神生活带来了些许慰藉。

但通俗文学中，也许武侠的"江湖气"与英雄式的豪气比言情式的作品

---

① 〔匈〕阿诺德·豪译尔：《艺术社会学》，居延安编译，上海：学林出版社，1987 年，第 37 页。

更能给苦难中的人们带来一些心理的幻想与安慰吧，这就是武侠的通俗小说会在一定时期更受市民大众喜欢的原因。“它又是现实性与非现实性相结合的特殊小说。还珠楼主能让仙魔派小说具有如此无穷的魅力，但是它的内涵却具有分正邪、明善恶的人世情怀。从有些北派小说家的自述中我们知道，他们是在日寇的铁蹄下坚守着民族凛然正气而去从事这种职业写作的，宫白羽是这样，刘云若也是如此。”①更何况“侠”作为一种文化现象，在中国的历史上源远流长，有着悠久的历史，它往往能够反映出人们的愿望与理想，特别是在动荡离乱的时代，“侠”的思想就更为凸显。“侠，出现于春秋战国时代奴隶社会向封建社会的转型期，经历了汉魏隋唐的游侠历史发展的黄金时代，遂成为中国文化中一种重要的英雄象征；经过儒家文化包容并兼的伦理化改造，侠具有了义的品质，又成为中国文化中一种重要的道德范畴；从唐代豪侠传奇发展而为现代武侠小说及声像并茂的影视作品，也是大众传播和审美形态的一个重要话题。无论于中国文化的主体结构，还是于中国文化视野下的人生态度，侠，虽然不能代表中国文化的主流，却也是中国文化支流中的一条奔腾澎湃的大河。”②

所以，我们可以说在北方，尤其是在五方杂处的天津码头文化背景下，生活在三四十年代动荡不安的环境中，再加上北方沦陷以后，国人沦为了“亡国奴”，这种“侠”的精神尤其容易滋生。通俗性小说，尤其是武侠小说更容易表达人们的心境，抒发郁闷。由此看来，通俗文学也并非完全游离于时代之外的消遣休闲的点缀，应该注意到它本身的文学价值与文化价值。特别值得我们注意的是，进入20世纪30年代以后，中国文化与文学都发生了根本性的变化，如果通俗文学不进行变革与求新，还是延续传统手法，也会失去它的魅力与市场。因而北派通俗文学在某种程度上，无论是在叙事手段上，还是在人物的塑造上，都以新的面目出现，为中国通俗文坛注入了新的血液。“从写作角度论述，北派通俗小说创作将新小说和民间文学的很多手法吸收了进来，建立了一种‘说故事、写人物’的创作模式，除了表明中国现代通俗小说创作日趋成熟之外，更重要的价值是中国特色的现代小

① 范伯群：《地域文化与通俗文学之关系》，见《津门论剑录——民国北派武侠小说研究文集》，上海：上海远东出版社，2011年，第4页。

② 韩云波：《中国侠文化：积淀与承传》，重庆：重庆出版社，2004年，第2页。

说模式开始形成。"[①]而这一现象的产生,与特殊的地理区域和接受者的文化构成、心理特点、生活方式、民间习俗是有着天然的联系的。从 20 世纪三四十年代的北派通俗文学的形成来看,显然如此。不过,在它形成的过程中,天津文化特色更为鲜明。

综合而言,在 20 世纪 30 年代,天津是一个世俗化的市民文化色彩非常浓厚的城市,不过此时,在与北京精英文化层的资源互补与互动中,不仅天津的主流文化传媒得到了长足的发展,北京也很好地利用了天津的大众文化资源,而且天津的通俗文化同时获得了较大的提升,传统的通俗文学得到某种程度的"救赎";特别是在 40 年代成为沦陷区后,通俗文学,尤其是武侠小说极大地发挥了它的用武之地,理所当然地成为了中国现代文学史上不可或缺的一个构成部分。

(作者单位:天津师范大学文学院)

---

① 汤哲声:《论北派通俗小说的文学史意义》,见《津门论剑录——民国北派武侠小说研究文集》,上海:上海远东出版社,2011 年,第 47 页。

“东京左联”与“北方左联”

〔日〕小谷一郎

近年来，我对20世纪30年代以“东京左联”为中心的旅日中国留学生的文学、艺术活动进行了“挖掘”。“东京左联”与“北方左联”的关系正是在上述工作中发现的，本文拟对“东京左联”与“北方左联”的关系进行初步探讨，并期望这一研究今后能取得进展。

在正式进入论题之前，我想将“东京左联”与“北方左联”的若干问题列举如下：首先，“东京左联”、“北方左联”与上海的“左联”（中国左翼作家联盟）是一种什么样的关系？“左联”的确与“东京左联”、“北方左联”有过密切的联系，但具体情况至今尚不明了。其次，有许多来自“北方左联”或从北方来的留学生与“东京左联”有联系，这是不容否认的事实，但具体情形也不得而知。再次，关于“北方左联”与“东京左联”的关系问题。无论是“东京左联”还是“北方左联”，都是在上海“左联”的直接或间接参与下成立的。不论它们到底是属于“支部”还是“分盟”，这都是一个回避不了的问题。更为重要的问题是，在上海“左联”遭到国民党严厉镇压之时，与“东京左联”及“北方左联”保持着什么样的联系？例如，要与党组织取得联系时，在当时上海的严酷现实下，“东京左联”与上海“左联”的关系处于什么状况？他们与“北方”的关系又如何？

如上所述，在“东京左联”与“北方左联”的关系中，蕴含着许多值得探讨的问题，本文虽然不能对所有的疑问都作出回答，但如果提出的问题对今后的研究能起一个抛砖引玉作用的话，本人会深感荣幸。

众所周知，“中国左联”即“左联”是1930年3月2日在上海成立的。“东京左联”是其“东京支部”，1931年由任钧（卢森堡）、华蒂（叶以群）等人组建。[1]

“东京左联”是在上海“左联”的直接参与下成立的,这一点值得注目。“东京左联”重建之际,接受了上海“左联”周扬的指示,这也是众所周知的。

1933 年 5 月,发生了日本治安当局对旅日中国留学生进行大规模镇压的第二次事件(第一次是 1929 年 10 月发生的“日本特支”事件),即所谓“华侨班”事件,“东京左联”在这一事件中遭到毁灭性打击。孟式钧是“东京左联”成员中唯一的幸免于难者[2]。

重建“东京左联”的是同年 10 月来日的林焕平等人。当时,林焕平从上海“左联”的周扬那里秘密地接受了恢复“东京左联”的指示,并与魏晋等人一道赴日。1933 年 12 月,“东京左联”由林焕平、林为梁、陈斐琴、陈一言、魏晋、欧阳凡海、孟式钧 7 人重建。

重建后的“东京左联”中最值得一提的,是他们接受了当时日本无产阶级文学运动的领导人江口涣的“建议”。江口涣基于日本无产阶级文学运动遭受挫折的惨痛教训,向他们提出把以往“不合法”的活动形式转变为“合法”的“同人形式”活动方式的建议。其意图是,如果采取“同人形式”并把“核心”部分牢牢掌握在自己人手中的话,就可以自由自在地开展活动,且不易被治安当局镇压。[3] 他们接受了江口涣的建议,以“同人形式”“公开”地发行了机关刊物《东流》(1934 年 8 月 1 日创刊)、《诗歌》(1935 年 5 月 10 日创刊)、《杂文(质文)》(1935 年 5 月 15 日创刊)。

采用“同人形式”进行“公开”活动是以往的“东京左联”与重建后的“东京左联”在活动形式上的最大区别。换句话说,即使在留学生当中有中共党员的联系,那也仅仅是私人间的联系,像上海“左联”中的“党团”组织或“文总”那样的组织可以说根本就不存在。据说在“北方左联”中有党团组织。如果是那样的话,这说明他们有与上海“左联”十分相似的组织。组织关系并不一定与组织形态完全一致。但是,假如“北方左联”中有“党团”组织,就意味着他们在组织形态上与上海“左联”十分相近。而重建后的“东京左联”不存在那样的组织。林焕平证实,当时有一个叫做“干事会”的

---

① 关于“东京左联”的成立、成立时间及成员等问题请参见拙著《20 世纪 30 年代旅日中国留学生文学艺术活动史》,东京:汲古书院,2010 年。

② 林焕平:《从东京到上海》,《文学评论》1980 年第 2 期。

③ 同上。

党员组织，但那也仅仅是一个“干事会”。当时，“上海左联”与“东京左联”的组织关系并不是很密切，这一点从我将在后面论述的机关刊物《东流》的创刊过程中也可以看到。从这个意义上说，“北方左联”的活动本身是“非公开”的，它与采取“同人形式”“公开”进行活动的重建后的“东京左联”之间在活动形式上存在着很大差异。这一点应给予充分重视。

“东京左联”重建后的1933年以来，适逢旅日中国留学生人数开始激增之时。据实藤惠秀的《增补中国人留学日本史》（东京：黑潮出版社，1970年）中所收录的“中国人日本留学史年表”的记载，1933年5月来自中国的留学生，包括“满洲国”的留学生一共有1357人，1934年6月达2198人，1935年6月达3781人，1936年6月增加到5662人。随着旅日中国留学生人数的增加，在当时的留学生之间成立了同乡会、同学会及各种各样的组织、研究会和社团。①

在上述形势下，重建后的“东京左联”以同人形式公开发行了自己的刊物，并主动退到“后卫”的位置，与当时旅日中国留学生的文学、艺术活动保持着联系，同时又在活动中起着核心作用。在以“东京左联”为首的旅日中国留学生的文学、艺术活动中发挥着“磁场”般作用的是“艺术聚餐会”。

所谓“艺术聚餐会”，是以“聚餐会”的形式举办的留学生的聚会。若以聚餐会的形式聚会的话，就没有必要向治安当局提交集会申请。这一聚餐会以1934年春节为契机，在东京神田的中华留日基督教青年会开始举办。之后，定期举行。在那里，以“东京左联”为首，各种社团、旅日中国留学生的团体、研究会的代表及个人聚集一堂。他们以此为依托，展开了自由自在、丰富多彩的活动。②

如前所述，“东京左联”是在上海“左联”周扬的指示下重建的。那么，“东京左联”与上海“左联”的关系是不是很密切呢？回答是否定的。这从重建后的“东京左联”最初发行的机关刊物《东流》的创刊过程中就可以找

① 参见《留东新闻》创刊号（1935年6月12日）。在其第二版上可以看到“留东同学激增”的标题，与此相呼应，还可看到各大学的“同学会”、“同乡会”等活动频繁的报道，诸如“早大中华政经学会将发行译稿会刊”、“《留东学报》本月廿日创刊”、“江苏同乡会会务加紧工作”等。

② 关于艺术聚餐会请参见拙论《关于东京左联重建后旅日中国留学生的文学艺术活动》（十四）、（十五），见中国文艺研究会主办的《中国文艺研究会会报》第292、293号，2006年2、3月。

到答案。

《东流》是在日本编辑，在上海印刷的。林焕平等人在《东流》创刊时十分注重刊物的版式设计，他们曾以30年代中国最具代表性的大型文艺杂志《文学》等为范本。但印出来的《东流》创刊号却让人大失所望。《文学》每页排成上下两个部分，但《东流》创刊号有的每页被排成两部分，有的每页被排成三部分；此外，他们在编辑时规定，每份稿件都要另起新的一页排印，但印出来的《东流》却是一篇紧接着一篇的。其原因正如他们在《东流》第1卷第2期（1934年12月1日）的“编后记”中所说：“因我们不大明瞭关于在上海方面出版的一切，又没有负责人在上海。”当时，他们在上海没有同出版社等进行联系的负责人。从此事来看，“东京左联”虽然是在上海“左联”的协助下重建的，但重建后的“东京左联”在机关刊物《东流》创刊时已经开始独立运作，或者说他们不得不独立运作。①

林焕平在重建后的“东京左联”内建立了以林为梁、陈一言等党员组成的“干事会”，林焕平任书记，并与上海的周扬保持着“单线联系”。林焕平在后来的回忆录中写道，在《东流》创刊后的1934年夏天，他们在千叶县的“房州洗海水浴，就对组织作了调整，由林为梁接替我任东京支盟书记，由他负责同周扬单线联系。这种联系，支盟其他同志都不知道”②。这种“支盟其他同志都不知道”的“干事会”是一个什么性质的组织呢？恕我武断，我认为，它只不过是旅日中国留学生党员间个人性的组织而已。

如前所述，重建后的“东京左联”的特征是以“同人形式”进行“公开”的活动。他们充分认识到这一点，主动退到“后卫”的位置开展活动。当时，发挥着“磁场”般作用的是“艺术聚餐会”，在那里，他们也仅仅是站在“后卫”的位置，在同乡会、同学会、美术、戏剧等各种社团活动中发挥着主导作用。这种活动形式对取缔者一方的日本治安当局来说应是非常棘手的。这从1937年“七七事变”前日本治安当局采取的镇压手法上可以清楚地看出。日本治安当局不得不采取各个击破的手法进行镇压。有关事件的详情我将另文分别加以论述。

---

① 关于《东流》创刊的经过请参见拙论《关于东京左联重建后旅日中国留学生的文学艺术活动——《东流》创刊的经过》（其一）、（其二），见中国文艺研究会主办的《中国文艺研究会会报》第284、285号，2005年6、7月。

② 林焕平：《从东京到上海》，《文学评论》1980年第2期。

一

许多“北方左联”或从北方来的留学生与“东京左联”有着密切的关系。这里我想以孟式钧和张香山的关系为例作一说明。这是由于孟式钧是前述在“华侨班”事件中，“东京左联”遭到毁灭性打击时唯一的“幸免于难者”，且参与了“东京左联”的重建工作。

据张香山的回忆文章《朝夕与文学相处》[①]中的记述，张香山 1930 年进入天津中日学院学习，在那里与孟式钧结识。孟式钧比张香山高一年级，在天津中日学院的学生宿舍二人是同屋。

由于从“九·一八事变”爆发到 1932 年暑假为止，天津中日学院一直关闭，二人就一道去北平，在与北京大学的学生一起出版了文艺杂志《开拓》之后，孟式钧赴日留学。张香山在学校复课后重新回到天津中日学院学习，并在参加“天津左联”的活动。1933 年 6 月身处险境，于是，于 1933 年 10 月与友人一道来到日本。

来日后的张香山在东京重新开始与孟式钧往来。敦促张香山参加“东京左联”的正是孟式钧。张香山以经济上的问题为由，提出先进入“官立学校”的预科，第二年进本科，在日本的生活安定下来之后再参加活动。孟式钧同意了他的要求。张香山于 1934 年进入东京高等师范学校。当生活安定下来的张香山向孟式钧提出参加“东京左联”的活动时，孟式钧告诉张香山《东流》那里人手已经足够了，希望他能够参加新发行的杂志《杂文》的活动，张香山接受了孟式钧的指示，加入了“东京左联”。

张香山与“东京左联”的关系在日本也是广为人知的。但他与孟式钧的关系，我则是首次从张香山的回忆文章《朝夕与文学相处》中知晓的。在中国，对孟式钧其人及其经历也许大家早有了解，但在日本，直到看到张香山的回忆文章为止可以说是一无所知。1982 年，张香山把在《人民中国》上发表的回忆自己留日时期的文章《朝夕与文学相处（日文）》收入人民中国杂志社编的《我在日本的青春时代》中（北京：东方书店，1982 年）。这一回忆录明显是由前述《朝夕与文学相处》一文改写的。在《朝夕与文学相处》

① 见张香山：《回首东瀛》，北京：中共党史出版社，2000 年。

一文的结尾处有"1982年2月刊行《我在日本的青春时代》文集日语版"的字样。但是,不知为什么,《朝夕与文学相处(日文)》一文中与孟式钧有关的部分被删除了。我对此大惑不解。

我在此想说明的是,有很多情况在中国已经真相大白,但在日本还无从知晓。在20世纪30年代旅日中国留学生史中这样的问题比比皆是。这些问题中日双方有必要重新加以认识。换句话说,只有对上述问题重新加以认识,在此基础上通过学术交流,才能互相弥补欠缺,研究才有可能取得长足的进展。我在此特意提出孟式钧和张香山的关系问题也正是为此。有的问题只有在中国才能解决,有的问题只有在日本才有可能解决,日中双方必须对自己所处的位置和研究现况有充分的认识,并在此基础上进行学术交流,我认为这才是当务之急。

二

在"东京左联"与"北方左联"的关系中有一点值得一提,这就是在《杂文》创刊之际,"北方左联"的留学生取消了《海边文艺》杂志创刊的计划,并与《杂文》进行合作一事。关于这一问题,臧云远的回忆录《"左联"纪事》①中有详细记述。

臧云远,山东人,"北方左联"成员,1933年在"北方左联"受到镇压时遭逮捕,1934年,借助先期来日的"北方左联"成员陈北鸥的关系来到日本。

来日后的臧云远,在陈北鸥的介绍下出席了在东京新宿的餐馆举行的"聚餐会",从北方来日的张郁光夫妇、雷仁民、解树椿等也参加了这一"聚餐会"。臧云远这样写道:

> 从北平到东京,原来"文总"的、反帝大同盟的、"社联"的、"左联"的,相互来往,每月以聚餐形式互相交流。谈形势、谈局势,议论国家大事和文化、文艺问题。陈北鸥知道我是"左联"成员,也约我参加。我算个小弟弟,年岁最轻,他们大多是北师大毕业的或清华、北大毕业的,为首的有张郁光夫妇、李景清夫妇、韩幽桐等。李续纲、吴廷缪在京都

---

① 见《左联纪念集》,左联纪念馆,1990年。

帝大，张勃川、陈北鸥在东京帝大，还有雷任民、解树椿等，人员有时流动，每次都是一桌或两桌，大多是在新宿闹市的大饭店。每人一、二块钱，先谈或后谈或且谈且吃，形式多样．记得有几次乔冠华也来参加，他是清华毕业的，以后又回国考上了留德公费，到德国去了。另外“左联”同人，除了我和北鸥，还有邢桐华和梁延武。

臧云远这里说的“聚餐会”是与前述以中华基督教青年会馆为会场的“艺术聚餐会”不同的“聚餐会”。臧云远参加的是北京大学、北京师范大学等从北平及北方赴日的留学生汇集的“聚餐会”。可以想象，这种同乡会式的“聚餐会”在当时的旅日中国留学生之间也许还有若干个。当时，包括这种同乡会式的“聚餐会”，凝聚了各地留学生及各种团体，而成为吸引他们的“磁场”的是上述在中华留日基督教青年会举办的“艺术聚餐会”。

这些问题暂且不论，臧云远在他的回忆录中就他们“北方左联”同人计划出版《海边文艺》杂志，以及同“东京左联”的机关刊物《杂文》进行合作一事，作了如下描述：

我们几个“北方左联”的同人，合计出了个刊物，就定名为《海边文艺》，热海虽然面照东南，我们是站在海边，背着富士山，通过二十几分钟的大山洞，面向祖国大陆的。大家都赞成，并且由邢桐华从俄文中翻译什么，梁延武写戏，北鸥写散文，我说写诗吧。后来张郁光知道由上海到东京的进步文艺青年，也要出刊物，就跟我们几个人商量，南北大家力量集中，合起来一道办刊物，这就经过介绍碰头认识，一起办《杂文》了。

1934 年夏，与北方左联有关的旅日中国留学生在热海制定了出版《海边文艺》杂志的计划。但他们从张郁光那里听说，从上海来到东京的林焕平、魏猛克等人正在筹备杂志的出版，经过协商，决定南北齐心协力出版杂志，这就有了后来《杂文》的出版。

关于《杂文》创刊之际，曾与《海边文艺》合作一事，林焕平也曾予以证实。林焕平回忆道：

陈北鸥、臧云远等原来办一个《海边文艺》。他们有点经费，要求同《杂文》合并。我们同意了，他们也就成了《杂文》的同人。[1]

---

① 林焕平：《从东京到上海》，《文学评论》1980 年第 2 期。

我不能确认臧云远与林焕平的回忆哪一个更接近史实,总之,"东京左联"的第二本杂志《杂文》就是这样以"南北合流"的形式于1935年5月15日创刊的。在《杂文》创刊号上,刊登了张香山的《讽刺文学与伊利夫及彼得洛夫》,张香山曾应孟式钧之邀参加《杂文》的活动。此外,还刊登了孟式钧的《论文学遗产》。从1935年7月15日发行的《杂文》第2期开始,才刊登了与《海边文艺》有关人士的文章。

在以上事实的基础上,请诸位看以下"目录"。这是1935年10月10日创刊的《剧场艺术》杂志的"目录"。

编者署"东京杉并区阿佐谷4-392佐藤转""林果",发行者署"东京牛込区鹤卷町443大高转""张若云",总经销署"上海群众杂志公司",印刷所署"东京神田区神保町1-59渡边印刷所"。

这里,我将能够知晓的"执笔年月日"、"附记"、"译者志"及译文的出典进行整理,用括号标在后面。

郭沫若《雁来红——给LM君的一封信》(9月6日"附志")

【纪念柴霍夫诞生75周年】

邢桐华译《柴霍夫底艺术》(译自《艺术剧场舞台画》俄文序)

(陈)北鸥译《高尔基戏曲论》(1935年9月21日节译)

补白《源氏物语的戏曲化》

梁梦迴《怎样接受演剧的遗产》(1935年8月8日田泽温泉"附记")

补白《检察官之电影化》

凄其《东京的新剧环境——中国同学怎样在东京上演新剧》(8月2日田泽温泉)

秋田雨雀、诺文译《老当益美的女演员》(特约稿件)

罗因滨(诗)《秋田雨雀画像》(1935年2月4日夜"附记")

吴鸦译、岸田国士《日本的新剧》("译者志")

山川幸世《新协剧团的动向》(特约稿件)("译者志")

梦毕译《电影批评之能动的任务》

补白《东京自由舞台上演骑马下海的人》

乃厉《梅耶荷德论》(未完)(1935年9月26日译于东京)

林果译、及川道子·山本安英《友情的通信》(《前言》)

梁梦迴译、水品春树著《筑地小剧场史》（长篇连载）

补白《东屋三郎氏逝去》

《美国出版的关于剧作家的书籍》

（林）果、（梁梦）迴、（张若）云《编辑室夜话》

《中华同学新剧会第3次公演预定》

《剧场艺术社会员募集》

《杂文第3号要目》

这里的编辑“林果”即“邢振铎”。邢振铎生于1912年，北京良乡人。经长崎高等商业学校特设预科、东京商科大学预科，于1935年进入东京商科大学本科，1938年毕业。①

他参加了1935年4月27—29日在神田一桥讲堂举行的中华同学新剧会的首场公演（5月11、12日在同一地点举行了第2场公演），在曹禺的《雷雨》中扮演“周萍”一角。他还与观看了这次公演，并在《帝国大学新闻》（1935年5月6日）上发表《更好地了解中国戏剧》一文的影山三郎一道，翻译了曹禺的《雷雨》，经秋田雨雀的介绍于1936年2月由警笛出版社出版。

中华同学新剧会首次公演曹禺的《雷雨》，作为20世纪30年代旅日中国留学生进行的最早的戏剧公演而广为人知。在《剧场艺术》上还刊登了中华同学新剧会“第3次公演预定”的广告。这些情况表明，中华同学新剧会的成员与《剧场艺术》的创刊有着密不可分的关系。

《剧场艺术》正如其刊名所示，是一部以戏剧艺术为中心的杂志。在相当于编后记的“编辑室夜话”中，“迴”就《剧场艺术》创刊的宗旨作了以下阐述：“这是一个着重演戏材料与剧场实际的刊物，就是，致力于绍介各国剧场史，剧作家生活，名剧演出手记等材料，并舞台装置，照明，效果，等实际知识。”

这里署名“迴”的人就是在《剧场艺术》上发表《怎样接受演剧的遗产》、《秋田雨雀画像》（“罗因滨”即“梁梦迴”）并翻译了水品春树的《筑地小剧场史》等的梁梦迴。

梁梦迴的名字在前述臧云远参加的“聚餐会”以及“北方左联”计划创

① 参见兴亚院发行的《调查资料》第9号，昭和十五年10月《日本留学中华民国人名调》“东京商科大学”“邢振铎”一项。

办《海边文艺》的成员中均可看到。此外,这里还可以看到陈北鸥的名字。由此可见,“北方左联”的有关人士与《剧场艺术》有密切的关系,这也意味着“北方左联”成员与中华同学新剧会,也就是说,与当时旅日中国留学生的戏剧活动也有密切的关系。

在刊载于《剧场艺术》的梁梦迴的《怎样接受演剧的遗产》一文“附记”的开头部分,梁梦迴这样写道:“这篇文章,原来是写给那已经流产了的《海外文学》的朋友们的。”这里提到的流产的《海外文学》杂志,可以认为就是《海边文艺》。如果是这样的话,《剧场艺术》也可以说是和因与《杂文》“合作”而中止出版的《海边文艺》有关联的杂志。

三

如前所述,“东京左联”重建后的旅日中国留学生的活动,在旅日中国留学生大量增加的形势下,各种社团、研究会及读书会纷纷成立。其中,“北方左联”成员或相关人士除戏剧领域以外,在其他各个领域也开展了活动。以下我想以在前述“聚餐会”中出现过的解树椿为例作一简单介绍,并以此结束本文。

解树椿的经历不详。他 1933 年初来日,并与程明昇、雷任民、杨宪吾、杨章武等人组织了“读书会”,成立于 1935 年上半年的“社会科学研究会”就是以这个“读书会”为基础建立的。1936 年 1 月,由“社会科学研究会”的部分成员发起成立了世界编译社。关于世界编译社,卢耀武的回忆录《我所知道的东京“世界编译社”的一些情况》[①]有详细介绍。

卢耀武,河南巩县人,曾是北平中国大学的学生。因从事革命活动,身处险境,遂于 1935 年 3 月来日,在东亚学校学习。1936 年初,经同乡康午生(王国权)的介绍,参加世界编译社的活动。

世界编译社成立之初的宗旨是:“学习研究、座谈讨论马列主义并翻译和编辑出版世界各种名著向国内介绍。”成员有熊唯知(熊寿)、刘披云、解树椿(解鲁民、解彭年)、王兰西、王孔昭(王子光)、康午生(王国权)、侯俊岩、雷任民、任白戈、张百川(张勃川)、王重英(王众音)、李肇嘉(李林)、程

① 《文史资料选辑》第 9 辑,1987 年 5 月。

象轩(程明昇)、曹大同(曹汀)、吴默剑(吴廷缪)、郑思群、赵宁攻、杨章武、杨宪武、毛掬(女)、李柯(李月轩、女)、李玉如(女)、左岫泉(女)、柯仲平、江右书、王乃夫、王庭光、胡育德、阎乐民、吴慈祥(女)、袁君时(阮均石)、赵圭璧、张化宇、林孟平、黄少坤、林楚君、杨式谷、杜秉燦、黄启翔(女)、远猷、刘清贞、邓克强(丁克)等,前后有旅日中国留学生“六七十人”参加。①

从上述成员的名单就可以看出这一组织的阵容。各行各业、各方面的人士都加入其中,像与中国戏剧协会有关的李月轩,留东妇女会的毛掬、左岫泉,在中华留日美术座谈会主办的“第一次习作展览”上参展并与留学生的无产阶级世界语运动也有关联的邓克强(丁克)等等。从世界编译社人员的广泛性来看,说它是象征30年代后期旅日中国留学生活动之丰富性的一个团体也不为过。解树椿是这一运动的核心人物。

在卢耀武的回忆中有一处值得重视,这就是:当时,他与“中共北方局”取得联系,并建立了“中国共产党东京特别支部”。

卢耀武认为,在世界编译社的成员中,有很多人参加过中国国内的革命活动,他们想与党组织取得联系。卢耀武在1936年暑假回国之际,受“某些人”之托,让他回国后与党组织取得联系。卢耀武在北平与共产党员何锡麟见面,传达了上述请求。何锡麟把此事向彭真作了汇报。不久,解树椿也回到北平,他通过刘导生与彭真见了面,成立“东京特别支部”的意见被采纳了。“东京特别支部”的成员有解树椿、熊唯知、王孔昭等,他们都曾是世界编译社的成员。

但是,上面提到的解树椿等人建立的“中国共产党东京特别支部”的详情不得而知。如前所述,“东京左联”是在上海“左联”的协助下恢复的。但在那之后,上海的党组织受到多次镇压,不得不进行“撤退”。另一方面,1933年之后,在来自北方的留学生不断增加的形势下,北方来的党员们与中国共产党北方局取得联系,意欲单独成立“中国共产党东京特别支部”这样的组织,也是合情合理的。问题是他们在这之后的旅日中国留学生的文学、艺术活动中发挥了什么样的作用。恕我武断地作出结论,我认为很难想象解树椿等人建立的“中国共产党东京特别支部”能对当时旅日中国留学

① 卢耀武:《我所知道的东京“世界编译社”的一些情况》,《文史资料选辑》第9辑,1987年5月。

生活动的整体发生任何影响及作用。这是由于,1936 年之后,旅日中国留学生的文学、艺术活动在"卢沟桥事变"之前,已遭到日本治安当局的严厉镇压,被各个击破。这些情况我不久将以论文的形式予以公开发表。

此外,还有一点值得注意,卢耀武证实,"世界编译社的领导"曾指示卢耀武和王孔昭在北平建立"编译社分社"。卢耀武等人在何锡麟及北京师范大学张晋媛的协助下,在北平西直门的东北大学内设立了"北平世界编译社"。"北平世界编译社"的成员有许德珩、黄松龄、张友渔、武新宇等十几人。据说,张友渔还曾以"北平世界编译社"的名义出版了《日本新闻发展史》。这些情况日本国内鲜有所闻。

对于 20 世纪 30 年代旅日中国留学生的文艺活动、"北方左联"与"东京左联"的关系等进行的实证性研究现在刚刚有了一点头绪。在此,我衷心希望今后这一研究能够取得进展,并且希望为此而进行的学术交流更加活跃。

(作者单位:日本埼玉大学)

“北方左联”与30年代北平中学生文艺团体

马俊江

述及南北两地“左联”，其差异常被提起：上海“左联”多知名作家，“北方左联”“多数是大、中学校的青年教师（如潘训、张喆之等），而占最多数的则是大、中学校学生中开始从事文学写作的（如于伶、宋之的、端木蕻良、王瑶等）”，“这群学生居多数的盟员，就组成了北方左联”①。此中透露的历史信息是，在北平这个城市，中学生是左翼文学运动得以展开的一个重要的文艺群体，中学校园是重要的文化空间。北平诸大学里有哪些左翼教师、哪些学生团体、哪些刊物，有所记载的材料不算少，上述回忆中列举的学生就全是大学生；而左翼文学运动与中学校园的联系则被一笔带过，难知其详。在左翼文学的历史图景中，包括普通中学、师范与职校的中等学校与中学生是怎样的存在，值得考察。

结社与办刊：中学生文艺团体及其精神空间

从最初的筹建到以后活动的展开，北平各左翼文化团体都与这座城市的中学校园有着千丝万缕的联系：聂耳主持的“北方乐联”成立大会是“借西四北面一教会女子中学二楼的教室做会场。这天从门口到楼口，都布置有女学生警戒”②；“平津木刻研究会”和“北平美联”可以说发端于艺文中学，许崙音、唐诃、金肇野等左翼青年不但让在该校任教的国画大家王青芳拿起木刻刀，自号“万版楼主”，北方左翼美术界的盛事“平津书画·版画联

---

① 参见陆万美：《忆战斗的“北方左联”和“北平文总”》、杨纤如：《北方左翼作家联盟杂忆》，分别收入《北方左翼文化运动资料汇编》（北京：北京出版社，1991年）和《左联回忆录》（下）（北京：中国社会科学出版社，1982年），第342、525页。

② 陆万美：《隽永的纪念》，昆明：云南人民出版社，1981年，第107页。

合展览会"、"木刻讲座"也都首发于这所中学,许崙音病逝后,熔炉社、平津木刻研究会、《庸报·另外一页》、《华北日报》艺术周刊社、北平漫画协会等革命文艺团体发起的追悼会亦是在艺文中学举行;北平左翼戏剧团体"呵莽剧社"和"新球剧社"的"演员多半是今是中学的师生",剧社的负责人中陶也先和魏照风为该校学生、俞竹舟则是该校美术教师,而中学生陶也先同时也是"北平剧联"的主要领导人之一①;"担负北方全部分的文化斗争的任务"②的"北方左联"在外地的分支机构中,较多被人提起的是天津支部和保定小组,而"天津左联"的缘起与中心无疑是南开中学,重要的参与者还有女师、甲种商业学校和中日中学等中学校园里的师生;至于保定,也常被看作一个文化城,时人如此谈及这个小小的古城:"学校和学生在保定是占重要地位的。而所谓学校,也就可以说即是中学",尤其是第二师范,"学生多注意于社会问题,造成了共党的大本营"。③ 也因此,保定"左联"小组中,徐盈在农学院读书,但与申春忆及当年"左联"旧事,却说"当时左联活动的中心不在农学院,而是在保定第二师范"④。梁斌在保定并未参加"左联",但当时也是一位热衷革命文学的文艺青年。晚年他曾忆及保定二师的左翼文学活动:"1932 年秋,第二师范曾成立了几个研究会:文学研究会、社会科学研究会、世界语学会",而且,"那时,青年人爱三五个志同道合的自己出钱办个刊物,在小书摊上代卖,也有自己拿着串斋卖的,一边走一边喊:'九大枚一本……'"⑤梁斌的回忆道出了30年代中学校园里的文学风气以及左翼文学在这一文化空间兴起与展开的主要方式:革命文艺青年的结社与办刊。梁斌所谓"志同道合的自己出钱办个刊物"也可看作以刊物为中心的文艺社团。保定二师的社团名称也颇具时代特征:30 年代的左翼学生社团多称为读书会、研究会或学会。

现代中国的文艺青年结社乃时代风气,而中学校园里文学社团的兴起

---

① 魏照风:《新球剧社的前前后后》,《中国现代文学研究丛刊》1980 年第 2 期。

② 《中国左翼作家联盟北方部成立宣言》,参见《北方左翼文化运动资料汇编》,北京:北京出版社,1991 年,第 46 页。

③ 闻天:《保定的学校教育》,《中学生活》第 9 期,1934 年 10 月 30 日。

④ 申春:《关于保定左联小组》,收入中国左翼作家联盟成立大会会址纪念馆、上海鲁迅纪念馆编:《左联研究资料集》,1991 年,第 263 页。

⑤ 参见梁斌:《关于保定左联》、《远千里同志十年祭》,收入《笔耕余录》,北京:中国青年出版社,1984 年,第 128、150 页。

自有其独立因由。1935 年 2 月到 3 月,在《北方日报》副刊《长城》上,曾有一次规模不小的"中学生文艺论战",参与者多为中等学校学生。在文艺对中学生有益还是有害的问题上,论战双方针锋相对,但有两点认识却颇为一致:一是"一般中学生都爱好文艺";二是"怎样将正确的文艺传导于中学生",对于这个问题,双方答案完全相同。"北方左联"下属团体泡沫社的张腾和乃光如是说:"诸君都以为唯一方法是在学校里组织文艺研究会,而使国文教员指导之";"中学生应联合爱好文艺的同学自动的组织文艺研究的团体"。①

激进的中学生虽与校方多有矛盾,但他们对社团的诉求应该说普遍得到了掌校者的支持。论及现代大学,时贤常表彰蔡元培以大学校长身份"花那么多心思和时间在关心、支持学生社团"②。其实,民国大学校长、教授参与中学教育者颇多,大学教师也常兼职中学,在许多观念上大学与中学其实颇为相通。至少在支持学生结社方面,中学与大学似乎并无"根本区别"。南开校长张伯苓是南大校长,也是南中校长,是我们说明这一问题的好例子。张校长"对于学生课外组织、团体活动,无不协力赞助,切实倡导",将张校长所指的学生理解为南开学校之所有学生——大学生与中学生,应该不算过分。之所以如此支持学生结社,是因为在张伯苓看来,"国人团结力薄弱,精神涣散,原因在不能合作"、"识有个人,不知团体",因此"鼓励学生自动组织各种社团",目的是培养学生"通力合作,团结负责"的习惯与精神。③ 中国的教育家以"教育救国"为嚆矢,中学校园里的外国校长虽然与之教育理念并不完全相同,但同样鼓励学生课外结社。自 1919 年始在教会学校育英中学任副校长达三十年的美国人 Ernest T. Shaw,从学生兴趣和锻炼学生"自动工作"的角度谈论学生结社的意义。在他看来,"无论如何精心设计安排,课程都远远无法满足学校内众多学生的兴趣"。比起课程与个人,课外的"社团更有助于学生发展自己独特的兴趣",因此"学

① 张腾:《怎么办?——并答文平、萧启文、温宜、禾子诸君》,乃光:《"中学生爱好文艺"的几重原性及改善方法》(下),分别载于《北方日报·长城》1935 年 2 月 24 日、3 月 7 日。

② 陈平原:《文学的周边》,北京:新世界出版社,2004 年,第 157 页。

③ 张伯苓:《四十年南开学校之回顾》,载 1944 年《南开学校四十年纪念校庆特刊》。傅国涌编《过去的中学》(武汉:长江文艺出版社,2006 年)以及李桂林、戚名琇、钱曼倩编《中国近代教育史资料汇编》之《普通教育卷》(上海:上海教育出版社,2007 年)二书收入该文,皆视该文为中学教育文献。

校采取鼓励学生结成正式或非正式社团的政策"。① 自1929年至1948年，育英中学每年出版一册年刊，每册《育英年刊》中所记载的学生社团都有二十余个，而且这还只是校方组织或支持的"正式"社团。

鼓励学生结社不仅是中学掌校者的教育理念，甚至在某种程度上得到了国家政策的支持。1930年国民政府颁布的《中等学校训育实施纲要》第七条规定："指挥组织学生自治会及其他各种集会，以训练青年四权之运用。"②

学生渴求社团、掌校者鼓励、政策支持，学生、校方与政府有如此共识，当然会带来中学校园社团的兴盛。1922年江苏省立一中校长陆殿扬曾对全国20个省份的69所中学进行调查，学生组织与社团即是其调查内容之一。据其《各省中学校学生活动事业统计表》：69所中学共有各种形式的社团460多个，平均每校设立社团近7个。③ 而且，这些学生团体大多是学校组织，还未包括爱好文艺的中学生自发结成的文学社团。而北平小报《中学新闻》则刊有大量中学文艺社团的消息，由此也可看出30年代中学生结社的风气与特点：

> 市立一中高二文科的几个同学，见到了文坛的寂沉，同学们精神的散漫，于是组织了一个小小的文艺团体——北园文艺社……因为学校的爱护，社里的经费还不成问题，现在他们正在努力着他们的处女作品——《北园》创刊号。

> 辅中一甲新组文艺社：课余文艺研究社。因经济关系，暂不刊印，仅将原稿置图书馆中，任人批阅。

> 各种研究社及文艺团体占大多数……成绩最佳的还是文艺团体……资格最老的健青社……每星期出一张壁报。④

---

① 参见 Ernest T. Shaw，"*Why Student Organizations?*"和《学生团体与学生生活》，两文分别收入育英学校学生自治会编辑《育英年刊》，1931、1932年。

② 杨同芳：《中学训育》，北京：世界书局，1941年。该书附录中收入《中等学校训育实施纲要》等多种教育法规。

③ 陆殿扬：《全国中学校状况调查统计》，《新教育》第5卷第5期，1922年12月。

④ 参见晓春《文艺社与演讲会——一中同学新成立的两个团体》、《辅中新组文艺社》和联芳《文艺团体在正中》，分别载于《中学新闻》1933年11月9日、1934年4月19日、1934年10月11日。

社团需要精神空间，发出自己的声音，所以结社总是和办刊互相勾连。但校方虽然支持中学生结社，却不可能为每一个学生社团提供经费，资助其出版社刊。《中学新闻》提及的北园文艺社有校方提供经费，实属幸运，但并非中学生文艺社团的常态；梁斌回忆中所说的自费出版刊物，在中学校园常见，但难以持久；“将原稿置图书馆中，任人批阅”也是情不得已之事；而最廉价最方便的壁报应是中学生文艺社团最为常见的园地之一。同在北平市立一中，艺风文艺社就没有北园文艺社那么幸运：“高年级几位爱好文学的同学，近日合组一个壁刊，定名《艺风》，每两周发刊一次……完全用笔抄录，内容有诗歌、散文、小说等。”①

论及报刊，文学史家关注的是印刷文化，但在校园文化空间之内，手抄壁报可称是中学生文艺社团重要的文学生产方式，和最常营建的精神空间之一，在中学生群体的文学生活中占据着颇为重要的一章。只不过壁报一般只有一份问世，乃真真正正的“孤本”，在空间上传之不远，在时间上存之不久，当时既无深远影响，后世又难睹其貌，也就难以进入史家视野，但它毕竟是现代中国文学生活的一角，虽然我们只能借当事者的回忆想象壁报之于文艺青年及其社团的存在。日后以《红日》闻名的吴强有一段文字，详细追述了他中学时代的一个左翼文学青年社团和一份走出校园的壁报，值得引述：

> 我和正风中学“左联”小组的几位盟员姚木紫、徐碧山、张凌云、刘毅慈等创立的春风文艺社，办了一种墙头文学刊物《春风》，用整张的图画纸，由善写小字的刘毅慈同学书写工工整整的蝇头小楷，誊录发表的作品，当时已是知名作家的何谷天(周文)的短篇小说《热》，就发表在《春风》的第二期上。这个左翼的刊物，由徐碧山配以插画和美术报头，以它特有的内容和形式，受到读者们的热烈欢迎。在正风中学本校挂出之后，观看的同学很多，沪西其他中学知道了，便要求移到他们学校去悬挂；这样，这个墙头刊物，便在沪西中等学校里发生了广泛的影响。②

① 梦中人：《一中每周杂谈》，《中学新闻》1935 年 1 月 17 日。

② 吴强：《回忆与感想》，收入《左联纪念集 1930—1990》，上海：百家出版社，1990 年，第 80 页。

除却壁报，在中学校园与中学生文艺群体关系最为紧密的出版物是校刊。伴随新式学校而兴起的校刊这一出版物，确实堪称现代中国一道独特的文化史与文学史风景。校刊的作者群为本校师生，以学生为主体；主要发行于校内，全校同学人手一册，“如有愿意多得一份半月刊者，可出代价购买。代卖处：本校号房。……然购者仅限本校同学”①；除此之外，校刊也多赠送一些文化机关以及与其他学校校刊交换。因此，现存下来的校刊封面多印有“请交换”或“赠阅”的图章，这也是校刊走出其“母校”的主要途径。不管是作者还是发行，局限于校园的校刊当然无法产生更大的影响，但对于校园内学生群体常态的文学生活而言，校刊无疑是其最易贴近和最为重要的文学生产空间。

前文我们曾引述张伯苓谈论南开学校的文字，在谈及学生社团之前，张伯苓还曾专门提及学校的出版：“学校为训练学生之写作能力，增加学生发表思细想之机关，自始即鼓励学生编辑刊物，会有会刊，校有校刊，或以周，或以季，种类甚多。”虽然对大多数中学而言，恐怕难有实力做到“会有会刊”和“种类甚多”，但若说30年代凡稍有规模的中学即“校有校刊”也并非妄言。东北大学附中训育主任如此描述当时各校竞相出版校刊的风气：“近来国内各校出版物，几如汗牛充栋。不论其是季刊、月刊、半月刊、周刊、日刊，内容之优劣，暂且勿论，都有一种蓬勃之气象，活泼之精神。”而谈及校刊之于学校的意义，他的说法也许会让后人跌破眼镜：“国家强弱，系夫人才；人才盛衰，系夫学校；学校优劣，实有关乎校刊。”②风气如此，以至于南开女中的雷主任以为不出版校刊，则“女中在天津各校有落后的嫌疑”③。

除去偶有的例外，如北平温泉中学的《谷光》、潞河中学的《协和湖》，校刊基本以校名命名，大多属综合性刊物，常常发布学校通知、刊载校闻、通报图书馆所进新书以及各学科讨论等等。但无疑，校刊中占比例最大的是中学生的文艺作品。大同中学校刊《大同双旬刊》编者自我批评该刊内容“偏重文艺和缺乏理科稿件”，“这的确是个不好的现象”，但编者真正不满的却是“‘大同论坛’、‘书报评介’及‘剧本’都没有”稿子，也就是说编者真正想

---

① 《本刊启示》，《大同半月刊》第3号，1931年5月4日。

② 刘继烯：《弁言》，《东北大学附属中学校刊》第1卷第1期，1928年4月。

③ 尔琼：《写在前头的话》，《南开女中月刊》创刊号，1931年5月。

要的恐怕还是杂文、书评和剧本这些文学作品。[①] 甚至像《协和湖》那样“办成纯文艺的”校刊也并不少见，当这种办刊倾向被批评为“是一个错误”时，编者回应说：“我们以为这话很对。但得声明，这期也还是纯文艺的。事实上这无办法。编者同人，老实说都是爱好文艺的。”[②]由爱好文艺的学生主持，也正是校刊的一个特点。

对于众多没有能力出版刊物的中学生文艺社团来讲，借校刊一角来建立自己的文学园地无疑是最佳选择。育英中学的“哪里去”文学社就是在校刊《育英半月刊》附出《哪里去文学社特刊》。史家一般将现代报刊分成三足鼎立的商业报刊、机关刊物和同人杂志，而校刊不属于上述任何一家，它有自己独特的运作模式。校刊并非面向社会的公开刊物，其作者是在校师生及离校校友，颇有“自家园地，他人莫入”的架势。大同中学的《大同周刊》即因被“认为本刊的稿件大多是校外的”而遭遇同学指责[③]。但在现代社会，不管是用有形的法规条文，还是用无形的俗成约定，欲将社团与刊物限制在一个狭小空间，也委实不是一件容易的事。《育英半月刊》就常登载艺文中学学生王云和（笔名耿明、君芜等）和吕奎龙的作品；而“哪里去”文学社的核心人物、《育英半月刊》的编者李景慈（笔名林慧文、阿茨等，在沦陷区北平文坛以笔名林榕名世）也常有文字见于《大同周刊》；王云和、吕奎龙和李景慈又与《大同周刊》的编者耶菲、颖灿等联合起来，走出各自的校门，共同主持小报《觉今日报》副刊《文艺地带》，直至结成“北方左联”后期颇为活跃的文艺社团——“泡沫社”。该社社长谷景生（笔名谷峰）是“北方左联”书记，主持社刊《泡沫》的谷牧（笔名牧风）为“左联”组织委员，而上述艺文中学、育英中学和大同中学的几位中学生不仅是泡沫社成立的基础，事实上也成了社团最重要的成员。原本封闭的校刊和校园难以彻底封闭，经由一份小报副刊、一个社团和对革命文学的共同信仰，中学校园与北平这座城市的革命文学史图景联系到了一起。

（作者单位：浙江师范大学文学院）

---

① 《编者的话》，《大同双旬刊》第1卷第2期，1934年12月10日。

② 白逵：《编辑后记》，《协和湖》第4卷第1期，1935年10月。

③ 《编后》，《大同周刊》第2卷第6—7期合刊，1936年4月13日。

相濡以沫在战时

——现代文学互动行为及其意义例释

解志熙

相濡以沫在战时：沈从文给李健吾的慰问信及其他

书信的首要功能，当然是彼此感情的沟通和信息的交流。在古代交通不甚发达的情况下，人们偶尔得到远方友朋的一封问好的书札或外出游子的一封报平安的家书，该是何等感激欢欣的事啊，因此书信在古代被人珍若拱璧也就在情理之中了。到了现代，交通条件大大改善，但书信的地位似乎不减，其作用也显著增加，除了沟通信息、交流情感的传统功能之外，它还被发展成一种散文或小说文体，甚至文论形式和文学互动方式，丰富了现代文学的形式。

沈从文是个特重感情、很爱写信的作家。《沈从文全集》（以下简称《全集》）收集了他的不少书札，但仍有一些遗漏在外，如 1944 年 11 月 1 日上海出版的《万象》杂志第 4 年第 5 期上所刊沈从文《自滇池寄》两函，第二封已编入《全集》第 17 卷之《新废邮存底续编》中，但不知为何却遗漏了第一封，或者这封信改题收入了《全集》？然而翻检《全集》，迄未检得，也许我的检索有所疏漏亦未可知，所以暂以《自滇池寄》（一）为题补录如下——

××：

人有说你已过福建的，得□□[①]信，方知犹在上海，未作他计。法国文学史工作想已完成甚多。这里熟人多如旧，生活或已如"黔娄先

---

① 原刊用□□隐去了人名，究是何人，待考。

生”，情绪还像不大寒伧，见面时有说有笑。惟分住各乡的，一年中见面亦不多耳。甫先生[①]犹如当年从容，常问及你情况。佩弦略见老态。之琳作五十万言小说，已完成。一多以刻图章补助生活，且有兴趣译新诗（中译英）。毓棠尚能于教书之外写诗。冯至、广田，亦多能写作，且可常见面。我住乡下已五年，每星期只在城中一二天，孩子们于乡村中长大，顽健比似城中略胜一筹。气候温暖，过日子平平静静，故不觉长久。原来与冰心诗人相去一里许，近则唯戴世光陈达相去不多远。三小姐[②]一切照常，精神则比过去转好，大约因凡事自己动手，每天在家中自己做酸菜，霉豆腐，劳作不息。欢笑歌呼，尤增加大人快乐[③]，因之岁月虽逝，生命中所保留青春活力，转若在任何情形中均不至于消失，老友闻之，定必愉快！徽因寻常在四十度高热中，相去过远，信息不明，病既是原有之病，想不至于如何沉重！宗岱精神似尚好，可从填旧词兴趣看出。巴兄[④]或尚在桂林，小说改戏，各处上演，亦甚热闹。孟实久无消息，只间或在刊物上见说教小文章耳。占元[⑤]甚用功，已结婚。萧乾无信，不知生活如何。相去万里，六年来大多数人已发鬓成雪，幼小者多成童子，相见何日？能不令人悒悒！望各自珍，并为朋友珍重。××，××，并盼致意。

弟文　一月二十日

据《万象》的出刊时间和《自滇池寄》（一）中所谓（抗战）“六年来”等语，沈从文撰写此信的“一月二十日”当即是1944年的1月20日。此时按阳历说

---

① “甫先生”前似漏排了一个“今”字或“金”字——“今甫”（亦作“金甫”）是杨振声（1890—1956）的字，他是“五四”文学革命时期新潮社的骨干，后与朱自清筹办清华中文系，继而出任青岛大学校长，又曾参与组建长沙临时大学（西南联大的前身）。按，作为资深新文学作家和教育家的杨振声，乃是李健吾的清华老师之一，并曾提携过沈从文。下面的佩弦（朱自清）、之琳（卞之琳）、一多（闻一多）、毓棠（孙毓棠）、冯至、广田（李广田）、徽因（林徽因）、宗岱（梁宗岱）、孟实（朱光潜）、萧乾等，也都是京派文人学者。

② “三小姐”指张兆和，她是张氏四姐妹中的老三。

③ 此处疑似排印造成的错简：“欢笑歌呼，尤增加大人快乐”显然是说孩子的，却既前缺主语，又不能融入后面说“三姐”的语句“因之岁月虽逝，生命中所保留青春活力，转若在任何情形中均不至于消失”；窃疑原信或许作：“孩子们于乡村中长大，顽健比似城中略胜一筹，欢笑歌呼，尤增加大人快乐。”

④ “巴兄”当指巴金。

⑤ “占元”当指陈占元（1908—2000），广东南海人，法国文学翻译家。

已进入1944年，但按旧历说，则仍在1943年岁末也，正合抗战爆发“六年来”通信双方天各一方之况。

两封《自滇池寄》集中表达了沈从文对羁留上海沦陷区的文化界朋友的殷切关怀，诚所谓纸短情长，字里行间浸透了深厚的情谊。比较而言，《自滇池寄》(一)的内容更重要些，然则沈从文的这封信究竟是写给谁的呢？细绎其内容、措辞，并联系相关情况，大体可以推定，接受这封信的人必须具备四个限定条件：其一，从沈从文在信中称对方为“老友”的亲切口吻来看，收信人显非沈从文的前辈或晚辈朋友，其年龄资历应与沈从文相当。其二，沈从文在信的开头慰问对方之后，紧接着就说“这里熟人多如旧”，然后一一报告了流徙西南尤其是昆明的“熟人”的情况，涉及杨振声、朱自清、卞之琳、孙毓棠、闻一多、冯至、李广田、林徽因、梁宗岱、朱光潜、巴金、陈占元等，这些人乃是沈从文和收信者共同的“熟人”，除巴金、陈占元外，其他都是战前就活跃在北平的京派文人学者，据此则收信者也当属于京派圈子无疑。其三，这个被沈从文称为“老友”的人又是个法国文学专家，曾经计划撰写《法国文学史》。其四，此函开头一句——“人有说你已过福建的，得□□信，方知犹在上海，未作他计”，既透露了收信人的一点行藏消息，也包含着对其处境的一点含蓄暗示。其所透露的消息是，收信人自抗战爆发后一直蛰居上海，后来曾想离开上海，但未能实现，截至1944年初仍羁留上海；然而作为朋友的沈从文专此致函问候，却只说了一句话就转了话题，这又耐人寻味地暗含着顾虑日伪的书信检查、担心“老友”的安全之意，令读者从字里行间隐约可以体会到，其时收信人很可能受到了某种威胁，不得不预谋出走福建而未能成功，则他在沦陷时期的上海文坛上当是一个非同寻常因而招惹日伪注目的角色。

应该说，在彼时沈从文的友人中，符合以上四项条件之一者颇不乏人，但同时符合其中两项者，就很少见了，而完全符合所有四项者，则似乎只有一个人，那就是李健吾。

李健吾比沈从文小4岁，但二人几乎同时走上文坛。李健吾早年参与的文学青年小社团曦社和于赓虞为骨干的绿波社是友好社团，稍后于赓虞又组织无须社，沈从文也曾参与无须社，并且李健吾和沈从文都是《晨报副刊》投稿者，所以通过这些相互交集的文学小社团和共同的文学园地，李健吾和沈从文在20年代中期即使未曾谋面，也应该是相互知道的。20年代中后期李健吾和沈从文在小说创作上渐露头角。30年代初李健吾赴法留学，致力于法国文学和文学批评的研习，沈从文则在乡土抒情小说创作上成就显著，因此成为京派文坛骨干。1933年8月李健吾学成归国，虽然也继续致力于小说以及戏剧创作，但把主要精力放在文学批评和法国文学研究方面。他以刘西渭为笔名的精彩批评文字，多刊载于沈从文主编的《大公报·文艺》上，可谓闻名遐迩，但当时只有沈从文等少数知友知道刘西渭就是李健吾。此时的李健吾已成为京派文人集团中的一员，他的批评才识尤其令沈从文叹赏，以至于沈从文40年代创作了爱欲传奇系列小说《看虹摘星录》后，曾把"批评家刘西渭"预列为自己这本小书的两个"最好读者"之一①。在法国文学研究方面，李健吾精心撰写的专著《福楼拜评传》，先在一些刊物上分章发表，如郑振铎主编的《文学季刊》创刊号(1934年1月出版)就发表了最精彩的第二章《包法利夫人》，立即赢得学界的一致好评，他因此被公认为后来居上的法国文学研究专家。李健吾晚年在回忆郑振铎时仍念念不忘道："对我生活最有影响的是我在创刊号上发表的论文《包法利夫人》。这篇论文引起一些文化界知名人士的注意。从未谋面的林徽音女士看后，给我写过一封长信，约我到梁家见面……论文《包法利夫人》也引起了你(指郑振铎——引者按)的注意。后来约我到上海国立暨南大学教书，就是为了这篇论文的缘故。"②或许正是因为《福楼拜评传》太成功了，才催生了李健吾撰写一部《法国文学史》的学术抱负吧，而在当时中国的法国文学研究界，他也确实是最堪此任的学者。说来，在那时的文坛上比较熟悉法国文学的虽有十数人，但多从事译介或批评，如梁宗岱、傅雷、盛澄华等，从事法国文学史研究的不过寥寥三五人而已。年资较老的是李璜和袁昌英，李璜编著的《法国文学史》，乃"少年中国学会丛书"之一，1923年由中华书局出版，袁昌英的《法兰西文学》，为"万有文库"之一，1929年商务印书馆初版，1944年改订为《法国文学》——以上两书原都是简介常识的小册子。30年代涌现出了三个对法国文学有专深研究的年轻学者：吴达元、李健吾和徐仲年。任教于清华大学—西南联大的吴达元经过

① 沈从文：《〈看虹摘星录〉后记》，《沈从文全集》第16卷，太原：北岳文艺出版社，2002年，第343页。

② 李健吾：《忆西谛》，《咀华与杂忆——李健吾散文随笔选集》，北京：中央编译出版社，2005年，第278页。

差不多十年的刻苦努力，终于在1944年完成了他的学术巨著《法国文学史》，并于1946年由商务印书馆出版，至今仍然是难以超越的著述；任教于中央大学的徐仲年在抗战前后分别出版了《法国文学 ABC》（世界书局，1933年）和《法国文学的主要思潮》（商务印书馆，1946年）；至于李健吾则因其《福楼拜评传》的学术水准之高，让人们对他撰作一部高质量的法国文学史寄予了最大的期望，而他也是上述诸人中唯一蛰居于沦陷了的上海的人，或以为他可以埋头学术著述了，但那不过是美好的幻想。事实上，自太平洋战争爆发后，失去“孤岛”掩护的留沪文人处境更为困窘而且艰险——面临着维持生存和坚守气节的双重考验。即如李健吾，就在一夜之间失去了养家糊口的所有职业来源，而他又有腿病不能跋涉到大后方，就在此时——1942年春梢——正“荣任”华北伪政府教育督办的周作人托人传话给李健吾，劝诱他“回到北平来做北大一个主任罢”，但刚硬不苟的李健吾拒绝了：“我写了一封回信给那个人，说我做李龟年了，唐朝有过这个先例，如今李姓添一个也不算怎么辱没。”[①]由此，李健吾下海了，成了一个演员和编剧，解决了一家的生活问题，抵挡住了做了汉奸的老师之诱降。然而，危险仍然存在：尽管李健吾和他的戏剧同道们尽量走“商业化”的戏剧道路以规避日伪的迫害，但是他们的戏剧活动毕竟难以完全掩饰民族情怀，所以作为沦陷时期上海戏剧活动头面人物的李健吾还是被日伪警宪盯上了。李健吾对此不可能没有感觉，他因此而有出逃福建的计划，也在情理之中，只是尚未得到适当的机会实行。而听到风声的大后方友人们如沈从文等，自然也很担心李健吾等人的安危。这很可能就是沈从文写这封信的缘由。

当然，尽管一切似乎都把《自滇池寄》（一）的收信人指向李健吾，但这毕竟出于我的推测，还需要其他材料来旁证。凑巧的是，与《自滇池寄》（一）同时同刊发表的《自滇池寄》（二），就是一条旁证材料。按，《全集》虽然编入了《自滇池寄》（二），但对收信人的身份未予考证，窃疑或是《万象》的编者柯灵也未可知，这个暂且不谈。值得注意的是，沈从文乃是在《自滇池寄》（一）不足一月之后写《自滇池寄》（二）的，然则写、发时间如此接近并且都是寄往上海的两封《自滇池寄》，在内容上是否会有一些关联呢？有

① 李健吾：《与友人书》，《上海文化》第6期，1946年7月1日。

的。看《自滇池寄》(二),一开首说的恰正是“健吾诸兄”的安危——

> 二月十七日从×××兄处见到你去年十一月廿七寄的来信,真是喜出望外,尤其是从信中知道健吾诸兄均安好无事。

此处“健吾”当指“李健吾”无疑,而沈从文如此喜出望外于“健吾诸兄均安好无事”的信息,正好印证了李健吾前一阵确实面临危险,令好友沈从文非常担心,因而设法多方打听,这也就间接证明了《自滇池寄》(一)乃是沈从文风闻李健吾的危险处境后,特意写给他以表达慰问的信。明白了这一点,我们也就不难理解《万象》的编者柯灵为什么要把沈从文的这两封信标为“自滇池寄”同时予以发表的含义了——他其实是借此向大后方的所有关心李健吾等人安危的友人报平安,而那时的李健吾自身恐怕已经无法给沈从文回信了。李健吾的平安其实很短暂,他并未逃过日伪的魔爪:1945 年 4 月 19 日的半夜,他还是被日伪警宪抓走而备受折磨,好不容易打通各种关系保释出狱;不久,连柯灵也再次被捕入狱,李健吾终于下定决心逃离了上海。这是后话,在此无须赘述。还有一条重要的旁证材料,也同样出自沈从文的战时书简——1944 年 9 月 16 日沈从文曾致函在美国的胡适,谈及不少国内友人的情况,其中有这样两句:“健吾虽还在上海,闻努力编《法国文学史》。”[①]这个“健吾”显然也是指李健吾,由此可知那时确有李健吾在沪埋首编撰《法国文学史》的传闻,这与沈从文在《自滇池寄》(一)里慰问对方“法国文学史工作想已完成甚多”恰可互证,如此则收到沈从文这封慰问信的“老友”几可谓非李健吾莫属了。至于《自滇池寄》(一)所谓“人有说你已过福建的,得□□信,方知犹在上海”一句,无疑暗含了对收信人企图离开上海到福建却未能成功的焦虑,而收信人倘是李健吾,则可知他出逃的目的地乃是福建,可是李健吾为什么要选取福建而非昆明或重庆呢?这理当有个解释。窃以为,这或许因为李健吾曾经任教的暨南大学已于 1942 年 6 月全迁到福建北部的建阳——不难理解,计划出逃的李健吾也必须考虑出逃后的工作以维持一家的生计,而在那时的重庆、昆明等地,工作并不好找,惟其如此,有暨南大学在那里的福建,也就自然而然地成为李健吾出逃的首选之地了。

---

① 沈从文:《致胡适》,《沈从文全集》第 18 卷,太原:北岳文艺出版社,2002 年,第 432 页。

海上羁客有所思:李健吾对林徽因、沈从文的感怀

回头再说羁留上海的李健吾。他在受到大后方朋友如沈从文关怀的同时,自己也关怀着大后方的朋友如林徽因(原名林徽音),而使得他的关心得以放下心来的,很可能就是沈从文的这封《自滇池寄》(一)。这也正可为《自滇池寄》(一)乃是沈从文写给李健吾的信的另一个旁证。如上所述,林徽因乃是李健吾特别感激的文学知音,所以当听到原本体弱的她转徙大后方劳累不堪、生活窘困,因此旧疾复发、可能病逝的传言,李健吾自然是非常焦急,羁留在上海的他曾逢人就打听林徽因的消息,后来知道乃是误传,遂惊喜地写了《林徽因》一文,真可谓情见乎词——

> 足足有一个春天,我逢人就打听林徽因女士的消息。人家说她害肺病,死在重庆一家小旅馆,境况似乎很坏。我甚至于问到陌生人。有人笑我糊涂。最后,天仿佛有意安慰我这个远人,朋友忽然来信,说到她的近况,原来她生病是真的,去世却是误传了。一颗沉重的爱心算落下了一半。
>
> 为什么我这样关切?因为我敬重她的才华,希望天假以年,能够让她为中国文艺有所效力。

《林徽因》写于上海沦陷后期,用的是笔名"渭西",收录在一本上海沦陷区作家的散文合集《作家笔会》里,该书 1945 年 10 月才得以出版。据姜德明先生的考证,"渭西"就是李健吾。① 《林徽因》一文中所说的那个春天,大

---

① 姜德明:《怀人的散文》,《梦书怀人录》,上海:汉语大词典出版社,1996 年,第 137 页。姜先生在该文中指出,《作家笔会》中所收《蹇先艾》一文的作者"子木"和《林徽因》一文的作者"渭西"都是李健吾:"'子木'合在一起是'李','渭西'是'西渭'之倒置,更可从那文章的内容和风格来判断"。姜先生的这个判断得到了原书编者柯灵先生的首肯,并且当年也曾羁留上海、担任过《万象》助理编辑的徐开垒先生也证实了姜先生的判断,参阅徐开垒:《书情与友情》,《书屋》1988 年第 3 期。附带说一下,陈学勇先生在 2001 年 10 月 24 日的《中华读书报》上发表了《李健吾与林徽因》一文,重新发现了"渭西"即李健吾的《林徽因》一文,他或许没有看到过姜德明和徐开垒的文章吧;韩石山先生的《李健吾传》新版(太原:山西人民出版社,2006 年,我没有见到 1996 年的初版)第 23 页引"子木"即李健吾的《蹇先艾》一文,注释原书《作家笔会》为"1938 年上海春秋杂志社",则时间有误、出版处不全——《作家笔会》是 1945 年 10 月由春秋杂志社和四维出版社合出的。另按,"渭西"这个笔名此前也有人用过——在 1936 年 9 月 20 日出版的《东北》杂志第 1 卷第 3 期上,就有署名"渭西"的文章《"圆宝盒"里的诗人卞之琳》,这另一个"渭西"不可能是李健吾,因为他的这篇文章正是对当年刘西渭即李健吾与卞之琳之间的那场解诗讨论的批评。

概是1944年的春天吧,因为据柯灵先生1945年9月为《作家笔会》所写的题记,他在“去年冬天”也即1944年冬季就编好了这本散文集[①],如此则李健吾所说的“春天”也就最有可能是距离最近的1944年。然则,究竟是哪个远方的朋友那么有心地在那时给李健吾写信报告林徽因的病况而让他放下心来的呢?

按理,有这种可能的“朋友”不止一人,但是考虑到当时交通的不便,尤其是大后方与沦陷区通邮的忌讳,则那个给李健吾来信的远方朋友必定是与他特别相契的好友,而且这个人也一定像李健吾一样特别尊敬林徽因,并且这个人也肯定深知,以李健吾与林徽因的关系,他必定很惦念林徽因的境况。就此而言,则这样的一个远方朋友,即使不能说非沈从文莫属,也应该说他是最有可能的了。现有文献也可以证明这一点,那就是沈从文的《自滇池寄》(一)。从这封信中可以看出,沈从文显然体谅到了“老友”对身在大后方的诸多师友之牵挂,所以在简短地对“老友”表示慰问之后,接着就一一报告了后方诸师友的境况。首先说到的金甫、佩弦二先生,乃是李健吾一直感念的清华老师杨振声和朱自清,并且杨振声也是提携过沈从文的前辈之一,所以放在前面,随后说到的其他人也都是李健吾和沈从文共同的同辈朋友(除了“冰心诗人”),其中关于林徽因是这么说的——

> 徽因寻常在四十度高热中,相去过远,信息不明,病既是原有之病,想不至于如何沉重!

这话既向收信人报告了林徽因的病情,而又语含宽慰,生怕收信人着急。如此体贴,显见得沈从文是感念到收信人对林徽因的感情和关切的。从这些情况来看,《自滇池寄》(一)很可能就是李健吾在那个春天忽然收到的那封让他对林徽因放下半个心来的远方朋友来信。

如果以上的猜测和考证还说得通,则沈从文对李健吾的关切,真是体贴到了并及其所关心的地步。不难想象,面对老友如此深情体贴的关怀,李健吾于理于情都应该有所反应。令人颇感欣慰的是,李健吾当日的回应似乎还有迹可循。即如同样收录在《作家笔会》中的《沈从文》一文,就很像李健

---

① 柯灵:《关于〈作家笔会〉》,《长相思》,上海:上海文艺出版社,1982年,第205页。

吾的手笔。此文也很简短,不妨过录于此——

徐志摩编辑《晨报副刊》,有一个叫做休芸芸的人常常投稿。他的文章惹人侧目,内容尤其启人好感。我们这些喜好文学的年轻孩子,猜想不到他的来历。我有时候也写些诗文送去发表,但是永远缺少他字句之间的那种新颖的感觉。过了两年,他抛掉那个笔名,我们知道他的真名实姓。他叫做沈从文。

他说他是一个兵。我以为他身体魁梧,横眉大眼,有如一个山东人。想不到他有理想的张生的清秀,一般书生的文弱。在中国现代文学作家里面,气魄浩瀚如鲁迅,如茅盾,如巴金,如曹禺,全是瘦小的身材,看过去不太和他们的精神相衬。鲁迅和巴金的面貌还可以说有些奇特,不同凡俗。至于茅盾,曹禺,尤其是沈从文,简直属于同型的平常的面貌。你奇怪他们的渺小的物质的生命,会产生了(将来还要产生)千百万言不朽的巨著!那样文弱的身体会装满了取之不竭用之不尽的精灵!伟大这两个字,使用到精神方面,没有尺度可以比量。它最好的例子是拿破仑。

和文学的同伴放在一起看,我往往觉得,他的文字(内涵的,精神的)最最富有中国的传统的气息。他让我想到庄子,他让我回到唐代,他的人物是单纯的,他的气氛是浑然的,他的字句是感觉的。他的杰作《边城》好像唐代的传奇,更其质朴,更其真淳。即使他写些粗犷的男女,例如他的另一部杰作《从文自传》,也是可爱的。忧郁和茁壮,两个不应当连在一起的生命,他会以同一的魔力在同时呈现。

我们相知很早,但是谈到相识,却又很晚。我认识他,在他结婚以后,在他编辑"文艺"的时候。他没有受过正式教育,但是,勤学,好问,成为他的性格的一个特征。他写王字,他读古书,他好古画,他爱古瓷,他看名人,他买各样新书,尤其是翻译。他不认识外国文,他的文章往往看见外国名词,科学名词,一切生涩的东西。他有奇大的吸收力。但是,他固执,他争竞,他不示弱,他以精神的强者自居。

风格是一个作家的标记,同时却是模仿者真正的祸害。沈从文的风格渐渐变成一种风气,引起不少读者的反感。许多男女学习他的字句。有人简直可以乱真。但是,拜他为师,不失自己的朴实,乃是他的夫人三小姐。三小姐为他主持家务,有时候教他英文,若干年不相晤

> 了，我相信他的英文程度大概远在他的“老虎”儿子之下。他羡慕，妬忌，恼恨那些外国留学生：他们可以直接领会外国大作家，然而他们那样浅妄，不负责任，译些坏东西，万一译些好东西，又那样让他看不出好来。写些创作，又似绝未承受外国作家良好的影响。看过巴尔扎克的《葛郎代》，他摇摇头，说：“小山，巴尔扎克原来如此！”我苦笑了，问他是否把译文当做原文。他叹了一口气，说：“你应当给我这种读者好好儿译几部书来。”惭愧之至，我没有丝毫敬还他的期许。

关于此文作者“小山”，姜德明先生的文章未予考证。徐开垒先生在读到姜德明先生的文章后透露说，对《作家笔会》中其他署名者的真实身份“我倒知道几位”，其中就有“小山”，可惜的是徐先生语焉不详，并没有说出“小山”究竟是谁。就我所知，在现代文献中也颇有几个人曾经署名“小山”的，但皆无足多顾者，并且几乎都非文学界中人，所作与《沈从文》一文的文情迥不相侔。就文与情而论，“小山”的这篇《沈从文》，与“子木”所写的《蹇先艾》、“渭西”所写的《林徽因》，似乎出自同一手笔，都写得文情并茂而又简练通脱，很像李健吾的文字风格。复查“小山”在文中说到自己与沈从文从相知到相识等情况，正与李健吾和沈从文的关系若合符节。比如他们早年都曾给徐志摩主编的《晨报副刊》投稿，因而相知，但相互认识则在沈从文结婚后编辑“文艺”（这个“文艺”显然指的是《大公报》的《文艺》副刊）的时候，由此成为好友，“小山”并曾向沈从文介绍过外国文学名著，特别是法国文学，答应他好好译几部书。而事实上，李健吾在沦陷期间的一大工作，就是潜心翻译福楼拜等法国文学名著。再看“小山”文中对沈从文作品的评价，与李健吾对沈从文作品的评论，也几乎完全一致。比如，当年的李健吾（刘西渭）对《边城》一类田园牧歌赞赏有加：“沈从文先生便是这样一个渐渐走向自觉的艺术的小说家。有些人的作品叫我们看，想，了解；然而沈从文先生一类的小说，是叫我们感觉，想，回味。”“他把湘西一个叫做茶峒的地方写给我们，自然轻盈，那样富有中世纪而现代化，那样富有清中叶的传奇小说而又风物化的开展。……在这真纯的地方，请问，能够有一个坏人吗？在这光明的性格，请问，能留一丝阴影吗？……没有再比那样的生活和描写可爱了。”“可爱，这是沈从文先生小说的另一个特征。他所有的人物全可爱……各自有一个厚道然而简单的灵魂。”①《沈从文》一文虽非文学评论，但同样强调了沈从文的文学特点：“我有时候也写些诗文送去发表，但是永远缺少他字句之间的那种新颖的感觉。”“我往往觉得，他的文字（内涵的，精神的）最最富有中国的传统的气息。他让我想到庄子，他让我回到唐代，他的人物是单纯的，他的气氛是浑然的，他的字句是感觉的。他的杰作《边城》好像唐代的传奇，更其质朴，更其真淳。即使他写些粗犷的男女，例如他的另一部杰作《从文自传》，也是可爱的。”两相比较，唯一的区别是“刘西渭”时期的李健吾觉得《边城》“富有清中叶的传奇小说”的风味，而“小山”的《沈从文》则认为“《边城》好像唐代的传奇，更其质朴，更其真淳”。这种区别反映了一个批评家力求判断更为准确的自我修正。的确，就其真纯质朴而言，《边城》更像唐传奇。此外，还有一个不能忽视的细节，即在《作家笔会》里《蹇先艾》、《沈从文》和《林徽因》是前后连排的三篇文章，而知道这三篇文章真实作者的柯灵先生作为一个有经验的编辑，应该不会在李健吾的两篇文章之间插入另一作者的文章，所以他接连编排这三篇文章，其实也意味着它们的作者“子木”、“小山”、“渭西”乃是同一个人，即李健吾是也。姜德明先生已对“子木”、“渭西”的取名有所解释，则“小山”也当有所取义，然而义从何来，已难考释——窃疑或与李健吾父亲李岐山有关。如所周知，前人命名取字的一个传统即从父亲的名号取一字再前置“小”字。如李健吾的老师朱自清，其祖父朱则余字“菊坡”，其父亲朱鸿钧就字“小坡”。李健吾应该也知道这个传统，所以当身在沦陷区的他为文不得不多用笔名时，或许就从这个传统得到启发而起用了“小山”吧。不过，“小山”究竟是否如此取义，我实在不敢武断，好在这只是个无关宏旨的小问题，亦无须深究了。

临风寄意怀远人：柯灵组编《作家笔会》的苦心

从《自滇池寄》到《作家笔会》，其间都牵连到一个人，那就是接近左翼、坚守沪上的抵抗作家柯灵先生。前边曾推测沈从文的《自滇池寄》（二）可

① 刘西渭（李健吾）：《〈边城〉——沈从文先生作》，《咀华集》，上海：文化生活出版社，1936 年，第 70—72 页。

能是写给柯灵先生的，不论这个推测是否正确，有一点是肯定无疑的，那就是作为《万象》编者的柯灵，在彼时彼地一并刊发沈从文的这两封《自滇池寄》，并不是一个单纯的编辑行为，而包含着向滞留在沪的文人作家们传达来自大后方的慰问之意。并且，柯灵随后就着手组织留沪作家们撰文怀念远在大后方的作家们，其结集就是《作家笔会》一书。由此，沦陷区作家和大后方作家彼此珍重、相敬为国的真情互动，成为有组织的互励行为。此心此旨，柯灵在为《作家笔会》所写的题记里有所告白，可惜的是，该书1945年11月出版之时却漏掉了这篇题记，直到上世纪80年代初才改题为《关于〈作家笔会〉》，收入柯灵的散文集《长相思》中。这是一篇非常珍贵的战时文坛史料，却很少进入文学史研究者的眼帘，所以特为抄录于此，以广知闻——

关于《作家笔会》

海内存知己，天涯若比邻。——王勃

去年冬天，我曾经为春秋出版社编过三本书，是：晓歌的《狗坟》；石挥的《一个演员的手册》；还有一本，就是《作家笔会》。（这社里还编的有一些别的书，却与我毫无关系。）

抗战以来，文艺工作者大部分离开了上海，少数人无力远行，只好蛰居一隅，咬紧牙关打发艰窘的日子。在这顽固的沉默中，冷眼看看各种倚门卖笑的丑剧，营营扰扰，有如日光下的微尘，昏瞀忙乱而毫无活气，那心境的悲凉真是无可形容。这小书所辑集的，原是为一个杂志所预备的特辑稿件，当时上海和内地的联系已经完全切断，关山迢递，宛然是别一世界；而我们所处的地方，只要沾一点点“重庆派”或“延安派”的气味，就有坐牢和遭受虐杀的危险。苍茫郁结之余，我却还想遥对远人，临风寄意，向读者送出我们寂寞婉曲的心情，表示我们对于祖国的向往：这就是这些怀人的文字的由来。

这小书最初的题名，本来就叫做《怀人集》；后来觉得应该隐晦一点，这才改成了《作家笔会》，原定计划，是想将远在内地的作家尽可能写到，但世乱纷纷，谋生日亟，结果大大地打了折扣；我自己一字无成，幸亏还有几位前辈和朋友帮忙，这是很可感激的。现在抗战胜利，时移势易，这类东西本没有再出版的必要；但书版排成既久，我又曾收受过一点编辑费，借此度岁；债不能不还，约不能不守，也只好任它“灾梨祸枣”，自生自灭去罢。

一九四五年九月二十九日[1]

从这则题记可知，《作家笔会》“本来就叫做《怀人集》”，而《怀人集》“原是为一个杂志所预备的特辑稿件”，那个杂志应该就是柯灵当时正在编辑的《万象》。柯灵组编这批特殊的稿件，显然是一个有计划有目的的活动——按“原定计划，是想将远在内地的作家尽可能写到，但世乱纷纷，谋生日亟，结果大大地打了折扣”。尽管如此，该集所收17篇文章，除《暨南四教授》一文所写王统照、郑振铎等四位是羁留沪上的老前辈之外，其余16篇共计对先后迁徙到大后方的20位作家表达了情真意切的感怀，这实在不是个小数目和小事情了，而柯灵如此精心组织留沪作家撰写这批怀人散文，其目的就是“遥对远人，临风寄意，向读者送出我们寂寞婉曲的心情，表示我们对于祖国的向往”，这是我们至今读来都深为感动的。

然则，柯灵是怎样想到发动这样一次有特殊意义的怀人散文写作活动的呢？那缘由或许并不单一，但我们有理由相信，就中沈从文的《自滇池寄》很可能起了直接的启发和催生作用。不难想见，接连读到沈从文从大后方辗转寄来的那两封情深义重的慰问信，柯灵一定深受感动，所以他特意把它们编发在自己主编的《万象》杂志上——对艰苦坚守在上海的作家们来说，来自大后方作家的深情慰问，真不啻及时雨；同时也不难想象，正是沈从文的这两封来信启发了柯灵，让他想出了发动留沪作家撰写怀人散文的主意——在彼时彼地，还有什么活动能比这个更适宜表达对大后方同行的亲切回应，兼以寄寓对祖国的眷眷深情呢！

此中底细，当然只有已故的柯灵先生最清楚，可惜我们再也没有机会向他当面请教了。

不过，即就现在掌握的文献和情况来说，《自滇池寄》和《作家笔会》之间的连带互动关系，仍可得到印证。一则这两封信和这一本书，都是经柯灵先生之手编发的，而它们之间的内容显然有着相互呼应的关系，这一点上文已有具体分析。二则从收信、组稿和编发的时间上来看，这两封信和这一本

---

① 此据柯灵的散文集《长相思》转录，上海：上海文艺出版社，1982年。

书也是前后相继、紧密相关的。不待说,为一个刊物组织那么一大批怀人的特稿,是很不容易的事,既需要时间联络诸多作者,也需要费心筹划刊出事宜,然则柯灵是何时开始发动这项活动的呢?查《作家笔会》中的17篇怀人散文,恰好有三篇是附注了写作时间的,最早的一篇是写于“卅三年二月十日”的《方光焘》,即在《自滇池寄》(一)发寄的二十天之后(原信写寄于“一月二十日”即1944年1月20日),其时沈从文的这封信当已传递到上海,柯灵也有机会看到了,而他也随即着手组织留沪作家开展怀人散文写作活动,《方光焘》一篇当是他最早收到的稿件之一;《作家笔会》中另外两篇文章的写作时间很接近——《老舍与闻一多》写于“三十三年初冬”、《记北国二友》写于“一九四四年十一月”,这也正是这批怀人散文即将截稿的日子,收集齐了稿子的柯灵准备在他主编的《万象》杂志上作为特辑连载,而沈从文的两封《自滇池寄》则成了这批怀人散文的引子,被安排首先发表在《万象》杂志第4年第5期上,出刊时间恰是1944年11月,同期发表的另一远方来稿是端木蕻良的创作自述《我的创作经验》。编者柯灵在编后记里对这两种“远方的来稿”做了郑重的介绍,并特别提醒上海的“文艺读者”注意沈从文这两封信“足慰远思”的意义——

> 沈先生的文字风格,有他独特的造就,是前辈中最切实的一位,这里发表的虽是两封短信,却是情思丰腴,感慨深沉,令读者如对其人。其中还提到好些为文艺读者所关怀的前辈作者,足慰远思。①

几乎就在同时,柯灵又将他组编的这批怀人散文编为《怀人集》一书交付出版——据他1945年9月补写的题记所述,他是“去年冬天”即1944年冬天编好该集交付“春秋出版社”的,而题记所谓“遥对远人,临风寄意,向读者送出我们寂寞婉曲的心情,表示我们对于祖国的向往”,也正与沈从文那两封“足慰远思”的《自滇池寄》遥相呼应。如果说这一切都是偶然的巧合而非有意的呼应,那也巧合得太让人不可思议了吧?倘非偶然,则从《自滇池寄》到《怀人集》(后改题为《作家笔会》),正是后方作家与留沪作家之间相互关怀、砥砺志节的互动行为,在这一过程中,沈从文自发的两封《自滇池寄》首开其端,以深情的叩问启发了亲切的回应,而促使这种互动从个人的

---

① 柯灵:《编辑室》,《万象》杂志第4年第5期,1944年11月1日。

自发行为转换为自觉的文坛互动活动者,则是柯灵先生。当我们体察到这其中隐含的关节之后,就会明白《自滇池寄》与《作家笔会》并非各自孤立的文坛史料,而是分处两地的中国作家在战时互动互励、相敬为国的文学抵抗活动之结晶,其文学的与历史的深长意味是不可轻忽的。

顺便解释一下,柯灵在《作家笔会》的题记里说,上海的作家们"蛰居一隅,咬紧牙关打发艰窘的日子。在这顽固的沉默中,冷眼看看各种倚门卖笑的丑剧,营营扰扰,有如日光下的微尘,昏瞀忙乱而毫无活气,那心境的悲凉真是无可形容"。此中"顽固的沉默"一语可能包含着一个"今典",那就是法国抵抗文学的杰作《海的沉默》(*Le Silence de La Mer*)。按,Le Silence de La Mer 原是一个法文成语,暗喻人的内心世界及其相互之间复杂深隐、暗潮涌动的情绪和意志。《海的沉默》的作者韦科尔(Vercors)取喻于此,在这部小说中精心描写了法国沦陷区一个老人和他的侄女以顽固如"海的沉默"冷对德国侵略者的抵抗意志,所以该书秘密出版后不胫而走,不仅法国人民争相传阅,而且迅速传播到世界各地——伦敦、北非、美国、苏联,以及中国。[①] 不难想见,柯灵对法国人民"海的沉默"的抵抗意义一定心有同感,因为他和许多羁留沦陷区的中国作家也曾如此冷对日伪。而柯灵们从"顽固的沉默",到集体发声以"怀远"的形式寄托"对于祖国的向往",那抵抗无疑是更进一步了。

文人交往有深致:文学互动行为的文学史意义

如此不避繁琐地考释这几篇书简短文,其实是想借此检讨两个较为重要的问题:第一,文学上的互动行为除了成为掌故谈助,还有没有更为严肃的文学史意义?第二,文学史研究的真正对象和中心任务究竟是什么——是对文学作家及其文本进行孤立封闭的纯文学解读或开放到想当然的话语化批讲,还是对曾经实存的文学活动进行实事求是的具体分析?

我所谓的文学互动行为,指的是发生在一些文学主体之间的交际和交

① 关于《海的沉默》在中国的传播等情况,可参阅笔者的《乱世才女和她的乱世男女传奇——张爱玲沦陷时期的文学行为叙论》,《考文叙事录——中国现代文学文献校读论丛》,北京:中华书局,2009 年,第 397—405 页。

集及其连动而生的效果或影响。大概自有文学活动以来，就有了文学上的互动。只是古代由于交通不便，文士之间虽不乏书函往来和宦游交际等互动行为，但其范围和频率毕竟很受限制，加上文献有缺，不少文学互动行为已失记不传了。然而纵使如此，仍有不少文学互动行为见诸记载、传为美谈。降及近现代，大都市迅速崛起，文人作家集居于此，空间距离的缩小自然增加了人文互动的机会，加上现代传媒的居间作用，文人作家之间的互动也就似突然而实必然地大大加剧了，从个人之间到社团流派之间，频繁的文学互动如影随形，互动形式也花样百出，其广度和深度远非古代文士的书函往来和宦游交际所可比拟。就此而言，即使说广泛而且深入的文学互动乃是现代文学的一个“现代性”特征，也不为过。

文学互动行为当然既可发生在个人之间，如作家与作家、作家与读者或批评家之间，也可表现为文学社团流派内部的集体交流，甚而可以扩大为跨社团、跨流派以至跨地区和跨国度的文学之间的交集与互动，而其互动的效果和影响，则既可能积极地推动文学的发展，也可能产生刺激性的反作用，却不可能没有作用——只要互动当真产生了，就必定会有这样那样的效应和影响。上面考释的一些文学互动事例，显然都是现代文人相濡以沫的美事。无须讳言，由于立场有别、趣味不同加上个性的差异，文人之间也难免产生分歧、滋生矛盾以至发生相轻相斗的行为，这不免让人遗憾，但必须注意的是，不同的文人及社团之间的关系是相当复杂的，有时可以纷争到势不两立的程度，有时却又可以宽容互动到积极互助的地步，并且即使相轻相斗的交锋也未必只有负面的效应，倒可能刺激相关者暗自反省、激发对立者加强交流，从而推动文学在“矛盾运动”中向前发展。下面就举几个例子略为申说。

大而言之，在流派纷呈、思潮纷争的30年代文坛上，京派和海派文学趣味的差异以至论争、左翼文学思潮和自由主义文学思潮的尖锐对立，当然是最为引人注目的事情了。然而这只是事情的一面，倘若仔细观察就可发现，在这些相互分立以至对立的文学流派思潮之间，并不像一般所想象的那样壁垒森严，事实上它们在各自的“派性”之外也各有包容的一面，彼此之间也同样存在着宽容的互谅、积极的互动。此类事例并不少，此处按年代和刊物略述其荦荦大者如下：1931年9月中共党组织决定由丁玲出面在上海创办《北斗》杂志，旨在克服“左联”初期的左倾幼稚病和关门主义，所以这份左翼文学杂志广泛联络、发动了南北各派作家,自9月出版的创刊号开始,陆续推出了不少好作品,而远在北平稍后又到青岛的沈从文虽然并不赞成左翼作家的革命立场,但他还是热心为《北斗》的成功出谋划策,甚至亲自登门代丁玲向冰心等作家约稿;1932年5月在上海创刊的大型文学杂志《现代》,虽然被称为“现代派”的大本营,但其实《现代》杂志的骨干成员如施蛰存等与冯雪峰等左翼作家一直保持着比较友好的关系,施蛰存并曾冒险推出鲁迅的名文《为了忘却的记念》等;1933年7月创刊的《文学》是另一个举足轻重的大型文学杂志,它由表面上政治色彩不浓的郑振铎、傅东华主编,其背后的支持者则是左翼文坛重镇鲁迅和茅盾,所以《文学》实际上是左翼一进步作家的阵地,但它显然有意克服早期左翼的公式主义和关门主义偏颇,广泛吸纳从“五四”以来的新文学名家到30年代崛起的各派文学新人,发表了从革命现实主义到唯美颓废主义的众多作品,显著地促进了各文学派别在互动中共同发展;紧接着,以上海的《文学》为后盾、由北上燕京大学任教的郑振铎出面,热诚邀请平津的资深京派作家和其他文学后劲,于1934年1月在北平创办了《文学季刊》,进一步推动了左翼文学与非左翼文学、北方文学与南方文学的交流互动;此外,还应提及的是自北来南的林语堂,他先后在上海创办了《论语》(1932)、《人间世》(1934)和《宇宙风》(1935)三个刊物,广邀海内各派作家文人,尤其属意于京海文学的沟通,成功地促使京海作家在趣味相投的文学互动中共同发展出一股超越南北的趣味主义文学思潮……应该说,诸如此类的文学互动行为,乃是30年代文坛上最值得注意的文学活动——从这一时期最为出色的一批文学杰作就是在此类文学互动中产生和问世的,即可知跨越派别地域的文学互动之意义非同小可了。可惜的是,我们的文学史研究从过去的大讲斗争到今天的贬斥斗争,其实都只纠缠于文坛各派纷争互斗到不可开交的一面,而忽视了纷争的文坛其实也有积极互动到相互促进的一面。

具体而论,作家间的互动自然也会有“不友善”因而令对方“不愉快”之处。冰心和林徽因之间的一些颇带较劲味的连续互动行为就是典型事例。其中最引人注目的节目是冰心的小说《我们太太的客厅》所引发的反响,直到近年还有余响——所谓“林徽因冰心两大才女的恩怨情仇”之争,似乎成了近年热议的一个焦点问题。然而,这“两大才女”间的文学过节是否仅限于“太太的客厅”的范围,而其意义是否也仅限于文人相轻的意气呢?余窃有疑焉。因为，稍微扩大点视野而又仔细点观察的话，研究者就不难发现，所谓冰心与林徽因的文学过节，乃是一个比《我们太太的客厅》发生更早、范围更大、延续更久的连续互动过程，而其效应也相当复杂，意义更耐人寻味，远非一般所谓文人相轻、才女争锋那样简单。据沈从文说，从 1931 年 9 月冰心发表《我劝你》一诗，二位女作家就有了文学上的过节，而据李健吾说，冰心 1933 年 9—10 月间发表的小说《我们太太的客厅》，则使这场文学过节愈益加重了……其实冰心不过是把京派文人的美丽新风雅作为一种人生现象加以典型化的描写，要说她有讽刺也是指向这种美丽新风雅的做派，而并非针对哪个具体人物的讥嘲。虽然好强要面子的林徽因的反应确是一度很不愉快，但从她随后的创作可以看出，她的《九十九度中》、《文珍》和《梅真与他们》，恰恰折射着冰心稍早些时候创作的《我们太太的客厅》、《冬儿姑娘》和《相片》等作品的积极影响。事实上，正是冰心的这些作品以及她所推重的丁玲的作品，刺激着也推动着林徽因摆脱偏见和傲慢，走出她的客厅或窗子以外，看到下层妇女所处的不公平地位及其人格自尊，从而给予了倾注着深切同情和可贵理解的书写。尽管林徽因这么写带有对冰心不服输的意味，但其实当她这么做的时候已暗含着对冰心文学观的认同。而 40 年代的冰心亦以清苦的潜心笔耕，心照不宣地回答了林徽因等对她在艰苦的抗战期间可能攀龙附凤的担心与批评。然则，还有什么比这样的文学互动行为更积极有益呢？我近年因为校录冰心的佚文，才注意到这个问题的曲折关节，曾写了一篇小文，只是文体近乎“百家讲坛体”，所以自己颇不满意，此处撮述大概，聊供关心此事者参考吧。

回头来看，以往的文学史研究，对文学上的互动行为也并非完全无视，事实上也是常常说到的，而常见的言说方式不外二种：资为谈助或资为考证。“资为谈助”即把文学上的互动行为作为名人轶事来说道。如王羲之等东晋文人的兰亭之会、李白与杜甫的交往、鲁迅与瞿秋白的相赏，就一向传为美谈。不过这种“资为谈助”的谈论近乎“插花式”的点缀，虽然给文学批评和文学史研究增加了些许趣味，但肤浅不及深入，所以往往给人可有可无之感。“资为考证”即把文学上的互动行为作为考证文人关系的材料，比如古典文学研究中就颇多文人交游考、师友关系考之类文章。如此“资为考证”当然比仅仅“资为谈助”进了一步，然而这种考证虽说旨在“关系”，可它对“关系”的探讨常常限于单向的探索和静态的追究，鲜见彼此应有的双向互动,因而其所揭示的关联仍然是片面的和有限的。

其实,文学互动行为所涉及的不仅是双方的"关系",更触及双方的"关心"之所在。所以即使有些文学互动没有产生积极的效果,至少也足以澄清双方的差异,从而对文学史的研究具有重要意义。比如,发生在沦陷末期的以迅雨(傅雷)为一方而以张爱玲和胡兰成为另一方的那场论争就是典型的事例。一般以为,那场论争只关系到迅雨与张爱玲、胡兰成文学观的差异。这诚然但也不尽然。事实上,在傅雷充满善意的文章中也包含着一些超越了单纯艺术得失的严肃批评,最耐人寻味之处,是他说"心理观察,文字技巧,想象力"这些"优点"既能够成就《金锁记》那样的杰作,却又会把张爱玲"引入危险的歧途"。这是为什么呢?细读上下文,原来傅雷在文章的一开头就指出,产生文学杰作还有一个更为重要的不可或缺的条件,即作家必须有"深刻的人生观",从而富有深度地写出人生的或者说人性的"斗争"。傅雷显然是考虑到了沦陷区作家置身"在一个低气压的时代,水土特别不相宜的地方"①的特殊情况,所以他特别强调的乃是加强和深化对人生斗争的主观方面或者说内在方面之表现,殷切期望沦陷区的作家们能够在这方面纵深开掘、于人生的内在斗争描写中彰显出人性的不屈不灭。而在彼时彼地坚持这样一种人生—人性的内在斗争观去做人和作文,其实是二而一的事情。对张爱玲能否坚持不动摇,傅雷委实是有些担心的,在他语重心长的劝告里,无疑隐含着对张爱玲为文以至为人的某种不忍明言的担忧。而张爱玲也非常敏感,她对迅雨即傅雷的批评作出了反应,而且反应速度非常之快——《自己的文章》从写作到发表不过短短半月!而紧接其后为张爱玲辩护、对迅雨进行驳难的,就是胡兰成——他在《杂志》第13卷第3期(1944年6月10日出版)上发表了第二篇《评张爱玲》。可以肯定的是,业已情好日密、常在一起消磨的张胡二人在看到迅雨的批评后,必然有过沟通和讨论,然后便决意分工协作、相互呼应、共同对付迅雨的批评。明白了这中间隐含的关节,也就不难理解《自己的文章》和第二篇《评张爱玲》两文有那么多相通相似之处,以至有些地方简直如出一手、难分彼此的来由了。看来,张爱玲和胡兰成的确是一对旨趣相投的乱世才子才女,所以他们要求个

① 以上所引迅雨(傅雷)语,均见《论张爱玲的小说》,《万象》第3年第11期,1944年5月1日。

人现世安稳自由的观点不仅相通到几乎难分彼此,而且相互配合着先后发表在最重要的“和运”刊物《新东方》杂志和转向“和平阵营”的名刊《杂志》上,此呼彼应地附和着“和运”的意识形态。这种情况正是迅雨即傅雷最为张爱玲担心的,然而恐怕连傅雷也没有料到会来得这么快。事已至此,傅雷也就无话可说了。所以,当年发生在傅雷和张爱玲、胡兰成之间的论争,只一个回合就结束了,而他们之间分歧的关键显然不是单纯的艺术趣味问题。这只要看看傅雷对“人生一切都是斗争”尤其是人生的内在斗争的着意强调,和胡兰成、张爱玲对乱世人寻求现世“自由,真实而安稳的人生”之当然性的特别揄扬,就泾渭分明了,尤其是张爱玲对“斗争”的刻意消解和对“安稳”的再三致意,确乎无疑地与傅雷对“斗争”的坚持构成了针锋相对的对立。这种对立首先是人性观—人生观的分歧,其次才体现为文学观—美学观的分歧——后者不过是前者的延伸而已。由此可见,这场“不成功”的文学互动,实际上亮明了双方不同的文学与人生立场,具有非常重要的意义。

说起来,文学互动行为乃是“文学活动”的一部分。不错,一切都是“文学活动”,我们常常这么说,可是在我们的文学批评和文学史研究中,却很少真正把文学活动作为研究的中心,主导了我们的批评与研究思维的,过去是、现在仍然是孤立的“作家中心主义”和封闭的“文本中心主义”。在这样的双重影响下,我们忙着确立经典作家、阐释经典作品,这当然是必要的工作,但问题是我们对经典作家和作品的研究往往是静态的观照和封闭的分析,排斥掉了文学活动之丰富的社会历史关联,只剩下孤零零的作家文本给文学研究者做封闭的纯文学解读,或者就是把作家的文学文本作为构建某种想当然的理论话语的垫脚石。事实是,文学现象原本是关联复杂的活动或行为——从创作到出版、阅读、批评,都莫不如此,留在纸上、传给后人的文本不过是前人文学活动或文学行为的痕迹而已,也因此,要解读这些痕迹的意味,就不能不回到一个朴素的原点,重新定义文学活动的性质及其与作家自身、与他人和社会到底是个什么样的关系。所谓“回到一个朴素的原点”,无非是要重新确认这样一个显而易见的事实,即人类的“文学活动”当真是一种行为、一种活动,而且是一种最具主体性的实存行为。确认这一点,那些曾经困扰我们的许多高深问题也许就有了比较明了的意味。即就作为创作主体的作家而论,其文学创作行为当然不可能只是纯粹的不及人、不及社会的虚构与想象,但也决不是时代社会背景之简单的反映和被动的反应，而是他们对其身内与身外种种问题的发之自觉的应对、有所企图的行为、预谋了效果的活动——当然是以文学特有的方式。我把这样一种研讨思路姑且称之为文学行为的实存分析，以区别于传统的社会历史批评。从这样一种视野来看，就不再是孤立的作家作品，而是关联深广的文学活动或者说文学行为，将占据文学研究的中心位置，而那些看来似乎琐细、并无深意的文学互动行为，因其是有助于说明某一时代的某些作家为什么如此做而不如彼做的实存行为，也就具有了值得深入分析的文学史意义，而不再是可有可无的文坛掌故、文学谈助或名人轶事之类了。

2010年11月20日于清华园之聊寄堂

（作者单位：清华大学中文系）

“群体心理学”视角中京派的文学活动

刘卫东

京派历来被叙述为一个聚合在一起的“群体”，但是，群体聚合后的独特的心理特质对京派文学活动的“反作用”却经常被忽略。关于“群体”心理，勒庞指出：“从心理学的角度看，‘群体’一词却有着十分不同的重要含义。在某些既定的条件下，并且只有在这些条件下，一群人会表现出一些新的特点，它非常不同于组成这一群体的个人所具有的特点。”①凯斯・R・桑斯坦更明确地说：“许多时候，一群人最终考虑和做的事情是群体成员在单独的情况下本来绝不会做的。”②行为心理学家的研究成果无疑为研究京派提供了不同的视角，或许可以带来新的发现。考察京派聚会、办刊、论战等文学活动时，“群体思维”(groupthink)的作用应该引起重视，而这一点在此前的研究中尚未得到充分展开。

一、“团队”与“领袖”

京派之所以为京派，主要是有相似的履历和学术追求，这是毋庸置疑的，但是现代文人的“团队意识”也不容忽视。“结社”是现代文人的传统。孙中山以“驱除鞑辱恢复中华”为目的的辛亥革命使晚清以来“思想”和“主义”的论争乱作一团，同时也使“派别”凸显为辨识敌友的标志。文学也离不开“派别”。有论者认为：“以《新青年》杂志和北京大学为中心以至安徽

---

① 古斯塔夫・勒庞：《乌合之众——大众文化心理研究》，冯克利译，桂林：广西师范大学出版社，2007 年，第 45 页。需要说明的是，勒庞所谓的群体是 crowd，即乌合之众，是文化层次较低的聚集在一起的群体。

② 凯斯・R. 桑斯坦：《极端的人群：群体行为的心理学》，北京：新华出版社，2010 年，第 2 页。

集结起来的新文化运动的倡导力量，其原先乃属辛亥革命力量的一部分，五四新文化运动前期，在某种意义上，实际是辛亥革命运动的继续和发展。”① 面对此情此景，选择“阵营”和“斗争”就成了知识分子在思想“动荡”年代不得不面对的问题，甚至没有犹豫的机会和中立的空间。② 思想的分化促使知识分子的政治、文学态度趋向多元，同时，建立或加入一个“团队”就成为寻求“朋友”和“安全”的必要条件。查看现代文学社团的成立宣言和报刊发刊词就可以知道，展示“自我”和寻求“朋友”几乎是必然套路。例如，《改造》发刊词在历数了16种主张后说：“以上各节为同人公定之趋向。誓于一二年内制成详细之系统的计划，公诸海内。同人将终身奉以周旋，本刊则持此以请益于国人也。然亦多未敢自信，故欲借本刊为公开研究之一机关，冀国人之我诲焉。诗曰：‘嘤其鸣矣，求其友声’。同人赋此，以俟君子矣。”③类似说法不胜枚举。据统计，1921年到1923年，全国出现了40多个文学社团，到1925年，这个数字变成了100多个。④ 可以稍嫌极端地说，20年代基本没有“特立独行”的作家。正是在文学研究会、创造社、晨钟社、新月社、南国社、雨丝社、莽原社、未明社、浅草社、湖畔诗社等规模、生存时间不等、追求各异的社团的推动下，20年代文学呈现“百花齐放”、新旧杂糅、泥沙俱下的景观。

在此背景下就会发现，30年代京派的形成是现代思想史中“结社”思维和传统的延续，也是当事人看来再正常不过的事。当然，活动也并非仅是喝茶聊天那么随意，而是各自根据“需要”有意为之，有着一定的诉求；同时，成员之间也并非平等，而是有着或显或隐的权力等级关系。结党而“营私”，同声相应，这是一个“群体”形成的心理基础。《语丝》和《现代评论》间的争论结束后，由于鲁迅等人南下，北平文坛一片凋敝。一直在团队中活动，习惯了团队精神生活的周作人感到了寂寞。躲进苦雨斋的周作人30年代比较低调，也有“前世出家今在家”的诗句，但从他的“五十自寿诗”的发

---

① 陈万雄：《五四新文化的源流》，北京：三联书店，1997年，第57页。

② 例如成仿吾说：“谁也不许站在中间。你到这边来，或者到那边去！”成仿吾：《从文学革命到革命文学》，《创造月刊》1928年第1卷第9期。

③ 《改造·发刊词》，《改造》第3卷第1期，1920年9月15日。

④ 这个数字出自钱理群、温儒敏、吴福辉：《中国现代文学三十年》，北京：北京大学出版社，1998年，第16页。

表来看,他还是不甘寂寞的,甚至有些难以被注意的“焦躁气”。[1] 同辈朋友南下了,他只好在学生中寻求同道。周作人以《骆驼草》作为平台,将俞平伯、废名、冯至、梁遇春等北大晚辈团结在自己周边。学生们也自然愿意得到无论学问还是名气上都非同小可的周作人的指导和帮助。通过聚会、通信甚至资助钱物等方式,周作人与他们的友谊超过了一般师生切磋学问的阶段,建立起更为紧密的同盟关系。周作人奖掖后进、提携新人的同时,也建立了自己的权威。1929 年,周作人推荐废名留中文系任教,并让他寄住在自己家里,对于废名的作品,更是通过作序的方式,不遗余力地推荐。作为回报,废名也丝毫不掩饰对周作人的感激之情,他在《知堂先生》中说周作人是“躬行君子”,“心情与行事都有一个中庸之妙”,人生境界已经“渐近自然”。[2] 因此,废名对周作人推崇、尊敬之至,几近迷信。俞平伯的立场与周作人略有不同,周作人为俞平伯 1928 年的《燕知草》作序,带有批评的意味:“平伯的文章便多有这些雅致,这又就是他近于明朝人的地方。不过我们要知道,明朝的名士的文艺诚然是多有隐遁的色彩,但根本是反抗的……”[3]俞平伯将周作人给他的信全部装裱起来,后来的文章也增加了“火气”。在后来参与的京派的活动中,周作人、废名、俞平伯从来都是共同进退,这与《骆驼草》时期形成的权力格局是分不开的。

随着新月派成员及其同学群相继来到北平,京派的雏形才初现。林徽因家世好,又很有风情,20 年代前期就参加过新月社的活动,一直热衷交际,1931 年从美国回到北平后,她与梁思成的家中的客厅迅速成为京派的一个重要大本营。才女林徽因爱好广泛,对于文学基本是“玩票”,并不十分认真,但是非常注意发现、拉拢新人。林徽因家庭中的聚会也有“政治学”。林徽因家的座上客除了欧美留学时的同学叶公超、金岳霖、闻一多、饶孟侃、赵罗蕤之外,还有何其芳、卞之琳、萧乾等新秀。值得一提的是,何、卞、萧都是因为得到林徽因的赏识而进入她的小圈子的。萧乾后来回忆说,他的作品发表在《大公报》上,被林徽因看到,林因此请沈从文带他到家中做客,“席间,夸我,鼓励我,给了我写下去的勇气”,为此,萧乾很感激林徽

① 钱理群曾明确指出了这一点,并将其称为“20 世纪中国知识分子与中国作家最为典型的心态”。钱理群:《周作人传》,北京:北京十月文艺出版社,1990 年,第 400 页。

② 废名:《知堂先生》,《人间世》1934 年第 13 期。

③ 周作人:《〈燕知草〉跋》,收入《永日集》,石家庄:河北教育出版社,1994 年,第 82 页。

因:“在我的心坎上,总有一座龛位,里面供着林徽因。”[①]这个集团有很强的排他性。一个例子是,同在北平的梁实秋并未在列,因此与他们“十分隔膜”[②]。这样就很容易理解,一旦梁实秋撰文批评林徽因,为什么会招来林家座上客的强烈反批评,其间除了文学观点因素,还有人事因素,或许后者比重更大。[③] 有论者注意到,《骆驼草》成员并未光临过林家,并且用推测的口气说:“原因很简单,林徽因等人毕竟是喝过多年洋墨水的绅士淑女,周作人、废名等人恐怕不能适应喝下午茶的习惯与沙龙中的气氛。”[④]这是一个什么样的“气氛”? 同学关系为中心的心理学上所谓“同嗜性”气氛。[⑤]或许可以进一步说,林徽因家的客厅是以女主人魅力为纽带组成的“群体”,较为“纯粹”,基本是相似度很高的“同学会”,因此,周作人作为一个属于“前辈”但又与他们并无师生关系的“局外人”,自然不会出现了。

朱光潜的作用相当于一个黏合剂,他不是京派群体的领袖,但是却能负担起召集的任务。朱光潜 1933 年回国,任教于北京大学,同时在清华大学兼职,有便利的人事条件,再加上他乐于张罗聚会,更兼编辑《文学杂志》,所以他家很快成为京派文人新的聚集地。沈从文开列过这个沙龙的名单:“这个集会在北平后门慈慧殿三号朱光潜先生家中按时举行,参加的人实在不少。北大有梁宗岱、冯至、孙大雨、罗念生、周作人、叶公超、废名、卞之琳、何其芳诸先生,清华有朱自清、俞平伯、王了一、李健吾、林庚、曹葆华诸先生,此外尚有林徽因女士、周煕良先生等等。”[⑥]从“实在不少”可以看出,由于朱光潜的个性和组织能力,他把并不往来的几个圈子聚集到了一处,尤其是周作人和林徽因为核心的两个圈子。但是,朱光潜只不过是个组织者,并不是这个沙龙中真正的“老大”。周作人乐于前来捧场,应该是对朱光潜个人趣味的肯定,同时也因为朱对他十分尊敬。1926 年,朱光潜就写过《雨

① 萧乾:《萧乾文学回忆录》,北京:华艺出版社,1992 年,第 11 页。

② 高恒文:《京派文人:学院派的风采》,上海:上海教育出版社,2000 年,第 175 页。

③ 梁实秋化名以《诗的意境与文学》为题在《自由评论》(1936 年 3 月第 16 期)上批评了林徽因的诗歌“晦涩”,招致了朱光潜、朱自清的反批评。

④ 高恒文:《京派文人:学院派的风采》,上海:上海教育出版社,2000 年,第 58 页。

⑤ 凯斯·R.桑斯坦指出:“在小团体中,由于年龄、受教育程度、种族、宗教和民族等人口统计特征而聚拢到一起的人们显示出自我隔离的明显倾向。”凯斯·R.桑斯坦:《极端的人群:群体行为的心理学》,北京:新华出版社,2010 年,第 107 页。

⑥ 沈从文:《谈朗诵诗》,《沈从文文集》第 11 卷,广州:花城出版社,1983 年,第 251 页。

天的书》的书评,认为“在现代中国作者中,周先生而外,很难找得第二个人能够做得清淡的小品文字”[①],给予的评价是极高的。在朱光潜为召集人的“群体”中,周作人自然找到了被晚辈学生尊敬的感觉。

因为编辑天津《大公报》的《文艺》副刊,又由于“乡下人”的心态和文学活动家的气质,沈从文逐步获得了京派群体的话语权。沈从文没有留学欧美经历,是因为与徐志摩等人的友情进入的京派圈子。在群体中,“人们会修饰自己的立场,以免和群体的其他成员比起来显得胆小或谨小慎微”[②]。群体中的个人往往比平时的自己更具有“对外”的攻击性。创作家沈从文在学术家云集的京派中是个另类,出于某种“自卑”,沈从文更需要表现出他不同于京派的“蛮霸”和“大胆”的一面,因此,他的攻击性也是最强的,实际上,也正是沈从文率先发难,才有了所谓京派、海派之争。

二、京派的“群体无意识”

共同的价值趋向,是群体能够团结并产生力量的核心动力。“如果群体成员认为他们具有一种共同的特征和高度的团结一致,极化的程度就会加强。”[③]京派没有发表过宣言类的东西。有论者指出:“现代文学社团中有许多自我标榜为没有任何主义,没有既定理论,但全部无法逃避为一种共同的观念所凝聚的格局。”[④]可以肯定,是某种共同的价值趋向凝结了京派。群体心理学家认为,“群体无疑总是无意识的,但也许就在这种无意识中间,隐藏着它力量强大的秘密”[⑤]。如果此说成立,隐藏在京派中的“无意识”又是什么呢?说到京派,论者多以为此群体有共同的“文学追求”,此说当然可以立住,但是并不确切。实际上,考察一下便知,沈从文、朱光潜、林徽因、徐志摩、废名、俞平伯、萧乾等人的文学观并不一致,甚至有相互龃龉

---

① 朱光潜:《〈雨天的书〉》,《一般》1926年第1卷第3期。

② 凯斯·R.桑斯坦:《极端的人群:群体行为的心理学》,北京:新华出版社,2010年,第35页。

③ 同上书,第53页。

④ 朱寿桐:《中国现代社团文学史论》,北京:人民文学出版社,2004年,第34页。

⑤ 古斯塔夫·勒庞:《乌合之众——大众文化心理研究》,冯克利译,桂林:广西师范大学出版社,2007年,第33页。

之处。另外,从文学角度理解京派,又忽略了其中的梁思成、金岳霖等人——他们的专业与文学显然有距离,因此参与京派并不是为了文学创作。不能否认,京派的凝聚力还依赖情感因素。林徽因非常有男人缘,内心敏感多情,既享受爱情的甜蜜,又不得不因为深陷其中而忧愁。查林徽因的书信可知,她同徐志摩、沈从文、金岳霖等京派重要成员都有较深的私人的情感沟通。林徽因1935年给沈从文的信中说:"在这样的消极悲伤的情景下,接到你的信,理智上,我虽然同情你所告诉我你的苦痛(情绪的紧张),在情感上我却羡慕你那么积极那么热烈,那么丰富的情绪,至少此刻同我的比,我的显然萧条颓废消极无用。你的是在情感的尖锐上奔进!"[①]更不必提与她走得更近的徐志摩和金岳霖。因此,喝茶清谈、温文尔雅、满口西文固然是京派的标志,但是其成员之间的情感纽带更是团体维系的重要因素。不过,单从文学、情感的角度,还是无法全面、真切地把握京派。

历来对京派有一种认识,就是他们群体的"绅士气"[②],此说虽然粗糙,但却没有问题。如果挨个考察京派成员"绅士气"的多少、有无等,可以很简单地"解构"掉这个提法。问题的关键不在这里,其实更值得追问的是:是什么情形和参照物迫使他们只能选择"绅士"的立场?回答是:左翼作家和商业化文人。"左联"在上海的成立显然让北京的自由主义作家们感到了不安。潘汉年早些时候就提倡"新流氓主义",认为"骂"是"人类生存最后的意识",并不"有伤道德"。[③] 对所谓文坛的"敌人"随意谩骂直至人身攻击几成"风尚"。被攻击的鲁迅也颇为不满,说创造社、太阳社的作家们"摆着一种极左倾的凶恶面貌,好似革命一到,一切非革命者都得死,令人对革命只抱着恐怖"[④]。左翼作家多方树敌,四面开花。有论者指出:"左翼文坛事实上在当时的几乎所有论争中,都牢牢地控制了话语权,对论争对手构成了强势话语的压力。"[⑤]另外,上海发达的文化机制也催生了一批活跃

---

① 林徽因:《致沈从文》,收入《八月的忧愁》,北京:京华出版社,2006年,第288页。

② 梁实秋曾专门作《绅士》一文来谈绅士的精神和态度。梁实秋:《绅士》,《新月》第1卷第8期。

③ 潘汉年:《新流氓主义》,《幻洲》第2卷第8期,1928年1月。

④ 鲁迅:《上海文艺界之一瞥》,《鲁迅全集》第4卷,北京:人民文学出版社,1981年,第297页。

⑤ 朱晓进:《政治文化与中国二十世纪三十年代文学》,北京:人民出版社,2006年,第147—148页。

的商业化文人,他们唯利是图,丧失了传统文人的品格。

以上海为大本营的左翼作家的战斗激情和战斗方式令人反感,而商业化文人汲汲名利的丑态令人不齿。留学回国人员占大多数、大学教授身份居多的京派群体因此更为强调文学的"纯正趣味"和作家的独立性。京派与新月社渊源颇深。新月社成立之初就有这样的立场:"我们办刊的几个人的思想并不是完全一致的,有的是信这个主义,有的是信那个主义,但我们的根本精神和态度却有几点相同的地方。我们都信仰'思想自由',我们都主张'言论出版自由',我们都保持'容忍'的态度(除了'不容忍'的态度是我们不能容忍以外),我们都喜欢稳健的合乎理性的学说。"①

其实京派指责海派的缺点,自己何尝没有,京派的许多成员关心政治。徐志摩不用说了。沈从文在获悉丁玲被捕的消息后,愤怒地说:"政府对于共产党的处置,几年来有其一贯的政策。为党、为国、为民族,不管用什么名义去说明,采用非常手段去消灭它,残酷到何种程度,仿佛都不足惊。"②虽然是为好友出气,却全无京派趣味。由于左翼作家将自己打扮成了大众的代言人,反倒让别人无法插手。是左翼作家的"更关心"使京派只好选择了"不关心"。从京派那里,可以看到他们对"下等人"同情的传统,但是,也分明借此将自己与"下等人"隔开了。林徽因的《窗子以外》写了书房里的人对世事的不理解,并且说:"算了算了!你简直老老实实地坐在你窗子里得了,窗子以外的事,你看了多少也是枉然,大半你不明白,也不会明白的。"③不是自我隔离,是一种无奈的感觉。

左翼作家的做派迫使京派选择了另外一种趣味。作为自由知识分子的群体,京派追求"言论自由",反对包括国民党在内的各种势力在文坛上"只此一家别无分店"。京派要求远离政治,回到文学。沈从文说:"我赞同文艺的自由发展,正因为在目前的中国,它要从政府的裁判和另一种'一尊独占'的趋势里解放出来,它才能够向各方面滋长繁荣,拘束越少可试验的路也越多。"④他试图保住一块未被污染的文学伊甸园。沈从文一再表示对

---

① 《敬告读者》,《新月》第 2 卷第 6、7 期合刊。
② 沈从文:《丁玲女士被捕》,《独立评论》第 52—53 期,1933 年 6 月。
③ 林徽因:《窗子以外》,《大公报 · 文艺》1934 年 9 月 5 日。
④ 沈从文:《一封信》,《大公报 · 文艺》1937 年 2 月 21 日。

"领袖崇拜"的蔑视,呼唤"有独立思想的作家"。① 显然,他有暗中所指向的对立面。在沈从文引起京海之争轩然大波的《文学者的态度》中,他所谓"在作品的宣传上努力"是泛指的②,但是,在被苏汶反唇相讥后,沈从文又写了一篇《论"海派"》③,将上海作家一通"引申",全伙打尽。由于只是发泄情绪,所以沈从文的文章许多观点经不住推敲。最没有京派韵味的沈从文成为京派一词的发明者和代言人,实在令人啼笑皆非。

最能体现京派特点的,当属朱光潜。新月社强调的稳健平和、沉着谦逊,在以林徽因为核心的京派群体中得到了延续,同时,朱光潜的加入为京派气质注入了自由主义成分。朱光潜撰写的《文学杂志》的发刊词透露的信息值得分析。通观朱光潜的《我对本刊的希望》,可以看到对文学现状的不满:"搬弄名词,呐喊口号,没有产生文学;不搬弄名词,呐喊口号,也没有产生文学。失败的原因是异途同归的。"这通批评倒是无可厚非,但是却不温不火。他紧接着来了这么有意味一句:"大家都缺乏丰富的文化思想方面的修养。"④这个"修养"殊为关键,因为有着欧化绅士趣味的京派群体不仅以"修养"自诩,还以为当时的左翼文艺家们动辄破口大骂、大打出手,太缺乏"修养"。朱光潜更为具体,也是有点带辩论色彩地说:"如果你爱自由,就得尊重旁人的自由。在冲突斗争中,我们还应该维持'公平交易'与'君子风度'。造谣、谩骂、断章摘句做罪案,狂叫乱嚷不让旁人说话,以及用低下手腕或凭仗暴力钳制旁人思想言论的自由——这些都不是'公平交易',对于旁人是损害,对于你自己也有伤'君子风度'。我们应该养成对于这些恶劣伎俩的羞恶。"⑤他主编的《文学杂志》必然体现着京派的趣味。京派打算将刊物作为"新风气的传播者,在读者群众中养成爱好文艺的趣味与热诚"⑥。《文学杂志》的撰稿成员基本上都是师友关系,稿件也多谈论与文学创作有关的内容,其中还不乏艰涩的学术论文,与"火气"很大的文坛保持了一定的距离,这也是京派试图保持的姿态。

---

① 沈从文:《元旦致〈文艺〉读者》,《大公报·文艺》1934 年 1 月 1 日。
② 沈从文:《文学者的态度》,《大公报·文艺》1933 年 10 月 18 日。
③ 沈从文:《论"海派"》,《大公报·文艺》1934 年 1 月 10 日。
④ 朱光潜:《我对本刊的希望》,《文学杂志》1937 年 5 月创刊号。
⑤ 同上。
⑥ 同上。

群体有一种激化功能。但是一旦过于激化，一些“中间派”就必须面临选择：或者变得激进以便赶上“大部队”，或者掉队退出，甚至转变立场。事实上，当年“第三种人”位置的尴尬就在此处①。正如鲁迅所说：“文学团体不是豆荚，包含在里面的，始终都是豆。”②京派中也有趣味不同的另类，比如师陀。师陀因为获得过《大公报》文艺奖金，与沈从文等过从甚密，一度是京派的后起之秀，但是他却是“普罗文学的热心读者”，笔名芦焚的意译是“暴徒”③。师陀的游离可以说明京派确实不热衷政治，而一些趣味不同者的淡出也使京派在《文学杂志》中最终显出更纯正的趣味与追求。

三、论战中京派的“自我认同”

将京派认为是不问政治只求文学趣味，海派是左翼、低俗文学大本营，从而认为二者相对，是一种臆想。这个观点在当年，也只不过是炒作的噱头。④ 查30年代的著名丛书如《新文艺丛书》（徐志摩主编，中华书局出版）、《现代创作丛刊》（《现代》杂志出版社出版）、《良友文学丛书》（赵家璧主编，良友图书公司出版）、《开明文学新刊》（开明书店出版）、《文学丛刊》（巴金主编，文化生活出版社出版）的作者群可以看到，根本就不存在京派、海派的严格界限。

但是，京派内部却存在自我认同的倾向。在论战频繁的30年代，京派沙龙的影响不容忽视，参与者无形中形成一种同盟关系，并在论战中加强了这一关系。有论者将30年代概括为“亚政治文化”：“三十年代各文学群体在表述自己重要文学观念时，其内部成员显示了空前的一致性，各文学群体成员为坚持自己的文学主张，在文学思想问题上各种论争中，也往往是全体上阵，而且在论争中充满了激情和意气，带有某种政治情绪化的特点。”⑤这

---

① 瞿秋白说：“在这天罗地网的阶级社会里，你逃不到什么地方去，也就做不成什么‘第三种人’。”瞿秋白：《文艺的自由和文学家的不自由》，《现代》第1卷第6期，1932年10月。

② 鲁迅：《中国新文学大系·小说二集导言》，上海良友图书公司，1935年。

③ 师陀：《两次去北平》，《新文学史料》1988年第2期。

④ 杨晋豪：《本年度的中国文艺论战京海派之争》，《1934年度中国文艺年鉴》，现代书局，1934年。

⑤ 朱晓进：《政治文化与中国二十世纪三十年代文学》，北京：人民出版社，2006年，第57页。

段理解可以进一步引申。“全体上阵”，而且“充满了激情与意气”，绝不可能仅仅是“坚持自己的文学主张”。心理学实验证明：“讨论之后，小组的结论要比人们的个人判断更为偏激。”①家庭沙龙不仅形成了一个人事上的“圈子”，还使“圈子”内成员的观点在“讨论”中“极化”，更趋一致，同时也对“非我族类”的其他“圈子”产生敌意。稍有风吹草动，必然引发团队间的激烈冲突，即便文人群体，也不例外。某次《大公报》被批评后，林徽因致信沈从文，完全没有了淑女气，而是带有一种强烈的攻击情绪：“怎么了？大公报到底被收拾，真叫人生气！有办法否？昨晚我们这里忽收到两封怪报，名叫‘亚洲民报’，篇幅大极，似乎内中还有文艺副刊，是大规模的组织，且有计划的，看情形似乎要大公报永远关门。气糊涂了我！我只希望我神经过敏。社论看了叫人毛发倒竖。这日子如何‘打发’？我们这国民连骨头都腐了！有消息请告一二。”②

一般以为，京派、海派的论争是由京派挑动的，而海派只不过是应战，而且处于下风。鲁迅当年这样描述：“去年春天，京派大师曾经大大的奚落了一顿海派小丑。”③其实，事实恰好相反，主动滋事的是海派，或者说，是海派催生了京派。30年代文化的重心在上海，上海几乎囊括了当时中国的出版社、杂志、电影公司等文化生产、传播机构。北平显得很边缘化，尤其是大学里的京派。乔纳森·卡勒认为：“对于历史上处于被压制或者被排斥的群体来说，许多故事激励他们与一个目标群体认同，并且通过向他们说明他们是谁，或可能成为什么样的人而使他们成为一个群体。”④在“京海之争”前，上海刚爆发过左翼作家与“第三种人”的争论，整个文坛都从中看到了左翼作家的锋芒。“左联”向来是团队战术⑤。周扬以一种自相矛盾的话来概

---

① 凯斯·R·桑斯坦：《极端的人群：群体行为的心理学》，北京：新华出版社，2010年，第25页。

② 林徽因：《致沈从文》，收入《八月的忧愁》，北京：京华出版社，2006年，第288页。

③ 鲁迅：《“京派”与“海派”》，《鲁迅全集》第6卷，北京：人民文学出版社，1981年，第302页。

④ 乔纳森·卡勒：《文学理论》，沈阳：辽宁教育出版社，1998年，第120页。

⑤ “左联”受1927年成立的“文委”（上级机关是中宣部）的领导，“左联党团的职权是：党的方针、政策和决定，经过文委下达到左联，党团讨论执行”。冯雪峰：《冯雪峰谈左联》，《新文学史料》1980年第1期。

括:“我们承认客观真理的存在,但我们反对超党派的客观主义。”[①]按照京派诸位的脾气,是不会主动攻击海派的,但正是因为“左联”这样带有强烈政党色彩的文学社团的介入,破坏了文学争鸣的氛围。

海派愈热闹,京派愈落寞。正如有论者分析的:“如若把他们放在南方,他们很可能会变换一副面目,又是社会性的又是政治性的;要是他们身处的环境充满政治的火药味,他们亦不能那样悠游自得了。”[②]沈从文对文坛现状的不满也可以理解为对海派热闹的羡慕和对京派的“怒其不争”。1933 年 10 月,刚从青岛回北平的沈从文在他主编的《大公报》副刊发表了《文学者的态度》,批评某一类作家的不良文学习气,然后说“这类人在上海寄生于书店、报馆、官办的杂志,在北京则寄生于大学、中学及种种教学机关中”[③]。沈从文的这篇文章逻辑并不严密,也不完全是针对上海作家,但是因为有些指桑骂槐的成分,因此被对方“误读”了。“群体”中的个人的反应往往是激烈的,其程度要大于群体本身。论争中固然有捍卫“文学观念”的成分,但是群体中的个人更富于攻击性,也是产生“激情和意气”的重要原因。当时沈从文的攻击性很强,但是并没有具体所指,而且动不动就横扫一大片。他在获悉丁玲被捕后也胡乱骂人:“以文学作消遣”,“从党的文艺政策下会计手中攫取稿费若干,无事便聚一堂,高谈希腊罗马以送长日”的“一群庸鄙自熹之徒”。[④] 这回骂的是依附国民党的文人。或许是不合“绅士”做派,京派诸将对沈从文引来的还击并未出手。

但是,对文学趣味的论争,京派就完全不同了,他们一定要捍卫自己的纯正——远离政治,仅有这一点“好处”了。除了上文提及的关于林徽因诗歌的“晦涩”问题外,京派还不满林语堂提出的“幽默”。朱光潜说:“有些作家为着要逢迎这种低级趣味,不惜自居小丑,以谑浪笑傲为能事。前些时候有所谓‘幽默小品’借几种流行的刊物轰动一时,一般男女老少都买它,读它,羡慕它,模仿它。”[⑤]沈从文更是说《论语》的“目的在给人幽默,相去一

① 周起应:《到底谁不要真理,不要文艺》,《现代》第 1 卷第 6 期。

② 刘锋杰:《论京派批评观》,《文学评论》1994 年第 4 期。

③ 沈从文:《文学者的态度》,《大公报·文艺》1933 年 10 月 18 日。

④ 沈从文:《丁玲女士被捕》,《独立评论》1933 年 6 月 4 日。

⑤ 朱光潜:《文学上的低级趣味》,《朱光潜全集》第 4 卷,合肥:安徽教育出版社,1988 年,第 189 页。

间就是恶趣”①。无疑，二人是同盟关系。同样，朱光潜在抗战前最后一期《文学杂志》上，支持了沈从文。②

论战的结果，就是京派加速了“自我认同”。正如查尔斯泰勒所言：“一个人不能基于他自身而是自我，只有在与某些对话者的关系中，我才是自我……自我只存在于我所称的‘对话网络’中。”③因此，每派都是通过对立方认识了自己。如果没有发生在1934年的论战，就不存在京派和海派的说法，而正是在对峙和论战中，双方（包括中立的第三方）都进行了“站队”，确认了自己的“阵营”。教条、不宽容等京派作家反对的东西，也表现在他们身上。1933年9月，沈从文开始与杨振声一起编辑天津《大公报·文艺》，1936年又推荐萧乾继任，实际上，他还保持了对《大公报》副刊的影响力。1936年《大公报》举办了“大公报文艺奖金”评选活动，评委会成员由杨振声、朱自清、朱光潜、周作人、林徽因、李健吾等组成，而获奖的是何其芳、师陀和曹禺，几乎全是京派的天下。同时，萧乾还主编了《大公报小说选》，由林徽因作序，同样侧重的是京派作家的作品。朱光潜主编的《文学杂志》也有强烈的京派同仁色彩。另外值得辨析的一个观点是：《大公报》是京派的报纸。其实《大公报》也并非完全体现京派的主张。据萧乾回忆，报社老板为了适应读者的趣味，要求把《大公报》“打扮得‘民间’色彩一些”，而有共产党员身份的左翼作家杨刚正是因此被聘为编辑的。④

京派是一个松散的文人群体，但是却体现着群体心理的某些独特性：一致对外。朱光潜说：“京派海派，左派右派，彼此相持不下；我冷眼看得清楚，每派都站在一个‘圈子’里，那‘圈子’就是他们的天下。”⑤画地为牢的结果是京派更加“团结”，可惜抗战摧毁了他们的联盟。至于“京海之争”孰对孰错，更是无从谈起。师陀说：“‘京’、‘海’两派看起来是写作态度问题，

---

① 沈从文：《谈谈上海的刊物》，《沈从文文集》第12卷，广州：花城出版社，1984年，第175页。

② 朱光潜：《再谈差不多》，《文学杂志》第1卷第4期，1937年8月。

③ 查尔斯·泰勒：《自我的根源：现代认同的形成》，南京：译林出版社，2001年，第50页。

④ 萧乾：《鱼饵·论谈·阵地——记〈大公报·文艺〉，1935—1939》，《新文学史料》1979年第2期。

⑤ 朱光潜：《文学的趣味》，《朱光潜全集》第4卷，合肥：安徽教育出版社，1988年，第175页。

骨子里却含政治问题。”①朱光潜也说：“‘京派’大半是文艺界旧知识分子，‘海派’主要是指左联。”②现在看来，这些都是特定环境下的话，其实，问题还是在于团队的荣誉、利益以及成员的情感。

（作者单位：天津师范大学文学院）

① 见杨义：《〈中国现代小说史〉书简录》，《新文学史料》1991年第1期。

② 朱光潜：《自传》，《艺文杂谈》，合肥：安徽人民出版社，1981年，第284页。

中编　平津作家研究

元气淋漓的“新文学之当代史”

——读林庚《新文学略说》

孙玉石　吴晓东

几年前，北京大学中文系潘建国教授在南京大学图书馆查阅资料，偶见林庚先生于 1937 年题赠给罗根泽的铅印线装一册《新文学略说》(上编)，据潘建国推测，《新文学略说》“盖为林庚先生在国立北平师范大学的授课讲义”。2008 年，潘建国在林庚先生家里整理先生的古籍藏书时又见到同样是“上编”的《新文学略说》(以下简称为《略说》)。于是就有了这部林庚自己收藏的《略说》的整理本在七十年后今天的重新面世(参见潘建国《新文学略说》整理后记)。

《新文学略说》讲义，当时和后来，均未曾正式出版，也从未在任何刊物上发表过。它是迄今才得以公开问世并可能进入有关中国新文学史学术史研究视野的一份十分珍贵的著述。

《略说》的整理工作由潘建国教授完成，其间他考证了这部讲义的编写和讲授时间问题：据《略说》中《新文学的独立》部分所云“《歌谣周刊》虽又于今年(二十五年)夏季重刊”，断定讲义的编写时间应在 1936 年秋冬。但讲义中《文学与革命》这一部分之十“京派与海派”(即全书之最后一段)论及朱光潜 1937 年主编的《文学杂志》创刊号时，称“已于五月一号出版第一期”，“审其口吻，讲义最末段文字，当编就于 1937 年 5 月 1 日之后不久”。潘建国查阅了《国立北平师范大学校务汇报》(1935—1936)，得知当时学校 2 月初开始上课，至 6 月底课程结束，根据讲义“随编随印随讲”的特点，推算林庚先生《略说》“上编”的“大部分文字，约编写于 1936 年秋冬间，课程的讲授或在 1937 年上半年，因为讲义内容大致按照时间顺序编排，故其末尾叙述的事件已接近当下，乃属临时现编现讲”，“全部编写完毕的时间，应该就在 1937 年 6 月”，从而使林庚的《略说》(上编)“末尾叙述的事件已接近当下”(潘建国《新文学略说》整理后记)。另外,林庚的《略说》里接着《文学启蒙》之后的《新文学的独立》一节中说:“新文学运动独立之后,从事于文学的人便非是专力于文学的人不可……所以凡是客串的,凡随随便便的,凡是对文学无绝对的信仰与决心的,都不得不退避了。而反对新文学的也渐渐攻击到文学的本身来,渐渐的在看清了新文学的弱点后而予以致命伤。此时从事于新文学的人其责任因此乃加倍重大,在这时仍从事于文学的旧人便只剩周氏兄弟二人,而他们是直到今日还是为文学而努力着。”从这段谈及周氏兄弟二人的文字,说“他们是直至今日还是为新文学而努力着”来看,林庚先生的这份讲义,开始动手编写的时间,最晚也得是鲁迅先生逝世,即1936年10月19日之前了。

在编写及讲授时间这个意义上,《略说》是对刚刚逝去的文学阶段进行“现场”总结的“新文学之当代史”,呈现了抗战之前新文学的阶段史简约而完整的发展图景,堪称是中国新文学二十年的一部反思录。

在中国现代文学史教材编写汗牛充栋的今天,读林庚先生七十年前的《略说》,扑面而来的是一种弥足珍贵的新鲜气息和元气淋漓的现场感。《略说》既提供了一种原生态的文学图景,以丰富的史料的呈现和阐释令今天的读者耳目一新,也体现了林庚审视文学史的独特眼光和阔大的视野,有助于后人系统而深入地了解林庚对新文学的关注与思考,同时也构成了新文学研究的学术史的重要组成部分,丰富了现代文学史的叙事样式和文学史观念形态。《略说》还彰显了林庚作为一个文学研究者以及现代诗人的双重身份,对于充分认识和领悟林庚先生光辉而智慧的一生,都具有不容忽视的历史价值。

一、多元共生性的文学史观

与朱自清先生1929年春在清华大学开设的“中国新文学研究”课程的讲义《中国新文学研究纲要》略显不同,林庚的《略说》没有选择以文学体裁为主要结构线索,而是以思潮、社团、杂志、文学现象为叙述主轴,提供了一个从文学运动史和思潮流派史的视角对新文学二十年历史的全景化和整体性的扫描。

从史的角度审视新文学,在林庚这里具有一种特殊的意义:“过去新文学的运动假如能与我们以清楚的借镜，则过去的运动不但奠定了新文学一切的基础，且留给后人一个应当如何做去的榜样，其意义乃更重大了。”文学史的作用，正在于使既有实践成为可资鉴照的“借镜”，从而“留给后人一个应当如何做去的榜样”。《略说》的写作，既是对新文学历史的检讨，也出于对文学未来的一种拳拳的期待与热望：“这运动到现在自然还要一直推演下去，然而过去的功绩既不可湮没，来日的演进亦要直承着这个基础，则是毫无疑问的。”在林庚的文学史观中，文学形式和成就的积累，是一个长时段的过程，就像“建安以来是五七言诗试验的时期，那发展从魏六朝是直贯到初唐盛唐的，而晚唐五代是词的试验时期，那发展亦直达北宋南宋而无懈。虽然文坛上可有暂时的沉默，而一种期待的心情必因沉默而紧张，这是我们所不可不加以自省的”。《略说》正可视为林庚在一种沉默、期待与紧张情绪中对新文学的一次“自省”。

在叙述策略上，林庚有意淡化大家，突出流派和思潮，注重文学现象的发生与时代形势背景之间具体的联系，如对革命文学兴起的分析即与“五卅运动”、“三一八惨案”等政治事件之间建立时代联系及呼应；同时把杂志、社团、大学、翻译以及其他文学外部因素引入到文学史叙事的整体格局之中，文学史因此是作家、创作、流派、出版、翻译、学院、教育、文化、商业、政治诸种合力制约下生成的结果，具有多元性。林庚的文学史叙述由此蕴含着一种共生性的文学史观。

这种综合性史观尤其表现在林庚对新文学发生过程的描述中，为我们展示出一个多元共生的文学史视野。

整部《略说》分为《序言》、《前奏曲》、《启蒙运动》、《新文学的独立》、《文学与革命》五个部分。关于新文学的发生期，林庚差不多花费了三个部分（《前奏曲》、《启蒙运动》、《新文学的独立》）的篇幅进行论述。与今天流行的文学史对新文学的起源从 1917 年开始叙述的惯常模式不同，《略说》从“当时的学者如严复则出而译西洋科学与哲学方面的著述，林琴南遂翻译西洋司各特诸人的小说，谭嗣同在《仁学》中更主张废除汉字”讲起，并尤其突出了梁启超文学改良的意义，虽把这一部分命名为“前奏曲”，试图强调晚清文学作为新文学前史的意义，但与当今割裂“五四”文学与晚清文学之连续性的现代文学史叙述模式相比较，林庚的文学史表现了更为连续性的眼光，建立的是一种历史叙述的整体感。

林庚尤其注重晚清文字改革和白话文运动的意义，在叙述了王照的文字改革之后，又论及张百熙、张之洞等人所代表的政府性行为在晚清白话运动过程中所起到的历史性作用：

> 其时张百熙、张之洞等人“奏定学堂章程”的“学务网要”里亦即规定：“以官音统一天下之语言”，故自师范以及高等小学堂，均于国文一科内附入“官话”一门，官话的使用遂畅行全国，当时并有白话报的诸丛书的刊行，至宣统二年（一九一〇）中央教育会议乃更通过“统一国语办法案”，遂成为民国前白话运动的最后的成绩。

由此林庚把白话运动的缘起上溯到晚清的官方制度性的实践。这种制度性实践在民国初期取得了更进一步的进展：“一九一一年民国成立，教育部便召集读音统一会，议定注音字母三十九个，一九一六年，教育部设立注音字母传习所，同年八月，北京成立中华民国国语研究会，一九一八年，教育部正式公布注音字母，同时设立国语统一筹备会，明年，重新颁定注音字母次序，《国音字典》出版，这数年内乃使白话文由粗俗的俚语变成了堂堂皇皇的国语，这对于白话文学运动自然是一翻绝好的工作与基础。”当 1920 年教育部颁布“国民学校一二年级先改国文为语体文”，“不久乃由部令改国文为国语，自此以后白话运动便成为天经地义了”。在林庚的叙述中，白话运动从历史的和逻辑的两个层面为“五四”新文化和文学启蒙运动奠定了语言文字的基础。白话运动因此与文学启蒙运动一样，都不是横空出世的，而是孕育在晚清以来的语言实践和文学改良活动之中。

这种在描述晚清白话运动过程中引入的制度性分析也延续到林庚对“五四”文学革命的叙述之中，构成了《略说》所建构的多元共生性文学史视野的一部分。《略说》把“五四”首先定位为一场文化运动，文学革命可视为从文化启蒙运动中生出的一颗果实；同时又强调蔡元培和北京大学的作用，强调新教育为文学革命提供的制度性保证。而在讨论新文化运动中的北京大学所起的作用时，着重关注的是大学教授与现代传媒的关系：“《新青年》成为北大一般新教授发表思想的地方，而文学革命的大旗便也在民国六年由这般人打了起来。”而当林庚正式书写新文学的起源叙事的时候，则推溯到胡适的留学时代：身为留学生的胡适与梅光迪、任叔永远在美国便开始了一场关于白话文学的论争，《略说》如数引用了任叔永给胡适以及胡适给梅光迪的打油诗,既呈现了文学史原初情境的具体性,又强调了留学生对“五四”文学革命的历史作用。文学革命因此不仅仅是一场文学领域自身纯粹内发性的实践,同时深深地嵌入了教育、文化、政治等制度性的社会历史实践进程中。

在新文学的多元共生性结构图景中,林庚尤其突出了报纸杂志等现代传媒的作用,列举了大量“遍于各地”的“会社新刊”,展示了出版界的“勃兴”,尤其是文学杂志的纷纷创生构成了“五四”文学兴盛的重要标志。在《略说》展示的图景中,新文学从创生伊始就与现代传媒出版结下不解之缘。报纸杂志等现代出版物使文学创作真正走出前现代文人彼此交游应酬唱和的狭小圈子,得以进入流通渠道,虽不免迎合商品化大潮,但也同时进一步催生出职业化作家,直接参与了文学的独立与创造的历史进程。

可以与杂志的重要性相提并论的是新文学社团。《略说》充分强调了“五四”时期的新潮社所起的作用,“假如没有新潮社,新文化的运动仍只是少数教授们辛苦的工作”,而难以通过青年学生的中介影响大众阶层。如果说新潮社的历史地位在于把文学作为一种精英文人的实践通过学生推广到社会实践中去,那么文学研究会与创造社在新文学发展历程中更具有结构性意义:

> 民十以前只有新文学与旧文学之分,而现在开始在新文学中又有了派别。派别其实(是)一切进步的要素,若是天下思想都统一了,大家意见全都一致,岂不永远停顿在现阶段里。思想自由是创造的必要条件,而思想自由之后大家意见必又要不同。新文学在五四以前先从旧文化与旧文学中争得一个创造的自由,这自由在五四以后是得到了。于是顺此而下自然产生出种种不同的发展,其实就在文学研究会或创造社中也各人有其自己的不同处。若就大处讲,则此二派都有其共同的主场及主张,似又成为文坛中鲜明的两面大旗。

林庚是从历史的进步、思想和创造的自由以及文学立场主张的多元性等几个层面理解文学研究会与创造社所代表的文学派别的意义的,背后蕴含的是对文学精神和本质的深刻理解,体现的是林庚对文学的自由与创造精神的强调。在此后的新文学史叙述中,林庚继续强调语丝、新月、太阳社、“左联”、文学研究会、创造社、国防文学等文学派别各自主张的独立性和特殊性，重视不同文学观（包括进入林庚讨论视野的“国防文学”）的分野的必要性以及彼此之间的论战性，对语丝派、文学研究会、创造社的追踪一直到《略说》的结尾，如《略说》的倒数第二节为“文学研究会的分散”：“文学研究会经几番离合之后，也便只存其名。这在新文学运动上占有绝大势力的团体，遂也步创造社的后尘，同归于消灭了。”对人脉、杂志、社团、派别和文学阵营的关注，因此构成了《略说》一以贯之的叙述线索。而二十年间文学社团的生生灭灭、起伏消长，人员构成的变迁流动，都构成了活生生的文学生态的重要组成部分，既呈现了文学历史的立体化动态化的原初图景，也有助于阐发使文学运动得以生成的多元共生性文学机制。

林庚为新文学的发生发展建立的正是这样一个多元的描述与阐释视野，在诸种历史因素的合力中对新文学的独立与创造予以充分的解说。如对促成五四运动的诸种力量的分析，对文学内部与外部因素互动并存的描述，都摒弃了单线条的历史轨迹，而从历史的合力的角度呈现着新文学的丰富面貌。这种对多元共生性的综合图景的追求，真正捕捉到了新文学发生发展、嬗变演化的历史动力学机制。

林庚的文学史叙述还能够在有限的篇幅里做到点面结合，既有文学革命、革命文学、京海之争这类文学主潮的勾勒，也不疏忽像老舍这样难以归类却有着突出文学成就的作家，如称老舍“以纯粹的京白，写诙谐的文字”，“以尖锐的讽刺作成漫画式的小说。他的小说，一时再版三版，在市场上几乎争购不到，亦可见其文字的魔力了”，要言不烦地概括了老舍对文坛所做出的他人无法替代的贡献。包括国民党系统的右翼文学，《略说》也匀出一定笔墨，给予客观的历史定位：“这时也有应时而起的右翼文学，即所谓民族主义的文学，他们的理论政策与左翼一般无二，只是左翼拥护无产阶级，他们拥护民族。此类刊物有《前锋》、《长风》、《开展月刊》等，寿命最长者为南京之《文艺月刊》。”从而最大限度地呈现了文学历史图景的完整性与多元性。

二、精准的文学判断与独特的史家识见

作为一份文学史讲义，要求林庚既要从史的角度对逝去近二十年的“五四”时期的新文学进行追溯和总结，也要对文坛层出不穷的新现象进行

判断和把握。《略说》因此充分表现出林庚对新兴文学现象精准的概括力、判断力以及赋予作家和思潮以准确历史定位的能力，在某些方面也表现出林庚的历史预见力。如果说，“五四”阶段新文学由于时间的距离为林庚的反观与审视多少提供了一种必要的距离感和历史感的话，那么，当直面刚刚过去甚至正在进行的文学现象的时候，《略说》则表现出林庚超迈的洞察和聪颖的领悟，并且达到了今天的文学史家凭借后知后觉的后设视角和高屋建瓴的时间优势才能达到的文学史判断高度。

《略说》既提供了新文学的多元性与整体性图景，试图对历史不同阶段的主线索进行概括和把握。“五四”新文化运动时期被林庚概括为“启蒙运动”，分析的是文学革命如何借此生成；1921 年前后则以“新文学的独立”为叙述的核心，考察新文学怎样在文化运动的大背景下独立出自主性；1928 年之后，文学的外部历史条件发生了重大转变，《略说》把握到的是“文学与革命”的主线索；30 年代中期的文学格局，则以“京派和海派”的对峙进行概括，并把海派文学放在革命文学兴起的思潮背景中加以辨析。

在《略说》的《文学与革命》这最后一部分，林庚详尽地梳理了革命文学的生成过程，勾勒了革命文学理念“首先由创造社提了出来”之后经由太阳社的兴起一直到“左联”成立的发展演变轨迹，称“这二年间的大事则是一片论战”，进而扼要叙述了创造社与太阳社挑起的诸种论争以及论战方的回应。在“语丝派的应战”一节中，《略说》仅引鲁迅对革命文学主张进行迎战以及郁达夫具有讽刺讥诮意味的两篇文章，未置太多倾向性评述，但林庚自己隐含的判断却在把革命文学与“五四”文学革命进行比较的过程中得以显露：

> 当初文学革命的意思，是要使文学本身从替古圣贤人说话的“载道主义”下解放出来，使文学能够自由的独立起来，所以那可以说是一个解放运动。革命文学则是要使文学变为一种工具，要在一定的政策下写作，文学的创作是集团的而没有个人的，故也就不承认创作上的自由。所以二者的发展乃是两个极端。

身处革命文学阵营之外的林庚的非党派立场以及对文学独立性的秉持，使他对“革命文学”自身固有的问题有着深刻的认知，他对太阳社、创造社的极“左”倾向流露了审慎的反思态度，是非常有历史感的。

而《略说》中更为超越的审视则表现在把革命文学与海派文化的兴起相关联。以下试以《略说》中“京派与海派”的阐释视野为例,具体分析林庚在文学现象的论析中所表现出的判断力和独到的史家眼光。

《文学与革命》这一部分一开头就在“革命文学”和“京派与海派”之间建立了深刻的关联性:

> 由文学革命变为革命文学,这同时也是由北京文坛变为上海文坛的时机。上海是帝国主义侵略中国的枢纽,故亦极易激起反帝的情绪及被压迫者的同情;上海又是中国最大的工商业区,是中国仅有的现代都市,是中国惟一够得上资本主义的社会,这些乃都具有产生共产主义的条件。而北伐成功之后,国民政府建都于南京,上海实其门户;乃更形成其时代上的重要性,加以北伐之役原是容共的左倾集团,当时的声势与希望曾予人以无限的憧憬,遂使得上海的文坛终于代替了二十年来北京的工作,而革命的文学乃应运而生。

林庚对上海的社会历史现状和都市经济条件的分析,堪称无意中吻合了文学社会学方法以及马克思主义政治经济学分析的精髓。在评价雷迅的诗歌《叛乱的幽灵》时,林庚即指出:“这是纯粹的无产阶级革命文学了,他所侧重的与其说是政治的革命无宁说是经济的革命。”对海派的分析,《略说》突出的也正是政治、经济、商业与文化的多重因素,尤其注意到了经济因素的重要性。在描述作为商埠的上海所具有的社会历史特征的时候,林庚目光独特地看到了资本的力量以及大都市所内涵的经济与政治自由度带给作家与集团的多样性和多变性的特征:“一些新兴的作家与集团乃随着上海的流动性千变万化”,进而催生了激进的“革命的文学”以及职业化作家;“上海是一个商埠,金钱的活动自较容易,因此作家开始可脱离了教育生活而专以写作为生,这是北京时代所无的”。

也正是在与上海的参照与互见中,30年代北京的历史位置得到了彰显:“北伐成功以后,北平依然因为文化的历史及学校的众多而成为知识界的重心。”“北平遂纯粹变为一个学术的地带,而不复是一个创作的城了。”这一判断或许稍有偏颇,对京派的文学成绩估计不足,也可以看作是林庚对自己所隶属的京派保持了低调和克制的叙述。不过从一个学院派学者的研究立场上看,“北平遂纯粹变为一个学术的地带”的判断也大体上符合京派的实绩。而林庚的历史感更表现在他对“北平文艺界的衰歇”之原因的分析：一是经济因素——国立九校的欠薪；二是教授的大量南下——即所谓“孔雀东南飞”；三是政治干预与言论的不自由：“新文学运动自发运以来，尽有反对者，却未遭过任何的干涉，这一次不但受到通缉逮捕的待遇，且有了釜底抽薪的危险，一切作家刊物乃均风流云散。在北京最大的一个新文学书店北新书局也随《语丝》的禁卖搬到上海来。”“于是北京只剩下一座空城。”北平文艺界的衰歇由此与海派文化的成型之间建立了历史与叙述的逻辑性关联。

林庚独特的史家识见还表现在以“经院派”和“新闻派”解读“京海”，在鲁迅的《“京派”与“海派”》一文中所提出的“在京者近官，没海者近商”的形容之外，提供了更别致的理解：

> 经院派所以不免空气沉闷，新闻派所以不免流于趋时。而上海的流动性与其千变万化的四马路，北平的稳健性与其古色古香的琉璃厂，乃成为此两地文坛性质的分野，在上海则大众语、罗马字、民间文学、国防文学已一幕一幕的演过去；在北平则还是莎士比亚、李白、杜甫。轻浮与没落似乎很可以彼此成了批评的对仗。

林庚采取的是超越两派之上的叙述策略，尽管在今天的文学史家眼中，林庚是隶属于京派的，但他对两者的历史态度其实是不偏不倚。

《略说》的新文学叙事止于“京海”的对峙格局。这种对峙既是文学的格局，也是地域的格局，更是文化政治的格局，从中把握住了30年代中国社会历史的核心图景。总的说来，林庚在对30年代的文学描述中，突出的是上海的重要性。这种认识，可以说具有一种历史判断的超前性，在今天文学史研究关注京海对峙、关注上海都市文学与文化的兴起、关注革命文学和左翼文学的时代潮流中，回头看看《略说》七十年前的叙述，不能不惊叹于林庚对时代流向的深刻洞见。

“九·一八”之后，林庚着重讨论的还有“幽默的《论语》的风行”和“深涩的自由诗的出现”等新的文坛景观。尤其是《论语》的风行，打破的是“左联”在文坛上的话语独占权：“若说左联如何支配上海的文坛这话也不见得，只看《论语》当时的风行便可知道了。”林庚给予《论语》幽默散文提倡的文学意义以富于文学理性的肯定评骘，论述入木三分，论断到位，发前人所未发，无后来之套语，富历史批评眼光与个人艺术感悟之创见：

> 本来幽默是散文的开始，能懂得幽默才算懂得散文。散文是要叫人多懂一些道理，而幽默则是在发现人事中的漏点。漏是一些小事，而小事往往正是训练智慧的机会，冠冕堂皇的大道理谁不知道，然而无用，能洞悉人间一切的缺欠，然后才是真懂得道理的人，幽默因此不是一件容易的事，而实是散文的一条大路。自《语丝》而后散文久不为人重视，大家所认为伟大的作品只是小说。散文正是反对正统的一件东西，故在数年的沉默中乃揭竿而起，他的姿态是活泼的，他的气味是轻快的，于是一部《论语》当时几乎成为兴趣的中心。不过真正的幽默究竟是不易做到的，所以若干期后，便一变为《人间世》，再变为《宇宙风》，已不是专事幽默的小品文了。散文自然不必都从幽默入手，但幽默既成为林语堂个人的成功，所以《人间世》、《宇宙风》上的散文也便成无非是个人的造就，与文坛上更少关系了。本来创造方是真正的希望，模仿只是自绝生路而已，幽默一条路虽然摆在目前，然而大家只学些油脂滑调，此路虽周亦无人走，不过《语丝》而后的这一场热闹，亦为散文又作一番耕种，花果如何自然还有人才了。

林庚把散文看成是“反对正统的一件东西”，因此，活泼的姿态与轻快的气味都构成了《论语》解构正统的文学活力所在。也正是在这个意义上，林庚为林语堂倡导的“幽默”正名，一方面把“幽默”看成散文的前提，另一方面则视“幽默”为散文史上的一条正途，体现了林庚独特的“散文观”。也正是在这个意义上，林庚对于《语丝》在中国新文学史上的成绩评骘甚高：“《语丝》乃无形中变成散文的策源地，这里面无所不谈，由满清，溥仪，以及于社会各方面的人情事故莫不加以深刻的批评……那时徐志摩、冰心、冯沅君、简又文、刘半农、徐祖正、王鲁彦、苏雪林、西谛（郑振铎）、佩弦（朱自清）、汪静之、孙福熙，差不多都成了这上面的撰稿人，这些人名我们并不甚生疏，其成绩是直至今日尚存留在一般人心上的。”

林庚的史家识见还表现在对各种文学流派及其文学主张的概括和品评上。譬如关于人生派与艺术派的惯常争论，林庚的理解别辟蹊径：“人生派与艺术派闹得十分厉害。这派说那派是‘功利主义’，那派说这派是‘颓废主义’。其实二派的差别还在一派是感情主义 Sentimentalism，一派是理性主义 Rationlism。前者近于浪漫派，后者近于古典派。因为理性主义，所以这一派终于发展到《语丝》这一方面，成为中国新文学中散文的光荣；而因为是感情主义，所以这一派由艺术至上主义可以一变而为无产阶级文学的首倡者。这是后话，暂且不提。”林庚既揭示了人生派与艺术派文学精神的核心，同时又从中看出两者后来发展的前景正隐含在感情主义与理性主义之中，兼具文学判断力和历史预见力。

三、鲜明的批评立场与臧否的分寸感

由于《略说》叙述的晚近的文学现象已经接近于讲授的当下时间，所以在史的视野之外难免会抱持一种对文学现状进行审视批评的立场和姿态。对发展到当下的新文学，林庚总体上怀有一种失望感：

> 假如我们还记得当日热狂的情形，假如我们还记得那时一片新鲜的朝气，与那一泻千里不可遏制的气势，与那腐化的思想退避的情形，我们将如何的会对今日又有复古读经的声浪而发呆，而惭愧？而假如我们更记得那时读者们热诚的期待，那时新书如雨后春笋般的出现，那时新的作家的与日俱增，我们再看看今日文坛的空虚，再看看那高踞在文坛上的依然还是二年来的旧人，我们仿佛从一个无限希望的赤心的梦里，跌到书贾老板的掌握中，跌到争夺地盘的污龊中，跌到不为人期待的冷寞中，我们又看见以前望风远遁的读经复古的事大胆的摇摇摆摆而来，我们还不感觉得自己力量的退减吗？

创作《略说》的林庚对“五四”时期的启蒙主义时代深怀一种缅怀与情热，并印证于“今日文坛的空虚”，尤其感叹于五四“文坛上大家通力合作的那片热诚，坦白纯洁的虚心的尝试已再不留一点痕迹了”。因此《略说》也兼具一种文学批评的写作风格，具有鲜明的批评意识。《略说》由此内涵了两种稍显背反的姿态：作为文学史家的态度相对宽容，有助于历史经验的梳理和总结；而作为批评家的态度则相对严格，同样有助于对行进中的新文学进行针砭。如称“新写实主义一般人的失败处即在始终拿不出令人心服的作品来，专靠理论的维护，及责备读者意识不正确都是愈见其空调无物”。又如关于革命文学的品评：“至于上海革命文学的勃兴则原是革命运动的反映，但革命的事实终于失败了，革命的气氛亦一天一天在减少，革命文学那是实生活的反映，此时所反映的乃亦不免是一片沉寂，纵有许多人仍旧努力着把都市的黑暗农�武的破产搬上作品来，但材料的新颖至多只能与人以暂时的兴奋，久而久之，什么‘公式化’、‘千篇一律’的评语乃渐多起来，在作家既失去革命的凭借，亦渐觉得兴味索然，于是上海在一阵热闹之后近年来乃亦与北平内呈现着异样的沉寂，新的作品不见出来，新的作家不见发现；这自然都有其各个的背景，但也仍待于我们自己努力。”当批评意识占了上风的时候，《略说》便显露出这样一种犀利的批评家的目光。

但另一方面，一旦涉及具体作家的具体创作，《略说》则在力求少溢美、绝夸饰的同时，多了许多理解和同情。这种苛责现状、善待作家的姿态，也同样是林庚善于体贴的批评意识的反映。

如果说林庚的史家眼光主要表现在文学史大局观、历史方向感和勾勒整体文学图景的“大叙事”方面，那么批评意识则在历史细部和作家品评的“小叙事”方面得到更具体的表现，尤其表现为品评与臧否中的分寸感。譬如对林纾、对学衡派，对整理国故三种倾向，在宏观把握方面呈现了鲜明的历史感的同时，具体臧否中则体现出了细微的差异，其中的分寸感恰到好处：

> 新文学运动第一次遭到林琴南一班人的反对，那焦点其实不是文学的乃是文化的，那些老人只死守着已腐了的孔孟之道，自然不敌而退，至于文学则始终并未曾攻击到过。到了学衡派出来反对新文学运动，这时文学已独立成为一个新的运动，而学衡派中人也多为留学回来的学生，所以双方势均力敌，战况自又不同了。

林纾的复古、学衡派的守旧虽然看上去都站在新文学阵营的对立面，但前者已经陈腐，近于朽木，所以“不敌而退”。而后者“学衡派中人也多的留学回来的学生”，则与新文学阵营“势均力敌”。双方在文学观和文化观上针锋相对，尽管后来的历史选择了新文学阵营在文学和文化方面所主张的激进道路，不过学衡派的文学史观也依旧内涵着历史的某些合理性。因此林庚的叙述充分表现出对学衡派的重视，不似对待复古派林纾那么不屑甚至鄙夷。再看这一段关于学衡派的论述：“不过其时的白话根基已很巩固，大家所致力的多在建设一方面，对于这些无味的争论或者不感兴趣，或者置之不理,故反对者乃亦感觉得索然无谓,只好闭起门来作他们所谓改良的旧诗。这一派人不过也有一好处,即忠实于他们的主张。直至今日他们仍在不懈的作那并非创作的创作,他们是真以为那即是创作了。"林庚在指出学衡派与历史潮流相悖的同时,仍对其"忠实于他们的主张"持赞赏的态度。历史分寸感拿捏得恰到好处,而《略说》对学衡派的历史定位,也大体上是公允的,与今天的保守主义思潮中对学衡派的过分推举相比,更符合历史实际。

不过在尽量公允而客观的同时,林庚仍是站在新文学阵营的立场对学衡派加以审视。相比之下,《略说》对胡适整理国故的态度又自不同,因为与胡适的分歧本来就是新文学阵营内部的分歧:

> 胡适在文学革命之后继之以文学建设,这文学建设遂使胡适又翻回旧文学里去,他是有历史癖的人,历史当然要讲过去,一个人的兴趣常常左右一个人的方向,他在最初之整理国故是因为:
>
> "相信,'烂纸堆'里有无数无数的老鬼,能吃人,能迷人,害人的利害远甚于柏斯德(pasteur)发见的病菌,只为我自己信虽然不能杀菌,却颇能捉妖打鬼。"
>
> 可是结果他的兴趣似是更在把《红楼梦》、《水浒传》、《三国演义》、《西游记》、宋人话本、《三侠五义》等都作了考证,这当然是建设,但却不是捉妖打鬼了。

这段文字中对胡适的评价与对学衡派和甲寅的评价之间的差异是值得关注的,也同样体现出林庚评价历史的分寸感。林庚首先把胡适的整理国故看成是新文学自身建设的一部分,因为胡适毕竟属于新文学阵营内部"同一战壕的战友"。但具体到胡适的古典文学研究,《略说》则认为没有落实对传统进行反省和批判继承(即"捉妖打鬼")的初衷,虽是所谓"建设",但亦有沉迷故纸堆的迹象,尤其是"当时这国故重提的影响在青年方面确乎更坏,因为青年们既没有国学的根基,整理自然力不胜任,于是便只是追随了,古文的势力渐渐乃又流行在一般学生间"。所以《略说》依旧对胡适的整理国故显出微词,"历史癖"、"一个人的兴趣常常左右一个人的方向"等说法均有微言大义存焉。但林庚的褒贬在表达上还是尽量追求不露痕迹,可以看出《略说》在关于胡适的判断上如何遣词造句还是颇费了一番斟酌的。还须指出的是,《略说》中整理国故这一节资料丰富,所引述史料在坚持新文学立场、传达革新思绪方面，尤见精彩。

四、对文学独立性和创造性的凸显

《略说》用“新文学的独立”的醒目标题概括五四运动之后文学的历史开展，“文学的独立”也成为《略说》中一个核心的文学理念：“五四运动结束了启蒙运动，于是由一个混沌的开始遂分为各方面较精细发展。大约破坏总是差不多的，建设便不能不专司其事。于是老一辈的人退休，新一辈的人起来；而这运动胚胎中文字、文学、文化的三方面，乃都独自打起了旗帜。”这种由“混沌”而“精细”的过程，“文字、文学、文化的三方面”门类的独立与分工，颇类似于马克斯·韦伯所强调的现代学科的分立过程。韦伯从现代性的发生的角度讨论艺术的自主性的独立，认为现代性的实践以及现代文化的特点是把前现代的宗教和形而上学的基本问题分为三个不同的领域：科学、道德和艺术。三个领域在各自独立的同时也建立起自己的自主性。而文学的独立，也随着三个领域的独立而历史性地生成。尽管韦伯认为三个领域在现代性的历史实践中的分离过程带来了理性化的危机，每个领域都趋于专业化，由专家或精英集团控制，从而与大众之间形成了巨大的鸿沟，使得专业化的文化无法在大众那里形成日常实践，并有可能与现实政治脱离，但是对中国新文学，这个独立化的过程却如林庚所言，有助于“由一个混沌的开始遂分为各方面较精细发展”。“大约破坏总是差不多的，建设便不能不专司其事”，正是吻合了韦伯所谓的艺术自主性的独立。

也正是在这个意义上，林庚把1921年文学研究会的成立看成是文学独立的开始，并把文学流派视为文学独立化和多元化的标志：

> 新文学运动独立之后，从事于文学的人便非是专力于文学的人不可。所以像以前什么人都可以高兴了便参加一回文学讨论，什么人都可以高兴了便写几首诗写一篇小说的事也渐少见了，就是当初提倡文学革命最力的胡适，是渐渐的因致力于哲学历史方面的整理，也不得不放弃了新文学的活动。因粗糙的幼稚的时期已过去了，破坏的打倒的时期也过去了，现在是要拿出货色给大家看，现在是要由作品中证明这文艺复兴。所以凡是客串的，凡随随便便的，凡是对文学无绝对信仰与决心的，都不得不退避了。而反对新文学的也渐渐攻击到文学的本身

来，渐渐的在看清了新文学的弱点后而予以致命伤。此时从事于新文学的人其责任因此乃加倍重大，在这时仍从事于文学的旧人便只剩周氏兄弟二人，而他们是直到今日还是为文学而努力着。

林庚对文学创作的专门化与纯粹性的强调，背后隐含着对文学自主性和自律性的要求，从而也解释了文学革命之后包括胡适与陈独秀在内的很多"客串"作家在新文学独立进程中何以逐渐退场，而林庚对周氏兄弟二人的看重，正是因为"他们是直到今日还是为文学而努力着"。而《略说》把《语丝》上发表的《野草》、《竹林的故事》视为纯粹的创作，也体现的是文学独立的眼光。

"新文学的独立"是一种现代性视野下的文学本体观。在林庚描述的新文学进程中，它以社团的生成作为独立性的标志，并从外国文学中汲取文学的自主性，这也是林庚一直关注翻译实践的主要原因。而政治对文学的干预被林庚解读为文学独立性的消解。"新文学的独立"这一部分叙述结束在第十章"文学运动被干涉"，既直接造成北京的文学中心地位的瓦解，也意味着这种独立性在新文学中并未得到充分的展开，进而暗含了革命文学因此应运而生的历史逻辑。

与对文学的独立性的强调相联系的是林庚对文学的创造性的重视。《略说》可以说通篇都在强调创造性，文学创造力既是分析文学作品的具体审美尺度，也是历史评价标准。作家与流派的文学贡献和历史地位最终都取决于是否具有创造力。与此相关，《略说》自始至终都在反对模仿。例如："新文学运动以来，无论诗、小说莫不以模仿西洋文学为出路，模仿当然不会是一条真正的出路，这在长久的模仿之后自会觉得。"林庚所看重的"幽默"也同样会被模仿绝了生路："本来创造方是真正的希望，模仿只是自绝生路而已，幽默一条路虽然摆在目前，然而大家只学些油脂滑调，此路虽周亦无人走。"对学衡派的批评也同样针对的是"一意模仿"："这些人的脑中不是'专门名家'便是'西国名家'。故一定说文学进化固有语病，而一意模仿'古人'或'西人'则终是不长进的，无创造力的。所以《学衡》后来终于变成一个无声无臭的刊物，亦再无人过问了。"

《略说》也视模仿为诗歌的大敌，林庚对戴望舒评价之高，也正因为他的创造性。林庚认为新诗到了戴望舒这里才真正脱去模仿，"从一些新的事物中找诗情"。然而，当"他的影响却只是把那些新事物的字面又交给别人去用，诗终于只能徘徊在平常事物之外。即那有限的新字面被反复用久了，便也同样的陈腐。这使得南方诗坛因此在戴望舒之后还没有第二诗人出现，因为在他是创造，在别人又是模仿了”。同样，戴望舒“诗的另一种影响即是用一种轻俏的语吻代替形式”，“这影响也产生了无数的诗，然而许多诗因为这个形式于是并诗情亦跳不出圈外，当然不能只怪形式的不好了”。林庚认为，戴望舒两方面的诗艺创造，都被后来者复制模仿，再有创造力的形式也会在后人的大量复制和模仿中丧失原创力。这里可以看到林庚在后来的《唐诗综论》中关于“诗的原质”之观念的肇始。

“京派与海派其实不过好事者大略作此分别，但亦未始非今日文坛之两轮，但文坛更重要的是中间的马，否则虽有两轮终无益也。”《略说》以上面这句话结束，这里的“中间的马”意味着文学前进的动力，意味着只有创造力才能最终给作家以及流派提供历史驱动。如果丧失了文学创造性的驱力，“虽有两轮终无益也”。

五、作为诗人的文学史

林庚敏锐的艺术感觉和精准的文学判断尤其表现在对诗歌的分析方面，对新诗史的叙述，暗含着林庚作为一个诗人的眼光，是比较闪光的部分。林庚既表现出了从诗歌自律性出发的艺术感觉，又有基于文学史视野的宏观判断，从《略说》中可以梳理出一条简约而清晰的诗歌史叙述脉络，体现着林庚对诗歌本体和艺术思维的深刻感悟和精微理解。

林庚对新诗发生期的一段论述非常精彩而到位，也有自己独到之见。关于新诗怎样从旧体诗中解放出来的问题，林庚强调在白话传达、“真有感触”之外，关键在于形式的生成：“用白话何以就是诗呢？那就是要真有感触，不过散文也同样要真有感触，所谓‘不做言之无物的文字’，‘不做无病呻吟的文字’，与‘要有话方才说话’，都是指一切文章而说的。然则真有感触，只是好不好的标准，至于是好散文还是好诗，则仍在有形式无形式耳。”有无形式才是决定一首诗是不是好诗的最重要的标准，而新诗形式化的进程在“五四”阶段集中表现在“自然的音节”的生成，《略说》之所以唯一全文引用并高度评价周作人的《小河》，正因为《小河》“为完全自然音节的诗奠定了基础”。

《略说》关于闻一多与徐志摩的差异与共性贡献的描述,也非常简约公允、精辟到位:

> 徐志摩是浪漫主义的实行者,他的生活许多人常联想到雪莱、拜伦,事实上他灵魂中的爱好亦正在这些英国浪漫运动诗人身上。中国自白话诗运动以来,情诗渐渐萌芽,但直到徐志摩氏才是真正的以情诗为生命,他正如西方的诗人一样,不一定是实生活的表现,而想象着自己保举自己做情人;这种为爱情而咏爱情的态度,使得爱情成为一个美的欣赏,所以比较超脱,比较洁静细腻,与创造社以来的热狂奔放不同。
>
> 闻一多与徐志摩恰恰相反,是十分紧严的古典主义者,在《诗刊》一派中创造格律最努力是他,写诗态度最谨慎的也是他,能以一种理论来说明诗的也是他。徐志摩是自我的表现,引诱得大家都朝他的路上走;闻一多是客观的研究,找出一条新诗建设的路来,然而他们二人却有一个共同来源,那便是英国近代诗。梁实秋说他们是试验着用中文来创造外国诗的格律,这话正是十分扼要的。

《略说》把徐志摩诗中的灵魂与生命视为浪漫主义的精魂,对徐志摩"想象着自己保举自己做情人"的判断,别致中不乏善意的揶揄;而其中对徐志摩"为爱情而咏爱情的态度,使得爱情成为一个美的欣赏,所以比较超脱,比较洁静细腻"的评判,则道出了徐志摩真正的诗歌品质。对闻一多的论述则把他的古典主义与徐志摩的浪漫主义对举,关于闻一多的古典主义的严谨、"客观的研究"以及"以一种理论来说明诗"的诸种说法,都堪称新诗史上评价闻一多的独家之论。

《略说》特别重视《现代》杂志的出现:"《现代》上的诗确使得诗坛另尝试了一个方向,总是一件值得纪念的事情。"这"另一个方向"主要表现为戴望舒的艺术贡献。林庚对戴望舒的诗作谈得最多,论述隐含的独特艺术感悟及眼光,极为精当、新颖,为今之文学史家所未道。在林庚的眼里,戴望舒的创作"在《新月》已成尾声的时候,正好带起了南方的诗坛",代表着新诗最新的发展趋向,表现了新诗对自己的表达与抒情方式的寻找,其一:"戴望舒却从一些新的事物中找诗情,于是耳目才真正焕然一新","在他个人因为避开平常的字面,要去发现新事物中的诗情,因此他的描写都是他自己实在的感觉,这是值得赞美的。"其二:

> 他诗的另一种影响即是用一种轻俏的语吻代替形式，本来新月派形式的尝试已经失败，诗坛上正缺少一种形式，他却利用另一种方法代替了文字的节奏。如：
>
> 因为海上有青色的蔷薇，
>
> 游子要萦绕他冷落的家园吗？
>
> 还有比蔷薇更清丽的旅伴呢？
>
> 这“吗”“呢”两字在意见上其实并不重要，却因此完成了一种淡淡的语吻情调。

对“语吻”的发现在林庚这里堪称别出机杼，“轻俏的语吻”因此也具有形式美学的意义。其秘密在于“情调”从“轻俏的语吻”中生成，进而构成诗歌一种内在的美感。这种评价只能出自同样写诗并且诗歌观念有内在相通之处的林庚的笔端。《略说》文本分析虽不甚多，但一旦涉及文本，则会直接进入微观的艺术层面，并表现出独特而精微的文学眼光。对戴望舒的诗歌的评析就充分体现了这一点。

《略说》作为诗人的写作还启示我们：文学史判断是否需要艺术直觉？能否有一种诗意的文学史叙述？文学史的语言是否本身应该具有文学的甚至诗意的美感？林庚的《略说》给我们的文学史写作以有益的启迪。《略说》在叙述语言层面值得我们关注之处正在其诗意化特征，在论及“新文学的狂热”的一段中，叙述语言尤其堪称诗性叙述的范例：

> 这些虽然在今日已被我们忘记，在当时却是使新文学的风气弥漫于全国的每个细胞。在这样渐渐的滋长中，混沌的呼声变为具体的，幼稚的作品变为成熟的，尤其在新文学运动中以最新的姿态出现的小说，也有长篇的小说出现了。而外来文学作品的介绍乃更充实了这些作品的内容，那时一片文坛上的朝气，使得每个人都感觉到新鲜的气息，生命的活跃，如春天的河水，知其必将奔流于海了。

这里体现着林庚的“生命文学史观”的最初流露。林庚后来的中国古代文学史写作中的艺术感觉和审美风格都在这部元气淋漓的《新文学略说》中见出端倪。

《略说》仅有“上编”，读罢不仅使人对“下编”心生向往。但从上编结束的时间上推测,林庚先生似乎未能有机会写出下编,抗战就爆发了。如果这门课有时间继续讲下去,会在下编多选些作家作品来讲述吧,就像废名在《谈新诗》中那样。以林庚先生作为一位诗人的敏锐和艺术感觉,这样的"下编"当同样有过人之处,这就留给我们这些后来者不尽的惋惜和不尽的悬想。

2010 年 6 月初稿

2010 年 11 月 10 日二稿

(作者单位:北京大学中文系)

“怀废名”与叹知堂

——周作人与废名 1937 年之后的师生情谊之分析

高恒文

1938 年和 1943 年，周作人两次以“怀废名”为题著文怀念废名，一往情深，而废名 1948 年在其公开发表的文章中直言不讳地称赏“知堂先生是一位道德家”，可谓甘冒天下之大不韪也。师生之情至于此，意味深长也。然而，更值得注意的是，周作人之“怀废名”和废名之叹知堂的背后，亦各有其难以言说的隐衷。

一

周作人的第一篇《怀废名》，写于 1938 年 11 月，文不长，抄引如下：

> 余识废名在民十以前(1)，于今将二十年，其间可记事颇多，但细思之又空空洞洞一片，无从下笔处。废名之貌奇古，其额如螳螂，声音苍哑，初见者每不知其云何(2)。所写文章甚妙，但此是隐居西山前后事(3)，《莫须有先生传》与《桥》皆是，只是不易读耳(4)。废名曾寄住余家(5)，常往来如亲属(6)，次女若子亡十年矣，今日循俗例小作法事，废名如在北平，亦必来赴(7)，感念今昔，弥增怅触。余未能如废名之悟道(8)，写此小文，他日如能觅路寄予一读(9)，恐或未必印可也。①

融叙事、描写和抒情于浑然一体，且细节生动，情感饱满而节制、含蓄，点到为止，确属佳作，当与其《知堂说》并称短篇之双璧也。现参照周作人第二篇《怀废名》及相关材料，略作笺注，然后再对其中重要而隐晦之处加以分

① 周作人：《怀废名》，《古今》第 20—21 期，1943 年 4 月，署名“药堂”。

析、论证。

(1)周作人说:"关于认识废名的年代,当然是在他进了北京大学之后,推算起来应当是民国十一年考进预科,两年后升入本科,中间休学一年,至民国十八年才毕业。但是在他来北京之前,我早已接到他的几封信,其时当然只是简单的叫冯文炳,在武昌当小学教师,现在原情存在故纸堆中,日记查找也很费事,所以时日难以确知,不过推想起来这大概总是在民九民十之交吧,距今已是二十年以上了。"①

(2)周作人说:"废名眉棱骨奇高,是最特别处。在《莫须有先生传》第四章中房东太太说,莫须有先生,你的脖子上怎么那么多的伤痕?这是他自己讲到的一点,此盖由于瘰疬,其声音之低哑或者也是这个缘故吧。"卞之琳《〈冯文炳选集〉序》云:"废名是僻才,相貌'奇特'(似为周作人语——原注),面目清癯,大耳阔嘴,发作'和尚头'(非剃光——原注),衣衫不检,有点像野衲,说话声音有点吵嗄,乡土气重。"②

(3)周作人说:"废名在北京大学进的是英文学系,民国十六年张大元帅入京,改办京师大学校,废名失学一年余,及北大恢复乃复入学……后来在西门外一个私立中学走教国文,大约有半年之久,移住西山正黄旗村里,至北大开学再回城内。"废名《今年的暑假》云:"我于民国二十六年之冬日卜居于北平西山,一个破落户之家,荏苒将是五年。这期间又来去无常。"③据此可知废名最初因为抗议张作霖"改办京师大学校"而退学,隐居西山,"至北大开学再回城内"重新就读北京大学,但此后又断断续续移居西山。又,周作人 1928 年 8 月 25 日致俞平伯信云:"废名公已上西山去了。"④同年 10 月 20 致俞平伯信又云:"该公(按,指废名)现在已迁居山北,不住在以前的古怪地名的那里了。"⑤1929 年 2 月 22 日致俞平伯信云:"废公尚未北归,亦无消息,岂真在等待春草绿乎。"⑥1930 年 3 月 11 日致废名信云:

---

① 周作人:《怀废名》,《古今》第 20—21 期,1943 年 4 月,署名"药堂"。按,本节的这九条笺注,多引证周作人《怀废名》中文字,出处同此,不再一一注明,只注另外的材料的出处。

② 卞之琳:《〈冯文炳选集〉序》,《人与诗:忆旧说新》,北京:三联书店,1984 年,第 48 页。

③ 废名:《今年的暑假》,《现代》第 1 卷第 5 期,1932 年 9 月。

④ 钟叔河编:《周作人散文全集》第 5 卷,桂林:广西师范大学出版社,2009 年,第 410 页。

⑤ 同上。

⑥ 同上书,第 546 页。

"山中想必风景渐佳,较城中春到应更早也。"①

(4)周作人说:"废名的文艺的活动大抵可以分几个段落来说。甲是《努力周报》时代,其成绩可以《竹林的故事》为代表。乙是《语丝》时代,以《桥》为代表。丙是《骆驼草》时代,以《莫须有先生》为代表。以上都是小说。丁是《人间世》时代,以《读论语》这一类文章为主。戊是《明珠》时代,所作都是短文。"按,据此可知周作人所谓"所写文章甚妙",指的是《竹林的故事》以后的作品,不包括《竹林的故事》,而以"《莫须有先生传》与《桥》"为代表。但是,这里又有分别。周作人《〈枣〉和〈桥〉的序》云:"我读过废名君这些小说所未忘记的是这里边的文章……我觉得废名君的著作在现代中国小说界有他独特的价值者,其第一的原因是其文章之美。"周作人《〈莫须有先生传〉序》云:"《莫须有先生》的文章的好处,似乎可以旧式批语评之曰,情生文,文生情。"②"文章之美"和"文章的好处",意思略有不同。又,卞之琳《〈冯文炳选集〉序》云:"就他独特的纯正艺术风格而论,废名的小说,应以《桥》上卷为高峰。《莫须有先生传》是他另一个小说写作奇峰,应说是他的小说绝笔了。"③

(5)周作人说:"废名当初不知是住公寓还是寄宿舍,总之在那失学的时代也就失所寄托,有一天写信来说,近日几乎没得吃了。恰好章矛尘夫妇已经避难南下,两间小屋正空着,便招废名来住……从西山下来的时候,也还寄住在我们家里。"

(6)废名《莫须有先生坐飞机以后》云,莫须有先生在家乡作客,受到热情招待,"主客都极其和谐,莫须有先生观之,甚喜,亦甚惊异,何以乡村间如此好客,如此殷勤,如此自然,莫须有先生生平只有在北平苦雨斋中有此光景,此外没有遇见过"④。

(7)1930年11月18日,周作人致废名信云:"本月二十日为若子周年纪念,循俗延僧诵经,兄如有暇,甚望能来。"⑤

---

① 周作人:《〈莫须有先生传〉序》,钟叔河编:《周作人散文全集》第5卷,桂林:广西师范大学出版社,2009年,第618页。

② 周作人:《〈莫须有先生传〉序》,《鞭策》第1卷第3期,1932年3月。

③ 卞之琳:《〈冯文炳选集〉序》,《人与诗:忆旧说新》,北京:三联书店,1984年,第48页。

④ 王风编:《废名集》第2卷,北京:北京大学出版社,2009年,第1128页。

⑤ 钟叔河编:《周作人散文全集》第5卷,桂林:广西师范大学出版社,2009年,第618页。

(8)周作人说:“这(按,指“《明珠》时代”)以后似乎更转入神秘不可解的一路去了”;“随后(按,同前)他又谈《论语》,《庄子》,以及佛经,特别是佩服涅槃经,不过讲到这里,我是不懂玄学的,所以就觉得不大能懂,不能有所评述了。废名南归后曾寄示所写小文一二篇,均颇有佳处,可惜一时找不出,也有很长的信讲到所谓道,我觉得不能赞一辞,所以回信中只说些别的事情,关于道字了不提及,废名见了大为失望,于致平伯信中微露其意,但即是平伯亦未敢率尔与之论道也”。

(9)周作人1943年《怀废名》开头抄录了1938年的这篇《怀废名》全文之后说:“以上是民国二十六年十一月末所写,题曰《怀废名》,但是留得底稿在,终于未曾抄了寄去。”又云:“到了民国二十五六年,不知怎的忽然又将夫人和子女打发回去,自己一个人住在雍和宫的喇嘛庙里。当然大家觉得他大可不必,及至泸沟桥事件发生,又很羡慕他,虽然他未必真有先知。废名于那年的冬天南归,因为故乡是拉锯之地,不能在大南门的老屋里安住,但在附近一带托迹,所以时常还可彼此通信,后来渐渐消息不通。”又,据冯健男《我的叔叔废名》,废名于1937年11月为奔母丧而返回故乡湖北黄梅。[①]

写这篇《怀废名》的1938年11月,已是北平沦陷一年后了,周作人在其“苦住庵”也整整“苦住”了一年。这期间他一直是中国文化界最为关注的人物,也一直是日本侵略者刻意拉拢的最重要的对象,他苦苦支撑,可谓心力憔悴。这不是这里叙述、论述的主要问题,而笔者已有专文论述,可以参阅[②]。下面且略述相关史实,以讨论周作人写作此文的最为直接的语境。1938年2月9日,他出席日本大阪每日新闻社召开的“更生中国文化建设座谈会”,举国哗然。[③] 5月5日,“中华全国文艺界抗敌协会”通电全国,声讨周作人等附逆行为[④];6日,《新华日报》发表《文化界驱逐周作人》短评[⑤];

① 参阅冯荣光:《冯文炳生平年表》,见王风编:《废名集》第6卷,北京:北京大学出版社,2009年,第3468—3469页。

② 参见拙文《“言志”的苦心与文心——周作人“苦住”期间创作之分析》,《现代中国》,第12辑,北京:北京大学出版社,2009年。

③ 参阅张菊香、张铁荣:《周作人年谱》,天津:天津人民出版社,2000年,第545页。

④ 同上书,第550页。

⑤ 《文化界驱逐周作人》,《新华日报》1938年5月6日。

14日，《抗战文艺》发表文学界18位作家茅盾、郁达夫等的《致周作人的一封公开信》："最后一次忠告先生，希望幡然悔悟，急速离平，间道南来，参加抗敌建国工作。"[①]在外界同胞的新的压力之下，特别是郁达夫这样的老朋友署名的"公开信"如此语重心长的热切期待，周作人似乎对自己出席"更生中国文化建设座谈会"有所悔悟，又开始拒绝日本人的一系列拉拢：6月12日，婉辞不入"留日同学会"，退还捐册；8月15日，婉辞不入伪"东亚文化协议会"，30日婉辞该会邀请晚宴；12月13日，婉辞《朝日新闻》约稿。[②]尤其是其间9月20日收到胡适寄自伦敦的诗，21日作诗回复，最后两句云："老僧始终是个老僧，/ 希望将来见得居士的面。"[③]可见周作人在整个1938年还是苦苦支撑了的。这就是他写作第一篇《怀废名》的生活和思想处境。

这篇文章中所谓"次女若子亡十年矣，今日循俗例小作法事"，是很值得注意的一句。生活在外寇统治的艰难处境之中，身心憔悴，衣食生活尚且艰难，为何尚有"循俗例小作法事"之举？对周作人来说，这恐怕是意味深长的忧世伤生的象征性行为吧？当年的"苦雨斋"中，高朋满座，连冯至都发表文章《若子死了》[④]，表达悼念之情，如今四顾萧然，周作人自然会想起他最为知心的弟子废名，"感念今昔，弥增怅触"，此乃实情也；而"今昔"之叹，尤有难以明言之感伤，包含了他面对国内外同胞、至交殷切期望的压力，面对日本人日渐紧迫的拉拢的压力，以及他一再向远方的朋友表明誓当"苦住"的决心这种复杂、艰难处境中的特殊情怀。

"余未能如废名之悟道"之说，字面上的意思显然是指"今日循俗例小作法事"，但这又怎么能说废名"恐或未必印可也"呢？难道知己如废名还不能理解他这种忧世伤生的象征性行为？这是这篇短文中最令人费解的一句，似乎不为研究者注意。我们记得，1935年林语堂曾经发挥废名论周作人时所谓的"渐近自然"之说，有这样的说法：

> 问问岂明，若子死，岂明不能免俗大热闹一番，是何道理？岂明答辞，便是他整个性格之剖析。吾于此一事，甚见得岂明之"渐近自然"

---

① 《致周作人的一封公开信》，《抗战文艺》第4期，1938年5月14日。

② 此处所列史实，均据张菊香、张铁荣：《周作人年谱》，天津：天津人民出版社，2000年，第553—562页。

③ 同上书，第558—559页。

④ 冯至：《若子死了》，《华北日报副刊》第212号，1929年11月25日。

处，“吾从众”处，及其内情之冲动处。其热闹乃其恸哭。①

这实际上也是周作人一再所谓的“自然的”“人情物理”。那么，周作人说废名“恐或未必印可也”这句令人费解的话，恐怕以十分隐晦的方式告诉废名：正如时至今日尚且“循俗例小作法事”，不韪人情物理，他还不至于做出“下水”、当汉奸那样有违人情物理的事来。这个分析，看起来完全是证据不够充分的推论，其实尚有几条证据充分的材料作为旁证，且看下文进一步的分析、论证。

1938年3月，也就是周作人出席“更生中国文化建设座谈会”引起全国一片哗然之际，周作人给南下的废名写了第一封信：

偶写小文，录出呈览。此可题曰《读〈大学〉〈中庸〉》，题目甚正经，宜为世所喜，惜内容稍差，盖太老实而平凡耳。唯亦正以此故，可以抄给朋友们一看，虽是在家人亦不打诳语，此鄙人所得之一点滴的道也。日前寄一二信，想已达耶，匆匆不多赘。三月六日晨，知堂白。②

《读〈大学〉〈中庸〉》为什么“宜为世所喜”？又为什么要废名“抄给朋友们一看”？先且看这篇短文：

近日想看《礼记》，因取郝兰皋笺本读之，取其简洁明了也。读《大学》《中庸》各一过，乃不觉惊异。文句甚顺口，而意义皆如初会面，一也。意义还是很难懂，懂得的地方也只是些格言，二也。《中庸》简直多是玄学，不佞盖犹未能全了物理，何况物理后学乎。《大学》稍可解，却亦无甚用处，平常人看看想要得点受用，不如《论语》多多矣。不知道世间何以如彼珍重，殊可惊诧，此其三也。从前书房里念书，真亏得小孩们记得住这些。不佞读《下中》时是十二岁了，愚钝可想，却也背诵过来，反覆思之，所以能成诵者，岂不正以其不可解故耶。③

从字面上实在看不出来此文有何特殊之处，但周作人解释说：“此文也就只是《明珠》式的一种感想小篇，别无深义，寄去后也不记得废名覆信云何。”④

---

① 见废名《关于派别》发表时，编者林语堂所加“语堂跋”，《人间世》第26期，1935年4月。
② 周作人：《怀废名》，《古今》第20—21期，1943年4月，署名“药堂”。
③ 同上。
④ 同上。

奥妙就在“此文也就只是《明珠》式的一种感想小篇”一句。《明珠》是《世界日报》的副刊，周作人、俞平伯、废名师生，还有朱光潜、朱自清等人，1936年底曾经集中在此发表文章。周作人回忆说：

> 那时是民国二十五年冬天，大家深感到新的启蒙运动之必要，想再来办一个小刊物，恰巧《世界日报》的副刊《明珠》要改编，便接受了来，由林庚编辑，平伯、废名和我帮助写稿，虽然不知道读者觉得如何，在写的人则以为是颇有意义的事。①

《读〈大学〉〈中庸〉》和周作人1936年在《明珠》上发表的文章一样，都是文化批判性质的，具有他所谓的思想启蒙的意义。所以，写作《读〈大学〉〈中庸〉》这样一篇“《明珠》式的一种感想小篇”，第二天就抄录寄给通信已经很不方便的远方的废名，并特意让他“抄给朋友们一看”，周作人的意图是告诉人们他周作人还是当年的周作人，也就是“请勿视留北诸人为李陵，却当作苏武看为宜”②的意思。一篇寥寥数语的题跋却写得如此深曲、隐晦，实在令人叹为观止！可见这篇《读〈大学〉〈中庸〉》决不是“别无深意”，而是在特殊情况之下通过特殊的形式向世人表白心迹。

再看1937年9月周作人致废名的信：

> 石民君有信寄在寒斋，转寄或恐失落，信封又颇大，故拟暂图存，俟见面时交奉。星期日林公未来，想已南下矣。旧日友人各自上飘游之途，回想《明珠》时代，深有今昔之感。自知如能将此种怅惘除去，可以近道，但一面也不无珍惜之意：觉得有此怅惘，故对于人间世未能恝置，此虽亦是一种苦，目下却尚不忍即舍去也。匆匆。九月十五日。③

写这封信的时候，废名尚在北平，周作人的处境和心境与他1938年3月致信废名时，完全不同，其中“旧日友人各自上飘游之途，回想《明珠》时代，深有今昔之感”云云，当属真实的情感流露，其“回想《明珠》时代”而“不无珍惜之意”也是实话，此亦可见他确实很重视他们师生在《明珠》副刊上的思想批判工作的意义。而“可以近道”之说，正好和他第二封信中的“此鄙人

---

① 周作人：《怀废名》，《古今》第20—21期，1943年4月，署名“药堂”。

② 陶亢德：《知堂在北平》，《宇宙风》第50期，1937年11月，署名“亢德”。

③ 周作人：《怀废名》，《古今》第20—21期，1943年4月，署名“药堂”。

所得之一点滴的道也”一句、第一篇“余未能如废名之悟道”一句互相呼应；并且，这封信中所谓的“故对于人间世未能恝置”，虽然指的是“回想《明珠》时代，深有今昔之感”，但他在第一篇《怀废名》中所谓的“次女若干亡十年矣，今日循俗例小作法事，废名如在北平，亦必来赴，感念今昔，弥增怅触”，不也是一种“对于人间世未能恝置”的情怀吗？区别仅仅是一在公一在私而已。所以，周作人1937年9月和1938年3月两次写给废名的信，与他1938年11月写的第一篇原打算寄出却没有寄出的《怀废名》，实是互相呼应的文字，其思想情感基本是真实的，并且关键性的字句一再出现，如“近道”、“得道”、“悟道”和“感念今昔”、“今昔之感”等等。这是我们考察周作人在“下水”之前的“苦住”期间思想状态的最重要的材料。

不仅如此，周作人还有类似于抄示短文给废名的举动，并且也恰恰是在1938年2月9日出席“更生中国文化建设座谈会”引起全国一片哗然之际。2月20日，他写下《读〈东山谈苑〉》这篇重要文字。全文抄引如下：

> 《东山谈苑》卷七云，“倪元镇为张士信所窘辱，绝口不言，或问之，元镇曰，一说便俗。”此语殊佳。余澹心记古人嘉言懿行，裒然成书八卷，以余观之，总无出此一条之右者矣。尝怪《世说新语》后所记何以率多陈腐，或歪曲远于情理，欲求如桓大司马树犹如此之语，难得一见。云林居士此言，可谓甚有意思，特别如余君所云，乱离之后，闭户深思，当更有感兴，如下一刀圭，岂止胜于吹竹弹丝而已哉！①

《东山谈苑》是他早就读过的书，1937年1月写作的《〈朴丽子〉》中就抄引过倪云林的这则逸事妙语②，可见这时写作这篇短文不是因为一时读书的感兴，而是自我命题作文。欣赏“一说便俗”的妙语，这时还只是打算“不说话”——不写文章——的意思，作为自己“下水”的托词还是后来的事（另有专文，此处暂且不论），所以接着赞赏余怀“乱离之后，闭户深思”一语。第二天，周作人还将此文一再抄录示人③，可见他对这篇短文的特殊重视。实际上，这是一篇新的“闭户读书论”，重申他十年前写作《闭户读书论》的立场：

① 周作人：《读〈东山谈苑〉》，《晨报副刊》1938年5月31日，署名“药堂”。
② 周作人：《朴丽子》，《青年界》第11卷第3号，1937年3月。
③ 周作人：《寄甘山》，《晨报副刊》1938年6月24日，署名“药堂”。

> “此刻现在”,无论在相信唯物或是有鬼论者都是一个危险时期……那么怎么办好呢?我看,苟全性命于乱世是第一要紧,所以最好是从头就不烦闷……我想了一天才算想到了一个方法,这就是“闭户读书”。[①]

“闭户深思”即“闭户读书”,都是应对“乱世”的不得已的打算,只不过这篇《读〈东山谈苑〉》没有十年前的《闭户读书论》那样以充满反讽的笔调嬉笑怒骂、慷慨陈词,而是表述得比较隐晦,因为此时外寇入侵毕竟比1927年的内乱更是“一个危险时期”。之所以将此短文一再抄录示人,并且发表,周作人显然意在告诉那些关心他的出处的人,他的“苦住”的决心与安排:一是从此“不说话”了,二是“闭户读书”。这不仅意在示人,恐怕还有自警、明志的意味。

然而,1938年11月的这篇《怀废名》,到底还是成了周作人“下水”前打算寄给废名的最后的文字。无论他怎样一再向世人表白“苦住”的心志,无论他怎样向废名这个忠实的弟子真诚地表示自己不会变节的决心,他终于没有能够顶住日本侵略者的压力而在1939年“下水”了。这对废名来说,实在是一道感情和思想都难以面对的难题。

二

再看写于1943年3月25日的《怀废名》。

周作人在文中对废名的创作历程进行了一个总结,就是著名的甲乙丙丁戊五个阶段说,其实这个说法是很奇怪的:为什么有“丁是《人间世》时代,以《读论语》这一类文章为主。戊是《明珠》时代,所作都是短文”这两个阶段?因为我们知道,这里说的两个阶段是指1934—1936年,是废名写作散文的时期,只能看作一个阶段,而且从1934年在《人间世》发表《读〈论语〉》开始,在《人间世》和同时在其他杂志上发表的文章,与1936年在《明珠》上发表的文章,性质、风格完全一样。原因恐怕是因为废名在《人间世》发表了《知堂先生》、《关于派别》这样的性质特殊的文章,周作人不便明言,才这样含蓄地提示读者注意吧?

① 引自周作人:《永日集》,石家庄:河北教育出版社,2002年,第113—114页。

废名确实在《明珠》上集中发表了一组文章，都是谈论古典诗文的笔记，风格与周作人的读书笔记类似，而文体不同——废名不"抄书"，只发议论。内容主要是谈论"晚唐诗"和"六朝文"，以李商隐、庾信为中心。周作人说："《明珠》只办了三个月，共出了九十二号，其中废名写了很不少，十月九篇，十一二月各五篇，里边颇有些好文章好意思。"①列举事实这样清楚，可见写文章时周作人细细查阅了一遍《明珠》，此亦可见其深情也。他接着又说：

> 例如十月份的《三竿两竿》，《陶渊明爱树》，《陈亢》，十一月份的《中国文章》，《孔门之文》，我都觉得很好。《三竿两竿》起首云："中国文章，以六朝人文章为最不可及。"《中国文章》也劈头就说道，"中国文章里简直没有厌世派的文章，这是很可惜的事。"后边又说，"我尝想，中国后来如果不是受了一点佛教影响，文艺里的空气恐怕更陈腐，文章里恐怕更要损失好些好看的字面。"这些话虽然说的太简单，但意思极正确，是经过好多经验思索而得的，里边有其颠扑不破的地方。②

就所举这些例子而言，废名这些文章和说法，其实是与周作人思想极为相近的，其中"六朝人文章"、"佛教影响"云云，就是周作人的一贯看法，例如周作人1930年9月《〈冰雪小品选〉序》云："中国要在晋文里才能看出小品文的色彩来。"③1935年12月《宋人的文章思想》云：

> 我近年常这样想，读六朝文要比读八大家好，即受害亦较轻，用旧话来说，不至害人心术也。④

1936年1月《关于家训》云：

> 伍氏（按，伍绍棠）说六朝人的书用骈俪而质雅可诵，我尤赞成。韩愈文起八代之衰，其文章乃虚骄粗犷，正与质雅相反，即《盘谷序》或《送孟东野序》也是如此。唐宋以来受了这道统文学的影响，一切都没

---

① 周作人：《怀废名》，《古今》第20—21期，1943年4月，署名"药堂"。

② 同上。

③ 《骆驼草》第21期，1930年9月。

④ 《宇宙风》第10期，1936年2月。

有好事情，家训因此亦遂无什么可看的了。[①]

而“佛教影响”之说，周作人云：

两晋六朝的译文多有文情俱胜者，什法师最有名，那种骈散合用的文体当然因新的需要的兴起，但能恰好的利用旧文字的能力去表出新意思，实在是很有意义的一种成就。这固然是翻译史上的一段光辉，可是在国文学史上意义也很不小，六朝之散文著作与佛经很有一种因缘，交互的作用，值得有人来加以疏通证明，于汉文学的前途也有极大的关系。[②]

因此，周作人所谓“是经过好多经验思索而得的”，当属奖挹弟子之言。也就是说，废名这些文章的基本思想其实是发挥周作人的成说，只是具体问题的讨论有自己的阅读心得和体验而已。

这里不妨引述几条材料，补充说明周作人对废名《明珠》时期文章的重视。废名在《明珠》发表了一篇《〈水浒〉第十三回》，其中说：

我尝劝学生读金圣叹《第五才子书》，对于自己作文总很有益处。只可惜中国小说于男子妇人间的事情总写不好，此盖是民族精神的致命伤，缺乏健全思想，无可如何也……《水浒》所写的是英雄好汉，但中国的绿林同文人士大夫也还是一个传统，故秋心君（按，梁遇春）曾向我发泄其愤怒，他说他最讨厌武松，理由是“武松杀丫鬟”！此君大约是熟读欧洲中世纪骑士的故事，其愤怒我可以同情也。[③]

此说给一向关心妇女问题的周作人留下深刻印象。1939年5月，周作人在《〈儿女英雄传〉》中说：

我小时候读《天雨花》，很佩服左维明，但是他在庭前剑斩犯淫的侍女，至今留一极恶劣的印象，若《水浒传》之特别憎恶女性，为废名所指摘，小说中如能无此等污染，不可谓非难得而可贵也。[④]

直到1945年，周作人还在《小说的回忆》中说：

---

① 周作人：《关于家训》，《北平晨报》1936年1月27日。

② 《古今》第55期，1944年9月。

③ 废名：《水浒第十三回》，《世界日报·明珠》1936年10月8日。

④ 周作人：《儿女英雄传》，《实报》1939年5月30日。

《水浒》的人物中间,我始终最喜欢鲁智深,他是一个纯乎赤子之心的人,一生好打不平,都是事不干己的,对于女人毫无兴趣,却为了她们一再闹出事来,到处闯祸,而很少杀人,算来只有郑屠一人,也是因为他自己禁不起而打死的。这在《水浒》作者意中,不管他是否施耐庵,大概也是理想的人物之一吧。李逵我却不喜欢,虽然与宋江对比的时候也觉得痛快,他就只是好胡乱杀人,如江州救宋江时,不寻官兵厮杀,却只向人多处砍过去,可以说正是一只野猫,只有以兽道论是对的吧。——设计赚朱仝上山的那时,李逵在林子里杀了小衙内,把他梳着双丫角的头劈作两半,这件事我是始终觉得不能饶恕的。武松与石秀都是可怕的人,两人自然也分个上下,武松的可怕是煞辣,而石秀则是凶险,可怕已至可憎了。武松杀嫂以及飞云楼的一场,都是为报仇,石秀的逼杨雄杀潘巧云,为的要自己表白,完全是假公济私,这些情形向来都瞒不过看官们的眼,本来可以不必赘说。但是可以注意的是,前头武松杀了亲嫂,后面石秀又杀盟嫂,据金圣叹说来,固然可以说是由于作者故意要显他的手段,写出同而不同的两个场面来,可是事实上根本相同的则是两处都惨杀女人,在这上面作者似乎无意中露出了一点羊脚,即是他的女人憎恶的程度。《水浒》中杀人的事情也不少,而写杀潘金莲杀潘巧云迎儿处却是特别细致残忍,或有点欣赏的意思,在这里又显出淫虐狂的痕迹来了。十多年前,莫须有先生在报上写过小文章,对于水浒的憎女家态度很加非难,所以上边的意见也可以说是起源于他的。语云,饱暖思淫欲,似应读之曰,淫欲思暴虐。一夫多妻的东方古国,最容易有此变态,在文艺上都会得显示出来,上边所说只是最明显的一例罢了。[①]

所谓"莫须有先生",即废名也。周作人这样印象深刻,可能也与废名同时期在《明珠》上发表的这篇《女子故事》有关,其中的思想和周作人几无分别,而说法十分风趣:

中国的事情都是该女子倒霉。一方面非女子不行,才秀才人情纸

① 周作人:《小说的回忆》,钟叔河编:《周作人散文全集》第9卷,桂林:广西师范大学出版社,2009年,第491—492页。

半张算起，以至于国家大事，都好像如此。到得事情弄糟了的时候，这些女子又自然无所逃于天地之间了。

中国女人只可以哭不可以笑，所以杞梁之妻善哭，哭得敌人的城崩，笑则倾自己的城，亡自己之国了。①

严肃而沉痛的问题，出之以这样幽默、滑稽的说法，自然是周作人十分欣赏的文章了。

此外，废名在《明珠》副刊上的文章，专门论说或论及《论语》的，有好几篇。这也是30年代周作人文章的持续的话题，如影之随，废名之于乃师可谓亦步亦趋也。但确实有很好的议论，如《偶感》云：

我觉得中国书籍里没有“恋爱”这个字，我们也就没有恋爱的光荣了。大凡传统里所没有的东西，也就不必去捏造，没有什么东西并不就没有光荣，只须说明没有什么东西便好了。中国有“好色”二字。孔子言未见好德如好色，又言少之时血气未定戒之在色。庄子也以毛嫱丽姬人之所美，鱼见之深入，鸟见之高飞，喻天下孰知正色。宋玉有《好色赋》，也以好色与守德并称。食色二字，中国确是平等观之。这不能不说是很合理的看法。而且人与动物平等。人与动物平等，正是人类的健康。到了《国风》好色而不淫，哀而不伤，也正是健康……中国圣贤不讲恋爱，却言学礼，言学诗，我以为是很美满的人生观，亦即中庸之道。后代的文人学者，不是登徒子便是道学家，摩登男女乃讲恋爱。我今觉得不讲恋爱或者还是一件文明……②

再如《孔门之文》云：

子贡曰，纣之不善，不如是之甚也。是以君子恶居下流，天下之恶皆归焉。孟子曰，尽信书则不如无书，吾于武成取二三策而已矣，仁人无敌于天下，以至仁伐至不仁而何其血之流杵也。孟轲先生的话真是有点霸道，简直可恶。朱熹对于血流漂杵又加一番解释，“武成言武王伐纣，纣之前徒倒戈，攻于后以北，血流漂杵，孟子言此则其不可信者。然书本意乃谓商人自相杀，非谓武王杀之也。”是又说得更下流，不堪

① 废名：《女子故事》，《世界日报·明珠》1936年11月15日。
② 废名：《偶感》，《世界日报·明珠》1936年12月6日。

卒读。①

这也是很有见地的议论,间接明快,无意繁琐论证,而破前圣后儒之定论如摧枯拉朽,读之恍然而有痛快淋漓之感。

三

第二篇《怀废名》还说:

> 废名于那年的冬天南归,因为故乡是拉锯之地,不能在大南门的老屋里安住,但在附近一带托迹,所以时常还可彼此通信,后来渐渐消息不通,但是我总相信他仍是在那一个小村庄里隐居,教小学生念书,只是多"静坐沉思",未必再写小说了吧。②

"托迹"言轻,"隐居"更属不类,既然知道是"拉锯之地",连故家老宅都不能居住,其不得已、不堪之处就可想而知了,深情却如此不着痕迹、不见诸笔墨,也实在是惊人。"未必再写小说了吧",是明明知道实情,却故意以推测的语气来说,也是表达深情的写法,但也是出语平淡。

又云:

> 笔记一叶之末录有三月十四日黄梅发信中数语云:"学生在乡下常无书可读,写字乃借改男的笔砚,乃近来常觉得自己有学问,斯则奇也。"寥寥的几句话,却很可看出他特殊的谦逊与自信。③

第一句"学生在乡下常无书可读",不是说有书而不值得一读或没有可读的书,而是说常常根本就没有书、看不到书,对于一个作家、学者来说,这是多么的寂寞和痛苦;第二句"写字乃借改男的笔砚",也是说物质生活的艰难,连笔砚都没有。周作人注意后一句,大概是因为句子、语意奇峭的原因吧?忽略了在常人看来似乎完全不应该忽略的,和前文所谓"托迹"、"隐居"一样,别有眼光。

这里我们且看废名的自述:

---

① 废名:《孔门之文》,《世界日报·明珠》1936年11月11日。

② 周作人:《怀废名》,《古今》第20—21期,1943年4月,署名"药堂"。

③ 同上。

> 抗战期间我在故乡黄梅做小学教师，做初级中学教师，卞之琳君有一回从四川写信问我怎么样，我觉得很难答复，总不能以做小学教员中学教员回答朋友问我的意思，连忙想起《论语》“学而”一章，觉得有了，可以回答朋友了，于是我告诉他我在乡间的生活可以“学而”一章尽之，有时是“不亦悦乎”，有时是“不亦乐乎”，有时是“不亦君子乎”。“有朋自远方来”的事实当然没有，但想着有朋自远方来应该是如何的快乐，便可见孔子的话如何是经验之谈了，便是“不亦乐乎”了。总之我在乡间八九年的生活是寂寞的辛苦的。[①]

这里对“学而”一章的解释，实在是异乎寻常的精彩，发前人之未发；此亦可见废名“在乡间八九年的生活是寂寞的辛苦的”，这样的叙述确实独特而精彩，看似反讽，其实庄言、正言也，说得十分诚实，唯其如此乃见废名文章的风格。

又，1944 年 7 月 20 日，周作人为废名的《谈新诗》作序时说：

> 废名这两年没有信来，不知道他是否还在家里，五月里试寄一张明信片去，附注上一笔请他告知近况。前几天居然得到回信，在路上走了不到二十天，这实在是很难得的。既然知道了他的行踪，也就可以再寄信去，代达黄雨君的意思，不过回答到来恐怕要在《谈新诗》的出板以后了吧。来信里有一部分关于他自己的生活，说的很有意思：“此学校是初级中学，因为学生都是本乡人，虽是新制，稍具古风，对于先生能奉薪米，故生活能以维持也。小家庭在离城十五里之祠堂、距学校有五十里，且须爬山，爬虽不过五里，五十里路惟以此五里为畏途耳。”[②]

“虽是新制，稍具古风，对于先生能奉薪米，故生活能以维持也”，可见其生活之困难；“五十里路惟以此五里为畏途耳”，此亦可见其生活之辛苦。而以这样平淡的语调叙述之，却使我们看到废名安然、平静的心境。周作人所谓“说的很有意思”，大概也就是这个意思吧？他一再推崇的“平淡”、“闲适”的文字风格，不也就是如此么？但是，一句“说的很有意思”，总让人感

---

① 废名：《我们怎样读〈论语〉》，《民国日报・文艺》1948 年 6 月 28 日。

② 周作人：《〈谈新诗〉序》，钟叔河编：《周作人散文全集》第 9 卷，桂林：广西师范大学出版社，2009 年，第 245 页。

到太过执著于审美欣赏的眼光了，似乎有点不食人间烟火的意味。

周作人对废名的怀念之情无可怀疑，其真挚之处——如第一篇《怀废名》——也很动人，但往往过于节制情感，叙述、措辞偏于平淡，难免给人寡情、冷血的错觉。

再回到周作人的第二篇《怀废名》上来。这篇长文是以这样一段话结束的：

> 废名曾撰联语见赠云：“微言欣其知之为诲，道心恻于人不胜天。”今日找出来抄录于此，废名所赞虽是过量，但他实在是知道我的意思之一人，现在想起来，不但有今昔之感，亦觉得至可怀念也。①

这两句联语确实精彩，赠与老师很是得体，对周作人道德、文章的称赞也确实极高。其中的古典，一望而知，却同时暗用了两个“今典”，似不为人注意。上联的“今典”出诸周作人的《知堂说》：

> 孔子曰，知之为知之，不知为不知，是知也。荀子曰，言而当，知也，默而当，亦知也。此言甚妙，以名吾堂。昔杨伯起不受暮夜赠金，有四知之语，后人钦其高节，以为堂名，由来旧矣。吾堂后起，或当作新四知堂耳。虽然，孔荀二君生于周季，不新矣，且知亦不必以四限之，因截其半，名曰知堂云尔。②

这篇短文极其精彩，舒芜有十分准确、深入而细致的分析，抄引如下：

> 全文连标点在内还不到一百四十字，主意正文只是自开头至“以名吾堂”这三句，在全文中只占八分之三；自“昔杨伯起”以下至末尾，八分之五的篇幅，全是游词余韵，空际翻腾，几乎一句一个转折，这就是低徊趣味，这就是简短而不窘局，平淡而不枯槁。周作人自己特别看重这篇文章，不是没有道理的。③

也许可以接着舒芜的分析再加一句：作为主意正文的开头三句，前面两句竟然都是引用古代名言，自己的话其实只有一句八个字，此亦大奇。

---

① 周作人：《怀废名》，《古今》第20—21期，1943年4月，署名“药堂”。

② 钟叔河编：《周作人散文全集》第6卷，桂林：广西师范大学出版社，2009年，第24页。

③ 舒芜：《两个鬼的文章——周作人的散文艺术》，《周作人的是非功过》，北京：人民文学出版社，1993年，第239页。

下联的“今典”亦出诸周作人文章，即写于1935年10月的《畏天悯人》。文章开头由刘熙载《艺概》所云“畏天悯人四字见文中子《周公篇》”而引《中说》云：“文中子曰，《易》之忧患，业业焉，孜孜焉，其畏天悯人，思及时而动乎。”周作人说这句话“我觉得很喜欢”，接着议论说：

> 天就是“自然”。生物的自然之道就是弱肉强食，适者生存。河里活着鱼虾虫豸，忽然水干了，多少万的生物立刻枯死。自然是毫无感情的，《老子》称之曰天地不仁。人这生物本来也受着这种支配，可是他要不安分地去想，想出不自然的仁义来。仁义有什么不好，这是很合于理想的，只是苦于不能与事实相合。不相信仁义的有福了，他可以老实地去做一只健全的生物。相信的以为仁义即天道，也可以圣徒似地闭着眼祷告着过一生，这种人虽然未必多有。许多人看清楚了事实却又不能抛弃理想，于是惟有烦闷。

后面还说：

> 孟德斯鸠临终有言，据严几道说，帝力之大如吾力之为微。人不承认自己的微，硬要说得阔气，这是很可悲的事。如上边所说，河水干了，几千万的鱼虾虫豸一齐枯死。一场恶战，三军覆没，一场株连，十族夷灭，死者以万千计。此在人事上自当看作一大变故，在自然上与前者事同一律，天地未必为变色，宇宙亦未必为震动也。①

这是充满反讽的说法，情绪慷慨激越，所以周作人在文末“附记”中云“写得那么剑拔弩张”。这在周作人30年代中期的文章中，是十分罕见的一篇，但其中的思想，却是一贯的。其实就在这一年的4月，周作人在《关于命运》一文中，借永井荷风《江户艺术论》中的话，已经论说过类似的思想了，他说：

> 考虑中国的现在和将来的人士必须要对于他这可怕的命运知道畏而不惧，不讳言，敢正视，处处努力要抓住它的尾巴而不为所缠绕住，才能获得明智，死生凶吉全能了知，然而此事大难，真真大难也。
>
> 我们没有这样本领的只好消极地努力，随时反省，不能减轻也总不要去增长累世的恶业，以水为鉴，不到政治文学坛上去跳旧式的戏，庶

① 周作人：《畏天悯人》，《大公报·文艺》1935年10月7日。

几下可对得起子孙,虽然对于祖先未免少不肖,然而如孟德斯鸠临终所言,吾力之微正如帝力之大,无论怎么挣扎不知究有何用?日本失名的一句小诗云:

虫啊虫啊,难道你叫着,"业"便会尽了么?①

这样我们就看得很清楚了,废名正是在这个意义上称赞周作人"道心恻于人不胜天"的,再对照废名在《知堂先生》、《关于派别》等文章中论周作人时所谓的"渐近自然"之说,便更加明了。但是,在"渐近自然"的意义上发挥周作人的"畏天悯人"之说,也许近于30年代"绅士鬼"占了上风的周作人,却离尚有"流氓鬼"之一面的周作人远了。周作人反复引用孟德斯鸠的名言,恰恰包含了他对于人的信念:人力虽微,却有思想,因而对于"天"、"帝"与"命运"能够"知道畏而不惧,不讳言,敢正视"。正如他十分欣赏法国思想家巴斯卡尔的名言:

察明同类之狂妄和愚昧,与思索个人的老死病苦,一样是伟大的事业,积极的人可以当一种重大的工作,在消极的也不失为一种有趣的消遣。虚空尽由它虚空,知道它是虚空,而又偏去追迹,去察明,那么这是很有意义的,这实在可以当得起说是伟大的捕风。法儒巴思加耳(Pascal)在他的《感想录》上曾经说过:

"人只是一根芦苇,世上最脆弱的东西,但他是一根会思想的芦苇。这不必要世间武装起来,才能毁坏他。只须一阵风,一滴水,便足以弄死他了。但即使宇宙害了他,人总比他的加害者还要高贵,因为他知道他是将要死了,知道宇宙的优胜,宇宙却一点不知道这些。"②

按照周作人的意思,似乎可以借巴斯卡尔的名言来给孟德斯鸠的名言下一转语:帝力之大如吾力之为微,但人是一根会思想的芦苇。

总之,废名的这两句联语,其实是他的《知堂先生》、《关于派别》的基本思想的概括。如上文所说,周作人特意将废名的创作历程划分出来一个"《人间世》时代",表明他对废名在这个杂志上发表的这两篇文章的重视,

---

① 周作人:《关于命运》,《大公报·文艺》1935年4月21日。

② 钟叔河编:《周作人散文全集》第13卷,桂林:广西师范大学出版社,2009年,第568—569页。

那么,他欣赏这两句联语也就是很自然的了。他抄录这两句联语之后说:“废名所赞虽是过量,但他实在是知道我的意思之一人。”此可见其同意联语之所谓也。而“现在想起来,不但有今昔之感,亦觉得至可怀念也”一句,语意却比较含混,此“今昔之感”,殆同乎 1937 年 11 月第一篇《怀废名》中的“感念今昔”耶?或同乎 1937 年 9 月致废名信中所云“旧日友人各自上飘游之途,回想《明珠》时代,深有今昔之感”耶?1937 年的周作人尚且打算“苦住”北平,有“请勿视留北诸人为李陵,却当作苏武看为宜”之说,他所谓的“对于人间世未能恝置”,并非虚词,近乎卫洗马初欲渡江所云——“见此茫茫,不觉百端交集。苟未免有情,亦复谁能遣此”。然而,1943 年 3 月,周作人早已“下水”,怀念远在湖北乡下避难的废名,想起这两句写于 30 年代中期的联语,想起学生曾经这样的尊崇,其“今昔之感”应该有特定的人事已非之意吧?而其“亦觉得至可怀念也”也应该有珍惜昨是之“昔”而慨叹今非之“今”的意思吧?诚如是,则此乃周作人唯一一次内心深处真诚情感的流露,虽然不免有些闪烁其词,但毕竟要比借口“一说便俗”坦诚而真正符合他所谓的“健康”的“人情物理”;诚如是,则不负废名的这两句决非虚夸的联语,不负如此真挚的师生之情,亦不负周作人自己前后相距近六年、两次写作《怀废名》的“言志”之举。否则,此情之伪就只能说明人心之危能够到多么可怕的地步!——对此,实在难以置信!

但是,问题恐怕不是这样简单。周作人以这样一段话结束这篇文章,恐怕不仅仅意在抒情。和第一篇不同,这是公开发表的文章。文章发表在当时的《古今》杂志,并收入当年编定而于次年(1944 年 1 月)出版的《药堂杂文》。周作人恐怕借此文向废名(即使在偏僻乡下看不到这个杂志,将来也肯定能看到这本文集)和世人表明:自己之“下水”,至少废名是能够理解的,因为“他实在是知道我的意思之一人”。也许正是在这个意义上,他以“亦觉得至可怀念也”结束这一段话并结束全文,“至可”二字,意味深长。

这个推论,并不是没有根据。1942 年 1 月,周作人在《药味集》的自序中说:

> 拙文貌似闲适,往往误人,唯一二旧友知其苦味,废名昔日文中曾

约略说及，近见日本友人议论拙文，谓有时读之颇感苦闷，鄙人甚感其言。①

这是明确将废名视为“知其(文章)苦味”的极为寥寥的“一二旧友”之一，可见其对废名的知己之感，并且几乎完全与“他实在是知道我的意思之一人”同义。这篇序言和第二篇《怀废名》恰恰发表在同一个杂志——《古今》——之上。所谓“废名昔日文中曾约略说及”，大概就是周作人十分重视的所谓“《人间世》时代”的《关于派别》吧。废名是这样说的：

> 在知堂先生的《夜读抄》出版的时候，我拿来翻阅，随处感得知者之言，仁者之声，如中华民国二十二年十月九日北京大学西斋有一女子吊死的事情，知堂先生写了一篇《缢女图考释》，读者以为是一篇幽默的文章乎？这个幽默却是与《论语》的“师冕见”“子见齐衰者”那几章的文章一样的有意义。②

《缢女图考释》确实是“貌似闲适”，废名看出其中的“苦味”，也确实是知言。此外，废名在文章中，还说“《夜读抄》里有《论泄气》一文，大约是幽默的杰作”，“知堂先生的序《画廊》，曦晨君不知以为何如，我感到一个奋勉的空气，又多苍凉之致”，《志摩纪念》结尾“无意间流露出来的这一句叹息之声，其所表现的人生之情与礼，在我直是了一篇寿世的文章。他同死者生平的交谊不是抒情的，而生死之前，至情乃为尽礼”等等，都是很准确而精彩的点评。

周作人以此为据，是将废名二三十年代“知其苦味”的事实用来论说他40年代文章之“貌似闲适”，似有偷梁换柱之嫌；而其“近见日本友人议论拙文”云云，将废名与“日本友人”并列，在此“非常之时”，这个说法实在令人恶心，是对废名的侮辱。深于文心的周作人竟至于此，实属匪夷所思。但其用心是很清楚的：不是叹息废名曾经的慧眼，而是希望废名现在、将来仍然能够“知其苦味”！

---

① 周作人：《〈药味集〉序》，《古今》第5期，1942年7月。

② 废名：《关于派别》，《人间世》第26期，1935年4月。

四

同样,周作人亦时在废名念中。

1937 年 11 月,废名南归探望母病,此后整个抗战期间他一直在故乡湖北黄梅的乡下避难。其间的四五年,他先后和北平的周作人、俞平伯偶有书信往来;1938 年还和远在成都的卞之琳有过短暂的联系。总之,和外界是比较隔绝的,过着"寂寞的辛苦的"生活。惟其如此,他一直深深敬爱着的"知堂先生"自然更在他的念中。

据当时在废名身边读书的侄儿冯健男回忆:

> 在 1938 年的春夏之间的一段时日里……有一期的《工作》上发表了何其芳的《论周作人事件》一文,废名看了,对"事件"心存疑虑(表情如此——原注),而对何文则很不满(他这样说——原注)。过了一些日子,邮差送来一卷报纸,还是卞之琳寄的。这是没有过的事情,卞(以及别的朋友——原注)并没有给他寄过报纸。这时已是夏日,我们在院子里乘凉,废名一面拆着这卷邮件一面说"怕会有什么事"。展开报纸(现在记不清是什么报)一看,上面登着消息:周作人出席日本大阪《每日新闻》社在北京饭店召开的"更生中国文化建设座谈会",以及有关评论。废名看过,我也拿起报纸来看。我很注意他对于这事的反应,但他并没有说什么,只是沉默了一阵,然后谈别的事了。①

这是我们今天所能知道的废名在抗战期间对周作人言行反应的几乎唯一的材料。"对'事件'心存疑虑,而对何文则很不满",这是可能的。这里且看几条旁证材料。朱光潜当时正在成都,和卞之琳、何其芳在一起,他对人们根据日本大阪《每日新闻》报道而痛斥周作人"附逆"、对"中华全国文化界抗敌协会"的通电、对何其芳的《论周作人事件》,著文表示"个人的观感略有不同":

> 我所知道的周作人,说好一点是一个炉火纯青的趣味主义者,说坏

① 冯健男:《我的叔父废名》,王风编:《废名集》第 6 卷,北京:北京大学出版社,2009 年,第 3469 页。

一点是一个老于世故怕粘惹是非者。他向来怕谈政治。“附逆”、“做汉奸”,他是没有那种野心,也没有那种勇气。他是已过中年的人,除读书写文之外,对事不免因循。以他在日本知识界的声望,日本人到了北平,决定包围他,利用他,这是他应该预料到的。到现在还滞居北平,这种不明智实在是很可惋惜。他滞居北平的原因我想很多,贪舒适,怕走动,或许是最重要的一个。要说是他在北平,准备做汉奸,恐怕是近于捕风捉影。

这个批评,可谓“知人论世”,事实证明是很准确的。朱光潜接着还抄引《每日新闻》报道之后“北平友人来信”进一步指出:

回到日本人的问题,日本人想利用他,是事实。一直到现在为止,据北平友人来信,他还没有受利用……总之,一切都还待事实证明,现在对于周氏施攻击或作辩护,都未免过早……在这个时候,我们不应该把自家的人推出去,深中敌人的毒计。①

这个说法也很合理,因为周作人当时确实还在苦苦支撑,促其“下水”的最直接的偶然事件——元旦刺杀——还没有发生。按,所谓“北平友人”,即当时受京派诸人委托而殷切关注、探望周作人的常风②。不是只有朱光潜作如是之想,同样是针对文化界在《每日新闻》报道之后的反应,常风也著文呼吁:

周先生的处境十分困难,不过要他牺牲他的人格恐怕要更困难……愿国人且网开一面,留待来日看个究竟。③

李健吾也说:

目前求周先生自白,绝不可能:他的环境和心性都不允许。日人威逼利诱是事实,他的虚与委蛇也是事实。④

这两个说法,和朱光潜完全一致,是当时最为冷静的分析,十分切合周作人的实际,而他们这样公开发表迥异乎主流时论的观点,不仅体现了他们的冷

① 朱光潜:《再论周作人事件》,《工作》第6期,1938年6月。
② 参阅常风:《回忆叶公超先生》,《新文学史料》1994年第1期。
③ 常风:《关于周作人——一封北平的来信》,《文汇报》1938年6月17日,署名“胡马”。
④ 常风《北平的来信》发表时的“收信者按”,《文汇报》1938年6月17日。

静、理性和勇气，而且也表现了他们对周作人殷切期望的热忱与苦心。我以为，废名之所以“对‘事件’心存疑虑，而对何文则很不满”，殆同乎此。然而，周作人终究辜负了这些朋友的努力和期待，事实反倒证明此外的大多数人疑虑、猜测或痛斥的大前提、大方向是正确的。因此，从这个意义上来说，深受周作人“下水”之伤害的正是对他最具“同情之理解”的朱光潜等人；而废名，则是受到伤害最深的一位。

避难乡下的废名最终知道了周作人“下水”的事实。《莫须有先生坐飞机以后》虽然是后来追叙其避难乡下的“避难记”，但其中关于莫须有先生对周作人“下水”反应的叙述，应该是废名当时对事实的真实感受。废名的这个叙述，语意十分隐晦，既是其一贯的文字风格，也反映了他的思想、感受的复杂状态，且引述并疏解如下：

> 知堂老最近没有信来，以前还常通信，道路传闻他在北平做了汉奸，莫须有先生非常之寂寞，岂有知堂老而做汉奸的事情？

这是痛苦。但是废名却又必须对这个事实予以“同情之理解”，于是他说：

> 他知道，知堂老简直是第一个爱国的人，他有火一般的愤恨，他愤恨别人不爱国，不过外面饰之以理智的冷静罢了。他愤恨中国的历史便是亡国的历史。是的，亡国确乎是中国的历史，现在北平又给日本亡了，要怎样复兴呢？他不相信别人，（这或者是知堂先生的错误！——原注）他相信他自己，他相信他自己是民族主义者……知堂先生真想不到中国真个这样亡了，因为他住在华北，华北沦陷了，他的痛切之感当然是中国亡了。

“他不相信别人”，“他相信他自己”，证之于周作人30年代的文章，可知这是十分准确的判断，废名因此含蓄地指出了周作人之“下水”的思想症结：“他不相信别人”，因而对抗战没有信心、没有信念；“他相信他自己”，因而当汉奸未必完全是因为外在压力的逼迫，即使当了汉奸也以为自己还是爱国。废名接着进而指出：

> 他常批评中国历史上的人物，现在轮到他自身了，人岂有不忠于道理的，忠于道理便是忠于生活，于是大家说他做汉奸容或有之，因为本着他的理智他是不喜欢宋儒的，换一句话他是反抗中国的历史的。这

一层莫须有先生知之最深。①

这段话似乎颇有反讽意味。"他常批评中国历史上的人物",这里显然是指诸如周作人写于1935年的《岳飞与秦桧》、《关于英雄崇拜》等引起轩然大波的文章;"他是不喜欢宋儒的",指的则是周作人历来反对中国古代——尤其是南宋——儒家的气节之说;"人岂有不忠于道理的"是指周作人对自己思想的信念,而"忠于道理便是忠于生活"则是指周作人会将他的思想、他对中国历史人物的批评落实到自己的行为,所以废名自然得出这样的结论:"于是大家说他做汉奸容或有之"。废名的这个论说,不仅可以验证于周作人过去的言论,而且竟然可以验证于周作人将来为自己所做的辩护——1949年致信中共最高领导人云:

因此说是离经叛道,或是得罪名教,我可以承认,若是得罪民族,则自己相信没有这意思……我不相信守节失节的话,只觉得做点于人有益的事总是好的,名分上的顺逆是非不能一定,譬如受国民政府的委托去做"戡乱"的特务工作,决不能比在沦陷区维持学校更好。②

废名果然"知之最深"。这样,废名终于忍不住接着说出这样明显具有反讽意义的话:

莫须有先生,甚至于熊十力翁,有时不免随俗,即是学世人的样儿说话做事,知堂老一生最不屑为的是一个"俗"字,他不跟我们一齐逃了,他真有高士洗耳的精神,他要躲入他的理智的深山,即是危城,他的家在这里。而我们则是逃之。本来我们的家也不在这里。孔子说,"丘也幸,苟有过,人必知之。"人敢说自己没有过,知堂先生如有过,大家知道了,有什么关系呢?只求有益于国家民族。③

最后,废名说了这样一段意味深长的话,结束议论:

孔子称管仲为仁,"微管仲吾其披发左衽矣!"孔子欲居九夷,或曰,"陋,如之何?"孔子曰,"君子居之,何陋之有?"宋儒又何足以见孔子的立功之意哉?知堂先生现在居在北平,莫须有先生但愿赠老人这

① 王风编:《废名集》第2卷,北京:北京大学出版社,2009年,第972—973页。
② 《周作人的一封信》,《新文学史料》1987年6月。
③ 王风编:《废名集》第2卷,北京:北京大学出版社,2009年,第973页。

> 么一句话:“君子居之,何陋之有?”那么将来抗战胜利了,知堂先生将以国民的资格听国家法律的裁判而入狱,莫须有先生亦将赠老人这么一句话:“君子居之,何陋之有?”①

这是必须接受国家的裁判、必须承担自己行为后果的意思:既然坚持自己是据理而行,那么就应该有勇气接受为理而牺牲自己所必须付出的代价。

五

周作人之期待废名“知其苦味”、深许废名“实在是知道我的意思之一人”,这对废名来说,成了他 1946 年回到北平所必须面对的一道难题。

这样,我们首先注意到一个很有意味的历史细节。在周作人关押南京及受审期间,一再有人公开上书替他陈情,而废名却一直没有参与或独自为之。

1945 年 12 月,俞平伯致信胡适,希望胡适“建议政府,或致书好友,或诉诸舆论”,以使法院能够对周作人“薄其罪责”;

1946 年 6 月,沈兼士、顾随、俞平伯、邓以蛰等 15 人联名上书南京高等法院,请求对周作人“减其罪戾”;

1946 年 6 月,徐祖正等五十余人联名上书南京高等法院,“联名保证周作人并未通谋敌国”,“恳请略迹原心,从宽发落”;等等。②

废名是 1946 年夏秋之间回到北平的。发生在他重回北平期间的这些上书行动,他不可能不知道;俞平伯、沈兼士、顾随、徐祖正等都是他的至交、文友,且俞平伯一直在为废名能够重回北京大学而奔走,他们之间一定是有相当多的联系的。废名在回北平的途中,在南京曾托人帮忙,到狱中探望了周作人,并在经济极度窘迫之际赠予百元。那么,废名既没有独自上书,也没有参加上书,就显然是一个值得注意的表现。也许在废名看来,狱中探望之类,是弟子私人行为,出于师生情谊与道义,而就国家、民族大义而言,他觉得周作人应该接受国家、民族的严正审判,应该无条件地承担自己行动的

---

① 王风编:《废名集》第 2 卷,北京:北京大学出版社,2009 年,第 974 页。

② 参阅张菊香、张铁荣《周作人年谱》(天津:天津人民出版社,2000 年)1945—1946 年部分的相关内容,以及南京市档案馆编《审讯汪伪汉奸笔录》(南京:江苏古籍出版社,1992 年)。

后果——“那么将来抗战胜利了，知堂先生将以国民的资格听国家法律的裁判而入狱，莫须有先生亦将赠老人这么一句话：‘君子居之，何陋之有？’”所以，在1947年12月周作人最后判决之前，废名没有对周作人审判事件公开表态。

但是，正如他到狱中探望这个行为所表明的，废名对周作人的私谊仍然是很深厚的。1946年12月，废名发表《响应“打开一条生路”》一文，这是他响应杨振声《我们要打开一条生路》一文“周随旧邦，其命维新”之意而写的，文章提出：“我们要发扬民族精神，我们的民族精神表现于孔子”，所以“我们现在要讲孔子”。其中有这样一段话，值得注意：

> 中庸之道里头难道就没有诗歌么？难道不是有趣的生活吗？孔子问伯鱼学过《周南》《召南》没有，孔子又赞美《关雎》乐而不淫哀而不伤，这便是告诉少年人要懂得“生活的艺术”。否则生活是“正墙面而立”。正墙面而立的意思便是生活没有意义，便是生活无味。①

“生活的艺术”这几个字是加了引号的，废名这是含蓄地告诉人们出典于周作人著名的《生活之艺术》；其实“中庸之道”、“趣”、“味”等等，这段话中的“关键词”，均出典于周作人《生活之艺术》等文章。废名这样含蓄地发挥、借用了周作人的思想，以不“因人废言”的方式含蓄地表达了他此时对周作人的态度——也是一种怀念的特殊方式吧？我甚至以为，废名在“发扬民族精神”这个题目之下出人意料地提出“我们现在要讲孔子”，就是出于意在周作人的特殊目的，因为这样地“讲孔子”，正是周作人从20年代的《生活之艺术》到30年代《〈论语〉小记》等文章的一贯的主题，并且周作人也正是在“民族精神”这个题目之下讲的，如《生活的艺术》云：

> 生活之艺术这个名词，用中国固有的字来说便是所谓礼。
>
> ……
>
> 中国现在所切要的是一种新的自由与新的节制，去建造中国的新文明，也就是复兴千年前的旧文明，也就是与西方文化的基础之希腊文明相合一了。这些话或者说的太大太高了，但据我想舍此中国别无得救之道，宋以来的道学家的禁欲主义总是无用的了，因为这只足以助成

① 废名：《响应“打开一条生路”》，《大公报·星期文艺》1946年12月1日。

> 纵欲而不能收调节之功。其实这生活的艺术在有礼节重中庸的中国本来不是什么新奇的事物，如《中庸》的起头说，“天命之谓性，率性之谓道，修道之谓教”，照我的解说即是很明白的这种主张。不过后代的人都只拿去讲章旨节旨，没有人实行罢了。我不是说半部《中庸》可以济世，但以表示中国可以了解这个思想。①

再如《〈论语〉小记》云：

> 《论语》二十篇所说多是做人处世的道理，不谈鬼神，不谈灵魂，不言性与天道，所以是切实，但是这里有好思想也是属于持身接物的，可以供后人的取法，却不能定作天经地义的教条，更没有什么政治哲学的精义，可以治国平天下，假如从这边去看，那么正是空虚了。平淡无奇，我凭了这个觉得《论语》仍可一读，足供常识完具的青年之参考，至于以为圣书则可不必，太阳底下本无圣书，非我之单看不起《论语》也。②

废名的《响应“打开一条生路”》几乎就是周作人上述思想的复述，他所谓“这便是告诉少年人要懂得‘生活的艺术’”，和周作人所谓“《论语》仍可一读，足供常识完具的青年之参考”，简直如出一辙。

1948 年 6 月，周作人已经最后判决了，废名这才在《我怎样读〈论语〉》这篇文章中公开称说周作人。他一如既往地尊称“知堂先生”，一再深情地说：“我生平常常有一种喜不自胜的感情，便是我亲自得见一位道德家，一位推己及人的君子”；“我说知堂先生是一位道德家，是我最喜欢的一句话，意味无穷”；“我首先说我常常有一种喜不自胜的感情，是说我生平与知堂先生亲近，关于做人的方面常常觉得学如不及，真有意义”；“我讲《论语》讲到这里，有无上的喜悦，生平得以知堂先生大德为师了”。并且这样说道：

> 他够得上一个“信”字，中国人所缺少的一个字。他够得上一个“仁”字，存心总是想于人有益处。晚年不但是个人主义的存心，而是国家民族主义的存心，正是一个“信”字的扩大充实，一个“仁”字的扩大充实。因为国家的命运不好，他寂寞地忠实于自己的见地，故与群众相反，这是信。敌寇当前，他还想救人，还想替国家有所保存，这是仁。

---

① 周作人：《生活之艺术》，《语丝》第 1 期，1924 年 11 月。

② 周作人：《〈论语〉小记》，《水星》第 1 卷第 4 期，1935 年 1 月。

> 这个人现在在狱中，他是如何的“忍辱”（这是他生平所喜欢的菩萨六度之一——原注），他向着国家的法律说话是如何的有礼。①

这是废名文章中难得说得语意明白、逻辑清楚的一段话，也是废名文章中十分罕见的使用这种庄严的文体，语调庄严而诚恳，充满着无限的敬意，说理也是抒情。这与周作人在法庭上的自我辩护，基本上是同一论调；而饰之以“仁”、以“信”，则完全成了废名所谓“道德家”形象了。

废名果然不负周作人所谓“实在是知道我的意思之一人”的期望和托付，终于在国家、民族公义的审判之后，出于弟子私谊而公开给予周作人如此之高的评价。废名是甘于冒天下之大不韪而这样公开说话的唯一一人。

（作者单位：天津师范大学文学院）

① 废名：《我怎样读〈论语〉》，《民国日报·文艺》1948年6月28日。

“爱智者”的理性观照

——三四十年代周作人对儒家的接受

林分份

“五四”新文化运动期间，周作人与其他新文化人一起，激烈批判儒家纲常伦理及旧礼教的思想。[①] 然而，“五四”之后的很长一段时间，尤其是在三四十年代，儒家是周氏文字论说中不断涉及的话题，也是其一再援引的思想资源。与此同时，周氏明确指出：“我自己承认是属于儒家思想的，不过这儒家的名称是我所自定，内容的解说恐怕也与一般的意见很有些不同的地方。”[②]那么，周氏几十年间所“自定”并不断言说的到底是怎样的一种儒家？其解说的内容与一般的意见究竟有何不同？对于这些问题的探讨，显然有助于考察周氏思想的独特性及其与儒家之间的复杂关系。本文拟以周氏三四十年代的儒家论述为中心，兼及此前此后的相关言说，探勘其对儒家的接受与自我思想的表述之关系，由此厘定周氏对于儒家思想的具体选择、言说姿态及其背后的历史意义。

一

40年代，周作人承认对儒家典籍“四书”的接受，“其最得受用的乃是孔子教诲子路的话，即是知之为知之这一章”。在实际接受中，周氏指出：“我先从不知为不知入手，自己切实的审察，关于某事物你真是有所知识么，这

---

① 参见仲密《祖先崇拜》（《每周评论》第10期，1919年2月）、仲密《思想革命》（《每周评论》第11期，1919年3月）等文字。“仲密”为周作人发表文章时的署名，同此，以下注释都只列署名。

② 知堂：《我的杂学·四》，《华北新报》1944年5月28日。

结果大抵是个不字,差不多有百分之九十以上就是这样的打消了。"[①]由排除"不知"到确定"所知",隐含着周氏对"主张人类的全知全能"者的批判立场。在周氏看来,自觉"不知",是中外智者共有的姿态:"因为苏格拉底曾说他自知其无所知,故为唯一之智者;孔子也说,知之为知之,不知为不知,是知也。"[②]故而,新文化运动落潮后,周氏反省道:"大约我之无所知也不是今日始的,不过以前自以为知罢了";"露出的马脚才是真脚,自知无所知却是我的第一个的真知也"。[③] 与此同时,周氏对于自己深陷现实运动的漩涡深感后悔,以为是"白费精神,与看戏三日夜是同样的昏愚"[④]。由此,他宣称"现在唯一的欲望是想多求一点知,尽我的微力想多读一点书,多用一点思索,别的事且不要管"[⑤]。除此之外,周氏将原来常用的笔名"开明"、"凯明"改为"岂明"、"何曾亮",其含义实与"不知"等同。

1932 年,周作人再次推崇孔子"知之为知之"一章以及荀子"言而当,知也,默而当,亦知也"的论述,以"新四知堂"简称"知堂"为书斋名[⑥],并作为笔名之一。在周氏看来,"知之为知之"一章所体现的孔子"重知"的态度是中国最好的思想[⑦],而他也屡屡以此作为自己追求的境界。直到 1942 年,周氏仍然认为自己"若言思想,确信是儒家的正宗"。具体而言,周氏写道:

> 昔孔子诲子路,知之为知之,不知为不知,是知也。鄙人向来服膺此训,以是于汉以后最佩服疾虚妄之王充,其次则明李贽,清俞正燮,于二千年中得三人焉。疾虚妄的对面是爱真实,鄙人窃愿致力于此,凡有所记述,必须为自己所深知确信者,才敢着笔,此立言诚慎的态度,自信亦是儒家所必有者也。[⑧]

在周氏那里,由排除"不知"到确信所知,正是"立言诚慎"的态度,亦即儒家的核心思想之一。在此意义上,对于周氏而言,《论语》"知之为知之"一章

---

① 十堂:《文坛之外》,1944 年 12 月 5 日作,收入《立春以前》,上海:太平书局,1945 年。
② 槐寿:《准仙人的教员》,《晨报副镌》1922 年 5 月 19 日。
③ 荆生:《一年的长进》,《晨报副镌》1924 年 2 月 13 日。
④ 岂明:《我最》,《语丝》第 47 期,1925 年 10 月。
⑤ 周作人:《〈语丝〉编者启事》,《语丝》第 18 期,1925 年 3 月。
⑥ 周作人:《知堂说》,1932 年 3 月 26 日作,收入《知堂文集》,上海:天马书店,1933 年。
⑦ 知堂:《情理》,《实报》1935 年 5 月 12 日。
⑧ 周作人:《〈药味集〉序》,《古今》第 5 期,1942 年 7 月。

所呈现的，就不仅关系到认识论意义上的“重知”态度，而且关系到伦理学意义上的“诚慎”道德。因而，在别一场合，周氏引用《论语》“修辞立其诚”的说法，以此修正 1932 年在《中国新文学的源流》一书中关于“载自己的道亦是言志，言他人之志即是载道”的观点：“现在想起来，还不如直截了当的以诚与不诚分别，更为明了”；“如若有诚，载道与言志同物，又以中国思想偏重入世，无论言志载道皆希望于世有用，此种主张似亦相当的有理”。继而，周氏援引顾亭林《日知录》“文须有益于天下”的论述指出：“……盖中国人如本其真诚为文，结果自然多是忧生悯乱之情，即使貌若闲适，词近靡丽，而其宗旨则一，是即是有益于世，谓之明道殆无不可矣。”①

由“立言诚慎”到“于世有用”，周氏对《论语》“知之为知之”一章的阐发，与孔子关于“知”的实践（用）态度，其实不无关联。孔子说：“务民之义，敬鬼神而远之，可谓知矣。”（《论语·雍也》）其所强调的是，对鬼神存在与否，不要去做无谓的思辨，而是采取存而不论的理性态度，引导民众接受礼仪的规范从而使之安居乐业。因而，孔子所说的这个“知”，显然是出于实践（用）理性的“知”，而非思辨理性的“知”。② 周氏对孔子“重知”态度的接受，最终落实到知识者能否“立言诚慎”或文章能否“于世有用”的问题，也正符合孔子关于“知”的实践（用）理性精神。

无独有偶，周作人对古希腊“爱智之道”的推崇，也体现出同样的精神。周氏指出：“希腊古哲有言曰，要知道你自己。我们凡人虽于爱智之道无能为役，但既幸得生而为人，于此一事总不可不勉耳。”③所谓“知道你自己”或“爱智之道”，约略等于周氏所鼓吹的儒家“自知”或“重知”的态度。值得注意的是，周氏不仅认同这种“爱智之道”，而且以此考察基督教的某些思想。在《旧约·传道书》中，传道者将察明智慧狂妄和愚昧当作一种“捕风”，“因为多有智慧就多方愁烦，加增智识就加增忧伤”。而周氏的意见正与此相反，他认为，“察明同类之狂妄和愚昧，与思索个人之老死病苦，一样是伟大的事业”，“知道他是虚空，而又偏去追迹，去察明，那么这是很有意义的，这实在可以当得起说是伟大的捕风”。④

① 以上参见药堂：《汉文学的前途》，《艺文杂志》第 1 卷第 3 期，1943 年 9 月。
② 参见李泽厚：《中国思想史论》（上），合肥：安徽文艺出版社，1999 年，第 35 页。
③ 知堂：《自己所能做的》，《宇宙风》第 42 期，1937 年 6 月。
④ 周作人：《伟大的捕风》，1929 年 5 月 13 日作，收入《看云集》，上海：开明书店，1932 年。

以"伟大的捕风"来颠覆基督徒所否定的"捕风",表明周作人对于古希腊"爱智之道"的推崇,未尝不包含"于世有用"的思想标准。1934年,在回应他人的批评时,周氏写道:"自己觉得文士早已歇业了,现在如要分类,找一个冠冕的名称,仿佛可以称作爱智者,此只是说对于天地万物尚有些兴趣,想要知道他的一点情形而已。"他更由此指出:"不佞自审日常行动与许多人一样,并不消极,只是相信空言无补,故少说话耳。"①在周氏这里,"爱智者"的态度与儒家"重知"的精神,其实是一码事;而相信"空言无补",也正与儒家追求"于世有用"的实践(用)精神相一致。在此基础上,周氏后来进一步强调:"我们现在所需要的是实行,不是空言,是行动,不是议论。"②然而,对于那些写文章发议论的人而言,如何得以"实行"且避免"空言"呢?在同一篇文字中,周氏提供了三点建议,除了"尽心"、"言行相顾"之外,最为重要的一点仍然是"自知"。而作为不"自知"的反例,在周氏那里,主要体现为历史上常见的文人空谈误国。周氏不仅赞同赵翼《廿二史札记》中"书生徒讲文理,不揣时势,未有不误人国家者"的说法③,而且批评以往科考策论的文人往往"以不知为知,后来也就居然自以为知,胡说乱道之后继以误国殃民"④,甚至认为"坏的是阉党,好的是东林和复社"共同造成了明朝的灭亡⑤。与此同时,出于批判"空言"和提倡"实行"的目的,周氏否认自己作为"文人"、"文士"的身份,同时宣称自己要"弃文事而谈武备",更进而以出身海军的身份谈海军、谈军事训练⑥,乃至在国势日蹙之际构筑了一套"和共和日的狂妄主张"⑦。

在30年代的中国,周作人基于"重知"的精神和"爱智之道",批判"空言"而倡导"实行",自然不乏积极的现实意义。然而,以写文章发议论为业的周氏,将自己排除在"文人"之外,并由此展开对其他文人"空谈"的批判,其中的吊诡之处,即使未必十分乖谬,却也不能不发人深思。就实际而言,

---

① 知堂:《〈夜读抄〉后记》,1934年9月17日作,收入《夜读抄》,上海:北新书局,1934年。

② 知堂:《责任》,《实报》1935年8月25日。

③ 不知:《岳飞与秦桧》,《华北日报》1935年3月21日。

④ 知堂:《谈策论》,《自由评论》第9期,1936年1月。

⑤ 知堂:《明朝之亡》,《宇宙风》第37期,1937年3月。

⑥ 知堂:《弃文就武》,《独立评论》第134期,1935年1月。

⑦ 参见梁实秋:《忆岂明老人》,台湾《传记文学》11卷3期,1967年9月。

周氏以文字批判“空言”，又以文字提倡“实行”乃至谈论并非自己所长的“武备”，其所依据者，都是基于对“所知”的自信。然而，对于一向以“爱智者”自居的周氏而言，哪些是其真正“所知”以及这些“所知”能否让其资以自重，却颇值得探究。

1936 年底，在《瓜豆集》题记中，周作人写道：

> 其实我所知的有什么呢？自己也说不上来，不过比较起来对于某种事物特别有兴趣，特别想多知道一点，这就不妨权归入可以谈谈的方面，虽然所知有限，总略胜于以不知为知耳。我的兴趣所在是关于生物学人类学儿童学与性的心理，当然是零碎的知识，但是我唯一的一点知识，所以自己不能不相当的看重，而自己所不知的乃是神学与文学的空论之类。[①]

将自己有兴趣、想多知道的方面，直接归为可以谈谈乃至自以为知的方面，显现出周氏对于“所知”的确信，具有某种程度的一厢情愿。而其不可避免的结果，诚如周氏后来承认的：“孔子的教训使我学得了九十分以上的谦虚，同时却也造成了二三分的顽固，即对于有些问题的不客气或不让。”[②]实际上，正是这些“不客气”或“不让”，使得周氏一旦认定某方面为其“所知”，“可得而言欤”，则往往固执己见，缺少必要的自我怀疑，乃至陷入某种类似于宗教的“狂信”。[③] 因而，就实际而言，周氏基于儒家“重知”的态度批判所谓“神学与文学的空论”，虽对于当时各种新旧八股、真假道学及土洋策论起到某种指弊纠偏的作用，但他“弃文就武”以及针对时势的诸多议论，却因其固有的“清谈”属性及过分固执于一己“所知”，不仅未能使自己真正区别于各种“空论”，反而难免成为“反空论式的空论”。[④]

以后人的眼光来看，“五四”落潮后，伴随着相对消极的思想和立场，周作人对儒家“重知”精神和古希腊“爱智之道”的倡导，不免都带有趋于“独善其身”乃至逃避现实的色彩，与其彼时所宣扬的小乘菩萨志在自度以成

---

① 知堂：《〈瓜豆集〉题记》，《谈风》第 4 期，1936 年 12 月。

② 十堂：《文坛之外》，1944 年 12 月 5 日作，收入《立春以前》，上海：太平书局，1945 年。

③ 知堂：《自己所能做的》，《宇宙风》第 42 期，1937 年 6 月。

④ 木山英雄：《北京苦住庵：日中战争时代的周作人》，赵京华译，北京：三联书店，2008 年，第 156 页。

为“自了汉”的“胜业”论[①],可谓互相印证。然而,周氏一再坚称,对于《论语》“知之为知之”一节,“我不是尊奉它作格言,我是赏识它的境界”[②]。这种境界,亦即周氏最为佩服的孔子“这样看重知行的诚实”[③]。在此意义上,基于“重知”精神和“爱智之道”,由强调“立言诚慎”、“于世有用”,到提倡“实行”而批判“空论”,显现出1937年“七七事变”前后周氏对于儒家的接受,其主观意识中存在着超越语言文字层面的对于实际效用的热衷。而这样的儒家论述,不仅使得周氏与“五四”以来梁漱溟为代表的现代新儒家迥然有别[④],而且也与“五四”时期倡导“实行”的胡适、鲁迅乃至李大钊、邓中夏等人保持着某种思想上的一致性[⑤]。直到1943年底,回忆起民国六年开始的新文化运动,周氏有感于“胡陈鲁刘诸公那时都是无名之士,只是埋头工作,也不求名声,也不管厉害”[⑥],以此强调做文学的人应重在“多读多做”,目的也在于反对“空论”而倡导“实行”。当然,周氏后来也曾反省,“但是启蒙纠谬,文字之力亦终有限,故知与行须当并重”,而写文章的人“提倡事功亦是谈谈而已,于世间不能发生一点影响,所可能者但在自励,勿学士大夫之专攻趋避,徒知说话耳”。[⑦] 其言语间的自我反省,仍然不出儒家“重知”的精神及其实践理性。

二

彼时周作人所推崇的孔子“重知”的态度,其“知”所指涉的内容,主要是儒家基于“情理”(“人情物理”或“物理人情”)之上的认识与评判之道,而非治国平天下的“教条”、“政治哲学”或者“圣学”及其“时文”。诚如周

---

① 子严:《胜业》,《晨报副镌》1921年7月30日。

② 知堂:《〈苦茶随笔〉序》,《大公报·文艺》第166期,1935年8月25日。

③ 知堂:《〈逸语〉与〈论语〉》,《宇宙风》第15期,1936年4月。

④ 比如梁漱溟就认为,科学本来就包含有害的生命观——粗糙的功利主义和过度的行动主义,这需要借孔子仁教所开展出的中国精神文化来加以纠正。参见梁漱溟:《东西文化及其哲学》,上海:商务印书馆,1922年,第25—34页。

⑤ 参见拙文《求为“有学问的实行家”——五四时期邓中夏的文化选择及其历史意义》(2010年5月《东南学术》第3期)关于鲁、胡、李“实行”思想的论述。

⑥ 药堂:《苦口甘口》,《文艺杂志》第1卷第5期,1943年11月。

⑦ 周作人:《过去的工作》,1945年9月30日作,收入《过去的工作》,香港:新地出版社,1959年。

氏所指出的:“我觉得中国有顶好的事情,便是讲情理,其极坏的地方便是不讲情理。随处是物理人情,只要人去细心考察,能知者即可渐进为贤人,不知者终为愚人,恶人。”①在他看来,作为三代圣贤思想的集大成者,孔子正是讲“情理”的典范,他不是耶稣而是苏格拉底之类的人,也与后世禅化的宋儒不同;而《论语》里边“有好思想也是属于持身接物的,可以供后人的取法,却不能定作天经地义的教条,更没有什么政治哲学的精义,可以治国平天下……”②与此相对应,周氏肯定颜习斋在《性理书评》中关于“宋儒是圣学之时文”的评判,认为宋儒“讲学诸公只好说体面话,非如三代圣贤一身之出处一言之抑扬皆有定见”。③

显然,在周作人那里,无论“教条”、“政治哲学”或者“圣学”及其“时文”,其所针对的正是后世儒教徒尤其是宋儒的思想,而它们都是孔子所讲“情理”的对立面。对于儒家的学问和思想,周氏的品评标准诚如谈及马时芳《朴丽子》时所云:

> 学不知道,即上文所谓学焉而不得其通,任是圣经贤传记得烂熟,心性理气随口吐出,苟不懂得人情物理,实在与一窍不通者无异,而又有所操持,结果是学问之害甚于剑戟,戴东原所谓以理杀人,真是昏天黑地无处申诉矣。④

所谓“学”而“得其通”,是说儒者须懂得“人情物理”。而周氏确信,“懂得人情物理的人说出话来,无论表面上是什么陈旧或新奇,其内容是一样的实在,有如真金不怕火烧,颠扑不破,因为公正所以也就是和平”。由此,周氏认为中国思想界符合此标准的三贤是王充、李贽和俞正燮。三贤之中,李贽虽以思想得祸,其人看似很激烈,但“他的思想倒是颇为和平公正的”,因为“他知道真的儒家通达人情物理,所言说必定平易近人,不涉于琐碎迂曲也”。⑤ 在此标准下,周氏开列的明清以降思想家实际上还包括了王阳明、袁中郎、钟伯敬、金圣叹、傅青主、冯班、蒋子潇、龚定庵等等⑥。

---

① 知堂:《情理》,《实报》1935年5月12日。

② 知堂:《〈论语〉小记》,《水星》第1卷第4期,1935年1月。

③ 岂明:《颜氏学记》,《大公报·文艺》第10期,1933年10月25日。

④ 周作人:《朴丽子》,《青年界》第11卷第3号,1937年3月。

⑤ 知堂:《读〈初潭集〉》,《中国文艺》第1卷第5号,1940年1月。

⑥ 知堂:《郁冈斋〈笔麈〉》,《宇宙风》第12期,1936年3月。

在周作人看来,上述思想家没有一个是“正统派”的儒家。“黄梨洲顾亭林孙夏峰王山史都是品学兼优的人,但他们的思想还是正统派的,总不能出程朱陆王的范围,相较而言,颜习斋刘继庄稍稍古怪了,或者可以与他(傅青主——笔者按)相比。”[①]然而,对于周氏而言,程朱与陆王也终究有别:“老实说,我是不懂道学的,但不知怎的嫌恶程朱派的道学家,若是遇见讲陆王或颜李的,便很有些好感。”[②]有鉴于此,在明清以降的儒家学者中,周氏感觉最佩服的除李贽外,另两位是郝懿行与焦理堂。尤其对于焦理堂,周氏以为,“焦君的学问渊博固然是很重要的原因,但是见识通达尤为难得,有了学问而又了解物理人情,这才能有独自的正当的见解……”[③]说白了,周氏之看重非“正统派”儒家,正是因为他们基于“情理”之上的“见识通达”和“独自的正当的见解”。

所谓非“正统派”儒家,其思想实与“原始儒家”[④]同源。而后者,即是彼时周作人一再肯定的“古来的儒家”或“粹然儒者”。1940 年,在《汉文学的传统》一文中,周氏分辨了孔孟等“古来的儒家”思想与后世儒教徒的不同:“汉文学里所有的中国思想是一种常识的,实际的,姑称之曰人生主义,这实即古来的儒家思想”;而“后世的儒教徒一面加重法家的成分,讲名教则专为强者保障权利,一面又接受佛教的影响,谈理性则走入玄学里去,两者合起来成为儒家衰微的缘因”。周氏这里所谓“后世的儒教徒”,指的是以董仲舒为代表的汉儒和以程朱为代表的宋儒。与此同时,为了说明“古来的儒家”与非“正统派”儒家的相通,周氏引用了焦循(理堂)《易余龠录》卷十二中的一段文字:

> 先君子尝曰,人生不过饮食男女,非饮食无以生,非男女无以生生。唯我欲生,人亦欲生,我欲生生,人亦欲生生,孟子好色好货之说尽之矣。不必屏去我之所生,我之所生生,但不可忘人所生,人之所生生,循学《易》三十年,乃知先人此言圣人不易。

在周氏看来,焦理堂关于“孟子好色好货之说”的议论,“此真是粹然儒者之

---

① 知堂:《关于傅青主》,《宇宙风》第 7 期,1935 年 12 月。
② 周作人:《朴丽子》,《青年界》第 11 卷第 3 号,1937 年 3 月。
③ 十堂:《焦里堂的笔记》,《杂志》第 15 卷第 2 期,1945 年 5 月。
④ 周作人:《知堂回想录 · “反动老作家”二》,香港:三育图书文具公司,1970 年。

言，意思至浅近，却亦以是就极深远，是我所谓常识，故亦即真理也”。因而，自是与“古来的儒家”同脉，而与后来程朱等“正统派”儒家异途。在进一步引刘继庄《广阳杂记》卷二以及《淮南子·泰族训》中肯定普通人“嗜好”的相关文献后，周氏指出：“由是可知先贤制礼定法全是为人，不但推己及人，还体贴人家的意思。故能通达人情物理，恕而且忠，此其所以为一贯之道欤。”[①]

周作人对儒家礼法与忠恕之道的阐释，并非自所创见。周氏曾两度在文章中引用乃师章太炎《菿汉微言》的话云：“仲尼以一贯之道为学，贯之者何，只忠恕耳。诸言絜矩之道，言推己及人者，于恕则已尽矣……”在《汉文学的传统》中，周氏对此解读云：“用现在的话说，恕是用主观，忠是用客观的，忠恕两举则人己皆尽，诚可称之曰圣，为儒家之理想矣。”[②]就儒家思想而言，礼的来源即是不忍人之心，也即“仁心”，其实质与孔子所倡推己及人的“恕道”正相通。[③] 章太炎对孔子一贯之道的论述，其关键正在于“仁心”与“恕道”的互通关系，而周氏的阐释也显然抓住了这一思想核心。因而，在《中国的思想问题》中，周氏继续指出：“儒家的根本思想是仁，分别之为忠恕，而仍一以贯之，如人道主义的名称有误解，此或可称为人之道也。”在此意义上，周氏认为，焦理堂的“饮食男女”论，与《礼记·礼运》中“饮食男女，人之大欲存焉，死亡贫苦，人之大恶存焉”所说本是同样的道理。[④]

肯定普通人的合理欲望，亦即推崇儒家重视“人情物理”的态度，此一思想与周作人所接受的西方现代科学不无关系。早在30年代，周氏就指出：“……普通的常识，亦即所谓人情物理”[⑤]；而“所谓常识乃只是根据现代科学证明的普通之常识，在初中的几何科学里原已略备，只须稍稍活用就是了”。[⑥] 而50年代以后，周氏仍然认为，焦理堂“饮食男女”论包含了儒家重视人情物理的思想精髓，“将这个意思提高上去，则属于最高的道德，便是

---

① 知堂：《汉文学的传统》，《中国文艺》第2卷第3期，1940年5月。

② 同上。

③ 参见刘述先：《论儒家哲学的三个大时代》，贵阳：贵州出版集团公司，2009年，第10页。

④ 知堂：《中国的思想问题》，《中和月刊》第1卷第4期，1943年1月。

⑤ 知堂：《俞理初的诙谐》，《中国文艺》创刊号，1939年9月。

⑥ 知堂：《常识》，《实报》1935年6月16日。

仁，放低了便属于生物学之所谓求生意志……”[①]这既是周氏先前所谓“通物理，顺人情，本天地生物之心，推知人类生存之道”的“伦理之自然化”[②]命题的理论依据，也是其对儒家重“情理”的精神所做阐发的核心思想。不惟如此，周氏将儒家的“饮食男女”与西方生物学的“求生意志”相沟通后，据此指出先儒与西哲在思想上的关联：

> ……科学精神，这本来是希腊文明的产物，不过至近代而始光大，实在也即是王仲任所谓疾虚妄的精神，也本是儒家所具有者也。我不知怎的觉得西哲如蔼理斯等的思想实在与李俞诸君还是一鼻孔出着气的，所不同的只是后者靠直觉懂得了人情物理，前者则从学理通过了来，事实虽是差不多，但更是确实，盖智慧从知识上来者其根基自深固也。

将儒家靠直觉而懂得的“人情物理”与西方通过学理而获得的“科学精神”相提并论后，周氏肯定了西哲的“科学精神”更为确实的一面。当然，周氏仍然不忘申明，自己从蒋子潇、俞理初、袁中郎、李卓吾等人那里“所取者却非是破坏而在其建设，其可贵处是合理有情，奇辟横肆都只是外貌而已”[③]。而所谓“合理有情”，即是合于“人情物理”或“物理人情”。

不惟如此，周作人后来还指出：“经典之可以作教训者，因其合于物理人情，即是由生物学通过之人生哲学，故可贵也。”[④]其所强调者，仍然是儒家之重“情理”与西方生物学知识在精神上的相通。或许有鉴于此，自1934年开始，连续三年间，周氏在《人间世》、《宇宙风》上发表他所爱读的书目，每次三本，共九本。除了《从文自传》这本中国书外，周氏所举的其他八本外国书，如蔼理斯《我的告白》(*My Confessional*, 1934)，永井荷风《冬天的蝇》，M. Hirschfeld 的 *Men and Women*，B. Dawson 的 *The History of Medicine* 等

---

① 周作人：《知堂回想录·“反动老作家”二》，香港：三育图书文具公司，1970年。

② 知堂：《论小说教育》，《天地》第5期，1944年2月。

③ 以上参见周作人：《读书的经验》，1940年2月作，收入《药堂杂文》，北京：新民印书馆，1944年。

④ 知堂：《我的杂学·九》，《华北新报》1944年7月2日。

等①,绝大部分都是涉及生物、两性、医学史等等关乎物理人情的“经典”。此外,周氏于 1937 年、1943 年两度向读者开列符合其选择标准的清儒笔记,篇目基本一致,主要包括刘继庄《广阳杂记》、刘玉书《常谈》、郝懿行《晒书堂笔录》、马时芳《朴丽子》、李元复《常谈丛录》、王侃《衡言》《放言》《江州笔谈》、俞理初《癸巳存稿》,以及赵云松、尤侗、梁清远、屈大均、李斗、王山史、宋牧仲、王贻上、陆扶照、刘玉衡等人的文字。② 正是这些体现“物理人情”的清儒笔记,让周氏在 1937 年“七七事变”前后的近十年间,通过数以百篇计的读书札记,持续不断地鼓吹所谓非“正统派”儒家的思想和趣味。就实际而言,彼时周氏如此频繁且极富特色的儒家论述,不仅使得自己区别于“五四”以来的各种激进思潮,也区别于冯友兰等“正统派”③现代新儒家所代表的文化保守思潮,更在客观上建构起非“正统派”儒家的自我形象。从文化场域的角度看,此一带有“寻求差别”④意义的言说姿态及其富于文化个性的思想形象,在三四十年代的文化场中,无疑为周氏争取到了更多的象征性资本。

三

“五四”之后,回顾所受儒家传统教育,周作人提及自己 11 岁正式读书时,接触到的第一本书是“上中”,即《中庸》的上半本。⑤ 周氏所说的《中庸》,原是《小戴礼记》中的一篇,为孔子三世孙孔伋所作。后来宋儒将《小戴礼记》中的《中庸》与《大学》提出来与《论语》、《孟子》组成四书,南宋朱熹为其做注,1313 年,元朝始将朱熹《四书集注》列为科举考试的内容,直到 1905 年清末废除科举为止。作为科举时代儒家教育的入门书籍,《中庸》对

---

① 以上参见周作人《一九三四年我所爱读的书籍》(《人间世》第 19 期,1935 年 1 月)、周作人《二十四年我的爱读书》(《宇宙风》第 8 期,1936 年 1 月)、知堂《二十五年我的爱读书》(《宇宙风》第 32 期,1937 年 1 月)。

② 参见知堂《谈笔记》(《文学杂志》创刊号,1937 年 5 月)、药堂《〈一蒉轩笔记〉序》(《华北作家月报》第 6 期,1943 年 6 月)。

③ 参见冯友兰:《中国哲学史序 · 自序(二)》,上海:商务印书馆,1935 年。

④ 参见戴维 · 斯沃茨:《文化与权力——布尔迪厄的社会学》,陶东风译,上海:上海译文出版社,2006 年,第 256—263 页。

⑤ 岂明:《我学国文的经验》,《孔德月刊》第 1 期,1926 年 10 月。

中国士人的重要性不言而喻。然而,就内容而言,《中庸》主要是对《论语》中庸思想的阐释,也是儒家典籍中最富有哲学意味的一篇。[①] 即使像周氏这样的人,当他五十多岁再次阅读时,也仍然觉得"《中庸》简直是玄学","不知世间何以如彼珍重,殊可惊异"。[②]

谈到自己与《中庸》的关系,周作人曾指出:"我常同朋友们笑说,我自己是一个中庸主义者,虽然我所根据的不是孔子三世孙所做的那一部书。"[③]但他后来又说:"我从小读《论语》,现在得到的结果,除中庸思想外,乃是一点对于隐者的同情。"[④]周氏强调的是,其所接受的儒家中庸,并非直接来自《中庸》里面玄学般的思想,而主要由《论语》所记孔子的言行中获得。在此意义上,周氏将孔子推为儒家中庸的"最高代表"、"集大成者"[⑤],并且指出:"中国人从孔子起,至一半老百姓止,都有中庸的思想";"中国国民的思想是讲中庸的,不偏于任何一方面"。[⑥]

所谓中庸,《礼记·中庸》最为简明的定义是"执其两端,用其中于民"。依据后人的解释,中庸的思想核心即"执两用中":由于有两,固有中,抓住两端,中就显露出来了;而"用",就是"庸",用中,也就是中庸。[⑦] 中庸或中庸之道,自孔子起就已经反复申言并身体力行,是儒家的世界观和方法论,也是他们修身养性的圭臬,对后世儒生的影响极其深远。然而,正如周氏对儒家有自己的定义一样,其对中庸的阐释与接受也颇具个人色彩。在周氏看来,以孔子为代表的儒家,"其特色平常称之曰中庸,实在也可以说就是不彻底,而不彻底却也不失为一种人生观"[⑧]。而这种人生观,周氏以为,正是儒家区别于道、法二家的处世态度。1936年底,在《谈儒家》一文中,周氏指出,如果从思想而非宗教派别的角度看,儒家"律己有余而治人不足"的

---

① 《中庸》全文共三十三章,一般被分为两个部分:上半由第二章到第二十章前半,讲中庸多言人事;后半由第二十章后半到第三十二章为止,集中言诚,颇具形而上的色彩。参见冯友兰:《中国哲学史》(上),上海:商务印书馆,1935年,第446—455页。

② 药堂:《读大学中庸》,《北平晨报》1938年6月24日。

③ 周作人:《〈谈虎集〉后记》,《北新》第2卷第6号,1928年1月。

④ 周作人《〈论语〉小记》,《水星》第1卷第4期,1935年1月。

⑤ 知堂:《中国的思想问题》,《中和月刊》第4卷第1期,1943年1月。

⑥ 周作人:《中国的国民思想》,《教育时报》第2期,1941年9月。

⑦ 参见庞朴:《一分为三》,上海:上海古籍出版社,2003年,第25页。

⑧ 药堂:《汉文学的前途》,《艺文杂志》第1卷第3期,1943年9月。

中庸,与道家的"隐逸"或法家的"积极"正是一个人可能的三样态度:"道儒法三家原只是一气化三清,是一个人的可能的三样态度,略有消极积极之分,却不是绝对对立的门户,至少在中间的儒家对于左右两家总不能那么歧视。"接着,周氏以《论语》及《史记》中的孔子言行为例,阐明儒道法三家的联系:《论语·为政》中孔子说的"道之以德,齐之以礼,有耻且格"是儒家的理想,而"道之以政,齐之以刑,民免而无耻"却是法家的办法;《论语·微子》中孔子对接舆等隐者的劝告惺惺相惜,等于认同道家的隐逸策略;而《史记·孔子世家》记孔子任鲁国大司寇时诛杀少正卯,用的正是法家的手段。[1] 后来,周氏又在别一地方指出:"盖儒而消极则入于杨,即道家者流,积极便成为法家,实乃墨之徒,只是宗教气较少,遂不见什么佛菩萨行耳。"[2]

对儒道法三家的阐释方式,与周作人自身思想资源的构成不无关联。1936 年 10 月,周氏写道:"我的道德观恐怕还当说是儒家的,但左右的道与法两家也都掺合在内,外面又加了些现代科学常识,如生物学人类学以及性的心理,而这末一点在我较为重要。"[3]就实际而言,源于中国本土的儒道法三家,与周氏"五四"落潮后传统士大夫的思想、心态关系最为直接;而生物学、人类学及性的心理学则源于西方,却是周氏新文化思想构成中不可或缺的部分,一定程度上决定着周氏对于儒家中庸等传统思想的接受。1937 年 6 月,周氏承认,其"谈思想,系根据生物学文化学人类学道德史性的心理等的知识,考察儒释道法各家的意思,参酌而定,以情理并合为上"。由此他认为"道儒法三家,只是爱智者之分别","儒家是站在这中间的","我的理想只是中庸"[4]等等。很显然,西方现代科学知识,是周氏评判儒释道法各家的主要标准。而在此标准下,主张中庸的儒家正是周氏心目中的"爱智者"一派。

此外,周作人屡次承认,对他影响最大的西方现代思想家,是英国的性

---

① 知堂:《谈儒家》,《世界日报》1936 年 12 月 4 日。

② 知堂:《禹迹寺》,《中和月刊》第 1 卷第 1 期,1940 年 1 月。

③ 周作人:《自己的文章》,《青年界》第 10 卷第 3 期,1936 年 10 月。

④ 以上参见知堂:《自己所能做的》,《宇宙风》第 42 期,1937 年 6 月。

心理学家蔼理斯(Havelock Ellis)。[1] 对于周氏而言,蔼理斯"他的好处,在能贯通艺术与科学两者而融和之,所以理解一切,没有偏倚之弊"[2]。所谓没有偏倚,周氏举蔼理斯对于禁欲及生活之艺术的看法为证:"禁欲亦是人性之一分子,欢乐与节制二者并存,且不相反而实相成"[3];而生活之艺术,即是"既不保守,也不能算怎么激烈"的"那难似易的中庸"[4]。在周氏看来,蔼理斯基于性心理学的生活之艺术观,正合于儒家的中庸精神。"其实这生活的艺术在有礼节重中庸的中国本来不是什么新奇的事物,如《中庸》的起头说,'天命之谓性,率性之谓道,修道之谓教',照我的解说即是很明白的这种主张。"周氏如是说,并且以此反观中国,认为"宋以来的道学家的禁欲主义总是无用的了,因为这只足以助成纵欲而不能收调节之功"[5]。

与此同时,周作人多次引用蔼理斯《性的心理研究》第六卷末尾的两节文字,其中一节写道:

> 有些人将以我的意见为太保守,有些人以为太偏激。世上总常有人很热心的想攀住过去。也常有人热心的想攫得他们所想像的未来。但是明智的人,站在二者之间,能同情于他们,却知道我们是永远在于过渡时代。在无论何时,现在只是一个交点,为过去与未来相通之处,我们对于二者都不能有什么争向。

所谓"太保守"、"太偏激"的人,以及二者之间"明智的人",庶几对应于周氏所论列的传统道、法、儒三家。而周氏尤其指出,"站在二者之间","这不仅是一种很好的人生观,可视为蔼理斯的代表思想"。[6] 这种人生观,亦即周氏所谓"不偏不倚"的中庸态度。不惟如此,在强调"明智的人"、"二者之间"等等中庸因素的同时,周氏更由此批评那些天天看着日出于东而没于

---

① 参见槐寿《蔼理斯的话》(《晨报副镌》1924年2月23日)、知堂《关于自己》(《宇宙风》第55期,1937年12月)。

② 作人:《猥亵论》,《晨报副镌》1923年2月1日。

③ 槐寿:《蔼理斯的话》,《晨报副镌》1924年2月23日。

④ 参见周作人《性的心理》(1933年8月18日作,收入《夜读抄》,上海:北新书局,1934年)、知堂《关于自己》(《宇宙风》第55期,1937年12月)。

⑤ 开明:《生活之艺术》,《语丝》第1期,1924年11月。

⑥ 槐寿:《蔼理斯的话》,《晨报副镌》1924年2月23日。

西，却总期望明天是北极的一个长昼的"教徒般的热诚"①。于此，借助于蔼理斯的论述，周氏将附着于儒家"礼"和"仁"的道德伦理体系之下的中庸，引申为个人在生活心态与姿态方面"不偏不倚"的处世态度，并进而作为批判其他"正统派"儒教徒的思想资源。

与蔼理斯的性心理学相似，古希腊人自由与节制的思想，也与周作人对儒家中庸的阐释不无关联。1944 年 7 月，周氏宣称："蔼理斯的思想我说他是中庸，这并非无稽，大抵可以说得过去，因为西洋也本有中庸思想，即在希腊，不过中庸称为有节，原意云康健心，反面为过度，原意云狂恣。"②所谓西洋的"中庸思想"，即是周氏在另一个场合所说古代希腊人的"中庸之德"。在介绍马池芳《朴丽子》的文章中，周氏写道：

> "夫大饥必过食"以下一节实是极大见识，所主张的不过庸言庸行，却注重在能实现，这与喜欢讲极端之曲儒者流大大的不同。至于说格言至教决不苦物，尤有精义，准此可知凡中国所传横霸的教条，如天王圣明臣罪当诛，父叫子亡不得不亡，饿死事小失节事大等，都不免为边见，只有喜偏傲而言行不求实践的人，听了才觉得痛快过瘾，却去中庸已远，深为不佞所厌闻者也。

周氏由此认为，"古代希腊人尊崇中庸之德（sophrosyne），其相反之恶则曰过（hybris），中时常存，过则将革，无论神或人均受此律的管束，这与中国的意思很有点相像"③。必须指出的是，正如周氏肯定马池芳的见识"注重在能实现"一样，其以同样的眼光看待古希腊的"中庸之德"，无形中赋予了后者一定的实践（用）色彩；而周氏借"中庸之德"将古希腊文明的自由与节制引进来，也确实不乏"考虑到它可能嫁接到中国固有的中庸思想的枝上"④的实用性动机。然而，二者的实质差别或许正在于，古希腊有关"中庸之德"（"自由"、"节制"）的辩证观念，主要来自语言的辩论或思维的规律，而儒家有关中庸（"度"、"过犹不及"等）的辩证观念，则是来源于实践（用）理

---

① 知堂：《蔼理斯的时代》，《大公报·文艺》1935 年 1 月 20 日。
② 周作人：《我的杂学·十》，《古今》第 51 期，1944 年 7 月。
③ 周作人：《朴丽子》，《青年界》第 11 卷第 3 号，1937 年 3 月。
④ 舒芜：《周作人的是非功过》（增订本），沈阳：辽宁教育出版社，2000 年，第 117 页。

性。正所谓"庸,用也,'中庸'者,实用理性也"[1]。

此外,尽管儒家中庸来源于实践(用)理性,但在孔子那里,它是一种难以实现的"道"或者难以达到的境界:"中庸之为德也,其至矣乎!民鲜久矣。"(《论语·雍也》)"天下国家可均也,爵禄可辞也,白刃可蹈也,中庸不可能也。"(《中庸》第三章)然而,在对儒家思想的接受中,周作人借助西方现代科学知识的理性烛照,不仅将中庸视为中国国民思想和处世态度的核心,而且将其转化为衡量个人言行与实践的道德伦理标尺。1940年,在关于蔡元培的悼念文字中,周氏指出,思想上取"兼容并包"、"并非是偏激一流"的蔡元培,正是"真正之儒家也"。而"其与前人不同者,只是收容近世的西欧学问,使儒家本有的常识更益增强,持此以判断事物,以合理为止,故即可目为唯理主义也"。[2] 周氏所谓"近世的西欧学问",指的正是"生物学文化学人类学道德史性的心理等的知识";而所谓"唯理主义",也正是秉持中庸之道的"爱智者"的思想特征。毋庸讳言,对于曾经将儒家中庸之道与孙中山的三民主义相提并论且主张师法孔子"智、仁、勇"精神的蔡元培[3],周氏所给予的"盖棺定论"倒也并非无据。只不过,此中耐人寻味的是,所谓体现蔡元培"真正儒家"的那些特征,与彼时周氏对于自身思想构成的描述可谓若合符节。而这,某种意义上正可以视为周氏的夫子自道。

四

40年代,在谈到自己时常置身文坛之外的姿态时,周作人写道:"虽然我自己标榜是儒家,实在这种态度乃是道家的,不过不能彻底的退让,仍是不免于发生冲突。"[4]这一表述,道出了周氏不同时期的某些思想真实:"五四"落潮后,其对于儒家中庸的提倡与趋于消极的现实姿态,体现出与道家"隐逸"思想相近的一面;而在三四十年代,尤其在"七七事变"之后,周氏对于儒家"入世"、"事功"思想的鼓吹,正体现出与道家"隐逸"思想相冲突的

---

① 李泽厚:《论语今读》,天津:天津社会科学院出版社,2007年,第122页。

② 知堂:《记蔡孑民先生的事》,《中国文艺》第2卷第2期,1940年4月。

③ 参见蔡元培:《中华民族与中庸之道》(1931年1月《东方杂志》第28卷第1号)、《孔子之精神生活》(《江苏教育》第5卷第9期,1936年9月)。

④ 十堂:《文坛之外》,1944年12月5日作,收入《立春以前》,上海:太平书局,1945年。

另一面。

1936年底，周氏指出："宗教与主义的信徒的勇猛精进是大可佩服的事，岂普通儒教徒所能及其万一，儒本非宗教，其此思想者正当应称儒家……"[①]半年后，周氏则主张，将佛教"小乘的戒律之精严，菩萨的誓愿之弘大，加到中国思想里来，很有一种补济的功用"[②]。由强调儒家的非宗教属性，到鼓吹将佛教思想补充到"中国思想"（亦即儒家思想）里面，再次显现周氏儒家论述中的实用性色彩，也暗含着其思想转变的可能性。其最显著处，莫过于主张以释子的"血性与胸襟"来修正传统儒者的"中庸"气质。

1937年7月，在《谈孟子的骂人》一文中，周作人借程明道用以批评孟子"霸道"的"英气"一词，指出孟子拒杨墨与韩愈辟佛都有失儒家的中庸之道。[③] 然而，一年后，周氏则承认喜欢子路的儿子子崔向狐黡寻仇的故事，以为"武士而有儒雅气，殆是儒家理想的传说英雄"[④]。继而，在1940年初，周氏以《谈孟子的骂人》中的主要材料为基础，写成《释子与儒生》[⑤]一文，但删除了对孟子"英气"的批评，转而强调所谓的"血性与胸襟"。文中，周氏引大慧禅师、贯休二位释子爱君忧国的言行之后指出："声闻缘觉二乘可以说是独善其身的办法，若是大乘菩萨的行愿，但就众生无边誓愿度来说，尧舜其犹病诸，唯有大禹可以够得上吧。"在周氏看来，"由是可知，释子学佛，与墨者学禹，都不是容易事，非是有血性人不能到，若杨子为我，有如修小乘者，但了得四谛，至多多可获阿罗汉果，终是自了汉，不可同日而语也"。之后，周氏笔锋一转：

> 据我们平凡人想，儒家本是讲实际的，并不是不重功利，那么其理想当然是禹稷，孔子栖栖皇皇的奔走，其理由无非是忧民，所以如是其急，等到没法下手去干，这才来坐在树下找几个学生讲讲，所讲的恐怕

---

① 知堂：《谈儒家》，《世界日报》1936年12月4日。

② 知堂：《自己所能做的》，《宇宙风》第42期，1937年6月。

③ 知堂：《谈孟子的骂人》，《论语》第116期，1937年7月。

④ 药堂：《读〈孔子集语〉》，《北平晨报》1938年7月2日。

⑤ 周作人《释子与儒生》最后一句为"二十九年三月七日，改写前年所撰小文"。就周氏已面世的文字来看，此篇所抄贺子翼《水田居集》、张和仲《千年百眼》以及《孟子·离娄下》等文字材料与《谈孟子的骂人》一文所用基本材料最为相同或者接近，二者时间间隔也符合，固此文应是据《谈孟子的骂人》一文而改。

还是人世的问题要紧,性命之理也总在罕言之列罢。韩愈辟佛成名之后,后人忽又见禅理而大悦,于是儒家的主要事情变成专讲玄学……笼统的说一句,中国儒生汉以后道士化了。宋以后又加以禅和子化了,自己的生命早已无有,更何认得有血性与胸襟乎?这一篇账如不算结,儒家永无复生之望,所保留而或将益以繁荣者,也只是儒教式的咒语与符策而已。①

周氏此前一直提倡儒家的中庸之道,在此却将“血性与胸襟”作为儒家摆脱道士化和禅化并由此得以复生的妙剂良方,表明其所关注儒家思想重心的转移。在同一时期《汉文学的传统》一文中,周氏重复上述有关儒家衰落的原因,再次坚称儒家的最高理想该是禹稷,且进一步指出,虽然《孟子·离娄下》把颜回与禹稷并列,“成为闭户亦可的态度,”“其实颜回虽居陋巷,也要问为邦等事,并不是怎么消极的”。② 其所强调的正是儒者积极入世、由此实现治国平天下的“事功”思想。

应该说,儒家治国平天下的“事功”思想,自孔孟时代就已经形成。然而,对于体现个人品质的“修身”、“正心诚意”,与体现事功的“治平”、“齐家治国”,亦即所谓的“内圣”与“外王”,在孔孟那里,侧重点并不同。《论语·雍也》中子贡问孔子:“如有博施于民,而能济众,何如?可谓仁乎?”孔子回答:“何事于仁,必也圣乎!尧舜其犹病诸。”在孔子那里,客观功业的“圣”高于主体自觉的“仁”,“仁”只是达到“圣”的必要前提。所以孔子尽管一再责备管仲僭礼,却又十分肯定管仲“霸诸侯,一匡天下,民到如今受其赐”(《论语·宪问》)的巨大功业。与孔子不同的是,孟子认为像管仲那种霸道功业并不足道,强调必须先“修身治家”、知“礼”识“仁”,然后才能谈得上“治国平天下”,即所谓“天下之本在国,国之本在家,家之本在身”(《孟子·离娄上》)。这样,就使整个问题的中心完全落在“内圣”这一方面了,而这也被后来以继承孟子自许的宋明理学极力而片面地发展。③

一向推崇原始儒家的周作人,对于宋儒独倡“内圣”的弊病自是十分不

① 周作人:《释子与儒生》,1940 年 3 月 7 日作,收入《药堂杂文》,北京:新民印书馆,1944 年。

② 知堂:《汉文学的传统》,《中国文艺》第 2 卷第 3 期,1940 年 5 月。

③ 以上参见李泽厚:《中国思想史论》(上),合肥:安徽文艺出版社,1999 年,第 271—272 页。

满。他指出，以宋儒程伊川为代表的“载道派”的意见根本是唯心的，“他们以为治国平天下全在正心诚意，平常静坐深思，或拱手讲学，或执笔为文，所想所说所写应该无一不是圣道，其效能使国家自治天下自平，盖神秘不亚于金刚法会焉”。由此，周氏批评道：“此种教徒的热忱自可佩服，但除此以外殊无用处，以此弄政治则误国，以此谈文学亦未免贻讥。”[①]然而，对于孔孟在“内圣”、“外王”思想方面的差别，周氏不仅未曾言及，反而着意突出他们在倡导“事功”即“外王”方面的一致性。1940 年，周氏指出，自“纯净的儒家”孔孟开始，就有“为人民”与“为君父”的两派，而孟子在《梁惠王上》、《尽心上》反复表述其“五亩之宅树之以桑”使得“黎民不饥不寒”的主张，“无论其实行上效果如何，总之这还是古圣心法的留遗，至少是以禹稷为模范的，可以说是儒家的大乘一派”。[②] 1944 年初，周氏反对汉儒董仲舒“正其谊不谋其利，明其道不计其功”的主张，认为“此语固亦甚佳，但个人可以用作修身之准则，若对于国家人民，必须将道义见诸事功，始能及物，乃为不负，否则空言无补，等于清谈也”。[③] 一年后，周氏在《道义之事功化》一文中重申了此一观点，且在再次强调孟子“五亩之宅树之以桑”的同时，也表明此时最为服膺清儒阮元《论语论仁论》中的意见：“若一人闭户齐居，瞑目静坐，虽有德理在心，终不得指为圣门所谓之仁矣，盖士庶人之仁见于宗族乡党，天子诸侯卿大夫之仁见于国家民臣……”[④]周氏将儒家之“仁”落实于为宗族乡党国家臣民之上，所要突出的正是孔孟在“事功”方面的一致性。

在彼时的周作人看来，无论是孔子所肯定的“博施”、“济众”，还是孟子所注重的“五亩之宅树之以桑”，都与大乘佛教“众生无边誓愿度”的济世弘愿具有内在的一致性。[⑤] 因而，他不仅向往大乘菩萨的济世弘愿，而且对王充、李贽、俞正燮等三位“与君师的正统思想往往不合”、“却对于国家于民族的前途有极大的关系与价值”的学者，也表达了“虽不能至，心向往之”的

---

① 跖堂：《论伊川说诗》，《华北日报》1934 年 5 月 26 日。

② 知堂：《道德漫谈》，1940 年作，收入《药堂杂文》，北京：新民印书馆，1944 年。

③ 知堂：《论小说教育》，《天地》第 5 期，1944 年 2 月。

④ 周作人：《道义之事功化》，1945 年 11 月 7 日作，收入《知堂乙酉文编》，香港：三育图书文具公司，1961 年。

⑤ 参见知堂《我的杂学・十九》（《古今》第 55 期，1944 年 9 月）、东郭生《十堂笔谈・八》（《新民声》1945 年 1 月 13 日）。

心情。[1] 此外,周氏更在国难日蹙之际数次呼吁:"现今乃是非常时,一切工作只是一个目标,便是为国家民族,没有多少个人利益的余地。"[2]"在受难时期的中国,大家的确不可没有这样一个大誓愿,在自定的范围内尽年寿为国家尽力,但这只是尽其在我,要想大事成就还须得有各方面的合作。"[3]与此同时,周氏指出大乘菩萨与"理想的学者"之间的联系:

> 大家知道佛教里有这一种区分,小乘的人志在自度,证得阿罗汉果,就算完事,大乘的乃是觉有情的菩萨,众生无边誓愿度,必须度尽众生自己才入涅槃……理想的学者乃是在他自己修成胜业之后,再来帮助别人,古人所云,以先知觉后知,以先觉觉后觉就是这个意思,以法施人,在布施度中正是很重要的一种方法。[4]

这里所谓修成胜业再来帮助别人的"理想的学者",与周氏"五四"落潮后所倡小乘佛教自修"胜业"的"自了汉",称得上天壤之别。而对于自己言论主张的变化,周氏相当坦然。他以为,"太平时代大家兴高采烈,多发为高论,只要于理为可,即于事未能,亦并不妨,但不幸而值祸乱,则感想议论亦近平实,大抵以国家民族之安危为中心,遂多似老生常谈,亦是当然也"[5]。而在1944年底,回顾四十年来的文字工作,周氏更宣称自己所写的文章大半是讲道德的,"这里所讲的道德乃是儒家的正统,本于物理人情,其正确超出道学家群之上,要照旧话来说,于人心世道不是没有关系的事"[6]。言语之中,周氏仍然强调文字所具有的现实力量,即相信通过著书立说可以影响世道人心。这样的言说,与其极力突出的儒家"事功"思想,在在表明此时的周氏,乃是异于之前自我的另一个儒者周作人。[7] 不惟如此,抗战胜利后,在被国民政府逮捕的二十天前,周氏还坚持认为:"我的学问根抵是儒家的,后来又加上些佛教的影响,平常的理想是中庸,布施度忍辱度的意思也

---

① 以上参见知堂:《梦想之一》(《求是》第1卷第1期,1944年3月)、《我的杂学·四》(《华北新报》1944年5月28日)。

② 周作人:《新中国文学复兴之途径》,《中国文学》创刊号,1944年1月。

③ 知堂:《文艺复兴之梦》,《求是》第1卷第3期,1944年5月。

④ 知堂:《大乘的启蒙书》,《求是》第1卷第8期,1945年3月。

⑤ 药堂:《〈汉文学的前途〉附记》,《艺文杂志》第1卷第3期,1943年9月。

⑥ 十堂:《文坛之外》,1944年12月5日作,收入《立春以前》,上海:太平书局,1945年。

⑦ 参见钱理群:《周作人传》,北京:北京十月文艺出版社,2001年第2版,第507—511页。

颇喜欢,但是自己所信毕竟是神灭论与民为贵论,这便与诗趣相远,与先哲疾虚妄的精神合在一起……"①其不仅突出自我与原始儒家在科学思想、理性精神方面的一致,更强调大乘佛教的济世宏愿和儒家"为人民"的"事功"思想在自我身上的呈现。而到了1952年,周氏仍然不忘鼓吹:"至少要看重事功,力求于人有益";"凡是道义的可贵,便因为它在人生有功效有利益的缘故,若不求其实现,只是讲讲,那么有何用处,岂不等于和尚道士的念经么?"②

必须指出的是,孔孟治国平天下的"事功"思想,恰恰表明儒家学说归属于政治论社会哲学的体系,与周作人此前所鼓吹的深具认识论与伦理学色彩的儒家明显有别。而这,自是与周氏对儒家思想重心的不同选择有关。然而耐人寻味的是,因不同选择所凸显的言论、思想的前后有别乃至自相矛盾,在周氏那里并不成为问题。1932年底,周氏指出:"云不佞尚保存'五四'的风度,则大误矣,一个人的生活态度时时有变动,安能保持十三四年之久乎?不佞自审近来思想益销沉耳,岂尚有'五四'时浮躁凌厉之气乎。"③对于"五四"落潮后自身思想的转变,周氏显现出自觉乃至自得的认同态度。1937年"七七事变"发生后不久,周氏写道,由威斯忒玛克《道德观念之起源与发达》一书中,"得知道德随时地而变,曾大喜悦"④,更是从历史进化与环境变迁的角度,肯定了思想、道德转变的合理性。而关于自己的思想信仰方面,早在20年代末,周氏就写道:"我不是这一教派那一学派的门徒,没有一家之言可守,平常随意谈谈,对于百般人事偶或加以褒贬,只是凭着个人所有的一点浅近的常识,这也是从自然及人文科学的普通知识中得来,并不是怎么静坐冥想而悟得的。"⑤事实上,无论是之前对"重知"、"情理"、"中庸"的倡导,抑或是后来对"事功"的鼓吹,周氏以"爱智者"的姿态对儒家相关思想的选择与接受,不仅未恪守一家之言,而且包含着基于西方

---

① 周作人:《两个鬼的文章》,1945年11月16日作,收入《过去的工作》,香港:新地出版社,1959年。

② 祝由:《董仲舒与空头文人》,《亦报》1952年1月9日。

③ 周作人:《致俞平伯》,1932年11月13日作,收入《周作人书信》,上海:青光书局,1933年。

④ 知堂:《关于自己》,《宇宙风》第55期,1937年12月。

⑤ 周作人:《〈谈虎集〉后记》,《北新》第2卷第6期,1928年1月。

生物学和进化观之上的对于伦理、道德之变迁的认同,具有浓厚的实践(用)理性色彩。有鉴于此,尽管周氏一再宣称自己是儒家,却并不妨碍他在不同时期、不同场合中突出自身所接受的释家、道家以及现代科学知识的影响。

五

"五四"落潮后,对儒家进行理性的再评价,是诸多新文化人经常涉及的话题之一。1930 年,胡适发表了《说儒》一文,认为"孔子是儒的中兴领袖,而不是儒教的创始者"①。在十多年后给友人的信中,胡适仍然不忘重提此文以表明自己向来"很重视孔子的历史地位"②。而陈独秀则在 1937 年写的《孔子与中国》一文中提出,依据尼采主张的"重新评定价值","在现代知识的评定之下,孔子有没有价值?我敢肯定的说有",也仍然强调在"民主"与"科学"的前提下发挥孔子的思想。③ 据此看来,周氏三四十年代的儒家论述,与胡适、陈独秀等人对于儒家的再评价,在总体思路上殊无二致。只不过,与胡、陈等人相比,周氏在将近二十年间,借助小品文这一形式所展开的儒家言说,无论是言论的密度或是所涉思想的广度,都可谓无人匹及。

从总体上看,在三四十年代写就的关于儒家方方面面、几近喋喋不休的小品文字中,周作人无疑扮演了在传统思想影响下仍然保持理性思考的现代知识者("爱智者")的角色,其所取"唯理主义"的立场,也始终贯穿于对儒家思想的阐释和对各种新旧八股的批判中。然而必须指出的是,周氏个人趣味、思想取向中所混杂的消极、隐逸的色彩,及其过于实用主义的言论之转变,不仅削弱了相关儒家思想原有的批判力量,也使得其自身言行备受时人的诟病。尤其在"七七事变"之后,周氏在鼓吹儒家"事功"思想的同时,不仅以"一生多立经国事功"、"此出只为救民苦难"等挽词悼念伪华北

---

① 胡适:《说儒》,《武汉大学文哲季刊》第 1 卷第 2 期,1930 年 7 月。

② 胡适:《致陈之藩》,《胡适书信集》(中),北京:北京大学出版社,1996 年,第 1137 页。

③ 陈独秀:《孔子与中国》,《东方杂志》第 34 卷第 18、19 号,1937 年 10 月。

教育总署督办汤尔和[①]，而且以历代志士仁人"投身饲饿虎"的"菩萨行"吹捧伪国民政府主席汪精卫[②]。这些应景式的肉麻言论，加上其出任伪北大文学院院长、继任伪华北教育总署督办等"附逆"行为，都使得周氏关于儒家"道义"、"事功"的诸多论述，最终难免被"视为他对自己沦陷期间出任伪职的理论上的辩解"。[③] 而其一度鼓吹的所谓"血性与胸襟"，也由此沦为对自我的嘲讽。

从思想史的角度看，由"五四"时期的批判儒教到三四十年代的回归儒家，周作人思想中"寄托于由复古而获得再生之构想的中国自身的现代化理想"[④]，与当时趋于复古与保守的思想潮流不无暗合之处。然而，就实际而言，周氏以"爱智者"的姿态和"唯理主义"的立场言说儒家，不仅对晚清以降康有为等倡导的儒教运动多所针砭，也与梁漱溟、张君劢、冯友兰等现代新儒家迥然有别，因而仍然不失其文化批判的意义。换言之，撇开其"借了古人的话过来，好替自己作屏风"[⑤]的意图及其"附逆"行为所违背的儒生道义和民族气节不论，周氏对儒家的接受，毕竟与那些阻止把科学和理性运用于传统思想的文化保守主义者不同——其所秉持的科学知识与唯理主义的标准，及其所取进化论或曰"进步主义"[⑥]的立场，仍然是对儒家纲常伦理和旧礼教思想的否定与批判，称得上是"五四"启蒙精神的延续。

（作者单位：北京师范大学文学院）

---

① 舒芜：《历史本来是清楚的——关于周作人出任华北教育督办伪职的问题》，《鲁迅研究动态》第 1 期，1987 年 1 月。

② 周作人：《〈汪精卫先生庚戌蒙难实录〉序》，《古今》第 4 期，1942 年 6 月。

③ 张菊香、张铁荣：《周作人年谱》，天津：天津人民出版社，2000 年，第 701 页。

④ 木山英雄：《北京苦住庵：日中战争时代的周作人》，赵京华译，北京：三联书店，2008 年，第 155 页。

⑤ 《周作人的一封信》，1949 年 7 月 4 日作，《新文学史料》第 2 期，1987 年 6 月。

⑥ 爱德华·希尔：《论传统》，上海：上海世纪出版集团，2009 年，第 7 页。

从"故事"到"小说"

——沈从文的叙事历程

吴晓东

选择"从故事到小说"这个题目不意味着沈从文的叙事经历了一个先有故事后有小说的线形发展历程。在某种意义上说,沈从文的故事意识和小说理念从步入文坛伊始就交织纠缠在一起,并在他以后的叙事历史进程中呈现出悖论的关系。也恰恰是这种悖论关系的复杂性带给沈从文以叙事的活力,呈现了其他小说家无法提供的小说叙事图景。可以说,沈从文因对"讲故事人"的自觉而获得了自己独特的小说意识,并在30年代初达到了小说理念的成熟;最终则因为自己作为一个曾经的讲故事人形象的消隐而变成一个孤独的现代小说家。

一、讲故事传统式微时代的"说故事的人"

在20年代最初的创作中,沈从文选择的是乡土回忆的速写体、横截面式的切入形式以及都市自叙传式的反讽格调为其主导小说模式。虽然在故事题材方面沈从文呈现的是湘西的神奇地域视景,但讲述这些故事的形式却很符合当时关于小说的主导话语和观念形态。北京文坛所流行的现代小说体式以及郁达夫等知名小说家对小说的认知肯定影响了沈从文的具体创作。

但是到了1929年前后,沈从文似乎找到了真正属于自己的小说模式。以讲故事人的形象塑造为表征的第一人称小说出现在沈从文的笔端,在《说故事人的故事》、《三个男子和一个女人》、《第四》、《都市一妇人》、《灯》等小说中都成功塑造了一个人格化的讲故事人的形象。这些小说标志着沈从文似乎在某一天早晨醒来后豁然开朗,一下子找到了以讲故事的形态去创作小说的叙述模式。当然沈从文写的不是传统意义上的故事,而依然是小说,但是其中渗透着讲故事的自觉意识,也呈现着讲故事的结构形式。也许正是在这个意义上,苏雪林称沈从文"原是个'说故事的人'"①。如果说这个判断不见得全是褒奖的话,那么,叶圣陶在给沈从文的《春灯集》、《黑凤集》所写的广告词中称"作者被称为美妙的故事家"②,则是名副其实的赞扬了。沈从文从此以"说故事的人"的形象在30年代的中国文坛独领一时之风骚。

但也许正是这种讲故事的意识,使沈从文的小说与中国乃至世界文坛主流现代小说概念拉开了一定的距离。因为无论中国还是西方都迎来了讲故事的技艺日薄西山的人类历史阶段。

讲故事的技艺在20世纪的衰微具有历史的必然性。本雅明在写于1936年的《讲故事的人——尼古拉·列斯科夫作品随想录》这篇讨论讲故事传统的经典文献开头就说,讲故事的人"早已成为某种离我们遥远——而且是离我们越来越远的东西了"③。其内在原因本雅明认为是"经验贬值了"——传统经验进入现代世界后开始丧失了在前现代的那种重要性。本雅明称"讲故事的人"可分为两种类型:农夫和水手。水手带来远方的故事,而农夫则"了解当地掌故传说"。两个类型的人所讲的故事最终会融合,共同塑造乡土的经验与生存的智慧:"那种见多识广的人带回的远方的传说和那种当地人了解最深的过去的传说融会到一起。"④其中暗含着空间和时间的双重遥远感,所以本雅明说"列斯科夫无论在遥远的时代还是遥远的地方都安然自在"。但是到了本雅明所身处的时代,空间的与时间的遥远感都渐渐消失了。本雅明认为新闻报道的出现,使人们只关心身边的事情:

> 《费加罗报》的创始人维尔梅桑用一句名言概括出新闻报道的特性。他曾说:"对我的读者来说,拉丁区阁楼里生个火比在马德里爆发一场革命更重要。"这句话异常清楚地表明,公众最愿听的已不再是来

---

① 苏雪林:《沈从文论》,《文学》第3卷第3期,1934年9月。

② 转引自商金林:《看叶圣陶读沈从文》,收入《永远的从文——沈从文百年诞辰国际学术论坛文集》,吉首,2002年。

③ 《本雅明文选》,北京:中国社会科学出版社,1999年,第291页。

④ 同上书,第293页。

自远方的消息，而是使人得以把握身边的事情的信息。[①]

而时间意义上的“遥远的过去”在现代贬值得更加彻底，尤其当人类进入一个所谓的“后喻”社会，传统的经验日趋过时，需要向年青人学习新经验的时候。新人类早已对父辈和祖辈的故事不感兴趣，不再耐烦听妈妈讲那过去的事情。相反，倒是长辈们须从下一代那里获取当代社会新鲜的东西。

本雅明认为，“讲故事艺术的衰落”，“它的最早的征候是近代之初小说的兴起”。如果说，“无论是神话还是民间故事，其作者都是佚名或是一个集体”[②]，那么，“小说的诞生地是孤独的个人”[③]。正像杰姆逊所概括的那样：“故事产生于集体生活，小说产生于中产阶级的孤独。”[④]中国的小说当然不能简单地说是诞生于孤独的个人，所以本雅明的说法用于中国现代小说需要先检验它的适用性和有效性。不过，现代中国的都市文学大体吻合本雅明的这一历史叙述。当沈从文进入文坛的时候已经是小说大获全胜，占据了统治地位，而传统讲故事的方式开始式微的时期，讲故事在中国现代文坛也同样渐成稀有的技艺。即使读者依然可以读到民间形态的故事，但更多的时候读到的已经是现代小说。故事也往往是小说中的故事，而离故事的原生形态越来越远。同时读者通过阅读印刷文字在现代小说中“听故事”的心态也会发生微妙的变化。当小说文本呈现的是一个讲故事的语境时，这个故事语境所产生的作用往往不是拉近与读者的心理距离，而是相反；当沈从文的小说叙事者一再强调自己讲的是一个真实的故事时，其造成的叙事效果却是把自己讲述的故事推远，成为一个传奇。这与真实性无关，而决定于读者的心理距离。如果心理距离遥远，再真实的事情也是故事和传说。所以对都市读者来说，沈从文讲述的那些陌生和新奇的湘西故事，必然给他们造成一种遥远感，这种遥远感一方面来自湘西偏僻的地理环境和独特的地域文化，另一方面则来自读者听故事的心态，他们本来就在期待听到一个传奇。而从普泛性的意义上说，人们听故事时的心理预期都是想听到一个新鲜离奇的事件，否则就会大失所望。因此本雅明在《讲故事的

① 《本雅明文选》，北京：中国社会科学出版社，1999年，第296页。

② 约翰·维克雷编：《神话与文学》，上海：上海文艺出版社，1995年，第133页。

③ 《本雅明文选》，北京：中国社会科学出版社，1999年，第295页。

④ 杰姆逊：《语言的牢笼·马克思主义与形式》，南昌：百花洲文艺出版社，1995年，第65页。

人——尼古拉·列斯科夫作品随想录》一文中引用德国的谚语“远行者必会讲故事”,强调的正是遥远带来的距离感和传奇性。

沈从文无疑十分了解都市读者的这种带有猎奇性的阅读心态,在小说《三个男人和一个女人》1936 年修改后的版本的开头和结尾才有了叙事者关于“故事”话题的阐发,表达的正是故事和真实的悖论:

> 因为落雨,朋友逼我说落雨的故事。这是其中最平凡的一个。它若不大动人,只是因为它太真实。我们都知道,凡美丽的都常常不是真实的,天上的虹同睡眠的梦,便为我们作例。
>
> ……我有点忧郁,有点不能同年青人合伴的脾气,在军队中不大相容,因此来到都市里,在都市里又象不大合式,可不知再往哪儿跑。我老不安定,因为我常常要记起那些过去事情。一个人有一个人命运,我知道。有些过去的事情永远咬着我的心,我说出来时,你们却以为是个故事,没有人能够了解一个人生活里被这种上百个故事压住时,他用的是一种如何心情过日子。①

叙事者强调的是“太真实”,称自己讲的不是故事,但是读者恰恰是当成了故事来听,叙事者越强调真实,读者越觉得在听故事。又如《说故事人的故事》的结尾:

> 这说故事的人忽然成了故事,完全是我料不到的。还仿佛是目前情形,是我站在那廊下望到那女人把鞋面给弁目看,一个极纤细的身影为灯光画到墙上,也成了象梦一样故事了。……这故事,完全不象当真的吧,……不过到近来,说到这事时我被那弁目的手拍过的右肩,还要发麻,不知怎么回事。

通过“右肩”的“还要发麻”,沈从文在凸现自己讲的是一个真实的故事;但又通过强调梦一般的不真实性,沈从文也同时在渲染“故事性”。《说故事人的故事》中的本事也曾经被沈从文写进《从文自传》,两者相较可以看出,情节意义上的差异并不大,但是《说故事人的故事》却在开头和结尾对故事

---

① 《三个男人和一个女人》最初发表于 1930 年 10 月 15 日《文艺月刊》第 1 卷第 3 号,名为《三个男子和一个女人》。1936 年又收入上海良友图书公司《新与旧》,开头和结尾都做了修改。

本身都有自指性的思索,显示出的正是对故事的真实与虚构之间关系的思考。《三个男人和一个女人》也如此:“凡是美丽的都是不真实的。梦与彩虹可以作证。”这种关于真实与虚构的辩证,正是小说要刻意思考的东西。正如《三个男人和一个女人》结尾叙事者所说:“有些过去的事情永远咬着我的心,我说出来时,你们却以为是个故事。”这证明了无论讲故事人怎样申辩,读者都有“听故事”的心理预期,也堪称是读者对某种体裁的固有心理期待,或者说体裁背后积淀的正是阅读心理的集体无意识,这种无意识对于作家和读者理解某种体裁都是很重要的,任何作家都会不期然地屈从这种集体无意识。①

所以,当沈从文强调自己在写故事的时候,当沈从文在故事中宣称自己所讲是真实的事情的时候,他所强调的并不是小说的真实性,而恰恰是借以征服都市读者的虚构性和传奇性。也正是在这个意义上,他的小说中对讲故事人的形象塑造在30年代的现代中国文坛其实是边缘化和非主流的。

二、讲故事语境的营造以及小说理念的悖论性

沈从文无疑对自己的这种边缘化和非主流的小说理念十分清楚,他自己曾经称:“我还是没有写过一篇一般人所谓的小说的小说,是因为我愿意在章法外接受失败,不想在章法内取得成功。”②他的讲故事的小说或许正是“章法外”的形态。也恰恰是这种“章法外”的小说形态真正使沈从文在中国现代小说史上别具一格。

30年代成熟期的沈从文往往在小说中十分自觉而且刻意地营造一种讲故事的语境。如《夜》、《三个男子和一个女人》、《灯》、《第四》、《都市一

---

① 如果说“故事”的体裁隐含了“虚构”和“传奇”性的话,那么当现实主义小说创生之后,力图培养的阅读心态则是小说的写实性和真实性。虽然从西方小说文体演变史来看,小说的概念天然就意味着虚构,所谓的novel,词源是中世纪的传奇(roman),而当需要强调小说体裁的本质规定性时则用的是其“虚构”的概念(fiction),强调的正是小说的虚构属性。但是到了现实主义时代,小说背后的文学理念图景却是反映论以及本质真实观,到了批判现实主义更是强调典型环境下的典型人物,强调小说比生活还要真实,是所谓更高更本质的真实的反映。所以现实主义小说承担了反映历史和社会以及本质真实的重任。

② 沈从文:《石子船跋》。

妇人》等小说，均在讲了故事的同时，本身也是关于故事的创生语境的一个自我说明。譬如前引《三个男人和一个女人》的开头“因为落雨，朋友逼我说落雨的故事”，其实就是关于故事如何生成的一个元叙述，堪称蕴含着故事的发生学，在讲故事的同时，本身也正是故事所创生的语境的一个形象的自我指涉，营造的是一个为都市读者讲故事的语境。而在1930年的初版本中，这个开头是相对简单的：

> 中尉连附罗义，略略显得忧郁而又诙谐的说道：
>
> 有什么人知道我们的开差，为什么要落雨的理由么？

虽然都涉及的是“落雨”，但相比之下，在1936年的修改中，沈从文更加自觉地对讲故事的一种封闭性语境加以营造：“因为落雨，朋友逼我说落雨的故事。”王德威认为：“沈从文把讲述整个故事的起因归于一次落雨，这便暂时把讲故事的人和他的理想听众都滞留在了日常活动之外。从一开始，沈从文的故事就处在一种无以明状的悬疑之中。作为读者，我们也被吸引到这个封闭的环境中来。”①因此，读沈从文这些故事形态的小说，都市读者往往不是被组织进故事语境分享作者的经验世界，而是恰恰相反，从接受的角度出发，读者产生的是王德威所谓的“把讲故事的人和他的理想听众都滞留在了日常活动之外”的疏离感。这种疏离感之所以产生，正因为沈从文营造的是一个封闭化的讲故事语境。这种都市化的封闭语境使叙事者的故事成为一个时间与空间意义上都显得遥远了的故事。当读者所处的都市环境与故事的原生态情境远离，所读到的是一个传奇故事的感受也就由此生成，无论对小说文本内作者设计的特定的隐含读者还是对文本外的都市现实读者都是如此。

但是也恰恰是这种读故事的心态从接受美学的意义上帮助了文本诗意的生成。正如王德威指出的那样：“诗意的生成不在于沈从文声称他的故事有其传记上的可信性，也不在于他对田园牧歌式的人物和意象的颠覆，而是在于故事的叙事对话状况。”②这就是讲故事人所刻意营造的文本中疏离和封闭的环境带来的诗意效果。诗意生成于距离感，由此可以说，沈从文的

---

① 王德威：《批判的抒情——沈从文的现实主义》，刘洪涛、杨瑞仁编：《沈从文研究资料》（下），天津：天津人民出版社，2006年，第896页。

② 同上。

小说精心营造的一个个原生态的故事创生语境，都与都市读者拉开了审美距离。沈从文的小说《夜》中描述的几个士兵围着火堆，在漫漫长夜轮流讲故事的具体环境即是这种故事创生语境的范例。到了《月下小景》中沈从文更是营造了一个《十日谈》式的故事环境，地点在偏僻的西藏金狼旅店，来自远方的各种各样的旅客讲自己遭遇的或者听来的千奇百怪的故事。

这种讲故事情境的营造，使沈从文虚拟了一个事实上在都市印刷资本主义环境中并不真实存在、小说中的讲故事人和现实中的都市读者共同分享的讲与听的话语氛围。读者（无论是小说中虚拟的还是现实中真实与具体的）因此成为这个故事语境中重要的因素，有时甚至会制约故事的发展方向和小说结构形式的生成。与某些现代小说对读者的拒斥相反，沈从文会刻意追求文本中读者的相伴，正像本雅明所说：“听故事的人是由讲故事的人和他作伴的；即使读故事的人也是有人陪伴的。”①因此沈从文笔下讲故事的语境与某些现代小说追求的孤独语境不同，他强烈要求“听故事”的读者的参与度。在《夜》、《旅店》、《三个男人和一个女人》等小说中，沈从文的叙事者恳切地希望都市人分享他的湘西经验和故事，明确地在文本内预设和指定了都市化的听故事人的存在。有几篇小说在文本中虚拟的隐含读者之上或者之外，甚至存在一个现实生活中故事的具体倾听者，《月下小景》在生活中的具体读者是“张家小五”②，《阿丽丝中国游记》最早的创作初衷则是沈从文为自己的九妹写故事读。无论是虚拟的读者还是现实的读者，其存在本身都会促进沈从文小说“故事性”的生成，所创作的“小说”至少必须呈现故事的基本元素和样态。

沈从文20年代末到30年代成熟时期的许多小说，都会在正式进入故事的讲述之前，先指涉一下都市语境，其实正是对都市中的读者发言。如《旅店》：“这里一件事，就是把中国的中心南京作起点，向南走五千里，或者再多，因此到了一个异族聚居名为苗窠的内地去。这里是说那里某一天的情形的。”叙述中有鲜明的“中心”与“边缘”意识，而文本语境中叙事视野的出发点明显是始于中心城市（南京）。又如《说故事人的故事》：

---

① 《本雅明文选》，第307页。

② 沈从文在追求张兆和的时候，曾经答应给张兆和的弟弟写一些故事读，即《月下小景》。

> 许多人爱说别人的故事，是因为闲着无东西吃，或吃饱了以后，要寻出消化那好酒好肉的方法，所以找出故事来说。在上海地方的几个我所认识他们脸嘴的文艺复兴人物，就有这种脾气。……这些人是无故事可说了。若必定有，那也总不外乎拜访名人，聚会闲谈，吃，喝，到后大家在分手时互相道过晚安，再回家去抄一点书当成创作，看看杂志来写论文而已。
>
> 笔尖，走你的路吧，把你认为是故事的故事说完好了。

沈从文对故事语境的这种自觉，也同时体现的是自觉的小说意识。这种自觉性尤其在《灯》中得以凸显。如同《三个男人和一个女人》表现出的讲故事的自觉，《灯》中鲜明的第一人称叙述者的形象标志着沈从文短篇小说叙事的最终成熟，从而超越了早期小说写实化的故乡追忆，体现了小说理念的虚构的自觉性。

如前所述，沈从文小说中的"故事"都由刻意塑造的一个叙事者讲出，并且辅以叙事氛围、叙事环境、叙事契机的交代与描绘，而不是纯粹民间故事形态的写法。即使《月下小景》这类更像故事的小说也是对《十日谈》的刻意模仿，这种戏仿本身就显示出一种现代小说意识。沈从文所营造的讲故事语境有一种虚拟性，小说中讲故事的现场感在都市中是并不存在的。虽然讲出来的是故事，但是对故事语境和框架的精心营造和反复指涉，已经使笔下的故事不同于传统意义上的形态。

上引《说故事人的故事》中"笔尖，走你的路吧，把你认为是故事的故事说完好了"这一句，也完全可以看做是作者创作中的自我指涉。这种自指性进而昭示了"讲故事"的现代小说的基本悖论：故事不是"讲"出来的，而是用"笔尖""写"出来的。沈从文对讲故事形式产生自觉性的同时，也是对以讲故事的方式赋予小说结构模式的自觉，即小说意识的自觉。沈从文通过讲故事的方式写的却是小说，这本身就是对民间故事创生语境的模拟和改写。而当故事进入了小说的框架，故事的书面讲述也必然受小说观念和叙事模式的影响，这就是"故事"与"小说"两个概念之间的悖论性图景。但也恰恰是这种悖论图景赋予沈从文的小说理念以独特性。只有当沈从文的小说和故事之间保持悖论的张力关系的时候，他的小说才是最具有生命力的创作。

沈从文在中国现代文学史上的意义很大程度上取决于他的小说创作所

提供的独特的讲故事的叙事图景，并与文坛其他小说家构成了区别。作为一个“文体家”的定位正体现在沈从文的故事模式及其与小说理念的悖论式的内景中。

三、对叙事意义的探究

对讲故事人的形象的自觉，最终使沈从文生成的是“叙事”的自觉意识，也使沈从文小说中叙事者的声音有时比故事本身更令人难忘。本雅明在《讲故事的人》的结尾称：“讲故事的人是能够用自己的故事的柔和火焰把自己生命的灯捻彻底燃尽的人。”沈从文的叙事也燃尽了自己，因此才技艺卓著。而在沈从文的叙事历程中，除了这种叙事技艺的展示，最终还表现出一种对生命意义的探究以及某种叙事伦理的生成。

普安迪指出：“在一部叙事作品中，听‘说话人’的声音往往比听故事重要得多。”①“说话人”（叙事者）的声音之所以重要，是因为“对意义的探求始终是由叙述者承担的”②，无论在故事还是在小说中。保尔・利科曾经引述过格雷马斯以民间故事形态为主要研究对象的《结构语义学》并认为：“叙事最一般的功能是恢复一个受威胁的价值秩序。”③利科认为这是格雷马斯所研究的民间故事的“叙事”特点，意味着民间故事中往往先在地具有一个“价值秩序”，这个“价值秩序”能够最终凭借“叙事”得以恢复。这就是“叙事”所具有的某种本体性文化含义。而在现代小说中，这个价值秩序则往往处于一种不自明的状态，甚至常常是阙如的，如卢卡契在《小说理论》一书中所说：“只有在小说中，意义和生活才是割裂的。”本雅明进而指出：“这‘生活的意义’的确就是小说活动的中心。”④而叙事者承担的正是寻找小说叙事意义的重任，无论意义是否存在以及是否能够找到。因此现代小说中的叙事者的功能更体现在对意义的追寻过程中，追寻本身往往成为小说叙事的目的。卡夫卡的小说表现的正是这种对目的和意义无穷的追

① 普安迪：《中国叙事学》，北京：北京大学出版社，1996 年，第 18 页。

② 让・伊夫・塔迪埃：《普鲁斯特和小说》，上海：上海译文出版社，1992 年，第 16 页。

③ 保尔・利科：《虚构叙事中时间的塑形（时间与叙事卷二）》，北京：三联书店，2003 年，第 100 页。

④ 《本雅明文选》，北京：中国社会科学出版社，1999 年，第 306 页。

寻过程，而意义就像那座“城堡”，永远掩映在朦胧的雾气中若隐若现，最终无法抵达。如果说，在传统的故事中才能获得本雅明所谓的“道德教益”，那么，在小说中获得的只是对意义世界的追寻，而追寻的历程往往表现为叙事的历程。

尽管“小说”与“故事”在沈从文的创作中一开始就纠缠在一起，但逻辑上仍旧表现出由故事形态向现代小说模式演化的渐进历程，也表现出对叙事意义的艰难探寻。这种从“故事”到“小说”的转变以及对不确定意义图景的“小说化”探究，都在《边城》中得到突出的表现。《边城》在沈从文的叙事历程上正处于一个转型的关节点。《边城》的开头尚是典型的传统讲故事的方式：

> 由四川过湖南去，靠东有一条官路。这官路将近湘西边境到了一个地方名为“茶峒”的小山城时，有一小溪，溪边有座白色小塔，塔下住了一户单独的人家。这人家只一个老人，一个女孩子，一只黄狗。

小说的前几章呈现的正是边城的传统生活所固有的稳定的乡土意义世界，尤其蕴含在周而复始的四季与节庆之中。小说情节的主体部分发生在端午和中秋，正是有助于表达乡土节庆中的“价值秩序”。但是《边城》结尾的开放性则标志着现代“小说”视域的生成：

> 到了冬天，那个圮坍了的白塔，又重新修好了。可是那个在月下唱歌，使翠翠在睡梦里为歌声把灵魂轻轻浮起的年青人，还不曾回到茶峒来。
>
> …………
>
> 这个人也许永远不回来了，也许“明天”回来！

重新修好的白塔，并不意味着意义世界的复归，恰恰意味着传统价值体系的崩溃，而结尾的两个“也许”中蕴含的不确定性才真正意味着对新的小说意义空间的探问。沈从文创作于《边城》之后的《贵生》的结尾亦然，都有结局的不确定性与小说空间的开放性。后来的长篇小说《长河》以及40年代中期的《雪晴》更是无法结尾。《长河》与《雪晴》显然更涵容了沈从文关于现代长篇小说的宏阔的理念图景，支持他的长篇小说内景的其实是外在的现代性远景。而历史远景的匮乏，意义世界与未来价值形态的难以捕捉构成了沈从文的小说无法结尾的真正原因。所以，当沈从文学会写《边城》这类小说中的非确定性结尾的时候，他的“小说”中的现代性视景才真正生成。

现代小说与传统故事的区别之一就是结尾的非确定性。现代性是一种指向未来的乌托邦①。所以把现代性的维度引入小说，结尾也必然是指向开放的，小说中的乌托邦图景也是同样难以在现世兑现的。也正是在这个意义上，巴金的《激流三部曲》最后一部《秋》刻意追求结尾的非“大团圆”结局：“对于那些爱好‘大团圆’收场的读者，这样的结束自然使他们失望，也许还有人会抗议地说：‘高家的故事还没有完呢！’”高家的故事不可能有传统意义上的结局。传统意义上的故事结局通常有两类，一是大团圆，二是死亡。本雅明称：“童话总这样说：‘从此他们一直过着幸福的生活。’”这就是通常意义上的童话的终结。对童话故事而言，这是一种大团圆的美好结局，但是这种幸福结局其实也是另一种死亡，意味着故事的终结，意味着关于童话中的王子和公主已经无话可说了，故事中也难以生成关于未来的乌托邦。除了这种“大团圆”，讲故事的传统更与死亡密不可分。任何故事如果讲述的时间足够长，都必然以死亡为终结。“故事的权威最终源于死亡的权威，它赋予每一个事件以绝对的独特性。‘一个在35岁死去的人，在他生命的每一个关节上，都是一个即将在35岁死去的人。’”②死亡的权威其实意味着结局的确凿性和不再变化的稳定性。

如果说童话故事中的死亡与大团圆一样意味着终结，那么现代小说的结尾则对应着终结的不可能性。卡夫卡就是一个典型。勒内·吉拉尔在《浪漫的谎言与小说的真实》中说：“卡夫卡笔下的人物有如摩西，永远看不到乐土。布朗肖说，不可能结尾，就是不可能在作品中死亡，不可能通过死亡自我解脱。”③如果说卡夫卡看不到的乐土意味着未来的乌托邦，那么它永远无法在现代小说的结尾成为现实，乐土永远在远方，从而小说也永远难以真正终结。而无法结尾的现代小说或许才真正把历史远景无限期地延宕下去，正像沈从文的《长河》无法预言历史长河的流向一样。

从这个角度说，一部现代小说无法结尾或者无法续写，有时不意味着小说家的江郎才尽，其实也可能是小说家的职业伦理使然，是小说家道德诚实

---

① 也包括奥威尔《1984》一类小说中的反乌托邦图景。

② 杰姆逊：《语言的牢笼·马克思主义与形式》，南昌：百花洲文艺出版社，1995年，第65页。

③ 勒内·吉拉尔：《浪漫的谎言与小说的真实》，北京：三联书店，1998年，第326页。

的表现。杰姆逊指出：

> 因此，小说具备伦理意义。人类生活最终的伦理目的是乌托邦，亦即意义与生活的再次不可分割，人与世界相一致的世界。不过这样的语言是抽象的，乌托邦不是一种观念而是一种幻象。因此不是抽象的思维而是具体的叙事本身，才是一切乌托邦活动的检验场。伟大的小说家以自己的文体和情节本身的组织形式，对乌托邦的问题提供一种具体展示。①

杰姆逊因此强调的是“叙事”的伦理意义，而叙事本身，“才是一切乌托邦活动的检验场”。沈从文最终也以其对“叙事”的自觉超越了“故事”与“小说”的二分以及悖论图景，而呈现出某种本体性。通过“叙事”，沈从文的小说同样指向一种伦理重建。他的湘西的乌托邦幻景最终关涉的也正是伦理学的图景，背后是人的关系和道德秩序。尽管沈从文在困惑的40年代所创作的一系列小说获得的并不是意义世界和价值远景的统一性，但至少《长河》以及沈从文其他后期小说始终表现出对这种叙事伦理以及叙事意义的统一性的艰难探索过程。

四、现代小说家的诞生

中国现代小说的兴起一方面可以推溯到梁启超的新小说观，另一方面则直接源自于西方小说的影响。如果说西方“小说的诞生地是孤独的个人”，中国现代小说创生期的两部最主要的作品——《狂人日记》和《沉沦》则同样印证着孤独个人的主题。按杰姆逊的说法：“史诗主人公代表着一种集体性，构成了有意义的有机世界的一部分，而小说主人公则总是一种孤独的主体性：他是有争议的；这就是说，他必然始终与他的背景，与自然或者社会对立，因为这正是他同它们的关系，他与他们相结合的情形，而这也是身边的问题。……小说主人公的原型因而是狂人或者罪犯；而作品则是他的传记，是他在世界的虚空中为‘验证自己的灵魂’而陈述的故事。”②《狂

① 杰姆逊：《语言的牢笼·马克思主义与形式》，南昌：百花洲文艺出版社，1995年，第147页。

② 同上书，第146页。

人日记》和《沉沦》，也都堪称是“在世界的虚空中为‘验证自己的灵魂’而陈述的故事”。鲁迅的狂人与郁达夫笔下蹈海的留学生，也正是在“与他的背景，与自然或者社会对立”中确立自己的孤独的主体性。在表达作者和人物的孤独感的同时，现代小说培养的还有内在的读者的孤独感，并与小说的作者及小说中的人物相互印证。小说的意义正生成于这种对孤独感在共同的体认中的“相互主体性”。正如本雅明所说：“小说吸引读者的是借他所读到的一次死亡来温暖他冷的发抖的生活的希望。”①

无论从现代小说的作者、小说中的人物，还是从小说的读者方面来说，这种个体性的孤独都是彼此认同的基础，同时也构成了现代小说得以生成的基础。瓦特在《小说的兴起》中把这种个体性的孤独溯源于西方的个人主义思潮：现代小说“一方面与现代的现实主义认识论关系密切，另一方面与它的社会结构中的个人主义联系紧密”②。而笛福的小说则“提供了各种形式的个人主义与小说的兴起之间相互联系的独特的证明”。瓦特除了借助于《鲁滨孙漂流记》探讨了小说的兴起与资本主义、印刷业的关系之外，还探讨了“主观的、个人主义的精神模式，对笛福的作品，对小说的兴起的重要意义”③。笛福的《鲁滨孙漂流记》是个人主义在小说中的最完美的体现，但是同时也是对个人主义的警示：

> 《鲁滨孙漂流记》代表的是一种绝对个人主义的最终结论的警告性形象。
>
> 小说也只是在《鲁滨孙漂流记》揭示了向它们呐喊的孤独之时，才开始了它的人际关系的研究。也许，笛福的故事并不是通常意义上的小说，因为它与人际关系几乎没有什么关联。但恰如其分的是，小说的传统就应该始于一部消灭了传统社会秩序中各种关系的作品，由此，引起对以新的自觉的模式构成的人际关系网的机会和需要的注意；当旧道德和旧社会的关系秩序被鲁滨孙·克鲁梭用个人主义翻腾大浪毁灭之时，小说的尚成问题的地位和现代思想的地位，才一道得以确立。④

① 《本雅明文选》，北京：中国社会科学出版社，1999 年，第 308 页。
② 瓦特：《小说的兴起》，北京：三联书店，1992 年，第 64 页。
③ 同上书，第 78 页。
④ 同上书，第 96—97 页。

这与本雅明《说故事的人》对小说的确立的判断恰相吻合。只不过本雅明是带着伤感和怀旧的心态看着过往的价值秩序的消逝，而瓦特则道出旧秩序毁灭的必然性。

沈从文也堪称是旧秩序毁灭的见证者，是“讲故事的人”传统的消亡的见证者。《说故事人的故事》中“说故事人”的“死”因此成了一个象征，恰意味着说故事时代的终结，也可以看作是沈从文借此思考故事以及故事范畴之消亡的作品。当沈从文的故事理念到《月下小景》时期达到了一个顶点之后，这类讲故事的小说逐渐难以为继，沈从文自己也进入了本雅明描绘的“孤独的个人”的生存境地。尤其到了40年代的《看虹录》时期，“小说”意识逐渐占了上风。这并不意味着沈从文放弃了故事理念，而是说，40年代的沈从文已经逐渐缺少实践故事理念的境遇，叙述故事的冲动也接近衰竭，从而成了真正意义上的本雅明所谓的小说家。

沈从文作为一个现代小说家的“生成”当然不是用瓦特的个人主义模式所能阐释的，但是他在40年代的创作中表达的的确是对孤独生命个体的抽象之境的探索。所以到了40年代的《看虹录》以及《雪晴》中，我们看到的是力透纸背的孤独。《雪晴》看似要写湘西传奇，其实已经伴随了“追忆似水年华”般的艺术家自传似的写法，其中常常有叙事者对自我心态的描述：“我因之陷入一种完全孤寂中。”①而《看虹录》则典型地反映了“中产阶级的孤独”。这篇小说结构奇特，开头和结尾写叙事者自己翻看一本奇书，中间部分是人物所经历的完整的24小时，如小说副标题“一个人二十四点钟内生命的一种形式”所昭示的那样。小说的主体——中间部分就是奇书的内容。结尾则把阅读的奇书与自己的写作合而为一：

> 到末了，“我”便消失在“故事”里了。在桌上稿本内，已写成了五千字。我知道这小东西寄到另外一处去，别人便把它当成“小说”，从故事中推究真伪。对于我呢，生命的残余，梦的残余而已。

小说结尾同样在辨析小说和故事的理念，但是与30年代讲故事的小说相比，《看虹录》已经完全从故事向探索生命情境的现代小说生成。它被作者自己看成是“生命的残余、梦的残余”，小说可以看成是作者孤独生命的呓

---

① 《沈从文全集》第10卷，太原：北岳文艺出版社，2002年，第411页。

想。同期的散文《水云》、《七色魇》和《烛虚》则是散文体写作中的孤独思绪的表达。当沈从文在40年代对自己的灵魂、抽象的抒情以及生命的沉思越来越着迷之后，一个讲故事的人也就逐渐寿终正寝。

审视30到40年代沈从文的小说创作，可以发现一个藏有许多故事的乡下人是怎样从偏僻的乡土一隅闯到现代都市，逐渐在大学的现代高等教育体制中变成一个孤独的都市现代人，最后作为一个曾经的“说故事的人”走向“死亡”的象征性过程。

2010年11月15日初稿

2011年1月26日定稿于京北上地以东

（作者单位：北京大学中文系）

废名新诗观念的形成与30年代中期北平学院诗坛氛围

冷　霜

废名30年代中期在北京大学中文系开设现代文艺课时的讲义，以《谈新诗》为题，于1944年出版于北平，但直到80年代，他作为一位“独树一帜的诗歌评论家”的价值才开始为人注意①，然而对他这方面的研究至今仍较薄弱，以致被视为废名研究的“荒区”之一②，而已有的研究也多只集中在《谈新诗》理论内容的归纳和辨析上，对与之相关联的各层面的语境因素则注意得不够。

在《谈新诗》讲义中，废名分章选讲了胡适、沈尹默、刘半农、鲁迅、周作人、康白情、湖畔诗人、冰心、郭沫若等早期新诗人的作品，对胡适的白话诗观、白话文学史观及新月派格律诗观作出了双重批判，并藉考察“中国已往的诗文学”，提出他的新诗主张，即，新诗不同于旧诗之处，在于后者往往只有“散文的内容”，只是所用的文字是“诗的文字”，而新诗必须要有“诗的内容”，且所用的是“散文的文字”。他由此展开的新诗论述虽然缺乏理论的严格性，却因其独出机杼的观念、生动恣肆的表述和随处生发别具洞见的感悟体会，形成鲜明的个性，而他借助重新解读旧诗来认识和确立新诗本体的立论方式，更使他的诗论显出一种独特性，成为新诗史上如何诠释新诗与古典诗传统关系方面一个饶有意味的个案。

本文所要讨论的正是，废名在《谈新诗》中所表达的这种独特的新诗观是如何形成的？在30年代中期，其新诗论述处于何种背景，显示出何种意

---

① 吴小如：《废名先生遗著亟待整理》，《文汇报》（香港）1983年1月16日，转引自吴小如《书廊信步》，沈阳：辽宁教育出版社，1995年。

② 陈建军：《废名研究综述》，见《废名年谱》，武汉：华中师范大学出版社，2003年，第341页。

义？对这一问题的考察，不仅有助于我们更准确和深入地把握废名诗论的内涵，也会使我们对30年代北平文坛与诗坛内在的复杂性得到一个更为切实和开阔的理解。本文试图证明，废名的新诗观念最初萌芽于他卜居西山时期思想兴趣和艺术观念上的转变，也受到了周作人的影响和启发，而他日后的新诗论述的最终成型则受激于30年代中期北平学院诗坛①积极探索新诗格律的氛围，带有鲜明的争辩色彩，这场潜在的争辩对于我们考察30年代诗坛在新诗本体认识上的分歧，及在新诗与旧诗关系问题上的诠释的多样性，是一个极有价值的角度。

一、卜居西山时期废名艺术观念的变化

废名《谈新诗》讲义的主体部分大致写于1936—1937年间②，然而，就他现有的作品来看，《谈新诗》中对新诗的看法，在更早时就已形成。1931年春，废名在写作《莫须有先生传》的间隙，忽然在两个月的时间内写出了大量诗作，先后自编为《天马》和《镜》两个集子，后来又稍作删选合为《天马诗集》。在为这部《天马诗集》所写的类似自序的文章中，他写道："方其成功《天马》时，曾作一序略略述及我对于新诗的意见，余之友人多见及之，兹则弃之，我想那意见或者是对的，然而我偶尔而作诗，何曾立意到什么诗坛上去，那实在是一时的高兴而写了几句枝叶话罢了。"③这篇弃去的序文不见于他的文集，也未曾为他的友人提及，很可能已经亡佚。但从这里已可推知，废名日后所表述的新诗观最早在此时已初现端倪，而且，这一观念的形成显然与他自身在诗歌写作上的突破有着直接的关联。

废名的诗歌写作是与他作为小说家的生涯同时开始的，但在20年代，他的诗歌作品数量不多，诗歌面貌也不算清晰，从这一时期废名关于自己诗

---

① 本文使用"北平学院诗坛"这一概念，是考虑到京派的概念更多适用于小说领域，而这一时期在北平尚有"北方左联"及其诗人群的存在，因而借用了卞之琳的类似提法，他在晚年的回忆文章中曾使用过"北平学院派"一词，见《星水微茫忆〈水星〉》，《卞之琳文集》(中)，合肥：安徽教育出版社，2002年，第73页。

② 见周作人《谈新诗·序》及废名《谈新诗·十年诗草》中的忆述。1946年废名返回北大之后又续写了四章，1984年人民文学出版社增订重版《谈新诗》时始将这一部分增入。

③ 废名：《天马诗集》，王风编：《废名集》第3卷，北京：北京大学出版社，2009年，第1505页。

作的零星记述来看，他对写诗的态度是比较随意的，与他在写小说上“同唐人写绝句一样”①精细的方式构成明显的对照。1926年1月11日，《语丝》第61期刊出他的《小诗》两首，诗前补记云：“久不作诗，五分钟内吟成两首，所以催眠也。”1930年5月26日，《骆驼草》第3期发表他的《一日内的几首诗》（共6首），诗后有一段附记：“今天因为别的事情翻开旧稿，一翻翻出了这几首诗，一看日子都是四年前一天写的，我是完全忘记的了。”都可见出他的这种态度。很显然，发表这几首诗也只是作为主要编者的他为刊物补白之用。

同一期《骆驼草》中他与鹤西的通信《邮筒》中，他也写道：“我的少数的朋友一半都是做诗的，我总是混在当中乱发表意见，我真真的是同新诗恋爱，总巴不得你们出几个好诗集子，那我真是感到一种光荣。”“同新诗恋爱”这个比喻，很清楚地表明了废名以写小说为本职，而视写诗为业余的心态和自我定位。而“混在当中乱发表意见”一语，虽然不无自谦的成分，也仍可显示出，直至《骆驼草》时期，他在新诗观念上尚未形成日后《谈新诗》那样较为系统的看法。截至此时，他也没有公开发表过任何与新诗有关的文字。

仅仅一年之后，尽管仍然是“偶尔而作诗”，在集中写出了数量可观的一批诗作之后，废名第一次表露出对新诗进行批评的欲望。就今天可以见到的部分作品来看②，这批诗作在主题、风格、形式、技巧各个方面都呈现出非常独特而鲜明的面目，废名作为新诗史上一位以诗风、诗境之奇特著称的诗人，正是从这里开始出现，在美学上，这些作品与这一时期他正在写作的小说《桥》和《莫须有先生传》也显示出某种呼应。可以肯定，废名之所以会在这篇佚序中阐述他“对于新诗的意见”，且表现出相当的自信，是受到了诗歌写作上的突破的激发（即他所谓“一时的高兴”）。但是，他在新诗观念上的突破并非是在这批作品完成之后，并非后者的副产品，如果更全面地考察废名这一阶段的创作和思想状况，就可发现，他对新诗形成明确的批评意识，与他在诗歌写作上的突破，这两者是在同一个过程中完成的，这个过程，就是他卜居于北平西山的几年中思想、兴趣上的蜕变与成熟。

---

① 《废名小说选》自序，北京：人民文学出版社，1957年。

② 见《废名集》第3卷中《天马诗集》部分。

1926年前后，以《桥》的写作为起点和标志，废名的“学徒期”（受乔治·艾略特、哈代小说启发的《竹林的故事》为其代表）基本告一段落，而进入一个在思想和艺术上急进探索与蜕变的阶段。在这个阶段，废名确立起他的艺术观，并将之发展到一个非常别致的境地，在写于1930年的一篇《随笔》中，他使用了“画梦”这一说法来概括他的艺术理想，相对他在更早的创作谈《说梦》中所披露的那种创作是“梦”的观念，这是一个相当重要的超越：

> 再往高处说，下笔总能保持得一个距离，即是说一个自觉（Consciousness）……我羡慕一种小说，“常因自然而不益生”，我所谓的“自觉”，或者就可以这样解法。古今来不少伟大天才，似乎还很少有这样一个，他们都是“诗人”，一生都在那里做梦给我们看，却不是“画梦”，画梦则明知而故犯也。①

在后来的《谈新诗》中，废名用“横写”一词再次延伸了这个“画梦”的观念。这种艺术意识的进展，与横贯这一阶段的《桥》的写作密切联系在一起，在透露出其写作观念的前后变化的同时②，也显示出废名逐渐趋向对想象和幻想，特别是想象与幻想的完整性的注重，而这也正是他在《谈新诗》中将要反复申说的核心内容③。

废名对文学中想象和幻想的质素的偏爱，很大程度上与他这一时期所阅读、在他的随笔和批评中也屡屡论及的欧洲近现代经典作家如莎士比亚、塞万提斯、波德莱尔以及文学史家乔治·勃兰兑斯有关，尽管他这一时期的阅读范围远不止于此。周作人后来的回忆提供了更多的侧面：“这一期间的经验于他的写作很有影响，村居，读莎士比亚，我所推荐的《吉诃德先

---

① 《随笔》，止庵编：《废名文集》，北京：东方出版社，2000年，第107页。“画梦”一语，《废名集》第3卷第1220页作“昼梦”，此处依《废名文集》。

② 《〈桥〉附记》也道出这部小说在写作过程中观念上发生的变化：“方我写这个《第一回》时，当然不是今日之我，而今日之我总算是胡里胡涂的自己朝着一条路生长出来的，这里十分有意义，因此我懂得许多，樽前自献自为酬也。总之我一点也不埋怨我的时间白费了，它教了我怎样认识道理，学会作文。”王风编：《废名集》第1卷，北京：北京大学出版社，2009年，第340页。

③ 可参见刘皓明《废名的表现诗学》的相关论述，见《新诗评论》第二辑，北京：北京大学出版社，2005年。

生》,李义山诗,这都是构成《莫须有先生传》的分子。……废名在北大读莎士比亚,读哈代,转过来读本国的杜甫,李商隐,《诗经》,《论语》,《老子》,《庄子》,渐及佛经……"①正如这两段话暗示出的,在废名卜居西山时期,对欧洲文学经典的阅读,使他对中国自身的文学获得了一种新的眼光,发现了中国古典文学中同类品质的表现:想象,幻想,对技巧的重视以及其后对人生世相的贯通的体察,用他自己的术语说,即"自觉"。

这实际上意味着一种新型的理解与诠释能力的获得。他在《谈新诗》中提出的,李商隐乃是"借典故驰骋他的幻想"这一看法,即在他写于卜居西山时期的文章中初具雏形。② 而在稍早发表的《邮筒》中,他将陶潜与莎士比亚、塞万提斯并称为"顶会作文章的人"。与此相关,在这一阶段之初他所尊崇的"西洋艺术家"福楼拜式的文学观,此时也逐渐被扬弃了。由于"画梦"观念的形成,1927 年他将要隐居前所写的《说梦》中曾被他誉为"白玉无瑕的小说家"的福楼拜,在三年之后的《随笔》一文里,相比莎士比亚"这一类庞大的著作家"和"画梦者",已使他若有所憾:"一字一句完全拿匠心来雕刻的文章,如弗洛倍尔的小说,当然是好的,有时却又感到美中不足。"③不仅如此,在艺术与人生的看法上,废名对福楼拜式离群索居、"把生命贡献给艺术"的观念也发生转变,转而认同于孔子、陶潜在其言行诗文中所表达的人间情怀,他在前引追述文字中举孔子的话而详述他对孔子及其《论语》的"发现"和认识即为一例。④ 除了这篇文章外,关于他这一阶段艺术与思想观念上的变化,他的侄儿冯健男也曾提及类似而更具说明性的材料:

> 废名曾在一个纸片上写了一些字,夹在他自存的一本《桥》里,细看是这样的话:
>
> 小时生活

---

① 周作人:《怀废名》,见废名《论新诗及其他》,陈子善编,沈阳:辽宁教育出版社,1998 年,第 145、146—147 页。

② 《随笔》,《骆驼草》第 13 期,1930 年 8 月 4 日,署名"非命"。

③ 废名:《随笔》,止庵编:《废名文集》,北京:东方出版社,2000 年,第 107 页。

④ 在 30 年代中期的另一篇文章《读〈论语〉》中废名也谈到这一点。关于废名这方面的思想变化,还可见他的《邮筒》,收入王风编《废名集》第 3 卷,北京:北京大学出版社,2009 年,第 1240—1242 页。

北游

“春草明年绿，王孙归不归。”

读了 George Eliot 的 Mill on the Floss

Thomas Hardy 的小说

因之启发题材

从莎氏受了影响则根源已定

回头又喜读中国诗词

孔子论诗

由寂寞懂得孔子鸟兽不可与同群

这纸片上的字句不知因何而写，似乎有追思创作过程或总结创作经验的迹象。从这里依稀可以看出，废名是成年想到少时生活，北游不忘南方春草，受益于西洋文学而归依于中国文学。他平时也是这么说的。事实也是这样。①

总之，由于艺术观念的变化，在卜居西山后期，废名的阅读兴趣也逐渐转向中国文学自身，一个证据是，在1930年底《骆驼草》终刊之后，他的文章中已很少见到论及或引用西方作家的地方，这种情形与他《骆驼草》时期及此前几年作品中的表现形成鲜明的对照。相反，他越来越多地谈到古典文学，并且进而将之作为观察新文学的主要参照。1932年，废名的北大英文系同学兼好友梁遇春去世，废名在为他写的悼念文字和文集序言中，对其随笔所受英语文学的显著影响未着一字，一再称其作品为“古典的白话文学之六朝文”、“我们新文学当中的六朝文”②，即可见一斑，《谈新诗》中认为温李诗中正有“我们今日新诗的趋势”这种独特的观察视角，在这里已经有了类似的表达。从废名的经历来看，这种阅读范围的改变也可能与他1929年从北大英文系毕业后任教于北大国文系有部分关系，但是，如前面已经分析的，对想象、幻想的偏重，在阅读西方近代经典作家的过程中所获得的独特的观照方式，和一种新颖的理解与解释的能力，使他在把目光转向中国“已往的诗文学”时，具有了与众不同而又自成一体的批评视野。他此

① 冯健男：《我的叔父废名》，北京：接力出版社，1995年，第146—147页。

② 废名：《悼秋心》、《秋心遗著序》，王风编：《废名集》第3卷，北京：北京大学出版社，2009年，第1289、1293页。

后的新诗论述，只是这种批评意识在新诗领域的体现。废名对此也有过交代，他在《新诗问答》一文中自承，“我对新诗的看法，完全是从旧文学中看来的”①，而《谈新诗》中更是明白无误地点出了这一关节，而且从中可以确定，《谈新诗》的基本观念，在他写作那篇佚序时很可能就已经大致形成了：

> 我那时对于新诗很有兴趣，我总朦胧的感觉着新诗前面的光明，然而朝着诗坛一望，左顾不是，右顾也不是。这个时候，我大约对于新诗以前的中国诗文学很有所懂得了，有一天我又偶然写得一首新诗，我乃大有所触发，我发见了一个界线，如果要做新诗，一定要这个诗是诗的内容，而写这个诗的文字要用散文的文字。已往的诗文学，无论旧诗也好，词也好，乃是散文的内容，而其所用的文字是诗的文字。②

二、来自周作人的影响

尽管废名没有公开发表他的诗序③，他这一时期对于新诗的意见，在其他文字中仍然保留了相当具体的内容。《天马诗集》一文写出仅仅半年之后，在《〈周作人散文钞〉序》中，他以大量的篇幅表达了对新诗状况的批评，明确地表示出对新月派和胡适白话诗观的双重批判：“当初大家做新诗，原是要打破旧诗的束缚，而现在却投到西洋的束缚里去，美其名曰新诗的规律”，“胡适之先生最初白话诗的提倡，实在是一个白话的提倡，与‘诗’之一字可以说无关”，进而正面提出他的观点：“我个人承认中国的诗的文学（除了新诗）是中国文学发达上一个最光明的产物，充分的发展了中国文字之长，各时代各有其特色，我们今日的新诗如果可以成立，它也只是中国诗的一种，是一种体裁，而我们做新诗的人最好是能够懂得旧诗的变迁，以及汉字对于中国诗的一个必然性，庶几我们也可有我们的成就，不至于牛头不对马嘴。”④

---

① 废名：《新诗问答》，《论新诗及其他》，沈阳：辽宁教育出版社，1998 年，第 207—208 页。

② 同上书，第 21—22 页。

③ 《天马诗集》一文于抗战期间，由沈启无发表于《风雨谈》第 4 期，1943 年 7 月 25 日。

④ 以上见《〈周作人散文钞〉序》，《废名集》第 3 卷，北京：北京大学出版社，2009 年，第 1276、1278—1279 页。

这些观点，虽然表述尚不充分，却已经预示了《谈新诗》的一些要点及其酝酿的背景。对"'诗'之一字"的强调，正是后者展开其论述的纲领。值得注意的是，这些观点是在为周作人散文作序的场合，在称述周氏对于历史、文学，特别是新文学运动的观察时提出来的。这篇文章大段引述了周作人关于新文学源流的著名观点，视之为"文学变化上一个必然性"，他对胡适白话文学观的批判也是在这个基础上展开的："胡适之先生也曾说中国文学史上一个时代有一个时代的文学，但适之先生的含义与我们今日所说的不同，适之先生似乎是把一个一个的时代截断了看，我们则认为是一整个的发达路程，各时代文学的不同有一个必然的变化在里头，古与今相生长而不相及，所以适之先生说文言文学是死文学，白话文学是活文学，而我们以为如是死文学则当生之日它已经是死的，白话文学只是文言文学的一个'穷则变'，而它自然的要与文言文学相承。"①

这使得我们有必要去了解，在废名形成其新诗观念的过程中，周作人所施予的影响。废名作为"苦雨斋四弟子"之一，其文学道路的形成，周作人起到无可替代的作用，这已无庸赘言，在左翼文学思潮兴起后的文坛中，师徒之间同声相应同气相求，也已为人熟知。然而这种影响关系又是如何及于废名新诗观念的形成的呢？

废名写作《〈周作人散文钞〉序》时，周在辅仁大学以"中国新文学的源流"为主题的系列演讲尚在进行之中②，然而其中的观点，周在此前几年的一些文章中已有论述，在为俞平伯、废名所作的几篇序跋文中亦皆有所发挥，尤其是《〈枣〉和〈桥〉的序》，在将废名文章的"晦涩"与明季竟陵派的奇僻相比拟的同时，已经初步概括出他在一年后的演讲中集中阐发的"言志"、"载道"二分的历史循环论的文学史观："同是新文学而公安之后继以竟陵，犹言志派新文学之后总有载道派的反动，此正是命运的必然，无所逃于天壤之间。"③正如已有的研究指出的，周作人的这一论述，隐含着对其时

---

① 以上分别见《〈周作人散文钞〉序》，王风编：《废名集》第3卷，北京：北京大学出版社，2009年，第1278页。

② 废名此文作于1932年4月6日，据《周作人年谱》，周在辅仁大学的演讲自1932年2月25日起，至4月28日，共八次，同年9月10日由北平人文书局出版。

③ 《〈枣〉和〈桥〉的序》，收入《看云集》，转引自杨扬编：《周作人批评文集》，珠海：珠海出版社，1998年，第230页。

勃兴的左翼文学运动的回应，而废名在为乃师作序时则痛快地道破了这一点："方中国的普罗文学运动闹得像煞有介事的时候，一般人都仿佛一个新的东西来了，仓皇失措，岂明先生却承认它是载道派，中国的载道派却向来是表现着十足的八股精神。"①对此，他不仅取着与周同一的立场，而且藉由详述他对后者"信任历史的态度"的省悟和接受，表达出较之后者更为激烈的悲观态度："说实话，我总觉得新文化在中国未曾成立过。新文化应该是什么？我想那应该就是一个科学态度，也就是一个反八股态度。统观中国，无论那一家派，骨子里头还正是一个八股。"

这篇序文的语境和结构确定无疑地显示出废名20年代后期以降文艺思想的变化，他对后者文学、历史观念的接受和认同是极其重要的因素之一。这一接受和认同的过程与他卜居西山时期在时间上基本重叠，并且内在地作用于他这一时期思想兴趣与艺术观念的转变。不仅如此，就废名的新诗观念而言，其基本着眼点、论述结构和知识性格等各方面，也都可以看到周作人思想刻划的痕迹。几年后废名在《谈新诗》讲义中谈到周的《小河》在新诗历史上的意义时所写的一段话，既可证明周的观念对他的影响之深刻，也透露出他由此受到的新诗认识上的启发：

> 新文学的质地起初是由外国文学开发的，后来又转为"文艺复兴"，即是由个性的发展而自觉到传统的自由，于是发现中国文学史上的事情都要重新估定价值了，而这次的新文学乃又得了历史上中国文艺的声源，而且把古今新的文学一条路沟通了，远至周秦，近迄现代，本来可以有一条自由的路。这个事实揭穿之后又是一个很平常的事实，正同别的有文学史的国度是一样，一国的文学都有一国文学的传统。只是中国的事情歪曲很多，大约同八股成比例，反动势力永远拨不开，为别人的国度里所没有的现象。周作人先生在新文学运动中，起初是他介绍外国文学，后来周先生又将中国文学史上的事情提出来了，虽然周先生是思想家，所说的又都是散文方面的话，然而在另一方面周先生

① 《〈周作人散文钞〉序》，关于周作人《中国新文学的源流》的论述策略，可参见罗岗《写史偏多言外意——从周作人〈中国新文学的源流〉看中国现代"文学"观念的建构》，《中国现代文学研究丛刊》1996年第3期。

却有一个“奠定诗坛”的功劳。[①]

以中国文学自身的发展线索作为主要的参照对象，而形成其特定的、自成系统的批评视角与方法，废名的新诗观念在这一点上与周作人的文学批评是相通的，并受到了后者显著的影响。具体地来说，这种影响至少体现在以下几个层面：首先，如前文已经提到的，周作人与废名师徒二人在基本的文学观念上具有相当的一致性，涉及对诗或新诗的看法也是如此，如周作人《论小诗》(1922)：“本来诗是‘言志’的东西，虽然也可用以叙事或说理，但其本质以抒情为主。”[②]《〈扬鞭集〉序》(1926)：“新诗的手法，我不很佩服白描，也不喜欢唠叨的叙事，不必说唠叨的说理，我只认抒情是诗的本分，而写法则觉得所谓‘兴’最有意思，用新名词来讲或可以说是象征。”[③]废名在《谈新诗》中对“诗的内容”的强调，与周的这种以抒情言志为根柢的诗歌主张是一脉相承的。同时，周强调诗在表现上的含蓄，如《论小诗》：“诗的效用本来不在明说而在暗示，所以最重含蓄”[④]，而这也是废名诗论很重要的着眼点之一，在《谈新诗》中，废名使用“诗的写法”与“散文的写法”这对概念所论述的，即是与此有关的问题。在诗的形式方面，周以真实为生命、以抒情为本分的诗歌观念很自然地引导出“思想与形式之间有重大的相互关系，不能勉强牵就……适当的方法唯有为内容去定外形”的形式观[⑤]，这与废名的观点也是声气相通：“我们的新诗首先要看我们的新诗的内容，形式问题还在其次。”[⑥]在以上这几个要点上，都可看出周作人的新诗观对废名新诗观的形成所具有的意义。

与此有关联的是，周作人在《中国新文学的源流》等一系列文章中表达出来的将“普罗文学”与“载道派”、“八股”联系在一起的论述策略，也启发了废名在观察新诗问题时的认识视角，在《〈周作人散文钞〉序》中，对盛行其时的新月派格律诗，他即毫不客气地指其为一种“洋八股”[⑦]，这种态度也

① 废名：《论新诗及其他》，沈阳：辽宁教育出版社，1998 年，第 71 页。

② 《周作人批评文集》，珠海：珠海出版社，198 年，第 86 页。

③ 同上书，第 222 页。

④ 同上书，第 91 页。

⑤ 同上书，第 87 页。

⑥ 废名：《新诗问答》，《论新诗及其他》，沈阳：辽宁教育出版社，1998 年，第 211 页。

⑦ 对于新月派诗，周作人似乎并未采取废名这样的态度，见《〈枣〉与〈桥〉的序》。

贯穿在他几年后的新诗讲义里。进而言之，也可以认为，周作人所坚持的“反八股”立场，在他据此考察和批评中国古代的文章时，促生了废名相应的对“诗文学”的理解，并概括出旧诗以“文生情情生文”为其本质这一观点，以此作为其新诗理论建构的基点。这也就是木山英雄所指出的，废名是周作人“言志派”文学观在新诗领域的体现者：“听了周作人等人的文学革命议论而觉醒的废名，认为旧诗的本质在于‘文情相生’，在新诗的理念上主张彻底的‘情’第一而试图矫正这个本末颠倒的‘文情相生’（《谈新诗》），乃是一位地道的‘言志’派。”①

比较周作人的新文学源流观和废名的新诗论述，还可以发现，二者在观照和诠释历史以及建构批评方式的独特性上也有非常一致之处，借用方锡德对文学史上文学革新运动模式的概括，在诠释历史与“传统”以进行现状的批评时，他们使用的都是类似“托古改制”的方式。② 已有论者指出，在《中国新文学的源流》中，为了达成其论述意图，周作人对中国文学历史的讲述存在有意的省略③，周以“言志”“载道”二分，并由此铺叙出一个彼此循环的历史图像，意在表明明末公安派与“五四”新文学运动的“趋向”的相同，但他的论证方式既不充分也不确切，与其说是逻辑的不如说是联想的，批评建构的意味大过了历史的考量。废名对新诗的批评采用的是同样的方法：“上回我说中国已往的诗文学向来有两个趋势，就是元白易懂的一派同温李难懂的一派……我又说，胡适之先生所认为反动派温李的诗，倒有我们今日新诗的趋势，我的意思不是把李商隐的诗同温庭筠的词算作新诗的前例，我只是推想这一派的诗词存在的根据或者正有我们今日白话新诗发展的根据了。”④虽然没有敷衍出周那样较为系统的历史叙述，但这种二分的明快思路，尤其是“推想”其“根据”、追认其“趋势”的认知与论述方式，显示出二者在文学史观念和理论与批评的方法论上共有的特性，从中也可见

① 〔日〕木山英雄：《文学复古与文学革命》，赵京华编译：《文学复古与文学革命——木山英雄中国现代文学思想论集》，北京：北京大学出版社，2004 年，第 91—92 页。

② 见方锡德：《论文学传统在新文学变革中的地位和作用》，《现代中国》第 4 辑，湖北：湖北教育出版社，2004 年。

③ 罗岗：《写史偏多言外意——从周作人〈中国新文学的源流〉看中国现代“文学”观念的建构》，《中国现代文学研究丛刊》1996 年第 3 期。

④ 废名：《论新诗及其他》，沈阳：辽宁教育出版社，1998 年，第 24 页。

出周作人在思想方法上对废名的新诗观的内在影响。周不止一次用河流的受阻与转向的比喻来说明他的文学史观念，这一比喻在《〈周作人散文钞〉序》中被废名加以改写和引申，将他们的文学史认识概括为“古与今相生长而不相及”①，很生动地道出了他们在诠释文学传统以构筑批评理路方面的特点：虽然缺乏历史和理论上的严格，却因其将高度的非历史化的抽象与作家型的对文学、历史形象生动的阐发出色地结合在一起，而使其“托古为新”的批评诉求获得了巨大的生命力。

以上表明，废名的新诗论述背后所由生成和依托的观念框架与周作人有极大关系。这也是废名的诗论无论在“现代派”诗人中或是在北平学院诗坛上都显得非常独特的原因之一。而正是对于其时北平学院诗坛氛围的观察，使废名的诗论最终得以成型。

三、北平学院诗坛氛围的激发

废名在北大开讲新诗之前所发表的唯一一篇专门阐述其新诗观念的文章是1934年11月5日刊于《人间世》的《新诗问答》。与《谈新诗》相对照，可以看出废名的新诗观的主要内容至迟在此时已经基本成型，虽然在后来的讲义中也有某些新的展开，但总体上只是以具体诗人与作品为实例来充实它了。由于废名的《新诗讲稿》直至1944年才得以出版，它事实上也是其诗论为30年代诗坛所了解的最主要的孔道。

在《新诗问答》中，废名第一次正面提出他的新诗基本观念：“新诗要别于旧诗而能成立，一定要这个内容是诗的，其文字则要是散文的。旧诗的内容是散文的，其文字则是诗的。”“我们的新诗首先要看我们的新诗的内容，形式问题还在其次。”②自认为“偶尔而作诗，何曾立意到什么诗坛上去”的废名为何会写作并发表这则诗论？如果将之放入当时新诗的语境中来加以考察，我们会发现，废名写作此文的动因，以及表述其核心观点的具体样态，

---

① 废名：《〈周作人散文钞〉序》，王风编：《废名集》第3卷，北京：北京大学出版社，2009年，第1278页。周在《〈杂拌儿〉跋》中即使用了这一比喻，见《周作人批评文集》，珠海：珠海出版社，1998年，第237页。又见《中国新文学的源流》，上海：华东师范大学出版社，1995年，第18、59页。

② 废名：《论新诗及其他》，沈阳：辽宁教育出版社，1998年，第211—212页。

都与当时北平学院诗坛的诗学氛围存在密切的关联。

30 年代中期形成的京派文学空间中，关于新诗的讨论占据着一个相当醒目的位置，如沈从文主持的《大公报·文艺副刊》对新诗的兴趣极其浓厚，在作品、批评、理论和译介方面给予了非常慷慨的空间，至 1935 年秋，更辟出刊中刊——《大公报·文艺·诗特刊》来增强对新诗问题的讨论，其作者均以北平诗人、学者为主，而朱光潜在他北海后门慈慧殿三号的居所发起的“读诗会”则将以北大、清华两校师生为主体的一些诗人和关注新诗问题的学者联系到一起，客观上也使得一个新的诗人群体在新月派诗人风流云散几年之后再度集结于北平。①

根据沈从文的回忆，参加“读诗会”的成员，“北大计有梁宗岱、冯至、孙大雨、罗念生、周作人、叶公超、废名、卞之琳、何其芳、徐芳……诸先生，清华计有朱自清、俞平伯、王了一、李健吾、林庚、曹葆华诸先生，此外尚有林徽因女士、周煦良先生等等”②。加上组织者朱光潜和此文的回忆者沈从文，就构成了“读诗会”的大致阵容。可以发现，除了周作人、废名、俞平伯师徒外，新月派老诗人（孙大雨、林徽因及沈从文）、受新月派影响开始写作的新诗人（卞之琳、何其芳）和诗歌观念上较为接近新月派或同样持格律诗主张的诗人、批评家和学者（梁宗岱、曹葆华、叶公超、罗念生、周煦良、朱光潜、王了一）占据了绝大多数。③ 沈从文回忆，“读诗会”的中心议题“就是新诗在诵读上，究竟有无成功可能？新诗在诵读上已经得到多少成功？新诗究竟能否诵读？”④可以说，参加者的基本面貌是这种讨论得以展开的重要基础。而朱光潜本人在其中则占据着最活跃的地位。他已于 1931 年完成《诗

---

① 关于朱光潜“读诗会”的起讫时间，本文采用段怀清《“泉社”与“新诗座谈会”》（《新文学史料》2002 年第 4 期）一文中的记述，并参考朱自清日记（《朱自清全集》第 9 卷，朱乔森编，南京：江苏教育出版社，1997 年），认为大致在 1934—1935 年间。

② 沈从文：《谈朗诵诗》，《沈从文批评文集》，刘洪涛编，珠海：珠海出版社，1998 年，第 129 页。关于“读诗会”参加者的记述在朱自清日记、段怀清《“泉社”与“新诗座谈会”》等处亦有记载，稍有异同，以沈为最详。

③ 朱自清与周作人同为“文研会”老诗人，但从朱自清日记中 30 年代的部分来看，他在诗歌上的兴趣也转向诗律的研究。林庚 1935 年开始从自由诗转向格律诗的写作和研究，但路向与其他人不同，详见拙文《分叉的想象——重读林庚 30 年代的新诗格律思想》，《新诗评论》第 4 辑，北京：北京大学出版社，2006 年。冯至 1935 年秋从德国留学回到北平，次年即离开，应为“读诗会”的过客。

④ 朱光潜：《诗论·抗战版序》，《朱光潜全集》第 3 卷，合肥：安徽教育出版社，1987 年。

论》初稿，此时正在修改之中，同时也应胡适之邀在北京大学中文系讲授其中的内容①，而以新诗的诵读作为“读诗会”的议题，目的之一正是为了将其书稿中的观点放在具体的吟诵实践和讨论中来加以检验。② 对于胡适“做诗如说话”的主张，朱光潜采取“替诗的音律辩护”的态度，这是他与新月派诗歌观念相通之处，他通过考察中国诗和西方诗各自的发展史，以诗的音乐成分（音）与语言成分（义）之间关系的演变为坐标，认为近世诗无论中西均处于“在文字本身求音乐”的时期，这也就是他有意借助“读诗会”在中文诗中加以实验并希望唤起更多注意的旨趣所在：“没有诵诗的艺术，诗只是哑文字；有诵诗的艺术，诗才是活语言。”“西方人对这门艺术研究得极精微，我们中国人虽讲究做诗的音律而不讲究诵诗的音律，这是诗的音律逐渐僵死化的主要原因。”③

在朱光潜的诗学研究中，诗的本体问题很早就成为他思考的对象，而由音律构成的形式被他视为理解这一问题的关键，写于30年代初期的两篇对话体论文《诗的实质与形式》、《诗与散文》就已专门就“诗是什么”、“诗之为诗其不同于散文者为何”等问题给以详尽的讨论④，提出“形式可以说就是诗的灵魂，作一首诗实在就是赋予一个形式和情趣”。

“形式就是诗的灵魂”，这样的观点无疑是与废名的诗观相对立的，尽管这里的“形式”一词的内涵与废名使用这一概念时的涵义尚有差别，但从以上勾勒已可看到，废名在“读诗会”中无论就人事的因素还是观念方面都处于相对“边缘”的地位，已有的对新月派诗歌观念的批判态度在“读诗会”的氛围中不仅显得很孤立，也必然受到新的激触。这种孤立从朱自清1935年1月20日有关“读诗会”的一则日记中即可见一斑：“下午赴朱M. S.家，参加读诗与文学讨论会。……然后冯先生讲新诗，他强调新诗应有新情调。

---

① 朱光潜：《诗论·抗战版序》，《朱光潜全集》第3卷，合肥：安徽教育出版社，1987年。

② 商金林《〈朱光潜批评文集〉后记》中提到，朱光潜举办“读诗会”的原因之一是“为了打磨《诗论》”。见商金林编：《朱光潜批评文集》，珠海：珠海出版社，1998年。

③ 朱光潜：《替诗的音律辩护——读胡适的〈白话文学史〉后的意见》，《朱光潜全集》第3卷，合肥：安徽教育出版社，1987年，第245、248页。

④ 《朱光潜全集》第3卷中这两篇文章所署日期分别为1935年、1932年，但从两篇文章的内容及其关联来看，当作于同一时期，且前一篇应更早写成，很可能是《诗论》初稿中相关内容的改写。高恒文《京派文人：学院派的风采》（上海：上海教育出版社，2000年）中将1932年作为两篇文章的写成时间。

不过我对他分析自己的诗更感兴趣。若有人把他所说的话记下来，那倒是一篇很好的文章。后来我将其概要记在笔记本上。”①其时对于诗的音律、形式极有兴趣的“文研会”老诗人朱自清对废名的观点表现得相当漠然，新月派的诗人及其同情者的态度则更可以想见。②

与三年前废名写就《天马诗集》时的诗坛相比，尽管新月派的前后主将如徐志摩、闻一多、朱湘、陈梦家等或故去或停笔，而新月派的诗歌主张也已有所变化，在主张格律的必要性方面出现了松动，但对诗歌格律的讲求在这一时期的北平学院诗坛中仍然很有影响，从1934年的《学文》到1936年的《文学杂志》，从“读诗会”到《大公报·文艺·诗特刊》，都能看到这种影响的存在，对新诗格律建设的讨论在其中仍然占有醒目的分量。虽然没有直接的证据说明废名撰写《新诗问答》的动因来自于“读诗会”的激发，但后者偏重形式讨论的旨趣，很显然正是此文潜在的对话语境。首先，从它发表的时间（当与写作时间相距不远）来看，正是“读诗会”开始活动，并形成其基本成员与讨论主题之后不久。更重要的是，从其文章的表述特征上也可以发现一些显著的痕迹。与此前的《〈周作人散文钞〉序》相对照，此文没有直接言及胡适和新月派，但它与《〈周作人散文钞〉序》中的针对性是完全一致的，与此同时，在表述上又有新的、特别的发展，并形成他的诗论的基本论点。当他提出，“我想把我的话作一个了结，我的重要的话只是这一句：我们的新诗首先要看我们的新诗的内容，形式问题还在其次”，进而强调，“我不妨干脆的这样说，新诗的诗的形式并没有”③，其争辩的意味可谓相当强烈。尤其值得注意的是，在以往谈论文学的场合中，他更多使用的是“文字”、“文章”等带有中国古代诗文评气味的语汇，而几乎从未用过“形式”、“内容”这些从西方翻译而来的“理论”概念；因此，后者在《新诗问答》中的出现，很可能正是借自他的批评与对话对象（尤其是朱光潜），而当他以这组概念构造出他的著名论点时，他在此文中的争辩姿态就更是显得饶富意

① 朱乔森编：《朱自清全集》第9卷，南京：江苏教育出版社，1997年，第339页。

② 此外，在“现代派”诗歌阵营中他的意见也处于相对边缘的地位，如李健吾在《新诗的演变》（《大公报·小公园》第1740号，1935年7月20日）里称废名的观点为“深湛”的“偏见”，赞赏之中仍不无保留。日后卞之琳也表示了对他的作品及诗观的批评，见其《〈冯文炳选集〉序》，《冯文炳选集》，北京：人民文学出版社，1985年。

③ 废名：《论新诗及其他》，沈阳：辽宁教育出版社，1998年，第211、212页。

趣。就此而言,可以说,废名以《谈新诗》讲义为代表的新诗论述正是在30年代中期北平学院诗坛的特定语境中,在与之构成的张力与争辩中逐渐发展成型的。

在"新诗首先要看内容"与"形式就是诗的灵魂"之间,废名与朱光潜诗观的分歧就其根本而言涉及如何认识新诗本体以及如何理解新诗与旧诗关系。朱光潜在《诗论·抗战版序》中自述其撰著《诗论》的缘由之一是:"我们的新诗运动正在开始,这运动的成功或失败对中国文学的前途必有极大影响,我们必须郑重谨慎,不能让它流产。当前有两大问题须特别研究,一是固有的传统究竟有几分可以沿袭,一是外来的影响究竟有几分可以接收。"①作为关注新诗问题的美学家,朱光潜自觉地采取了历史的和比较的思路,通过寻求诗的共性与普遍性的方式来为新诗的方向提供参照,但是,在"固有的传统究竟有几分可以沿袭"的认识意图中,实际上假定了新诗与旧诗之间的某种连续性,并且暗中导向后者作为一种成熟的、典范性的诗歌形态对于前者的价值优先,这应当说是对于新诗的现代性认识不足的表现。朱光潜的诗论,与这一时期北平学院诗坛中另一些格律论者如罗念生、梁宗岱、林庚等在取径和具体方案上俱各有不同,但共同构成了注重新诗格律探讨与建设的浓厚氛围,而废名的新诗论述与此构成的潜在争辩,使我们得以窥见北平学院诗坛内在的观念复杂性,以及新诗本体的观念建构因处于"新诗的十字路口"而极其活跃错动的状况,值得更进一步探究。

(作者单位:中央民族大学文学与新闻传播学院)

---

① 《朱光潜全集》第3卷,合肥:安徽教育出版社,1987年,第4页。

试论沈从文早期作品的文体演变

刘子凌

沈从文久负“文体家”(stylist)之誉。如今学界多倾向于从赞赏性的角度去理解这一称谓,有人将其视为沈从文深厚文字功力的表征,也有人想从中探究一种更为“文学性”的问题。[①] 事实上,在沈从文创作早期,人们使用“文体家”这个头衔时往往是语带讥讽的。在左翼批评家眼中,沈从文文体上的花样翻新不过是“形式主义”的别名而已。基于“内容”和“形式”的两分法,他们以为,文体(“形式”)的活跃恰恰反衬出作品内容的贫乏和空虚。[②] 即便是同情者,在指出沈从文“不是毫无理想”的同时,也不免有“这不过是玩手法”之叹。[③]

当然,同代人无法如后来者那样从整体的角度把握沈从文的发展轨迹,认知视野的不同必然引起评价上的差别;不过,站在历史高度的后来者关注较多的也是成熟期的沈从文。到1927年离京赴沪为止,他早期的那些试笔之作因艺术性的欠缺并没有得到更为充分的考察。这就给本文的研究留出了可能。之所以从文体演变的角度对这些作品作一评述,不全是因为它们出自“文体家”之手,也是由其自身的特点决定的。如果不仅仅把文体问题当成“修辞学”问题、当成“形式主义”的别名,也注意其中反映出来的历史信息,考察其与内容的有机联系,那么,文体的角度就是考察沈从文早期创

---

① 王德威《批判的抒情——沈从文的现实主义》一文,即致力于从“抒情”的角度发掘沈从文对“五四”“写实主义”的丰富和超越之处,揭示“抒情文体家”沈从文鲜为人道及的一面。该文收入其《现代中国小说十讲》,上海:复旦大学出版社,2003年。可参看。

② 参看侍桁:《一个空虚的作者——评沈从文先生及其作品》,《文学生活》第1卷第1期,1931年1月1日,收入刘洪涛、杨瑞仁编:《沈从文研究资料》(上),天津:天津人民出版社,2006年。

③ 苏雪林:《沈从文论》,《文学》第3卷第3期,1934年9月,同上书。

作的最为方便的角度之一。

一

1926年11月,北新书局把沈从文的作品集《鸭子》列入“无须社丛书”出版发行。这是沈从文的作品第一次结集出版。值得注意的是,这个集子中的作品共分成戏剧、小说、散文和诗四组。所以《鸭子》集是一本“多文体作品集”[①]。这显然给沈从文作品后来的编辑者造成了一点困难,《沈从文文集》就把这本集子分割开来,小说部分收入第1卷,散文部分收入第9卷。到《沈从文全集》时这本集子才又实现“破镜重圆”,一并收入第1卷。

总起来说,这四组早期作品都不算出色,把它们看做试笔之作并无不可;按文体分类纳入沈从文的作品序列,也有助于读者历时性地了解作家的成长变化。但另一方面,把它们放到共时的层面上加以阅读却也有其价值。毕竟《鸭子》集是沈从文作品的“选集”,他不是为了“凑数”而强行把自己的作品一股脑儿地编到一起的。虽不清楚其编排方式是出于作者本人的意愿还是编辑的构思,但至少应该是得到了作者本人的认可。因此,需要追问的问题就是,如何理解沈从文对不同文体的使用?或者说,不同文体之间保持着何种关系?

最先一组是戏剧。《鸭子》集里的戏剧,书面化倾向是比较浓的,舞台性都不是很强。写作时间最早的一篇是《赌徒》。这篇作品标着“拟曲之二”的字样。较早时候发表的一篇《卖糖复卖蔗》,则是“拟曲之三”。“拟曲之一”已不可见,是否还有之四、之五,也已不可知。“拟曲”一词不是沈从文自己的发明,而是来自周作人所翻译的古希腊短剧。[②] 名词的借用说明,沈从文在进行戏剧创作时自觉借用了古希腊拟曲的型制。除了拟曲,《鸭子》一剧前标注的“拟狂言”字样又透露出,狂言这一日本古代短剧也是沈从文戏剧创作的借鉴对象。[③]

---

① 吴世勇编:《沈从文年谱》,天津:天津人民出版社,2006年。

② 这些短剧主要载《语丝》,后来和周作人的其他一些译作集为《陀螺》一书,由北京新潮社于1925年9月出版。

③ 在翻译拟曲的同时,周作人也在翻译狂言。结集的《狂言十番》一书由北新书局于1926年9月出版。

相比较而言，狂言的形式特征更为明显。《霄神》、《羊羔》、《三兽窣堵波》诸作虽然没有明确的标识，其狂言形式还是很易于辨认的。至于《盲人》、《野店》、《蟋蟀》等剧，形式上的特征不是很清晰，更为散漫一些。

这些剧作所表现的，主要是湘西的一些小风波和小故事。底层民众的狡狯、男女偶遇的挑逗、方言土语的展示，构成了其主要内容。虽然只是一种很“原生态”的转述，艺术加工略显粗糙，但沈从文成熟期的湘西书写，在这里还是露出了某些苗头。本来，我们通常了解的沈从文是一个小说家兼散文家，作为戏剧家的沈从文已经让我们有点陌生；更何况这位戏剧家又使用了“拟曲”和“狂言”这些“非中国”的形式来表现其本土经验。沈从文为何这样写作？这是《鸭子》集的戏剧带来的另一个问题。

再看这本集子里的小说和散文部分。小说部分写的也基本都是故乡往事，而散文部分写的基本都是作者身在都市的生活体验。尽管沈从文对两类题材的认定总是一个“梦”字，但是故乡往事的温暖、可亲，与都市生活的苦闷、难堪形成了鲜明的对比。前一个梦，是目前生活的最大抚慰，值得留恋；后一个梦，是连绵不断的挫败情绪，自伤自怜。实际上两类题材或多或少都有剪裁不够、结构松散的毛病，径直都判为散文似乎亦无不可。最典型的，如《槐化镇》，几乎没有什么情节，只是一段对旧风物的回忆。这是标准的散文笔法，但它被归入了“小说”部分。沈从文为什么做这样的分类？这又是一个问题。①

沈从文没有对其早年写作做出充分说明，我们只能自己去寻找个中奥秘。通过简单归纳可知，沈从文在处理湘西题材时，着重使用了戏剧和小说的文体；在处理都市生活时，着重使用的是散文的文体。与散文相比，戏剧和小说是对“形式感”要求更高的文体。戏剧应该以制造戏剧性为标的，以发生“冲突”为原则，小说也应该适当保持情节的集中性，进行必要的剪裁；只有散文更为自由，可以诉诸“形散而神不散”的效果。“神”是否“散”或许见仁见智，至少“形”的“散”似乎并非一个很高的门坎。

以沈从文此时的文字功力，看似散文才是他最易掌握的文体，但其缺乏必要节制的特点，其实对作者形成了更大的考验。用尚不熟练的文笔从事戏剧和小说实验的事实说明，沈从文也在通过多方试验寻找个人经验的适

---

① 诗歌部分分量较轻，这里不再讨论。

当的赋形。换言之,不同文体的选择反映了沈从文在写作“形式”上的某种焦虑。他试图借助戏剧和小说文体固有的规定性,强行赋予他的湘西经验以一个形式,使其获得呈现。这样,沈从文对《三兽窣堵波》的说明就容易解释了:

> 我所以把这类故事改成小剧,这又正如我近来把故乡中大小皆知的笑话改成像《鸭子》一类的那种“狂言”式的小剧样:若无《狂言》中各样趣剧作我的启示,纵要写,是无从写,也是很明白的吧。①

从这个角度讲,戏剧虽然本是不好把握的一种文体,但也使沈从文由此省去了叙事的麻烦。对他而言,最现实的倒不是“写什么”的问题,而是“怎么写”的问题,是采取何种形式表达主体经验的问题。把个人要表现的内容直接灌注到“拟曲”和“狂言”的形式中去,“戴着镣铐跳舞”,反而容易得多。② 我们已经看到,一旦没有现成的文体框架的有力带动,他的作品结构就立刻出现种种毛病。

既然如此,《鸭子》集提出的文体问题最终就是,沈从文对现成文体框架的使用为什么没有一以贯之?我们发现,即使结构上都带上了种种毛病,《鸭子》集中的小说和散文还是会引起很不一样的阅读感受。写湘西的“小说”虽拖沓但不失清新,写都市的“散文”则纷乱而浑浊,给人一种不堪重负的感觉。要解释这一现象,仅仅把“文体”理解为“体裁”(诗歌、散文、小说、戏剧)是不够的。事实上,这一术语并不单纯指某种“体裁”,它还表征了主体经验的具体表达方式。③ 本文就是在这种比较开阔的意义上谈论“文体”的。

---

① 沈从文:《关于〈三兽窣堵波〉》,原载《晨报副刊》1926年7月31日,署名“懋琳”,收入《沈从文全集》第1卷,太原:北岳文艺出版社,2002年,第64页。

② 从考察“创作者的审美意识与社会历史意识”的角度出发,赵园认为,这些作品虽选材新鲜,但“并没有被真正‘审美地’组织起来”,沈从文好像是“在无聊赖地把生活中的琐屑故事敷演成篇”(赵园:《沈从文的“湘西世界”》,《文学评论》1986年第6期)。她的意思是,题材所蕴含的思想深度与形式的不尽如人意之间,存在一种矛盾。

③ 参照韩侍桁的意见:“所谓文体,简单地讲,便是叙述的方法。某一种事实被构想出来后,随之就要想到怎样去叙述它,这是自然的进展。”(侍桁:《一个空虚的作者——评沈从文先生及其作品》,刘洪涛、杨瑞仁编:《沈从文研究资料》[上],天津:天津人民出版社,2006年,第167页)王晓明的理解与此类似:“说一个小说家创造了自己的文体,那更是指他对自己的情感记忆有了一种特别的把握……套用我们熟悉的概念来说,它(指文体——引者)不但是指一种形式,更首先是指一种内容……”(王晓明:《潜流与漩涡:论二十世纪中国小说家的创作心理障碍》,北京:中国社会科学出版社,1991年,第108页)

二

与一般读者想象中的沈从文形象不同，目前所见其留存于世的最早的一批作品，几乎无一例外都是关于都市生活体验的。1925 年 3 月 10 日，因投稿关系而结识的《京报·民众文艺》编辑胡崇轩（即胡也频）和项拙首次造访沈从文的公寓。两位编辑的来访给了困境中伏案苦写的沈从文莫大的鼓舞，他在回忆中认为这决定了他“此后的方向”[①]。三人相谈的内容已不得其详。这次会见明显地拉近了双方的关系，此后沈从文的作品不绝如缕地在《京报·民众文艺》上出现。如今可见的其处理湘西生活的第一篇作品——散文《市集》也写于这次会见之后[②]。紧接着他又写出了同类题材的《流光》、《夜渔》、《屠桌边》、《代狗》等。时间上的切近让我们猜测这次会见中两位编辑对沈从文的创作选材可能也有所提示。也就是说，沈从文转向湘西题材可能并非一开始的主动行为。

这批作品都比《鸭子》集中的作品早。除散文、小说体裁外，这一时期沈从文还写了一些湘西题材的诗。这些诗篇幅大都不大，更确切一点说，是用湘西地方土语穿插起来的歌谣，其与那种着意显示主体性和组织现代经验的新诗有不小的距离。

如果注意到这些歌谣往往发表于《京报·国语周刊》，我们才能更完整地理解其价值所在。语言问题自晚清以来就是一个关乎民族主义感情和现代国家创制的复杂问题。“五四”以后，由北大《歌谣》周刊发端，陆续加入了“国语的文学，文学的国语”、“平民文学”等方面的想象，新文化界持续涌动着一股整理民间文学和方言土语的潮流。[③] 沈从文早年的创作离不开这一背景。“民众文艺”、“国语周刊”营造的文化空间之于一个年轻作家的影响，值得关注。对沈从文而言，这一文化空间不仅使他得到了稳定的投稿场所，还给他带来了最初的一些赞誉。《市集》转载于《晨报副刊》时，编辑徐志摩基于“这是多美丽多生动的一副乡村画”的感受作出了高度评价，甚至

---

① 沈从文：《记胡也频》，《沈从文全集》第 13 卷，太原：北岳文艺出版社，2002 年，第 5 页。

② 《京报·民众文艺》1925 年 4 月 21 日。

③ 汪晖在《地方形式、方言土语与抗日战争时期“民族形式”的论争》（原载《学人》第 10 辑，收入《汪晖自选集》，桂林：广西师范大学出版社，1997 年）中对这一问题有所梳理，可参看。

认为“批评是多余的”。虽然徐志摩顺带联想到的是“春草的发青,云雀的放歌”①——这些浪漫主义的客观对应物本非沈从文原作所有,也不是沈从文刻意追求的东西,但这种“误读”既然已使作者“背膊发麻”②,其鼓舞作用自当不言而喻。

沿着这条写作线路往下看,我们发现《鸭子》集里的戏剧就像是这些歌谣拉长之后的版本,同样有地方土语时时点缀其中,歌谣中隐含的戏剧性场面却在此获得了更为充分的呈现。作品的容量明显是增加了。事实上,就是在开始戏剧写作不久,沈从文便放弃了这类歌谣的写作。总题为“筸人谣曲”和“筸人谣曲选”的两组诗,只是原样转录的东西,不能算“创作”。而再往后,他的戏剧写作也终止了。③ 与小说和散文相比,戏剧的容量又显得不够了。总之,在体裁选择上,表现出一种步步推进的状态。

与文体上的推进并行,沈从文对湘西题材的认识逐渐加深。《市集》发表于《京报·民众文艺》时,他在文末所附“告白”中悬想了此文的命运:虽然为“保全乡土趣味”导致文字滞涩,不过,“若是但失之鄙俚,那么,大概还会有个把读者感到趣味吧!”问题是对这一点他并不很自信,于是接着自我安慰:“因为是写自己的梦,所以,即或无一个人感到趣味,那也没什么要紧。左右我自己的梦过了。”④“梦”的认定又出现了。沈从文是把这种题材当做非常个人化的东西来看待的。也就是说,这篇作品的指向是向内的。作为一个“梦”,它的用意不在“再现”别处的生活世界,而在“表现”创作主体的内在深度。别处的生活最终要作用于此处。经由知音者希的慨叹,作者试图确证自己的主体性。而到写作《乡间的夏》时,他开始批判“白话诗”。⑤ 以他之见,对文学的“解释”应是“用笔写出来的比较新鲜,俏皮,真

---

① 《附录·志摩的欣赏》,原载《晨报副刊》1925 年 11 月 11 日,收入《沈从文全集》第 11 卷,太原:北岳文艺出版社,2002 年,第 49 页。

② 沈从文:《关于〈市集〉的声明》,原载《晨报副刊》1925 年 11 月 16 日,同上书,第 51 页。

③ 关于沈从文停止戏剧写作的原因,朱寿桐认为与其戏剧观念有关。他还提出,沈从文的戏剧写作是“生活的体操”。参看朱寿桐:《沈从文剧体作品论》,《南京大学学报》(哲学社会科学版)2002 年第 2 期。

④ 沈从文:《市集》,《沈从文全集》第 11 卷,太原:北岳文艺出版社,2002 年,第 48 页。

⑤ “至于最新的什么白话诗呢,那中间似乎又必须要加上‘云雀,夜莺,安琪儿,接吻,搂抱’才行。”(沈从文:《乡间的夏》,原载《京报·国语周刊》第 5 期,1925 年 7 月 12 日,署名沈从文,收入《沈从文全集》第 15 卷,太原:北岳文艺出版社,2002 年,第 6 页)

实的话而已”①。这一观点在他给《箪人谣曲》写的“前文”中再次得到了发挥：

> 近来生活到了逼到我非写一点文章不可的境地，做诗是方便极了，但“夜莺”“玫瑰”这类字眼我运用时常感到万分的困窘，虽有“悲哀”，却又与“天鹅绒”异样，心儿是否当真成了“零零碎碎的片子”也不能知，也从不弹断过什么“心的琴弦”，做诗大概是与我无缘了。②

这已是转过身来，要指点文坛了。一个正在进行“新尝试”的年轻作家发生这种感悟③，其意义不可小觑。虽然生活窘迫依旧，但这个发言者却摆出了一副胸有成竹的姿态。他仿佛洞穿了文坛乱象的秘密，并拒绝与其同流合污。

可以看到，诗歌各因素中，沈从文最为敏感的是“话”，是用词。和陈词滥调的无效堆积相比，和“文字”上的因袭相比，湘西经验的价值还不是其题材的新鲜性，而首先是其用词上造成的明显的陌生化效果。难怪他此时的作品中方言土语那么多。④ 如果把用词的考究看成“形式主义”的某种表现，这不啻是坐实了同代人对“文体家”沈从文的判断。

三

我们再来看都市生活题材的情况。如上文所述，这是沈从文早期写作的主要部分。“独居生活的幽闭、欲望不能达成的焦虑、不断的挫败与失

---

① 沈从文：《乡间的夏·话后之话》，《沈从文全集》第 15 卷，太原：北岳文艺出版社，2002 年，第 7 页。

② 沈从文：《箪人谣曲·前文》，原载《晨报副刊》1926 年 12 月 25 日，署名“懋琳”，同上书，第 19 页。

③ “若因袭而又因袭，文字的生命一天薄弱一天，又那能找出一点起色？因此，我想来做一种新尝试。若是这尝试还有一条小道可走，大家都来开拓一下，也许寂寞无味的文坛要热闹一点呢。”（沈从文：《乡间的夏·话后之话》，同上书，第 7 页）

④ 金介甫认为沈从文“用他的富于表现力的凤凰方言来丰富了白话文学”。他注意到了《京报·国语周刊》的存在，还提出方言写作是一个起点，沈从文由此“开始把地区传统的视觉范围和理想境界放宽，创作出一种能引起全国读者广泛兴味的乡土文学”。参看其《沈从文传》，符家钦译，北京：国际文化出版公司，2005 年，第 133—138 页。

意,以及自怨自艾的感伤”,构成了这批作品的基本内容。[①] 从风格上看,其一泄无余和自我暴露的气质都让人联想起郁达夫的小说。这样写法的结果,是引来了一番忠告。

事情起因于《遥夜(五)》这篇文章[②]。文章写到,“我”在某个星期天去看望一个朋友,路上同车的是一个女子,对方“女王般骄傲”的神态让“我”“内心生出难堪的自惭,与毫不相恕的自谴”。文章的主旨不是介绍这场偶遇,而是吐露“我”对想象中的这位女子的复杂感情。给她的祝愿以及给“我”自己的诅咒交织在一起,倾泻而出。这都是沈从文早期作品中一再出现的都市体验主题。这样有些病态的自伤自怜令北大教授林宰平有些反感,于是化名“唯刚”专门撰文议论此事。[③] 他虽然欣赏沈从文“曲折的深刻的传写”,但对文章中充斥的“凄清,颓丧,无聊,失望,烦恼”深致不满,然后又就势批判了大学生的空虚生活和虚伪态度[④],希望学生们奋发向上。沈从文通过朋友介绍读到了唯刚的文章,很快做出了措辞激烈的回应。在《致唯刚先生》[⑤]中,他写下了这样的答辩词:

> 至于我这种求生不得,于生活魔石齿轮下挣扎着的人呢?除了狂歌痛哭之余,做一点梦,说几句呓语来安置自己空虚渺茫的心外,实在也找不出人类夸大美满的梦来了!无一样物质来送我浪费,所以留恋于生的,自然只有浪费这生命。[⑥]

沈从文给自己辩护的理由是文章的真实性。他相信那些情绪来自他的真实体验,带有切身的严肃性,绝非无病呻吟之作可比。若从字面意思看,这是

---

① 姜涛:《“公寓空间”与沈从文早期作品的经验结构》,《中文自学指导》2007 年第 2 期。

② 原载《晨报副刊》1925 年 3 月 9 日,署名“休芸芸”,收入《沈从文全集》第 11 卷,太原:北岳文艺出版社,2002 年。

③ 唯刚:《大学与学生》,原载《晨报副刊》1925 年 5 月 3 日,收入刘洪涛、杨瑞仁编:《沈从文研究资料》(上),天津:天津人民出版社,2006 年。

④ “平常人若是没有好教育没有坚强的意志与努力,则听讲义何如看小说,上讲堂何如逛公园,正经的聚会,辛苦的工作,何如馆子里小吃,女朋友闲谈,一般趋势自然都走到眼前快活的这一条路上了。”(唯刚:《大学与学生》,刘洪涛、杨瑞仁编:《沈从文研究资料》[上],天津:天津人民出版社,2006 年,第 160 页)

⑤ 原载《晨报副刊》1925 年 5 月 12 日,署名“休芸芸”,收入《沈从文全集》第 11 卷,太原:北岳文艺出版社,2002 年。

⑥ 沈从文:《致唯刚先生》,同上书,第 40—41 页。

“自然而然”的行动：确有情动于中，故发为文字。若往深了说，正是那些情绪确证了主体性的存在，通过言行合一的实践——“我却只想到写自己生命过程所走过的痕迹到纸上”①——又将主体性加以强化。所以沈从文早期都市体验的那些漫无节制的“散文”，即使偶有模仿的痕迹，对他而言还是别具深意。② 而且，他还明确说：“想做人而因自己懦弱了不能去抢夺竟不能活下去，但自己又实在想生，才老老实实来写自传：写成的东西自己如何知道好丑？”③这不完全是激愤之词。我们已经看到，正因“散文”是一种“生的记录”，或许是这种感情太强烈了，所以《鸭子》集里的这类题材始终只是“散文”的体裁。无需也无暇剪裁，取“散文”的形态已足够完成它的意义。

唯刚在文中误认沈从文为“学生”，后者辞谢了这一头衔。“学生”这一头衔之于沈从文的意义，已有研究者进行了全面的揭示④，此处毋庸赘述。问题是为什么会发生这种误认。根据沈从文的推测，其原因“或者是因文章中略有一点学生的作文气息”⑤。这等于证实了唯刚的判断：退伍士兵沈从文在《遥夜（五）》中表露的负面情绪其实在当时的学生界比较普遍，两批人在这一点上可谓息息相通。尽管由此获得了同于学生的殷切期待，沈从文却没有陷入身份认同的幻觉，他在自己和学生间做出了明确区隔。⑥ 仔细体会他的语气，内里未必没有对“人家大学生”的反讽之意，但他对“学生”这一身份的信仰和向往还是显而易见。沈从文并非自甘人下，也不是对学生的头衔不屑一顾，他是试图用另外一套逻辑框架说明问题。这个框

① 沈从文：《致唯刚先生》，《沈从文全集》第 11 卷，太原：北岳文艺出版社，2002 年，第 41 页。

② 关于现代文学中“自白制度”的意义，柄谷行人在《日本现代文学的起源》（赵京华译，北京：三联书店，2003 年）中有很好的论述，可参看。

③ 沈从文：《致唯刚先生》，《沈从文全集》第 11 卷，太原：北岳文艺出版社，2002 年，第 40 页。

④ 姜涛：《从会馆到公寓：空间转移中的文学认同——沈从文早年经历的社会学再考察》，《中国现代文学研究丛刊》2008 年第 3 期。

⑤ 沈从文：《致唯刚先生》，《沈从文全集》第 11 卷，太原：北岳文艺出版社，2002 年，第 39 页。

⑥ “人家大学生有作有为时时在以改良社会为任务的多着呢。并且开会，谈政治，讨论妇女解放，谁个不认真努力？（就是有些同我所写的不差，但身居最高学府，也是无伤大体，不在的先生那么大声急呼！）”（沈从文：《致唯刚先生》，《沈从文全集》第 11 卷，太原：北岳文艺出版社，2002 年，第 41 页）

架的标准是“真实”。学生们如果在“真实地”从事各种社会大事业，他们就是可尊敬的；他自己宣泄出来的感情如果是“真实的”，就不容他人轻易嘲笑。或许他自己无法迈入学生行列，“替社会成就事业”，然而，如果有学生从真实体验出发，在文章里保持着“一点学生的作文气息”，那也自有可贵之处。

见到沈从文的答辩不久，林宰平专门约见了他，两人冰释前嫌。后来，林宰平还在生活上对沈从文屡有帮助，让他感念终生。这段文坛佳话研究者大都不会陌生。我注意到的是沈从文创作上随之发生的变化。这次会见后一年多的时间里，他主要转向戏剧和诗歌的写作，之前散文里自我暴露的习惯大大减弱了。《鸭子》集里的戏剧和诗歌就主要写于此时。按说这时候他开始了在香山慈幼院的工作，生活安定了一些，应该有更多的时间把长篇文字细细展开。事实却不然。

四

1926年9月，与沈从文在北京公寓并肩战斗过的诗人刘梦苇于贫病交加中去世。友人的死促使沈从文思考自己的人生道路。他仿佛回想起郁达夫在看望他之后写下的《给一个文学青年的公开状》[①]，重新提起了“当兵”的话头[②]。这无疑更接近激愤之词。但整篇文章的调子，其实只是淡淡的忧伤。他自称沾染了“郁达夫式悲哀”，而呈现方式却比郁达夫有节制得多。在发现刘梦苇是“因贫病与对女人的绝望而死”之后，他平静地写下了文学上的追求：

> 所谓文艺，纵是也常常的那么写，所希望，也不过是因为从不断的写述上，可以达到我物质上并不很大的一点希望罢了。但因此我为了这类欲望鞭策，会不断的做下去，也是很自然的事。若单是从艺术上去

---

① 原载《晨报副刊》1924年11月16日，收入刘洪涛、杨瑞仁编：《沈从文研究资料》（上），天津：天津人民出版社，2006年。

② “此后的我，为了到这热闹世界上挣扎的习惯于方便起见，大致是只有当兵同做文章了。”（沈从文：《此后的我》，原载《世界日报·文学》创刊号，1926年10月15日，署名“沈懋琳”，收入《沈从文全集》第11卷，太原：北岳文艺出版社，2002年，第64页）郁达夫给沈从文提供的下策之一亦是当兵。

找爱情或什么别的更高贵的梦，这类可怜的行为，我且希望朋友们也少有。①

对“更高贵的梦”的拒绝，源于友人一生带给他的感悟。那些“梦”未必不好，只不过并非与艺术一体的东西。刘梦苇的“可怜”之处在于，他为了那些虚幻的“梦”无端地失掉了性命。那么，那些“梦”来自何处？

这篇文章里，沈从文还把自己比喻为“一个以淫业为熟练技术的有经验的妇人”，因为“这个那个前来，我都能按照所习知的这来人的需要，谈论着其爱听的一类话语，而我对于别人的谈话呢，也像是听到，但随口接应着，在最短的过去便忘却了”。② 这是一个“主体间性”的困境③。主体所出之声，不是内发的，而是外应的。当悲哀也是“郁达夫式”时，那么，这悲哀究竟几分真正是自己的，几分是对郁达夫的效仿呢？沈从文隐约告诉我们，刘梦苇的“梦”也是这样得来的。

“梦”的虚幻是沈从文此时的一大发现，也是他此后几篇小说反复涉及的情节。比如《松子君》④。这篇小说有一个类乎“叙事嵌套”的结构，主人公松子君为“我”讲述的他的朋友周君的失恋故事占据了很大篇幅。但事后证明，这个故事纯属松子君的捏造。小说透露，松子君是一个谙熟出版市场秘密的人。⑤ 那么，他的那个凭空虚构的失恋故事就可以视为一次虚拟的出版行为。它与实际的出版行为的相同之处是，都是从文字到文字的无效增殖，不必实有其事。但可笑的是，这种出版行为却迎合了读者的阅读兴趣。

读者的欲望对象和行动方式常常是被这类文字和风尚塑造出来的。在

---

① 沈从文：《此后的我》，《沈从文全集》第 11 卷，太原：北岳文艺出版社，2002 年，第 64 页。

② 同上书，第 62—63 页。

③ 本文使用“主体间性”概念时，并非指哈贝马斯意义上的那种交往理性，而是主要沿用拉康的问题框架，强调主体认同（身份）的困难。

④ 原载《晨报副刊》1926 年 11 月 22、24 日，署名“沈从文”，收入《沈从文全集》第 1 卷，太原：北岳文艺出版社，2002 年。

⑤ 松子君的议论如下：“倘若是作书人会做那类投机事业，懂得到风尚，按时做着恋爱，评传，哲学，教育，国家主义……各样的书，书店掌柜，又会把那类足以打动莫名其妙的读者们的话语放到广告商去，于是大家便叨了光，这书成了名著，而作书的人，也就一变而成名人了。”（沈从文：《松子君》，《沈从文全集》第 1 卷，太原：北岳文艺出版社，2002 年，第 284 页）

《岚生同岚生太太》①里，岚生致力于打造太太的“高等女子闺范”学生形象，进而将其展览给别人看；在《蜜柑》②里，水果的分配问题可以造成政治的失败和动人的爱情散文诗；在《乾生的爱》③里，乾生“参考着《爱的法宝》一书第四章上的指示”去寻找爱情，“用那从看电影上一个男人在抑郁着望他女人的章法”望向女同学，学着维特的动作“用手抓他的短头发”，但“空想”终归失败；在《看爱人去》④里，“我”再次怀着“郁达夫式的悲哀”跟着去看朋友的爱人，面对卿卿我我的局面，在心里暗暗慨叹女人“从一些书本上，从一些电影上，你们就成熟得格外早……”

这些人的情感世界显得扭曲、浮夸但不切题。借用鲁迅的描述，就是“靡然合趣，万喙同鸣，鸣又不揆诸心，仅从人而发若机栝”，一种“伪士”的状态。⑤“从人而发”是其症结所在。这是现代社会里新式的文化暴政和商品拜物教。这个社会不止于提供人们所需要的东西，而是制造人们的需要，结果把许多人都推向了“他人引导”的深渊。因为误把所谓的潮流内化为自己的心理机制，他们的主体性也就被深深地撕裂。

作为“一个以淫业为熟练技术的有经验的妇人”，沈从文本人也颇为这种文化暴政和商品拜物教所苦，不得不勉强应付。不过，也有人看到了机会。沈从文早年有两篇杂文评论了欧阳兰的抄袭事件⑥。欧阳兰的手法自然不足道，也并非孤例，但这恰好给上述松子君关于出版市场的一番议论下了一个注脚。文本的抄袭背后其实是情感世界的抄袭，“文本间性”与“主体间性”是同构的。⑦ 文字变成了不及物的东西，这是抄袭事件给新文学再生产机制造成的真正损伤。

---

① 原载《现代评论》第5卷第105期，1926年12月11日，署名“从文”，收入《沈从文全集》第1卷，太原：北岳文艺出版社，2002年。

② 原载《现代评论》第5卷第129期，1927年5月28日，署名“从文”，同上书。

③ 原载《晨报副刊》1927年6月23—25日，署名“璇若”，同上书。

④ 原载《现代评论》第5卷第128期，1927年5月21日，署名“琳”，同上书。

⑤ 鲁迅：《破恶声论》，《鲁迅全集》第8卷，北京：人民文学出版社，1981年，第24页。

⑥ 有读者指出，欧阳兰所作独幕剧《父亲的归来》，抄袭了日本作家菊池宽的剧作《父归》；所写诗歌《有翅的情爱》，抄袭了郭沫若翻译的雪莱诗歌。针对此事，沈从文先后写了《“你要知道”》（原载《京报副刊》1925年4月18日，署名“茂林”，收入《沈从文全集》第14卷，太原：北岳文艺出版社，2002年）和《“我心里”也“常常想”》（原载《京报副刊》1025年4月26日，署名“懋琳”，同上书）两文。

⑦ 本文使用“文本间性”概念，取“互文性”的最朴素的意义，即文字上的剽窃和抄袭。

问题是沈从文对这一现象尤其敏感。他早年没写过几篇杂文，那几年北京文坛上的笔墨官司也不止一桩，但就是这桩吸引了他的目光。上文所述沈从文对诗歌语言的思考，亦与此同理。语言、文字的问题，当然不能简单视为一个"形式主义"的问题。

五

这种对文本和情感世界双重抄袭的意识，意味着沈从文与其都市体验的间离。他审视的对象不仅是别人，也逐渐转移到自己身上。抄袭者不仅有身边的人，还有自己。《岚生同岚生太太》、《蜜柑》里面的那个叙事者，还仿佛一个高高在上的角色。《乾生的爱》里的乾生就总给人一种沈从文自况的感觉。《看爱人去》里的"我"，则已经看穿了恋爱的圈套①，不愿上当。虽然目睹别人恋爱时仍难免自伤自怜，但这种痛苦"我"已经能够承担起来，所以可以再为冯妇，陪别人去看他的爱人。

在此背景下，沈从文都市题材作品的文体发生了变化。当他逐渐悟出种种扭曲、浮夸的情感仅是"他人引导"的产物，习惯性的宣泄就失去了应有的意义，他也就逐渐从最初的自我暴露风格摆脱出来，作品反讽的调子开始增强。反讽是他有意利用文本间性而造就的修辞效果。对文本间性的自觉造就的另外一重结果是，他书写都市体验的散乱文体找到了稳定的凝结方式。如果说，此前的作品因为尚且无力把个人体验清晰地对象化，从而缺乏节制，那么，如今他只需遵照各种互文本的本来肌理展开描述，然后时时提醒注意读者文本间性的存在即可结构整篇作品，并制造反讽效果。②

但这里也存在危险。当沈从文熟练地出没于各种互文本之间时，互文本的限度也就是他叙事的限度。无论他将那些互文本的结构展示得怎样淋

---

① "这世界上有一些才女，痛哭流泪要人爱，但这就得那类恋爱家，去小心服侍，或者是每天来做一首诗，最好则是装一点儿痴，要死要活的去赖，一见就说心已烧成灰，其实倒不必真有那回事，于是才子佳人就在一块了。"（沈从文：《看爱人去》，《沈从文全集》第 1 卷，太原：北岳文艺出版社，2002 年，第 218 页）

② 金介甫发现，"沈从文小说中提到的，或作品中人物所依据的角色，很多是西方文学作品中的人物"。他虽然意识到这些作品"为沈提供了社会的、情节上的借鉴"，却认为其最终的意义是，"提醒我们，沈从文读书范围异常广泛"。（金介甫：《沈从文传》，符家钦译，北京：国际文化出版公司，2005 年，第 82 页）情况应该不是如此简单。

漓尽致，他的表现范围是早经划定了的。从这个意义上讲，他还是没有找到属于自己的处理现实题材的文体。更何况，他对这种写法的使用有点过于频繁了。上述的几篇小说集中于1926年底到1927年上半年这段时间里。一个觉悟起来的人有这种反应并不奇怪，于是，这样高密度的写作也就成了别一形式的宣泄。

这一系列作品的收束之作是《老实人》①。小说的叙事者“我”一再强调他与自宽君性情上的相似，甚至假女学生之口说出的长相——“是长身瘦个儿的人”——也与沈从文本人很接近。小说还化入了沈从文的其他事迹：女学生所读的书《山楂》，令人想起沈从文出版未久的《蜜柑》；她们所谈论的讲演故事，令人想起沈从文的小说《一个晚会》；议论三人行迹的“一个较年青的太太”和“一个小官僚样子的中年汉子”也令人想起岚生同岚生太太。总而言之，这个姓王的叙事者“我”与自宽君都是沈从文的自况。再加上游逛公园、幻想异性等情节，《老实人》可谓沈从文此时都市小说的“集大成”作品。这里也有一个嵌套结构，主体部分是“我”的朋友“自宽君”的经历：自宽君在北海遇到的两个女学生恰是其读者，他试图与对方攀谈，被视为骚扰者，最后被巡警抓住，坐了四天牢。女学生虽然是自宽君的读者，而且对他赞誉有加，但双方最终仍无法实现交流。这既是现代都市对自宽君的拒绝，也是那个互文本之网对沈从文的真正拒绝。关键的问题是，对自宽君来说，“一个长于在自己脑中摹演戏剧的，一上台就手忙脚乱了”。其实“戏剧”和“上台”从根本上讲就是两回事。

整个故事结束于隔壁传来的《马前泼水》京剧声中。这个颇富象征意味的细节表明，沈从文的都市体验之“梦”归根到底不过是一场梦幻，覆水难收，他清醒而又平静地接受了“老实人”的命运。所以，这篇小说虽混有更多自伤自怜的段落，但总体口吻却还是戏谑中夹杂反讽。经过一段时间的密集写作，沈从文已经可以非常稳定地把自身体验相对化。

在北京“某夹道”写完《老实人》后没多长时间，沈从文启程南下。此行的目的地是上海。抵沪不久给大哥的一封信中，他对文坛的“看风使舵”——跟着潮流走，再次表示鄙弃，提出自己要走一条“挨饿的路”，那

① 原载《晨报副刊》1927年12月7—10、12—17日，收入《沈从文全集》第2卷，太原：北岳文艺出版社，2002年。

就是——

> 凭了人的灵敏的感觉，假借文字梦一样的去写，使其他人感到一种幽美的情绪，悲悯的情绪，以及帮助别人发现那超乎普通注意以外的一种生活的味道。[①]

很明显，这究竟是怎样的一条路，他的思考还不很清晰，但要挣脱主体间性的决心，已跃然纸上。这里需要强调的正是主体间性。他经由对文本间性的敏感，生发了超越主体间性的要求。不妨说，沈从文湘西题材的诗化小说，就处在这一思考的延长线上。

（作者单位：山东师范大学文学院）

---

① 沈从文：《南行杂记》，原载《晨报副刊》1928 年 2 月 4 日，署名"璇若"，收入《沈从文全集》第 11 卷，太原：北岳文艺出版社，2002 年，第 84 页。

《北洋画报》时期的刘云若研究

陈　艳

《北洋画报》于1926年7月7日在天津创刊，1937年7月29日因抗战爆发而终刊，共出版1587期，是民国时期北方持续时间最长、出版期数最多的综合性独立画报，堪称北派摄影画报的代表，与上海《良友》构成现代画报的南北双峰。近现代中国画报历经石印、铜版照相和影写凹版三个时期，《北洋画报》为"铜版时代"之佼佼者。[①] 北画的影响主要在北方地区，覆盖京津及河北、河南、山东、内蒙、东三省的各大城市。1927年底，《北洋画报》销量为8400份左右[②]，刘云若主编后继续稳定上升，最高大概万余份。

《北洋画报》创办人冯武越，广东番禺人，出身外交官家庭，曾长期在欧美学习航空和无线电技术，归国后在京津摄影新闻界相当活跃。他于《北洋画报》的发展居功至伟，参与了经营管理、采写编辑等方方面面，尤其是1928年6月《北洋画报》社正式成立之前，"本报系冯君武越独立经营，于今二载，内部由冯君一手主持"[③]。1933年初因家庭变故，冯武越把《北洋画报》售与天津同生照相馆主人谭林北，谭接手后尚能保持其特色。《北洋画报》前后共有五任主编，分别为张繆子、童漪珊、刘云若、吴秋尘和左小蘧。五位主编各有所长，《北洋画报》的定位和风格自然会随之调整，在不同时期呈现不同面貌。

---

① 参见《五十年来中国画报之三个时期及其批评》，祝均宙、萧斌如编：《萨空了文集》，上海：上海科学技术文献出版社，2002年，第367—368页。阿英则认为在这三个时期之前，还有镂版印刷时期，主要代表为《小孩月报》(1875)和《瀛寰画报》(1887)，参见《中国画报发展之经过》，《良友》第150期，1940年1月。

② 据《北洋画报第六次悬赏大竞赛揭晓》："此次所收答案一千八百余件，约合读本报者全数七分之一·五，洵称盛事。"《北洋画报》第144期，1927年12月7日。

③ 《本报重要启事》，《北洋画报》第197期，1928年6月13日。

《北洋画报》以“传播时事、提倡艺术、灌输常识”为口号，兼及“报”的新闻性与“画”的形象性，为研究1926—1937年间天津及北方的社会文化氛围提供了图文并茂的珍贵史料。作为大众文化出版物，《北洋画报》上的“时事”、“艺术”、“常识”主要着眼于现代市民读者的需要，带有强烈的娱乐和消费色彩。但与《良友》画报相比，《北洋画报》又具备明显的北派特色，比如对传统戏剧和民间曲艺的热情，以及北派武侠和通俗社会言情小说的刊载，都反映了天津独有的文化气象。

刘云若与《北洋画报》

刘云若不仅是《北洋画报》第三任主编，也是《北洋画报》最为出色的通俗社会言情小说家，考察刘云若与《北洋画报》的关系，会对理解其小说创作大有裨益。事实上，他的第一部长篇章回体小说《春风回梦记》于1930年春连载于《天风报》，不久他就从《北洋画报》辞职，由此可见主编《北洋画报》与小说创作在时间上的紧密衔接，甚至可以说《北洋画报》的主编生涯直接促成了刘云若由记者编辑向通俗小说大家的转型。更重要的是，刘云若被誉为“天津张恨水”，代表着天津通俗社会言情小说的最高成就，研究者公认他的小说创作形成了一种独特的“津味”，本文认为，刘云若的“津味”在某种意义上可以归结为天津式的幽默——“归哏”，而这一特色实际上在他主编《北洋画报》时期已经形成，并在30年代中后期的小说连载中得到发挥。

刘云若主编《北洋画报》的时间大致为1928年7月至1930年4月，前任主编童漪珊的突然辞职为他提供了直接契机，此外还得归功于吴秋尘和王小隐的推荐。其实1928年5月刘云若已经开始为《北洋画报》撰稿。1934年10月，他与《北洋画报》又恢复合作，连载长篇小说《换巢鸾凤》，并陆续有小品文字刊登。据曾与《北洋画报》过从甚密的天津老报人吴云心回忆：“冯善经营，用人必尽其力，故刘办《北洋画报》并无助手，编校均一手承办，使该画报在质量上达到了最高峰。”①另一方面，刘云若“从一介书生，在社会上有了一定的名望，未尝不是在《北洋画报》一个时期锻炼而成”②。

① 吴云心：《我所知的刘云若》，《苏州大学学报》（哲社版）1988年第4期。

② 吴云心：《冯武越经营北洋画报》，《吴云心文集》，天津：天津古籍出版社，1990年，第587页。

这种说法比较公允。事实上,1928 年 6 月《北洋画报》社的成立使得主编有了更大的自主性和主导权,而年青的刘云若被委以重任,干劲十足,很快展示了多方面的才能,这一时期《北洋画报》发展迅速,也是其历史上关键性的阶段。

对于初出茅庐的刘云若而言,《北洋画报》提供了一个很好的起点和发展平台,首先就体现在因《北洋画报》同人在天津非常活跃,刘云若借此获得大量人脉资源,并很快融入天津主流文化圈。日后对于刘云若转向小说创作关系重大的《天风报》创办人沙大风,因编辑《北洋画报·戏剧专刊》而与其结识。另外,刘云若离开《北洋画报》后能够主编《天津商报》副刊《鲜花庄》,并创办《天津商报图画周刊》,也与《北洋画报》期间和《商报》的密切合作不无关系。1928 年 9 月,刘云若担任主编不久,《北洋画报》就与《商报》开展"联合定阅"活动,共同拓展发行业务,并于 1929 年初与商报馆合办铜锌版制版所,解决了《北洋画报》在制版方面的自立问题。不仅如此,由于早期《北洋画报》囊括了众多天津文化名流,袁寒云、方地山、张缪公、王小隐、冯武越、唐立厂等同人之间频繁的交游唱和让刘云若迅速为文化界所熟知。其中,刘云若与王小隐的师生关系尤为值得注意。由于王小隐的大力推荐,文坛新人刘云若得以担任《北洋画报》主编,他们因而结下深厚的师生情谊。在 1928—1929 年发表的文章中,刘云若均以"隐师"称呼王小隐,言语之间崇敬非常,唐立厂对同人交往场面的记述也可以证明这一点:

> 余与小隐等踵往,杯酒既行,武越小隐遂开火;小隐既屡败,则引吭高歌,似项大王垓下时也。然苦无虞兮,于是云若曰,苟有人能为隐师得虞兮,将三跪九叩首以谢之,此言一发,小隐益牢骚,醉态遂作……是夕也,七人共饮黄酒四斤,武越素不饮,乃罄半斤,余亦为引一爵;小隐当有斤余,但能饮之名,从此休矣。而叨扰冯夫人,忙煞刘云若,真不可以无记,且系之以诗曰:甚矣不可无徒弟,难乎其为老师哉,莫唱关王庙里曲,菊花一捧即重来。①

王小隐在天津文艺界颇有名望,曾任北平平民大学新闻系教授,弟子众

① 祷厂(唐立):《一夕狂欢记》,《北洋画报》第 243 期,1928 年 11 月 13 日。

多，交游广阔，他对刘云若在文坛的起步起了很大的推动作用。但是，可能由于王小隐名士习气过深，我行我素惯了，而刘云若也是年少气盛，终因意见不合导致两人于1930年初关系破裂。5月底，王小隐离津赴沈，帮助冯武越编辑《东北年鉴》，昔日好友纷纷饯别，惟独不见刘云若。这可能也是导致刘云若离开《北洋画报》的重要原因："后武越去沈办东北年鉴，委余主持社事，而余少年负气，时与内庭龃龉，后乃解职求去。武越返津挽留，余已与叶庸方共营《商报》矣，乃废然而罢。"①

但无论如何，在《北洋画报》接近两年的职业生涯为刘云若积累了宝贵的经验和资源。这不仅指人际交往，也体现在刘云若后来创作小说的许多题材，都来源于《北洋画报》时期所关注的人和事。《换巢鸾凤》的男主人公任笑予，其原型是20年代末在天津走红的所谓"革命画家"萧松人，《北洋画报》于1929年11月9日刊发了"松人作品专刊"，介绍他第一次来天津开画展的种种情况，其中萧松人的一张奇装异服照片在小说中被反复借用，成为推动情节发展的重要线索。40年代曾在天津引起巨大轰动的长篇小说《旧巷斜阳》，以女招待为题材，其实早在1928年刘云若就发表过短文《招待的热手》，是较早关注这一社会现象的《北洋画报》记者。由于《北洋画报》以"提倡艺术"为三大口号之一，各路明星来津演出，送电影票、戏票以求得宣传版面的络绎不绝，刘云若正是利用这个便利，在此期间对影戏界有了深入的接触和了解，《红杏出墙记》林白萍兴办电影公司，振兴华北电影的诸多想法，《粉墨筝琶》穿插着女伶在平津的走红经历，都可以从这一时期的《北洋画报》中找到蛛丝马迹。而刘云若的成名作《春风回梦记》的重要人物国四纯和朱媚春，明显是以剧坛名宿罗瘿公和名伶程砚秋为原型。试比较两者在刘云若《北洋画报》时期小品文与小说中的相似描述：

> 前者捧旦专家某名士说："某郎扮西施（自然在屋里而非在台上），此夜我即作吴王；某郎扮红拂，此夜我即作李靖；某郎扮柳如是，此夜我便是钱牧斋……以一人之身，有数之财，而得享千古之艳福，岂非绝大享受。"②

---

① 《由赵四小姐想起的许多往事》，《星期六画报》1947年6月28日。

② 《无题》，《北洋画报》第276期，1929年1月31日。

(如莲)说着含笑瞟了惊寰一眼道:“他要拉可得成啊!这老头子就是口里风狂,一提起朱媚春来,就抛文撰句的说一大套。我也听不甚懂,只听他大概意思说,古来的许多美人,他已看不见,只能在戏台上找寻。他既有了这朱媚春,没事到戏演完时,就把朱媚春带到这新赁的外宅,教她穿上各种戏装,偎倚着享受一会。今天想西施,就叫她穿上西施的行头,明天想昭君娘娘,就叫她改成昭君娘娘的装扮。或是煮茗对坐,或是偎倚谈心,再高兴就清唱一曲。这样千古艳福,就被他一人占尽。这老头子也算会玩哩。”①

不同的是,《无题》和此前发表的旧体诗《歌坛艳闻》都对罗瘿公的“名士风流”持批评、讥刺态度,而《春风回梦记》则把国四纯塑造成有情有义的正面人物,反而是对其传闻的直接和间接澄清。这表明小说与散文的重要区别,刘云若在构思小说时,要充分考虑到小说的虚构性,按照情节需要编排人物故事,而国四纯正是作者安排的一条贯穿性线索,成为如莲与陆惊寰爱情的守护者和见证人。此外,小品文字以短小精悍见长,可以就某个“点”或片段“小”做文章,而长篇章回体小说则需要有血有肉的人物塑造,这也是《春风回梦记》把国四纯写得比较丰满,不再是单纯的风流名士的重要原因。这再次表明报刊故事是通俗小说创作的重要材料来源,只不过这次是同一个作者的不同文本。它也因而别具意义,可以让我们进一步了解小说家如何利用原始材料,并坚持艺术的自觉,精心结撰小说。

其实早于1929年,在写作《春风回梦记》之前,刘云若已经在《北洋画报》上为章回体小说“练手”,即《大小事演义回目》和《大小事演义回目(续前)》。对于考察刘云若的小说创作,这是两篇非常重要的文章,它们至少表明,刘云若对转向写作通俗社会言情小说早有打算,并非因为沙大风临时邀约。《大小事演义回目》可以看作“微型”章回体小说,它以回目加注解的形式写最近的大小时事,“回目是章回体制得以确立的标志或题眼”②,往往是对每回内容的总结或提示,而“注”相当于回目的具体内容,是故事情节的展开,从这个意义上来说,《大小事演义回目》已经是相当完整的章回体小说。在续作中,作者把“注”字去掉,更加符合章回体式:

---

① 刘云若:《春风回梦记》,北京:人民文学出版社,1989年,第157页。

② 张蕾:《论“故事集缀”型章回体小说》,北京大学2009年博士论文,未刊稿,第60页。

第一回　总统府名士变茶壶　女儿河部长失铁道

第二回　念民瘼章遏云陈词　发水灾孙庆泽抢险

第三回　中原下野冯素莲决意出洋　北游归宁宋子文忽然辞职

第四回　红粉出风尘鲜牡丹开审　京国传消息黄膺白得财①

王树常卅日大出师　吴秋尘半月总退却

联珠合璧袁王程会审玉堂春　怨别伤离秋云芬同赋阳关曲

传说遍津门龙阳伉俪　笑哗腾国际鸦片夫妻

妇女院三人匿迹　华盛顿二美争风②

《大小事演义回目》实际上是以回目为重心，刘云若日后对小说回目的注重从这里已可见一斑，张元卿认为刘云若的"回目不拘泥于传统格式，大气磅礴又文采俊美，一般小说家很难写出"③。但《大小事演义回目》是"写事"，而非"写情"，因此其回目不如后来的小说回目文采飞扬，讲究的是工整有趣。作者以回目串联起大小八件时事，类似于"故事集缀"的写法，其实是章回体小说写作的一种重要类型，正如胡适评《儒林外史》："《儒林外史》没有布局，全是一段一段的短篇小品连缀起来的；拆开来，每段自成一篇；斗拢来，可长至无穷。这个体裁最容易学，又最方便。"④"集缀"的好处在于，它可以让小说容纳多量的故事，从而使之具有巨大的社会容量，这在《大小事演义回目》中表露无遗，之后刘云若的长篇章回体小说，虽有人物和情节主线，但仍局部采用了这一方法，通过某个人物的遭遇带出一连串故事，实际上还是变相地在"集缀"故事。而且第一篇《大小事演义回目》里，作者对每回对应的两事有特别设计，仔细考察就会发现，都是前为"小事"，属于娱乐花边新闻，后者才是"大事"，为时政消息。如果把"情"理解为广义的人情、人性，这样的设计也可以说兼顾"言情"与"社会"，而《续前》已有了比较明显的"言情"故事，"龙阳伉俪"表现的就是社会"畸情"——事实上"畸情"类小说是刘云若创作的重要类型，以《换巢鸾凤》和《婉嫕英雄》为代表，由此可见出刘云若日后写作社会言情小说的发展方向。

---

① 独目记者(刘云若)：《大小事演义回目》，《北洋画报》第356期，1929年8月10日。

② 云若：《大小事演义回目(续前)》，《北洋画报》第371期，1929年9月14日。

③ 张元卿：《民国北派通俗小说论丛》，太原：山西古籍出版社，2001年，第34页。

④ 胡适：《五十年来之中国文学》，上海申报馆，1924年，第64页。

“归哏”：刘云若“津味”的形成

刘云若是《北洋画报》第一位、也是唯一一位天津本地主编，而且十分熟悉天津的平民世界和地方文化，一方面可以说主编《北洋画报》是他的早期“实习”，为后来的小说创作做了充分准备，但另一方面，在写作“津味”通俗小说之前，他的文化背景及风格已经影响到他对《北洋画报》的编辑策划。编辑、作者和天津人刘云若其实是一个问题的三个方面。1928 年 6 月北伐基本完成后，政治文化中心南移，天津作为“特别市”，进入一个新的历史阶段，开始了关于城市现状及前途的探索。刘云若入主《北洋画报》恰逢其时，他顺应了时局转变给《北洋画报》带来的新课题——变动之际的城市及市民急需确立自己的新身份，又以自己对天津的深厚认知，有意识地在《北洋画报》上呈现了完整独立的“天津”。正是在这种本土想象中，刘云若的天津式幽默——“归哏”得以形成，后来更进一步成为其“津味”小说的核心要素。

这一时期的刘云若已经开始表现出浓厚的天津市民趣味，虽然它并不是天津想象的全部，但在一定程度上规约着想象的方向和表达。《北洋画报》的《第九卷卷首语补刊》正式提出“趣味化”宗旨：

> 自画报潮澎涨以来，互相仿效，殊少创作及改革之精神，千篇一律，早为爱读画报者所厌倦……同人等悉心研求，力图新异；因知世上画报最近潮流，群趋“趣味化”；本报当于国内首倡此旨，今后多登富有趣味之图文；谅亦读者之所乐闻欤？①

其实“趣味”是一个具有普适性的概念，几乎所有通俗报刊都把“趣味”当作吸引读者的不二法门，在刘云若之前，冯武越等人曾宣称北画“于精美图画之外，更有极饶趣味之文字”②。刘云若“趣味化”的表述中也有一个“世上画报最近潮流”的大背景，但就其文化土壤而言，把它归结为天津文化性格或许更加贴切，与冯武越等人相比，“趣味”的内涵及其背后所持的文化立

---

① 记者：《第九卷卷首语补刊》，《北洋画报》第 405 期，1929 年 12 月 3 日。
② 《编辑者言》，《北洋画报》第 44 期，1926 年 12 月 8 日。

场已经大不相同。在此之前,《北洋画报》呈现的是两种风格的混合,冯武越是新派绅商,有过长期的海外留学和生活经历,《北洋画报》对西洋文艺、新兴科技保持关注,相关栏目多由他一手编写。而另两位早期的《北洋画报》健将张缪子、王小隐颇有名士作风,诗酒风流、国粹古董也是《北洋画报》的重要内容,两者占据了《北洋画报》的主要篇幅,也形成了它的精英、名士趣味。刘云若则带有更浓厚的平民色彩,他接受过现代中学教育,于古典诗词也有一定修养,但人生变故造就了他于津门三教九流的丰富阅历,以及对普通及下层市民的熟悉和同情。尽管刘云若并未完全脱离名士气,但他身上体现得更多的是一种天津市民趣味。这从报纸定位的变化也可以看出,冯武越想把《北洋画报》打造成现代都市的理想刊物,提倡现代生活方式,又有高尚品位,刘云若却认为画报是"遣兴消闲之读物,在政治上不堪于利用;而在民众,则远不若窝窝头之为需要"①,只有具备原创的市民生活气息,幽默生动,才能吸引读者。

刘云若的市民趣味在"天津写真"和"专页刊"的策划和编选中有诸多体现,包括在对天津的想象中引入市民视角,增加平民性话题,多方面表现普通市民的日常生活和生存环境,特别是对救济院妇女等下层市民的关注充分显示了刘云若的平民意识。但是,他的市民趣味更具地方特色和个性化的部分体现为"归哏"的人生态度和个人风格。他后来在小说创作中说:"说到我的写作态度,是不大严肃的,这原因是我的幽默感太多,能把一切可惊可惧可恨可怒的事,完全使之'归哏'。"②刘叶秋也回忆道:"有一天,在中原公司六楼共酌薄醉,谈起处事之道,他说:'我遇到一切可恨可气之事,都让它归哏。'归哏,天津话,大概是使之化为笑料的意思。"③"归哏",源于津门相声特有的词汇"万象归哏",意思是"一切都可以一笑了之,一切都只能一笑了之"④,"哏"可解为津门俗语"乐子"。相声艺术在天津源远流长,二三十年代的天津,相声界人才济济,繁盛一时,先后涌现出"万人迷"李德钖、"小蘑菇"常宝堃、张寿臣、马三立等一大批名演员。与同时期的北京相声只能在天桥"撂地儿"演出不同,天津由于近现代城市化进程,

① 记者:《卷首例言》,《北洋画报》第301期,1929年4月4日。

② 刘云若:《粉墨筝琶·作者赘语》(卷一),一四七画报社,1946年,第1页。

③ 《忆刘云若》,刘叶秋、金云臻:《回忆旧北京》,北京:北京燕山出版社,1996年,第73页。

④ 薛宝琨:《马三立:津门相声的魂魄》,《博览群书》2007年9月。

以及新兴市民阶层的壮大，相声拥有广大的舞台和群众基础，雅俗共赏，以致相声行有“北京是出处，天津是聚处”的传统说法。津门相声镌刻着天津人的某些脾性，其中就有“乐”，即“万象归哏”这种世俗哲学，它反映了天津人的性灵和幽默，以及开通爽气、乐观豁达的集体性格。刘云若是地道的天津人，浸淫于天津市民文化，对此一直深有体会。《小扬州志》写到20年代天津最受欢迎的相声演员“万人迷”，平时在戏园子、堂会等中高档演出场所说相声，一落魄就去南市“三不管”露天表演，照样赢得满堂彩。刘云若详尽描述了“万人迷”在南市的单口相声表演，对他的豁达幽默相当赞赏：

> 当前有个场子，观客特别拥挤，约有二三百人，围得水泄不通，但是众人非常安静，鸦雀无声。只听场内有个沙哑喉咙的人说话，三言两语，忽引得合场人哄天价笑起来。虎士走近翘足向里一看，只见场中坐着个五十多岁的生意人，生得驴样长脸，满脸连鬓胡碴儿夹着鸦片烟气，合成青黑颜色，身上穿着很齐整的长袍马褂，正坐在一张短凳之上手弄摺扇，在那儿念念有词，听众一阵阵的哄然大笑，但他却满脸冷隽毫无笑容……虎士凑近几步倾耳细听，万人迷正说着一段《刘石庵请客》，词句神色都妙到毫颠。正听得入神，忽然全场哄然大笑，原来万人迷说到分际，抖了个包袱儿，听众乐得前仰后合，万人迷却闭住嘴再不作声。①

由此可见刘云若对天津相声文化的熟悉和了解，他吸取了其中的“归哏”特色，并体现在其创作上。1946年景孤血为《粉墨筝琶》作序时，用“淘气”形容刘云若创作的风格派别，并指出其能“以丑为妍”，区别于得“中和之美”的张恨水，其实已经触及“归哏”的某些特点。而张元卿在论述刘云若时，特别注意到“找乐儿”这种天津市民文化心态对其小说创作的影响：

> 当他“以游戏出之”的心态写出《春风回梦记》时，他终于找到了化解心忧及同社会对话的途径。这样一旦著笔为文，“找乐儿”这种“揶揄人事”和“自我揶揄”的法宝，便天然地为刘氏所钟情……刘云若的文笔泼辣，时有调侃的意味。这种笔法即是从“找乐儿”意蕴中化育出来的，它的深层文化因缘来自天津平民文化中的“找乐儿”意识。

---

① 刘云若：《小扬州志》，天津：百花文艺出版社，1987年，第328页。

张元卿还初步涉及“找乐儿”与“归哏”的暗合关系:“读者既要‘找乐儿’,刘云若把世事‘归哏’正好成全了读者。因为有着这种文化心理的相通,使得他的小说很适合天津人的阅读口味,在三四十年代风行沽上。”①这些都为“归哏”概念的提炼提供了合理性基础。但是,他们对“淘气”、“找乐儿”的论述,要么过于抽象,要么过于简单,并不能完全厘清“归哏”的表现形态及文化内涵。本文以“天津式幽默”来诠释“归哏”——“幽默”(humour)是由林语堂翻译过来的舶来品,是想表明这个源于天津传统相声的词汇,对刘云若而言,并不仅仅意味着传统和地方化,它同时也是现代的和世界的。这种中西糅合的特色,其实在刘云若、还珠楼主、白羽等接受过现代教育和新文化运动影响的新一代天津通俗小说大家身上及创作中都可以看到。

因此刘云若的“归哏”不仅源于他熟悉并喜爱的天津相声文化,而且与20年代中后期萌芽并在30年代前期蔚然成风的现代幽默思潮大有关系。1935年他在《北洋画报》上发表《幽默先生病》,可以看出他对此潮流一向的关注和同情,当时文艺界对幽默的批评已占上风,“幽默”逐渐退潮,其主将林语堂也开始转向,刘云若却仍然坚持:“法语巽言,价值固无偏重;况自古多见直言取祸,诡谏收功;降及今日,文网虽宽,作者尤宜自警,风月之外,幽默何可废也?”而且他对幽默的定义——“幽默固一种抒写性情之工具,心有欲言,不出以正襟庄论,而发以嘻笑怒骂”,可以与“归哏”的表述相互印证。② “幽默”在通俗文学界和新文学界的不同命运,对考察现代幽默思潮别具意义。不仅有刘云若为“幽默”辩护,三四十年代北平著名的“滑稽小说”家耿小的也写过《论幽默》一文,他认为林语堂提倡幽默,之所以遭到攻击,是因为他的幽默多拿士大夫作嘲讽对象,使得士大夫的假面具和体面完全扫地,老舍也因为这样,同样被贬得一文不值,并且他认为“幽默”是“讽刺”与“滑稽”的合而为一。

事实上,“幽默”与“滑稽”的混用在通俗文学界由来已久,这与早期林译小说的定义息息相关。研究界多关注林译小说在新文艺界的重要作用,而相对忽略其对通俗文学的深刻影响,其实三四十年代新一代北派通俗作家多为林译小说读者,并受益匪浅。早在1939年,叶冷就指出白羽的武侠

① 张元卿:《民国北派通俗小说论丛》,太原:山西古籍出版社,2001年,第107页。

② 云若:《幽默先生病》,《北洋画报》第1313期,1935年10月24日。

创作借鉴大仲马和席文蒂思（塞万提斯）[①]，指的就是林译小说《侠隐记》（《三个火枪手》）和《魔侠传》（《堂吉诃德》）。而刘云若在《酒眼灯唇录·序》中说：

> 余已逾中年，且工作日无暇晷，然得暇开卷，便有见贤思齐之思，殚心努力，或得颉颃时贤。然时贤之上，有古人焉，古人之外，又何年得比肩曹（雪芹）施（耐庵），而与狄（却尔司·迭更司）华（华盛顿·欧文）共争长短乎。[②]

这段话通常被研究者用来论证刘云若对狄更斯等西方作家创作技巧的吸收和利用，多着重于狄更斯对下层社会的关注和心理描写的深度。其实，狄更斯和欧文的“滑稽”趣味，也是刘云若汲取西方文艺的重要内容。换句话说，林纾对狄更斯和欧文幽默特色的精彩论述成为刘云若“归哏”思想不可忽视的来源之一。

林纾不但把狄更斯的《尼古拉斯·尼可贝》译为《滑稽外史》，1914年商务印书馆再版“林译小说丛书”时，还把《滑稽外史》和华盛顿·欧文的《拊掌录》、《旅行述异》标为“滑稽小说”。狄更斯和欧文都是英美以幽默著称的文学大家，无论是“滑稽外史”的转译，还是“滑稽小说”的界定，都表明“幽默”（humour）被正式引进之前，“滑稽”作为一个源于《史记·滑稽列传》的传统词汇，被借用来理解这类诙谐有趣的西方小说，其实和“幽默”的涵义差不多。这从林纾的序言中也可以看出：“迭更司写尼古拉司母之丑状，其为淫耶？秽耶？蠢而多言耶？愚而饰智耶？乃一无所类，但觉彼发一言，即纷纠如乱丝，每有所言，均花样别出，不复不沓。因叹左马班韩，能写庄容，不能描蠢状，迭更司盖于此四子外，别开生面矣。”[③]他还认为“欧文者，古之振奇人也，能以滑稽之语，发为伤心之言，乍读之，初不觉其伤心，但目以为谐妙，则欧文盖以文章自隐矣”[④]。林纾称狄更斯在庄容之外，尤能“描蠢状”，这也是刘云若小说“归哏”特色的显著表现，他的生、旦、丑的人物设置，除了传统戏曲程式的影响，也应追溯至狄更斯对丑角人物淋漓尽致

---

① 叶冷：《白羽及其书》，《话柄》，正华学校，1939年，第125页。
② 刘云若：《酒眼灯唇录·序》（卷一），天津：生流出版社，1941年，第1页。
③ 林纾：《滑稽外史·短评数则》，上海：商务印书馆，1914年，第7页。
④ 林纾：《旅行述异·序》，上海：商务印书馆，1914年，第1页。

的描摹。而欧文"能以滑稽之语,发为伤心之言",其"自隐"的成分也被刘云若所接受,《小扬州志》中的秦虎士就带有明显的自传色彩。

因此,刘云若的"归哏"以天津相声文化为底子,同时融合现代幽默思潮以及林译小说的"滑稽"成分,可以说是天津式的幽默。它迥异于林语堂雍容的绅士风度——"幽默的情境是深远超脱,所以不会怒,只会笑,而且幽默是基于明理,基于道理之参透"[①],也与老舍的"京式幽默"不同,虽然后者深具北京市民情趣,但那仍是一种"平民化的知识分子趣味"[②],只能把它划归新文化而非市民通俗文化。"归哏"看起来更"俗",市井味十足,它直接贴近市民人生而很少拉开距离,其中包含着作者认同、欣赏的态度。现代天津在通俗文学史上的重要地位,与这种俗文化的底子密不可分。但"俗"的另一面是亲切、体贴,没有架子,"雅"与"俗"的界线反而有可能模糊,包括相声在内的许多不登大雅之堂的民间曲艺都曾在天津获得极高的地位。长期从事相声艺术研究的著名学者薛宝琨认为:"现代市民意识首先在沿海城市(诸如天津)崛兴起来,其表现之一是因自由平等观念萌发而产生的抗争意识;一是因及时行乐观念流行而产生的消遣娱乐意识。"[③]与这种市民意识密不可分的现代相声同时获得了"抗争意识"和"消遣娱乐意识",并演化为"讽刺"、"滑稽"、"自嘲"、"幽默"等相互联系或交叉的基本喜剧情态。大概因为天津市民性格中有富于正义感、好打抱不平的泼辣风气,津门相声以讽刺见长。因此尽管"归哏"被理解为以笑化解一切,有一种不了了之的无可奈何,但笑有时并不是最终目的,它往往用来"化急切为蕴藉",以幽默的方式揭露社会丑恶,真正"寓教于乐"。

刘云若也认为幽默有高下之分,"高者虽词旨诡谲,态度不恭,而寓意深警,功用不下于载道之大文,下者乃仅博一笑,变相笑林广记而已"[④]。就《北洋画报》时期而言,"高者"当然是指那些具有讽刺功能和社会批判功能的幽默图文。刘云若时常在《北洋画报》发表时事小品,往往事件"可恨可气",语言却婉转幽默,两者之间张力十足,发人深省,足以达到幽默之"高者"。如 1928 年"双十节"纪念文字《国庆的中山化》写道:

---

① 林语堂:《我的话——论幽默》,《论语半月刊》第 33 期,1934 年 1 月 16 日。

② 赵园:《北京:城与人》,北京:北京大学出版社,2002 年,第 43 页。

③ 薛宝琨:《侯宝林评传》,北京:中国社会出版社,2005 年,第 145 页。

④ 云若:《幽默先生病》,《北洋画报》第 1313 期,1935 年 10 月 24 日。

> 我们在双十之日,看腕上的中山手表,针儿指到正中,便可穿好中山装,用中山面盆洗了脸,然后戴上中山帽,提起中山手杖,坐着中山汽车行的汽车,去到大华饭店吃中山餐。举起酒杯,高呼中山主义万岁。饭后更要在北画中山纪念号上,瞻仰中山遗灵,以代参谒。这样方可表示我们度此佳节,不忘中山之意。但是莫要徒哺啜而忘了中山遗嘱,若果背不出来,就在本报上念念吧。①

南京政府接收京津后,"中山"顿在北方社会流行,"新闻广告上,墙壁的招贴或是商店的门口标牌大书特书,中山布、中山呢、中山眼镜、中山餐,几乎一切都货物都是中山"②。刘云若以夸张的写实手法集中大量的"中山化"行为,同时经过理性的节制和情感的过滤,最终呈现出喜剧性的讽刺效果。其实不仅相声等通俗艺术形式如此,即便在新文学界,幽默与讽刺也并非水火不容,虽然30年代前期它们曾引发很大争议,但老舍仍然认为"讽刺与幽默在分析时有显然的不同,但在应用上永远不能严格地分隔开"③,因为幽默作家"有极强的正义感的,决不饶恕坏人坏事"④,多少会尽到讽刺的责任。而且"现在又实在是难以幽默的时候"⑤,多灾多难的国家情势免不了将幽默引向对社会的讽刺。包括天津在内的华北地区一直天灾人祸不断,北伐的完成给人们带来希望,却并不能真正解决这些问题,而且刘云若敏锐察觉到社会上出现的种种新弊端,在涉及这类话题时忍不住笑中带"刺"。

"归哏"的娱乐消遣功能同样不容忽视。现代天津流行的市民通俗文艺中具有较多的喜剧因素,相声更被称为"笑的艺术",这既是天津人乐观开朗性格的外在体现,也是由于社会积弊过深,普通市民尽管开始意识到抗争的需要,却往往无能为力,只能"苦中作乐,乐以解忧",在"笑"中获得精神上的逃避或超脱。所以"归哏"也不乏单纯地找乐子,"仅博一笑"的例子。刘云若深谙这种市民娱乐之道,自觉利用变相的相声"逗哏",结合照

---

① 若(刘云若):《国庆的中山化》,《北洋画报》第228期,1928年10月9日。

② 霞:《再到的北京》,天津《大公报·小公园》1928年10月9日。

③ 老舍:《我怎样写〈猫城记〉》,《老舍全集·文论一集》,北京:人民文学出版社,1999年,第185页。

④ 老舍:《什么是幽默》,《老舍全集·文论二集》,北京:人民文学出版社,1999年,第420页。

⑤ 何家干(鲁迅):《从讽刺到幽默》,《申报·自由谈》1933年3月7日。

相铜版画报的特点来取悦读者。万愚节(即愚人节)是《北洋画报》前期固定的庆祝节日,1929 年这个西方节日首次得到高度重视:“我们并非欧化,学人皮毛,跟着人去庆祝,不过因为这个节有很大的趣味,可以随便和人开玩笑,受之者不得见怪;而且我们的报是社会刊物,志在引起一般人生活中种种兴趣,所以遇着这种好机会,便抓住不肯放松,想亦读者所乐许。”①冯武越最初引入万愚节可能有“欧化”的嫌疑,但对刘云若而言,更像“西为中用”,借此进行精彩的“相声”表演。4 月 1 日《北洋画报》最惹人注目的内容是《天津报界业余歌舞团试演记》,文章煞有介事地称天津报界成立业余歌舞团,在大华饭店演出,并配“歌舞团基本团员化装试演优秀舞之影”一张,赫然为王小隐、王缕冰、刘云若、冯武越等报界名人搔首弄姿的女装跳舞照片,极为滑稽可笑。这相当于相声中的“系包袱”,通过把人物放入不协调的喜剧环境,故布疑阵,“似是而非”地渲染矛盾假象和喜剧气氛。4 月 4 日,《北洋画报》点破其为假新闻,类似于“解包袱”,刨开事情的实底:“因为他们几位,都是近日津门的‘闻人’(应作新闻界人物解),朋友很多,看见了必要笑痛肚皮,所以和他们开个小玩笑。”②并挑明开始故意布下的破绽,给读者前后呼应、恍然大悟之感。4 月 30 日刘云若再作一番说明:“该照片所以成功,无非在我们自己照片里,剪下面孔来贴在别人的跳舞照片上,所以有许多人明知是假,但还疑惑我们真曾经化装。”③终于抖落了“包袱”,进一步阐发了事件的可笑性。整个过程经过细密的组织和铺垫,“三番四抖”,层层推进,而且巧妙利用读者/观众的互动和合作,在某种意义上,观众的来信和疑问充当了“捧哏”的角色。

无可否认的是,以刘云若自己对幽默高下的区分而言,这种专为迎合读者的“玩笑”明显属于“下者”,在相声艺术中也只体现了“滑稽”情态的一般状态,仅给人较浅层次的感官愉悦。其实林语堂和老舍都承认幽默也可能就是笑笑,但那是一种世事洞明的智者的笑,而非“玩笑”这样的噱头,尽管刘云若的“归哏”吸收了现代幽默思潮的某些成分,仍带有强烈的市俗色彩。这种“俗”气还表现在作者与读者的关系上,往往因为拉不开距离而无

① 《今年万愚节扩大宣传》,《北洋画报》第 301 期,1929 年 4 月 4 日。

② 同上。

③ 《同途殊归之把戏》,《北洋画报》第 312 期,1929 年 4 月 30 日。

法获得超越的价值，编者拿本报“闻人”向读者开玩笑，本身就体现了这一点。但刘云若似乎在有意识地重新塑造作者形象，1929年7月7日，“《北洋画报》三周年纪念号”第一次为读者呈现了《北洋画报》作者的日常面貌，图文并茂。《作者七人》述作者生活琐事及性情爱好，亲切可感，又饶有风趣。七人各配照片或速写一张，刘云若时患眼疾，其头像为“独眼龙”漫画式造型，夸张可笑，旁边有《云若画像自题》，这首打油诗纯属戏谑，格调不高。但“自嘲”也打破了作者的优越地位，使其视野、观点乃至语言都向读者靠拢，从另一方面说，作者与读者的平等关系正是现代画报读者的要求之一。

（作者单位：中国现代文学馆）

卞之琳北平时期诗歌的复杂色调

张林杰

一

本文中所说的卞之琳“北平时期诗歌”，指的是他1930年秋到1935年春的创作。据张曼仪的《卞之琳年表简编》①，从1929年秋来到北京，直到1935年初，这五年多的时间里，除了1933年秋大学毕业后到保定育德中学代曹禺教过一段时间的课之外，卞之琳一直都待在北京。而从1935年春天以后，他的生活区域就开始发生了较大的变化。因此，1930—1935年可以算是卞之琳诗歌创作的“北平时期”。按照卞之琳本人在《雕虫纪历》自序中的分期，自1930年秋冬，他的诗歌创作出现“第一阵小浪潮”起，其30年代的创作可以分为三个阶段②，而“北平时期”则几乎涵盖了他的前两个阶段。他在这一时期的诗歌创作，不仅多酝酿构思于北平，而且其中大量篇章都取材于北平生活，表现了诗人所感触的“北平街头郊外，室内院角”③，从而承载了他在这一特定时空环境中的感受。

在讨论卞之琳的诗歌创作时，学者们似乎都倾向于将他北平时期的作品与他1935年初以后所写的作品划出一道明确的界限。例如，蓝棣之就认为“好像是忽然之间，从1935年开始，卞之琳的声音有了很大变化”④，江弱

---

① 张曼仪编：《中国现代作家选集·卞之琳》，北京：人民文学出版社、香港：香港三联书店，1995年，第301—329页。

② 卞之琳：《〈雕虫纪历〉自序》，《卞之琳文集》（中），合肥：安徽教育出版社，2002年，第447—449页。

③ 同上书，第447页。

④ 蓝棣之：《现代诗的情感与形式》，北京：人民文学出版社，2002年，第89页。

水也强调,“1935 年在卞之琳诗创作中具有特殊的意义,从 1 月的《距离的组织》开始,就像是一道分水岭,将卞氏的战前划为前后大异其趣的两个部分”①。这种判断,也可以在卞之琳本人的创作自述中获得支持,在《雕虫纪历》自序中,卞之琳曾说,他 1935 年以后的创作在“诗思”、“诗风”上更“趋于复杂化”,“山山水水,花花草草,也多了起来,北国风光已经不占压倒优势”。②

就卞之琳创作的发展而言,这一划分自然有其道理,毕竟,相比于北平时期,1935 年之后,卞之琳的作品更有意识地追求表达的技巧,在风格上也更具“知性”的特征。但是,我们并不能因此就将卞之琳北平时期的诗风和情趣,与他后来的创作特点截然地区别开来。因为实际上,卞之琳后来诗歌的许多重要的艺术特征,例如江弱水所总结的“自我意识的客观化”、“主体声音的对话化”等等③,都是在北平时期的创作中就已经开始呈现出来的,只不过,1935 年以后,随着卞之琳生活范围的扩大,这些原先就已经呈现的特征得到了更进一步的强化。

与同时期其他诗人相比,卞之琳的诗歌创作一开始就带有一种复杂的情感色调,这种色调既与他个人的性格有关,又通过他所接受的外来影响而变得更加自觉。就他北平时期的创作而言,或许北平这座城市所带给他的感受也为这种复杂色调的形成增添了新的因素。

从个人性格来看,卞之琳属于那种敏感多思而又内向矜持的人,他对事物的情绪反应总是包含着很复杂的因素,这使他在面对历史事件和时代风云的时候,“总不知要表达或如何表达自己的悲喜反应”。而在涉及个人的情感世界时,他也“更害怕公开我的私人感情”。④ 这种情感反应的踌躇与矜持,使他很难以一种单一、明晰的方式来加以表达,因此,以含而不露的方式间接地传达情感就成为他的抒情策略,所以他每每喜欢“借景抒情,借物

---

① 江弱水:《卞之琳诗艺研究》,合肥:安徽教育出版社,2000 年,第 14 页。

② 卞之琳:《〈雕虫纪历〉自序》,《卞之琳文集》(中),合肥:安徽教育出版社,2002 年,第 448、449 页。

③ 这些特点的归纳见江弱水《卞之琳诗艺研究》第二章第二节、第三节,合肥:安徽教育出版社,2000 年。

④ 卞之琳:《〈雕虫纪历〉自序》,《卞之琳文集》(中),合肥:安徽教育出版社,2002 年,第 446 页。

抒情,借人抒情,借事抒情”①。这样一种趣味,不仅与中国传统诗艺的蕴藉、含蓄格调相辅相成,也构成了他接受西方现代诗歌影响的前提。反过来,西方现代诗歌的影响又进一步促成了他诗歌中“自我意识的客观化”、“主体声音的对话化”等特征的形成,从而使他对情感的表现充满了张力和复杂的色调。

以这种敏锐的主体感应和趣味去感受30年代北平的社会文化氛围,卞之琳对这座城市的情绪反应也充满了复杂色调。

距卞之琳北上读书两年多之前,也就是1927年4月,国民党政府迁都南京,结束了自明朝永乐十八年以来北京作为首都的历史。这座废都被更名为北平,从全国的政治、文化中心变成了地域性城市。这种因政权变迁而导致的城市命运的变化,不仅影响着这座城市本身的发展,而且也在某种程度上影响着生活在这个城市中的人们的心态。

迁都之后,随着困扰北平高校的教育经费问题逐渐得到了一定程度的解决,生活在这里的知识分子开始有了相对充裕的生活保障,加上大批剩余的原政府公务人员进入服务行业,使得“全市成为一个彻底的买方市场,不论衣、食、住、行,吃喝玩乐,都供过于求,商店店员服务性行业从业人员态度之好,无以复加”②。与此同时,由于摆脱了文化与政治中心的负重,北平的文人,尤其是各个高校中的文人也远离了文坛的争斗和党派矛盾的漩涡,在心态上变得相对超然,“没有什么大野心的人,也就不想再到南京、上海这些地方去争名夺利,站在斗争的风浪口去拼搏,而在文化古城中静静地读书了”③。这种“边缘”地位和较为优裕的生活,酿就了30年代北平文人的从容。

但是,另一方面,当作为政治文化中心的喧闹消失之后,一种颓败感也在生活于这里的文人心中油然而生。几百年来,这座城市一直是皇城帝都,被视为传统文明的象征,而从20世纪初期开始的新文化运动,也在这里酝酿成熟,并逐渐成为主流文化的代表。但随着首都和文化中心的南迁,北平作为新文化中心的地位成了历史,而它所代表的传统文化,也在社会的现代进程中日趋式微,因此,这时期的北平难免给人以颓败的印象,尤其是与刚

① 卞之琳:《〈雕虫纪历〉自序》,《卞之琳文集》(中),合肥:安徽教育出版社,2002年,第446页。

② 谭其骧:《〈文化古城旧事〉·代序》,北京:中华书局,1995年,第2页。

③ 邓云乡:《文化古城旧事》,北京:中华书局,1995年,第6页。

刚逝去的热闹的20年代相比，更显得“荒凉”。与文化上的沉寂相对应，北平古旧破败的城市风貌、风沙漫漫的生态环境，也都强化了这种衰落感。“九·一八”前后，日本侵略的威胁，更使这座城市变得愈益萧条。这一切，都让这座古城仿佛成了文明坍塌的象征。连留在北平的周作人，提到北平时也表露出不胜今昔之感，说它“不但不是国都，而且还变了边塞”①。

这种远离中心漩涡的超然与从“国都”堕入“边城”的颓败和焦虑感，也在某种程度上影响了卞之琳北平时期的感受。

作为一个与学院派文人“相处无间”、趣味相投的大学生，北平相对“超然”的环境和大学校园较为宽容的氛围，为卞之琳提供了一个可以暂时规避现实困扰的空间。这一空间，使他不仅有机会接触更多趣味彼此投契的前辈和同辈文人，而且能够沉溺于自己的诗思、咀嚼自己的感触，保持自己的趣味，并从容地传达和释放自己的情绪，这对他以个人体验为中心的诗歌创作的展开不无益处。但是，当时北平的颓败气息以及这种颓败中所包含的意蕴，又使得他在超然中的感触充满了矛盾。他后来回忆说，当时他“对北行的兴趣，好像是矛盾的”，因为他所感兴趣的是两个不同的北平，一个是作为“五四运动的发祥地”的北平，另一个则是作为“破旧的故都”的北平，而这两个北平当时都已经成为历史，因此，卞之琳对这两者的兴趣都“像是一种凭吊，一种寄怀”。② 从这样一种表述中明显可以看到，作为“五四运动发祥地”的北平所代表的那种“现代”价值观以及作为“故都”的北平所代表的“传统”文化精神，当时都在卞之琳的心中引起了某种共鸣，因而他对北平的“凭吊”也就包含了复杂的意味。当这座城市颓败、荒凉的环境带给他苦闷和彷徨的时候，它的苍凉古韵也在安慰着他的寂寞和“飘零身世”感，使他生出怀旧的诗意和惆怅，当他感受着北平市民随性的闲适和豁达的时候，又常常会对这座城市市民麻木慵懒的生存状态产生悲悯、厌恶和批判，这种复杂的感受和趣味相互纠缠着，通过借物、借景、借人、借事的抒情，以戏剧化的方式呈现在他的诗歌中，构成了他这时期诗歌的复杂色调。

---

① 周作人：《北平的好坏》，收入姜德明编：《北京乎》（上），北京：三联书店，1992年，第4页。

② 卞之琳：《〈雕虫纪历〉自序》，《卞之琳文集》（中），合肥：安徽教育出版社，2002年，第445页。

二

卞之琳后来谈到，在北平时，他由于“不满现实”，“彷徨”、“苦闷”而“悄悄发而为诗”。[①] 这些诗多“寄情于同归没落的社会下层平凡人，小人物”，呈现了一个“北国风光的荒凉境界”。[②] 灰色的人物和荒凉的景致，既是北平时代卞之琳寄情和怀旧的凭藉，又可以说是诗人自身情感和意识客观化的表达。江弱水曾用“秋日夕阳下的荒凉世界”和“迷途倦旅中的困乏人生”来概括这一时期卞诗的意象特征[③]，着眼的正是其苦闷的情绪内涵。

但是，也正是这种荒凉和寂寞，才让这座古都与他这样一个出身“清寒”的读书人的“飘零身世”相契合，使他找到可以让人细细品味和凭吊的怀旧氛围与诗意。也可以说，是 30 年代北平的荒凉、颓败的景致酝酿了卞之琳的诗情，让他找到了与自己的感受相对应的诗境。在这里，他可以时而与炉边墙上的影子一起发呆，怀想着丢在“江南的田野中”的另一个影子（《影子》）；时而一个人“在荒街上沉思”，从“冰糖葫芦”的叫卖声、提鸟笼人自在的脚步、卖萝卜小贩的空闲和矮叫化子的呆滞目光中，去品味城市的寂寞和自己的寂寞（《几个人》）；或与朋友在“长满乱草的城台”上凝望田野和远山，在“自己也全然不知道上哪儿去好”的茫然中，去凭吊衰落的文明（《登城》）；再不就出神地“呆听着一城雨”，让自己的寂寞在雨韵“轻柔的抚慰”下，与城市的寂寞相呼应（《一城雨》）。显然，在这些诗中，卞之琳并不仅仅是借助荒凉的景致来表现自己的苦闷，更重要的是，他同时也在玩味着荒凉中包含的悠悠古韵。

即使是在那些“寄情于同归没落的社会下层平凡人，小人物”的灰暗作品中，也蕴含着他对北平日常生活中的悠然闲适趣味的共鸣与品玩，这些悠然闲适的趣味中沉淀着一个古老民族的生存方式和生活态度，它们很容易唤起卞之琳这样的读书人的思古之幽情。而作为一个长于在琐屑的日常生活中发现趣味和诗情的人，从灰色人物和灰色生活场景中去寻找诗的材料

---

① 卞之琳：《〈雕虫纪历〉自序》，《卞之琳文集》（中），合肥：安徽教育出版社，2002 年，第 445 页。

② 同上书，第 447 页。

③ 参见江弱水：《卞之琳诗艺研究》，合肥：安徽教育出版社，2000 年，第 16、23 页。

和蕴藏的趣味,对卞之琳后来的诗歌特色的形成,也是一种不容忽视的训练。因此,在这类表现下层人物灰暗生活的作品中,呈现出来的情感色调往往是复杂的。与此相对应,作者采用的借景(物、事、人)抒情的策略,更为情感复杂性的呈现提供了空间。

卞之琳在谈到自己“玩笑出辛酸”这一特征时,曾提到《叫卖》一诗[①],这首短短的小诗写得言简意赅:

> 可怜门里那小孩,
> 妈妈不准他出来。
> 让我来再喊两声:
> 小玩意儿,
> 好玩意儿!……
> 唉,又叫人哭一阵。

诗人隐身幕后,却透过小贩的视角呈现了三个角色间的互动关系:“门里那小孩”听到小贩的叫卖声而被吸引,可他妈妈却不准他出来,孩子的哭闹声让小贩既觉得“可怜”,又觉得有趣,于是他“再喊两声”,“又叫人哭一阵”。小贩最后的那声叹息,既像是表达一种歉意,又像是表达对这家人窘境的同情,也像是对自己这种“穷作乐”方式的自责。该诗从买卖“小玩意儿”的窘迫这一细节来表现小户人家的暗淡光景和小贩生意的不景气,从而呈现下层人生的辛酸,但是,当这一主题借助小贩带有童趣的眼光来加以展示的时候,便有了一种不同的色调,诗中走街串巷、以叫卖声推销“小玩意儿”来维持生计的小贩,并没有完全被生意的不景气左右自己的情绪,在生存的重压下,他依然保持着顽童般的情致,用叫卖声来吸引买主,也用叫卖声来娱乐自己,并在别人的窘迫中去寻找乐趣。透过这样一个小人物的视角,诗人不仅在戏谑中向我们呈现了人生的灰暗,也在灰暗人生中发现了北平人的乐天性格和情趣。

另一首短诗《苦雨》,则被卞之琳当做“冷淡盖深挚”[②]表达特点的体现。与《叫卖》那种透过角色来观察事物的表现方式不同,这首诗采用了一

---

① 卞之琳:《〈雕虫纪历〉自序》,《卞之琳文集》(中),合肥:安徽教育出版社,2002 年,第 447 页。

② 同上。

种“客观”的镜头,“不动情”地呈现了下层市民的生活场景:

> 茶馆老王懒得没开门
> 小周躲在屋檐下等候
> 隔了空洋车一排檐溜
> 一把伞拖来了一个老人——
> “早啊,今天还想卖烧饼?”
> “卖不了什么也得走走。”

诗以一种近乎摄像机的镜头呈现了一个阴郁的雨天场景:老王的茶馆因为下雨无人光顾而懒得开门;茶馆外的屋檐下,车夫小周一边避雨,一边等客,他的洋车空荡荡地停在不远处;一位老人冒雨打着伞蹒跚而来(“拖”字用得很传神),从他与小周的对话中,我们得知他是卖烧饼的。在阴雨天的背景下,两个在场的角色(小周和老人)及一个不在场的角色(茶馆老板老王)共同酿就了一个生意萧条的场景,暗示了那一时代小人物落寞、无聊的灰暗处境,在不动声色中寄托了诗人对这些人物的深挚同情。但是,隐藏在灰暗、萧条的苦雨氛围之中的,并不仅仅是人物为生存所做的挣扎,还有不同职业的角色之间熟稔亲切的街坊关系以及他们在窘境中的悠闲自得,那位卖烧饼老人“卖不了什么也得走走”的态度,呈现的不仅是一种无奈,也是一种超然于“为稻粱谋”之上的恬淡的生活方式和人生态度,这些都无意间让一幅灰暗的图景打上了一种闲适、达观的烙印,使苦雨氛围中平添了悠然的趣味。

与此相似的还有《寒夜》一诗,也同样用了一种戏剧化的手法,表现了北平的冬夜里室内的生活场景:

> 一炉火。一屋灯光。
> 　　老陈捧着个茶杯,
> 对面坐的是老张。
> 老张衔着个烟卷。
> 　　老陈喝完了热水。
> 他们(眼皮已半掩)
> 看着青烟飘荡的
> 　　消着,又(像带着醉)

看着煤块很黄的
烧着，哦，他们昏昏
　　沉沉的，像已半睡……
当！哪儿来的钟声？
又一下，再来一下……
　　什么？有人在院内
跑着："下雪了，真大！"

寒夜中"一炉火。一室灯光"的氛围慵懒而舒适，在暖融融的氛围里，房间里的两个人物，老张和老陈，一个衔着烟卷，一个喝着热茶，围炉而坐，他们恹恹无聊盯着炉火中燃烧的煤块、飘荡的青烟，昏昏欲睡。透过这种懒散无为的人生表象，诗人似乎意在向我们展示北平市民阶层庸常无为和麻木不仁的生存状态；但是，在"寒夜"这样一个整体氛围的映衬之下，诗歌所着意营造的那种灯光下、炉火前慵懒的室内气氛，又充满了一种暖意融融的闲适感，而后半部分屋外响起的响亮钟声和无声无息飘落在大地上的第一场雪以及院内人们惊喜的喊声，则不仅给这昏昏欲睡的世界带来一种清新的气息和兴奋感，也勾勒了一幅充满北国冬夜韵味的闲适图景，具有让人沉迷的魅力。

在这些诗中，卞之琳那种超然的审美趣味与他所持有的现代价值观纠缠在一起，形成了一种复杂的情感色调。他流连于北平的古韵及其市民悠然闲适的趣味中，并在对旧物的凭吊中来为自己的苦闷找到寄托，但是，北平市民慵懒、麻木、缺乏危机感的生存状态，又往往使他的品玩和凭吊带上了一点郁闷甚至是愤懑，这让他很难与这种传统人生形式和趣味达成完全的契合：

五点钟贴一角夕阳
六点钟挂半轮灯火
想有人把所有的日子
就过在做做梦，看看墙，
墙头草长了又黄了
（《墙头草》）

啊哈，你看他的手里

这两颗小核桃，多么滑亮，
轧轧的轧轧的磨着，磨着……
唉！磨掉了多少时光？
(《一个闲人》)

这两首诗所呈现的两个细节，凝缩着传统的北平市民生活的精义。从诗的角度看，“做做梦，看看墙”地打发“所有的日子”，固然是闲雅超然、富有诗趣的，而“闲人”手中那两只“滑亮”的核桃，也似乎是悠闲的传统生活方式的凝聚物；但从人生意义上看，以这样无所事事的方式消磨掉大好的时光，却又无聊得让人喟叹。与前面几首诗歌的不动声色相比，这两首诗在闲适自得的韵致中，出现了诗人(或叙事者)批判的声音。《墙头草》一开头就呈现了一个暮色苍茫的古雅秋境：“五点钟贴一角夕阳/六点钟挂半轮灯火”，接下来，用一个“想”字，表现了这一苍凉境界中“有人”的生活方式，他们“把所有日子，就过在做做梦，看看墙”上面，“墙头草长了又黄了”这一意象暗示了时间的流逝和春去秋来的循环，也暗示了这种循环人生的无聊和可悲；而在《一个闲人》中，诗人则以叹息和评论直接表达了对这种闲散人生的批判：“唉！磨掉了多少时光？”这种直接的情感表达，在卞之琳本时期的诗歌中并不多见。

三

也正是在这样一个时期，情感反应的复杂性和由此产生的借物抒情的表达策略，使卞之琳逐渐发展出一套传达感受的方式。这让他能够有意识地将复杂的情感反应纳入诗歌之中，也让对自己批判声音的传达显得更为委婉和隐蔽。《西长安街》一诗就是一个例子。这首诗实际上是由两节写于不同年代的作品拼接而成的。第一节写于1930年初冬，是一首带有某种“凭吊”意味、相对单纯的抒情诗：

长的是斜斜的淡淡的影子，
枯树的，树下走着的老人的
和老人撑着的手杖的影子，
都在墙上，晚照里的红墙上，

红墙也很长,墙外的蓝天,
北方的蓝天也很长,很长。
啊! 老人,这道儿你一定
觉得是长的,这冬天的日子
也觉得长吧? 是的,我相信。
看,我也走近来了,真不妨
一路谈谈话儿,谈谈话儿呢。
可是我们却一声不响,
只跟着,跟着各人底影子
走着,走着……
走了多少年了,
这些影子,这些长影子?

长安街是传统文明的象征,在北方初冬晴和温暖的阳光下,在长长的蓝天映衬下,红色宫墙上那些枯树斜斜淡淡的影子充满了让人怀想的悠悠古韵,但它们与那些在西长安街上慢慢踱步的老人们寂寞的影子交错重叠,又让这种古韵添上一种落寞的情调,这些委顿的老年人迟缓的影子和他们沉默的漫步,映衬着这座古都的寂寞,也映衬着诗人内心的寂寞。

第二节则写于1932年秋天,仍然写的是诗人对西长安街上萎顿的景物和人物的体验,但当诗人有意识地将这一段的内容与上一节衔接起来时,就构成了一首意蕴更加复杂的作品。在这一节的开端,诗人承接上一节发出的叹息,跃入了一个想象的场景里:

前进又前进,又前进又前进,
到了旷野上,开出长城去吗?
仿佛有马号,是一大队骑兵
在前进,面对着一大轮朝阳,
朝阳是每个人的红脸,马蹄
扬起了金尘,十丈高,二十丈——

长安街上那些"走了多少年"的"长影子",在诗人的幻觉中成为一支"前进又前进"的队伍,带着一种"到了旷野上,开出长城去"的豪壮,这样的幻觉,与前一节中那些长长的寂寞影子形成了呼应与对照,是诗人内心蕴含的现实激情和渴望在想象中的恣意挥洒，同时，通过这种幻象与现实的对照，又暗示了对委顿现实的批判。

当幻象消逝之后，诗人再次回到现实中，他感受到的却是“什么都没有”的空虚。连那些在街头悠然而寂寞地踱步的老人也已不见，取代老人的是立在大门前的“黄衣兵”，他们像那些踱步的老人一样丧失了活力，“如墓碑一般直立在”旧日王府的大门前，“不作声，不谈话”，即使他们默默思念着“东北天底下的乡土”，记挂着被敌人蹂躏的家园和青纱帐里曾经响起的抗击入侵者的枪声，但在现实中，却也只能无可奈何地看着达官贵人们摩登舒适的汽车威风凛凛在长街的柏油路上掠过。现实依然寂寞。整首诗用三个细节鲜明却又表达着不同感触的场景，相互交错比照，构成了30年代北平委顿、寂寞而又虚幻的人生图景，既呈现了在生命力委顿的文化中人与人的隔膜，抒发了诗人内心的寂寞感，又委婉曲折地传达了诗人对现实的批判。

到了写于1934年的《春城》一诗，这种复杂的表达方式被用得更加自觉，在这首表达诗人批判声音的诗歌中，诗人控制复杂局面的能力得到了更进一步的展示，他避开那种由抒情主体个人主导一切的话语方式，而让多元的声音参与其中，由此来实现自我意识的传达，即使是呈现对传统人生的“激愤”批判，写法上也显得更富有弹性。正如江弱水所说，在这首诗中，各种不同的声音以“相对独立”的形式呈现并“相激相生、相呼相应”[①]。诗一开头，叙述者就以“北京城：垃圾堆上放风筝”这一意象引入主题，这样一个富有隐喻性的意象，暗示了当时上下层社会那种“直把杭州作汴州”的穷作乐的生活方式和氛围；接下去，诗中出现了各种人物之间一系列彼此调侃的对话，这些对话在风格上庄谐并出、雅俗共生，有的充满北平下层市民“打哈哈”意味，有的又带有读书人的“义正词严”，还有的则带着流行歌曲的陈腔滥调，但它们各自以“戏剧化”的方式，呈现了在日益恶化的自然环境、市政环境中北平人的生存状态以及他们在民族危亡和现实危机中的麻木不仁与超然，在市民们的各种调侃之间出现的那段激愤的独白，则表达了一种对市民生活状态的否定：“悲哉，悲哉！/真悲哉，小孩子也学老头子/别看他小人，垃圾堆上放风筝，/他也会‘想起了当年事……”/“听满城的古木/徒

① 参见江弱水：《卞之琳诗艺研究》，合肥：安徽教育出版社，2000年，第94—98页。

然的大呼,/呼啊,呼啊,呼啊,/归去也,归去也/故都故都奈若何!……”虽然这首诗通过“众声喧哗”的局面来传达诗人对现实的感受,并没有让诗人的自我去主导一切,但是,该诗仍然是一首以诗人的主体意识为归依的抒情诗,诗中那些兴高采烈地打哈哈的下层市民,在意识上显然与诗人处于对立的状态,而诗中的叙述者和独白者则与诗人更为接近,因此,“垃圾堆上放风筝”的隐喻和“故都故都奈若何”的叹息所传达的批判,正反映了卞之琳自己当时的情感态度。将一首抒发个人情感的作品以这样“多声部”的戏剧化方式加以呈现,这表明,卞之琳在北平时期的最后阶段,已经形成了一种传达复杂主体感受的自觉的艺术追求。这为他下一阶段那些最富有独创性的诗歌的出现奠定了基础。

(作者单位:天津师范大学文学院)

现代主义地图中的北平与中国

——30年代北平的现代主义诗歌

季剑青

现代主义地图中的北平与中国

就现代主义与城市的关系而言，它既是对现代城市经验的表达，同时也是一种出现于国际性大城市中的文化现象，两者密不可分。然而对非西方国家的城市而言，情形却比西方更为复杂。比起伦敦、巴黎、纽约这些大城市，20世纪30年代北平的现代化程度无疑要低得多，如何理解不够现代的北平所产生的现代主义诗歌？自然，我们不会简单地将现代主义视为对都市现代性的美学反应，但两者之间的关系仍有待深入的说明。帕特里卡·劳伦斯在《丽莉·布瑞斯柯的中国眼睛》一书中提出了一些值得思考的观点，她认为现代主义并不一定是文化和经济充分现代化后的产物，在20世纪二三十年代的中国，当社会现代性还未充分发展起来时，一些文学团体（她主要指的是新月派）中就出现了现代主义萌芽，并且在与英国现代主义的美学对话中逐渐成熟，因而在中国的文化背景下，“现代性的价值观与实现现代主义的动机是各自独立的”，她把这种现代主义称为“学院式现代主义”。虽然她的著作中对北平着墨不多，对卞之琳、何其芳也很少提及（考虑到北平本身作为学院重镇的地位以及卞之琳、何其芳的学院背景，这个缺憾似乎有些说不过去），但她努力将现代主义从西方与中国之间不平等的权力结构中拯救出来，倡导“比较现代主义”的研究方法，却给我们打开了新的思考空间。不过我认为她在这条路上走得太远了，滑向了另一个极端，以至于认为现代主义只是历史之外“社会内心深处的领地”，一个纯粹的

“美学和想象空间”，完全割裂了美学与社会历史之间的关系。① 正如我们在卞之琳、何其芳和林庚的作品中看到的，即使在那些美学上最成熟和完满的作品中，也包含着现实的历史内容。我们需要在更高的层面上思考非西方世界的现代主义与都市现代性之间的复杂关系。

从现代化程度上来看，20世纪30年代的北平在市政管理、道路交通等方面已略具现代城市的雏形，而工业化水平仍然相当落后。1930年的一份调查表明，当时在电灯公司、火柴厂、自来水公司等工厂以及邮电和交通系统中从业的工人不到九千人②，而北平1930年底的人口是138万，1937年抗战爆发前的人口是150万③。相对于如此规模的人口而言，前者几乎可以忽略不计。北平是一座商业和消费城市，它主要依靠庞大的人口维持市场的繁荣，但是在30年代的历史环境中，它先是失去了首都的地位，其后又因日军压境而常常处于动荡不安之中，20年代一度繁荣的市场也早已风光不再，“荒凉”“冷落”几乎是时人对这座“故都”的共同印象。④

与都市现代性的低落形成鲜明对比的是，北平众多高等学府中的教授和学生（当然包括卞之琳与何其芳）却对欧美现代主义抱有强烈的兴趣。在北大和清华，研习欧美现代诗和现代批评一时蔚然成风。叶公超孜孜不倦地介绍艾略特，在他的影响下，艾略特的诗歌和诗论在北平的学院中被广泛阅读、翻译和评论⑤；他密切关注欧美文坛的最新动态，“总能买到最新的好书，买多了没处放就处理一批，新的源源不断而来”⑥，并且在第一时间撰

---

① 〔美〕帕特丽卡·劳伦斯：《丽莉·布瑞斯柯的中国眼睛》，万江波等译，上海：上海书店出版社，2008年，第509、598—601页。

② Madeleine Yue Dong（董玥），*Republican Beijing: The City and Its Histories*, Berkeley and Los Angeles: University California Press, 2003, p. 105.

③ 曹子西主编：《北京通史》第9卷，北京：中国书店，1994年，第397页。

④ 这从当时报纸一些文章的标题上就能看出来，如《衰落之北平》（1929年7月4日《大公报》“社评”）、《庭院深深住客稀 公寓业受时局影响不振》（1933年1月14日《北平晨报》）、《废年已到 故都冷落依然》（1935年1月21日《大公报》）等。

⑤ 关于艾略特30年代的译介，参见董洪川：《“荒原”之风：T. S. 艾略特在中国》，北京：北京大学出版社，2004年，第95—97页；张洁宇：《荒原上的丁香》，北京：中国人民大学出版社，2003年，第89—98页。

⑥ 赵萝蕤：《怀念叶公超老师》，陈子善编：《叶公超批评文集》，珠海：珠海出版社，1998年，第2页。

文评论美国《诗歌》杂志的动向和叶芝编选的《牛津现代英诗选》[①]。叶公超、哈罗德·艾克顿(Harold Acton)还分别在清华、北大外文系开设现代诗课程,在北大英文系主任温源宁的主持下,英文系的图书馆拥有最新的英美现代主义作品和期刊。[②] 与此同时,叶公超在清华的学生曹葆华在《北平晨报》上译介了大量的英美现代诗论,曾经深刻影响过艾略特的亚瑟·西蒙斯(Arthur Symons)《文学中的象征主义运动》以及英语世界中最早的现代主义专著之一、埃德蒙·威尔逊(Edmund Wilson)《阿克瑟尔的城堡》也在其中。[③] 如果说30年代的上海作家可以通过西文书店和文学期刊获得西方现代主义作品的最新版本和相关信息[④],那么同时期北平的学者诗人也毫不逊色,借用史书美的话说,这体现了中国现代主义者与西方保持"共时"(coevalness)和同步的渴望[⑤]。

但是较之都市现代性高度发达的上海,北平的现代主义却包含着更为深刻而复杂的内涵。面对中国城市令人沮丧的社会现实,现代主义也许提供了另外一条拥抱"现代"的方式,一条想象的但同时也是真实的方式,卞之琳、何其芳和林庚的作品便是最好的例证,他们把自己生活于其中的这座城市,转化为了包含着复杂现代性经验和巨大张力的现代主义文本,就像乔伊斯把贫穷落后的都柏林表现为"世界上所有城市"的普遍象征一样。卞之琳、何其芳正是在北平学院里研习欧美现代诗的风气中开始他们的诗歌创作的,即使林庚这位自认没有受到西方文学影响的诗人也听过叶公超的英美现代诗课程。[⑥] 重要的或许不是欧美现代主义的影响,而是在投身现

① 参见叶公超:《美国〈诗刊〉之呼吁》、《〈牛津现代英诗选〉》,陈子善编:《叶公超批评文集》。

② Harold Acton, *Memoirs of an Aesthete*, London: Methuen & Co. Ltd., 1948, p. 330. 关于30年代北大清华等校讲授欧美现代诗的风气,参见拙著《北平的大学教育与文学生产:1928—1937》,北京:北京大学出版社,2011年,第51—53页。

③ 《天才诗人韩波》(《北平晨报·风雨谈》1937年4月6日)译自前者,《象征主义》(《北平晨报·北晨学园》1933年12月4—7日)则译自后者。

④ 参见〔美〕李欧梵:《上海摩登——一种新都市文化在中国》,毛尖译,北京:北京大学出版社,2001年,第138—145页。

⑤ 参见〔美〕史书美:《现代的诱惑——书写半殖民地中国的现代主义(1917—1937)》,何恬译,南京:江苏人民出版社,2007年,第385—393页。

⑥ 孙玉石:《"相见匪遥 乐何如之"——林庚先生燕园谈诗录》,北京大学中文系、北京大学诗歌中心编:《化雨集》,北京:人民文学出版社,2005年,第52页。

代主义过程中表现出的拥抱“现代”和超越现实的文化热情。在我看来，低度的都市现代性与高等现代主义(high modernism)之间的这种强烈反差和张力，正是非西方国家现代主义的重要特征。这种反差给哈丽特·门罗留下了深刻的印象，1935年初访问北平时，她惊讶地发现：

> 大学中学生诗人不再使用文言而代之以白话文，英文课上的学生急切地想知道西方文学世界的最新动态。我就像是一个缪斯的传教士一样来到这些东方的学术殿堂，常常被邀请去朗读当代美国诗歌，次数如此之多以至于我不得不拒绝了所有城外和一些城内的邀请。当我在挤满了热情并具有欣赏力的面孔的大厅中朗读林德塞、桑德堡、史蒂文斯、米莱(Millay)、贴廷斯(Eunice Tietjens)的《泰山》(Tai Shan)和我自己的诗歌的时候，我惊讶于这些学生竟然对一门外语中的奇特韵律有如此多的了解。通过他们令人惊喜的评论，我能感觉到他们抓住了我们诗歌的精神和运动中的某些东西……在这些北平的学校中，许多学生来自遥远地区，他们常常要忍受贫穷和艰苦的生活，却不顾一切地拼命吸收新的知识，锻炼他们古老艺术的新型形式。如果说中国在政治科学和民族团结的天性上不尽如人意，漠不关心，那么她在艺术上却是充满激情。面对这些来自这个辽阔国家远近各处的学生，我为这种激情所感动——这个民族的心脏在这里。①

哈丽特·门罗没有空手而归，她在哈罗德·阿克顿的翻译帮助下，挑选了何其芳的《夜景(二)》和林庚的几首诗发表在她主编的《诗歌》杂志“中国专号”上。② 门罗显然把北平视为中国的代表，她在这些年轻学生的艺术激情中看到了一个民族对现代的追求。十二年后，30年代就读于清华大学的王佐良在评论另一位年轻的现代主义诗人穆旦时观察到了相似的现象：“奇怪的事情是，尽管可悲地自外于现实政治的趋势，中国在心智事务方面却几乎是最新式的。”③也许这种反差并不奇怪，现代主义正是以美学现代性的形式对现实危机的克服和超越，只是在非西方世界，两者间的距离更为

---

① Harriet Monroe, "In Peking", *Poetry*, vol. 46 no. 1, April, 1935, pp. 32-33.

② Harriet Monroe, "Chinese Number", *Poetry*, vol. 46 no. 1, April, 1935.

③ Wang Zuoliang, "A Chinese Poet", *Life and Letters Today*, no. 6, 1947. 转引自江弱水：《一辞有两面，两面各一辞：两篇诗评的文本互参》，《读书》2010年第5期。

显著，表现于作品中的内在张力也更大。

不过，简单地把北平视为中国的代表却隐藏着危险，北平较低程度的都市现代性也许是非西方国家的普遍现象，但并不足以涵盖全部的中国，我们需要对民族国家概念背后隐藏的同质化陷阱保持足够的警惕。作为国际性的大都市，上海显然构成了另外一极的参照，比较两座城市不同的现代主义诗歌或许会让我们对“中国现代主义”的内在丰富性有更深的认识。简略地说，我们可以把以施蛰存主编的《现代》杂志为阵地的“现代派”诗视为上海现代主义诗歌的代表，施蛰存那段著名的宣言是其诗学立场的最好说明：“《现代》中的诗是诗，而且是纯然的现代的诗。它们是现代人在现代生活中所感受的现代情绪，用现代的词藻排列的现代的诗形。”①这里的“现代生活”基本上等同于“都市生活”，正如史书美所指出的，上海现代主义是都市语境的产物，诉诸都市现代性的直接表现②，上海现代主义诗歌的偶像是施蛰存极力推崇的芝加哥诗人桑德堡③，代表作则是徐迟的《都市的满月》；与之相比，北平的现代主义诗人虽“生于现代，精神上却绝少感染现代物质生活之诸般征象”④，这也正是戴望舒、钱献之等上海诗人批评林庚诗中缺少“现代的骚音”的原因。

梁秉钧注意到了上海现代主义诗歌的特征，有意思的是，他在更长的历史视野中把30年代的现代主义和40年代的现代主义区分了开来。梁秉钧认为，《现代》杂志代表了30年代旨在表现现代都市生活的现代主义，而从30年代晚期到40年代早期涌现出的一批现代主义诗人则完全不同，并且更为复杂。他引用意大利批评家雷纳多·波吉奥利(Renato Poggioli)《先锋派理论》(*The Theory of the Avant-Garde*)中的观点，认为表现现代都市生活的现代主义流于表面和肤浅，是马里内蒂式的“现代崇拜”，这种“现代崇拜”是一种倒退，一种地方主义(provincialism)；40年代的社会现实使得中国的现代主义诗人很快告别了这种简单的视野，他们最终转向了一种新的

① 施蛰存：《又关于本刊中的诗》，《现代》第4卷第1期，1933年11月。

② 〔美〕史书美：《现代的诱惑——书写半殖民地中国的现代主义(1917—1937)》，何恬译，南京：江苏人民出版社，2007年，第295—296页。

③ 参见施蛰存、徐霞村选译《桑德堡诗抄》及施蛰存《支加哥诗人卡尔·桑德堡》，均载《现代》第3卷第1期，1933年5月。

④ 李影心：《评〈汉园集〉》，《大公报·文艺》第293号，1937年1月31日。

诗歌,不是去表现都市场景,而是试图去理解和评价现代性全部的复杂性,是一种更复杂、更具深度的现代主义,它的代表人物是穆旦。[①] 梁秉钧没有给北平的现代主义诗人以足够的篇幅,但他看重的40年代现代主义的源头其实正是30年代的北平现代主义诗人,特别是卞之琳,以及辛笛、陈敬容这些带有过渡和承接色彩的诗人。后来由袁可嘉和其他九叶诗人勾勒的中国现代主义诗歌谱系,主要便是由30年代北平的现代主义诗人和40年代的九叶派诗人构成,两者间的承接脉络也异常清晰。这条线索基本上主导了中国现代主义诗歌的历史叙述,而上海的现代主义诗人则被有意无意地忽视了(都市色彩不那么浓的戴望舒或许是个例外)。

这种厚此薄彼的评价背后隐藏着某种深刻的文化焦虑。颇具反讽意味的是,在梁秉钧看来,作为国际性大都市的上海产生的却是某种本土的、"地方色彩"的现代主义诗歌。它们描写上海本地的都市景观,因此在普遍性和深度上有所欠缺。梁秉钧特别注意到《现代》杂志对美国现代文学的热情,施蛰存在《现代美国文学专号导言》中强调,作为新兴工业国家的美国的现代文学较之其他民族文学,更宜作为"本国新文学"的榜样[②],这种"民族文学"的视野在北平现代主义和40年代现代主义那里却很少看到,被邵洵美视为"世界主义"诗人的艾略特[③],在北平比在上海拥有更多的读者。这并不是说北平现代主义和40年代现代主义不存在民族关怀,只是说由于经过了复杂的形式中介,它们表现得更加曲折,表现得更具深度和普遍性。对普遍性的发掘当然是超越地方性和特殊性的正当要求,但是仅仅从形式和美学的层面来衡量"普遍性",却会面临抽空现代主义的社会历史和文化政治内涵的危险。

另外一种与此形成对照的主流观点则认为,30年代的北平现代主义和40年代的现代主义之所以取得较高的成就,是因为它们较好地实现了中与

---

① Leung Ping-Kwan(梁秉钧),"Literary Modernity in Chinese Poetry", in W. L. Yip(叶维廉)ed., *Lyrics from Shelters: Modern Chinese Poetry*, 1930-1950, New York: Garland Publishing Inc., 1991, pp. 43-53. 需要说明的是,波吉奥利把"现代主义"视为对现代性的拙劣模仿,这种对"现代主义"的负面评价很大程度上代表了欧洲大陆批评家对待"现代主义"的态度。和法国的批评家一样,波吉奥利更愿意使用"现代性"或"先锋派"的概念。参见〔美〕马泰·卡林内斯库:《现代性的五副面孔》,顾爱彬、李瑞华译,北京:商务印书馆,2002年,第88—89页。

② 施蛰存:《现代美国文学专号导言》,《现代》第5卷第6期,1934年10月。

③ 邵洵美:《现代美国诗坛概观》,《现代》第5卷第6期,1934年10月。

西、传统与现代的会通与融合。王佐良也许是最早提出这一论述的人,他在谈到西欧现代主义诗歌对卞之琳、冯至、穆旦等中国诗人的影响时说:“这里并不出现先进诗歌降临落后地区的局面,思想上如此,艺术上也如此。除了大城市节奏、工业性比喻和心理学上的新奇理论之外,西方现代诗里几乎没有任何真正能叫有修养的中国诗人感到吃惊的东西;他们一回顾中国传统诗歌,总觉得许多西方新东西是似曾相识的。这足以说明为什么中国诗人能够那样快地那样容易地接受现代主义的风格技巧,这也说明为什么他们能够有所取舍,能够驾驭和改造外来成分,而最终则是他们的中国品质占了上风。”[①]后来袁可嘉提出“中国式的现代主义”的概念,也是主要着眼于西方现代主义与“民族优秀传统”的融合。[②] 在海外,叶维廉则在更早的时候就提出相似的观点,并且从“语法与表现”上细致地分析中国传统诗歌与英美现代诗美学上的相似之处。[③] 这一思路后来基本上成为中国现代主义诗歌研究的主导范式,在不断的重复中逐渐僵化乃至丧失活力。

正如姜涛所指出的,在中西会通、传统与现代融合这一研究范式的背后是一种深刻的文化身份的焦虑,这种焦虑并没有随着这一研究范式失去活力而有所缓解,反而更加尖锐。[④] 为了在世界语境中证明中国现代主义诗歌的成就和合法性,研究者不得不从中国悠久的古典诗歌传统中寻求支援,似乎这一安全、可靠且受到公认的传统足以为中国现代主义诗歌在国际现代主义版图中赢取一席之地。当叶维廉在“跨文化语境”中试图为“中国现代主义”定位,并认为中国现代主义者面临着身份和认同的危机时,他似乎没有意识到,这种危机感很大程度上不过是研究者自身(包括他自己)有关新诗文化身份的焦虑的投射。[⑤] 我们可以在卞之琳、何其芳——更不用说

① 王佐良:《中国新诗中的现代主义——一个回顾》,《风格和风格的背后》,北京:人民日报出版社,1987 年,第 83—84 页。

② 参见袁可嘉:《中国与现代主义:十年新经验》,《文艺研究》1988 年第 4 期;又见袁可嘉:《略论卞之琳对新诗艺术的贡献》,袁可嘉等编:《卞之琳与诗艺术》,石家庄:河北教育出版社,1990 年,第 16—17 页。

③ 参见叶维廉:《语法和表现——中国古典诗与英美现代诗美学的汇通》,《叶维廉文集》第 1 卷,合肥:安徽教育出版社,2002 年。

④ 姜涛:《“中国式”的现代主义诗歌:该如何讲述自己的“身世”》,《新诗评论》2006 年第 1 期,第 67—69 页。

⑤ W. L. Yip, “Modernism in a Cross-Cultural Context”, in W. L. Yip. ed., *Lyrics from Shelters: Modern Chinese Poetry*, 1930-1950, p. 12.

林庚——的诗歌中找到大量的传统诗歌的要素，研究者也在这方面做了卓有成效的工作（特别是对“晚唐诗热”的发现[①]），但是我们很难说北平现代主义诗人有意系统地对传统诗学进行现代转化，也很难看到他们为新诗的文化身份感到焦虑。诚如江弱水所言，现代诗人并没有今天研究者的文化焦虑，他们实际上是自由地吸收古典资源和西方营养。不过江弱水仍然坚持中西会通的前提，他认为新诗之所以具有现代性，是因为新诗依凭的古典资源本身即具有现代性，“现代性”概念指的不是时间，而是一种抽象的诗学品质，新诗不过是本身即具有现代性的古典诗歌传统在现代时期的延续。如此，他在消解困扰新诗研究者的文化身份焦虑的同时，也把“现代性”去时间化和去历史化了，实际上取消了现代性问题。[②]

我们必须从形式和美学的层面重新返回到社会历史和文化政治的层面上来，如此方能恢复“现代主义”概念的内在活力。在这方面，史书美的《现代的诱惑——书写半殖民地中国的现代主义（1917—1937）》仍不失为一部非常重要且极具启发性的著作。她在探讨上海现代主义的都市语境时，并没有简单地从美学的角度贬低这些表现都市生活的现代主义作品，而是揭示出其中隐含的世界主义想象，一种与西方保持“共时”和同步的渴望，上海的现代主义者以此为自己建立了一个想象的主体位置。施蛰存的“民族文学”视野和世界主义想象并不冲突，他在晚年强调30年代现代主义的国际性，强调现代主义是“为全球同步共享、普遍的文学潮流”。[③] 虽然施蛰存的“现代”更倾向于物质和社会层面（受限于他身处的都市语境），但在认为现代主义具有国际性和普遍性方面，他却和北平的现代主义者拥有共同的前提（卞之琳晚年也反复提及这一点）。史书美的著作没有讨论卞之琳等人，她在处理京派时似乎仍没有完全摆脱传统与现代的二元观念，不过她反复强调上海的现代主义者怀有一种“憧憬着与都市西方获得共时性（coeval-

---

① 参见孙玉石：《新诗：现代与传统的对话——兼释20世纪30年代的“晚唐诗热”》，《现代中国》第1辑，武汉：湖北教育出版社，2001年；张洁宇：《荒原上的丁香》，北京：中国人民大学出版社，2003年，第三章“‘晚唐的美丽’——‘晚唐诗热’与‘前线诗人’对传统诗学的重释”。

② 江弱水：《中西同步位移——现代诗人论丛》，合肥：安徽教育出版社，2003年，第6—11页。

③ 〔美〕史书美：《现代的诱惑——书写半殖民地中国的现代主义（1917—1937）》，何恬译，南京：江苏人民出版社，2007年，第262页。

ness)的世界主义"[①]，这在某种程度上也适用于北平的现代主义者，并且为我们打开了一个新的思路。

然而，由于史书美将"西方现代主义"视为一个不言自明的整体，以及后殖民研究中中心/边缘、西方/非西方等二元论理论框架的限制，尽管她对西方现代主义研究中的欧洲中心主义范式提出尖锐的批评，并且时刻提醒自己中国不同于其他殖民地国家的特殊性，在我看来，她还是过分强调了"西方现代主义"的话语支配地位。这使得她认为中国现代主义者的世界主义仅仅具有"乌托邦性质"，他们与西方保持"共时"和"同步"的渴望完全是想象性的，"只有在与都市西方的想象性和文本性关联之中，与西方同步的世界主义幻想才有希望成为可能"，"中国现代主义者在跳跃的想象中'进入'了全球领域"，然而"这种对话的本质只能是虚幻和想象的"，是"一厢情愿的对话"，"在这场对话中，中国根本没被西方关注和倾听，而所谓中国人的活力只是一种姿态而已"。[②]

问题在于，"没被西方关注和倾听"（何况事实并非如此，哈丽特·门罗就是一个例子）就一定是"虚幻"和"一厢情愿"的吗？我并不否认"西方现代主义"与中国现代主义者之间主要是一种单方面的影响关系，但是影响并不等同于支配，更不意味着中国现代主义者进入"全球领域"不过是一种虚幻的想象。在北平的穷困学生对现代主义的热情拥抱中，存在着真实的历史冲动，一种敏锐而明确的现代意识，这"现代"并不是西方的专利。他们为西方现代主义诗歌所吸引，并不是因为它们来自发达的西方（例如，对北平现代主义诗人产生重要影响的阿索林就来自于欧洲的边缘国家西班牙，他是西班牙现代主义的代表人物），也不是——至少首先不是——因为他们在这些诗歌中发现了令他们感到亲切的中国古典诗歌的形式技巧，而是因为他们从中感受到了共同的"现代"气息，他们意识到自己和他们的西方同行们是生活在一个——如卞之琳后来所说的——"共同的现代世界"[③]中。在我看来，正是这个"共同的现代世界"构成了现代主义的国际性和普

---

① 〔美〕史书美：《现代的诱惑——书写半殖民地中国的现代主义（1917—1937）》，何恬译，南京：江苏人民出版社，2007 年，第 385 页。

② 同上书，第 393、423—424 页。

③ 卞之琳：《新译保尔·瓦雷里晚期诗四首引言》，《卞之琳文集》（下），合肥：安徽教育出版社，2002 年，第 581 页。

遍性真实的历史基础。即使中国和北平令人沮丧的社会现实也是这“共同的现代世界”的一部分,是不平等的现代权力结构的产物,而这却赋予北平的现代主义者以更强烈的动力,把他们独特的城市经验提升到现代性的强度和普遍性的高度上,创作出同属于国际性现代主义并且丝毫不逊色于西方同行的作品。

这种面对“现代世界”的共通感,没有人说得比温源宁更好了。1932 年 5 月,他在北平万国美术研究发表了题为“现代英美四大诗人”演说,让我引用其中的两段作为这篇论文的结尾:

> 他们(指劳伦斯、德·拉·迈尔、桑德堡和艾略特四位诗人——笔者按)呼吸同样的空气,同样的孤寂逼迫着他们;他们的残暴就是我们的残暴,他们的怯懦就是我们的怯懦;他们的却也是同样的落日的光芒,是从千百万污秽的,烟雾迷迷的都市的恶俗空气中看出来,充满着积垢,污秽贫穷同死亡,在我们这个近代的世界中到处都找得出来。同他们在一起,就没有躲避,因为也就没有东西可以隐藏的。在他们眼里开展着同在我们眼前的一样的同时代的幕景。因此他们可以直截爽快地同我们说话,那是前一时代的诗人们所不能的。……没有法子可以逃避我们的时代,且让我们真能懂得它。这就是现代诗歌所能替我们做的事:它能帮助我们,这是别人所不能的,来理解我们的时代。理解的瞬间也就是解脱,自由和当我们自己命运的主人的瞬间。①

2010 年 11 月 15 日初稿于京北风雅园

2010 年 12 月 6 日改定

(作者单位:北京市社会科学院文学所)

① 温源宁:《现代英美四大诗人》,顾绶昌译,《青年界》第 2 卷第 2 期,1932 年 9 月。

胡风的"现实主义"观与"五四"新文学的精神

——关于胡风的《林语堂论——对于他的发展的一个眺望》

〔日〕下出铁男

一

胡风始终十分重视作家的自主性,他认为作家应作为一个历史的主体在其创作过程中去认识真理。他的这种文学思想发源于哪里呢? 30年代苏联所提出的"社会主义现实主义"理论给他带来过启示,这是无可置疑的。我们从著名的《三十万言书》[①]里也可以看到其影响。

现在回过头来看,"社会主义现实主义"其实不过是束缚作家的主体性的铁锁之一。但是,它在苏联初次被提倡的时候,欢迎它的作家——特别是属于所谓"同路人"的作家——并不少。还未提出"社会主义现实主义"之前,在苏联最有力的文艺理论是"拉普"所提倡的"辩证唯物主义的创作方法"。"拉普"主张作家都要根据辩证唯物主义写作品才行,因为只有辩证唯物主义才能把握社会发展的客观规律。结果,"拉普"粗暴地攻击了虽同情革命却未必站在马克思主义立场的非普罗作家。作家之所以欢迎"社会主义现实主义",是由于它批评"拉普"的宗派主义,看起来,似乎容许各个作家以他们自己的眼睛观察现实,用他们的创作方法来写社会发展的过程。换句话说,他们认为,"社会主义现实主义"理论所说的"现实主义"并不是如"拉普"迫使人遵守的"辩证唯物主义的创作方法"那样僵硬的教条,而是一条作家能无拘无束地追寻真实的路:他们可以在这条路上参与现实社会

---

① 胡风:《关于解放以来的文艺实践情况的报告》,《胡风全集》第6卷,武汉:湖北人民出版社,1999年。

生活，能动性地探究真理。众所周知，这样的“现实主义”观是根据恩格斯对巴尔扎克《灭亡》的评价而提出的。恩格斯说：

巴尔扎克在政治上是一个正统派：他的伟大的作品是对上流社会的必然崩溃的一曲无尽的挽歌；他的全部同情都在注定要灭亡的那个阶级方面。但是，尽管如此，当他让他所深切同情的那些贵族男女行动的时候，他的嘲笑是空前尖刻的，他的讽刺是空前辛辣的。而他经常毫不掩饰地加以赞赏的人物，却正是他政治上的死对头，圣玛丽修道院的共和党英雄们，这些人在那时（1830—1836）的确是代表人民群众的。这样，巴尔扎克就不得不违反自己的阶级同情和政治偏见；他看到了他心爱的贵族们灭亡的必然性，从而把他们描写成不配更好命运的人；他在当时唯一能找到未来的真正的人物地方看到了这样的人，——这一切我认为是现实主义的最伟大胜利之一，是老巴尔扎克最重大的特点之一。①

胡风在《略论文学无门》上提到一个日本作家志贺直哉（1883—1971），借用恩格斯对巴尔扎克的《幻灭》的评价称赞志贺的长篇小说《暗夜行路》。

然而我并不是想在这里劝作家们悠悠不迫地锤字炼句的功夫，因为志贺底真正努力也不在这里。我底意思是只不过想说明：如果一个作家忠实于艺术，呕心镂骨地努力寻求最无伪的、最有生命的，最能够说出他所要把捉的生活内容的表现形式，那么，即使他象志贺似地没有经过大的生活波涛，他底作品也能够达到高度的艺术的真实。因为，作者苦心孤诣地追求着和自己底身心底感应融然无间的表现的时候，同时也就是追求人生。这追求底结果是作者和人生的拥合了。这是作家底本质的态度问题，绝对不是锤字炼句的功夫所能够达到的。如果以抽象的话说，那就是，真实的现实主义的创作方法，能够补足作家底生活经验上的不足和世界观上的缺陷。②

---

① 恩格斯：《给玛·哈克奈斯的信》，引自北京大学中文系文艺理论研教室编：《文学理论学习资料》（下），北京：北京大学出版社，1981 年。

② 原载《中流》半月刊第 2 卷第 3 期，1937 年 4 月 20 日，收入《胡风全集》第 2 卷，武汉：湖北人民出版社，1999 年。

志贺直哉是在上流社会里长大的。他的祖父本来是江户时代的“大名”(诸侯)的家臣,在明治时代为了复兴疲敝了的主人家而开发了足尾铜矿。父亲是银行家。志贺毕业于学习院高等科,之后升入东京帝国大学。学习院是为了教育皇族和华族(贵族)的子女特别设立的学校。志贺不屑于沉湎在上流社会的生活里失去自我。他早年就关注社会问题,对贫穷的庶民多有同情。因此,他和父亲之间发生了矛盾。但是,他也不能附和普罗文学的理论和作品。普罗作家小林多喜二尊重志贺直哉。据传,小林访问志贺的时候,志贺忠告他说:不要把文学当成“伺候主人的奴才”。他并不是劝小林放弃马克思主义,他要告诉小林的是如果失去自我的话就表现不出真实来。

胡风对志贺及其作品的评价是否正中鹄的姑且不论,我们从《略论文学无门》可以读出来的是,对胡风来说,“现实主义”这个创作方法是作家只有自觉地在他自己的创作过程里追求真实才能发现的。然而“社会主义现实主义”也不免蜕变成了另一个教条。后来,胡风之所以对林默涵和何其芳加以批评,是由于他们对“社会主义现实主义”的理解根本上是重复“拉普”曾经犯过的错误。

林默涵和何其芳与围绕着“现实主义”及“典型”跟胡风论争的周扬在30年代所提出的论点无异。周扬在《关于“社会主义的现实主义”与“革命的浪漫主义”——“唯物辩证法的创作方法”之否定》①中介绍苏联对“拉普”的批判和对“社会主义现实主义”的提倡并指出:“但在这里,我们必须注意:这决不是说文学理论上的辩证法的唯物论可以放弃,不要。相反地,为了要用具体的批评去指导许多的作家,抛弃了‘唯物辩证法的创作方法’这个口号的批评家,今后是非把自己的唯物辩证法更强化不可的。”看起来,周扬所说的“文学理论上的唯物辩证法”与“拉普”的“唯物辩证主义的创作方法”之间似乎没有根本性的差异。那么,他为什么故意把两者区别开来并说:“今后是非把自己的唯物辩证法更强化不可”呢?可能是因为他不想承认他所指导的中国左翼文学运动里存在着“过左”的错误或倾向。就恩格斯对巴尔扎克的评价来说,胡风和周扬的解释也是完全不相容的。

① 原载《现代》第4卷第1期,1933年11月,收入《周扬文集》第1卷,北京:人民文学出版社,1984年。

如上所引,胡风指出:"真实的现实主义的创作方法,能够补足作家底生活经验上的不足和世界观上的缺陷。"与此相反,周扬说:"巴尔扎克之所以不能达到现实之全面的真实的反映,也就是因为他的世界观的界限性和缺陷的缘故。"

林默涵和何其芳都对胡风的"现实主义"观加以批评,同时强调如果没有马克思主义的正确"世界观"指导,作家就无法独自获得真理。[①] 就是说,党给作家担保最科学性的"理论"及最客观性的"真理",所以作家只要按照党的文艺政策写作就行。这种想法对胡风来说无异于是把文学上的"现实主义"硬塞在枯燥无味的概念里,抹杀它的能动性和创造性。列宁曾说过:所谓理论化就是从认识对象里夺去其生命。而具体现实的内涵比任何"理论"的系统都要丰富、复杂得多。胡风想说的是:文学作品并不是机械地照现实的镜子,更不是讲解"理论"的通俗读物,而是应该成为作家在既丰富又复杂的现实里挣扎着寻找真理的表现,否则无论在艺术上还是在教育上都没有什么价值可言。

如上所述,我们至少能说围绕着"社会主义现实主义"的讨论的确对胡风的主体性理论的发展有一定程度的影响,但是,胡风并不是因为遇到了"社会主义现实主义"才注意到作家作为一个认识客观世界的主体在创作过程中发挥的作用。我以为20年代言行活跃的文学家们也给了胡风很深刻的影响。这些文学家尊重个性,喜欢独立思考,不被人所左右,跟恶劣的社会风气搏斗,以探究"真实"或"真理"。我认为他们对胡风的影响也不能忽视。鲁迅就不用说了,林语堂也是其中一个。

二

受到苏联文艺理论影响的30年代文艺评论里有一个评价文学家或作品的标准:即首先要看作者站在哪个阶级的观点,然后再对他加以评价。如果他是非无产阶级出身,应该辨认他是否克服了他所属的阶级的意识形态。

---

① 林默涵:《胡风的反马克思主义的文艺思想》,原载《文艺报》1953年1月;何其芳:《现实主义的路,还是反现实主义的路?》,原载《文艺报》1953年1月。

从这种意义来说，胡风的《林语堂论》[①]可能是一篇典型的左翼文艺评论。胡风在这篇文章里对林语堂思想上的转变进行了讨论，指出林语堂的转变是他克服不了自己的小资产阶级意识的结果。但是，首先我们要注意的是他并未要求以林语堂为首的文学家摆脱小资产阶级意识形态，站到“马克思主义”的“世界观”阵营里来。

胡风承认林语堂在20年代曾像鲁迅那样发挥了进步性的作用。他针对北京女子师范大学事件跟《现代评论》的“正人君子”展开争论；颂扬孙文的“性急”，把他称为喜欢“中庸”的中国人中未曾有的理想主义者；支持国民革命和人民的反帝反封建斗争；站在“全盘欧化”的立场反对国粹主义，提倡改造国民性。[②] 我们不难想象，当时林语堂的这些言行跟鲁迅的言行一样，激起过还是少年的胡风的共鸣并鼓舞了他。林语堂提到，丁文江把“民国十四年民众觉悟运动”（“五卅运动”）比喻成“拳匪”并说“外国人笑话我们是小孩子”，对他加以批评：

> 固然这回唤醒民众的热烈运动，有人来浇冷水是很好的，使结果比较平稳。言论界有青年派与绅士派互相调剂是很好。急进派固然须得些绅士们来“痛苦”，“劝告”，但是绅士们也须记得非有放下书不读的学生们的示威运动，他们现在尚不知顾正红被杀事件，且不知顾正红为谁也。虽然此时赶上来在旁边说些无聊的闲话，却已太晚，而且此时尚有绅士们还未明白此次运动之真正方针，在于废除不平等条约而不在沪案之结束，丁先生（及段祺瑞）屡次言“外交不难解决”及叹惜错过了顶好的外交机会，“虚掷”了“大好光明”，便不免使人有此丁先生与段祺瑞尚未明国民真正目的之嫌疑。虽然下一次丁先生与段祺瑞谈取消不平等条约的负责“办法”，也要太迟；而对于这一点的觉悟，却不应不感谢他所骂为唱高调的知识阶级，我们并同时劝告丁先生及一切绅士有第三种的觉悟，就是要达到取消不平等条约的办法，及其他外交问题须在国民群众中解决，不在外交官解决，在唤醒民众作独立的有团结的

---

① 原载《文学》第4卷第1号，1935年1月，收入《胡风全集》第2卷，武汉：湖北人民出版社，1999年。

② 林语堂：《翦拂集》，北京：北新书局，1928年。

战争,不是靠外交官的交换公文。①

这一段文章里的确有些对丁文江那样的"绅士"让步的态度。但是,跟他30年代的文章比起来,其措词激进得令人吃惊。

这些言行可以说是林语堂的"个性主义"在积极方面的表现。他的"个性主义"是在跟现实的搏斗之中表现出来的。借用后来胡风常用的关键词句来说,20年代林语堂的文章里横溢着"主观能动性"。胡风之所以写《林语堂论》正是由于他觉得林语堂丧失了"既往的热烈及少不更事的勇气",而像明代文人那样把"个性"封闭在与流动不息的社会相隔绝的闲适生活里了。胡风指出:

> 事实上,他的以及《人间世》里面一部分的小品文,在形式上已经承袭了"语录体"和文言订下了"互惠条约",在内容上渐渐走进了士大夫的闲居情趣,身边琐事,以至怀古的幽思。文学上的这个反常的现象,和现实社会的逆潮互相照应,甚至那些被五四文学革命运动轰散了的鬼魅也改头换面地获得了公民资格。
>
> 虽然林氏为的是医治中国人"心灵根本不健全"的绝症,但我耽心他也许会得到延长甚至加强"亚细亚的麻木"这个完全相反的结果。

这些话可能是说得太过火了。我们不能简单地断定林语堂复古了。在以共产主义及民族主义为首的各种意识形态之间的冲突中,他忧虑轻视个人盲从集体的社会风气日益增长。因此,他提倡"小品文"和"幽默",在新式的"载道文学"的压力下要保护"心灵"的自由和培养"个性"。他在《有不为斋随笔·论文》②中说道:

> 言性灵之文人,亦必排斥格套,因已寻到文学之命脉,意之所之,自成佳境,决不会为格套定律所拘束。所以文学解放论者,必与文章纪律论者冲突,中外皆然。
>
> 知心灵无涯则知文学创作无涯。人人意见雷动,议论皆合圣道,诚为咄咄怪事。

只有个性自由发展,中国人才能成为自立的国民。林语堂这样的想法

① 林语堂:《丁在君的高调》,收入《翦拂集》,北京:北新书局,1928年。

② 收入《大荒集》,上海:生活书店,1934年。

是继承“五四”文学革命的传统的，从 20 年代到 30 年代始终如一。在这一意义上，胡风也不是不承认林语堂的文学观仍然有一定程度的进步意义。他指出：“它毁弃了‘一切属于纪律范围桎梏性灵的东西’，这原是这个艺术观应该被积极评价的一面。”但是，我们不能否定，以国民党统一全国为一个转折点，林语堂的“个性主义”渐渐暴露出其消极性的倾向来。同一时期，在日本进行中国文学研究的竹内好，看见中国文坛上流行“小品文”，认为这种现象是“人心颓靡不振的反映”①。那么，林语堂所赞扬的“小品文”与“个性主义”之所以丧失了既往的积极性，究竟是不是因为他不能克服自己的小资产阶级意识呢？如上所述，胡风并不像大部分左翼文艺理论家那样认为每个文学家都应该按照“马克思主义”的“世界观”写作。在他看来，即使把它强加于文学家，也不能让他们真正摆脱小市民意识，站到无产阶级的立场。他们只有自动面对社会不倦地寻找真实，才能达到对社会和历史的高度认识。否则，即使“马克思主义”的“世界观”是完整无缺的，也会蜕变成没有生命的教条。总而言之，最重要的就是不应该忘掉人不是历史的客体而是其主体。不用说，只有能动性的认识主体，才能创造出关于社会和历史的科学性的理论。如果是这样的话，林语堂之所以后退，与其说是由于他不能摆脱他的阶级意识，不如说是由于他的主体性比以前削弱了。正是对比了林语堂 20 年代和现在的言行，使胡风认识到，为了不迷失历史发展的方向，坚持自己的主体性是多么重要。胡风在对林语堂的转变加以批评的同时，回顾了林语堂过去的言行，从而确认了应该把自己的立足点放在哪里。

三

在缺乏主体性的人面前有两个陷阱：一个是“教条主义”，另一个是“客观主义”。在这里，“教条主义”的问题姑且不论。我目前想讨论的是客观主义的问题。下面所引的是胡风《张天翼论》②中的一段：

---

① 竹内好：《今日の中国文学の問題》，原载《中国文学月报》第 1 号，1935 年 3 月，收入《竹内好全集》第 14 卷，东京：筑摩书房，1981 年。

② 原载《文学季刊》第 2 卷第 3 期，1935 年 9 月 16 日，收入《胡风全集》第 2 卷，武汉：湖北人民出版社，1999 年。

这些知识人，经过了一次大潮底震荡或冲洗，变得比较老练，消失了多余的情热，学得了一些经验，带来了一些习惯，对于平凡丑恶的人生他们自以为非常明白，但同时又多少感到一点疲乏，对自己不满而又替自己原谅，因而对于未来的风云很少有"过分"的热力或忘我的突进。这，一方面说来是素朴的唯物主义观点，另一方面说来是热情薄弱的观照态度。

对胡风来说，林语堂也是"变得比较老练，消失了多余的情热"的"这些知识人"中的一个。长大成人了的他们不再像青年那样跟现实搏斗，对追求真理和理想淡漠了，而趋向于平心静气地观照人世。人生的喜怒哀乐都反映在他们好像精心地研磨过的明镜一样的心上。即使有一点怜悯之情，他们的精神也不再被人生的喜怒哀乐所扰乱。他们什么都知悉，却超然于人世之外。这就是胡风所说的"热情薄弱的观照态度"。在胡风的眼中，这种知识人毕竟不过是"旁观者"。

与此相反，20 年代的林语堂的确有"过分的热力或忘我的突进"。林语堂曾写道：

野蛮文学而外，还有一种思想蟊贼根本不能"不说别人的话"，就是一种自号为中和稳健，主持公论的报纸。世界上本没有"公论"这样东西，凡是诚意的思想，只要自己的，都是偏论，"偏见"。若怕讲偏见的人，我们可以决定那人的思想没有可研究的价值；没有"偏见"的人也就根本没有同我们谈话的资格。因为他所谈的"公论"都是一种他人的议论调和而成的，"甲方固然有几分是处，乙方又何尝绝无理由"。其实这种人又何必出来说话，除非以为既身居于文人学子之列不能不照例出来说几句，完全为面子关系，所谓"中和"者以此，所谓"稳健"者亦以此，并没有什么稀奇。我们每每看这种人及这种报的自号中和，实益以见其肉麻，惟有加以思想之蟊贼的尊号，处之与"耗子，痨虫，鳄鱼"同列而已。

凡人只要能把自己的偏见充分的诚意的表示都是有价值，且其价值必远在以调和折中为能事的报纸之上。所以我主张《语丝》绝对不要来做"主持公论"这种无聊的事体，《语丝》的朋友只好用此做充分表示其“私论”“私见”的机关。[①]

胡风从收在《翦拂集》的文章里挖出后来使林语堂后退的因素来。但是，当年胡风也曾为跟谁都不肯妥协的林语堂的英勇所激动。对还是少年的胡风来说，林语堂无疑是20年代“思想界的战士”之一。

而上面所引的林语堂的文章则使我联想到鲁迅在留日时期写的《文化偏至论》[②]里的一段：

> 如尼佉伊勃生诸人，皆据其所信，力抗时俗，示主观倾向之极致；而契开迦尔则谓真理准则，独在主观，惟主观性，即为真理，至凡有道德行为，亦可弗问客观之结果若何，而一任主观之善恶为判断焉。

鲁迅在《并非闲话（三）》[③]里说：“我是偏心的”，所以“评是非时我总觉得熟人对，读作品是异己者的手腕大概不高明。在我的心里似乎是没有所谓‘公平’”。我们从这句话里能看出鲁迅不被别人或舆论所左右的强韧的“个性”来。

林语堂所说的“偏见”或“私见”，可以说相当于鲁迅所说的“主观”；林语堂所说的“公论”跟鲁迅所说的“时俗”相同。我以为，对“现实主义”是什么这一问题加以思考的时候，胡风从他们的言行里得到了很大的启示。

不用说，“主观”跟所谓“主观主义”不一样。“主观主义”没有认识的发展。在没有认识的发展这一点上，“主观主义”不但是个“教条主义”的温床，甚至于跟“客观主义”之间也没有什么差异，虽然两者在概念上是水火不容的。无论哪种“主义”都不会对现实和历史发挥什么作用，因为这些“主义”都不敢面对生动的现实。

那么，“主观”意味着什么？这是不容易回答的难题。但是，至少可以说“主观”跟“客观世界”之间存在着又紧张又生动的关系。并不是“客观世界”里本来存在着“真理”或“真实”。如果没有“主观”跟“客观世

① 林语堂：《插论语丝的问题—稳健·骂人及费厄泼赖》，原载《语丝》第57期，1925年12月14日，收入《翦拂集》，北京：北新书局，1928年。

② 原载《河南》第7号，1908年8月，收入《鲁迅全集》第1卷，北京：人民文学出版社，2005年。

③ 原载《语丝》第56期，1925年12月7日，收入《鲁迅全集》第3卷，北京：人民文学出版社，2005年。

界”的相互作用的话，我们哪能从“客观世界”里抓出“真理”或“真实”来？胡风认为，20 年代林语堂之所以能采取进步性的姿态，甚至于能认识到历史发展的方向，就是由于他的精神里充满着与“客观世界”搏斗的“主观”力量。虽说是林语堂的转变使胡风失望了，可是，初期的林语堂无疑是使胡风认识到“主观”的作用对探究“真理”和“真实”有积极性意义的知识人之一。如果说活泼的“主观”作用能使人主动迫近现实里所埋藏着的“真实”或“真理”，那么“主观”的衰颓就使人远离现实变成其客体。

四

换个角度来看，我们就会发现胡风对“主观”作用的重视与他对有些左翼文学家所犯的偏向的批评之间有互为表里的关系。有些左翼文学家像“拉普”那样一味要求文学家站在辩证唯物主义或者工农阶级的立场写作，轻视了他们的“主体性”和“创造性”。结果，他们清算了“五四”文学革命的成绩，因为他们认为它是资产阶级或小资产阶级意识形态的表现。

> 文化的存在，是“人类在一定的经济基础上从事生产劳动的各方面的表现”。中国今日的经济基础，实质是建筑在半殖民地的形式上，百分之九十五的劳苦大众，是呻吟在帝国主义者及寄生于帝国主义的军阀统治者与买办阶级的双重压迫之下的。所以中国的文化运动，是跟从历史的进展，被动于革命的需要，促逼它的演出者——知识阶级及学生群众，早早脱弃那曾光辉绚灿于一时的“五四”的衣衫！①

胡风也站在“劳苦大众”的立场，深刻认识到“革命的需要”。但是，即使是“被动于革命的需要”，像脱下“穿坏”的衬衫那样取消“五四”新文学的成绩也是他不能容许的。对胡风来说，这等于是使左翼文艺运动后退到“教条主义”或“主观主义”，扔掉刚从“五四”新文学里孵出来的“现实主义文学”这个雏鸟。下面所引的是胡风在抗日战争时期写的文章。胡风在这篇文章里说的显然是他自 30 年代以来所坚持的观点。

---

① 文艺新闻社：《请脱弃“五四”的衬衫》，原载《文艺新闻》第 45 号，1932 年 1 月 18 日，收入吉明学、孙露茜编：《三十年代“文艺自由论辩”资料》，上海：上海文艺出版社，1990 年。

> 有人对于五四新文艺以及它底“白话文”采取了完全否定的态度，承袭了大众文艺用语的问题论争里面的，断定白话是“欧化的新文言”的意见。这理论甚至会把大众语文运动弄到落空，使它变成只是否定过去的成绩的，两脚不着地的、有害的空谈。①

不用说，“大众文艺用语的问题论争里面的，断定白话是‘欧化的新文言’的意见”就是瞿秋白所提出的。瞿秋白认为，无论何种文学历史上的意义和价值都被其阶级性的本质所决定。在阶级性的本质这一点上，他所构思的普罗大众文艺与“五四”新文学之间存在着决定性的差异。

他把“五四”新文学的性质还原为其阶级性——即资产阶级性，指出了其界限：

> 新文艺——欧化文艺运动的最初一时期，完全是资产阶级的知识分子的运动，所以这种运动是不彻底的，妥协的，同时，又是小团体的关门主义的。这种运动里，生产了一种新式的欧化的“文艺上的贵族主义”；完全不顾群众的，完全脱离群众的，甚至于故意反对群众的。欧化文艺，在言语文字方面造成了一种新文言（五四式的所谓白话），在体裁方面尽追求着怪僻的摩登主义，在题材方面大半只在知识分子的“心灵”里兜圈子。初期的无产文学运动也承受了这些资产阶级的“遗产”。因此，它很久和广大的群众隔离着。对于资产阶级，对于摩登化的绅士，那是不用说的，——所有这些流弊都是当然的事情……中国资产阶级不能够完成民权革命在文化上的任务，它也绝对不愿意完成这种任务。而对于无产阶级，所有这些欧化文艺的流弊是民众自己的文化革命的巨大的障碍。②

当然，对胡风来说文学被“欧化文艺的流弊”、“怪僻的摩登主义”和“新文言”所腐蚀是不能容许的。林语堂的小品文也是这些流弊的表现之一。至少在这一点上，胡风对现状的认识跟瞿秋白是一致的。但是，在怎样理解“五四”新文学的意义这个问题上，他们之间显然有分歧。虽然瞿秋白也在

---

① 胡风：《论民族形式问题》，生活书店，1940 年，收入《胡风全集》第 2 卷，武汉：湖北人民出版社，1999 年。

② 瞿秋白：《欧化文艺》，《瞿秋白文集・文学编》第 1 卷，北京：人民文学出版社，1985 年。

一定范围内承认其意义，但是，对他来说，“五四”新文学不过属于过去而已。既然资产阶级已经向帝国主义及其寄生者投降了，作为资产阶级革命的环节的“五四”新文学也丧失了其发展的可能性，这是理所当然的，虽然鲁迅不在其例。留给“五四”新文学的只有一条走向颓废的路。它不但对革命没有什么用，甚至于有害。瞿秋白因此认为不能再靠非无产阶级的文学者实现文化革命了。那么，谁取而代之完成真正的文化革命的任务呢？不用说，是无产阶级。瞿秋白也重视“现实主义”。但是，对他来说，能发展它的只有无产阶级。

胡风对无产阶级能完成文化革命的任务这一点是毫无疑义的。但是，在胡风看来，瞿秋白对“五四”新文学及非无产阶级文学家的估计过低。因为“如果一个作家忠实于艺术，呕心镂骨地努力寻求最无伪的、最有生命的，最能够说出他所要把捉的生活内容的表现形式，那么，即使他象志贺似地没有经过大的生活波涛，他底作品也能够达到高度的艺术的真实”。因此，断定非无产阶级的文学家及其作品对无产阶级完成文化革命的任务没有什么用是失之过急的。

我不敢断定胡风是否受到过托洛茨基的文化论的影响。不过，胡风在上面所引文章里说的，不期然地跟托洛茨基在《文学与革命》的一节里所说的类似。

据托洛茨基说，“围绕着统治阶级的新文化底造成需要很多的时间”。资产阶级文化也不例外，“从创造在封建的社会中更宜于资产阶级的智识的与政治的环境的文艺复兴和宗教改革时期起，到权力转给资产阶级的革命时期（在法兰西）止，在资产阶级底物质的与智识的势力上经过了三四世纪的生长”①。

> 让我们不要忘记，资产的第三阶级底上层在封建社会底屋脊下经过它底文化学习期；它还在封建社会底胎里时，它就文化地超过了旧统治阶级，并且在得到权力之前就变成文化底主动者了。就一般论，这是和无产阶级不同的，尤其和俄国的无产阶级。无产阶级被迫着在吸收资产阶级文化底基本元素之前取得权力；它被迫着用革命的暴力推翻

---

① 托洛茨基：《无产阶级的文化与无产阶级的艺术》，韦素园、李霁野译，原载《莽原》半月刊第2卷第6期，1927年3月25日。

资产阶级的社会，就因为社会不准它进入文化的缘故。[1]

换句话说，一无所有的无产阶级得到权力时，他们没有什么文化可说，“不过完全具有要精练文化的锐敏的需要而已”。

据托洛茨基说，“在一种阶级底背后创造一种阶级的文化是不可能的”。无产阶级也是如此。那么，为创造出无产阶级的文化，应该从哪儿着手才好呢？托洛茨基述说：我们如果要帮助大众创造出自己的文化来，就需要使大众批判地摄取已有的文化，特别是资产阶级文化的精华；只有满足这个前提，大众才能创造出他们自己的文化；如果以为只要喊出否定资产阶级文化、倡导无产阶级文化那个口号，无产阶级的文化就能实现，那这样的想法不过是幻想，因为大众还没有底子创造出能代替资产阶级文化的他们自己的文化。

胡风也认为，真正的文艺大众化应该在“五四”新文艺的基础上才能实现。即使“五四”新文艺反映着资产阶级或小资产阶级的意识形态，也不要机械性地清算它的成绩。并不是说工农群众本没有创造出他们的文化的能力。但是，借托洛茨基的话来说，因为一直到现在，社会都不准工农群众进入文化，他们虽然“具有要精练文化的锐敏的需要”，却欠缺创造文化所必需的基础。文艺大众化不要止于利用所谓“民间形式”和“民族形式”的政治宣传，它并不能丰富大众文艺。文艺大众化运动只有站在以“五四”新文学的精华为核心的更广大的文化基础上，才能得到跨过现成文化的成就。否则，不管在艺术上也罢，在思想上也罢，文艺大众化都不会提高人民大众的文化水平。

“五四”新文学仍旧是“新”的，它的胎里怀着新生命。在胡风的眼中，否定“五四”新文学就好像乱用“阶级斗争论”这个剪刀从还没有开花的“五四”新文学这棵树上剪去其萌芽似的蠢事。就文学家来说，即使他还没摆脱旧社会的意识形态，只要不断跟现实搏斗寻找“真实”，就能帮助人民大众创造出他们自己的文化。所以，不应该一律用“教条”束缚住他。反过来说，一个文学家的脑子里无论马克思主义的“教义”装得多么满，他如果把自己当成“教义”的奴才就抓不住“真实”，对提高人民大众的文化也不会有什么贡献。这是马克思主义的堕落。总而言之，最要紧的是不要失去“主

① 托洛茨基：《无产阶级的文化与无产阶级的艺术》，韦素园、李霁野译，原载《莽原》半月刊第2卷第6期，1927年3月25日。

体性”。胡风之所以始终如一地把“五四”新文学作为立脚点来追求“现实主义”,就是由于以鲁迅的《狂人日记》为嚆矢的“五四”新文学里存在着“主体”与“客观世界”既紧张又生动的关系。这种关系之中永远涌动着活泼的精神,它永无止息地随着历史进程生长。而能唤醒被黑暗所压抑的大众的创造性的,就是这种精神。

(作者单位:日本东京女子大学)

下编　平津报刊研究

《文学杂志》与中国现代诗学

张松建

在三四十年代的平津文坛，有一份重要的文艺专刊，即朱光潜主编的《文学杂志》。因为重名杂志有多个，我这里标出主编的名字，以示区别。大凡治京派文学者，无不提及本刊，但以前的论著的切入点多是《文学杂志》在形成京派文人集团、宣扬自由主义理念方面的实绩。本文考察的是：对中国现代诗学而言，朱光潜以及《文学杂志》同仁是否提出了一些值得重视的问题？如何历史性地看待这些问题？所谓的"中国现代诗学"与我们所熟知的"新诗理论"之间存在着什么样的关联？对当下新诗研究界而言，以"现代诗学"的范畴取代"新诗理论"的术语是否蕴含着研究方法上的进路和可能性？

新文学和新诗的开山胡适在1935年回顾新文学的历史时，就曾强调新诗理论"特别多"，并对其原因作了中肯的说明：

> 在那个文学革命的稍后一个时期，新文学的各个方面（诗，小说，戏剧，散文）都引起了不少的讨论。引起讨论最多的当然第一是诗，第二是戏剧。这是因为新诗和戏剧的形式和内容都需要一种根本的革命；诗的完全用白话，甚至于不用韵，戏剧的废唱等等，其革新的成分都比小说和散文大得多，所以他们引起的讨论也特别多。文学革命在海外发难的时候，我们早已看出白话散文和白话小说都不难得着承认，最难得大概是新诗，所以我们当时认定建立新诗的唯一方法是鼓励大家起来用白话做新诗。后来作新诗的人多了……于是新诗的理论也就特别多了。[①]

---

① 胡适：《中国新文学大系·建设理论集导言》，上海：良友图书出版公司，1935年，第31页。

这种诗论特多的趋势到三四十年代仍在持续，并且从新诗问题扩展到对整个汉诗的研究和更具普遍性的诗学问题的讨论，出现了不少颇有理论深度的论著，以至于朱光潜在一篇文章中把“诗论发达”列为中国现代文学的四大特征之一，并且欣然首肯说：“这是好现象。”[①]后来，他在《诗论》“抗战版”序言中特意指出，诗学研究在中国向来贫乏，因为“一般诗人与读诗人常存一种偏见，以为诗的精微奥妙可意会而不可言传，如经科学分析，则如七宝楼台，拆碎不成片段。其次，中国人的心理偏向综合而不喜分析，长于直觉而短于逻辑的思考。谨严的分析与逻辑的归纳恰是治诗学者所需要的方法”[②]。值得庆幸的是，包括朱光潜在内的多数京派文人，学养和才华兼具，在诗学建设上贡献良多。朱光潜主持的“读诗会”的一名成员、时为北大外文系学生的陈世骧，曾据自己参加读诗会的经验，致信沈从文，希望梁宗岱主编的天津《大公报·诗特刊》设置“诗评”栏目。出于类似原因，《文学杂志》登载了不少诗论，涉及旧诗、新诗与外国诗的批评与研究，还有一般意义上关于“诗”本体的理论思考，这些诗论已超出了“新诗理论”的范畴，应该置于中国“现代诗学”的名下。[③]“新诗”是《文学杂志》的栏目之一，在发表知名诗人作品之外，着意推介新进诗人，复刊后大力扶植穆旦、俞铭传、袁可嘉等现代主义诗人。在新诗创作之外，该刊重视“诗学”问题的探讨，常刊此类论文，2 卷 12 期是“诗歌专号”。该刊不大关注如火如荼的新诗“大众化”问题，袁可嘉的一篇诗论严厉地批评了大众化诗歌的瑕疵，显示了自由主义的政治立场和学院派、纯诗化的审美趣味。

一、格律与读诗

京派文人相信，诗是一种精致纯粹的审美制作，通向抒情和想象，格律、音韵、节奏等形式因素切不可忽视，在他们那里，“形式”是普遍性的中心关怀，形式感、形式意识早已内化为无意识的结构，以至于每论诗学，必谈形

① 参看《文学杂志》创刊号上的《编辑后记》，1937 年 5 月。

② 朱光潜：《诗论·抗战版序》，《诗论》，重庆：国民图书出版社，1943 年；南京：正中书局，1948 年增订版。

③ 解志熙：《视野·文献·问题·方法——关于中国现代诗学研究的一点感想》，《河南大学学报》2005 年第 1 期。

式。他们在《新月》、《诗刊》、《学文》、《新诗》、《水星》等文艺专刊上发表了大批诗论。例如,梁宗岱主编的天津《大公报·诗特刊》创刊于1935年11月8日,略早于《文学杂志》,而终刊时间几乎与《文学杂志》同时(1937年7月25日)。在这不到两年的时间内,《诗特刊》发表了不少京派文人的诗论,绝大部分与诗的音律有关,例如,梁宗岱的《新诗底十字路口》、《关于音节》,罗念生的《节律与拍子》、《节奏》,叶公超的《音节与意义》,林庚的《新诗的节奏》以及《新诗中的轻重与平仄》。京派文学的另一阵地是《文学杂志》。它一贯着重形式诗学的探讨,创刊之初就发表了叶公超的长篇论文《论新诗》、周煦良为林庚诗集《北平情歌》写的书评、孟实为《望舒诗稿》写的书评,就新诗格律问题展开精细的研讨。后来,陆志韦在该刊发表了《论节奏》,徐家昌发表了《诗歌的音调》。作为京派理论家,朱光潜对形式诗学的思考极为热忱。1937年1月,戴望舒主编的《新诗》第1卷第5期上就有朱光潜的《论节奏》和罗念生的驳文。战后,《文学杂志》登载袁可嘉的"新诗现代化"系列论文,推介和辩难"现代主义",但这并不意味着朱光潜对形式诗学完全丧失了兴趣。他在《文学杂志》第2卷第8期(1948年1月)发表了《现代中国文学》,透露出他对新诗形式的关切一如既往,还登载了林庚的《再论新诗的形式》。值得一提的是,朱光潜在编辑复刊的《文学杂志》后期,开始接管北平《民国日报·文艺》,这个副刊几乎与《文学杂志》同时停刊(1948年12月11日),在这个副刊上面,又发表了林庚的《谈新诗的形式》以及朱光潜的《诗的格律》。

认真地说,在新诗理论和批评史上,有两种迥异的思考方式与价值标准。一是出于整体主义的思路,把新诗当作全部"中国诗"之演进链条上的一个有机构成,相信旧诗和新诗虽然存在美学理念、语言媒介和形式成规的差异,但两者都是人类的创造性想象的产物,是一种优雅的语言游戏和智能结晶,因此在观察新诗的得失成败之时,倾向于以一种超越时空的审美主义标准,把新诗与旧诗合而观之。另一种批评话语出于现代性的知识体系和参照尺度,强调新诗之发生与成长有其特殊的社会历史条件,新诗与旧诗在各层次上都存在本质性差异与结构性紧张,因此新诗批评的理论资源和评判标准无需他求,自应来源于自身的"内在视野"。这两种话语相互纠缠和竞争,是推动新诗理论批评不断演进的"动力结构",前者凸出的是普遍主义、同一性和连续性,后者以探勘特殊主义、差异性和断裂为职志。这两种叙事方式(现代性和普遍主义)在中国现代诗学的历史进程中对抗共生,互相辩难,构成一种结构性的张力,虽然有不同的知识根源,但中心关怀都是对新诗身份的焦虑。新诗的形式问题一开始就成为争辩的话题,也形成了两大基本派别:一派认为新诗必须借鉴旧诗的形式建设经验加以创造性改造,才能更好地完成抒情职责,否则散漫无形,不成其为"诗",更无新旧可言;一派出于自然—自发主义的诗学立场,认为诗的抒情行为出自于一个全新的、与历史断裂的现代审美主体,因此根本无须格律形式的束缚,否弃格律乃是"新诗"成立的前提。两派的分歧起源于普遍主义和现代性的思维方式的冲突。《文学杂志》同仁朱光潜、叶公超、林庚、陆志韦、周煦良代表前一种论点。下面,我分别叙论之。

朱光潜谈论"新诗"的专文不算太多,《诗论》及其他论文从现代知识体系和思维方法出发,探究普遍意义上的"诗"的理论课题,这些论著不能归入"新诗理论"的范畴而应放入中国"现代诗学"的范畴之中。这两个范畴,一大一小,有重叠之处,但也不乏"张力"。实际上,早在20年代末期,朱氏回溯柏拉图、雪莱、华兹华斯、柯勒律治等人的诗观,归纳出格律的出现正是为规矩人类的原始激情,"诗之有韵,乃本乎情感而自然流露出来的节奏";他诉诸中外文学史经验,坦承"格律并不能拘束天才。天才往往在沿用旧有格律而加以变化时见出本领";从历史回到现实,他谆谆告诫说:"新诗人的当务之急,我以为不在放弃格律而在于格律之中求变化。"[①]后来,他在《诗论》初稿中将克罗齐和布拉德雷理论推演到中国诗史中,力主严诗、文之大防,在在凸显诗为"抒情遣兴的艺术",而格律形式的经营正是为了目标的达成。1933年,朱光潜发表了长篇论文《替诗的音律辩护》,认为胡适提出的"做诗如说话"这条根本原则错误之极,其严重性在于:这个著名口号不仅是《白话文学史》的出发点,也是近来新诗运动的出发点,它对于新诗写作中的形式无政府主义难辞其咎。[②] 1936年,在研究歌谣之后,朱光潜稍稍修正了原先的看法:

① 朱光潜:《诗的实质与形式》,连载于北平《现代评论》第8卷第194期(1928年8月25日)、195期(1928年9月1日)。

② 朱光潜:《替诗的音律辩护——读胡适的白话文学史后的意见》,上海《东方杂志》第30卷第1号,1933年1月1日。

> 每个诗人似乎都应该在习惯已养成的形式范围之内,顺着情感的自然需要而加以伸缩修改。如果我们略研究诗的形式变迁史,也可以看出这是以往历史所走的一条大道。总之,对于诗的形式,我主张随时变迁,我却也反对完全抛弃传统。我相信真正诗人都能做到从心所欲不逾矩的功夫。①

1941 年,朱氏在一封信中指出:“新诗比旧诗难作,原因就在旧诗有七律、五古、浪淘沙之类固定模型可利用,新诗的固定模型还未成立,而一般新诗作者在技巧上缺乏训练,又不能使每一首诗表现出很显著的音节上的个性,结果是散漫芜杂,毫无形式可言。”换言之,形式优先性成为区别新诗与旧诗的写作成规之一,也是部分新诗归于失败的主要根由。这种力排众议的看法有时甚至走向了夸张的形式主义论调:“把形式作模型加个性来解释,形式可以说就是诗的灵魂,做一首诗实在就是赋予一个形式与情趣”,“许多新诗人的失败都在不能创造形式,换句话说,不能把握住他所想表现的情趣所应有的声音节奏,这就不啻说他不能做诗”。② 笼罩在普遍主义的解释框架之中而毫不顾及现代性之于新诗兴起的意义,朱光潜如此抬高形式,毫不奇怪。抗战版的《诗论》从起源上追溯诗歌和音乐的关系,首先确定了“诗是有音律的纯文学”这一基本概念,全书之系统地重建中国“现代诗学”的雄心,见重一时,论者精准地概括了朱氏对形式诗学的用心:“诗的作品,一半是音乐的,一半又是语言的;因为是音乐的,所以要注重声音的节奏及和谐;因为是语言的,所以要讲究情趣和意象的美妙,以及两者间的契合。诗人所追求的,就是在怎样使音乐化的声音和含有美妙的情意的语言,相融合起来,以构成一种艺术品。”③《现代中国文学》延续了朱光潜长期以来的理论思考,在这篇总结新诗三十年实绩的论文中,强烈的不满和失望几乎构成

---

① 朱光潜:《从研究歌谣后我对于诗的形式问题意见的变迁》,北平《歌谣》第 2 卷第 2 期,1936 年 4 月 11 日。

② 朱光潜:《给一位写新诗的青年朋友》,原载香港《大公报·文艺》第 1011 期(1941 年 1 月 16 日)、1012 期(1941 年 1 月 18 日),重刊于桂林《大公报》文艺副刊第 14 期(1941 年 4 月 8 日)。

③ 张世禄:《评朱光潜〈诗论〉》,上海《国文月刊》第 58 期,1947 年 8 月 10 日。张文也指出朱著“对于中国语言与诗歌节奏的关系,尤其在‘字调’方面,可以说是没有得到正确的结论”。

了一种“新诗抹杀论”：

> 新诗不但放弃了文言，也放弃了旧诗的一切形式。在这方面西方文学的影响最为显著。不过对于西诗的不完全不正确的认识产生了一些畸形的发展。早期新诗如胡适、刘复诸人的作品只是白话文写的旧诗，解了包裹的小脚。继起的新月派诗人如徐志摩、闻一多诸人代替模仿西方浪漫派作品，在内容与形式上洗练的功夫不够。近来卞之琳、穆旦诸人转了方向，学法国象征派和英美近代派，用心最苦而不免于僻窄。冯至学德国近代派，融情于理，时有胜境，可惜孤掌难鸣。臧克家早年走中国民歌的朴直的路，近年来却未见有多大的发展。新诗似乎尚未踏上康庄大道，旧形式破坏了，新形式还未成立。任何人的心血来潮，奋笔直写，即自以为诗。所以青年人中有一个误解，以为诗最容易写，而写诗的人也就特别多。①

朱光潜的言外之意是，白话诗运动的先驱胡适等人提倡的“诗体大解放”，实在是出于反历史的双重误读：一是把自由体夸大为西洋诗的主流和大宗（朱的意见其实也是柳无忌、梁宗岱、梁实秋的共识②），一是无视格律对于旧诗的巨大贡献。两者殊途同归，目的无非是为了论证新诗的合法性。证之于新诗史，朱光潜认定，中国诗人对于浪漫派、象征派以及现代派的借鉴，大都乏善可陈，这归因于形式意识的缺失和形式建设的失败。应该说，这种从普遍主义的形式观出发而论衡新诗的思路，在朱光潜的行文当中经常出现。在四个月后发表的一篇文章中，朱再次质疑“一部分新诗人摒弃格律的理由是否充足”，为了证实自己的论断，他诉诸历史主义的视野，论述格律之出现乃是一种必然：“从历史的起源看，诗的格律出于约定俗成（convention），从哲理的根源看，它适合表现情感的自然要求。它是人为的纪律，也是自然的适应。”“诗的本性在表现情感，诗常用有定型的格律，这就足证明定型的格律最适宜于表现情感。”③除此而外，朱光潜也对中国诗的节奏

---

① 朱光潜：《现代中国文学》，上海《文学杂志》第2卷第8期，1948年1月。

② 柳无忌：《为新诗辩护》，上海《文艺杂志》第1卷第4期，1932年9月；梁宗岱：《新诗底十字路口》，天津《大公报·诗特刊》1935年11月8日。

③ 朱光潜：《诗的格律》，天津《民国日报》副刊1948年5月11日。

和声韵有过精细的论析，罗念生还就此与之展开了辩驳。① 在为格律辩护方面，叶公超未遑多让，他的长文《论新诗》频向艾略特的《传统与个人才能》致敬，于新诗与旧诗的深度对比中廓清流行性误解，在传统与现代、中国与西方、情感与形式、语言与文字的对比论说中，处处闪烁着真知灼见。众所周知，自胡适《谈新诗》发表以来，一种目的论和进化论的观念"新诗是从旧诗的镣铐里解放出来的"遂成为似是而非的定论。对此，叶公超毫不客气地指出："以格律为桎梏，以旧诗坏在有格律，以新诗新在无格律，这都是因为对于格律的意义根本没有认识。"因为在他看来，从普遍主义的立场而言，"格律是任何诗的必需条件，惟有在适合的格律里我们的情绪才能得到一种最有力量的传达形式；没有格律，我们的情绪只是散漫的、单调的、无组织的，所以格律根本不是束缚情绪的东西，而是根据诗人的内在要求而形成的。假使诗人有自由的话，那必然就是探索适应于内在的要求的格律的自由，恰如歌德所说，只有格律能给我们自由"。是故，格律并非区分新诗和旧诗的身份标志，亦不足以成为好诗和坏诗的识别标准，格律对于抒情的完成具有重要意义，新诗和旧诗其实并无争端，甚至可以并行不悖。当然，话说回来，把格律的存在视为一切诗歌表现情绪的必然载体，呼吁新诗作者放弃形式无政府主义，重视把诗歌作为一种手艺，这些看法实为闻一多、朱湘、孙大雨、于赓虞、梁实秋、梁宗岱、朱光潜、吴兴华、卞之琳等人的共识，并非叶的一家之言。然则，如何为新诗量体裁衣，打造合适的格律规范？旧诗和西洋诗能否提供可资转化的源泉？作者指出：

> 新诗的格律一方面要根据我们说话的节奏，一方面要切近我们的情绪的性质。西洋的格律决不是我们的"传统的拍子"，我们自己的传统同诗词又是建筑在另一种文字的节奏上的，所以我们现在的诗人都负着特别重要的责任：他们要为将来的诗人创设一种格律的传统，不要一味羡慕人家的新花样。一种文字要产生伟大的诗，非先经过一个严格的格律时期不可。格律的观念成立之后，也许就有反格律的运动起来。这不要紧，因为那时格律已存在，已在那文字的诗的传统中了，它对于以后的诗

① 朱光潜：《论中国诗的韵》、《论中国诗的顿》，分别参看上海《新诗》第1卷第2期、第1卷第3期，后收入《诗论》。罗念生的驳文《与朱光潜先生论节奏》以及朱光潜的响应《答罗念生先生论节奏》，分别载上海《新诗》第1卷第4、5期。

> 人是有用的。对于诗人自己，格律是变化的起点，也是变化的归宿。惟有根据一种格律的观念来组织我们的情绪和印象，我们才可以给“我们的情绪的性质”一个充分表现的机会。假使我们以为自己的情绪或思想本身已然有了一种形式，不必再求之于“外加的”形式了，这当然是合理的话；不过，多半的时候，我们内在的形式是不够完整的，不够肯定的。用一种适合的格律来实现它只会增加，不会减少它的力量。①

叶公超像朱光潜等人一样，在论述格律与新诗的关系时，采取一种超越时空的普遍主义方式，强调人的情绪或思想若要有力地转化为审美经验，内在形式实不足以成事，适应于或就范于一种外在的形式“格律”，就是势所必至了。然则，旧诗的格律与新诗的格律有何差异？如何避免复古主义或传统主义的覆辙？叶公超在这里又把抒情主义的普遍原理和中国新诗的实践相结合，从而显示出深刻的历史主义眼光：从横的一面说，中国的象形文字不同于西洋的拼音文字，因此传统的拍子不同于西洋的格律（这一点，朱光潜也有论述）；从纵的一面来看，由于知识体系、生活世界和艺术法则的历史分野，新诗和旧诗的格律设置相应地有巨大分歧：“新诗的节奏是从各种说话的语调里产生的，旧诗的节奏是根据一种乐谱式的文字的排比成的。新诗是为说的，读的，旧诗乃是为吟的，哼的。”因此，新诗人面对的艰难任务是，创设出一种既不同于西洋诗也迥异于旧诗的新格律。叶氏这种交织着普遍主义和历史主义的思路，其实比朱光潜更上一层楼。据此看来，闻一多、徐志摩、朱湘等的形式实验由于太过仰赖西洋诗的形式成规，不免有失败之虞。应该说，叶氏这种判断符合历史实际，卞之琳后来的诗论也承认受其点拨。②

和朱光潜、叶公超偏重于理论探讨不同，林庚从微观诗学的角度出发，探索了更适合于白话与口语的诗的“新音组”。他以自家的实验为例证，认为五字音组可能是新音组中最近于自然和普遍的，并且这将会导致诗的语

---

① 叶公超：《论新诗》，上海《文学杂志》创刊号，1937年5月。

② 卞之琳：《赤子心与自我戏剧化：追念叶公超》、《哼唱型节奏（吟调）和说话型节奏（诵调）》、《谈诗歌的格律问题》、《〈雕虫纪历〉自序》，见卞之琳：《人与诗：忆旧说新（增订本）》，合肥：安徽教育出版社，2007年，第47—57、261—269、273—280、281—298页。另有杜运燮笔录的卞之琳在西南联大冬青文艺社的演讲《读诗与写诗》，香港《大公报·文艺》第1035期，1941年2月20日。

言和形式出现新变,从而满足大众化新诗的历史期待和审美诉求:“诗能够掌握语言上的新音组,诗才能有全新的普遍的语言,诗行才能成为一个明朗不尽的形式。深入与浅出,在这形式上,乃从而获得新的解放与统一。”①当然,为了保持新诗的活力,单纯靠格律形式的实验还是不够的,所以林庚也肯定了寻找诗的“新原质”(一种新颖的蕴含着文化意味和审美情趣的诗歌意象)的进路和可能性。②

在诗之音律问题上,陆志韦、徐家昌、周煦良也有一己的思考。

“五四”时期,陆志韦就是白话诗的先行者,他的诗集《渡河》、《不值钱的瓜果》和《乙酉小唱》在格律实验上自成一家,引起过朱自清的关注,作品入选《中国新文学大系》。陆的《论节奏》从语言学、心理学和物理学的一般原理出发,探究了声音的节奏,接着过渡到诗的节奏分析:“诗的节奏在美的经验上占有很特殊的地位,不妨说是介乎音乐和舞蹈之间而不像他们的死劲发挥。”③陆氏的看法是,莎士比亚戏剧诗的节奏最近乎英语的语调,中国的白话诗也应根据语调轻重来建设音律。至于诗歌的节奏和自然界事物的节奏有何不同,在从事白话诗的音律实践时如何顾及中英文字的差异而做出相应的调整,陆志韦未有说明。他认为,汉语的双音词的音韵分析,可给人许多的节奏训练,因此是做白话诗的主要工作。后来,陆氏还身体力行地进行了新诗节奏的实验,发表了 23 首《杂样的五拍诗》。④

徐家昌指出,诗是高度的和谐,内容和形式几可合而为一,形式的功用不仅可以辅助内容,还可以直接参与美的创造。他认为:“一首诗的音调,不仅见于形式,内容上也同样的存在,前者可以认为外在的音调,简称外因,后者可以认为内在的音调,简称内音。诗人的任务就在谋外音和内音的一致,外音不过是一些节奏和音律,可以用耳朵听出来,而内音的觉察,则非诉之于灵感不办,虽然不是真的声音,却和真的声音一样,有他的乐理性的协和。”⑤徐氏认为,外音的成分有高低、重轻和短长,内音的成分不脱这六种法则,但玄妙得不着迹象。我们不难发现,这种音律观念试图从普遍主义、

① 林庚:《再论新诗的形式》,上海《文学杂志》第 3 卷第 3 期,1948 年 8 月。
② 林庚:《诗的活力与新原质》,上海《文学杂志》第 2 卷第 9 期,1948 年 2 月。
③ 陆志韦:《论节奏》,上海《文学杂志》第 1 卷第 3 期,1937 年 7 月。
④ 陆志韦:《杂样的五拍诗》,上海《文学杂志》第 2 卷第 4 期,1947 年 9 月。
⑤ 徐家昌:《诗歌的音调》,上海《文学杂志》第 3 卷第 2 期,1948 年 7 月。

整体主义的立场出发，概括“诗”的形式特质，但有意识地脱离了礼乐文化和神秘主义的束缚，因而是一种“现代”的诗观，至于它如何落实在“新诗”写作实践中，作者未予深究。

如前所述，朱光潜从情感与形式的关系出发，认定新诗应不废格律；叶公超进一步看到了新诗的格律和旧诗有所不同，而应符合汉语口语的说话习惯。周煦良从更细致的微观诗学出发，提出技术建言。他在 1937 年 1 月，发表了对话体的诗论《时间的节奏与呼吸的节奏》，参考中西诗作而辨析了两种不同的节奏。① 在评论林庚诗集《北平情歌》的时候，他又批评朱湘、孙大雨、梁宗岱以“字组法”创设新诗音律的做法，其实不足为训：

> 所谓字组法的音律，所谓就文字的意义结成的字组以制定节拍的办法，根本就不是建筑在文字的声量或声质上。如果音律是诉诸听觉的，并且如果我们充分了解了什么叫“诉诸听觉”，那么字组法便不是音律；便是我们语言的声调也不是遵照字组法。不过就算字组法是音律，就算每一字组的意义有同量的完整性，它还是抵抗不了平仄音律的侵蚀；它没有找到什么东西来满足两种相反相成声质的进一步要求。这一点不但是字组法的缺乏，也是整个新诗的缺乏。要找一个固定的声量，因为中国文字全是单音，最简当的方法便是用一定字数，这而且并不如有些人设想的那样要不得。但是要找两种相反相成的声质，在目前语文合一和语言不一致的时代简直没有法办。英国诗的轻重律全基于英文多音字的轻重不能倒置上，而不是根据语气的轻重，中国字既全是单音，就没法讲轻重；四声依地而异，所以也没办法讲长短，更没法讲平仄。要在此外再找什么质地，恐怕连想象都想象不到。这种缺乏纵然不为真正爱好诗的人所介意，却成为普通人读新诗的一大障碍。他们不能从新诗的音律上得到愉快，至少是他们不能接受新诗的一大原因。②

周氏认为，习见的格律制作者罔顾字音上的质与量，没有给予听觉效果以优先考虑，徒以视觉上的文字整饬为目标，生硬地凑足字数以组建音组，不免

---

① 周煦良：《时间的节奏与呼吸的节奏》，上海《新诗》第 1 卷第 4 期，1937 年 1 月。

② 周煦良：《北平情歌》书评，上海《文学杂志》第 1 卷第 2 期，1937 年 6 月 1 日。

南辕北辙，本末倒置——这可说是针对闻一多的格律设计“节的匀称与字的均齐”进行的釜底抽薪的批评，也与卞之琳不久后提出的意见不谋而合[①]。按照周的观察，“字组法”不符合现代人的日常说话习惯，在诗歌的创作实践上达不到理想的音律效果，这甚或成为新诗失去广大读者的主因——非常明显，这种以剥离了内容的“形式”对新诗进行的总体性判断，与朱光潜走到了一起，而周氏之指责中国字缺乏轻重、长短、平仄，在与陆志韦的看法分道扬镳之外，又显出他“以古度今”和“食洋不化”的倾向。出于这种洞见与盲视，周氏发现，林庚诗集《北平情歌》的出现：“给原无绝对长短单字音组以一个相对的或假设的长短，从量的不同上假定出一种质的不同。”所以值得给予毫无保留的盛赞：“在这里，新诗的音律第一次脱离平仄的拘律，而且降服了字组法，使它成为音律的侍婢；后一点，我私意以为，不但是新诗音律的胜利，而且也是诗的胜利。”这当然夸大其词了。周氏不愿正视的是，饶是林庚的音律构想如此高妙，在题材内容上仍不免有“以白话写古诗”之弊，这正如戴望舒的批评[②]。

此外，朱光潜还发起过“读诗会”的活动。其实，最早产生这种想法的是朱湘，他发布了“我的读诗会”广告，但并未实现。[③] 从 1933 年 7 月到 1937 年 7 月，朱氏在慈慧殿三号住所主持了著名的“读诗会”，先后参加者有沈从文、梁宗岱、叶公超、朱自清、梁思成、林徽因、冯至、孙大雨、罗念生、废名、卞之琳、何其芳、俞平伯、林庚、萧乾等等。大家借诗朗诵的形式，推敲格律问题，反响热烈，以至于引起了报章的注意。[④] 不过，所谓“读诗会”，其

---

① 卞之琳：《读诗与写诗》，香港《大公报·文艺》第 1035 期，1941 年 2 月 20 日。

② 戴望舒说：“从林庚先生的四行诗中所放射出来的，是一种古诗的氛围气，而这种古诗的氛围气，又绝对没有被‘人力车’、‘马路’等现在的骚音（按：原文如此，当为“噪音”之误——引者注）所破坏了。约半世纪以前捋扯新名词以自表异的诗人们夏曾佑、谭嗣同、黄公度等辈，仍然是旧诗人；林庚先生是比他们更进一步，他并不只捋扯一些现代的字眼，却捋扯一些古已有之的境界，衣之以有韵律的现代语。所以，从表面上看来，林庚先生的四行诗是崭新的新诗，但到它的深处去探测，我们就可以看出它的古旧的基础了。现代的诗歌之所以与旧诗词不同者，是在于它们的形式，更在于它们的内容。结构，字汇，表现方式，语法等等是属于前者的；题材，情感，思想等等是属于后者的；这两者和时代之完全的调和之下的诗才是新诗。而林庚的四行诗却并不如此，他只是拿白话写着古诗而已。”参看戴望舒：《谈林庚的诗见和“四行诗”》，上海《新诗》第 1 卷第 2 期，1936 年 11 月。

③ 朱湘：《我的读诗会》，北平《京报副刊》第 477 号，1926 年 4 月 24 日。

④ 《朱光潜发起读诗会》，天津《北洋画报》第 1202 期，1935 年 2 月 7 日，署名“无聊自北平”。

实除了品读诗歌之外,还有散文、小说和戏剧的诵读和切磋。朱光潜的《敬悼朱佩弦先生》谈到当时的情景:

> 当时朋友们都觉得语体文必须读得上口,而且读起来一要能表情,二要能悦耳,以往我们中国人在这方面太不讲究,现在要想语体文走上正轨,我们就不能不在这方面讲究,所以大家定期聚会,专门练习朗诵,有时趁便讨论一般文学问题。佩弦先生对于这件事最起劲。语文本是他的兴趣中心,他随时对于一个字的用法或一句话的讲法都潜心玩索,参加过朗诵会的朋友们都还记得,他对于语体文不但写得好,而且也读得好。①

看来,读诗会的初衷沿袭了胡适提出的"国语的文学和文学的国语"这条思路,按照言、文一致的原则,把现代口语作为新文学的语言工具而进行淬炼,完善新文学的抒情功能和听觉效果,而"诗"(不管是新诗、旧诗和外国诗)之诵读正是其中的一个环节。沈从文提供的证词明确锁定了目标:"这些人或曾在读诗会上作过有关于诗的谈话,或者曾把新诗,旧诗,外国诗,当众诵过,读过,说过,哼过。大家兴致所集中的一件事,就是新诗在诵读上,有多少成功可能?新诗在诵读上已经得到多少成功?新诗究竟能否诵读?差不多集所有北方系新诗作者和关心者于一处,这个集会可以说是极难得的。"②读诗会的参与者朱自清,撰写过多篇论文,例如《论朗诵诗》、《中国诗的出路》、《美国的朗诵诗》、《朗读与诗》等。必须承认,朱光潜的读诗会偏重于形式诗学的探讨和小众化、纯诗化的审美趣味,及至抗战爆发,"朗诵诗"与"诗朗诵"蓬勃,延续到40年代后期,相当多的人士,包括徐迟、锡金、穆木天、梁宗岱、金克木、沈从文、高兰、李广田、何其芳、黄药眠、林庚、洪深、郭沫若、茅盾、陈残云、韩北屏、吕骥、傅弄章、李炳焜等参与其中,这种诗歌实践突破了朱湘、朱光潜的"读诗会"的狭隘构想而转向了"大众化"的方向,为新诗寻找到了广阔的生存空间。这一得一失,其价值岂可同日而语?

---

① 朱光潜:《敬悼朱佩弦先生》,天津《民国日报·文艺》1948年8月23日。

② 沈从文:《谈朗诵诗》,连载于香港《星岛日报·星座》第62—66期,1938年10月1—5日,收入《沈从文全集》第17卷,太原:北岳文艺出版社,2002年,第238—251页。

二、晦涩问题的再检讨

"五四"新文学运动以来,"晦涩"就是新诗理论的话题和关键词,在观念史中呈现出历史性的一面,从印象主义的指控转入严格的学理分析看来是大势所趋。在30年代,俞平伯针对古诗中的"神秘"(其实也就是晦涩)现象,从文本、作者、读者三方面进行了缜密的探讨。① 1936年的京沪诗坛,围绕着"胡适之体"产生了关于"清楚明白"的论辩,参与者有胡适、陈子展、梁实秋、梁宗岱、金克木、施蛰存、叶公超、朱英诞、蒲风等人,针对"晦涩"问题,大家各抒己见,凸显了纯诗与大众化诗的紧张和冲突。及至40年代,随着现代主义的发展、新诗大众化的蓬勃以及两者之间张力的加重,针对"晦涩"话题不断出现新一轮交锋。譬如,作为坚定的现代主义者,穆旦翻译了英国诗人麦克尼斯的长文《诗的晦涩》,分11次连载于香港《大公报·文艺》上。但是,论者在知识根源和审美趣味上存在很大差异,切入论题的角度和层次并不相同,彼此的观点既冲突又补充,并无绝对的正误可言。例如,相当多的大众化论者迷失于身份政治的纠葛中,众口一词地指责新诗的晦涩与作家的人生观、世界观密切相关。有人归咎于作家语言能力的薄弱,认为是诗才贫瘠的证明。吴兴华指出,晦涩起因于作者和读者在古代中国分享的知识体系在现代社会的消失。② 行郎认为,晦涩起源于诗人的思想感情没有被广大读者经验过。③ 沈宝基强调指出,晦涩之出现乃是由于现代诗的艺术思维和表现技法的陌生化,这使得读者的阅读过程受到了巨大挑战。④

实际上,从中外诗史来观察,"晦涩"是一个普遍现象,不仅是徘徊于新诗中的一个幽灵,也是中国"现代诗学"的焦点问题,不管举证的对象和范围如何。这样,论者就把关于"晦涩"的问题从单薄的"新诗"范畴扩充开去,置入宽广的历史语境和丰富的理论框架中进行思考,从而得出一些普适

---

① 平伯:《诗的神秘》,北平《清华周刊》第37卷第6期,1932年。

② 钦江(吴兴华):《现在的新诗》,北平《燕京文学》第3卷第2期,1941年11月。

③ 行朗:《对于诗的一个看法》,北平《平明日报·读书界》第30期,1947年6月29日。

④ 沈宝基:《如何了解一首难懂的现代诗》,天津《民国日报·文艺》第147期,1948年10月9日。

性的诗学本体论上的洞见。在这个方面,朱光潜和《文学杂志》同仁贡献了勤奋深刻的思考。1936 年,朱氏发表的《心理上个别的差异与诗的欣赏》[①]可算是对"胡适之体"争议的响应,他从接受美学和读者—反应论的角度提出了一个新见:"明白清楚不仅是诗的本身问题,同时也是读者了解程度的问题","离开读者的了解程度而言,明白清楚不是批评诗的一个绝对的标准"。他又从文艺心理学的立场断言:"论诗者如果离开心理上的差别而在诗本身上寻求普遍的价值标准,总不免是隔靴搔痒。"这样,朱氏巧妙地避开了大多数评论家一味指控作者的做法而把观察的角度置换到读者的环节。进而言之,他公正持平地指出:"诗原来有两种。一种是明白清楚的,一种是不甚明白清楚的,或者说迷离婉约的。这两种诗都有存在的理由。"他在这里杂糅德国哲学家尼采和法国心理学家里波的理论,把论者的分歧归因于两种不同的心理原型:一种是"狄奥尼修斯精神",对应于"泛流的想象";一种是"阿波罗精神",对应于"造型的想象"。这两种精神和艺术的分别是动和静、主观和客观、情感和想象、热和冷的分别,也就是"迷离隐约"和"明白清楚"的分别。这种阐释虽然有点讨巧,但在一定程度上满意地回应了诗坛的争议。十一年后,朱光潜在《文学杂志》上发表的《诗的难与易》[②]其实是对前文的改写,论点基本相同,文字大多重出。1937 年发表的《谈晦涩》[③]认为:"与其把诗区分为明白和晦涩,不如叫做易懂和难懂,晦涩的诗无可辩护,而难懂的诗却有存在理由。"他把晦涩问题从诗本身转移到诗与读者的关系上,诉诸接受美学,相信诗的可懂程度随着读者的资禀、训练、趣味等有个别的差异,这是对于《心理上个别的差异与诗的欣赏》一文的引申和发挥,倒是推究新诗之所以难懂的原因——"不在语言的晦涩而在声音节奏和联想的离奇"显得迥异时流,因为从"形式诗学"入手,分析作为审美特质的晦涩,在朱光潜是一贯的思维方式,而在当时并不多见。

朱光潜论析晦涩,举例多为西方近代诗和中国古诗,而罗大冈的《街与

---

① 朱光潜:《心理上个别的差异与诗的欣赏》,天津《大公报·文艺》第 241 期,1936 年 11 月 1 日。

② 朱光潜:《诗的难与易》,上海《文学杂志》第 2 卷第 1 期,1947 年 6 月。

③ 朱光潜:《谈晦涩》,上海《新诗》第 2 卷第 2 期,1937 年 5 月。

提琴》[1]检讨法国现代诗的命运盛衰，也论及晦涩问题。两个文本都是由一个特定的文学现象展开思考，兼及文学史，进而得出具普遍意义的结论，这些宏观的思考和敏锐的洞察就不是我们所习见的“新诗理论”所能容纳的，而必须置于中国“现代诗学”的名下。晦涩虽是古已有之，但在20世纪，随着跨文化交往的频繁，现代主义蔚成风气，这个问题获得了普遍化和理论化的机会，所以罗文一上来就开诚布公地指出：

> 诗在现代，乍看似乎是本身满含着矛盾的一件事实。可以说在这极度动乱苦难的世界，诗始终是，比在任何其它历史阶段中，更急切地被需要着，更深刻地被重视着；可是同时，到处有人抱怨现代诗愈走愈陷入个人的寂寞小天地中去，以至于你可以说从来没有见过诗人和他的艺术与群众如此疏远，与实际生活如此隔膜。这矛盾的印象之所以发生，由于观察者仅用社会的立场作为出发点。

罗氏从分析现代诗本身的特质出发，剖析这种矛盾态度，认为诗的“形式”因素在现代世界的变化、尤其是音乐成分之有无与多寡，与诗之晦涩风格的形成和生存地位的变更是密切相关的。他有一个新颖独特的看法：在远古时代，“抒情的因素，往往不在词句，而在歌喉的个性”，“诗人和歌人完全用嗓音的抑扬去完成他们的艺术，那时的诗，是真正的大众艺术，而诗人都是无名诗人，一点个人主义的嫌疑都不沾”。后来，由于文字的发明，诗放弃了“音乐成分”，离歌而独立，成为一种间接的纸面的歌，于是沦为“个人的艺术”——

> 抛撇了“音乐的成分”，诗于是失去了众多的读者或听者。既然置“音”的素质于不顾，现代诗于是将全身倾倚在意象（image）上。从意象直接组织感觉（sensation）的，而非感情（sentiment）的世界，成了现代诗的枯瘠的新园场。群众是倾向于感情而缺乏敏锐的感觉的。群众偏长于听觉的想象力而拙于视觉的想象力。所以对于群众，往往谁嗓子大谁有理。贴在街头的一副宣传画，其收效之宏，决比不上几句童谣。

---

① 罗大冈：《街与提琴——漫谈现代诗的荣辱》，上海《文学杂志》第2卷第12期，1948年5月；《街与提琴——漫谈现代诗的荣辱（续）》，上海《文学杂志》第3卷第1期，1948年6月。

> 现代诗忽视群众心理，无怪它愈走愈背离群众。从大体上说，超现实主义的诗，已经连房中乐都不是。

罗大冈不但像朱光潜一样，从诗的音乐成分这种“形式”因素入手，对晦涩问题加以理论化，而且对这一问题进行历史化，超越事物的表象而揭示悖论式的真理：音乐成分从古代到现代的消减是历史趋势，群众倾向于听觉的而非视觉的想象力，现代诗侧重以意象取代音乐、直接组织感觉而非感情——这些洞见存在着环环相扣的逻辑对应关系，而且是取自于具体真实的历史经验。但是，罗氏声称他“反对一般人尽情谴责现代诗不够通俗化”，因为晦涩是现代诗的最本己的特性，也是它失去大众读者的原因，但同时这是它坚持艺术品位、抵制庸俗化必然要付出的代价：“诗到现代失却了群众，诚是件憾事，但在纯艺术的立场上，我们几乎可以说这正是诗的光荣。”不仅如此，罗大冈进而回溯法国现代诗的源头“象征派”诗歌，缕述了波德莱尔、魏尔伦、马拉美、蓝波的诗风，以至于达达主义和超现实主义，把晦涩归因于现代诗的理论基础：“现代诗是诗人与诗人间的对白，无怪缺乏素养的众人对之瞪目不解。现代诗是下意识对意识界的招供，是人性最深刻最直接的表现，无怪即使诗人自己也不能明白说出他所要表达的是什么。”罗大冈也正面肯定了“现代诗的朦胧与隐约”并非引以为病而是具有特殊的艺术功能：“把抒情诗逐步地引到人性的深处，而在那里掘发寻常清醒时所不能见到的隐秘。”

应该说，为晦涩辩护乃是一切现代主义者的共同倾向。1946年，袁可嘉以西方现代诗为抽样，逐一分析晦涩的五种类型，最后肯定道：“现代诗中晦涩的存在，一方面有它社会的，时代的意义，一方面也确有特殊的艺术价值。”[①]一年后，袁可嘉重复了这个断语，又进一步补充说，晦涩与否不是判断诗之好坏的价值标准，作者、读者、批评者在面对晦涩时应分别担负责任。[②] 袁氏发表于《文学杂志》上的《诗的戏剧化》也论及这一话题。他驳斥了将新诗“现代化”等同于“晦涩化”的流行性误解，认为“为晦涩而晦涩”的心理状态毫不可取，更重要的是，他在晦涩（obscurity）和“模棱”

---

① 袁可嘉：《诗与晦涩》，天津《益世报·文学周刊》1946年11月30日。

② 袁可嘉：《批评漫步——并论诗与生活》，天津《大公报·星期文艺》第35期，1947年6月8日。

(ambiguity,或译为“含混”、“歧义”、“朦胧”)两者间所做的细致辨析:

> 晦涩常常来自诗人想象的本质,属于结构的意义多于表现的方法,是内在的而非外烁的。诗人们晦涩的程度虽有深浅大小的区别,但诗想象必然多少带点晦涩似是无可否认的事实,从民歌到里尔克到处是证明。许多我们自己觉得透彻了解的短篇抒情诗,在最后的分析里都还是颇多疑问的。模棱则多数属于文字表现手法方面,常常只是某一时代或一部分诗人的特殊爱好,如英国十七世纪的玄学诗人与现代诗人都把它作为表现上的一种习惯;晦涩的特点在半透明或“不明”,模棱的特点则在多方面或“两可”;前者是想象的,结构的,后者是文字的,表现的。虽然二者都有特殊的用处,我们对于晦涩的责难却势必需要我们做更多的考虑。①

晦涩属于高级的“想象力”范畴,是诗的结构特征;模棱体现为语义重迭和复义,属于表现方法的层面。袁可嘉的这种区分其实也是燕卜逊《含混七型》和英美新批评的看法——后者把模棱发展成为一种重要的批评术语,大大提高了读者对于诗歌语言丰富性和复杂性的认识,但对于语义重迭的过分探究也潜伏着过度诠释的危险。② 当然,也有西方学者补充指出,含混不是一种修辞手法,因此不可能为达到修饰目的而任意调遣和使用它,它是语言本身所固有的特点,在诗歌中变得益发显著和重要。③ 在中国现代诗学中,把想象力定位为诗之本质的论述,其实所在多有:汪静之、杨鸿烈、朱蘅之、梁实秋、梁宗岱、闻一多、艾青、吴兴华、王亚平等人曾探究过这一课题,但是,把“晦涩”从众多酷评中拯救出来而归属于审美想象力的一个面向、甚至誉之为(现代)诗的本质特征,这却是袁可嘉的个人发明。1948 年 6 月,冯至、沈从文主编的天津《大公报》登载了袁可嘉召开,朱光潜、冯至、废名等人参加的“诗的新方向”座谈会,议题之一是诗的“晦涩”问题。冯至

---

① 袁可嘉:《诗的戏剧化》,天津《大公报·星期文艺》第 78 期,1948 年 4 月 25 日;重刊于上海《文学杂志》第 3 卷第 1 期,1948 年 6 月;三刊于上海《诗创造》第 12 期,1948 年 6 月,改题为《新诗戏剧化》。

② 艾布拉姆斯:《文学术语词典(第 7 版)》,吴松江等译,北京:北京大学出版社,2009 年,第 21 页。

③ 罗吉·福勒主编:《现代西方文学批评术语》,袁德成译,成都:四川人民出版社,1987 年,第 8 页。

对李金发的晦涩诗风有毫不容情的批评,钱学熙则宽容地指出:“现代诗的晦涩实在不能一概而论。艾略特的晦涩确实有他特殊的经验做背景的。有些不肖之徒只模仿他的形式,于是就坏了。”废名则认为,作为文学技巧之一的“写实”旨在表现真实生动的经验,而每一个经验都是特殊的具体的,因此就难免晦涩——这其实也是朱光潜的看法。袁可嘉认为,现代诗的晦涩性可以从两方面来解释:一是现代文化的高度综合的特征,二是现代诗是间接的、迂回的,对于习惯于直线倾诉的19世纪浪漫派诗歌的读者来说,自然显得晦涩难懂了。总之,袁可嘉在分析诗之晦涩时,往往联系现代诗史的实际,透过经典文本的解读,对晦涩由以产生的社会文化语境予以辨析,给这种现象以同情的理解,赋予其独特的社会意义和艺术价值。

三、推介现代主义

《文学杂志》扶持现代主义新诗,不遗余力。创刊之初,就发表了戴望舒的《新作二章》和卞之琳的《近作四章》,又登载了朱光潜的《望舒诗稿》书评。复刊后的《文学杂志》继续保持着学院派的矜持和优雅,推介现代主义,劲头十足。事后看来,40年代后期的现代主义新诗和诗论主要发表在北平、天津和上海的报纸副刊和文学杂志上,以《大公报》、《益世报》、《经世日报》、《民国日报》、《华北日报》、《平明日报》、《诗创造》、《中国新诗》、《华美晚报》为主要阵地。朱光潜主编的《文学杂志》更是中坚。此刊翻译西洋现代诗文,发表新进诗人作品,评介诗集,撰写诗论,为现代主义新生代贡献了一个公共空间。实际上,第1卷第4期的《编辑后记》就说过:“从本期起,我们预备尽量多登新作家的来稿,本期诗栏大部分作者就是才露头角的青年诗人。”复刊后的《文学杂志》秉持宽大自由的编辑方针,大量登载现代主义新诗,例如,穆旦的《森林之歌——祭野人山上死难的兵士》、《荒村》、《三十诞辰有感》、《饥饿的中国》、《我想要走》、《隐现》,俞铭传的《溜冰场》、《最后的一代》,袁可嘉的《号外三章》、《走近你》、《诗六首》。这批人日后成为“九叶派”的中坚力量,上述诗篇如今大多成为新诗史上的名篇。穆旦的挚友王佐良以知情人和见证者的身份,凭借深厚的理论素养和卓越的审美判断力,写出了书评《一个中国新诗人》,发表于《文学杂志》第2卷第2期。此文深入剖析了穆旦对中国新诗的独特贡献:“将肉体与形而上的玄思混合”以及斑驳复杂的宗教意识，极大地促成了穆旦诗的合法化和经典化。这如今已成为新诗研究者耳熟能详的文献，尤其是其中关于民族身份和个人才能的断语不断引起新诗研究者的辩难：“他一方面最善于表达中国智识分子的受折磨而又折磨人的心情，另一方面他的最好的质量却全然是非中国的……穆旦的胜利却在他对于古代经典的彻底无知。”[①]北大在读学生李瑛辛苦谋生之余，频有诗作见诸《文学杂志》，包括《雪同雾》、《石像》。刚从欧洲留学归来、时任南开大学外文系教授的资深诗人罗大冈，在《文学杂志》第2卷第9期推出了带有“新绝句”风味的十六首组诗《骨灰（诗料）》，一再表达故国想象和原乡追寻的主题，新奇比喻、时空压缩和佛教观念乃是一大特色。原来就读于昆明中法大学的诗人叶汝琏，此时担任北京大学西语系青年教师，发表了三篇精心结构的散文诗《剧词》、《对话》与《独白》，运用内心独白传达日常感受。上述诗作几乎都有清一色的现代主义风格，作者以新锐诗人为主体，如此密集地出现在《文学杂志》上，凸显了该刊的审美趣味和编辑策略。虽然朱光潜本人极少论及现代主义，而更倾心于西方文学以及中国古典诗，但他对新进诗人的扶持、对现代主义之开放的襟怀，于此可见。

值得一提的是，英国人史本德（Stephen Spender，1906—1995）作为“奥登集团”中的知名诗人和批评家，对抗战及40年代中国现代主义诗歌启发颇大，袁可嘉、杨周翰、王佐良等人的诗论中经常出现史本德的大名。史本德的论文《一首诗的形成》和《释现代诗中底现代性》分别由俞铭传和袁可嘉翻译成中文在《文学杂志》上发表。[②] 前者逐一论析了凝神、灵感、回忆、信心、音调等元素如何在诗歌写作过程中发挥作用；后者指出，现代诗的“现代性”不只是一种诗歌形式的变异或者题材内容的变化而已，它更是一种对应于现代人的生活经验的感性方式。现在看来，袁可嘉倡导的“新诗现代化”方案中所谓的“新感性”，实际上是一种囊括了现代人的情绪、观念、感觉和经验的综合体，其灵感来源之一就是史本德的论说。

重要的是，《文学杂志》大力扶持新批评家袁可嘉，接连刊发了他的六

---

① 王佐良：《一个中国诗人》，上海《文学杂志》第2卷第2期，1947年7月。

② 《一首诗的形成》，上海《文学杂志》第2卷第2期，1947年7月。按：本期目录将题目误印为《一首诗的形式》。《释现代诗中底现代性》，上海《文学杂志》第3卷第6期，1948年11月。常风回忆说：“光复后复刊出了第二卷和第三卷，都没有再登过一篇翻译”，误。

篇诗论，为推进“新诗现代化”，不遗余力。《诗与意义》阐发本体论的诗歌观念，把一首诗定义为“一个比喻、一个象征、一个动作、一出充满张力的戏剧”①。《当前批评底任务》倡导在作者、读者、评论者之间出现一种真正的批评意识，以自觉的、有意识的、批评的活动促进批评的良性循环，“进而追求凝聚、集中、优越的标准和明朗的次序”②。《对于诗的迷信》以西方现代诗学为批评尺度，抨击了抒情主义诗歌观念的盲点和误区，辩驳了几种关于诗歌的流行性误解。③《现代英诗的特质》总结了以艾略特和奥登为代表的现代主义诗歌的三个特征：象征性、分析性和玄学性。④《诗的戏剧化》强调从生活经验转变为艺术经验的重要性，以艾略特、奥登、里尔克的诗作为例证，列举了各种行之有效的诗歌戏剧化的方法。⑤《我们底难题》要旨是如何通过文学性加强新文学对于新文化的贡献，寓表现于创造之中，消除“广度即深度”的误解，超越相对的时空而指向绝对的永恒。⑥ 年仅二十五六岁的北大外文系助教袁可嘉，自任“新诗现代化”运动的旗手，充满热情地成立了一个文学社团“方向社”，努力把新诗引向现代主义的“新方向”。他在短短三年时间发表了二十余篇诗论，约有四分之一出现在《文学杂志》上，大大巩固了现代主义在文学场域中的地位，这与朱光潜的苦心栽培是分不开的。这些诗论与上海的唐湜的相关文章南北呼应，试图从理论与批评两个方面，为现代主义全新奠基，永续发展的未来。

《文学杂志》同仁如此不遗余力地推介现代主义，所为何事？我觉得，分析这种文学行为，应该考虑到现代主义的对立面——蓬勃的文艺大众化浪潮，应该说，这是朱光潜因应波澜壮阔的文艺大众化浪潮而明确传达的一个立场和姿态。众所周知，从“九·一八事变”至抗战爆发，直到 1949 年，“新诗大众化”不断从幻想转为现实、从美学介入政治、从理论参与历史，终于蔚为大观，牢牢地确立为诗坛的“主旋律”。抗战胜利后，政治激进主义

---

① 袁可嘉：《诗与意义》，上海《文学杂志》第 2 卷第 6 期，1947 年 11 月。

② 袁可嘉：《当前批评底任务》，上海《文学杂志》第 2 卷第 7 期，1947 年 12 月。

③ 袁可嘉：《对于诗的迷信》，上海《文学杂志》第 2 卷第 11 期，1948 年 4 月。

④ 袁可嘉：《现代英诗的特质》，上海《文学杂志》第 2 卷第 12 期，1948 年 5 月。

⑤ 袁可嘉：《诗的戏剧化》，上海《文学杂志》第 3 卷第 1 期。

⑥ 袁可嘉：《我们底难题》，北平《平明日报·星期艺文》第 66 期，1948 年 7 月 25 日；重刊于上海《文学杂志》第 3 卷第 4 期，1948 年 9 月；三刊上海《华美晚报·新写作》第 13 期，1948 年 9 月 6 日。

抬头，左翼文艺茁壮成长，新诗创作和批评再次卷入了“大众化”和“纯诗化”的论战中。现代主义当然是“纯诗化”新诗的一种最重要的形式，它与“大众化”新诗的对抗和纠缠，几乎无处无之：从关于臧克家诗集《宝贝儿》的争议，到马凡陀山歌的论辩，到围绕着《诗创造》和《中国新诗》进行的充满语言暴力的一系列论战，我们一再目睹了大众化新诗和现代主义之间的紧张，袁可嘉的诗论所引发的争议恰恰坐实了这种紧张关系的严重性和普遍性。[①] 显然，出于一种强烈的焦虑感，朱光潜们利用《文学杂志》作为阵地，竭力扶持穆旦等现代主义作家，奖掖袁可嘉的“新诗现代化”系列论文，用意无非是要显示出对于文艺大众化的不屈不挠的抗辩，张扬一种自由主义的文艺理念，这在 1937 年的发刊词《我对于本刊的意见》中有毫不含糊的确认，又在整整十年后的《复刊卷头语》中加以重申。

从中国现代诗学的内在视野来看，在朱光潜和《文学杂志》同仁的支持下，袁可嘉有关现代主义的理论思考，质疑和挑战了中国现代诗学的霸权结构，让人们在“抒情主义”的大宗论述之外，寻思“深度抒情”的进路和可能性。从历史上看来，“抒情主义”是中国现代诗学的基本构造，无论浪漫主义还是写实主义，无论纯诗的鼓吹者还是大众化诗歌的倡导者，无不唯情是问，以至于抒情主义被本质化和普遍化了。而且越到后来，新诗大众化论者越是诉诸社会视野的拓展和形式的无穷实验，让抒情主义通向某种合于目的论的历史哲学。我在另一场合曾指出，中国现代诗学中的抒情主义其实是抒情传统的延异、西方抒情诗学的跨文化渗透、中国现代政治经验的塑造、文艺大众化的冲击、物质文化和市场消费的刺激等多重因素交织影响的产物，它不但塑造了新诗之成立的前提和预设，深化了现代诗学的深度质量，而且把人们从纯粹主观性的正统叙事之中解放出来，介入了现代中国的文化创新和政治变革。当然，物极必反，后来，梁实秋、金克木、徐迟、梁宗岱、胡明树、柳木下等针对抒情主义的泛滥，从理论建设和微观诗学上提出了“反抒情主义”构想，立意把现代诗学中抒情话语的讨论引向深入和复杂化。当然，最早意识到“深度抒情”之于诗意生成和质量历练的重要性的是

---

① 北平的《诗号角》和《泥土》、上海的《新诗潮》对袁可嘉的攻击我们已耳熟能详，这迫使袁可嘉召开了“今日文学的方向”的座谈会。臧克家发表了驳文《“少像点诗”》。陈敬容 1947 年发表在上海《文汇报·笔会》上的关于波德莱尔的作品引发了一场小风波。

冯至，他有感于里尔克诗风从浪漫主义到后期象征主义（或现代主义）的巨大转换“使音乐的变为雕刻的，流动的变为结晶的，从浩无涯涘的海洋转向凝重的山岳”①，因此明确提出让新诗从青春的抒情走向中年的沉思和白发的完成。袁可嘉和唐湜等人踵事增华，对于推进“深度抒情”有更精细的理论辩证和技术发明。袁氏《当前批评的任务》批评了浪漫派对于热情的迷信：

> 我们自然乐于承认一切艺术作品都以强烈的感情做基本起点，做陈诉的对象；但浪漫派对于热情本身的一味沉醉，不问热情的起因，质量，后果而一味崇拜的浪漫态度，却很难博取我们的同情；热情有高贵，有卑贱，可以用来做创造的动力，也可能用作盲目的破坏，问题不在热情本身，而须取决于它的质量及它的具体表现；浪漫派的诗不少是无谓的感伤，即足以说明无节制热情的流弊。

浪漫派崇拜情感的自然性和自发性，在抒情方面缺乏必要的节制和艺术经营，难免流于感伤的抒情主义。在这个问题上，袁氏其实响应了朱光潜在十多年前的看法，后者对“主观诗”与“客观诗”两派的偏执均有不满，批评部分青年诗人“有的是情感，赤裸裸的把它表现出来，以为这就是诗，以为这就是了不得的诗。他们都太不够‘冷’，不能从主观的经验中跳出来看看自己”②。袁氏的《对于诗的迷信》有条件地承认诗是感情的语言，常起于某种激情的召唤，但笔锋一转，点出了人民派诗歌唯情是问，罔顾情感的性质、程度和传达方法，因此和浪漫派一样走向了“泛滥，瘫痪，伤感，乏味”。他进而拈出了“人的情绪”和“艺术情绪”两个概念，认为人民派和浪漫派的共同危机在于未能辨识到两者的重大差异：

> 人的情绪是诗篇的经验材料，艺术情绪则是作品完成后所呈现的情绪模式：许多人不假思索地相信读者所接受的情绪激动正是一模一样原作者情绪经验的翻版，因此极容易迷信诗即情绪，把感情全盘托出即足以成诗；其实并不如此，只要有过些微写作经验的人都不会同意这种直截了当的等号说法；一首诗在胚胎期的情绪模式与它最终的表现

---

① 冯至：《里尔克——为十周年祭日作》，上海《新诗》第1卷第3期，1936年12月。

② 朱光潜：《诗的主观与客观》，上海《人间世》第15期，1934年11月5日。

可能有极大的差异；最普遍的情形是，它从简单走向复杂，从直觉到立体的结构，从浮泛朦胧的情思的晃动到鲜明准确的刻划，从单纯的热情呼唤，历经心智的批评，选择，综合，安排而发展为表面光滑实质深厚的有机组织……

强调生活经验向审美经验转化的必要，把诗歌写作定位为心智的创造和技艺的完美表现，这正是袁氏诗论的现代主义特质，也与大众化新诗之抒情主义和客观反映论的艺术原则拉开了距离。他认为，现代诗的感伤主义植根于部分的执著所引起的感性弹性的丧失，具有混淆目的与手段的倾向，导致情绪在量上的泛滥和质上的廉价。[①] 他又从情绪感伤过渡到观念层面的"政治感伤性"，批判大众化抒情主义的致命伤在于："以诗情的粗犷为生命活力的唯一表现形式"、"以技巧的粗劣为有力"、"艺术价值意识的颠倒"。[②]《诗的戏剧化》认为时下的抒情主义诗风失败的原因不在于出发点和终点，而在于"把意志或情感化作诗经验的过程"，不无夸张地宣称"以为诗只是激情流露的迷信必须击破"、"没有一种理论危害诗比放任感情更为厉害"。袁氏以奥登、里尔克、艾略特为例证，推介多种"戏剧化"手法作为超克抒情主义的不二法门。《诗与民主》把现代诗从浪漫主义到现代主义的发展概括为"从抒情的"进展到"戏剧的"，这并非说现代诗人已不再需要抒情，而是说抒情方式发生了嬗变："因为文化演变的压力，已必须放弃原来的直线倾泻而采取曲线的戏剧的发展。"[③]总的看来，所有这些论述都可归结在袁可嘉"新诗现代化"理论的名下，这种综合了现实、象征与玄学的方案，就是一种"深度抒情"论述，在肯定诗为抒情之艺术的前提下，改变旧有的感性模式，融合情绪、观念、经验和感觉等元素，有力地提高现代诗的深度质量。[④]

---

① 袁可嘉：《漫谈感伤》，天津《大公报 · 星期文艺》第 50 期，1947 年 9 月 21 日。

② 袁可嘉：《论现代诗中的政治感伤性》，天津《益世报 · 文学周刊》第 20 期，1946 年 10 月 27 日。

③ 袁可嘉：《诗与民主》，天津《大公报 · 星期文艺》第 101 期，1948 年 10 月 3 日。

④ 袁可嘉：《新诗现代化——新传统的寻求》，天津《大公报 · 星期文艺》第 25 期，1947 年 3 月 30 日。

结　语

总的来看,在三四十年代的北平上海文坛,朱光潜的《文学杂志》代表了一个培养纯正文艺趣味、注重学理探讨的严肃刊物,杂志同仁坚信诗是一种独立自足的审美客体、一个需要天才和技艺的通向抒情和想象力的意义结构。他们关注诗的格律建设,为诗的晦涩展开不懈论辩,大力推介现代主义,把有关诗学问题的探讨从狭隘的"新诗理论"的牢笼中解放出来,通向一个更加开放、更有深广度、更有创新性的"现代诗学"的方向。朱光潜、叶公超、周煦良、陆志韦、袁可嘉、罗大冈、林庚发表在《文学杂志》上的诗论,不管考察的具体对象是新诗、旧诗还是外国诗,都是一个现代中国人出于民族文化立场,使用现代的思维方法所阐发的关于"诗"的理论诠释,这与中国古典诗学存在着实质性的差异,理所当然地属于"现代诗学"的范畴。这些普遍主义或现代性的叙事,既有诗学意义上的考虑,可能也隐含着文化政治的修辞,对这些诗学论述进行历史的透视,其洞见和盲点同样醒目。后来者如何把新诗理论整合到现代诗学的框架之中,如何发展出新的理论视野和问题意识,重新检讨一些诗学关键词,意义重大,不可不察。

(作者单位:首都师范大学文学院)

以最庄重最热诚的态度引导中国文艺界

——朱光潜主编天津《民国日报·文艺》

商金林

1948 年 2 月 2 日天津《民国日报·文艺》自第 113 期起,改由朱光潜主编。《文艺》为周刊,逢周一出版(后改为周六),占日报半个版面,在这之前已经出了 112 期,刊名“文艺”二字原为长方形美术体,第 113 期更换新版头,刊名改由朱光潜题写,洒脱而凝重的“文艺”二字的右下方署名“朱光潜”。为了彰显主编易人,这第 113 期改为“第一期”,可第二期又改署第 114 期,在同期发表的《正误》中说:文艺周刊“自上期起因改由朱光潜先生主编更换新版头,致为手民误植‘第一期’字样,谨此订正”。出至第 156 期(1948 年 12 月 11 日)停刊,过了两天《民国日报》(1948 年 12 月 13 日)也停刊了。朱光潜主编的 44 期“文艺”,在副刊中是很有特点的。

一、让《文艺》成为“文学的健康的发育园地”

作为京派理论家和著名学者,朱光潜的办刊理念非常鲜明。他在 1937 年 4 月写的《〈文学杂志〉发刊词》中强调“一种新刊物在与读者初次见面时”,应该“有一篇宣言,表示它的态度和希望”;作为一个“理想的文艺刊物”的主编,应该“诚实”,有“勇气”,在“为什么要办”、“怎么办”以及想“办成什么品位”和“产生什么影响”等问题上,不“世故”,不“暧昧游离”,不“怕惹是非”。又说“中国的新文艺”还处在“幼稚的生发期”,我们“所急需的不是统一而是繁富,是深入,是尽量地吸收融化”,“让许多不同的学派思想同时在酝酿、骚动、生展,甚至于冲突斗争”;“中国的新文艺”应该有“多方面的调和的自由发展”,“主张多探险,多尝试,不希望某一种特殊趣味或风格成为‘正统’”;作家应该拿出“艺术良心”来,“丰富的文化思想方面的修养”，通过各自不同的努力、尝试、探索、“讨论”和“批评”，“互相观摩，互相启发，互相匡正”，“殊途同归地替中国新文艺开发出一个泱泱大国”，并且为“现代中国新文艺运动”传播“新风气”，“在读者群众中养成爱好纯正文艺的趣味与热诚”。

抗战爆发后，《文学杂志》被迫停刊，1947年6月复刊，朱光潜在《〈文学杂志〉复刊卷头语》中重申了《发刊词》阐释的办刊理念，还谈到了“文学”与“民众”的关系。他说：“一个作家不仅要能创造他的作品，还要能在读者群众中创造能欣赏那种作品的趣味”；“一国的文学并不只是一个特殊职业阶级的成就，而是全民众的成就”；“任何伟大的文学都不是一蹴而就，它需要深广的根源与坚定而长久的努力”；“作者与读者互为因果，有什么样作者便有什么样读者，有什么样读者也便有什么样作者。作者与读者互相提高水准，文学才能顺利迅速地发辉光大”，宣称“要‘集合全国作者和读者的力量’来办成一个较合理想的文学刊物”。抗战前，文艺界曾经有过“中国目前为什么没有伟大的作品产生？”的大讨论，有人把没能产生“伟大的作品”的原因归结为“作家不争气”①。朱光潜并不这么看，他认为没能产生“伟大的作品”的原因很多，“任何伟大的文学”都需要“深广的根源与坚定而长久的努力”，也离不开读者的参与。接编天津《民国日报·文艺》，给朱光潜提供了更多的接近“读者”的机会：报纸发行量大，“读者”多，能直接与“民众”发生联系。他在为《文艺》写的发刊词《谈报章文学》中说：

> 在染着经院气的人们看，报章和文学不能发生关联。报章只是朝菌随生随死，而文学是千秋事业；报章只能投俗好，而文学须自拔于流俗，曲弥高而和弥寡。这种看法不只在中国是很普遍，就是在报章文学最发达的欧美，所谓 Journalistic writing（“报章写作”）也含有贬责的意味……
>
> 一直到现在，还有一派自尊的学者们不肯读报章里的文章，他们不肯替报章写文章……就事实论，报纸文章普通确是很坏。报章的主要功用是报导新闻和反映舆论，这些都是严肃而不免枯燥的工作。社会

① 详见兰（茅盾）：《伟大的作品产生的条件与不产生的原理》，《文学》第3卷第1号，1934年7月1日。

除此之外还有一点消遣，报章于是就“副刊”一点文学作品供消遣。所以文学在报章里变成一种“余兴”，只是茶余酒后聊散心神的读物。作家有以此为业的，能写文章给人看就想人看得高兴，而报章读者各色人等都有，一般的趣味不能很高，作家就势必要迁就他们，迎合他们的不很高级趣味，于是产生一些空洞肤浅而富于刺激性与麻醉性的东西，一般报章文学的现状都是如此。这种作品的影响很坏，是无可讳言的。读者如果认为这是文学，就会养成文学的低级趣味，永远不会能欣赏真正的文学；作者如果认为这是文学，也就会养成油腔滑调，永远不会能创造真正的文学。所以染着经院气的人们不屑看报章文学，更不屑写报章文学，确有他们的见地。

但是因噎不能废食。报章文学并非天生来必然要坏，它的坏是由于读者与作者都不肯努力求好。语文的功用原在表现思想与情感，各时代情境不同，表现的方式也就不同。原始人类一切都借口传，文字发明以后，口传变为笔写，印刷发明以后，笔写又变为印刷；从前印刷的都是整部书籍，近代报章流行以后，零篇片段可以逐日逐月分期印行。这可以说是表现方式的进步，因为流传愈广愈速。我们不能相信由笔写变为印刷时，文学必然要因为流传较广较速，而就贬值或降低身分。由印成书本变为印成报章，道理也应该是一样。无论如何，我们既生在这个时代，就应该接受在这个时代最通行的表现方式，也就应该把这个表现方式弄得完善合理。

朱光潜批“经院气”，坚信一个富有文艺价值的副刊，会收到潜移默化的功用。他决心要使“文艺”成为“文学的健康的发育园地”，刊登“真正的文学”；把“真正的文学”从“殿堂”搬到“人间”，让一般“民众”通过接触“报章文学”，“明白他所处的时代，不长留滞在愚昧状态中”，进而“能赶上时代”，并参与“文学”的建设，推进“现代中国新文艺运动”的发展；而那些原本是囚笼在“象牙之塔”的“自尊的学者们”，通过写“报章文学”，逐渐了解“现实人生”，接近“民众”，“对于人生起深刻的同情的了解，多吸收文学的生命力”。朱光潜在这里谈到了“学者”（作家）与“民众”、“民众”与“学者”（作家）、普及与提高的互动关系。他说“读者的趣味愈提高，作者的成就也就愈大”，“一个文学作家不能轻视他的读者群众，因此也就不能轻视读者群众最多的报章”，这就是朱光潜主编《文艺》的理念和追求。京派文人给人的印象是“满腹学识，远离民间”，而朱光潜很看重文艺的“当下性”，并提倡作家要走近“民众”。

二、严肃认真的编辑态度

朱光潜把“报章文学”上升到提高全民族文化水准及造就“真正伟大的作者”和“伟大文学”的高度来认识，上升到抵制“低级趣味的刊物”的“毒汁流祸”、消除“危害健康的刺激剂和麻醉剂”①的高度来认识，因而编得特别用心。

他写的《欢迎投稿》②共六款，前五款是：“（一）本刊欢迎来稿，来稿每篇最好在两千字左右。（二）译稿请附原文。（三）来稿请勿两面写，勿用铅笔写。（四）选刊之稿致酬从丰，请于稿件后附钤印鉴及真实姓名详细住址，以便通讯。（五）来稿如有插图，请用红色或黑色绘成，以便制版。”作为著名美学家和外国文学研究家，朱光潜注意从“域外”引进优秀的文学，为新文学提供新的滋养，《文艺》刊登的译作有法魏仑著、闻家驷译《错误的印象》（诗，第114期），陈占元译《纪德日记》（第114期），季羡林《谈梵文纯文学的翻译》（第115期），Logan Pearsall Smith 著、王岷源译《福楼贝尔和詹姆士对于我的影响》（第117期），法杰克·德·拉克累兑尔著、陈占元译《拉·洛许夫高尔》（第122期），La Rochefowcauld 著、沈宝基译《箴言选译》（第122期），刘荣恩译《代兰·托马斯诗选》（第124期），Robert Lynd 作、赵全章译《一篇论刮脸的传道文》（第131期），G. E. lessing 原作、冯玄译《论艺术家与诗人所表现的痛苦》（第135、136期），英萨崎作、秦朗译《杂物间》（第143期），瑞士·海斯著、天行译《竖琴》（第144期），法朗士作、佟谷译《灵魂的遨遊》（第153期），孟士孙《屠格涅夫寄威雅尔多夫人书》（第154期）等，朱光潜要求“译稿请附原文”，显然是为了比对查校；至于“稿件后附钤印鉴及真实姓名详细住址”，大概不仅仅是为了便于联络，而在恳请作家切实地负起“文责”。

---

① 《〈文学杂志〉复刊卷头语》，《文学杂志》第2卷第1期，1947年6月。

② 《民国日报·文艺》第1期（即113期），1948年2月2日。

“文艺”刊出的标题也很有新意，尤其是“书评”，在标题下面列出所评作品的作者、出版社及出版年月，这里抄录三则：

毕初基《读〈手掌集〉》 辛笛著，诗，创造社版①

少若《结婚》 师陀创作 晨光文学丛书 1947 年 6 月初版②

少若《“诗言志辨”》 开明文史丛刊 朱自清遗著 三十六年八月初版③

读者看了标题就了解到书评的相关信息。“文艺”第 142 期（1948 年 9 月 4 日）刊登了《朱自清先生遗诗 · 怀平伯》，诗云：

思君直溯论交始，明圣湖边两少年。
刻意作诗新律吕，随时结伴小游仙。
桨声打彻秦淮水，浪影看浮瀛海船。
等是分襟今昔异，念家山破梦成烟。

延誉凭君列上庠，古槐书屋久彷徉。
斜阳远巷人踪少，夜语昏灯意絮长。
西郭移居邻有德，南园共食永相忘。
平生爱我君为最，不止津梁百一方。

忽看烽燧漫天开，如鲫群贤南渡来。
亲老一身娱定省，庭空三径掩莓苔。
终年兀兀仍孤诣，举世茫茫有百哀。
引领朔风知劲草，何当执手话沉灰。

诗的后面有朱光潜写的附记：“朱佩弦先生在抗战期间写了不少旧诗，这篇诗是在昆明寄怀俞平伯先生的，我们得到平伯先生的同意借钞了在本刊发表。佩弦先生与平伯交谊最笃，三十年如一日。他们两位虽然同时在北大读书，同时为《新青年》和《新潮》写稿，在学生时代却无甚往来，直到毕业之后在杭州才熟识结了友谊。十四年胡适之先生介绍平伯先生到清华教书，平伯先生转介绍了佩弦先生；此诗第二首第一句即指出。古槐书屋是平伯

① 《民国日报 · 文艺》第 118 期，1948 年 3 月 8 日。
② 《民国日报 · 文艺》第 121 期，1948 年 4 月 12 日。
③ 《民国日报 · 文艺》第 149、150 期，1948 年 10 月 23、30 日。

先生家北平老君堂七十九号的书房,佩弦先生进城每下榻于此。大约是十九年平伯先生改就清华专任教授之聘,移居清华大学南院教员住宅,第二首南园即指南院,平伯先生文章中常说起的秋荔亭即在此。七七事变后佩弦先生偕眷属南行,平伯先生因亲老滞留北平,故第三首如是云云。"这则附记不仅为这首诗作了详尽的疏解,同时也为朱自清和俞平伯研究提供了相关资料。

在总体设计上,《文艺》坚持创作与理论并重,兼及翻译。就创作而言,有小说、诗歌和散文。就理论而言,新文学作品的评论和文艺理论的探讨是重点,古代文学和外国文学的研究也占有一定的篇幅。报纸副刊为了追求娱乐性,多登小说连载、谐趣奇谈、轶闻逸事和文艺小品,"文艺"则显得特别庄重,每期都有上佳的文艺作品(译作)和高水平的学术论文,请看前六期(即113至118期)的目录:

第113期:《谈报章文学》(朱光潜)、《曾景初木刻集题记》(沈从文)、《死魔的诱惑》(袁家骅)、《欢迎投稿》。

第114期:《谈新诗的形式》(林庚)、《错误的印象》(法魏仑著、闻家驷译)、《纪德日记钞》(陈占元译)、《"学衡杂志"》(常风)、《〈十四行集〉再版自序》(冯至)、《正误》。

第115期:《谈用典》(废名)、《乱声二首 午夜、流亡曲》(甘运衡)、《谋杀》(毕基初)、《谈梵文纯文学的翻译》(季羡林)、《欢迎投稿》。

第116期:《论特写"写人"》(沈从文)、《自白书》(金隄)、《林屋山民送米图卷子序》(胡适)。

第117期:《日记——小品文略谈之一》(朱光潜)、《再谈用典》(废名)、《福楼贝尔和詹姆士对于我的影响——回忆录之一》(Logan Pearsall Smith著、王岷源译)。

第118期:《论逼真与如画——关于传统的对于自然和艺术的态度的一个考察》(朱自清)、《读〈手掌集〉(辛笛著,诗,创造社版)》(毕初基)、《诗二首 今晚是最好的周末夜 寂寞——爱罗先珂在北平却有了在沙漠的感觉》(高平)。

从这六期可以想象到《文艺》的全貌:"品类繁复",色彩纷呈,名家荟萃。朱光潜说要"集合全国作者和读者的力量",这在当时还难以做到(例如左翼一直在清算以朱光潜和沈从文为代表的京派），但说集合了“北方作者和读者的力量”并不为过。胡适是台柱；俞平伯、潘家洵、沈从文、朱自清、冯至、废名、闻家驷、袁家骅都是名重一时的大家；常风、林庚、袁可嘉、季羡林、金隄、余冠英、陈占元是北大、清华的年轻教授；汪曾祺、程鹤西、朱星、李瑛、马君玠、少若（吴小如）、沈宝基、陈方、范传章、甘运衡、毕基初等都是才华横溢青年作家。他们同时也都是朱光潜主编的《文学杂志》的“常客”。学者型的主编和学者型的作者，共同构建了《文艺》朴实而灵动的写作风格、谨严而厚重的学术品位，以及坦诚而明确的思想导向。

三、小说举隅

在文学史家的眼里，朱光潜鼓吹“人性”，推崇“艺术”，反对“载道”，“工具”、“武器”、“功利”、“使命”，因而把他锁定在“左翼”的对立面。其实，朱光潜一直都在企盼“新文学”的繁荣与发展，倡导文学的“尊严”和“纯正”，反对“论语”派那种不严肃的文学观和低俗的文学趣味，强调文学是“言志”的，呼吁作家通过艺术的表现传达出某种“健全的”思想，以艺术的力量感染人。现代文学史上曾经有过“言志”与“载道”之争。其实，“言志”与“载道”并没有严格意义上的区分，朱自清、孙伏园乃至周作人也都说过“言志”就是“载道”。《民国日报·文艺》刊登的短篇在艺术上达到了一定的水准，思想性和倾向性也极其鲜明。鲁迅在《〈莽原〉出版预告》中说：“总期率性而言，凭心立论，忠于现世，望彼将来云。”[①]用这些话来形容“文艺”上的小说也相当贴切。先说毕基初的四个短篇。

《谋杀》[②]写于 1947 年 7 月 15 日。小说中的新闻记者“我”接到中学时的同桌、现在是一家贸易公司的经理恽健明打来的电话，称有人要“谋杀”他。恽健明读中学时思想进步，毕业后进入金融界，以其特有的“深沉和机敏”，很快就成了“一个不得了的投机家，女人崇拜的对象，银行里巨额存款的签署者”。他在电话里絮絮叨叨，最后才说到这个“谋害”他的“暴徒”，“不是别人就是自己，他是十年前的我又复活了，他活了，逼着我一天都活

---

① 《鲁迅全集》第 8 卷，北京：人民文学出版社，2005 年，第 472 页。

② 《民国日报·文艺》第 115 期，1948 年 2 月 16 日。

不下去”。“十年前的我是严肃的，虔敬的，热情的，生活充满了圣洁和坚毅。然而诱惑和传统的魔鬼却把他出卖，把他出卖给荒淫，残暴，阴险，狡诈。我成为市侩，成为卑贱的背信者，成为杀人的吃人的魔鬼。”最后说到“一个新的时代即将到来”，他“目前的生活即将崩溃，灭亡”，打完电话后果真服毒自杀了。小说中所说的“十年”，是1937—1947年，正是所谓的“国难时期”。“严肃的，虔敬的，热情的，生活充满了圣洁和坚毅”的恽健明，在“国难时期”蜕变成了“市侩”和“吃人魔鬼”，在“一个新的时代即将到来”之前，他良心“复活”，无地自容。短篇通过一个“市侩”和“吃人魔鬼”的“复活”（自杀），写出了沦陷区的黑无天日及其对于人性的戕害和腐蚀。

写于1948年5月的《云层》①带有异国情调。血液里混合着东方和西班牙血统的青年女子奥珈，爱看蓝天的云层。奥珈的母亲是福建商人，父亲是西班牙空军飞行员，1936年在玛德里保卫战中英勇牺牲。父亲牺牲后，奥珈随母亲来到东方“古城”，爱上了一位叫徐炯的“卓越的驾驶员和射手”。“我”当了奥珈的国文教师后，发现她很爱徐炯，徐炯也很爱她。可他们在一起的时候“总有一种悽悽的感觉”。这种“悽悽的感觉”既来自徐炯，也来自奥珈。徐炯说他爱奥珈，“也爱人类”；奥珈说“这古城的蓝天多像玛德里的”。徐炯敏捷、勇敢，击落过四架敌机。可就在奥珈仰卧在草地上遥望蓝天，想着玛德里，想着“战斗机上的射手”的时候，传来了徐炯“触山失事，人机俱焚”的噩耗。“我”这才憬悟到奥珈说的“这古城的蓝天多像玛德里的”真正的含义。徐炯的牺牲，“对她不仅是痛苦，更揉进了若干的满足，骄傲、解脱和安静”。小说最后写到奥珈对“我”的误会，以为“我”埋怨她不“劝阻”徐炯，斥责我“为什么还要问这种愚蠢的话”，进而解释说：

> 他是人，我也是人，他有心，有感觉，我也有心，有感觉。我不能阻拦他，正像我母亲不能阻拦我父亲。我清楚的记得那一年，我还是一个孩子，母亲拉着父亲的手哭，要父亲离开玛德里，一同到东方来。父亲只是用手摸着母亲的头发说，“我不能走，我必需留在玛德里，因为我是一个西班牙人”。那时我不懂，现在我懂得了……

① 《民国日报·文艺》第132、133期，1948年6月28日、7月5日。

小说讴歌为抗战捐躯的英烈，赞美奥珈伟美的爱国情操，让人回忆起抗日战争艰难的岁月，思考“胜利”后中国革命的走向。

短篇《城市——一个人自传的横切面之六》①写“胜利后”的人心世态。主人公“我”回到曾经居住过五年之久的海河边的城市，发现对它已完全陌生。“这是一个新的地方，我的灵魂从未经历过，我的足迹从未踏入过的城市。——在我熟稔的街道、窗饰、灯柱间，我找不到熟稔。陌生，我像一条狗流浪在街上。”中学时代“那群在课堂上打瞌睡”的同学，“现在俨然成了坐汽车吸雪茄烟进出于银行企业公司的玻璃旋转门”的“绅士”。“一个胜利前指着告贷为生的流氓，胜利后藉着妻子认识一个在商场的小舞台上唱戏的女戏子的机缘，结识了一群制服人，在玩牌喝酒之后，大家开玩笑似的说掏钱做买卖，于是那些给士兵买草鞋的钱在他们手里滚了几个身，便使他成为今日商业中闻人。”“这个城市里的人是以金钱为神祉，一切的关系都建筑在金钱上，人格，名誉，灵魂的深度（假设有灵魂的话），都以财富为衡量标准。并且拿这尺度测量的不仅是市侩，更有自己亲近的人。我对这城市竟是如此陌生，陌生得使我自己不免有所惊诧，迷茫。我憬然明了穿着一身破服装回到这城市里来是我最大的错误。依照他们的法则，不问怎样弄来的，手枪、卖淫、欺骗、敲诈，都不管，只要能有钱，我便是‘人物’。狡猾和诡谲成为这城市生活的美德了。”“这城市充满了骚动”，“充满了欺骗”。“我不能在市场上拍卖我的灵魂”，只好与这城市“诀别”。小说写于 1948 年 2 月，作者在抨击当权者和流氓恶棍的同时，也宣告了人民的觉醒和对正义的追求。

《长安街上听尺八》②把批判的矛头指向民国政府。胜利后“我”回到北平，看到那些即将被遣送回国的日本战俘，“正被我们的官吏招待在正阳门的箭楼上，宴以香喷喷的燉牛肉”，悠闲之余居然吹起了“尺八”。小说的开头二小节是这样写的：

> 尺八虽然据唐书上说“吕才制尺八”，是我们的乐器，但自流传列岛国后，已非我们的吹奏了。我熟悉于尺八的声音的经验是得自一个冬天的苦难而惨痛的日子里，当那些穿着大马靴的异邦人疲倦于鞭挞

---

① 《民国日报·文艺》第 123 期，1948 年 4 月 26 日。

② 《民国日报·文艺》第 144 期，1948 年 9 月 18 日。

或拷问中国人的时候，便坐在楼上铺着草席的屋子里，吹尺八以为消遣，吹出来的音调同他们的语言一样：生硬、粗糙、低沉，而难于理解，像一片哭调飘进了挂着大铁锁的栏子里。

想不到在紫禁城穆静黄昏的长安街上，有一天我又听到尺八的呜咽。一个佩带着遣送符号的日本人，大概刚从东单小市买完东西，坐在早已掉完了一穗穗花朵的槐树底下，从他的行囊抽出一枝尺八悠闲的吹奏。徐缓的从竹管流出充沛着异国情调的呜咽，使我震惊的颤慄起来。……

被日本侵略者践踏的中国人对"尺八"有着特殊的记忆。日本侵略者"鞭挞或拷问中国人"疲倦了，"便坐在楼上铺着草席的屋子里，吹尺八以为消遣"。而今成了"战俘"的日本侵略者，竟然坐在"紫禁城穆静黄昏的长安街上"的槐树底下，从"行囊抽出一枝尺八悠闲的吹奏"。"一个屠杀过我们的异国人坐在我们流着血的街道旁吹奏他的尺八"，作者"愤恨与羞耻混合的斥责"不仅仅是指向"屠杀过我们的异国人"，更主要的是直指盛情款待他们的"官吏"。

毕基初这四个短篇所写的内容，其他作家也写过。陶石的《祖父的悲剧》①，与毕基初的《城市——一个人自传的横切面之六》十分相似。小说主人公恩琦住在上海附近的小镇上，抗战前家境很好，祖父的理想是"只要过太平日子"。抗战后恩琦去了内地，过了将近十年的流亡生活。胜利后回来了，可家里的房子没了，一家人四分五散，年逾古稀的祖父在育婴室做事。恩琦成了无家可归的人，他不得不再次离开家乡。郭士浩在《思乡》②中写道："家乡——那是一个更可依靠可信赖，超脱了人间的一切丑恶、自私、龃龉、误会，一个充满了温暖、和平，有与你每条心灵上的皱纹更契合无间的和谐的地方。"可在"胜利"后，你、我，又都成了"无告的飘流的孤儿，过的是寄居的、放逐的生活，远离了我们的家乡"。

蓉圃《当当》③中的主人公"我"是位"绅士"，"君子一流的人物"，受到"四五千年古风的洗礼"，特别"自尊"，爱脸面，"在家未必不是啃窝头"，出

① 《民国日报·文艺》第138期，1948年8月9日。
② 《民国日报·文艺》第136期，1948年7月26日。
③ 《民国日报·文艺》第129期，1948年6月7日。

门必“西装革履”，处处“不失君子之风”。可胜利后也成了被“穷”折腾的一位，存粮和现款都用光了，发薪还得等七天，万般无奈，就翻箱倒箧，找出唯一值钱的东西——太太结婚时做的两件夹袍去了当铺。这两件夹袍可值一千多万，太太特意叮嘱千万不要多当，因为发薪后还要赎回来。不料当铺伙计看了说“给您写八万”。“我”还以为是八百万呢，告诉他用不着那么多，“一百万就够了”。当确信伙计说的是“八万”时，“我”感到是受了“污辱”和“作贱”。抱着夹袍回到家里，“正等着我拿回钱来做晚饭”的太太问“我”到哪里去借钱，“我”只好把夹袍拿到另一家当铺，经过一番“争执”和“说好话”，“当了十五万”。“胜利”后知识分子反倒“身分扫地”，沦为城市平民中的一员。

蓉圃的另一个短篇《抱孙》①也写了中产阶级的没落。李老太太的儿子敏儿十二年前成了亲，那是抗战之前的事，李老太太很风光，有两座院落、二十多间房子、一百八十亩麦田。老伴开布店，敏儿在县府任股长。抗战后全家逃难，好容易盼来胜利，可战火又起，有家归不得，生活更加窘迫。儿媳本来在合作社工作，因为有了身孕就被裁了。临盆前，李老老把仅有的一枚金簪子当了，给儿媳预备了一千五百元接生费。孙子出生后李老太太拿出祖传的“长命锁”想给孙子戴上，却被接生的医生夺走了，因为接生的时间太长，接生费涨到五千。李老太太和儿子答应补交，恳求医生留下“长命锁”。医生一口回绝，因为钱每天都在贬值，今天的五千元到了明天就不值五千元了。

萧沅的《沉》②写教育的“沉沦”。在“以枪杆为根本，以教育作装饰的中国”，大学教授为“借钱买棒子面”奔走。“苦得像牛马”的 中学教师更寒伧，“每天为了几碗稀饭”，“便得把自己整个儿给出卖了”，“没有希望，没有进步，没有自由，只有眼巴巴的望着自己往下沉，沉，沉”。

癸言《追击》③中的“我”奉命追击敌人途中来到戴家寨。两个月前这里遭土匪抢劫，留下“一片灰烬”。为了复仇，寨上四十来个农民潜入森林，去追击“穿黄衣服的人”。

---

① 《民国日报·文艺》第156期，1948年12月21日。

② 《民国日报·文艺》第139期，1948年8月16日。

③ 同上。

一位哲人说过小说家是距离思想家与哲学家最近的职业。真正的小说不是为了娱乐，而是为了有益于世道人心。刊登在“文艺”上的小说都是“有益于世道人心”的，写得都比较“实”，都很“及时”，与现实贴得很紧。即便是汪曾祺写得很招笑的《白松糖浆》①，也让人觉得非常沉重。小说写航船上为公司推销“白松糖浆”的少年，着重写少年的着装、说话的腔调和姿态，尤其是“用一种虚伪做作的，文明戏式的，有腔有调，然而孩子的声音，高声朗诵起来”的“白松糖浆”的“说辞”，让人听了既好笑又心酸。鲁迅在《论睁了眼看》中说“中国的文人，对于人生——至少是对于社会现象，向来就多没有正视的勇气”②。而“文艺”上的作者是有“正视”现实的“勇气”的，所刊登的短篇大都写出了时代的“心声”，是时代最真实的写照。

四、诗歌述略

毕基初在《读〈手掌集〉》③一文中说：“诗人是向着一个方向。只要生活在现代中国，居住于这块充满了残酷的杀戮和饥馑的土地上，如不是有意的隔离现实，则诗人的诗篇所反映的，所表现的，可以说是一个颜色，一个声音，一个思想，不同的只是深浅、强弱的差别而已。——这时代使诗人粗糙，坚硬，磨炼纤细柔弱的情感，使之发光，发热，有了钢铁的韧性和钢铁的声音。”“文艺”上刊登的诗歌也的确是“向着一个方向”的，诗人们都力求在诗篇中深刻地表现出“时代和我们的沉痛”。

甘运衡的《乱声二首》④写抗战时的流亡，充满悲凉。第一首《午夜》写诗人从后方跋涉来到内地，夜不能寐。“隔户传来流亡歌声”，诗人“踱出空庭遥望天上”，“月亮仿佛从家乡走来”。这“月亮仿佛从家乡走来”一句把“思乡”之情写得格外深沉。第二首《流亡曲》是《午夜》的续篇，诗中写道：

我彳亍在嘉陵江畔，踏着江畔一荒沙，
翘望遥远的云天，云天里烽火遍满天涯，

---

① 《民国日报·文艺》第121期，1948年4月12日。
② 《鲁迅全集》第1卷，北京：人民文学出版社，2005年，第251页。
③ 《民国日报·文艺》第118期，1948年3月8日。
④ 《民国日报·文艺》第115期，1948年2月16日。

身荷着流亡的行装，投觅自己的宿所，
乘东去的流水，给家园故人，编一个竹筏。

跋涉几千里的关山，走入自由的天下，
后方的大野，流荡着多少能驰驱的征马，
想攀缘高山，高山上长满重重的草林，
谁愿引一窪水，来灌溉一下田垅的新芽。

我彳亍在嘉陵江畔，听不见塞上军笳，
只见偏僻的乡野，高楼里尽是笙歌琵琶，
我作着无依归的流亡，何时才能定止，
青山外无穷的青山，我的家也许还在天涯！

这首诗后注："二八，十二，廿二。北碚。"1939年年底，抗日战争已经进入相持的阶段，"云天里烽火遍满天涯"，而"高楼里尽是笙歌琵琶"，诗人"作着无依归的流亡"，锋芒所向显然是"消极抗战"的当权者和"不知亡国恨"的民族败类。

诗人写得更多的是"胜利"后的世态和时局。陈方的《冰场》①将"现实"比喻为"像死人的脸"、"绝望而不可救援"的"冰场"。林庚的《哀悼》②写"劳苦的人"的"生命"像一片落叶，"站在死亡的边上"迎着风雨，在"死"中求"活"。李歧的《摄影师说》③，通过"摄影师"的忏悔，写出了国统区广大文艺工作者的觉醒。"摄影师"从那些苍白的容颜中看到了"职业"的"无耻"："我替人类掩饰面部的缺陷"，"像今天君王的粉饰他们的时代"，"我发现我正临于一种无耻"。为了洗刷"职业"的"无耻"，诗人们不浪漫，不粉饰，大胆而严肃地看取人生，写人民在流浪，在哭泣，在祈祷。栗扬的《水纹》④写无辜者被逼投海的场景，凄切而悲哀：

一切的影子对太阳告别了，
那些受伤的灵魂开始反省，

---

① 《民国日报·文艺》第130期，1948年6月14日。
② 《民国日报·文艺》第126期，1948年5月17日。
③ 《民国日报·文艺》第156期，1948年12月11日。
④ 《民国日报·文艺》第148期，1948年10月16日。

大海像娼妓诱惑的唱着
让痛哭的绝望者投进怀去。

啊！那么多爱海的人呀！
低沉了，摇曳，摇曳，
埋进了烟水，
埋进了迷茫的水坟。
……

陈方的《祈祷——一群山野流民的祈祷辞》[①]写“一群山野流民”，在绝望中祈祷“山灵”保佐：

山灵啊！你拥抱我们吧，
我们是从四方迁徙来的，
像呜咽的小河同流入海，
我们要踉跄的闯入你的胸怀：
苦难我们已经受得太多，
身体和财产也已经用完，
那野性的不可抗衡的力量，
使我们颤栗得不可救援。

山灵啊！你拥抱我们吧，
许多悲剧都在这时代同时启幕，
一切善良软弱已经无处依附，
用甚么来说出我们的愁苦呢？
用冬天冻结的冰河照耀，
用无家的野狗呆滞的瞳孔，
一切天空的，地面的和水里的，
都已经失去了他们的位置，
一切工作完了的丢失了收获，
一切正在工作的丢失了工具，
人与人都迷乱了自己的主宰，

① 《民国日报·文艺》第146期，1948年10月2日。

再也辨不清方向，你我和真伪，
再不能容受了，我们再不能了，
我们捧着无用的经典向你哀求，
我们变得丑陋像是奇迹。
山灵啊！你拥抱我们吧，
让你替我们承担苦难，
让我们的忧愁都化作你的福音，
让我们的屈辱都茁长你身上，
让我们服从你一齐工作，
让我们学习你庄严的姿态，
把灾难，疾病，杀戮和眼泪，
在这片刻的忏悔里启示出纯真的爱。

山灵啊！你拥抱我们吧，
我们摇撼着向你祈求，
祈求你给我们地亩和房屋，
祈求你给我们衣服和粮食，
祈求你让山里的胡桃树快结胡桃，
让成林的枣树快结枣子，
祈求你让那些能开花的都开出颜色，
让那些能生长的都长出福音。
祈求你让没有云的蓝天凝在女人的眸子，
让溪谷的河水响在孩子们的咽喉。

陈方的另一首诗《地图》①写墙上挂的一张像“牛皮”一样皱巴巴的地图触发的联想。诗人从地图“斑斓的颜色”里辨认哪儿是城市、哪儿是码头、哪是海洋、哪是岩石，当他怀念起“散失的朋友”时，深情地写道：“我拥抱山脉和草原，听那边风雨急足的呼唤，我指点着各大城市和小镇，不知今晚有没有枪弹和哭喊。”这首诗后注“1948，7 月北平”。这一张像“牛皮”一样皱巴巴的“地图”，显然喻指满目疮痍、在“风雨”中飘摇的中国，城市和乡村都沦

① 《民国日报·文艺》第 144 期，1948 年 9 月 18 日。

落在“枪弹和哭喊”声中。构思很别致的还有甘运衡的《废宫》[①]，采用第一人称的叙事手法，用梦境来影射现实，用“废宫”比拟古老的中国。诗人由读“一本古书”开始，陷入对历史的沉思：“朦胧间”来到“一座气象万千的废宫”，在“白发老阍”的引导下“往深宫里漫游”。“巍峨的金阙”、“重重的殿阁”在“紫雾”、“衰草”、“绿锈”、“藓苔”，以及倾圮的“红墙”、残断的“铜鹤”的映衬下，使“汉粉秦箫”的故事和“兴亡荣辱”的烟云更令人怅惘。历史上虽不乏“昏庸”的君主，但也有“英明的帝王”，“秉承先皇的意旨，不避艰险”，战胜外寇，打败胡獠，解脱历代的镣铐，将厄运复苏，“建立一个升平的九州”。“谁知道兄弟争立，同室操戈，无顾忌的展开一场比斗，帐幕连营，茄角频吹……千山人鸟灭绝，田园尽都荒疏。”“到头来是一个同根，相煎未免太骤，太骤！破镜要补圆，总有见面的时候。猛觉醒国弱家丑，不能苟安，不能一味糊涂。权治理朝政，整肃纪纲，不要再安排亲旧，远离近侍，让一般佞臣闭口，严紧无情的法网，不要听凭妖魔偷漏，召集国士，从谏如流，杜绝妃嫔的裙带，为官宦奔走，什么王侯蝼蚁，一下都成粪泥，只有国家再造，才是我们的职守，不让新的夷狄入寇，更要防胡氛卷土重来，复旧日的深仇，应该从速振作民心，放下刁斗，把破碎山川，再缀一天锦绣！”诗人写的是历史，对应的则是现实，“应该从速振作民心，放下刁斗，把破碎山川，再缀一天锦绣！”话说得何等沉痛。

袁可嘉的《上海》[②]将上海的疯狂、贪婪、绝望和错乱与“南京的谣言”串联起来，从而突出了批判的锋芒：

> 不问多少人预言它的陆沉，
> 说它每年都下陷几寸，
> 新的建筑仍如魔掌般上伸，
> 攫取属于地面的阳光，水分。
>
> 而撒落魔影。贪婪在高空进行；
> 另一场绝望的战争扯响电话铃，
> 陈列窗中的数字如一堆错乱的神经，

① 《民国日报·文艺》第 145 期，1948 年 9 月 25 日。
② 《民国日报·文艺》第 124 期，1948 年 5 月 4 日。

散布地面则是饥馑群真空的眼睛。

到处是不平。可是日子过得多么丰盈，
从办公房到酒吧间铺一条单轨线，
人们化十二小时赚钱，化十二小时荒淫。

早晨是绅士们捧着大肚子走进写字间，
迎面是打字小姐红色的呵欠，
拿张报，遮住脸：等待南京的谣言。

与此相呼应的是对于光明和正义的渴望，以及盼望新中国诞生的激情。李瑛的《太阳，啊！太阳》①控诉了“敌人的堡垒”、“广大的坟场”、“无数的绞架”的罪恶之后，写道：“我的枪呢/我的斧头和刺刀呢/我的挂着绯红的流苏和染着鲜血的闪光的号角呢/太阳啊！你/给我吧/给我那无数的金星，/给我那些迸出的火花”，洋溢在字里行间的是激昂的战叫。陈方的《旗》②，呼唤人们汇集在“昭示着联合，进步和民主”的旗帜下，点燃摧毁旧世界的熊熊烈火。诗中写道：

啊，我们的鲜红的旗，你抽动着
钢铁的意志，招展着
远行的鹰和暴风雨的到来，
繁星的出现。

是钉在空中的我们的行为，思想，
是我们宣誓的印章盖在蓝天的纸上，
我们望着你像婴儿望见母亲，
像金黄的向日葵望着阳光。

你用原始的粗壮的声音，
昭示着联合，进步和民主，
我们在苦苦的斗争，苦苦的思索，
同你在一起伸入明天。

---

① 《民国日报·文艺》第145期，1948年9月25日。
② 《民国日报·文艺》第155期，1948年12月4日。

像一件烈士的血衣，
你，我们不曾获得的受难的自由，
你，挣扎在天上，坚决的指出：
我们的路，我们的哲学。
你庄严得像我们的山河，草原，
你拥抱着太阳和我们匆忙的旋转，
没有国界会阻挡任何的飘摇，
你比任何的旗帜都更光辉，美好。

你投影在我们心上，我们燃烧着，
燃烧着又前进着我们的队伍，
把千万只健壮的手臂举起：
你！一把通红不灭的火！

这些昭示光明、催人奋进的诗篇，“把时代和我们的沉痛表现出来”了！这些昭示光明、催人奋进的诗篇刊登在“文艺”上，可见朱光潜当年的立场和热忱。

五、新文学研究及作家研究漫议

“文艺”上的小说和诗篇，“把时代和我们的沉痛表现出来”了。散文抒写的内容更广，现实针对性更强。一些与“现时”可以扣得不严的文章，也都或隐或显地把话题引向“当下”。胡适的《林屋山民送米图卷子序》①表彰清光绪年间吴县洞庭西山甪头司巡检暴式昭，任职期间廉洁爱民、除害安良。“他卸任后，困在洞庭西山，没有钱搬家，甚至于没有米做饭，山里的老百姓听说巡检暴老爷丢了官没有米下锅”，“都抢着送柴送米来”，“这种人民公意的表示”，使暴式昭很感动。胡适的这篇序写于1948年1月9日，作者盛赞廉吏，对当时腐败贪污的官吏无疑是当头棒喝。上官碧（沈从文）的《逛厂甸》②从厂甸的“兴衰和变迁”，追究国家“逐渐毁灭或变质”的原因，

① 《民国日报·文艺》第116期，1948年2月23日。
② 《民国日报·文艺》第119期，1948年3月22日。

希望每一个人都能从“抢救一下自己的灵魂”做起，以建构我们民族应有的精神和品格。沈从文的另一篇《曾景初木刻集题记》①，强调“木刻”应该继承和运用“所有丰富遗产”，木刻家应该有“取精用宏溶会万有的创作态度”，不是一味地写“牺牲精神”和“民族的悲剧”，而是要“培养另外一种战士，来各自运用自己的心和手，从事一种否定‘迫人疯狂驱人死亡’的活动，创造一些‘使人乐生并各遂其生’的新工作，对人类文化进步作点更新的贡献”。马君玠的《太和宫——滇游漫记之一》②、《筇竹寺——滇游漫记之四》③、《龙淙洞——滇游漫记之五》④、《大观楼——滇游漫记之六》⑤、《虹庙——滇游漫记之七》⑥、《天生桥——滇游漫记之八》⑦等系列游记，虽说写的是昆明的山山水水，但也都“把当前的景色，跟过去的历史，流转浑灏的编在一起”(《大观楼——滇游漫记之六》)，以引起人们对现实的关怀。

学术论文占的篇幅较多，代表作如朱自清《论逼真与如画——关于传统的对于自然和艺术的态度的一个考察》⑧、余冠英《读诗偶识——说“小子无官职，衣冠仕洛阳”》⑨、常乃慰《古辞商榷——说长安有狭斜行》⑩、孟士孙《希腊的宗教》⑪、王藏用《杜工部不作海棠诗之谜》⑫、莎生《西洲曲臆解——也是诗话之二》⑬、林庚《彭咸是谁》⑭等，或探讨学理，或修正“前说”，或解析疑惑，或直指疵谬，都是为了推进学术研究的进展。当时的理论刊物很少，朱光潜注重学术论文，使“文艺”分担起部分“学报”的使命，使学术的命脉得以传承。现就“文艺”刊登的新文学研究及作家研究的论文作一点归纳，内容大致涉及五个方面：

---

① 《民国日报·文艺》第1期(即113期)，1948年2月2日。
② 《民国日报·文艺》第126期，1948年5月17日。
③ 《民国日报·文艺》第134期，1948年7月12日。
④ 《民国日报·文艺》第131期，1948年6月21日。
⑤ 《民国日报·文艺》第137期，1948年8月2日。
⑥ 《民国日报·文艺》第138期，1948年8月9日。
⑦ 《民国日报·文艺》第143期，1948年9月11日。
⑧ 《民国日报·文艺》第118期，1948年3月8日。
⑨ 《民国日报·文艺》第121期，1948年4月12日。
⑩ 《民国日报·文艺》第124期，1948年5月3日。
⑪ 《民国日报·文艺》第133期，1948年7月5日。
⑫ 同上。
⑬ 《民国日报·文艺》第135期，1948年7月19日。
⑭ 《民国日报·文艺》第136期，1948年7月26日。

一是总结新文学发展的历程，如常风《“学衡杂志”》（第114期）、《新文学与西洋文学》（第128期）和《古今之争——新文学论争之一》（第131期）等。《“学衡杂志”》把《学衡》看作可以和“新文化运动”相颉颃的“顽敌”。《新文学与西洋文学》将新文学置于世界文学的大潮中予以考察。《古今之争——新文学论争之一》则把自1917年以来新文学与王敬轩、林琴南、学衡派、甲寅派的论争归结为“古今之争”，这些充满锐气的“一家之言”，丰富了文学史的研究。

二是新诗研究，如林庚《谈新诗的形式》（第114期）、袁可嘉《批评与民主》（第126期）、常乃慰《中国诗的精神》（第141期）、沈宝基《如何了解一首难懂的新诗》（第147期）、萧望卿《新诗的动向》（第148期）、马君玠《得北望集有感并序》（第153期）等，或探讨诗学理论，或窥测新诗发展的方向，或展示新诗与时代的关系，或畅谈新诗的审美欣赏，均以见解的深刻而独到见长，是“内行人谈新诗”的佳作。

三是作家作品研究，如沈从文《论特写“写人”》（第116期）、毕基初《读〈手掌集〉（辛笛著，诗，创造社版）》（第118期）、爽仁《胡适的青年时代——读〈胡适留学日记〉》（第120期）、少若《结婚（师陀创作 晨光文学丛书1947年6月初版）》（第121期）、朱光潜《诗人与英雄主义》（第134期）、毕基初《光彩的织绘——读沈从文先生的〈湘西〉》（第136期）和《从封面的素描像说起——读萧乾先生的〈珍珠米〉》（第148期）、公孙澍的《主题与制作的参差——李广田的〈引力〉》（第151期）等，这些评论侧重于“欣赏”，体会细腻，写得都很美。

四是文体研究，如朱光潜《日记——小品文略谈之一》（第117期）、《随感录（上）——小品文略谈之二》（第122期）、《随感录（下）——小品文略谈之二》（第123期）、《欧洲书牍示例》（第130期）等，以渊博的学识、宏阔的视野，对“日记”、“随感录”、“书牍”、“对话体”四种文体的历史渊源进行了全方位的论述和辨析。

五是作家“自叙”，如冯至《〈十四行集〉再版自序》（第114期）、废名《新诗讲义——关于自己的一章》（第120期）和《我怎样读论语》（第132期）、俞平伯《新刊清真词释自序》（第127期）等。冯至《〈十四行集〉再版自序》向读者叙说了写这部诗集的起因、写作过程、为何采用了“十四行体”，以及在当时那个“纷杂而又不真实的社会里”的心情和“祈求”，对我们研读这部诗集大有裨益。废名的《新诗讲义——关于自己的一章》写得很风趣,谈及《掐花》时说:"我写时未曾加思索。'我欣喜我还是一个凡人'下面不要加逗号,这样分行是活的分行。"《掐花》编入人民文学出版社1985年出版的《冯文炳选集》时,"我欣喜我还是一个凡人"下面加了逗号,这也可见作家"自叙"值得重视。俞平伯的《新刊清真词释自序》虽说谈的是《清真词释》的成书过程,但完全可以作为"学术自叙"来阅读,《自序》中有关"写长文好"还是"写短文好"的阐释也极具启发性。

关于作家作品评论,最值得称道的有三点,一是写得很美。且看毕基初《从封面的素描像说起——读萧乾先生的〈珍珠米〉》①开头的第一节:

> 一本封面是红,白,黑,淡灰几色组成,印刷精致的书摆在我们目前:萧乾先生的《珍珠米》,在封面上刊印着作者的素描画,流溢着一种无比温和,敦厚,宽博,诚挚的神色,同鲁迅先生的一幅侧影木刻像对照,正代表了我们这民族的性格的两面。鲁迅先生代表的是新中国的战斗,辛辣,锋锐,犀利,无慈的理智,而萧乾先生代表的则是旧中国的温和,慎审,质朴木讷,在沉默的容忍中透露出了智慧和机敏的那种传统美德。然而岂仅这幅素描像,打开《珍珠米》,萧乾先生的文章和谈吐,也正辐射着同一的光辉!——每一页,每一行,内容是更丰富的展示在我们面前。

再看毕基初《光彩的织绘——读沈从文先生的〈湘西〉》②的第一节:

> 文字在某些人手里是障碍,累赘,难能调和,均衡,操纵自如,剪裁适宜。但在沈从文先生手里却是光彩绚烂的织绘,在平易中可以看出苦心经营的踟蹰,经过过滤,经过锤炼,经过熔冶,沙里披金的剔除洗净渣滓杂质,然后剩余了那些升华为气体弥漫于读者感觉里的文字的结晶闪烁在纸上。这征象在沈从文先生的散文里表现得尤其触目的显著。文字在这里已经达到完美配合的最高程度,精炼得不能再精炼,密契得无法再密契,丝丝入扣,放纵中显出无比的谨严,细致,压缩节制下透出宛转自如的从容,宽裕。神话里的术士点铁成金,沈从文先生却使

---

① 《民国日报·文艺》第148期,1948年10月16日。

② 《民国日报·文艺》第136期,1948年7月26日。

我们陈旧窳陋的文字又恢复了鲜艳的色彩,闪烁着金子的光芒。

“文艺”上的文章大多是可以作为“美文”来欣赏的。即便是阐释作家“思想”的评论,也是流光溢彩,活泼灵动。请看毕基初《读〈手掌集〉》①的头两节:

> 诗人是向着一个方向。只要生活在现代中国,居住于这块充满了残酷的杀戮和饥馑的土地上,如不是有意的隔离现实,则诗人的诗篇所反映的,所表现的,可以说是一个颜色,一个声音,一个思想,不同的只是深浅、强弱的差别而已。——这时代使诗人粗糙,坚硬,磨炼纤细柔弱的情感,使之发光,发热,有了钢铁的韧性和钢铁的声音。
>
> 从个人到群众,从爱情到战斗,从细致的雕琢到粗犷的奔放,从琴弦上的低吟到鼓号的歌唱,何其芳先生是一个最好的例证,他的《画梦录》、《夜歌》都标示着这蜕化的程序,完整而无遗的显示了一个诗人灵魂在编年史里的经历和遭遇。何其芳先生完成了蝉蜕,完成了这一从梦的国土到现实的生活的转换,替许许多多的人辟下了一条新路。我读了辛笛先生的《手掌集》,立刻就感觉辛笛先生也是跋涉在这一条路上的行吟诗人,也是把自己的生命孕育在这蝉蜕中,辛辛苦苦的挣扎的一个。

“美”不仅仅在语言,也在学养的厚度、思想上的敏锐度和艺术上的纯度。

思想上的敏锐度和艺术上的纯度主要表现在“见识”上,从作品出发,就作品论作品,敢于批评,直抒己见,从而构成了“文艺”的第二个特色。“文艺”上的“作品论”,不带陈见,不留情面,即便是对沈从文这样的大家,也指出他的短篇如《如蕤》、《三个女性》、《主妇》等“过于偏重形式的技巧,风格也嫌纤巧”。批评文章写得最严厉的当推少若(吴小如)的《结婚》②,评师陀的长篇《结婚》,先看开头二节:

> 芦焚先生的《里门拾记》,所给予我的印象在脑中蟠据了已不止十年,开明文学新刊中的《看人》与《江湖》两个集子,后来也尝涉猎过。当时对它们的评价,是“虽不中不远矣”。根据那一堆作品,我们可以

---

① 《民国日报·文艺》第118期,1948年3月8日。

② 《民国日报·文艺》第121期,1948年4月12日。

承认作者必成为文坛上的后劲。在芦焚先生的作品里，我们能够发现他有着一支犀利巉刻的笔，和一双洞若观火的眼，写身边琐事，写乡土风物，都能把握得住问题，推展得开局势。那种比较辛辣的风格中，有两个特殊的长处：笔底下涩得非常厉害；骂人必用全力。

《里门拾记》里所刻画的土豪劣绅，卑污风俗，为这十年来都市生活的浸润陶镕，都已悄悄从芦焚先生的笔下逃逝。代替芦焚先生朴茂辛辣作风的，是以师陀先生的姿态呈现于读者面前！——那是一种油滑而欠老练，世故而欠深刻的姿态。当然，乡土风物与身边琐事也因陵谷迁移而孑然无剩，取而代之的题材却是纸醉金迷的洋场风情，和一些蝇营狗苟的龌龊男女。同《里门拾记》比较一下，其腐朽卑污依旧，气息可迥不相同了。《结婚》，就是这样一本创作。从《结婚》的内容来看，除了骂人仍不惜用全力之外，师陀（《结婚》署名师陀）与芦焚（《里门拾记》等作品署名芦焚）之间，几乎没有什么类似相通之点了……

师陀本名王长简，芦焚和师陀是他用的两个笔名。短篇集《里门拾记》，上海文化生活出版社 1937 年 1 月初版，署名芦焚。《看人》即散文集《看人集》，开明书店 1939 年 10 月初版，署名芦焚。《江湖》即散文集《江湖集》，开明书店 1938 年 11 月初版，署名芦焚。长篇《结婚》，上海晨光出版公司 1947 年 6 月初版，署名师陀。“除了骂人仍不惜用全力之外，师陀与芦焚之间，几乎没有什么类似相通之点了。”可见对《结婚》的批评之重，对师陀创作上“艺术”的退步多么惋惜。

《结婚》“是以一个妄想发财的穷教员作主角，以受了男性侮弄却进而侮弄男性的都市女郎作配角，再加上一个又瞎又丑的文氓，一个小器自私的老处女，两三个最现代化不过的拆白党做烘托。再加上半疯的女仆，痴妄的姨太太作点缀。背景当然离不了上海这个销金窟，如亭子间，酒吧，跳舞场，股票交易所，大餐厅，以及喧嚣泼辣的大马路，应有尽有。故事很简单：一个穷人要结婚，借钱作生意，受了骗而不自知，又迷上了女人，终于鸡飞蛋打，人财两空。一赌气用洋匕首杀了那一对诓他骗他坑他陷他的男女，而以瞎无赖与老处女的举行婚礼仪式做结穴。中间穿插了许许多多关于上海形形色色的描写，在描写的处理上是极尽夸张之能事的”。少若指出“这部描写纸醉金迷的洋场风情和一些蝇营狗苟的龌龊男女的《结婚》”，在描写处理上太夸张，太露斧斫的痕迹，原有的讽刺与谴责的精神变了质，讽刺成了谩骂，谴责成了攻讦，染上了海派的颜色。《结婚》是“伧俗的油滑”，书里“所找到的，只是经验的堆砌，黑幕的揭穿，平凡的谩骂，肤浅的闲谈。说不上镕铸之功，更谈不到对于世相的诠释与彻悟”，只是一出“使观众哈哈一笑的滑稽剧而已”，“简直是黑幕小说，所不同的只是没什么更低级的色情描写而已”，这样严厉的批评在同时期的评论中并不多见。

三是把作家（诗人）看成个人，而不是先问其属于哪个派系，不以其作品所表达的“社会现象”和“思想深度”作为判断标准，而是以作家（诗人）个人的想法和创见为主，关注“独特性”和“创造性”，这方面可推沈从文的《论特写“写人”》[①]作代表。文章叙述我国古代文学中“写人”的特色技巧，现代作家中张天翼、老舍、沙汀、芦焚、艾芜、姚雪垠、刘白羽、黄碧野、骆宾基小说中“写人”的成功之处，进而以《现代作家传记》、《文人画像》、《鲁迅先生及其他》和《我与文学》四本书为例，指出现代作家论中“写人”的成绩最差，“若说近三十年用笔成就收成最歉薄部门也值得举例，则近人自传及印象记，当仁不让宜坐首席”。还着重谈到“精力丰富闻见广博的徐盈”和“正著力于杜甫新传”的冯至“写人”的“可商”之处，并就如何“写人”提出了三个方面的见解：其一是“史才史识史笔均不可少”；其二是“把握印象的能力”；其三是“重视特点能力”。用这三个标尺来衡量，沈从文推崇的“写人”文章只有三篇：一是张定璜的《鲁迅先生》（收《鲁迅先生及其他》），二是萧乾的《我并非有意选择文学》（收《我与文学》）；三是温源宁的《吴宓》（收《文人画像》）。在评述张定璜的《鲁迅先生》时，沈从文说：

> 以作家写作家，综合人与文作解释介绍，具有沉湛理解与温爱的作品，恐得数张定璜先生那篇《鲁迅先生》。批评鲁迅作品记述鲁迅性格作品已极多，大都似乎不必说或说来反而引读者进入迷宫，失去面对作品时应得印象。鲁迅全集如必需有个附录，用这个作品已够了。

在沈从文看来，张定璜的《鲁迅先生》并不仅仅是在《鲁迅先生及其他》这本书中一花独秀，而是在整个“鲁研界”独领风骚，至于其他“批评鲁迅作品记述鲁迅性格作品”的文章，“大都似乎不必说或说来反而引读者进入迷宫，失去面对作品时应得印象”；“鲁迅全集如必需有个附录”，用张定璜的这个

① 《民国日报·文艺》第116期，1948年2月23日。

《鲁迅先生》“已够了”，真令人有石破天惊之感。

《鲁迅先生》最初刊登于《现代评论》（第1卷第7—8期，1925年1月24日、1月30日），在阐释鲁迅先生的人格魅力和《呐喊》的文学史地位时，张定璜从他的切身感受出发，说他1914—1915年看了小说《双枰记》、《绛纱记》和《焚剑记》，觉得“亲切而有味”；可读到《狂人日记》时，“我们就譬如从薄暗的古庙的明灯底下骤然间走到夏日的炎光里来，我们由中世纪跨进了现代”。文章说：

> （鲁迅先生）有三个特色，那也是老于手术富于经验的医生的特色，第一个，冷静，第二个，还是冷静，第三个，还是冷静。你别想去恐吓他，蒙蔽他。不等到你开嘴说话，他的尖锐的眼光已经教你明白了他知道你也许比你自己知道的还更清楚……平常爱读美满的团圆，或惊奇的冒险，或英雄的伟绩的谁也不愿意读《呐喊》。那里面有的只是些极其普通极其平凡的人，你天天在屋子里在街上遇见的人，你的亲戚，你的朋友，你自己……偏是这些极其普通，极其平凡的人事里含有一切的永久的悲哀。鲁迅先生并没有把这个明明白白地写出来告诉我们，他不是那种人。但这个悲哀毕竟在那里，我们都感觉到它。我们无法拒绝它。它已经不是那可歌可泣的青年时代的感伤的奔放，乃是舟子在人生的航海里饱尝了忧患之后的叹息，发出来非常之微，同时发出来的地方非常之深。
>
> ……
>
> 鲁迅先生是一个艺术家，是一个有良心的；那就是说，忠于他的表现的，忠于他自己的艺术家。无论什么时候什么地方，他决不忘记对于他自己的诚实。他看见什么，他描写什么。他把他自己的世界展开给我们，不粉饰，也不遮盖。那是他最熟识的世界，也是我们最生疏的世界，我们天天过活，自以为耳目聪明。其实多半是聋子兼瞎子，我们视而不见，听而不闻。且不说别的，我们先就不认识我们自己，待到逢见少数的人们，能够认识自己，能够辨认自己所住的世界，并且能够把那世界再现出来的人们，我们才对于从来漠不关心的事物从新感到小孩子的惊奇，我们才明白许多不值一计较的小东西都包含着可怕的复杂的意味，我们才想到人生，命运，死，以及一切的悲哀。鲁迅先生便是这些少数人们里面的一个，他嫌恶中国人，咒骂中国人，然而他自己是一

个纯粹的中国人，他的作品满熏着中国的土气，他可以说是眼前我们唯一的乡土艺术家，他毕竟是中国的儿子，毕竟忘不掉中国，我们若怪他的嫌恶咒骂不好，我们得首先怪我们自己不好，因为他想夸耀赞美而不得，他才想到了这个打扫厕所的办法。让我们别厌烦他的啰苏，但感谢他的勤勉罢。至于他的讽刺呢，我以为讽刺家和理想家原来是一个东西的表里两面。我们不必管讽刺的难受不难受，或对不对，只问讽刺的好不好，就是说美不美。我不敢说鲁迅先生的讽刺全是美的，我敢说他的大都是美的……单在这个意义上，鲁迅先生也是新文学的第一个开拓者。事实是在一切意义上他是文学革命后我们所得了的第一个作家。是他在中国文学史上用实力给我们划了一个新时代，虽然他并没有高唱文学革命论。

这些评述绝不是"字字珠玑"、"切中肯綮"之类的形容词所能涵盖的。沈从文在数以万计的评论中单单挑出张定璜的《鲁迅先生》，说沈从文独具慧眼，说沈从文与张定璜"心有灵犀"、"所见略同"，似乎也都不到位。荀子说"君子必辩，辩必有胜"。可沈从文的"辩"不仅仅是为了"赢别人"，也是为了"赢自己"。众所周知，沈从文与鲁迅有过争执，并且坦率地向公众表达过。但他们的争执不是"私斗"，而是出自催促新文学发展的热忱，因而在争执中都能超越自我的界限，认识到对方的卓越。

至于朱光潜和鲁迅的关系，读过鲁迅 1936 年 1 月发表的《"题未定"草之七》①的朋友都知道，鲁迅对朱光潜有过极为严厉的抨击。朱光潜非但没有辩驳，也没有结怨，他发表沈从文的《论特写"写人"》，至少说明他也认识到鲁迅的伟大和卓越。1948 年 8 月 12 日，朱自清逝世，"文艺"第 140 期（1948 年 8 月 23 日）为"追悼朱自清先生特刊"，发表了朱光潜的《记朱佩弦先生》②、俞平伯的《佩弦兄挽辞》，以及常风的《朱自清先生——作家・学者・教育者》。"文艺"第 143 期（1948 年 9 月 11 日）刊登了罗念生的《忆弦师》。"文艺"第 144 期（1948 年 9 月 18 日）刊登了萧望卿的《朱自清先生最近两年与文学》。"文艺"第 149、150 期（1948 年 10 月 23 日、10 月 30 日）刊登了少若的《"诗言志辨"》。此外，朱光潜还在他主编的《文学杂志》第 3 卷

① 鲁迅：《且介亭杂文二集》，北京：人民文学出版社，2005 年。

② 《文学杂志》第 3 卷第 5 期转载时题为《敬悼朱佩弦先生》。

第5期(1948年10月)刊出“朱自清先生纪念特辑”,发表冯友兰、俞平伯、杨振声、余冠英等人的诗文共11篇。朱光潜对朱自清的感情之深厚,由此可见一斑。

从朱光潜的《敬悼朱佩弦先生》一文中可以知道,他们相识于1924年夏季,一同在上虞春晖中学执教,朱光潜的处女作《无言之美》就是在夏丏尊和朱自清的鼓励下写成的,朱光潜走“作说理文”的学术道路得缘于夏丏尊和朱自清的“诱导”。朱光潜《文艺心理学》和《谈美》的初稿,均经朱自清“仔细看过”,“指示”过“一些意见”,还“做了两篇序”。《诗论》的初稿也由朱自清“斟酌过”。朱光潜到北大任教后,应朱自清之约到清华讲《文艺心理学》。抗战前二人过从甚密,朱光潜主编《文学杂志》,朱自清是编委。20—30年代,朱自清的文艺观与朱光潜有很多相似之处。抗战爆发后,朱光潜“落单”去了四川,朱自清去了西南联大,文艺观有了突变。抗战胜利后,朱自清从“现代的立场”出发,强调文学的“社会的使命”,以及文学发展的“新”的方向,提倡文学应该为当前这“新时代服务”。[①] 他在《文学的标准与尺度》[②]里强调文学批评应该有新的“标准”,并且提出了“‘社会主义’的尺度”这个概念,又说“文人要作为人民而生活着,确实站在人民的立场,视野扩大,认识加深,这才能把握时代”;在《论严肃》[③]里强调文学的“人民性”。针对许多人“怀疑朗诵诗”,“觉得那不能算诗,至少不像诗”的偏见,朱自清肯定说:这是诗,这是新诗中的新诗。“朗诵诗应该有独立的地位”。他在《今天的诗——绍何达的诗集〈我们开会〉》[④]里说:“当前的诗以朗诵诗为主调”,“朗诵以外的诗,除掉不为了朗诵,不适于朗诵之外,态度也和朗诵诗是一致的”,“它们是归到一条路上来了”。这确乎是“从量到质的变化”。“传统诗的中心有‘我’,朗诵诗没有‘我’,有‘我们’,而扬弃‘我’;而作者在‘我们’中,也就在‘人民’中。”传统的诗人要创造自己的语言,今天的诗人却要用公共的语言;传统诗或多或少都带着“奇幻的联想”的成分,

---

① 朱自清:《什么是文学的“生路”?》,《朱自清全集》第3卷,南京:江苏教育出版社,1988年,第165页。

② 朱自清:《文学的标准与尺度》,天津《大公报》副刊《星期文艺》第22期,1947年3月12日。

③ 《中国作家》第1卷第1期,1947年10月1日。

④ 《朱自清全集》第4卷,南京:江苏教育出版社,1988年。

今天的诗就要"回到朴素","回到自然"。他说"诗是一种语言,照着嘴里说得出的,至少说起来不太别扭的写出来,大概没有错儿"。这就是"做诗如说话",这样写出来的诗就会"明白如话"。这趋势再继续发展下去,接着就是大众诗或者人民诗了。朱自清文艺观的嬗变在萧望卿的《朱自清先生最近两年与文学》说得最为详尽。

萧望卿在文章中对朱自清"最近两年"的"思想"和"文学"作了全面的介绍和评述,称朱自清"深澈的认清了这是人民的世纪,五四运动以后的社会'已经不再是士民的对立,而是封建的军阀官僚和人民的对立',从前读书人依附着统治阶级过活,他们利害是一致的,现在的知识分子却渐渐'跟统统阶级拆伙而走向民间',而且在社会上获得了领导的地位。当前知识分子的任务就在配合人民的力量,创起一个新社会和新文化。因而朱先生近两年掷去犹豫,毅然的站在教育和文学的岗位上,为人民服务。这在朱先生可并不是什么转变,只是向前更推进了一程而已(从他在《常识的诗》里,引巴尔克夫人赠毛姆诗后一段说明,也就显然可以见出。)'生活越来越尖锐,斗争越来越尖锐',如何能闭起眼睛来不管呢?这原是时代领着他,他也领着时代"。朱自清关于文学应该为当前这"新时代服务","文人要作为人民而生活着,确实站在人民的立场,视野扩大,认识加深,这才能把握时代"的论述,朱光潜当时未必也能认识到,但他确信朱自清就是这么想的,也就发文郑重悼念他一直十分钦敬的挚友。萧望卿的《新诗的动向》①也值得关注。论文论述了鲁藜的诗集《锻炼》,以及艾青的《火把》、田间的《她也要杀人》、何其芳的《快乐的人们》等诗作的"思想性"后说:

> 现在诗人却渐渐要和人民联系在一起,诗也要和社会事业联系在一起。这就是近年来诗所以如此转变的一个极重要的基础,诗的态度,表现方法和形式,都渐渐回到大众诗的本质,这诗的革命,在某些意义上说,实际上也就是一种"还原",这自然不是原始的历来民间歌谣的翻版,而是向着现代化的人民的诗歌接近。这个倾向从当前许多青年作者的诗里,隐约可以见出,至于在另一区域里,诗更显然是朝着这个

---

① 《民国日报·文艺》第148期,1948年10月16日。

> 新方向走去。艾青先生的《吴满有》一诗,歌颂吴满有从穷困和灾难里、已临近死亡的边沿,随后翻身而成为“劳动英雄”。这在诗里是一种崭新的主题,这首诗也就接近了大众化,这在艾青先生的诗是更进一步的发展。近年,他的思想意识逐渐变了,他在《献给乡村的诗》序里,说他希望将来能以农民的意识来看农村,来写农村。这种思想意识的转变,在今天的青年作者,似乎也正广泛的不自觉的进行着。李季先生的《王贵与李香香》纯用农民语言(甚至不避方言)和民间唱本形式,作大众化的新试验,这篇诗所获得初步的成功,很值得我们珍重……诗固然要尽力使大众渐渐能够了解欣赏,一面却也要追求最高表现的艺术形式。

这里所说的“另一区域”,显然是指“解放区”。朱光潜在《敬悼朱佩弦先生》一文中说他的思想“还很驳杂”,朱自清的死使他“形单影只”,“不免有些感伤”,又回想起“当年白马湖的一批朋友们,互生在抗战前就已过去,丏尊在抗战中过去,现在又短了佩弦,只有子恺、圣陶和我几个人还健在,而都已年过五十,渐就衰老。各人在不同的园地里虽然都略有建树,可是离当初所悬的理想相差都还很远,而世界前途越发迷茫混沌,大家对着都莫可如何。我想死者和生者心头是一样感觉沉重的”。朱光潜所说的“沉重”,固然来自他思想的“驳杂”,但与“左翼”的批评和声讨也不无关联。“胜利后”朱光潜受到种种批判。郭沫若在《斥反动文艺》[①]中宣称朱光潜是国民党中的“一位男作家”,是“蓝色文艺”的代表。荃麟在《对于当前文艺运动》[②]称朱光潜“是地主大资产阶级的帮凶和帮闲文艺”。杜霞在《北平的文艺界》[③]中说朱光潜、沈从文之流阻挠北平学生的“文艺运动”,他们把持的平津各报的“星期文艺”,都变成了与现实脱节的没有生命的“坟墓文艺”。面对种种批判和声讨,朱光潜保持沉默,他主编的“文艺”从未发过一篇为自己或为“同气”(如沈从文)“辩解”的文章,从未发过一篇与“左翼”言论相排舐的诗文。他心里想的只是繁荣新文学,抵制“黄色文学”和“低

① 《大众文艺丛刊》第一辑《文艺的新方向》,香港:生活书店,1948年3月1日。

② 同上。

③ 《文艺丛刊》第六集《残夜》,1948年7月。

俗文学”，他在1948年初发表的《刊物清毒》①一文中说：

> 这些刊物的内容是家喻户晓的，无庸缕述。总之不外是影星妓女以至于学府校花名门闺秀的桃花新闻，贪官污吏的劣迹，社会里层的奸盗邪淫的黑幕，以及把一切乌烟瘴气杂会在一起的章回小说。它们已在出版界树立起一种强有力的风气，凡是刊物如果不沾染它们一点色彩，就行不通，卖不掉。我知道北平有一家报纸每天有大半篇幅都是报导强盗闹妓院，父亲逼奸女儿和儿子谋杀父亲之类“社会新闻”。

“茶房店伙”、“少爷小姐以至于达官贵人们”就是读这一类黄色书刊过“淫瘾”、“盗瘾”、“欺诈瘾”、“残酷瘾”、“嘴嚼粪和猪滚污泥的瘾”，以满足他们的“饥渴”。“这类黄色书刊”是“精神食粮中的吗啡鸦片烟”，“像吗啡鸦片烟一样”，“刺激你，麻醉你，弄得你黄皮刮瘦，瘫软无能；弄得你骨髓精血里都深藏它的毒素，遗传给你的子子孙孙”，“这类黄色刊物一日不扑灭，中国人就一日不能成为一个纯洁的健康民族”。黄色书刊的作者和发行者，“在事实上等于精神上的卖淫，而它的读者就是精神娼寮的顾主”。为了抵制“黄色书刊”，朱光潜呼吁“刊物消毒”，大力提倡严肃文学、“真正的文学”。他主编的“文艺”刊登的全都是“严肃的文学”、“真正的文学”，其本身就带有“消毒”的作用。1946年6月15日，《文艺时代》月刊创刊，创刊号刊登了朱光潜的《论灵感》，该刊的《编辑室同人杂记》中说：

> 我们在创刊号就能够刊载朱光潜先生值得人人精读的作品实在觉得非常光荣。二十年来以最庄重、最热诚的态度支持引导中国文艺界的几乎只有朱（光潜）先生一个人，他在战前主编的《文学杂志》永远没人忘记。他最近就要回到北平来了——这么令人兴奋的好消息。祝他健康。②

称“二十年来以最庄重、最热诚的态度支持引导中国文艺界的几乎只有朱（光潜）先生一个人”，这话说得有点过。但从朱光潜的著作，以及他主编的《文学杂志》和天津《民国日报·文艺》看来，他的确是“以最庄重、最热诚的态度支持引导中国文艺界”。朱光潜的这个“引导”，我们可以说得缘于他

---

① 天津《民国日报》1948年1月1日。

② 《编辑室同人杂记》，《文艺时代》月刊创刊号，1946年6月15日。

的“自由主义”文艺观，尊重文艺和学术的“自由”，有“容人并存的雅量”；也可以说得缘于他“替中国新文艺开发出一个泱泱大国”的理念。“真正的文学”出自真诚，“言为心声”、“言之有物”、“爱憎鲜明”、“是非分明”。“替中国新文艺开发出一个泱泱大国”的理念，使得朱光潜关注“现实”，顺从社会的言论和思潮，与时俱进。朱光潜在新文学史上的地位理应得到应有的评价。

2011 年 7 月 12 日

（作者单位：北京大学中文系）

《大公报·文艺》与京派的书评

刘玉凯

“五四”以来,中国现代文学的成长一时也没有离开文学批评。但是书评文体的被强调是后来的事。其中对书评的明确提倡是《大公报·文艺副刊》的贡献。该刊不但从理论上研究书评,出现了萧乾的《书评面面观》这样的系统著作,也出现了一批好的书评作品和书评家,如杨刚、萧乾、李影心、常风、沈从文、朱光潜、刘西渭、李广田等。研究他们的书评实践从而总结他们的经验,对于我们今天的文学发展具有新的意义。

一、书评一事值得提倡

读书还要写书评,是文人之事。写了书评还要呼吁书评家,更是显得多事。这正是写书评的人不少、但是认真对待书评的人却不多的原因。中国现代文学研究有很多人编过了文学史、文学思潮史、文学流派史、文学批评史,还没有一个书评史。大概是认为书评与文学批评完全是一回事,没有必要特别加以区分和提倡;或者认为书评是即时性的易碎品,不属于宏篇高论的大块文章,没有理论价值。这其实都是漫不经心的误解。书评的积极提倡者刘西渭(李健吾)早就正视了种种偏激的说法。他知道巴尔扎克、浦伯、迪斯雷里等英国诗人都说过“批评家是从事于文学和艺术而失败了的人”之类的话,还引用了达拉斯的一段嘲讽:“本·琼生(Ben Jonson)把批评家说做补锅的,弄出来的毛病比补的还要多;玻特勒(Butler)说做处决才智的法官和没有权利陪审的屠户;斯提耳(Steele)说做最蠢的生物;司威夫特(swift)说做狗,鼠,黄蜂,最好也不过是学术界的雄蜂;沈司通(Shenstone)说做驴,自己咬够了葡萄,便教人来修剪;彭斯(Burns)说做名誉之路的打劫的强盗；司考特(Scott)幽默地反映着一般的情绪，说做毛毛虫。”[1]从这些说法，可以看出对书评的轻视并不偶然。听了大作家的话而不心灰意冷，还要独立思考提倡书评，将书评当作一份事业来做，这就更显出提倡书评是一项有创意的举动。

萧乾说书评是“一种比广告要客观公允，比作品论浅显实用的文字”[2]。公平地说，书评虽然不是严格的理论文章，却离不开理论，也不一定就浅显；只是要求运用理论更加灵活和自由，不必学院化，却离不开深厚的文学修养。书评有不同于一般的文学研究和文学批评的最重要的特点，那就是：从内容上它与文学作品有紧密的依附关系，从写法上有即时性和新闻性的品格，从文风上有简洁、明快、畅达、贴近读者的特点。沈从文先生对书评文体进行过细致而真切的概括：“有件事说来简单，作来困难，最不讨好，又最容易发生私人恩怨，最宜公平，却又容许相当偏见存在；最需要避免私人爱憎和人事拘牵，却又似乎不能不受私人爱憎和人事拘牵；本身无永久价值，然而间接又最有影响；文学运动少不了它，同时又毫不需要它，就是书评。”而事实上书评“应当是一个作品的回声，又希望成为一群读者的指路石”。[3]沈从文充分表达了文坛对于书评文体的非自觉认识，他既说出了书评的不可少，又表达了书评文章的不易作。因为他写过很多书评、很有切身体会，才会有这样恰如其分的话。

当然也有人说了似乎相反的意见，如署名戈矛的文章说，“我们的现实生活都只是在罩着阴影的围墙脚下”，“黑暗低湿的阴影里，过着一种地狱似的生活。有一时他总想爬上去，站在墒的顶端晒晒太阳，虽然是那么艰难缓缓地爬着。但是在太阳的雄浑的光芒照耀里，方才体味到了光明的愉快与伟大；转眼向墙的那边，方又觉悟到那就正是人类理想的快乐的国土呀！”“作家们他却唤醒了我们的心，他叫我们难过，也叫我们欢喜。读过一个作家的一部作品，往往它能在我们的心灵上给划上一道深的兴奋的印痕，

---

① 刘西渭：《假如我是》，原载1937年5月9日《大公报》，收入《李健吾批评文集》，珠海：珠海出版社，1998年，第301页。

② 萧乾：《一个副刊编者的自白》，《萧乾选集》第3卷，成都：四川人民出版社，1884年，第440页。

③ 沈从文：《我对于书评的感想》，原载1937年1月17日《大公报》，收入《沈从文文集》时改题为《书评的自由解放运动》。

并在我们的眼前撒下一线光明的投影。”而书评家呢？“只是凭了个人对某作家的作品的偏嗜与爱憎，给以阿谀，吹捧或者给以呵斥，毁谤。我们不看这些东西则已，往往看了之后一不小心必然会上一次大当。倒不如自己独自摸索，或是托了一颗圣洁的心灵到作品的世界里去游走一周，来得干脆呢。”[①]这与其说是反对书评，不如说是在呼唤够格的书评家，是基于“现在中国还没有几个够格的书评家，更谈不到有一篇是尽了启发读者，指示读者的任务的书评”这样一个有点虚无主义的认识，希望有更多的好批评家出现。立意超高，失望倍增，一般的读者也许真的没有戈矛先生的阅读能力强，判断是非的水平也还不高，所以还是需要书评。

“五四”文学的启蒙是从文学倡导开始的，但是伴随文学创作的出现，他们没有轻视文学批评。这不但保证了文学创作的健康发展，也使文学批评自身成为一个特别的文体。毫无疑问，在大量的文学理论批评文章中有很多属于书评。甚至可以说，那时刊登在杂志和报纸上的许多出书广告也是广义的书评。从“五四”启蒙时期到20世纪二三十年代，新文学批评、书评起到了催生新文学的作用。《新青年》、《清华周刊》、《新月》、《语丝》、《晨报副刊》都发表过很多书评，《大公报》第21卷第4期上还刊登过胡梦华的《文艺批评概论》，对中外文艺批评之发端、诸家之文艺批评观念、文艺批评之意义目的与方法做了介绍，特别介绍了印象派的批评。

鲁迅是最早对书评加以强调的作家。他在《未有天才之前》中就提倡过正确的文学批评，也批评过“恶意的批评家”，他说：“大家的要求批评家的出现，也由来已久了，到目下就出了许多批评家。可惜他们之中很有不少是不平家，不像批评家，作品才到面前，便恨恨地磨墨，立刻写出很高明的结论道，‘唉，幼稚得很。中国要天才！’……其实即使天才，在生下来的时候的第一声啼哭，也和平常的儿童的一样，决不会就是一首好诗。因为幼稚，当头加以戕贼，也可以萎死的。我亲见几个作者，都被他们骂得寒噤了。那些作者大约自然不是天才，然而我的希望是便是常人也留着。”鲁迅的这一篇讲演是“五四”以后最早提出重视文学批评的论述。他说的让大家肯于做泥土，才会有好花，实在是个原则性的意见。“做土要扩大了精神，就是

---

① 戈矛：《我们得到了些什么》，原载《大公报》1937年7月7日。

收纳新潮，脱离旧套，能够容纳，了解那将来产生的天才；又要不怕做小事业，就是能创作的自然是创作，否则翻译，介绍，欣赏，读，看，消闲都可以。”①

鲁迅也批评了恶意的批评家。这些恶意，算起来有几种：一是求全责备，二是以势压人，三是无知妄说。第一种就是鲁迅说的“驰马”践踏嫩苗者②，第二种指某些批评家指控鲁迅“拿卢布”③，第三种是指责汪敬之“多么的轻薄，多么的堕落”④、责周文的“盘肠大战”之类⑤。

鲁迅提倡健康有益的文学批评应该有原则——“好处说好，坏处说坏”，也应该爱护作家。他为许多作家推荐作品发表，为他们编丛书、作序，就是证明。他希望我们的文坛出现更多的好批评家，既能够培育文学新兵，也要扫除一切不应该有的伤害。从这样的意义上说，京派文学家对书评的提倡是合于“五四”精神，也切合广大读者要求的。

二、《大公报·文艺》提倡书评的历史贡献

《大公报·文艺》提倡书评同萧乾有直接关系。1933年以前的《大公报·文学》是由吴宓主编的。《大公报》老板嫌他编得太“文绉绉”，就交给了杨振声、沈从文二人接手，改名《文艺》。萧乾主编《大公报·文艺》首先开辟的就是书评专栏。这不仅是他的眼光，也是由他的教育素质生成的思

---

① 鲁迅：《未有天才之前》，收入《坟》，《鲁迅全集》第1卷，北京：人民文学出版社，1981年，第168—169页。

② 除了《未有天才之前》中说的，还有狄克一案：萧军的小说《八月的乡村》出版后，张春桥化名狄克，在《大晚报》副刊《火炬》的“星期文坛”上发表批评文章《我们要执行自我批判》，责备萧军“不应该早早地从东北回来”。

③ 梁实秋发表《“资本家的走狗”》，表示自己并没有向什么资本家领取“金镑”，自己当走狗还没有资格，反骂鲁迅拿苏联的卢布，鲁迅发表《“丧家的”“资本家的乏走狗”》以应对，认为文学批评不应该用政治“济”文学批评之“穷”。

④ 汪静之诗《过伊家门外》收入其第一部诗集《蕙的风》，有“一步一回头，瞟我意中人”诗句。《蕙的风》出版后两个月，有人撰文，说诗句“做的有多么的轻薄，多么的堕落！”，“有故意公布自己兽性冲动和挑拨人们不道德行为之嫌疑”。见于1922年10月24日《时事新报》副刊《学灯》。后鲁迅在《反对“含泪”的批评家》中批评：那只不过是道学家们的“神经过敏”。

⑤ 周文有短篇小说《山坡上》，刊载于1935年12月的《文学》第5卷第6期上，文中写了战争中的士兵“盘肠大战”的情景，被编辑责为不真实而“腰斩”。

路。他是在大学三年级从英文系转入新闻系的，1935年6月毕业于燕京大学，1935年7月1日即进《大公报》工作，编《大公报·小公园》。《大公报》兼发包括《文艺》在内的其他副刊。这样，一张报纸上出现了《小公园》、《文艺》这两个副刊，从内容和性质上就很难区别了。8月间，杨振声、沈从文向报馆建议，索性把他们两年来所编的每周三期的《文艺》也交给萧乾，1935年9月1日起杨振声、沈从文只编《星期文艺》。1936年上海《大公报》出版后，《星期文艺》也交给萧乾来编。1936年秋，萧乾就全面负责沪、津两地的《大公报·文艺》了，平时三个半版，加上《星期文艺》的整版。应该说萧乾是这一时期《大公报·文艺》的主持者。他说："两年新闻系的教育，除了激发出我对旅行通讯的兴趣，还使我认识到书评的重要性。那也正是我毕业论文的题目。我认为书评最适宜刊登在报纸副刊上，因为又快又及时。既涉及文学，又具有一定的新闻价值。"他对书评队伍有比较细致的了解："我先从文艺界友人及投稿者中寻找肯于并擅长写书评的人。最早参加这个书评队伍的有黄照、李影心、宗珏、杨刚、刘荣恩、常风几位。根据他们各人所长，大致有个分工，比如洋书大多请杨刚或刘荣恩来评。有些评论既及时又有分量，例如，李影心评老舍的《离婚》以及杨刚评斯诺的《活的中国》。"① 提倡书评的好处是显而易见的。署名黄梅的一篇文章指出："我近来看了许多的书评，有优秀的，也有粗劣的；又看见了许多讨论书评本身的文章，有装模作样贩卖外国名辞以示其博学的，也有很切于实际而说得头头是道的。不管是优秀还是粗劣的，不管是糊涂搬弄名辞或真正切于实际，在整个中国的文化进展史上，尤其是在需要着一个新的启蒙运动的现在，这总是一个十分可喜的现象。"②

《大公报》上登载书评的栏目，其实不仅仅是一个《文艺》，在《世界思潮》中钱锺书也发表过别开生面的书评，如《大卫·休谟传》、《约德的自传》、《旁观者》，这和他发表于《新月》上的《一种哲学的纲领》、《美的生理学》在对书的选择上显然不同，但都是产生重大影响的作品。特别是钱锺书发表于1932年11月《新月·书报春秋》上的长篇书评《〈中国新文学的

① 萧乾：《萧乾文学回忆录》，北京：华艺出版社，1992年，第74页。

② 黄梅：《读者·书评·书评家》，原载1937年7月4日《大公报》，收入《书评面面观》，北京：人民日报出版社，1989年，第161页。

源流〉》,对周作人的《中国新文学的源流》进行了“反想”,不称反驳,而称“反想”,算有几分客气,但是“当理不让于师”的脾气,使他行文并不婉转,以至于在对沈启无《近代散文钞》的批评中重述了自己的观点。当时的钱锺书还是一个20岁出头的年轻人,有这样的气概,真是让人佩服。这应该是一种值得提倡的书评精神。中国历来的书评,打棍子和戴高帽的为多,言之有物、是非分明的文章太少了。

《大公报》对书评的提倡至少有几个方面的意义:

第一,书评有益于文学创作。

书评并不是文学的法官,书评家更不是文学家的上司,应该将书评定位于:与文学同等重要的文学活动。吕冷心曾说过:“书评家该是一个作品忠诚的读者,他的任务是替没有多余时间来读无益书本的读者审定哪些书值得精读,略读或者简直不必读,从这点职责和意义来说,他该站在客观的立场上,用冷静的头脑去分析,去领悟作者感情的发展及其中心思想,去发现作者埋藏在作品里的感化力,最不可忽略的是不要以为自己是一个书评家,一个权威的存在,因此说些与‘书’毫不相关的评语。”[①]萧乾给《大公报》副刊的编辑工作定了个基调:“文学保姆”。在萧乾、杨刚等几位主编的主持下,《小公园》发表了很多文学作品,还设立了文艺奖金,这与书评活动都是培育文学新人新作之举。他对副刊的改版始自1935年7月4日。这一天,《小公园》的“园例”栏中刊登了《致文艺工作者》的长信,申明了好的文章应该有“光泽”,这就是“思维的透彻”、“想象力的奔放”、“文字间焕发着光彩”。改版后的三个专栏是:“书报简评”、“文艺新闻”、“读者与编者”。这里的“书报简评”就是书评。老舍的《离婚》出版后,李影心的长篇评论文章《老舍的〈离婚〉》[②]最有影响。赛珍珠的《流犯》也有李影心的批评。他们还为曹禺的《日出》和孙毓棠的《宝马》举办过“集体评论”[③]。后来《大公报》在上海连出过几个整版的特辑:“作家论书评”、“读者论书评”、“书评家论书评”。这对于创作的鼓励是巨大的。另外的副刊《电影》早在1927年2月15日创刊伊始,就发表了许多“辨别电影好坏”、“不含捧的性质的

---

① 吕冷心:《掌握那条绳索的》,原载《大公报》1937年7月4日。

② 李影心:《老舍的〈离婚〉》,原载《大公报》1935年8月4日。

③ 见《大公报》1936年12月27日、1937年5月16日。

稿子”。还由何心冷举办过“电影常识讲座”，评介好电影。《戏剧》周刊上也刊载了许多有关的剧评和戏剧知识。在这样的气氛中，有一些作品成了名著，如曹禺的《日出》，何其芳的《画梦录》，孙毓棠的《宝马》，艾芜《南行记》，李广田的散文《画廊集》、《银狐集》，芦焚的《谷》、《里门拾记》，丽尼的《黄昏之献》、邓以蛰的《西班牙游记》等。读者对作品的广泛了解与书评的发表有直接关系。特别是刘西渭的书评，比较早地向读者推荐了现代文学巨著，如：巴金的《爱情三部曲》、《神·鬼·人》，沈从文的《边城》，特别是他重视左翼作家茅盾、夏衍、叶紫、萧军、路翎、郁茹、艾青的作品，为这些“奴隶文学”唱赞歌，这在30年代是有特别意义的。

书评要想引起大家的重视，评论的及时和具有战斗力是很重要的。我们知道，沈从文的《边城》原连载于1934年《国闻周报》的第1、2、4、10、16各期，12月即出版了单行本，得到了很多人的称赞。但是也有不同的说法。如1935年第1卷第4期的《读书顾问》杂志上，汪馥泉、王集丛曾发表文章《一年来的中国小说——沈从文的〈边城〉》，对《边城》加以否定，认为“其所表现的思想，便是生活于现实社会中而神往于过去的一部分人的生活意识的艺术的反映”，“与现实的状况和要求不合适，所以这又伤害了小说《边城》之社会的艺术价值”。话说得很委婉，意思却明确：批评作品是向后看，思古、怀旧，少现代气息。为了回敬这不公正的批评，刘西渭写了书评《〈边城〉和〈八骏图〉》，其实主要是为了说《边城》，因为正好赶上沈从文在《文学》杂志第5卷第2期上发表了小说《八骏图》，刘西渭当即写书评，将两个中篇放在一起评说，回敬了不公正的批评。刘西渭的文笔非常犀利，他明确地说“我爱《边城》”，称赞说：“《边城》便是这样一部 idyllic 杰作。这里一切是谐和，光与影的适度配置，什么样的人生活在什么样的空气里。一件艺术作品，正要叫人看不出是艺术的。一切准乎自然，而我们明白，在这种自然的气势之下，藏着一个艺术家的心力。细致，然而绝不琐碎；真实，然而绝不教训；风韵，然而绝不弄姿；美丽，然而绝不做作。这不是一个大东西，然而是一颗千古不磨的珠玉。在现代大都市病了的男女，我保险这是一副可口的良药。”在文章中他很有针对性地指出：“一个批评家，与其说是法庭的审判，不如说是一个科学的分析者。科学的，我是说公正的。分析者，我是说要独具只眼，一直剔爬到作者和作品的灵魂的深处。”“一个批评家，第一先得承认一切人性的存在,然后才有完成一个批评家的使命的机会。"①沈从文曾经多次失望地说,大家不能理解他一个乡下人的思想和感情;但是我们可以说,刘西渭是能够理解的。这是足以让作者欣慰的,也是让中国文坛欣慰的。《大公报》的书评常常为作者仗义执言,赢得了好的社会影响。刘西渭的意见,究竟有多少人听进去了呢?五十年后,我们出版的书中有人还在批评沈从文的"向后看"。其实,什么是向前看,什么是向后看,在文学创作中没有那么简单。

第二,书评催生了理论研究。

书评并不是没有理论,也不能说书评的理论就一定简单。印象主义批评家王尔德在《作为艺术家的批评家》一文中指出:"最高的批评,不是把艺术看作表义的东西,而是纯粹印象性的,因而它既是创造性的又是独立的,其本身实际上就是艺术;它同创造性作品的关系,如同创造性作品与形式和色彩的视觉世界或者感情和思想的非视觉世界的关系一样。"②"批评家是以一种不同于作品本身的形式向我们展示艺术作品的人。"③他甚至说:"最高层次的批评,比创造更富于创造性,批评家的主要目的是看出对象本身以外的事物。"④艾略特别开生面地认为,批评家和创作者之间的区分并不是一个很有用的区分。他认为将"批评的"与"创作的"强加区分是不明智的。我们不能"忽视了创作本身所包含的批评的首位重要性"。为什么这样说呢?"一个作家在创作他的作品时他的劳动的绝大部分或许是批评性质的劳动:筛选、化合、构筑、删除、修改、试验等劳动。这些令人畏惧的艰辛,在同样程度上,既是创造性的,也是批评性的。"⑤艾略特的论述是对文学批评重要性的一种反证。书评文章作得好坏,与书评是否应该存在,没有关系。正如诗、小说、戏剧的创作也有俗滥之作一样,书评的文章也有优劣。从整体来看,刘西渭说:"批评并不像我们通常想象的那样简单,更不是老板出

---

① 《〈边城〉与〈八骏图〉》,原载1935年6月《文学季刊》第2卷第3期,收入《李健吾创作评论选集》,北京:人民文学出版社,1984年,第443页。

② 王尔德:《作为艺术家的批评家》,《王尔德全集》第4卷,北京:中国文学出版社,2000年,第419页。

③ 同上书,第421页。

④ 同上书,第415页。

⑤ 《艾略特文学论文集》,南昌:百花洲文艺出版社,1994年,第72页。

钱收买的那类书评。它有自己的尊严，犹如任何艺术具有尊严；正因为批评不是别的，也是一种独立的艺术，有它自己的宇宙，有它自己深厚的人性做根据。”[①]我认为这是现代文论史上对书评的最高估价，是刘西渭在书评实践中智慧的积累，理论上的创新。正如九叶诗人唐湜很辩证地指出的：“不仅小说家沈从文写活了他的人物，他的湘西世界，而且，批评家刘西渭也写活了他的人物，他的小说家沈从文。”[②]他称小说家与书评家共同创造了湘西世界，实在是对书评的最好的“书评”。

从已经发表的书评作品看，运用的经典理论是十分广泛的。如李影心、常风、张天翼等运用社会学进行现实主义批评，朱光潜、宗珏、刘西渭则运用了法朗士的印象批评理论。朱光潜说：“一个批评家应该是一个探险家，为着发见肥沃的新陆，不惜备尝艰辛险阻，穿过一些荒原沙漠冰海；为着发见好书，他不能不读数量超过好书千百倍的坏书，每个人都应该读些坏书，不然，他不能真正地懂得好书的好处。”他的书评，更注重从传统诗学中汲取营养。他的《孟实文钞》中有多篇这样的实践。刘西渭的《咀华集》和《咀华二集》两本书共15万字的评论中涉及八十余位外国作家和批评家，评论作品，也阐释理论，左右逢源，汪洋恣肆。他的主观印象式批评方法，得到了大家的认可。他主要受到法朗士所谓文艺批评为“心灵的探险”的理论影响，也让自己的思想和笔触追随作品自由飞翔，他这样谈及叶紫、萧红、吴组缃的不同印象：“叶紫的小说始终仿佛一棵烧焦的幼树，没有《生死场》行文的精致，没有《一千八百担》语言的生动，不见任何丰盈的姿态，然而挺立在大野，露出棱棱的骨干，那给人茁壮的感觉，那不幸而遭电殛的暮春的幼树。它有所象征。这里什么也不见，只见苦难，和苦难之余的向上的意志。我们不妨借用悲壮两个字形容。”[③]不仅有法朗士的心灵探险，也有蒙田思维的丰富联想。

文学批评史上的“印象主义文学批评”，亦被称为“感受式批评”。这种批评拒绝对作品进行理性的、科学的分析，强调批评家的阅读感受、审美直

① 刘西渭：《答巴金先生的自白》，《咀华集·咀华二集》，上海：复旦大学出版社，1998年，第15页。

② 唐湜：《含英咀华》，《读书》1984年第3期。

③ 刘西渭：《叶紫的小说》，《咀华集·咀华二集》，上海：复旦大学出版社，2005年，第128页。

觉经验,认为最好的批评只是记录批评家感受美的过程、这美的印象如何产生、在怎样的条件下被感受等一系列印象。因此,印象主义批评是"以诗解诗"、"以文解文",与19世纪70年代的印象主义文学创作相一致。到了20世纪,结构主义批评、心理主义批评、原型批评、新批评、现实主义批评、现象学批评等,都相继显示了它们的思维优点。《大公报》的几位批评家取用印象主义批评并不是先锋性的选择。但是刘西渭等很自信地把文章作到了绚烂多彩,这无疑同他们国学素质的丰厚有关,中国传统文论如陆机《文赋》、刘勰《文心雕龙》、挚虞《文章流别论》、严羽《沧浪诗话》等潜移默化地影响着他们。

这启发了我们一个问题:建设中国的文学批评学、书评学就应该有一个开放思维,将域外的理论经验汲取过来,同中国固有的批评理论互证、渗透,加以融化,从而建立中国的文学批评学。这是一条正确的道路,也是京派文学家、理论家的共同追求。

第三,我们需要书评家。

萧乾的《书评研究》是他的学位论文。在这一长篇论文中他提出:"我们需要两个批评学者,六个批评家,五十个书评家。"这是很新鲜的提倡。《大公报》的书评文章中也有很多人同意这样的意见,以至其影响深远。这是值得好好地称赞一番的。批评学者我们并不是不要,但是那是专门家、教授们的工作,一般的批评家更是必需的,但是也要有比较全面和系统的知识。书评家是介于文学家与新闻家之间的角色,当然应该多多益善。萧乾为好的书评家规定了三种必要的素质:其一,"书评家首先须是个爱书的人"。给别人介绍书而自己不爱书那是不可想象的事。其二,"修养"是"从事批评者最重要的准备"。修养就是审美力、艺术欣赏力。其三,书评家要有"公正的心"。虽然每个人的认识不免会有点偏激,但是对"有意识的偏激"是不应该宽容的;特别是势利的偏激,更不能容许。施蛰存对此有个解释:"我总觉得'书评'和'批评'不大一样。'书评'的'品'在我看比'批评'要低一等。同一个批评原理应用到批评及书评上也因之而异。书评可以说是批评的一种,但它不就是批评。批评的视野较书评为广大,假若容许的话,我愿这样说,批评所着眼的是作者的整个精神活动,是比较抽象的理论,是从一部作品或一个作家来阐明一种文学批评的学说。书评却不必这样多,它只是着眼一本书就够了。书评也许要有理论,它也许是根据某一点理论来评骘，但他却不必直接来援引。一个写书评的人当然需要一个批评家所有的基本知识与训练——虽然他不必如后者那样渊博，精深。写书评的人在批评理论中找到触拨他心思的一点，他即可以根据这一点来论他所要论的书。”①

《书评研究》阐述的“批评准绳”也有三条：美的准绳、道德的准绳、不朽的准绳。这三个方面都是很不好谈的。作者以思辨的笔触进行了很好的讨论。他不同意桑塔亚那《审美论》里讲过的绝对的话：“非有同样的感官不能辨识同样的美质。但没有两个人具有同一感觉功能，也没有东西对两个观察者有同一的价值。”如果真的那样，就“万里无知音”了。还是应该相信“海内存知己，天涯若比邻”，“味之于人，能有同嗜”，这是书评能够存在的重要依据。如果大家不可能有共同的情感因素，不但书评无用，书也无用了。关于书的不朽，最能让我们得到启发。他批评了一些粗制滥造的流行文学，让大家建立信念：“伟大的作品，像伟大的绘画一样，应是雅俗共赏的。”②萧乾的《书评研究》充溢着文化乐观主义态度。这也是成为书评家必须建立的信心。

三、对于现今书评的期待

本文论述的重点是京派对书评的提倡所具有的重要意义。书评的存在似乎用不着操心，中国现代文学史上的事实是：有书就会有书评。我们关心的是：书评能不能成为一种文体？书评能不能建立自己的理论？我们能不能呼唤有更多的书评家出现？京派的文学家对此并不抱怀疑态度。他们努力倡导理论，热心从事书评实践，给我们树立了好的榜样。我们发现从那时到今天总有很多人对书评有点小看，甚至有的提倡者说起话来也有点遮遮掩掩。

本文想说的是：书评并不是小气的物事，做书评家不易，研究书评理论也是一项文学事业。长期以来，我们没有健康的文学批评，没有好的书评。我们在研究当代“文学论争史”的时候，会发现，我们没有多少论争的资料，

① 常风：《书评家的限制》，原载《大公报》1937年5月。

② 萧乾：《书评研究》，北京：人民日报出版社，1989年。

只有大批判。官方下令而发起的任何一种御批、声讨,都不是严格的文学批评。这种批评只能造就冤案,不能繁荣文学。

看我们当今的文坛,伴随着低俗作品的泛滥,甚至论文造假也已经见惯不惊,低俗的文学批评也很有市场,甚至花钱就可以买到批评文章,就能评上奖,就能一下子成名。我们的书评从来也没有像现在这样薄弱。诚然以往那种"文革"运动式的批评少了,但是无知妄说、驴唇不对马嘴有之,彼此胡吹瞎捧、马屁风盛行有之。与此相对的是文坛的虚无主义有之,想骂谁就骂谁、想给谁写悼词就给谁写的"文霸"亦有之。长此以往,不仅好的文学不能诞生,我们的理论也会堕落。我们期待的书评应该是科学的、公正的、不势利的、美丽的,因此更怀念《大公报》的气氛。

(作者单位:河北大学文学院)

一场关于新诗格律的试验与讨论

——梁宗岱与《大公报·文艺·诗特刊》

张洁宇

1935年11月8日，《大公报·文艺》上创刊了一个新专刊——《诗特刊》。该刊拟每月两期，由著名的诗歌理论家、翻译家梁宗岱担任主编。从1935年11月直至1937年7月《大公报》(津版)因平津沦陷停刊，《诗特刊》共出版24期，成为30年代中期平津文坛——乃至全国诗坛——上的一个非常重要的诗歌专刊。在这个专刊上，集合了梁宗岱、朱光潜、叶公超、罗念生、孙大雨、林徽因、卞之琳、林庚、何其芳、陈敬容、孙毓棠、曹葆华、李广田、陈梦家、南星、冯至、周煦良、戴望舒、辛笛、方敬、李健吾、沈从文、赵萝蕤、路易士、苏金伞等等一大批重要而活跃的诗人、诗歌批评家、理论家和翻译家。其写作阵容可谓豪华庞大，讨论气氛也颇为热烈壮观。

《诗特刊》的成绩和贡献是多方面的。本文的考察只围绕其中的一场关于新诗“音节”和“格律”问题的讨论。虽然由于平津沦陷、报纸停刊、人员迁移，这场讨论实际上并未完成，但是，这场持续了近两年的理论探讨和创作实验，已经具有了不容忽视的历史价值。在这场由编者有意发动和组织的大讨论中，新诗的音节和格律问题被更为深入具体地讨论和强调，并催生了一批相关的作品。在一定程度上说，这场讨论中所涉及的问题，已经构成了对新诗观念的一次重大革新。

一

在《诗特刊》的“创刊号”上，身为主编的梁宗岱发表了一篇题为《新诗

底十字路口》[1]的“发刊辞”。在这篇文章中,他醒目地提出了一个观点,即新诗“已经走到了一个分歧的路口”。他说:

> 我们似乎已经走到了一个分歧的路口。新诗底造就和前途将先决于我们底选择和去就。一个是自由诗的,和欧美近代的自由诗运动平行,或者干脆就是这运动一个支流,就是说,西洋底悠长浩大的诗史中一个支流底支流。这是一条快捷方式,但也是一条无展望的绝径。可是,如果我们不甘心我们的努力底对象是这么轻微,我们活动底可能性这么有限,我们似乎可以,并且应该,上溯西洋近代诗史底源流,和欧洲文艺复兴各国新诗运动——譬如,意大利底但丁和法国底七星社——并列,为我们底运动树立一个远大的目标,一个可以有无穷的发展和无尽的将来的目标。除了发见新音节和创造新格律,我们看不见可以引我们实现或接近我们底理想的方法。[2]

这样一个关于新诗现状的观察和发展前途的思考,似乎有点耸人听闻。梁宗岱采用这个方式无非是要更加鲜明地表达出他的诗学观点和立场。在他看来,30年代中期的中国新诗,已经到了需要充分自我反省并改变原有方向的历史时刻。诗坛存在着严重的观念上的分歧。新诗运动初期的诗学主张已在一定程度上被超越和背离,“自由诗”的前途——在梁宗岱看来——已经走上了“一条无展望的绝径”,即便有进一步的成绩,也终归只能成为世界诗史中一个“支流底支流”,不可能带来现代汉语诗歌写作的真正意义上的成功。若想摆脱这个令人沮丧的命运,梁宗岱认为,只有选择另外一条道路——“发见新音节和创造新格律”。因为只有这样,中国新诗才能与其他语种诗歌的伟大成就相“并列”,走上真正具有“无穷的发展和无尽的将来”的前路。

这当然是一个有些惊人的判断。因为在1935年这个时候,中国新诗已经在自由体式中收获了大量佳作,在格律探索方面也经历了新月派一系列有成绩也有问题的试验,而梁宗岱在此时宣布“自由诗”已走上绝径,新诗只有“创造新格律”这一条必由之路,多少会令人感到诧异。但梁宗岱自然

---

① 此文在1936年收入商务印书馆版《诗与真二集》时,题目改为《新诗底纷歧路口》。

② 梁宗岱:《新诗底十字路口》,《大公报·文艺》第39期《诗特刊》,1935年11月8日。本文中所有未注明出处的引文都引自于此。

不会是故作惊人之语，那么，他的思考背后具有怎样的渊源和深意呢？

首先，梁宗岱的判断来源于他对新诗已有历史的反省和批判，“自由诗”的体式问题当然首当其冲，但也并非其全部的题中之义。他在文章起首就直率地提出：

> 现在诗坛一般作品——以及这些作品所代表的理论（意识的或非意识的）所隐含的趋势——不独和初期作品底主张分道扬镳，简直刚刚背道而驰：我们底新诗，在这短短的期间，已经和传说中的流萤般认不出它腐草的前身了。

这就是说，新诗艺术自身的发展规律与要求，已经背离了早期的观念，这已被创作的事实所证明。在脱离了新诗运动初期的“革命性”和“过渡性”阶段之后，早期观念暴露出了自身的问题。对此，梁宗岱看似信手拈来地提出了四个问题，却是全方位地清理了初期白话诗的观念。

第一，“诗不仅是我们自我底最高的并且是最亲切的表现，所以一切好诗，即使是属于社会性的，必定要经过我们全人格底浸润与陶冶”。这一条针对的是“文学革命”初期将新诗作为建设“明了的通俗的社会文学”的阵地之一，忽略了诗歌自身文体特征的观点。梁宗岱在此提出异议，既是要强调诗歌的“个人性”和“内在性”特征，在艺术层面划清诗歌与其他文体之间的界限，同时也是要高度肯定诗歌作为“纯文学”最高表现形式的独特地位。

第二，“形式是一切艺术底生命，所以诗，最高的艺术，更不能离掉形式而有伟大的生存”。这一条显然是针对初期白话诗的反对形式——尤其是反对旧诗在形式上的各种限制和束缚——以及“诗体大解放”等口号的。在梁宗岱看来，形式是艺术的必要保证。他很早就发表过新诗的音节“简直是新诗底一半生命”[①]的观点。他之所以强烈反对初期新诗对形式的抛弃，就是因为在他看来，“所谓‘建设明了的通俗的社会文学’，所谓‘有什么话说什么话’，——不仅是反旧诗的，简直是反诗的；不仅是对于旧诗和旧诗体底流弊之洗刷和革除，简直把一切纯粹永久的诗底真元全盘误解与抹煞了”；而“诗底真元”，就与它自身的形式特质紧密相关。

---

① 梁宗岱：《论诗》，《诗刊》第2期，1931年4月20日。

第三,“文艺底创造是一种不断的努力与无限的忍耐换得来的自然的合理的发展,所以一切过去的成绩,无论是本国的或外来的,不独是我们新艺术底根源,并且是我们底航驶和冒险底灯塔”。这里表达的是,在对待“传统”的问题上,梁宗岱与初期新诗论者有着完全不同的态度和立场。与新诗初期反传统的姿态不同,梁宗岱很早就提出“二三千年光荣的诗底传统——那是我们底探海灯,也是我们底礁石——在那里眼光光守候着我们”。无论是像“探海灯”一样带来新的发现,还是像“礁石”一样带来危险,旧诗传统都是不可能——也不应该——被完全忽视和回避的。对于这个传统,梁宗岱始终积极而清醒地采取一种批判性继承的态度。他说:“我深信,中国底诗史之丰富,伟大,璀璨,实不让世界任何民族,任何国度。”“目前底问题,据我底私见,已不是新旧诗底问题,而是中国今日或明日底诗底问题,诗怎样才能够承继这几千年底光荣历史,怎样才能够无愧色去接受这无尽藏的宝库底问题。”①应该说,梁宗岱之所以成为“中西交融”诗学的代表,就与这种认识有关。

第四,“文艺底欣赏是读者与作者心灵底密契,所以愈伟大的作品有时愈不容易被人理解,因而‘艰深’和‘平易’在文艺底评价上是完全无意义的字眼”。最后这一条,直指“胡适之体”明白晓畅、但求人懂的美学标准。胡适曾说李商隐的那些“看不懂而必须注解的诗,都不是好诗,只是笨谜而已”。“胡适之体”的“第一条戒律”就是“要人看得懂”,因为他认为,“凡是好诗没有不是明白清楚的”。② 而梁宗岱反其道而行之,不仅认为“‘艰深’和‘平易’在文艺底评价上是完全无意义的字眼”,甚至提出了“愈伟大的作品有时愈不容易被人理解”的相反标准,充分表明了与初期白话诗学的对立。

通过从这四个方面否定新诗运动初期的美学观念和评价标准,梁宗岱推翻了早期新诗的立足之本。如果说,初期“新诗”最重要的就是“新”在其“诗体的大解放”上、“新”在否定旧诗传统上、“新”在“言之有物”和“平易近人”上,那么,到了梁宗岱这里,这些标准都被动摇了。他在有意降低“自

---

① 梁宗岱:《论诗》,《诗刊》第2期,1931年4月20日。

② 胡适:《谈谈“胡适之体”的诗》,《胡适文集》第3卷,北京:人民文学出版社,1998年,第303页。

由诗"地位的前提下,传达出一种重新制定"新诗"之"新"的标准、改写"新诗"基础观念的愿望。在他看来,这是一次与初期新诗背道而驰的选择,是新诗史上一个重要的"分歧路口"。体式上从"自由"转向"格律",固然最为显而易见,却绝非他的全部目标。他的主张背后,是彻底改写新诗观念的"野心"。

由此可见,在《大公报·文艺》中创办一个"诗特刊",在"发刊辞"中提出一个改变新诗方向的倡导,这都不是梁宗岱的一时冲动,同时也绝不是他的一次个人行为。事实上,这应当被看作是一个群体发动的一次新的诗歌运动。这个意图,可以通过沈从文的一篇文章得到印证。

就在《新诗底十字路口》发表后的第三天(即 1935 年 11 月 10 日),沈从文在同一张报纸同一个版面的"星期特刊"中发表了他的《新诗的旧帐》。该文的副标题是"兼介绍诗刊",指的就是刚刚创刊的这份"诗特刊"。在这篇文章里,沈从文几乎通篇都在呼应着梁宗岱两天前发表的观点。比如他强调诗歌的形式,提出:"诗要效果,词藻与形式能帮助它完成效果。"再比如,对于新诗历史的反思,他的看法也与梁宗岱一致,认为"新文学运动的初期……新诗当时侧重推翻旧诗,打倒旧诗,富有'革命'意味,因此在形式上无所谓,在内容上无所谓,只独具一种倾向,否认旧诗是诗。受词、受曲、受小调同歌谣影响,用简明文字写出,它名字叫'自由诗'。那些诗,名副其实,当真可以说是很自由的";"新诗既毫无拘束,十分自由,一切散文分行写出几几乎全可以称为诗,作者鱼龙百状,作品好的好,坏的坏,新诗自然便成为'天才努力'与'好事者游戏'共同的尾闾。过不久,新诗的当然厄运来了。多数人对于新诗的宽容,使新诗价值受了贬谪,成就受了连累;更多数的读者,对新诗有点失望,有点怀疑了"。此外,更与梁宗岱思路一致的是,沈从文在经过这一系列反思之后,也直接提出了"形式"的问题。他说:"新诗有个问题,从初期起即讨论到它,久久不能解决,是韵与词藻与形式之有无存在价值。"对此,他的观点是:"新诗在词藻形式上""不可偏废"。尤为有意味的是,他谈到"新诗到这个时节可以说已从革命引到建设的路上",于是,"少数还不放下笔杆的作者,与一群初从事写作的新人,对'诗'的观念再有所修正。觉得先一时'自由诗'所表示的倾向同'建设的新诗'有点冲突。大家知道新诗需要个限制,在文字上,在形式上,以及从文字与形式共同造成的意境上,必须承认几个简单的原则。并且明白每个作者得注意一下历史，接受一笔文学遗产（从历史方面肯定‘诗’是什么，得了遗产好好花费这个遗产）”。“这一来，诗的自由俨然受了限制，然而中国的新诗，却慢慢地变得有意义有力量起来了。”①

回到《大公报·文艺》的具体语境中可以清楚地看到，梁、沈二人是在有意识地一唱一和，目的就在将彼此共同的观念表达得更加明晰充分。他们显然是在有意识地把“诗特刊”作为一个“试验的场所”，希望以群体之力推动这一运动。他们都希望这“对中国新诗运动或许有点意义”②，具体而言，这个意义就在于：通过打破中国新诗惟“自由体”独尊的局面，通过发起对“格律”和诗歌“音乐性”问题的讨论和创作实践，重新树立中国“新诗”的观念，有效地突破“自由诗”的写作方式，建立汉语现代诗的新的写作策略，以期达到一种兼顾汉语语言特征和旧诗传统的“纯诗”理想。客观地说，中国新诗从“五四”时期开始“革命”和“尝试”，到 20 年代初“站稳了脚跟”，再到 20 年代后期开始出现不满、反思和调整的要求，直至 30 年代中期的此时，出现这样一次大胆而彻底的再次革新——其结果如何姑且不论，至少在观念的推进上——是具有重大的历史意义的。

二

“诗特刊”的编者和作者是将音节和格律问题当作“新诗的命脉”来看待的。编者在为罗念生的《节律与拍子》一文所加的按语中曾明确地说过：

> 梁宗岱先生在本刊创刊号《新诗底十字路口》一文里曾经提出“创造新音节”为新诗人应该努力的对象之一。罗先生这篇文章便是对这问题一个具体的建议。这问题表面似乎无关轻重，其实是新诗底命脉。希望大家起来讨论。③

事实上，专刊从一开始就在围绕这一问题进行讨论，发表了一系列文章，其中直接的专门讨论计有：《对于诗刊的意见》（陈世骧，1935 年 12 月 6

① 上官碧（沈从文）：《新诗的旧帐——并介绍诗刊》，《大公报·文艺》第 40 期，1935 年 11 月 10 日。

② 同上。

③ 《编者按》，《大公报·文艺》第 75 期，1936 年 1 月 10 日。

日)、《从生理观点论诗的"气势"和"神韵"》(朱光潜,1935年12月23日)、《节律与拍子》(罗念生,1936年1月10日)、《关于音节》(梁宗岱,1936年1月31日)、《音节》(罗念生,1936年2月28日)、《音节与意义》(叶公超,1936年4月17日、5月15日)、《音节与意义》(梁宗岱,1936年5月29日)、《从永明体到律体》(郭绍虞,1936年6月12日、6月26日)、《新诗的节奏》(林庚,1936年11月1日)、《新诗中的轻重与平仄》(林庚,1937年3月14日)等。此外,在不少讨论其他问题的文章中,也都多多少少有所涉及。作为主编的梁宗岱还针对其中一些篇章专门撰写了篇幅较长的"按语"或"跋",其中四篇后来收入《诗与真二集》。

回到讨论的现场,首先可以感觉到的是:这些文章之间虽常有争论,但在一个前提性的基本认识上,大家是高度一致的,那就是对于新诗的形式与格律的重要性与必要性的认识。即如梁宗岱称其为"新诗底命脉"一样,郭绍虞也预言"将来新诗之逐渐走上趋重音节的路或是当然的事实"①。而理论家朱光潜更是从"生理观点"出发,认为"诗的命脉是节奏"。他说:

> 就形式方面说,诗的命脉是节奏,节奏就是情感所伴的生理变化的痕迹。人体中呼吸循环种种生理机能都是起伏循环,顺着一种自然节奏。以耳目诸感官接触外物时,如果所需要的心力,起伏张弛都合乎生理的自然节奏,我们就觉得愉快。通常艺术家所说的"和谐""匀称"诸美点其实都起于生理的自然需要。……音乐和诗歌的节奏原来都是生理构造的自然需要。②

朱光潜以此特殊角度论证的其实仍是节奏和格律在新诗中的必要性问题。他说:"我们读诗在受诗的情趣浸润之先,往往已直接的受音调节奏的影响。音调节奏便是传染情趣的媒介。"因此在他看来,诗歌的音调、节奏等格律成分并非外在的形式问题,也断不可与内容和意义相割裂。与梁宗岱、沈从文的观点相同,他其实也认定了格律是新诗的一个前提性的基础要素。

从另一个角度谈到格律重要性的是陈世骧。他在《对于诗刊的意见》一文中说:

---

① 郭绍虞:《从永明体到律体》,《大公报·文艺》第161期,1936年6月12日。

② 朱光潜:《从生理观点论诗的"气势"和"神韵"》,《大公报·文艺》第65期,1935年12月23日。

我说注意分行，注意脚韵等类问题，而暂时丢开对诗的夸大的褒贬，也许有人认为啬刻，但是我于此不敢妄自菲薄的。诗人与常人，诗情与非诗情，表现出的时候，常在行文的小处分。诗人操着一种另外的语言，和平常语言不同。……我们都理想着有一种言语可以代表我们的灵魂上的感觉与情绪。诗人用的语言就该是我们理想的那一种。那末我们对这种语言的要求绝不只是它在字典上的意义和表面上的音韵铿锵，而是它在音调，色彩，传神，象形（不只是一个字样的象形）与所表现的情思绝对和谐……至少我们要把这个基本要素分析明确，决定一篇创作是否是诗，才能进一步批评诗人的情调，思想，以至大一点的许多方面。讲求新诗的形式就是反对旧有的既成形式的八股气。我们要求一种更自由化，"合理化"非机械的形式，要使韵脚与分行除了表现情操的活动与变化，本身没有目的，没有一个字是专为凑韵脚，没有一行是徒为摆的好看，这样，适合普通语言的节奏韵律，无"形式"的形式便是我们理想的新诗形式吧。[①]

出于这样的认识，陈世骧建议"诗特刊"要牢牢地依托具体诗人和作品来进行艺术分析，注重细节中的重要问题，而不要空泛地讨论"形式和内容"、"艺术与人生"之类的话题。同时，他本人也通过对卞之琳和臧克家的两首诗作的对比分析，指出了卞之琳在诗歌节奏上的成功，并提出："字音与拍节能那样灵妙地显示音乐和谐与轻烟的回旋节奏，绝不是率尔而成的。自从在这些细微地方发现了他的绝大美点，我才自信地判断之琳是现代独有贡献的诗人。"

对于这些，梁宗岱当然是强调最力，他在不同的文章中对此有多次的重申。比如在《关于音节》中，他说：

在一意义上，这规律正和其余的规律一样，问题并不在于应该与否，而在于能与不能。哥德在他底商籁《自然与艺术》里说得好：

谁想要伟大，得先自己集中，
在"有限"里显出大师底身手；
只有规律能够给我们自由。

---

① 陈世骧：《对于诗刊的意见》，《大公报 · 文艺》第55期，1935年12月6日。

另一个德国诗人也说："最严的规律是最高的自由。"因为，规律如金钱，对于一般人是重累，对于善用的却是助他飞腾的翅膀！[①]

正如梁宗岱所说的，诗刊的作者们所关注的不是格律的"应该与否"，而是"能与不能"，更是"如何做到"的问题。因此，在对格律的必要性与重要性达成共识的基础上，他们就从各自不同的角度进行了更为深入具体的讨论。比如郭绍虞在《从永明体到律体》一文中，从旧诗入手讨论了"历史上自从提出音律问题之后，如何规定律体的经过"，并集中介绍了旧诗格律中"和"的概念，分别讨论了通篇的"和"（即"谐"）与一联中的"和"（即"叶"）等问题。而罗念生则从西洋诗歌的传统入手，从"古典诗"、"英文诗"谈到"中国诗"，并提出新诗格律的关键不在"平仄"而在"音的轻重所造成的节律"这一观点。[②]

罗念生的观点引起了热烈的讨论。梁宗岱就表示了对其只强调字音的轻重而否认平仄的作用的怀疑。在他看来，字音的轻重并不是新诗格律的关键，他赞同的是"孙大雨先生根据'字组'来分节拍，用作新诗节奏底原则"，并认为"这是一条通衢"。[③]

随后，叶公超也撰文《音节与意义》，表达了与罗念生的不同观点。他说："诗与音乐的性质根本不同，所以我们不能把字音看作曲谱上的音符。象征派的错误似乎就是从这种错觉上来的。"叶公超认为："音乐是一种最理想的艺术，因为唯有在音乐里形式与内容是根本合一的。……文字是一种有形有声有义的东西，三者之中主要的是意义，因此我们不妨说形与声都不过是传达意义的媒介。"他提出："诗里至少有两种不同的节奏：一种是语言的节奏，一种是歌调的节奏。"他推崇前者，并提出"语言的节奏并不是任何方言的节奏，也不完全是日常语言的调儿，我想的是英文无韵诗里常见的一种平淡、从容的节奏……我知道的诗人中，只有卞之琳与何其芳似乎是常有这种节奏的。抒情性格的人也许不容易感觉这种平淡语体的节奏，因为抒情的要求往往是浓厚的、显著的节奏。语体节奏最宜于表现思想，尤其是思想的过程与态度。抒情诗节奏很容易变成一个固定的、硬的东西，因为文

---

① 梁宗岱：《关于音节》，《大公报·文艺》第85期，1936年1月31日。

② 见罗念生：《节律与拍子》，《大公报·文艺》第75期，1936年1月10日。

③ 见梁宗岱：《关于音节》，《大公报·文艺》第85期，1936年1月31日。

字究竟不如音乐能变化,而抒情诗却偏要摹仿歌唱的节奏"。①

针对叶公超的观点,梁宗岱则提出:"一个字对于诗人不过是一句诗中的一个元素,本身并没有绝对独立的价值。……诗之所以为诗大部分诗成立在字与字之间的新关系上。'诗人底妙技',我在《诗与真》中(五三页)曾经说过,'便在于运用几个音义本不相属的字,造成一句富于暗示的意义凑泊的诗。'马拉美所谓'一句诗是由几个字组成的一个完全,簇新,与原来的语言陌生并具有符咒力量的字',便是这意思。"②

当然,最值得注意的还是在理论探讨和创作实践两方面都卓有建树的林庚。林庚针对"关于新诗的格律,许多人仍企图能以中国文字作成西洋诗的格律"的倾向,提出"姑且承认即以西洋诗格律代替中国诗格律也无妨,如果真是能够的话;故问题便只限于能够不能够上"。在他看来,"造成西洋诗格律的文字因素普通有两种,一是长短,一是轻重,因此欲在新诗中造西洋诗格律的便是分向着两方面找去"。

首先,在轻重方面,他认为:"中国文学中一向无此性质。所谓无此性质者乃指文字本身而言,中国文字是单音字,每个字读起便都是独立的一个音,所以也便分不出谁轻重来……唯一有轻音的为语助词……但这一类字在有格律的诗中常是渐渐被淘汰的。因为格律使诗变成如此平静安详;一方面乃需要更耐人寻味的了解,一方面却远离了指手划脚的语吻;这只要看以往的诗中语助词的少用便可了然。""在自由诗中是有语吻的,因为自由诗用的是散文:但一旦成功为有格律的诗,则语吻渐归淘汰,轻重音便无从产生,这是一个根本的不可能。其实即令格律的诗中仍暂时保有语吻,而在语吻中欲求其语助词(轻字)都合一定的格律,已是极不合语吻之事;何况为要形成一定的格律必不免多用不必要之轻字,尤为诗中所不取。"

至于长短,林庚则认为:"长短的性质在中国文字中更不可见……现在只有与长短最相近的平仄似乎还有被借用的可能。""平仄之用既为连贯于节拍与节拍,诗行与诗行间之脉络;则与将诗行分割为数段之长短轻重固大相径庭;与造成新诗形式之意亦适得其反,故知其不可能也。"③

---

① 叶公超:《音节与意义》,《大公报·文艺》第129期,1936年4月17日;第145期,1936年5月15日。

② 梁宗岱:《音节与意义》,《大公报·文艺》第153期,1936年5月29日。

③ 林庚:《新诗中的轻重与平仄》,《大公报·文艺》第310期,1937年3月14日。

也就是说，在林庚看来，向西洋诗的格律学习是不符合汉语的规律的，因此，他的四行诗的试验，无论五言、七言、九言直至十八言，都是从汉语诗歌传统中摸索出来的。根据创作经验，林庚认为："凡诗体之变长并非句法之变松，且反之尝是句法之变紧。……如诗中'蒹葭苍苍，白露为霜'，实即后来之'草木摇落露为霜'。而'小姑所居，独处无郎'，更不外'小姑居处本无郎'之意。则字多不及倍而意反倍之，故知乃是句法之变紧。……白话之与文言亦并非变松。"他说："大约无论何种诗体有好处亦均有难处……诗体虽有其盛衰之不同，却无'非此不可'之事，七字诗以至于十八字诗，此中七式普遍性容有不同，然都可于恰当使用下成为好诗，凡较长者在表现上为一较自由之园地而难于紧练，凡较短者则易于完全（perfect）而难在自由诗的根基。其实韵律诗如果有出路，都看这一点上如何下工夫；要能走入形式中而仍能自由，能用形式而不为形式所束，昨谓游刃有余然后不为形累，明乎此者四行诗才不是开倒车的玩意儿。"①

正如林庚所做的那样，《诗特刊》不仅仅重视理论的探讨，同时也非常重视创作的实践。作为编者的梁宗岱对此也有明确认识，他说："理论与批评至多不过处建议和推进的地位，基本的答案，还得靠诗人们自己试验出来。"②因此，在《诗特刊》上刊登的作品中，探索格律的作品占据了重要的比例。其中既有看上去并不"整齐"，但追求听觉上的节奏的作品，更有在形式上就非常工整的典型例子，比如林庚的《抽烟》：

轻轻的抽起一支烟
静静的石榴花红了
今天有朋友来谈天
半梦里燃着甘草味
不记得什么时候里
离别如窗外的青天③

还有与此诗同期发表的林徽因的《过杨柳》：

① 林庚：《新诗的节奏》，《大公报·文艺》第241期，1936年11月1日。
② 梁宗岱：《关于音节》，《大公报·文艺》第85期，1936年1月31日。
③ 林庚：《抽烟》，《大公报·文艺》第241期，1936年11月1日。

反复底在敲问心同心，
彩霞片片已烧成灰烬；
街的一头到另一条路，
同是个黄昏扑进尘土。

愁闷压住所有的新鲜，
奇怪街边此刻还看见
混沌中浮出光妍的纷纠，——
死色楼前垂一棵杨柳！①

此外，再如与林庚风格极为相近的张文麟的《四行》：

薄暝的风驮着沙驮着败叶飞上楼头
有一缕烟一片云伴着征人一段乡愁
悠然的沉思开展得比灰空还要淡远
记忆里的海在千里外凝着蓝色的秋②

更不要说那位在理论上也表现了极大热情和关注的罗念生：

我厌恶了这座古老的宫城，
宫城内粉饰着安乐尊荣：
像是一位新婚的妻子，
盗取了少年人猛烈的心情。

我要去看漠北的疆场，
看朔风吹起砂砾飞扬，
看泰山一夜化成秦岭，
寒光照澈这万里的苍茫。

再看黄沙里成群的鞑靼，
从波罗的海穿过了天山；
更扬着长鞭向东疾指，

① 徽因：《过杨柳》，《大公报·文艺》第241期，1936年11月1日。
② 张文麟：《四行》，《大公报·文艺》第55期，1935年12月6日。

马上高呼"忽必烈汗!"①

当然,最值得注意的是戴望舒的《拟作小曲》:

啼倦的鸟藏首在彩翎间,
音底小灵魂向何处翩跹;
老去的花一瓣瓣萎尘上,
香底小灵魂在何处流连?

它们不能在地狱里,不能,
这那么好,那么好的灵魂!
那么是在天堂,在乐园里?
摇摇头,圣彼得可也否认。

没有人知道在那里,没有;
诗人却微笑而三缄其口:
有什么东西在协和氤氲,
在他的心底永恒的宇宙。②

这首诗不仅体现了戴望舒在创作和观念上的变化,同时也从另一个侧面说明了"诗特刊"所提倡的观点在诗坛上的实际影响。林庚在多年后回忆起这件往事时,用"万万没有想到"来表达对戴望舒转变的感慨。正是这位曾经对林庚的格律探索表现出强烈的不理解和劝阻的大诗人戴望舒,在"诗特刊"上发表了这样一首"小曲"。"这首诗全篇就都是有韵而又整齐的,这真可说是让人难以置信的出乎意料。而且此后他的诗作也似乎就是这样来写的。"林庚由此更加自信地说:"新诗坛在经过自由诗的洗礼后,正在呼唤着新格律诗的诞生,这乃是不以人们的意志为转移的。"③

三

如果稍稍搁置一下这场讨论,回到主编梁宗岱的思路当中来考察,就会

① 罗念生:《忽必烈汗》,《大公报·文艺》第75期,1936年1月10日。

② 戴望舒:《拟作小曲》,《大公报·文艺》第169期,1936年6月26日。

③ 林庚:《自由诗到九言诗》,《新诗格律与语言的诗化》,北京:经济日报出版社,2000年,第16页。

发现问题变得更有意味了。

有趣的是，中国新诗在20年代已经走出了一条从“自由”到“格律”的摸索轨迹。到朱自清为《中国新文学大系·诗集》撰写导言时，就已提出“这十年来的诗坛就不妨分为三派：自由诗派，格律诗派，象征诗派”[①]的说法。那么，在以闻一多、陈梦家等人为代表的新月派诗人已经进行了大量得失兼备的格律探索之后，梁宗岱等人在1935年重提格律，且将之视为中国新诗发展的唯一正途，这其中的原因何在？或者说，梁宗岱们与闻一多们的格律探索之间，究竟有怎样的异同？

用梁宗岱自己的话说，支持他重提格律的原因，“一面由于本身经验底精密沉潜的内省，一面由于西洋诗底深一层认识底印证”，此外，还有来自对“一些平凡的，但是不可磨灭的事实”的承认。从这段话中不难看出，除了个人在艺术实践中的反省，以及上文所说的对于新诗已有经验教训的检讨之外，梁宗岱的思想资源中很重要的一部分来自对“西洋诗底深一层认识”。具体地说，就是来自法国后期象征派的诗歌理论和“纯诗”观念。

众所周知，在“纯诗”理论中，对诗歌语言的“音乐性”的强调是极为突出的。在“纯诗”论者看来，“音乐性”一方面是诗歌形式的一个关键性元素，它不仅可以帮助诗歌在曲调上“更朦胧也更晓畅”，“让你的诗句插翅翱翔”[②]，而且还能有效地协助实现诗歌语言的暗示性（且暗示性本身又与旋律性相关）；另一方面，也是更重要的方面，纯诗理论中的“音乐”并非作为另一种艺术形式存在的音乐，而是诗歌内在禀有的一种品格和精神。正如穆木天所说：“诗是——在形式方面上说——一个有统一性有持续性的时空间的律动。”[③]也就是说，“音乐性”在“纯诗”中不是一种修辞方法，不是被借以安排诗歌语言的技术手段，因此，它不仅仅事关形式，不仅仅诉诸听觉，更不是一种“音乐感”。它是一种内在于语言的、与音乐相似的精神品质，通过语言自身的特性表现出语言之美。因此，它是诗歌最“至高无上”的理想。

---

① 朱自清：《中国新文学大系（1917—1927）·诗集导言》，上海：良友图书印刷公司，1935年，第8页。

② 魏尔伦：《诗艺》，黄晋凯、张秉真、杨恒大主编：《象征主义·意象派》，北京：中国人民大学出版社，1989年，第237页。

③ 穆木天：《谭诗——寄沫若的一封信》，《创造月刊》第1卷第1期，1926年3月16日。

深谙法国象征主义诗学的梁宗岱，对“纯诗”的“音乐性”问题当然有精到的见解和特别的重视。这从他给出的著名的“纯诗”定义中就可以看出。他说：

> 所谓纯诗，便是摒除一切客观的写景，叙事，说理以至感伤的情调，而纯粹凭借那构成它底形体的原素——音乐和色彩——产生一种符咒似的暗示力，以唤起我们感官与想象底感应，而超度我们底灵魂到一种神游物表的光明极乐的境域。象音乐一样，它自己成为一个绝对独立，绝对自由，比现世更纯粹更不朽的宇宙；它本身底音韵和色彩底密切混合便是它底固有的存在理由。①

这段话的最后一句，尤其体现了梁宗岱对“音乐性”的理解。事实上，很多研究者在引用这个“纯诗”概念的时候，往往会忽视甚至删去这句话。“象音乐一样”——而不是通过音乐——“成为一个绝对独立，绝对自由，比现世更纯粹更不朽的宇宙”，这是音乐的理想，也是“纯诗”的理想。

在梁宗岱和穆木天的认识中，“音乐性”都没有被等同于“格律”，但毫无疑问，二者之间又是存在着必然联系的，因为格律确实是辅助音乐性实现的一个重要手段。在梁宗岱看来，“形式是一切文艺品永生的原理，只有形式能够保存精神底经营，因为只有形式能够抵抗时间底侵蚀……一切要保存而且值得保存的必然地是容纳在节奏分明，音调铿锵的语言里的……没有一首自由诗，无论本身怎样完美，能够和一首同样完美的有规律的诗在我们心灵里唤起同样宏伟的观感，同样强烈的反应的”。对于汉语——包括文言与白话——而言，最能体现语言的“节奏分明，音调铿锵”和“有规律”的方式就是“格律”；对于中国诗人而言，因为受到传统诗歌的深刻影响，也会自然而然地把“格律”作为营建诗歌“音乐性”的最便捷有效的途径之一。只不过，无论是为区别于旧诗格律，还是为表明其西学渊源，都要在“格律”前面冠以一个“新”字。

就这样，虽然是基于不同的理论立场，梁宗岱和闻一多殊途同归地走向了新诗的格律建设。但是，二者之间存在着几个方面的不同。

首先，在理论出发点上，梁宗岱的新格律提倡是建立在“纯诗”观念的

① 梁宗岱：《谈诗》，《人间世》第15期，1934年11月5日。

"音乐性"理论基础上的,换句话说,他是因为先认可"纯诗"的"音乐性"追求,才强调音节与格律的意义和效用的;而闻一多等人则较少"纯诗"意识,而是将新格律置于疗救新诗语言过于散文化的现实弊病的作用和意义之上,目的在于为新诗寻找一个新的规范,划清诗与散文之间的界限。

其次,在具体的理论阐释中,闻一多发明了著名的"三美"理论,提出了"音乐美"、"绘画美"和"建筑美",并且更强调"建筑美"的重要性;而梁宗岱不仅只强调"音乐"这"一美",而且对于闻一多对"建筑美"的侧重也表现了不以为然。他说:"我觉得新诗许多的韵都是排出来给眼看而不是押给耳听的。这实在和韵底原始功能相距太远了。固然我也很能了解波特莱尔底'契合'(Correspondences)所引出来的官能交错说,而近代诗尤注重诗形底建筑美……但所谓'契合'是要一首或一行诗同时并诉诸我们底五官,所谓建筑美亦即所以帮助这功效底放声,而断不是以目代耳或以耳代目。"①在梁宗岱看来,"建筑美"是诉诸形体和视觉的,它与诗歌的音乐性本质事关两路,未必能对音乐美有所帮助。事实上,闻一多的"三美"说的确在实践中遭受过类似"把诗写得很整齐……但是读时仍无相当的抑扬顿挫"的批评②。

最后,在个人创作实践方面也存在一定的差异。闻一多的新格律是以旧诗格律为参照对象的,在方法上多借鉴西诗音律;而梁宗岱的格律探索因以汉语特殊性为出发点,对比于外语诗歌(此问题留待后文详谈),所以反而更多地表现为对传统诗律的亲近。③

由此我们就完全可以理解,为什么在闻一多家的"黑屋聚会"之后十余年,在30年代的京派文人圈子里,在梁宗岱、朱光潜合住的北平北海后门慈慧殿三号的朱家客厅里,又出现了一个以探讨诗歌格律和实验诗朗诵为主要内容的读诗会。作为主人之一的梁宗岱,当然是这个实验的重要发起人。据沈从文的回忆:

> 这个聚会在北海后门朱光潜先生家中按时举行,参加的人实在不

---

① 梁宗岱:《论诗》,《诗刊》第2期,1931年4月20日。

② 梁实秋:《新诗的格调及其他》,《诗刊》第1期,1931年1月20日。

③ 参见《梁宗岱文集》第1卷,尤以诗集《芦笛风》为代表,北京:中央编译出版社、香港:香港天汉图书公司,2003年。

少。北大计有梁宗岱、冯至、孙大雨、罗念生、周作人、叶公超、废名、卞之琳、何其芳、徐芳……诸先生，清华计有朱自清、俞平伯、王了一、李健吾、林庚、曹葆华诸先生，此外尚有林徽因女士、周煦良先生等等。这些人曾在读诗会上作过有关于诗的谈话，或者曾把新诗旧诗外国诗当众诵过，读过，说过，哼过。大家兴致所集中的一件事，就是新诗在诵读上，究竟有无成功可能？新诗在诵读上已经得到多少成功？新诗究竟能否诵读？差不多集所有北方新诗作者和关心者于一处，这个集会可以说是极难得的，且为此后不易如此集中的。①

就在这个颇具规模的读诗会上，与会者通过朗诵的方式，发现了新诗在音乐性方面的很多问题。比如，“有些诗看来很有深意，读来味同嚼蜡”，“自由诗不能在诵读上有什么意想不到的效力。不自由诗若读不得其法，也只是哼哼唧唧，并无多大意味”。他们由此“得来一个结论，就是：新诗若要极端‘自由’，就完全得放弃某种形式上由听觉得来的成功打算……若不然，想从听觉上成功，那就得牺牲一点‘自由’，无妨稍稍向后走，承认现实，走回头路，在辞藻于形式上多注点意，得到诵读时传达的便利”。②

当然，与抗战开始后的“朗诵诗运动”不同，朱家客厅的读诗实验的目的是希望借助朗诵的方式摸索诗歌音乐性的规律，追求诗歌语言音义结合产生的那种“符咒似的暗示力”和“唤起我们感官与想象底感应，而超度我们底灵魂到一种神游物表的光明极乐的境域”的理想效果。而处于大众化诗学脉络中的朗诵诗运动，则更多的是为服务于诗歌的大众化追求，“因为，一首诗必须是能够朗读，或者是能够歌唱，才能够有大众诗，才能接近大众，才能为大众所吸收”③。这两者的理论差别无疑是巨大的，其在实践中的效果和反响也相去甚远。但是，并不能因此就认为前者的实践意义不及后者，也不能下结论说梁宗岱的主张就是“神秘”而“纯粹”的。有研究者认为，梁宗岱的纯诗概念比朱湘、穆木天、曹葆华“都要小，更纯粹”。最明显的就是，“对于音乐和诗的神秘暗示力的强调，使其理论和他的纯诗论导师

① 沈从文：《谈朗诵诗》，《沈从文批评文集》，珠海：珠海出版社，1998 年，第 130 页。

② 同上。

③ 穆木天：《穆木天文学评论选集》，转引自刘继业《新诗的大众化和纯诗化》，北京：北京大学出版社，2008 年，第 120 页。

瓦雷里的纯诗一样,只是一种独特的不可企及的诗的理想境界,一种预设的最高标准”。① 这是我所不能同意的。因为在我看来,正是这个看似“神秘”的“纯诗”理想,因为有效地落实在“音乐性”的问题上,事实上已为中国新诗的格律建设切实提供了一个可靠的理论支援。早已有人肯定,“梁宗岱的‘纯诗’理论的提出,实质上是对二三十年代中国诗坛风气的反驳”,“是从可实践性的角度去理解和提倡纯诗”,“将这一理论与中国新诗创作现状相结合,使其更具针对性,从而也具有一定的可操作性”。我对此非常赞同,但要补充强调的是,在“为诗与散文勾画具体的界限,强调生命哲学与宇宙意识,要求观念的具体化和戏剧化以及现实生活的背景化”②这些方面之外,以“格律”的提倡来实现“纯诗”的“音乐性”,并以“音乐性”的强调来打破“自由诗”的一统天下,以寻找符合汉语语言特色的诗歌写作的新方向,这才是梁宗岱纯诗理论中最具有实践意义的部分。

正如有研究者指出的:“汉语诗歌的格律,在本质上是关于汉语言特性的问题,具体地说就是汉语的音乐性,即通过语词的重复、回旋实现字音乃至情绪的相互应答。它在古典诗歌中不会凸显为一个单独的问题,因为它与古典诗歌的其他问题连成一个整体,并理所当然地成为古典诗学的核心。但在新诗,格律一度处于被强行取消之列,语言的变化也使得格律难以获得诗学上的支持(新诗诞生之初所要求的‘明白如话’已经使新诗语言因干瘪乏味而丧失了内在的节律感),因此当它被重新提出时,难免引起争议。在新诗中格律问题变成了:新诗的语言——现代汉语是否具有格律所要求的某种基质,既然它在外在样态上是与后者不相容的?”③

回头再看“新诗分歧路口”上的梁宗岱。他在 1935 年冒着“难免引起争议”的风险,公开倡导一条“发见新音节和创造新格律”的道路,并发动了一场相关的创作实验,其目的就在于寻求一种适合现代汉语语言特征,甚而能够进一步发挥这一特征的优长之处的诗歌写作策略。在这个寻求的过程中,他不断重新发掘旧诗遗产中的资源,从形式到内容,广泛吸收孔子、屈

---

① 刘继业:《新诗的大众化和纯诗化》,北京:北京大学出版社,2008 年,第 40—41 页。

② 段美乔:《实践意义上的梁宗岱“纯诗”理论》,《北京大学学报(哲学社会科学版)》2001 年第 2 期。

③ 张桃洲:《现代汉语的诗性空间——新诗话语研究》,北京:北京大学出版社,2005 年,第 38 页。

原、陶渊明、陈子昂、李白、王维、李贺等人的诗学营养，有意沟通古今中外的诗歌艺术，意在建立一种具有综合特质的“东方象征诗”和汉语的“现代诗”。因此可以说，梁宗岱的新诗格律探索，虽然建立在西方诗学“纯诗”观念的理论基础之上，但其最终的目标却是为汉语——尤其是现代汉语——的诗歌写作寻求更远大的发展。同样，他的重释传统的努力，也是为了加深和丰富新诗的思想内容、“探检、洗炼，补充和改善”[①]新诗的语言。所以他所谓的“中西融合”，绝不是简单地截取和拼加，而是立场鲜明地“以中容西”、“以新纳旧”，其最终的立足点，始终都是落实在以现代汉语写作为基本原则的“中”国“新”诗之上的。

由此可知，梁宗岱的格律实践，其实是以肯定和维护现代汉语诗歌写作为基本前提的。不同于初期“自由诗”理论的地方只是在于，他反对将语言上的“白话”与诗体上的“自由”相等同，希望“发见”一种不同于旧诗语言、现代汉语特有的“新节奏”，“创造”一种符合现代汉语语言特征、比“自由体”更具永恒性与艺术性的“新格律”。因此他提出：

> 有一个先决的问题，彻底认识中国文字和白话底音乐性。因为每国文字都有他特殊的音乐性，英文和法文就完全两样。逆性而行，任你有天大本领也不济事。[②]

这个说法非常重要。因为它明确了梁宗岱诗学的一个最基本的立场，那就是：在对西方诗学有“深一层认识”的基础上，回过头来，肯定并立足于“中国文字和白话”的特殊性，在新诗写作中维护和确立现代汉语的本位意识。可以说，在梁宗岱的诗学理论中，重建新诗格律，既是彻底认识汉语特殊音乐性的一条途径，同时更是借以推动诗歌进一步发展创新的重要方法。

正因如此，不断发掘汉语的音乐性，成为梁宗岱格律建设的一个前提。他自己就曾举例说：“我从前曾感到《湘累》中的‘太阳照着洞庭波’有一种莫明其妙的和谐；后来一想，原来它是暗合旧诗底‘仄平仄仄仄平平’的。可知古人那么讲求平仄，并不是无理的专制。我们做新诗的，固不必（其实，又为什么不必呢？）那么循规蹈矩，但是如其要创造诗律，这也是一个不

---

① 梁宗岱：《文坛往那里去——“用什么话”问题》，《梁宗岱文集》第2卷，北京：中央编译出版社、香港：香港天汉图书公司，2003年，第54页。

② 梁宗岱：《论诗》，《诗刊》第2期，1931年4月20日。

可忽略的元素。”[①]此外，他还提出：“中国底散文也是极富于节奏的。”而与他同样热衷于朱家客厅读诗会的叶公超也曾提出：“新诗的节奏是从各种说话的语调里产生的”，“在说话的时候，语词的势力比较大，故新诗的节奏单位多半是由二乃至四个或五个的语词组织成功的……这些复音的语词之间或有虚字，或有语气的顿挫，或有标点的停逗，而同时在一个语词的音调里，我们还可以觉出单音的长短，轻重，高低，以及各个人音质上的不同……这种说话的节奏，运用到诗里，应当可以产生许多不同的格律”。[②]

事实上，关注语言、关注文学的工具与载体，这是自“五四”新文学运动开始的思想主潮。梁宗岱的思考，自是其中有价值有个性的一个组成部分，而其最独特的地方在于，他一方面支持和关注“白话”对“文言”的革命性的全面替代，但另一方面，他又并不因为“革命”就绝对偏重“白话”。他对于二者各自的短长是有清醒认识的。他说：“利弊是不单行的。新诗对于旧诗的可能的优越也便是我们不得不应付的困难：如果我们不受严密的单调的诗律底束缚，我们也失掉一切可以帮助我们把捉和抟造我们底情调和意境的凭藉；虽然新诗底工具，和旧诗底正相反，极富于新鲜和活力，它底贫乏和粗糙之不宜于表达精微委婉的诗思却不亚于后者底腐滥和空洞。”因此，在梁宗岱看来，要实现文艺的最高理想，“要启示宇宙与人生底玄机，把刹那底感兴凝定，永生，和化作无量数愉快的瞬间”[③]，就“不独不能把纯粹的现代中国语，即最赤裸的白话，当作文学表现底工具，每个作家并且应该要创造他自己底文字——能够充分表现他底个性，他底特殊的感觉，特殊的观察，特殊的内心生活的文字”[④]。可以说，梁宗岱的新诗语言建设，既不是简单地舍“文言”而取“白话”，也不是机械地舍“自由”而取“格律”，他是希望发挥汉语——包括古典形态和现代形态——的独特性，兼顾和贯通两种形态的优长，打造更高的文学理想。

其实，与梁宗岱的汉语写作立场相关的，应该还有他的“世界诗歌”（或“世界文学”）的观念。因为，如果没有一个宏观的“世界文学”的视野，也就

---

① 梁宗岱：《论诗》，《诗刊》第2期，1931年4月20日。

② 叶公超：《论新诗》，《文学杂志》第1卷第1期，1937年5月1日。

③ 梁宗岱：《文坛往那里去——“用什么话”问题》，《梁宗岱文集》第2卷，北京：中央编译出版社、香港：香港天汉图书公司，2003年，第52页。

④ 同上书，第55页。

谈不上自觉的汉语写作意识。在我看来，在中国现代文学史上，真正具有这样自觉的“世界文学”观念的作家并不多，而梁宗岱则是其中很突出的一个。他所表现出来的气象宏大、野心勃勃，甚至有些浪漫狂傲，其实都与这一点有关。

回到他所说的“自由诗”是“支流底支流”的判断，这个判断就来自他对世界诗歌历史的全面观察。他认定，“欧美底自由诗（我们新诗运动底最初典型），经过了几十年的挣扎与奋斗，已经肯定它是西洋诗的演进史上一个波浪——但仅是一个极渺小的波浪；占稳了它在西洋诗体中所要求的位置——但仅是一个极微末的位置”。所以，如果像新诗运动初期的倡导者那样，将“自由体”的地位拔得过高，并用以支配整个新诗运动，就只能在整个世界诗歌的格局中成为一个极为有限的分支，即“自由诗”分支中的一个汉语分支。而只有正确认识和运用汉语的独特性，中国新诗才能“和欧洲文艺复兴各国新诗运动——譬如，意大利底但丁和法国底七星社——并列”，成就真正伟大的诗歌梦想。这里姑且不谈他所指出的道路是否可行或能否有效通往成功的目标，更重要的是，这个梦想体现了梁宗岱立足汉语写作、力图确立中国新诗主体意识的独特思路。他将西方“纯诗”理论中“音”“义”结合的思想与中国传统诗学中格律化的艺术方式相结合，目的就是要建立一个现代汉语诗歌的“纯诗”传统。因此，他的格律探索，也正如一个枢钮，不仅联接了世界诗歌与汉语诗歌，同时也联接了现代诗学理念与古典诗学传统，其理论意义绝不与新诗史上其他的格律探索相同。对此，借用梁宗岱称赞徐志摩的一句话来评价他本人也许最贴切不过：

> 深信你对于诗的认识，是超过“中外”“新旧”和“大小”底短见的；深信你是能够了解和感到“刹那底永恒”的人。①

（作者单位：中国人民大学文学院）

① 梁宗岱：《论诗》，《诗刊》第2期，1931年4月20日。

《骆驼草》:京派文学批评的时空维度

丁 文

提起《骆驼草》,人们大概都会对它的纯文学色彩印象深刻。这份刊物虽然篇幅不大、寿命不长①,却称得上是京派文学一份有代表性的刊物。翻开杂志,可见一干苦雨斋师友同道纷纷登台亮相,发表精彩力作②,而初生的《骆驼草》也在开场白中摆出一幅“讲闲话,玩古董”③的姿态,首篇作品即为周作人的美文《水里的东西》,仿佛真是嗅不到一丝火气的纯文学杂志。然而这些都只是表象而已。

就在这株北平《骆驼草》萌芽前不久,1930 年 3 月的上海文坛接连发生了两件事情:一是“左联”成立,二是《语丝》停刊。有意思的是,这两个沪上文坛的事件,日后都将证明对《骆驼草》的面貌产生了重要影响。

“左联”的成立很快便在 1930 年春的北平文坛上引发共振。《新晨报副刊》上围绕周作人给黎锦明的《半封回信》展开了一场论争,众多作者以一系列批评文字对周作人进行口诛笔伐,言辞激烈者更直接下达了周作人“似命定的趋于死亡的没落”④这一判词。仿佛历史刚一驶进 30 年代,这位

---

① 《骆驼草》,周刊,纸型为十六开,每期四页,1930 年 5 月 20 日在北平创刊,11 月 3 日停刊,共出 26 期。

② 废名、周作人、俞平伯、徐祖正、沈启无、梁遇春等人均在该刊发表重要作品。周作人在《骆驼草》上发表的作品,一半以上收入了让他自己颇为满意的《看云集》;废名在《骆驼草》连载了小说代表作《莫须有先生传》、《桥》的部分章节;徐祖正发表了京派文学重要文论;梁遇春发表的九篇散文均被收入《泪与笑》。

③ 废名(未署名):《发刊词》,《骆驼草》第 1 期。

④ 傅非白(署“非白”):《鲁迅与周作人》,《新晨报副刊》第 623 号,1930 年 6 月 5 日。

"五四"文学的重要人物便立即被左翼文学青年斥作"废物"①而不名一文②。周作人遭受的这番待遇引发了圈中人的强烈不满,《骆驼草》正是在这样一种被左翼批评包围打压的氛围下酝酿诞生的。仅从徐祖正发表的八篇正面阐述与左翼文学观迥异的重要文论,即可看到此刊的出现绝非无的放矢,确属有感而发。

如果说左翼文学的浪潮是刺激《骆驼草》生长的直接近因,那么《语丝》的停刊则可视作其遥相继承的精神远因。事实上,人们往往将两份周刊放在一起对比。例如,时隔多年之后,作为当年主创之一的冯至明确提出《骆驼草》的创刊是为了"继承《语丝》的传统"③,他回忆说主编废名曾亲撰广告贴于北大一院门前,宣布即将出现的《骆驼草》是为了冲破北平文坛的沉闷空气,要像刚刚停刊的《语丝》那样与读者见面。周作人的友人方纪生在回忆中也说,《骆驼草》的性质"不言而喻",就是在《语丝》、《晨报副刊》、《京报副刊》纷纷停刊,北平文坛"一时陷入荒凉静止"的氛围下,继承《语丝》的传统。④ 即便在当时,曾为《语丝》、《骆驼草》双料撰稿人的俞平伯已然把《骆驼草》与"《语丝》的京师老店"⑤相提并论,可见在时人印象中,两刊似乎有着很自然的承接关系。不仅如此,阵营外部,无论是将《骆驼草》视作来者不善的论战对手⑥,还是对此刊一开始便保持关注的"左联"精神领袖⑦、左翼文学方面似乎也在有意无意间将《骆驼草》与《语丝》进行比照,《语丝》的老店新开与《骆驼草》的继承痕迹从一开始便相当明显。

有研究者将《骆驼草》创刊视作京派"初步"体现出其自身"流派意识"

---

① 干因(谭丕谟):《谈"骆驼草"上的几篇东西》,《新晨报副刊》第 621 号,1930 年 6 月 3 日。

② 笔者曾在拙文《周作人与 1930 年左翼文学批评的对峙与对话》(载《中国现代文学研究丛刊》2009 年第 5 期)中对此话题进行探讨。

③ 冯至:《〈骆驼草〉影印本序》,《骆驼草》,上海:上海书店 1985 年影印本卷首。

④ 方纪生:《骆驼草合订本序》,伊藤虎丸、代田智明编:《骆驼草附骆驼》,名古屋:汲古书院,1982 年,第 17 页。

⑤ 俞平伯:《又是没落》,《骆驼草》第 7 期。

⑥ 如谭丕模曾在《谈"骆驼草"上的几篇东西》中对《骆驼草》极尽讽刺:"我才知道这一班伟大的文学家,从语丝摇身一变为骆驼草,又是长久长起来。"

⑦ 鲁迅读到《骆驼草》创刊号后在 1930 年 5 月 24 日给章廷谦(川岛)信中说:"《骆驼草》已见过……以全体而论,也没有《语丝》开始时候那么活泼。"《鲁迅全集》第 12 卷,北京:人民文学出版社,1981 年,第 17 页。

的标志[1],还有研究者认为《骆驼草》的出现实为京派形成的标志[2]。一份貌不惊人的周刊竟能一锤定音,由它来划定一种影响深远的文学流派的起始原点,其间原委不免引人好奇。从历时性顺序上看,从《语丝》到《骆驼草》的脉络绵延仿佛天然隐喻着从"五四"到30年代文学的代际更替;而从共时性的角度来看,来自左翼的严厉批评却意外促成了此后京派文学的滋荣壮大,同处一种时空下的两股文学潮流如何共生并立,仿佛也不是仅凭非此即彼的简单判断便能解释得清楚。一株小小的"骆驼草"根部,竟牵牵绊绊地钩连起一种双重的时空主题,值得我们深入探讨。

一、"呐喊"之后:"写什么"与"怎么写"

正如左翼文学要充满策略性地以否定"五四"作为进身之阶,《骆驼草》同样也无法绕开如何评判"五四"这个焦点话题。而有意味的是,《骆驼草》的返观"五四",已不单纯是一番历时性回眸,左翼文学始终"在场"的背景,使得这番具有双重时空维度的考察只能是一种选择性回顾。

刚刚亮相的《骆驼草》便因废名的短评惹出"不愉快"。以"丁武"为笔名,废名写了《"中国自由运动大同盟宣言"》,篇首即以"丧心病狂"之语批评鲁迅参与此"宣言"之事,有关此事内情鲁迅约两月以前便在给川岛信中谈及[3],但废名写作时显然是无法知其详情的。鲁迅当时读后倒是相当平静,他虽然断定此文出自废名手笔,但也只评价其"实在晦涩不过"[4],让他颇生感慨的是由此前的"梯子之论"[5]而联想到自己无论如何总能为人利用。但过了两年多以后,鲁迅在给许广平的信中仍提到废名,显然旧日攻击令他未能释怀,而让他愤懑的是感觉到此举背后乃有人驱使。[6]

---

① 吴福辉:《京派小说选·前言》,北京:人民文学出版社,1990年,第1页。

② 如戴光中:《大学名士的清谈——"京派"作品选》,上海:华东师范大学出版社,1994年,第1页;高恒文:《京派文人:学院派的风采》,上海:上海教育出版社,2000年,第4页。

③ 鲁迅1930年3月21日致章廷谦,《鲁迅全集》第12卷,北京:人民文学出版社,1981年,第6—7页。

④ 鲁迅1930年5月24日致章廷谦信,同上书,第17页。

⑤ 鲁迅1930年3月27日致章廷谦信,同上书,第8页。

⑥ 鲁迅1932年11月20日致许广平信中说:"周启明颇昏,废名是他荐为大学讲师的,所以无怪攻击我,狗能不其为主人吠乎?"同上书,第122页。

相比较而言，废名自己的思考要走得更远。冷静之余，废名对鲁迅有一番知人之论。他称鲁迅为“感到了中国民族的悲哀”的“孤独者”，并将《呐喊》、《彷徨》奉为“足以代表辛亥革命这个时代的”的作品，强调能够代表这一时代的“除了这两本书没有别的书”。[①] 此种评说，即便放到今天的语境下也是目光深邃的确见。然而，梗直的废名依然抓住鲁迅的左倾不依不饶地提出批评：

> 只是“前驱”与“落伍”如果都成了群众给你的一个“楮冠”，一则要戴，一则不乐意，那你的生命跑到那里去了？即是你丢掉了自己！这自然也算不了什么，但我总觉得是很可惋惜似的。[②]

将艺术奉为至高无上地位的废名，认为鲁迅在左翼文学兴起之际仍然应当坚持自己的创作个性。然而在这个集体压倒个人、“少数渐渐加入多数”的时代，废名将鲁迅的选择理解为在种种“利害的关系”下的权衡之举，是由“贤者”向“愚人”的蜕变，这等于率直地批评了鲁迅与左翼的关系是放弃自我的表现。他更借用杜诗“凉风起天末，君子意如何”，婉转表达了对鲁迅尊敬与讽谏并存的复杂态度。

事实上，评判鲁迅在二三十年代间的转向实为大课题，绝非一两篇短论便能剖析清楚，而从本意上来说，废名也无意于进行这种宏观综论。废名评析鲁迅，与左翼文学以周作人为攻击对象一样，其实都是抓住一位重要的“五四”人物，通过反思与建构各自心中最有价值的“五四”脉络来梳理自身与“五四”的精神联系，评鲁或抑周实乃寻求自身立足点的必经之路。

然而，除了这种借题发挥的曲折方式外，《骆驼草》文人对于如何重估“五四”价值其实不乏正面阐释。

《骆驼草》的另一位重要作者俞平伯，其思想评论在该刊的众多艺文小品中便显得有些突兀。从话题上看，《性（女）与不净》与《贤明的——聪明的父母》[③]讨论的是两性观念、父子关系之类的伦理话题。前文指出女子在世俗心理中多属于“不净”，其中正折射出“野蛮成风”的遗留；后文则剖析慈与孝的关系，提出应当多讲慈，而孝自然在，这与仅强调孝道的传统道德

---

① 丁武（废名）：《闲话》，《骆驼草》第 3 期。

② 同上。

③ 两文分别载《骆驼草》第 10、13 期。

恰成对照。此种讨论,假如置于《语丝》语境中则自然得多,当时伦理命题正属一时代的热门话题,然而放到《骆驼草》中却有点不伦不类。1930年的读者对这类讨论已经感觉“过时”了,输入新理论才是当下时潮,读者已然无暇理会那些刚被提出、并未真正解决便遭搁置的“五四”命题,虽然实属无奈,却是少数人无法扭转的潮流使然。这样一来,俞平伯在《骆驼草》上旧话重提,这种逆风而动的做法实在让读者感到有些纳闷。

实际上,俞平伯正是在透过这一不合时宜之举,质疑1930年左翼文学“无条件推翻一切的传统”[①]的合理性。两篇文章从思想渊源上与周作人一脉相承,在周作人被左翼攻击的背景下,由弟子来重申师傅的“五四”思想或许不失为一种有力的反批评。周作人既已被左翼批评宣告“没落”,俞平伯索性就把自己划归从未“浮起”[②]之列,清晰表露出与左翼泾渭分明的营垒意识。在为沈启无所编的《冰雪小品选》[③]作跋时,俞平伯先下了一个有名的定义:“夫小品者旁行斜出文字之别名也。”由于小品文不能代圣贤立言,所以“举世同病”而“此刻”尤甚。[④]“此刻”是强调左翼文学风起云涌的当下时分,提倡所谓“旁行斜出文字”完全是与左翼唱反调,招致诟病简直势所必然。对于小品文在“五四”一度出现却又随即中止的发展可能,俞平伯深表惋惜:

> 最初新青年上所发表新文学的口号……可算文学史上一段伤心,当时何等轰轰烈烈,想把旁行斜出抬举起来,化为康庄大道,曾几何时,遭逢新典派白璧德的高徒与普罗阶级辛克莱耳的嫡系(?)的夹击,以致壁垒沉没,队伍哗散,岂不可叹可羞![⑤]

在俞平伯的叙述中,小品文最初是居有“五四”文学正统合法性的,然而这种针对“文以载道”的反拨不但半途而废,而且还被继起的文化保守主义和左翼文学思潮一再打断。俞平伯极富讽刺意味地提出,小品文“在很古很古的年头早已触犯了天地君亲师这五位大人,现在更加多了,恐怕正有

---

① 俞平伯:《又是没落》,《骆驼草》第7期。

② 俞平伯:《冰雪小品跋》,《骆驼草》第20期。

③ 后改名《近代散文钞》(上、下卷),1932年北平人文书店初版。这篇《冰雪小品跋》也改名《俞跋》收入其中。

④ 俞平伯:《冰雪小品跋》,《骆驼草》第20期。

⑤ 俞平伯:《标语》,《骆驼草》第23期。

第六位第七位来呢”①,从而将左翼话语与传统“天地君亲师”并列为道统权威,嘲弄意图相当明显。有意思的是,这本《冰雪小品选》的序言是周作人写的,师徒二人的序跋分别刊载在接连两期的《骆驼草》上②,如果对读,会发现二人很有些唱双簧的意味。俞跋在先而周序在后,而周作人一方面“责怪”俞平伯把“许多很好的话”③先说了去,另一方面则几乎提前阐述了两年后的著名演讲《中国新文学的源流》的主旨大意,将诸文类的发生次序叙述为一个言志与载道此消彼长的过程,实际是为俞平伯所言的“五四”小品终于不敌“文以载道”的左翼文学找寻历史依据。俞跋直面当下而周序侧重讲史,其中的互补与默契不言而喻。

然而,俞平伯到底更为气盛,他追溯“五四”小品文被中断的历史时,其实更意图唤起当下小品文作者的“自信”与“定力”,激发一种“勇猛精进的气魄”:

> 他们自命为正道,以我是旁斜是可以的,而我们自居于旁于斜则不可;即退了一步,我们自命为旁斜也未始不可,而因此就不敢勇猛精进地走,怕走得离正规太远了,要摔交,跌断脊梁骨,则断断乎不可……我们虽不斷斷于争那道统,可是当仁不让的决心,绝对不可没有的。——莫须有先生对我盖言之矣。④

不难看到,以废名(即莫须有先生)和俞平伯为代表的《骆驼草》同人,不仅揭示了左翼文学试图否定“五四”来获取合法性的“篡逆”意图,更通过树立所谓“当仁不让的决心”,证明自身才是“五四”的真正继承者。

与俞平伯这番争“道统”的决心比起来,早在《骆驼》时代便呼唤“批评家”出现的徐祖正⑤,其思路显得更为理性、巧妙。他针对左翼文学试图对

---

① 俞平伯:《冰雪小品跋》,《骆驼草》第20期。

② 俞平伯的《冰雪小品跋》与周作人的《专斋随笔 五 冰雪小品选序》分别载《骆驼草》第20、21期。

③ 周作人:《专斋随笔 五 冰雪小品选序》,《骆驼草》第21期。

④ 俞平伯:《冰雪小品跋》,《骆驼草》第20期。

⑤ 徐祖正:《沙漠之梦(二)》,《骆驼》第1期,1926年7月26号。此文中,徐祖正强调:“中国新文艺有待于创作家,也有待于批评家。”关于徐祖正,方纪生在《骆驼草合订本序》中曾梳理其在新文学领域多方面的功绩,并对建国后的文学史“一字不提”这位创造社元老、精研日本近代文学与英国浪漫派文学的理论家与作家颇感“纳闷”。

“五四”进行“总结算”[①]、割裂文学发展脉络的做法,提出左翼文学运动本身便是对“五四”新文学运动的继承,将当下如火如荼的左翼文学运动纳入到“五四”文学发展脉络之中,强调“目前的这种文艺论战只是中国连绵的觉醒运动的周期的运动之一种”[②]。

值得注意的是,徐祖正并非无保留地称颂“五四”功绩,而是指出“五四”与左翼文学均存在各自缺陷。他甚至首先对这场左翼文学“觉醒运动”[③]的必要性进行肯定:因为“五四”新文学运动仅仅完成了语言革命而其实“内容稀薄”[④],纵观“五四”时期众多报刊诗文充斥着“千篇一律的感想与感伤”[⑤],这是远远不够的。

他将文学运动分为三个步骤:即“用什么写”、“写什么”与“怎么写”[⑥]。“五四”文学革命仅仅解决了第一步——语言问题,而眼下的左翼文学运动则旨在解决第二步,然而其弊端也就随之而来。首先在其偏执:左翼文学运动试图从文学的内容上、尤其是思想上重新来一次解放,即“迎合在时代思潮的激流中想把新文学的全部装上唯物主义的新武器”[⑦]。然而在传统文论的脉络中,是从不“偏信”[⑧]某种新奇主张的,尤其是这种主张会将“文艺的泉脉牵引到乱山巉石上去使之倒流而中断”[⑨]。这实际上是在反思将唯物主义作为新文学全部思想根基的合理性。其次在其贫乏:在这场思想内容革命中,“文以载道之说嚣然尘上”[⑩],然而如果一种文学运动仅靠翻译一些外来名词和几篇理论,则不过“徒薄一时的热闹”,“不久必无支撑门面之实力”[⑪]。再次在其短视:左翼文学运动虽然延伸了“五四”的未竟命题,但却缺乏一种“从文学运动全体上确定前进的方针”[⑫]的长远眼光,左翼运动

① 徐祖正:《文学运动与政治的相关性》,《骆驼草》第4期。
② 徐祖正:《文艺论战》,《骆驼草》第10期。
③ 徐祖正:《理性化与文学运动 上》,《骆驼草》第23期。
④ 徐祖正:《一个作家的基本理论——文学上的第三国际》,《骆驼草》第22期。
⑤ 同上。
⑥ 同上。
⑦ 徐祖正:《文艺论战》,《骆驼草》第10期。
⑧ 徐祖正:《文学上的主张与理论》,《骆驼草》第3期。
⑨ 同上。
⑩ 徐祖正:《一个作家的基本理论——文学上的第三国际》,《骆驼草》第22期。
⑪ 同上。
⑫ 同上。

固然要解决“写什么”的问题,然而如果接下来的“怎么写”问题得不到妥善解决,则这场文学运动仍将半途而废①。

耐人寻味的是,徐祖正并非没有读懂左翼论战欲图“称雄”文坛、不惜“先树下招牌式的主张”②的潜在目的,然而他始终坚持把眼光放远,采用一种长时段的观照视角,这一点与俞平伯反复强调小品文为“五四”之光荣战绩、却不幸被“文以载道”的左翼文学打断的思路颇为相似。但徐祖正不愧为京派理论家,他在为不同阶段文学确立不同发展任务的同时,实际上也为《骆驼草》开拓日后的生长空间做了充分预备:既然左翼文学目标着眼于解决“写什么”,且其间尚存诸多弊端③,那么向来注重艺术技巧的京派文学如果能把接下来的“怎么写”处理得当,则无疑把握住了文坛未来走向。

无论是废名的解析鲁迅,还是俞平伯为小品文争得“道统”地位,或是徐祖正预言自身这一派将代表文坛将来,《骆驼草》文人在反思“五四”中坚定着自身发展的方向感。不难看出,此番回顾即是展望,成绩亦包含缺憾,而误读又交织着正解,历史眼光与当下评判的双向线索始终在平行发展着。

或许,《骆驼草》文人与其左翼论战对手的最大不同,便在于后者试图横刀断裂而前者反复强调继承与衔接。有意味的是,不仅废名提到了《呐喊》,徐祖正也借用“呐喊”的象征意蕴,将“五四”文学运动概括为失望于辛亥革命的人所发出的“呐喊”声音④。“呐喊”俨然已成为 1930 年的文学者对于“五四”功绩的经典概况,而无论《骆驼草》还是左翼文学,其实都在面对“呐喊”之后的文学发展路径的命题。

《骆驼草》用一句简洁得近乎平淡的语句做出了回答:“我们总要文章做得好”⑤——而这实际上正是《骆驼草》文人的重要理念:不管何派作家,“只先问其写得如何,作得如何”,新进作家更尤其应当“不专讲理论而多在

---

① 徐祖正:《一个作家的基本理论——文学上的第三国际》,《骆驼草》第 22 期。

② 徐祖正:《文学上的主张与理论》,《骆驼草》第 3 期。

③ 虽然左翼文学以变革“写什么”为己任,但在《骆驼草》文人看来,这种以输入外来理论来实现思想内容革命的做法并非正途。《骆驼草》第 8 期上曾发表周作人的《论剽窃》,俞平伯在第 23 期发表《“标语”》,后者提出写文章态度要“诚实”,并指出了抄袭的种种不同表现,两文均是基于现实语境的批评文字,都对左翼文学照搬外来理论、独乏自我见解的做法进行了指责。

④ 徐祖正:《文学运动与政治的相关性》,《骆驼草》第 4 期。

⑤ 法(废名):《随笔》,《骆驼草》第 25 期。

纯文艺作品的鉴赏或创作里钻磨与沉潜”[①]。努力经营文章写法,讲求文章学,推崇“顶会做文章的人”[②],孜孜寻求故事的“渲染”[③]手法,正是《骆驼草》所试图倡导的一种与左翼迥然不同的文学选择。

这扇步入艺术之宫的“窄门”[④]或许注定只属于少数人,“寂寞”被这群文人奉为圭臬与必要条件。他们认定“人生的意义”就是寂寞与辛苦[⑤],“艺术生活的惟一报酬是寂寞。若不能宁耐这寂寞咬嚼出他的滋味,那就无异放弃了从事艺术的最好资格”[⑥]。耐人寻味的是,废名称赞福楼拜为“文艺女神的一个孤忠的祭司”,而这位被废名奉为老师的法国文豪更自比“沙漠上的骆驼”。[⑦] 其实,在这份取名《骆驼草》的刊物上重提文学史上的著名“骆驼”,正是意味深长的点睛之笔。

二、《骆驼草》的《语丝》风

冯至曾述及《骆驼草》的刊名涵义:

> 骆驼在沙漠上行走,任重道远,有些人的工作也象骆驼那样辛苦,我们力量薄弱,不能当‘骆驼’,只能充当沙漠地区生长的骆驼草,给过往的骆驼提供一些饲料。[⑧]

既然选择以“骆驼”为刊名,这一词汇受到该刊同人的偏爱是当然的了,但这种偏爱其实早在《语丝》中便有频繁流露。北平城因地近漠北,骆驼作为出入其间的一种常见动物,后来几乎成为民国故都的象征标签。而“骆驼”又与“沙漠”紧密相联,颇具意味的是,《语丝》创刊号上就曾以一种隐喻的方式绘制出北平城的文化空间。如江绍原的《译骆驼文》中除了讽

① 徐祖正:《文艺论战》,《骆驼草》第 10 期。
② 废名:《邮筒》,《骆驼草》第 3 期。
③ 同上。
④ 徐祖正:《文学上的主张与理论》,《骆驼草》第 3 期。
⑤ 废名(署“惠敏”):《骆驼草》第 6 期“闲话”。
⑥ 俞平伯:《“标语”》,《骆驼草》第 23 期。
⑦ 废名:《邮筒》,《骆驼草》第 3 期。
⑧ 冯至:《〈骆驼草〉影印本序》,《骆驼草》,上海:上海书店 1985 年影印本卷首。

刺诸般社会怪状外，更欲盖弥彰地强调此文系“直译”，所述为“骆驼国”[①]之事，与人类无涉。这与章衣萍的《月老和爱神》形成参照：后者虚构出“沙漠国”[②]，明眼人一望即知这一称呼正是对新文化运动高潮落幕后的北平城的文化隐喻。后来的《语丝》通信中江绍原与周作人都自称过“impulsive 骆驼”，英文“impulsive”一词，意为易冲动的，用周作人的话解释便是“平常不很肯‘出汗’而善于‘动感情’”。江绍原常被别人指为“非常 impulsive”，但他转念一想，却又认为这一评价并不坏：

> 我想被中国人责为 impulsive 实在是件荣幸之事，后来又转想，中国人一般为此蜗牛腔骆驼腔，则在他们的眼睛里还可以算是 impulsive 者，也许不过是 impulsive 蜗牛 impulsive 骆驼，而此二者还欠 impulsive。[③]

此处，“骆驼”一词又显示出丰富的内涵张力：因其行动迟缓的特征，又被提炼成国民性某种侧面，变成《语丝》论者涉及民众心理时的趣味化喻体。

无论是“骆驼国”还是“沙漠国”，均源自《语丝》文人对新文化运动以后诸将星散，北平城形同“古战场”般“寂寞荒凉”[④]的普遍感受，而“impulsive 骆驼”的自我认同，则预示着这群文人虽身处此荒漠中、自身也背负着国民性的烙印，却又不甘现状、试图进行文化重建的强烈愿望。基于这一共同认知，一系列与“骆驼”紧密相关的意象成为《语丝》文本中经常出现的恰切喻体。有“沙漠绿洲”之称的骆驼，因其任劳任怨、坚韧不拔的品格，正好被借来当成一群坚守在北平文坛“沙漠国”中，脚踏实地、辛勤耕耘者的自我写照。如周作人曾与张定璜、徐祖正三人组成“骆驼社”[⑤]，还于 1926 年出版了《骆驼》杂志，尽管只出了一期便告终结。《语丝》上甚至还多次刊载过徐祖正“骆驼草”系列论文，介绍过莫泊桑和白雷克[⑥]，显示出译介域外文

---

① 江绍原：《译骆驼文》，《语丝》第 1 期。

② 章衣萍：《月老和爱神》，《语丝》第 1 期。

③ 江绍原：《译骆驼文》，《语丝》第 1 期。

④ 鲁迅：《〈中国新文学大系〉小说二集序》，《鲁迅全集》第 6 卷，北京：人民文学出版社，1981 年，第 245 页。

⑤ 周作人：《代表“骆驼”》，《语丝》第 89 期。

⑥ 见《语丝》第 120、121、141、148、150、153 期。

学的不懈努力。

“骆驼”一词到了1930年被重新拈出,既是对当年《语丝》语境中“骆驼”所蕴含的实干精神的张扬,以便与发源于沪上的左翼文学潮流进行精神对抗,同时又被贴上了圈内人专属的精神标签,成为一种不乏自嘲意味的幽默话语。可以说,这只1930年方才正式步入读者视线的“骆驼”,早在1924年《语丝》时代起便已开始了长途跋涉,尽管脚步迟缓,却带来了一阵当年的《语丝》风气。

30年代中期就有文学史家提出《语丝》的“嘻笑怒骂,冷嘲热讽的文字,在当时最为风行,且开了这一派作家的风气,影响到许多青年作家的文笔”①,这表明《语丝》风格的杂文并不止于《语丝》一刊,作为后继刊物的《骆驼草》正是这种风格延续中的重要代表。事实上,除了徐祖正那些旗帜鲜明的长篇文论外,《骆驼草》上的废名和俞平伯的杂感也颇得几分《语丝》“闲话”的逼肖神韵。

熟悉《语丝》的人们,恐怕仍对该刊曾遭读者误读的轶闻留有印象。例如曾有读者写信来,对《语丝》“太多滑稽分子”表示担忧,实则代表了不少读者的观感。对此,周作人的反应则是“滑稽不论多少,都没有什么妨碍,只要有人会说,有人会听”。他还指出中国人读文章往往“过于诚实”,“不是当它全是笑话,便相信他说的都是实话”②,很明显,当时的主编周作人,对于读者未能深细体察《语丝》言说方式中的微妙与苦心也颇感无奈。

无独有偶,在读了几期《骆驼草》之后,同样也有读者来信,表达出对该刊言说方式的不满:

> 我希望贵刊还是撑出一个旗帜,不管是红是黑是黄是……总之,这时的骆驼草,只给读者一个莫名的印象罢了。③

有意思的是,这位读者一开始先对于《骆驼草》在这个“许多人都缩了头”、“不愿意说话”的年头所表现出来的“不甘含默的态度”表示赞赏,他所不满意的,是《骆驼草》未能将这种“不甘含默的态度”④用一种更为明白畅

---

① 王哲甫:《中国新文学运动史》,杰成印书局,1933年,第73页。

② 周作人:《滑稽似不多》,《语丝》第8期。

③ 廖翰庠来信,《骆驼草》第5期“邮筒”。

④ 同上。

快的方式表达出来。其实编读双方都对《骆驼草》的文坛“孤孽子”①形象有着自觉经营与明确意识，因为《骆驼草》的出现本身在左翼文学的大兴之年便是不合时宜的。左翼阵营之外的读者对该刊抱有一种隐隐的期待：《骆驼草》理应树立起一面正面回应左翼批评的鲜明旗帜，提出某种标志性的文学主张；但实际情形却仿佛有点让人失望了。

两份周刊的读者都对刊物的表达方式提出过异议：《语丝》读者责其为太嬉，而《骆驼草》读者责其为太晦，读者眼中刊物的“态度”与“表达”之间都存在着不同方向的悖反。然而相同现象背后却折射出明显的文坛代际差异：《语丝》虽处“五四”退潮期，但在从事社会、文明批评时仍然不乏一种以嬉笑为怒骂的从容气度，而到了 1930 年文坛风云骤起，留给《骆驼草》文人的言说空间已经不再开阔，左翼批评的凌厉锋向造成一种低气压氛围，吞吞吐吐、欲说还休成了后者不得不采取的姿态。

引人注目的是，《骆驼草》的热心读者特意提到“我们需要某种话，用某种态度去说”②，前半句《骆驼草》的编读双方均能心领神会，但对于后半句双方在理解上却出现了差异。在读者看来，既是有别于左翼文学的另一种声音，就应该痛痛快快地明白传达出来。然而《骆驼草》却选择用一种“实在晦涩不过”③的方式来表述自己的“某种话”。

《骆驼草》有一类延续了当年《语丝》的“闲话”，专门发表对于当下文坛事件的即兴杂感，如果把功能相近的“邮筒”、给读者回信、“随笔”、补白、“草话”等也归入“闲话”的话，该刊共有 12 篇“闲话”类文字，而这些全部出自废名手笔。可见《骆驼草》时期的废名，绝非一个充耳不闻文坛喧嚣的隐者，相反，其现实感还是相当强烈的，废名对自己这种状态曾有形象概括：“我是一个站在前门大街灰尘当中的人，然而我的写生是愁眉敛翠春烟薄。”④

① 惠敏（废名）：《闲话》，《骆驼草》第 8 期。

② 廖翰庠来信，《骆驼草》第 5 期“邮筒”。

③ 鲁迅 1930 年 5 月 24 日致章廷谦信，《鲁迅全集》第 12 卷，北京：人民文学出版社，1981 年，第 17 页。

④ 废名：《斗方夜谭》，王风编：《废名集》第 3 卷，北京：北京大学出版社，2009 年，第 1265 页。

1930年的北平，从夏到冬废名诗酒快意[①]，针对左翼文学做了很多思考。在废名看来，旧时典籍往往富含教训的意义[②]，同时他又喜欢“拣现成的”典故来遣辞造句，并赋予新义[③]，因而他笔下的经典与格言往往带有针对时下文坛发言的明确意图。他曾援引《论语》[④]中的“战战兢兢，如临深渊，如履薄冰”[⑤]来形容为人应当格外小心谨慎，讽刺左翼文学中人“癞蝦蟆要垫床脚”[⑥]，并无文学才华也来弄文学，指出“知道你自己”[⑦]绝非易事。他还引用顾炎武的“博学于文，行己有耻”与“廉易而耻难”，以此“劝人不要讲大话”，并明确提出：“我觉得今之人有闭门造车，大言不惭者，还应该这样教训。”[⑧]他曾解剖时人对于“身后名”的态度，从《论语》中的“君子疾没世而名不称焉”[⑨]、“子罕言利与命与仁”[⑩]生发，指出普罗文学家们为钻营名利而心性纷乱。与其说文坛实景成了经典的注脚与例证[⑪]，倒不如说废名的引经据典从一开始便是为文坛时症寻方问药的逆向思考。

除了通过抄录典籍探讨有关知悔与知耻的命题之外，废名还反复讲述了几个模式相似的故事——鲁智深与菜园泼皮、周瑜与诸葛亮、蒙与羿，以小说家言来借指当年文坛。

> 有本事就做一个卤莽的鲁智深和尚那也是好的，跑到相国寺去管菜园，然而这与泼皮们的饭碗攸关，几乎没有拖下粪窖。然而这一群“泼皮”也未免太是“古风”了，心悦诚服，破钞请起师父来，酒席场上，

---

① 如《骆驼草》第9期的废名《闲话》专记其一次愉快的醉酒经历。

② 废名认为：“中国人还应该拿中国人的话来教训他才对，不妨就到那些陈旧的东西里去抄一点”，《骆驼草》第8期《闲话》。

③ 非命（废名）：《随笔》，《骆驼草》第13期。

④ 废名对《论语》有独特的解读，卞之琳回忆说1937年时废名曾向他一再推荐《论语》，而废名能“把孔子和孔门弟子的交往及其言行，一扫腐儒的玄化，解释得非常平易近人”。卞之琳：《〈冯文炳选集〉序》，《冯文炳选集》，北京：人民文学出版社，1985年，第4—5页。

⑤ 惠敏（废名）：《闲话》，《骆驼草》第6期。

⑥ 同上。

⑦ 同上。

⑧ 惠敏（废名）：《闲话》，《骆驼草》第8期。

⑨ 惠敏（废名）：《闲话》，《骆驼草》第6期。

⑩ 废名：《邮筒》，《骆驼草》第3期。

⑪ 废名曾借程鹤西的戏谑之言“人而无耻，胡不遄死”（《骆驼草》第3期《闲话》）来斥责一些无行的左翼文人，并提出“拿著述当名山事业”的标准：“宁可一字没有，不同世上的人一样不要脸。”

好说好笑，师父的本领也真太大了，给你们一个玩艺儿看，一拔就把一棵树拔起来了，真是不亦乐乎，鄙人心向往之。[①]

这里，废名的用意显然不止于称颂一位梁山好汉的本事了得，而是在用一个古老故事隐喻 1930 年的文坛生态。鲁智深的“力拔山兮气盖世”固然让人神往，但他能遇上一群输了便心服口服、甘拜下风的菜园泼皮同样是不小的运气。与鲁智深和菜园泼皮间理想关系形成鲜明对比的是，周瑜反复念叨“实是恨了诸葛亮，他的八卦比我强”，为孔明智胜于己而兀自困扰；“蒙学射于羿，尽羿之道，思天下唯羿亡为愈己，于是杀羿”。[②] 如果说鲁智深故事是一种遥远的理想，则周瑜的怨念与蒙杀羿的结局，或许才是文坛图景的真实折射。深切感受到当时文坛代际更替的废名，不客气地将左翼文人影射为一群缺乏“古风”的菜园泼皮、大发“既生瑜何生亮”之慨的周公瑾以及学于羿而杀羿的蒙，即便技不如人却仍然对周作人这样的文坛前辈毫无敬重。[③] 此番种种对周作人的批判与责难，在废名看来均指向了“世间的骂与恨”的根源——嫉妒。《骆驼草》文人眼中的许多后辈身份的左翼文学家不仅对“五四”文学缺乏敬畏，且空有理论而无坚实创作，俞平伯甚至就此下达了战书：“理论固然要讲，也请拿点作品出来看看”，“我们有权利，要求老板们给一点新的伟大的作品”。[④]

废名的《骆驼草》“闲话”不难窥见当年废名在《语丝》上发表《说梦》时条分缕析的形式痕迹，而其反复述说相同故事类型的方式，又颇有些“语丝文体”的特质。当年《语丝》上的讽刺小品多采用寓言文体与隐喻化的表述方式，两刊从命意到语境，都不乏隐喻色彩。例如，将《骆驼草》上俞平伯的《怕并序》[⑤]与《语丝》上章川岛的《夜里的荒唐》[⑥]对读，会发现前者注明是“写梦中的草稿”，后者则索性直接借梦境写实景，二者均以游戏文字映射

---

① 惠敏（废名）：《闲话》，《骆驼草》第 6 期。

② 同上。

③ 废名曾仿周作人《金鱼》而作《钓鱼》，明确表示了对左翼文学攻击周作人的不满之情：“他老先生在卫敲磬，门外挑草器的普罗同志何以爱管闲事，同他老人家挑眼儿作诛心之论？”王风编：《废名集》第 3 卷，北京：北京大学出版社，2009 年，第 1369 页。

④ 俞平伯：《又是没落》，《骆驼草》第 7 期。

⑤ 俞平伯：《怕并序》，《骆驼草》第 25 期。

⑥ 章川岛：《夜里的荒唐》，《语丝》第 1 期。

社会现状。而俞平伯自述其写作不乏“翻译气”,则几乎与当年江绍原以翻译为外形包藏现实锋芒的《译自骆驼文》如出一辙。

然而,读者似乎仍然“过于诚实”,一如对《语丝》上“滑稽”文字的误读与责难一样,《骆驼草》“闲话”亦有“正话”、“草话”之分①,但人们依旧多倾向拿“草话”当“正话”来听。故意不采用直面表达的隐晦方式,虽然能够获取少数知音的特别会心,但对多数读者来说,困惑乃至误读或许正是无法避免的事情:上文所提及的读者来信便证明了《骆驼草》在继承“语丝文体”的隐喻特色之后容易引起读者不解。其实,非但读者读起来不轻松,往往就连作者自己,也常会陷入表述的困境中无法释然。

《骆驼草》创刊号上,俞平伯发表了一篇写于一年多以前的文章《身后名》②。可以注意到,标题中专门注明是“拟心余”,这让人联想起《燕知草》中俞平伯假托“赵心余”之名而作的那篇《重过西园码头》③,而后者曾被朱自清评为“可以当得‘奇文’之名”,“下笔千言,离题万里”,以“委曲述怀”的方式“洞达名理”④。而《身后名》中俞平伯明确提醒读者注意此篇为“拟心余”之作,这等于暗示此文又是一篇奇作。不难看到,此篇不到三千字的文章正文被分作二十段,“附记”又分成三段,平均每段仅一百余字,即写不到几句就要收笔另起一段,文意始终未曾畅快传达。这正透露出俞平伯写作的紧张状态:似乎在面对某种强大的压力,发言时不得不“未半句便转”。在语言策略上,故意反话连篇⑤,大量使用反义词与反问句,意蕴始终流转不止,在一种自问自答的独白中反复自我肯定,造成一种似乎拿捏未准、实则确凿肯定的效果。语体上文白交织、典雅与俚俗并存,引入俗例与方言,数种语体混杂并陈,反复重申某一主旨,显现出作者看似漫不经心间的固执。

俞平伯为何要刻意制造这种虚虚实实、正反相参的效果呢?其实,一旦涉及批评的重要对象蒋光慈时,俞平伯认定其必然会博取“身后名”的“头

---

① 补白子(废名):《草话》,《骆驼草》第21期。

② 此文完成于1929年1月18日。

③ 早有论者指出俞平伯就是“赵心余”,如金文兵:《前尘旧梦燕自知——重读〈燕知草〉》。

④ 朱自清:《燕知草·朱序》,《燕知草》,石家庄:河北教育出版社,1995年,第4—5页。

⑤ 俞平伯甚至在文中亲自声明“以上是反话”。

彩”，并且一连强调了两次“并非幽默”。但紧接着，俞平伯又似喃喃自语道：“然而人家还疑心你是在幽默，唉，没法子！”这实际上正暴露了作者大讲反话的秘密：其独白始终陷入对话的焦虑中，意识到自我言论随处皆有被曲解为讽语与笑话的可能；因此，一旦涉及现世人事便出诸反语，谈到较为辽远的“身后名”才正经表述。“反话”成为此文外衣，但作者似乎又不甘于此，身着外衣之后仍然试图指点读者洞悉内里，这或许正是俞氏“拟心余”体的孤诣所在。

事实上，俞平伯自己也曾为发表在《骆驼草》上的文章难以为读者理解而苦恼过：

> 更听见螺州翁说，读者方面颇有病鄙文之难懂的，较翁文盖尤甚焉。我有点玩世，对于这事却正正经经大着其急，寝食不安。文章感染力之薄劣，非无辨解之处，却总不失为一种毛病。[①]

“螺州翁”指废名，其作品素来令研究者大感阐释不尽，而比“实在晦涩不过”[②]的“螺州翁”更加“难懂”的俞平伯，其文笔费解程度可想而知。然而难懂归难懂，俞平伯却又暗示其背后不无可“辨解”的理由。他很清楚造成表述中紧张感的真实原因是什么，事实上，虽然没有多作“辩解”，但《身后名》中对于左翼文学的讽刺意图仍然相当明确。基于左翼文学的强大压力，俞平伯虽将立论点对准当下，但每每在面对现实人事时将镜头瞬间切换，“此刻”文坛成为无处不在却又被尽量隐去的帷幕。俞平伯甚至极具讽刺地提出“文人无行自古已然，虽然不便说于今为甚”，倘若对照周作人不久前曾招致一片冷嘲的“并非文士”[③]之论，便会发现师徒眼中的“文人”或“文士”正是对品行毛躁的革命文学中人的特定指代。意气正盛的俞平伯更自信满满地宣称，真正的文学将“以文字的因缘无限制地绵延下去”[④]，显示出对其所选定的文学道路的寂寞与风光自有认同，这其实已经与上文所

---

① 俞平伯：《“标语”》，《骆驼草》第 23 期。

② 鲁迅 1930 年 5 月 24 日致章廷谦信，《鲁迅全集》第 12 卷，北京：人民文学出版社，1981 年，第 17 页。

③ “并非文士”是周作人在《半封回信》（《新晨报副刊》第 565 号，1930 年 4 月 7 日）中提出的，而废名亦引用过“一为文人便无足观”（《骆驼草》第 3 期“邮筒”），二者均是针对左翼文人的批评。

④ 俞平伯：《身后名》，《骆驼草》第 1 期。

述的《骆驼草》文人对于未来文学发展目标的认识相契合了。而左翼文学与《骆驼草》文人究竟谁的文学之路会走得更远,恐怕都要付诸"身后名"了。

三、结语:从"看打架"到"看风景"的转变

与左翼批评以否定"五四"而自张的意图相似,生在1930年的《骆驼草》也要通过反思"五四"来获取自身存在的合法性。有意味的是,《骆驼草》文人的回眸"五四",始终由于左翼批评作为"他者"的在场而充满一种现实焦虑,返观"五四"的同时也是在与当下文坛进行对话,这一双重的沟通意图使其历时性视角始终与共时性维度密不可分。

延续了《语丝》的反抗锋芒与"自由思想"、"独立判断"[①]价值标准的《骆驼草》,对于左翼文学针对周作人与其所代表的苦雨斋文化圈的批评进行反拨时,却又因左翼风潮已成气候,此番回应也只能是"谨避口讳"[②]的曲折谈吐。而从语境到风格都对《语丝》有着紧密承接的《骆驼草》,其杂感与闲话中颇带有几分"语丝文体"的韵味,隐喻色彩和正话反说等特点,使其"不甘含默"的态度与"晦涩难懂"的表达之间形成背离。《骆驼草》上的《语丝》风,使其针对当下的即时批评又始终带有一份游离当下、紧随"五四"的不合时宜。

从作者群体上来看,《骆驼草》撰稿人中,周作人、废名、徐祖正、俞平伯、梁遇春、石民都曾为《语丝》作者,因此,两刊文字风格相像似乎并不为奇。然而仔细辨析,却不难察觉这一相似感并非仅仅由于作者群的部分重合。《语丝》格外留意的是那类"替政治问题做背景的思想学术言论"话题,而此类话题无论在何种军阀统治下都可能遭遇时忌,因此《语丝》同人谈政治的这番"热心"[③]往往只能以一种旁敲侧击的诙谐方式表达,而这亦是"语丝文体"形成的一个重要因素。以言论所需面临的压力程度来衡量,《骆驼草》所面对的左翼批评的强大压力与《语丝》的话题触犯当局正有相类之处,因此也就造成了话题与其外衣之间的若即若离。两刊所处理的话题对

① 周作人(未署名):《发刊辞》,《语丝》第1期。
② 俞平伯:《身后名》,《骆驼草》第1期。
③ 孙伏园:《语丝的文体》,《语丝》第52期。

象虽有不同,但这种压力下的发言所需要的斟酌、谨慎,才是《骆驼草》批评中的游离感以及追随《语丝》文风的深层原因。

可以说,处于 1930 年北平文坛语境中的《骆驼草》,其批评焦点无论聚于何处,都呈现出一种双重时空维度的特质——或许,双重维度本身便意味着无论在哪个单一维度上都无法真正贯彻初衷。而《骆驼草》文人也并未止步于批评家的身份,他们很快开始了转变:如同废名所言,由“十字街头看打架”转而“跑到公园去看看风景”①,由旁观者、参与者变成完全主体,专心经营起属于自我的艺术园地来,“impulsive 骆驼”终于变成了一只“肯出汗”的骆驼。

但这种重心转换,本身也是其批评实践所包含的内在要求。如徐祖正所提出的文学发展三阶段的命题,“怎么写”的表达革命将成为日后京派文人的努力方向。当废名指责左翼文学“新兴者”在文字上“太欠用功”②时,实际上也是通过否定对手在表达层面的贫弱,表露自身将在此领域大有作为的决心。

然而,“怎么写”的命题,毕竟不是仅仅表达决心那么简单。实际上,周作人也提出过与徐祖正的命题相类的说法,表明他也曾遇到过“怎么说才好”的言说困境:

> 在写文章的时候,我常感到两种困难,其一是说什么,其二是怎么说。据胡适之先生的意思这似乎容易解决,因为只要“要说什么就说什么”和“话怎么说就怎么说”便好了,可是在我这就是大难事。有些事情固然我本不要说,然而也有些是想说的,而现在实在无从说起……这个内容问题已经够烦难了,而表现问题也并不比它更为简易。③

需要注意的是,周作人所提出的表述困惑自有其特殊之处:有感于左翼批评针对自己的攻击,周作人除了持续思索后“五四”文学时代应当如何解决内容与表现两大议题之外,他所说的“大难事”,实际上仍包含着嘲讽与自嘲的双重含义,他意识到任何反批评的对话意图一旦置于左翼批评的强大压力之下,都必将变成顾虑重重从而无法真正展开。

---

① 丁武(废名):《闲话》,《骆驼草》第 3 期。

② 法(废名):《随笔》,《骆驼草》第 25 期。

③ 周作人:《专斋随笔 六 草木虫鱼小引》,《骆驼草》第 23 期。

实际上,周作人才是《骆驼草》的精神核心。从创刊缘起到气脉风韵,此刊无不铭刻着周记烙印。《骆驼草》文人所代表的早期京派文人与左翼批评的对峙,除了苦雨斋弟子、同道的发言外,周作人本人也与左翼批评早有交锋,而《骆驼草》正是其重要阵地之一。笔者曾提出发表在《骆驼草》上的“草木虫鱼”系列,实际上正是周作人尝试解决所谓内容与表达两大难题的写作实践,即一种由任何微物题材均可钩连至其启蒙命题的独特言说方式,周作人也由“无一可言”的表述困境走入“无一不可言”①的海阔天空。②

而对于这一课题,周作人的诸位同道也各有答卷。沈从文主编的《大公报·文艺》与朱光潜主编的《文学杂志》等京派文学标志性刊物陆续出现,此后的京派文学者似乎都带着骆驼草“质坚性柔”③的特色,在一片时人眼中的文坛“荒漠”④中坚持着他们的“沙漠之梦”⑤,然而却意外获得了坚韧的生命力,京派文学的创作实绩让文坛的任何流派都无法小视其存在。

有意思的是,相似的文学史现象总会一再上演,潜心追求文章艺术的京派文学似乎注定要与文坛论争结缘。研究者多熟知 1933 年 10 月 18 号沈从文在《大公报·文艺》上发表《文学者的态度》,挑起了著名的“京海之争”。实际上,《骆驼草》上已然触及这一京海对峙的命题:如废名点名批评了施蛰存小说中的“上海气”⑥,而另一位署名“玄玄”的作者则详细列举了北京文化几大好处,明确提出爱北京胜似爱上海⑦,已然隐现出后来京派作家遥瞰海上的总体思路。

实际上,也正是由于京派文学牵涉到与同时期的左翼文学、海派文学的一系列论争,京派与这两大流派的对峙往往被过度强调⑧。然而,对峙的另一面正是共生,左翼、海派这两大文学流派的存在所造成的种种压力,对于

① 周作人:《专斋随笔 六 草木虫鱼小引》,《骆驼草》第 23 期。

② 参见拙文《周作人与 1930 年左翼文学批评的对峙与对话》。

③ 烽柱:《我所见一九三〇年之几种刊物》,《文艺月刊》第 4 号,1930 年 11 月 15 日。

④ 同上。

⑤ 借用 1926 年《骆驼》杂志末尾周作人、徐祖正《沙漠之梦》标题。

⑥ 法(废名):《随笔》,《骆驼草》第 25 期。

⑦ 玄玄:《南行通信(一)》,《骆驼草》第 12 期。在文末编者所加附言中,则肯定此文“相当的平允”,表明《骆驼草》同人对于这一扬京抑海的观点十分赞同。

⑧ 吴福辉曾提出京派作家受到漠视的一个重要原因,乃“‘京派’与‘左联’的对峙关系往往被夸大所致”。《京派小说选·前言》,北京:人民文学出版社,1990 年,第 4 页。

京派文学的特色形成其实至关重要。由于作为文学流派的京派有其特殊性,“它是个性化文学行为自由汇聚的产物”①,实际上,如果没有来自左翼阵营的批评压力,很难想象周作人等人能够寻觅到属于自我的独特写作方式,京派文学能对自身文学之路有如此清晰的追求。同样,没有来自海派的论争,京派文学也很难如此明确地坚守其个性极强的创作意识。仍然是京派批评家徐祖正说得好:“如果根本不认对手方也就没有自己存在的价值与意义了。”②当人们重新检视《骆驼草》的批评理路时,却发现正是与左翼之间一度相争不下的论争,很大程度上赋予了日后京派文学的鲜明特色,这或许是当年人物未曾料想到的。

(作者单位:中国青年政治学院中文系)

① 齐成民:《中国现代文学史上的京派批评》,复旦大学 2003 年博士论文,第 51 页。

② 徐祖正:《文艺论战》,《骆驼草》第 10 期。

射入现代文学的一束灵光

——论《益世报》与基督教文学

杨爱芹

《益世报》1915年10月1日创办于天津，至1949年1月15日在大陆停刊，“是中国近现代具有广泛影响的全国性重要报纸，与《申报》、《大公报》、《民国日报》一起，被人们并称为旧中国四大报”①，由天主教（基督教的一个支派）神父雷鸣远联合教徒刘浚卿等募集资金创办。《益世报》是一份综合性报纸，由于是宗教人士所办，对与宗教相关的各种文化信息特别关注。现代报刊由宗教人士创办的很多，比如创办天津《大公报》的英敛之也是天主教徒，但《大公报》就没有宗教特色，《益世报》的宗教特色与其创办目的直接相关。《益世报》提倡以道德改良社会，“本良心以立论，奉道德为指归，故将以是唤醒社会之迷蒙，振起中华之国魂”②。宗教是道德的源泉，正如周作人所讲的那样：“要一新中国人的人心，基督教实在是很适宜的。极少数的人能够以科学艺术或社会的运动去替代宗教的要求，但在大多数是不可能的。”③因此可以说《益世报》的宗教特色是其他报纸没有的。

由于其宗教文化背景，《益世报》对有基督教背景的作家及基督教文学表示出极高兴趣。主办《益世报副刊》（1928—1929）的徐景贤是个虔诚的天主教徒，非常关注基督教文学的发展，也注意邀约与基督教有关系的作家加盟，他主编的《益世报副刊》还出版过“宗教文学特号”；主编《女子周刊》的作家苏雪林信奉天主教，《益世报》还专门刊登了《女作家苏雪林皈依宗教的经过》；主编《益世报副刊》（1929—1930）的张虹君也是天主教徒；1935

---

① 《益世报》影印说明，天津：南开大学出版社等，2004年。

② 《益世真诠》，《益世报》1915年10月1日。

③ 周作人：《雨天的书》，长沙：岳麓书社，1987年，第137页。

年《益世报》任用李长之主编文学副刊，看重的是他的天主教背景——他的母亲是个虔诚的教徒，李长之本人曾经在教会中学读过书；相对而言，《益世报》各副刊也比较重视刊登与基督教有点关系的作家的作品，冰心、许地山、庐隐、陈梦家、熊佛西、刘廷芳、张秀亚、苏雪林、陆志韦、赵景深、施蛰存、胡也频、余上沅、赵紫宸、老舍、卢伽（徐景贤笔名）等作家都曾在上面发表作品，也刊登了一些具有基督教色彩的文学作品。整体来看，《益世报》从创办之初至20年代的宗教色彩比较强，到了三四十年代则宗教色彩相对淡化。

在现代文学发展历程中，宗教意识一直没有成为文学表达的普遍内容。目前的现代文学研究中，基督教文化对现代文学、现代作家的影响研究比较多，基督教文学本身的研究较少。基督教文学尽管极不发达，但还是存在的，《益世报》与基督教文学的特殊关系在现代文学史上是非常独特的，因此把它作为一个载体、媒体、文本来研究基督教文学的发展情况有一定的价值与意义。《益世报》的基督教文学既包括赞美诗、祈祷文等基本的基督教文学类型，也包括以文学方法阐释基督教教义、演绎基督教信仰、表达有关基督教的感情体验、宣传基督教的人事等一类文学作品。《益世报》对基督教文学的贡献主要体现在对基督教文学的译介、创作、弘扬三个方面。

一、译介

中国的宗教文学翻译一直不是很兴旺，在这一点上，《益世报》的贡献是比较突出的。创办第一日，副刊就开始刊载慵厂翻译的法国迦卜仑的小说《孽缘惨果》，指出人生惨剧是由于对宗教信仰的松懈造成的；以后又发表过李霁野、韦素园翻译的陀思妥耶夫斯基的《被侮辱与被损害的》（1929年11月7—15日）、冰心翻译的纪伯伦的《先知》（1930年4月18日—5月8日）、施蛰存翻译的宗教小说《转变》（1946年7月1—12日）等，以这些带有宗教色彩的作品对社会道德进行提升，也在宗教思想中宣传了民主、平等的现代意识。

1928年10月10日徐景贤主编《益世报副刊》，徐景贤是马相伯的学生，笃信天主教，重视宗教文学的翻译，译介了新加特力教派和天主教的一些名著，如毕达哥拉斯学派具有道德教化色彩的《金言》、圣奥斯汀的《忏悔录》、圣多玛斯的《超性学要》等，不遗余力地推举宗教文学。在译介宗教文学的过程中，宗教颂诗受到较多的重视。宗教颂诗又叫圣歌、赞美诗，“是基督教文学中的主要部门之一，是基督教徒继续《圣经》之后的伟大文学贡献”①。这是一种宗教与诗歌契合在一起的艺术形式，是基督徒在公众礼拜仪式上或个人灵修活动中，通过抒发对天主的崇拜和祝颂赞美上帝的诗歌，表达出信徒对主的皈依及对上帝的虔诚。《益世报副刊》第一卷有马相伯译的《宗教颂诗一首》，诗歌中的抒情主体小圣女在临终前表达了对主的呼唤和信仰，自然地流露出对主的感激和盛赞，在主降下的玫瑰花雨中，含笑而逝；第二卷徐景贤选译了圣奥斯汀的《颂诗一首》，信徒通过对主的希冀、爱慕、思念、颂扬、追随、敬畏、信赖、服从、挚恋等多种情感的直接抒发，虔诚地表达着“且永世称颂赞美尔”的宗教情感，诗中表示，上帝创造了人类，人在世界上的存在意义是以上帝为依据，上帝无所不知、无所不能，上帝有一颗博大仁慈的心，值得人们去崇拜皈依。翻译颂诗不是一件容易的事，翻译过大量颂诗的作家赵紫宸曾经说过：“译诗须有相当的训练，译赞美诗更须有相当的训练。第一是心灵的修养。译者若不切心景仰上帝，若不追求宗教上的了解与颖悟，自然是不能透入作者的神韵，宣达诗中的美感。第二是修辞的练习。在这一端上，译者须要注意文、意、声、韵四端。文是词藻，意是含义，声是节奏，韵是谐声；四者俱备方可成歌，歌须是诗，诗须是歌，二者兼至方可谓是赞美诗。”②宗教颂诗作为一种文学形式，对基督教文化的传播起到了重要的作用。

祈祷诗文是基督教灵修文学中的一种，基督教很重视灵性修养，信徒常常祈求属灵事物。1929 年 4 月 4 日《益世报副刊》改为《文艺周刊》，仍由徐景贤主编，在第一期中，他以笔名“卢伽”翻译了 Will thomas withrow 作的《一个人的祈祷》，诗歌采用了基督徒祷告的方式，反复呼唤“主”、“我主啊”，以心灵呼唤的方式，向主表示虔诚与敬仰，求主恩赐。按《福音书》记载，天主非常赞赏世人的祈祷，并且祈祷要有发自内心的真诚，《一个人的祈祷》正是在沉默静思中向主靠近，不为表白自己给别人看，而是默默地希

---

① 朱维之：《基督教与文学》，上海：上海书店影印本，1992 年，第 241、138、81 页。

② 燕京研究院编：《团契圣歌集 · 序言》，赵紫宸译，收入《赵紫宸文集》，北京：商务印书馆，2003 年。

望主能听到，而诗歌祷告求主恩赐的内容，不是荣华富贵，正是基督教教义对个人灵修生活的要求，“主，若只一个恩赉允许给我，/让我选择一下，那个是什么；/我，不祈望在福庇之下活着，/我的唯一的恳求，只要这个”，“我”要的生活是勤勤恳恳、吃苦耐劳，顽强生存、任劳任怨，团结友爱、勇于承担，问心无愧、灵魂安宁。这首诗无论内容还是形式，都显示着一种基督教精神，是一个人在内心向主表示的赤诚。祷告词虽是个人的，但其所抒之情却来自广大信徒弘扬爱心、克制私欲、向主靠近的愿望，表现出的是灵的追求，是人格自洁、人格灵修的一种表现。“祈祷是在困苦中向上帝祈求神圣的救恩，是诗的最高品质。”①

这些宗教诗歌包含着虔诚的宗教情感，表达了对主的崇敬、对天国的向往，不仅表现出一种生命的超越，也表现为一种人格的自我塑造。《益世报》的宗教诗歌翻译与新文学中普遍的对外国文学的翻译不同，新文学大量翻译外国文学，也翻译了一些带有宗教色彩的作品，但往往不是为了接受精神意义上的宗教文化，而是体现出宗教之外的意义，即大都是借宗教文学的武器，解决中国的现实问题。在现代文学发展历程中，宗教意识一直没有成为文学表达的普遍内容。《益世报》的宗教诗歌翻译则是为了阐明和宣扬宗教精神，进行道德宣传和宗教化的现代启蒙，当然它的文学意义也是不言自明的，因为它的本质特征是文学。

二、创作

现代作家直接或间接接受教会及《圣经》影响的很多，但创作宗教文学的很少。“五四”新文化运动时期，现代知识分子张起了“科学”与“民主”的大旗，进行思想启蒙和文学革命，涌现出大量优秀之作；然而由于中国社会的现实状况，作家们关注的更多是实实在在的社会人生问题，淡化了宗教的信仰和传播，即使有的文学作品涉及了宗教，那也是作为现实人生困境的解决方式。尤其基督教来自异邦，尚未被中国广大的民众普遍接受。然而，人的心灵又时常需要一种终极价值的支撑，在纷纭动乱的社会，现代知识分子也需要保存一块心灵的净土，“宗教无论如何受科学的排斥，而在文艺方

① 刘小枫：《拯救与逍遥》，上海：上海三联书店，2001 年，第 395 页。

面仍然是有相当的位置的。这并不是赞扬宗教，或是替宗教辩护，实在因为他们的根本精神确是相同。即便所有的教会都倒了，文艺方面一定还是有这种宗教的本质的情感"①。

《益世报》从创刊就一直通过文艺进行宗教信仰的传播，除了大量翻译国外带有宗教色彩的作品外，也刊载以宗教意识为基本内容、以道德教化为目的的创作。1915 年 1 月至 1916 年 3 月连载了野史氏的讽世小说《十字镜》，1916 年 5 月至 10 月连载了董郁青的家庭小说《多妻镜》，1918 年 8 月至 12 月连载了董郁青的《爱仇记》等，这些小说均是以基督教的教义为出发点，传播信奉宗教的好处，希望通过宣传宗教对人的道德进行约束与规范，以皈依宗教为社会安定、人心向善的救世良方。慎独的宗教记事小说《回头是岸》，从 1919 年 4 月 22 日开始在《益世报 · 益智粽》上分 10 期连载，讲述了两位穷凶极恶、痛恨宗教的人，因受到公教司铎的感化，悬崖勒马、幡然醒悟而皈依宗教、灵魂飞升。这是一个典型的宗教劝戒小说，意在说明：向善之心，人皆有之，一个人如果天赋秉彝未至完全泯灭，纵沉沦于罪海之中，一旦回头，就可以超登彼岸。

刘廷芳是《益世报》比较活跃的作家，有诗歌、论文、戏剧、小说多种文体的创作发表。在 20—40 年代，刘廷芳在中国教会中是动静观瞻的人物，曾任燕京大学宗教学院院长，积极领导中国基督教的团契运动，不但博学多才，对宗教文学的贡献也是多方面的。1930 年 2 月刘廷芳在《益世报副刊》连载了独幕宗教戏剧《木匠家》，写的是拿撒勒木匠家的一个生活小影。幕启时木匠约瑟夫与助手露奔正在做门，马利亚在读先知以赛亚的预言，小孩耶稣为露奔递钉子，一枚钉子钉入小孩手心，孩子因痛苦而睡去。认识的不认识的人都来为其唱歌，祝其平安。男女老幼都跪在木匠家门外，有皈依的、有忏悔的、有祈祷的，共同表示对人间救世主的虔诚。这出戏取材于耶稣的故事，目的在于说明"圣爱的确曾住在人间，背负着平常的血肉形骸"，"小村中劳动家庭况味，哪一点他未曾尝遍，春去秋来年复年，走遍了儿童与青春世界"。主曾经作为普通人受难，信从他的人何其之多，因此，作者在该剧的楔子中希望善男信女们与主亲近，去拯救深入苦海的社会，去超度天下受鞭打刀刺的同胞生命。剧作的宗教含义是明显的，但却通过生动的

① 周作人：《圣书与中国文学》，《小说月报》第 12 卷第 1 期，1921 年 1 月。

故事和形象、充沛的情感、通俗的语言，将深奥的神学道理深入浅出地表述出来，达到含而不露、润物无声地宣传宗教信仰的目的，激发信徒虔诚的灵性生活。这样的作品体现了基督教对现代文学的影响与渗透，也体现了作家对基督教文化的心理认同。

宗教文学是通过创作中所表达的宗教情感、神秘体验来使人接受宗教，这种体验不是谁都能获得的，一般信仰宗教的人比较容易获得。这种体验产生于人内心深处与上帝灵性交流的诉求，这种交流是以感应的方法进行的，是圣主与人同在的很难用语言表达的个人化体验，最宜于用诗歌表达。“中国的基督教文学还未有厚实的根基，但在新诗人中已经有几个优秀的基督徒作家，如陆志苇、刘廷芳、刘廷蔚、赵紫宸、谢冰心、陈梦家等，都已经有优美的诗歌贡献给基督教与中国文坛”①，其中冰心在张虹君主编的《益世报副刊》(1929—1930)发表《诗》、陆志苇发表《电线上的艺术》、刘廷芳发表《葬礼》、陈梦家发表《泰山》，他们的诗歌都或多或少地表达了自我的宗教情感。还有作家在创作中不自觉地使用了宗教语汇，如庐隐 1930 年 1 月 6 至 9 日在《益世报副刊》连载《人间天堂》时，就多次使用“天堂”、“天使”、“撒旦”、“忏悔”、“福音”等词，这说明宗教文化为现代作家的文学构思提供了思想文化资源。《益世报》有相当一部分作家具有宗教背景，很多作家的创作即使不是为了直接的宗教目的，也往往带有宗教的信念：或表现对宗教的虔诚，追求人生的终极意义；或表现人道主义，宣扬宗教的博爱精神；或表现与上帝的神秘接近等。宗教文学在翻译上一般直接出现“主”、“上帝”等字眼，而创作方面则要宽泛得多。这些宗教文学无论是对基督教思想的弘扬还是对新文学内容的拓展，都起到了一定的积极作用。

三、论争

《益世报》是一份综合性报纸，但对基督教是非常虔诚的，不管是信教人士还是不信教人士，在报社都必须遵守教规，尊重教义。关于这一点，曾在《益世报》编过副刊的李长之有所回忆：尽管报纸对作者的政治立场、政治思想能够兼收并蓄、宽容豁达，但“报馆给的压迫也不是没有，因为神经

---

① 朱维之：《基督教与文学》，上海：上海书店影印本，1992 年，第 241、138、81 页。

过敏，常把原稿加以删改，因为触犯宗教，常在稿上批上'刺目'。还有无妄的限制，苏俄的字样得避讳，因为苏俄反对宗教，当然也反对天主教，当然也反对天主教所设的《益世报》了"[①]。可见，对一些有异议的地方报纸会及时指出来，基督教人士在评价文学作品时，也主要依照基督教道德观念，维护基督教的教义与形象。

1928年天主教徒张若谷出版《文学生活》一书，卢伽（徐景贤）用宗教的标准检视之，认为从序到内容有很多对宗教不恭的地方，因此写了一封公开信给张若谷，1928年11月8日《益世报副刊》将这封信和张若谷的回信以《谈及宗教文学的两封信》为总题发表。卢伽《写给〈文学生活〉的著者》一文认为，张若谷本人是天主教徒，但作品有多处不严谨的地方，于宗教发展不宜，希望著者"将粉饰异端的技术，改作辩护正教用"，能对天主教文学有所建设，积极揭起"新加特力主义"的旗帜，来做天主教文艺复兴运动。他认为一个人如果自己承认是天主教徒，就要处处严守规范，不要贻人以口实。统观全文，卢伽站在一个严谨的天主教徒立场上，以天主教的教规来检视、评判张若谷的创作，强调一个教徒的写作不应该与基督教有些微的抵触。张若谷为此写了《为文学生活辩护》，就卢伽文中提到的问题一一作了解释，用张若谷自己的话说既不是反驳，也不是发牢骚，而是忠实的答复，认为自己并无与天主教的抵触。同时张若谷认为，自己对天主教很虔诚，天主教徒也是普通民众中的一员，在思想方面不能太狭隘了，在文艺方面不应该太局限自己。双方讨论的问题是尖锐的，但双方的态度都比较客气，比较礼貌，文中都按天主教礼仪为对方祈福。

1935年8月上海傅东华主编的《文学》第5卷第2号刊载了王统照的作品《三位黑衣僧》，记叙了他赴欧的轮船上结识的三位天主教神父的事。王统照在记叙神父的过程中，也流露出一些对天主教的看法："许多天主教教士从欧洲来到东方，自然有大多数的人是为了生活，可是教育与环境也能把一小部分的教士变成了殉教者"；"我们对于宗教只管有不同的见解，对于这迷信神权不重人治的思想不能赞同"。1935年12月19日《益世报》针对王统照的小说《三位黑衣僧》发表了天主教教徒作义的批判长文《谈王统照的〈三位黑衣僧〉》。作义在读了王统照的这篇小说后，站在天主教人士

① 李长之：《批判精神·后记》，重庆：南方印书馆，1942年。

的立场上，认为小说有的地方与事实不符，有的观点偏谬。他认为天主教教士赴各方传教，是本着个己的信仰，奉行天主教传教的使命，去各处劝化世人归向天主，决不是因生活问题才去传教求饭吃；天主教的殉教者，乃是因信仰而殉教，是正义的表现，并不单单是教育环境使然。作义认为天主教既重神权又重人治，这不是迷信，是按着良心、循着理论正轨，认识一个真神，信仰敬拜之，此乃理所当然，是道地的真理。

王统照认为中国是非宗教国家，而作义认为中国大多数老百姓是有宗教信仰之心的。王统照在文章中把传教士分为两种：一种人是真心信仰、艰苦修行的；一种人“一手持剑，一手持经的武力征服的宣传，藉口三位一体与崇拜救世主的标语口号争取政权，滥施威暴，为帝国主义者作急先锋”。作义认为宗教中有些丑恶的现象是人的问题，并不是天主教本身使然，博爱为怀的天主教思想与帝国主义者站在相反的立场上，是兵火不相容的。王统照认为耶稣最初创立的宗教不是现在礼仪繁重的天主教，耶稣创立宗教以后，他的门徒们把他神化了，于是种种异说、种种奇迹毫无根据地流传，于是神庙、祭坛、祈禳、因果乃至近乎原始宗教的仪式都流行起来。作义认为这是与事实不符的，现在的天主教就是耶稣最初创立的宗教，有关耶稣的种种传说都是有据可考的，一些宣传都是根据《圣经》来的，天主教教士为传播福音、造福大众做出了巨大的贡献。

从这篇论争文章可以看出，作义站在天主教人士的立场，以天主教的内容为底本，以对天主教的虔诚感情为视角，对王统照的文章进行了批判。论争通过双方观点的充分展示，达到了宗教教义和规范的辨析。但过于拘泥于宗教的立场来评价文学，也显得有些狭隘。这些论辩文字发表在报纸这种大众传媒上，既加快了宗教观念的传播速度，也加快了文学的传播速度。

宗教文学的译者、作者、论者，出发点都是宗教，在他们心中有圣主的存在，他们从主的教义出发，通过文学作品引人向善、劝人向善，倡导人人互爱。基督教文学作为文学类型的一种，虽然在《益世报》上发展得也不是特别充分，但毕竟该报为基督教文学提供一个阵地，丰富了现代文学的内容，应该引起关注。本文梳理《益世报》与宗教文学的关系是一个尝试，也是对被遗忘的现代文学史料的一种钩沉。

（作者单位：天津师范大学文学院）

舞场与战场

——对天津《华北新报》禁舞言论的考察

王　羽

抗日战争后期，在世界范围内，战争形势逐渐发生着有利于同盟国的诸多转变；而在中国战场上，日军也日益陷于被动，严重的危机感促发了统制言论的新闻对策。《华北新报》便是在此形势下应运而生的，正像其《发刊词》所明确表示的那样，"大东亚战争已经到了最后决胜阶段，当此时期，宣传报道部门所负责任愈益加重，报纸是传布最普遍、收数最广泛的宣传手段，我们要利用这种手段，拿出报道报国的精神，展开热烈坚强的思想战宣传战"①。可见，这份报纸的根本任务和性质就是为所谓的"大东亚战争"摇旗呐喊。

1944 年 5 月 1 日，《华北新报》北京总社及天津分社成立，同时宣告了该报及其第一个地方版的诞生。作为抗战期间日本侵略者在华北地区创办的最后一份颇具影响力的汉奸报纸，《华北新报》先天地烙印上了强烈的日伪色彩。天津《华北新报》是《华北新报》仅次于北京版的重要组成部分，创刊以来不仅忠实履行着"完遂大东亚战争产业基地的使命"②，也体现出了鲜明的地方特色。在创刊号第四版的显著位置，报纸刊出了配以大幅照片的新闻特写《天津舞业的罪恶史》，从而抛出了其主张禁舞的强硬态度，并以一系列相关报道和评论逐步强化、完善了这种一以贯之的立场。

本文拟从这一舆论攻势入手，分析跳舞作为一种舶自欧美的娱乐活动如何成为日本侵略者紧抓不放的焦点问题，以及在战争的背景下失去主体的个人如何被国家神话裹挟，都市的现代性建构又如何被"大东亚"

---

① 《发刊词》，天津《华北新报》创刊号，1944 年 5 月 1 日。

② 同上。

的整体性所淹没。

一

作为一种娱乐形式和交际方式的交际舞，完全迥异于中国本土的传统舞蹈，而是伴随着近代以来的西方文明形式输入中国，渐渐为国人尤其是作为最早通商口岸的上海市民所熟悉。在“五四”新思潮的推动下，跳舞逐渐从租界洋人的交际圈，扩展到都市平民的娱乐圈，日益成为都市民众的一种新型娱乐方式。20年代末期，上海盛行跳舞之风，已达到“少年淑女竞相学习，颇有不能跳舞，即不能承认为上海人之势”①。继上海之后，交际舞开始在天津、北京等地流行。

天津本地的跳舞风气源自德租界著名的西餐厅起士林，这正如1922—1928年间居住在天津的女作家张爱玲所回忆的，“姨奶奶不喜欢我弟弟，因此一力抬举我，每天晚上带我到起士林去看跳舞”②，看的也就是这种西洋交际舞。随后，舞风渐盛于华人开设的福禄林、国民饭店等场所，一时间，“到福禄林去跳跳舞，到电影院去出出风头”③，被视为高级的社会时尚。由于舞客趋之若鹜，舞业利润可观，很多饭店相继开设舞场招徕生意。

《天津舞业的罪恶史》也对这段交际舞在天津的发展过程做了大致的梳理，包括抗战爆发后因时局变动、租界问题乃至1939年的水灾所致的舞业起伏，直至当下尚存“永安”、“仙乐”、“惠中”、“百乐门”诸家，更有“圣安娜”、“小总会”、“巧佳”等所谓通宵舞场。

天津舞业的兴衰与沉浮、舞场的繁荣或残喘，在作者看来并不引发丝毫兴亡之感，而是一律归结为“每晚有成千的舞客，都在酒与女人的诱惑下麻醉了，这是国家民族思想多么可怕的一件事啊”④。跳舞的罪恶昭彰由此可见一斑。

作为一篇观点鲜明、言辞激烈的新闻特写，《天津舞业的罪恶史》首先以醒目的标题和舞场里舞客稠密的大幅照片，给读者造成强烈的视觉印象，

① 《不擅跳舞是落后》，《小日报》1928年5月3日。

② 张爱玲：《私语》，《张爱玲文集》第4卷，合肥：安徽文艺出版社，1995年，第102页。

③ 正之：《时髦的一般》，《大公报》1927年7月19日。

④ 《天津舞业的罪恶史》，天津《华北新报》1944年5月1日。

同时也在这一典型而且饱满的都市图景中嵌入了鲜明的是非判断。

文章用近二分之一的篇幅层层深入地渲染了天津舞业的突出"罪恶"。第一层先点明中国当前的任务是"协力盟邦日本完遂大东亚圣战",因此必须紧抓中国民众的思想问题,强化国家观念和必胜的信念。紧接着第二层则抛出了值得高山仰止的光辉榜样,"不信请看我们的盟邦日本现在国内的措置是多么紧张,是多么严肃,全国民众无论男女,都要为国家服务,牺牲一己,尽忠报国,停止一切享乐,节省无谓消费,全力报效国家,增强战力,这种先进国家民众的爱国精神,是值得我们效法的"。第三层深刻指出,与"盟邦日本"的全国同心、共赴圣战不同,我国则"在都市的每个角落里,依然有着一部分社会里的中坚份子在那里诱导着民众走向狂欢享乐之宫,而消灭战时下的紧张情绪,这是何等的罪恶,要知道消减民众战意,正无异于扰乱后方基地,使国民思想发生动摇"。第四层终于进入主题,在最近席卷全国日占区的禁舞潮流中,南方只有上海尚余跳舞余孽,北方则有北京、青岛等发达城市的禁绝,"而天津一隅,依然在靡靡之音,搂抱之间,尽情享受倚翠偎红之乐",由此天津这座城市的"罪恶"开始浮出水面。

那么,天津舞业究竟"罪恶"何在呢?第一,"金钱消耗庞大",不如供献于国家;第二,"危险的男女学生",青年学生流连舞场会影响国家前途;第三,"妨害防空行动",战时体制实行灯火管制,舞场入夜灯火通明自然破坏管理。既然舞业如此罪恶,那么关闭舞场也就是理所当然了。而禁舞后的善后事宜也很简单,因为"舞业者本身就现在情况来说,亦均不以此为正业,舞女可改移他业,全津二百余舞女自不成为大问题也"。

最后,文章以不容置疑的口吻结束:"一个国家到了这种生死关头,每个民众都要怀着一种报国的心理,享乐的心理是应该一丝不存,同时国家为施行战时紧急措置,全般娱乐都有停止的必要,何况这种消灭民众战意的舞场呢。"显然在这里,舞场/战场、跳舞/决胜分别成为二元对立的两极,禁舞与否也上升为关乎国家命运、战争胜败的大事。

此后,天津《华北新报》又接连推出若干相关报道,如 1944 年 6 月 4 日第二版"津法租界交还一周年"专刊上的《津旧法租界娱乐现状 昔日淫靡风尚业已荡然 年来各项游艺步入正轨》,1944 年 6 月 17 日第四版"战时夏生活"专刊上的《衣食住行应简素化 励行短衣短裤节省物资 尽力减少一切舒适享受》和《适合现代的娱乐? 抛弃含有毒素的享受 实行裨益身心的工作》等，都在不遗余力地鼓吹跳舞的危害性及其反时代性，主张摒弃娱乐和享受，专注于为战争努力工作、节约生活。不久以后，禁舞一事终于尘埃落定。1944 年 7 月 23 日第四版上刊登《更新决意争取决胜 津舞场自动停业》的消息以及《舞场休业国民战意益炽》的评论，算是为此次舆论事件画上圆满句号。如《天津舞业的罪恶史》的作者所希望实现并巩固的“国家观念”、“对战争的必胜信念”，便随着这种毒害的消失而重新变得安全笃定。

二

事实上，“禁舞”在中国并不是一个陌生的语汇，近代以来多个时期多个城市都发生过规模不一的相关事件甚至风潮。

这种西洋交际舞最初传入中国时，因其突破了传统男女社交的界限，体现了社交公开、男女平等的新理念，无疑具有丰富的现代性内涵与价值。但同时，男女共舞所带来的“脸儿相偎，手儿相持，腿儿相挟”[①]的场景又容易刺激国人的道德神经。因此，自其现身华夏大地之日起，便不断引起维护传统道德、封建礼教的守旧者的非难和抵制，由此引发了不少争论。

1927 年 5 月，晚清名士潘守廉、书法家华世奎、京剧名家徐世光、诗人赵元礼等津门 12 位名流，以道学家的口吻致函福禄林饭店的大股东李赞侯，力劝其取消跳舞，维持风化，从而引发了持续两个多月的热烈讨论，在社会上引起巨大反响，反而推动了跳舞之风的盛行。

随着国民党政治势力的日益强大，其干涉民众日常生活的力度也越来越大，开始从社会道德力量手中接过了查禁跳舞的指挥棒。1928 年上海市政府颁布禁舞令，开官府禁舞之先河，其内在动机绝非道德维护，而是出于政治需要，构建政府廉洁开明的良好形象。

到了 1934 年前后，上海教育界又发生了大学生禁舞事件。上海各大学联合会做出决议，严禁学生入舞场跳舞，并与市政府合作共同查禁，违者予以严惩。此举紧密配合国民政府推出的“新生活运动”，认为舞场的存在代表了“社会风气之沦落”，跳舞违背了这一伟大的民族复兴运动的纲领。

---

① 陈伯熙：《上海风土杂记》，上海：上海信托股份有限公司编辑部，1932 年，第 61 页。

从维护道德礼教，到树立政府形象，从拯救国家民族，到鼓舞民众战意，跳舞这种原本顺应都市发展的娱乐方式，这件完全出于个人自由选择的消遣活动，这项属于消费空间的日常生活内容，多次或者说从始至终都不仅被看作跳舞本身，更重要的是上升到与国家命运、社会风气息息相关并直接体现公民国家意识的攸关大事，而禁舞也就从一种普通的社会姿态，演变为一个虽小却无穷深广的政治逻辑切口。在此意义上说，天津《华北新报》的禁舞立场就不会使人感到奇怪了。

抗日战争后期，为了补充日军大量消耗的人力物力，日本侵略者要求沦陷区调动所有的精神资源与物质力量，共赴大东亚战争的决战。旨在强化法西斯统治的"新国民运动"便是这种迫切需求的产物。与《天津舞业的罪恶史》同样刊于天津《华北新报》创刊号第四版的评论文章《展开新国民运动》，正体现了所谓"新国民运动"的宗旨，即与日本分担建设东亚的责任，一方面铲除一切不良嗜好，做到节约消费，另一方面则最大限度地增产增运，以充国力；强调贡献多，享受少，临难必牺牲一己，报效国家。

在这一大背景下，沦陷区饱受奴役的普通国民，不再是可以自我支配的主体，而是被理所当然地裹挟至"大东亚"的庞大身躯之中，成为国家机器上一颗必须服从操作规程的螺丝钉、国家战车上一声整齐有力的口号。个人的身体享受和娱乐权利，由于同这样的国家利益相冲突，从而受到莫大的贬抑甚至禁绝。因此，跳舞在这个特殊的时空里，远远偏离了它本身的价值与内涵，被歪曲地视为违背节约增产原则、妨害"圣战"胜利的洪水猛兽。

这也就不难解释，为何《天津舞业的罪恶史》一文对实行禁舞后津门两百余名舞女的出路问题报以如此冷漠高傲的态度，反问"以淫靡繁荣消灭民众战意要紧呢，还是仅仅三四个人的出路要紧呢"。而实际上，舞女之所以成为舞女，正因"她们都是一班没有机会受教育的失学女子，平均的教育程度是初小三年级不到，可是家中都有寡母、弱弟等。即使有父兄，也是贫病交煎，以及不能养家的流浪汉。她们要是去做女工，根本没有那么多的工厂可以容纳她们，而且微薄的工资也不够养活她们自己呢"①。文章中轻松

---

① 嘉谟：《舞女及舞厅》，《申报》1946年10月30日。

说来的“改移他业”似乎并不像是可以信手拈来的。1948 年的上海舞潮案便是肇始于禁舞后舞女无法自谋出路，而政府又未能采取措施妥善安置，于是酿成震惊全国的暴动。此次天津禁舞虽没有产生这样的严重后果，反以“舞场自动停业”的圆满结局告终，但个中曲折不难想象。

按照这种论调，舞客涉足舞场就是纵容私欲，背叛国家，舞女以陪舞为业则是助长淫靡，危害战事。为了规范统治秩序和达到“神圣”目的而侵害到个体的自由，尽管不是日本侵略者的独创，却在中国固有弊病的基础上被发扬光大了。

三

平心而论，跳舞的确是一项易于引人纵情声色的娱乐活动，这一点在上海作家汪丽玲的短篇小说《糜烂》中得到了逼真的描绘。漂亮的舞女和年青的舞客，充满雕刻裸体像的柱子，兴奋的洋琴鬼，Merry Widow 的 Waltz 舞曲等等，共同构成了一轴张力十足的现代都市画卷。“架子很大的红舞星”兰娜，有“千娇百媚的脸儿”、“一阵阵醉人的香气”、“涂得红红的修得尖尖的娇嫩的手指”，更施展着各种使人销魂的媚态。家境富裕的大学生剑青，声言“管他考试不考试，舞场是不能不到的”，流连兰娜的娇躯而忘返，因此频频留级，被父亲骂作“家庭的败类”。

兰娜之所以迷恋剑青，是“为了他的年青美貌，举止大方，又肯花钱，才特殊的另眼相待”。而剑青显然不仅迷恋跳舞的娱乐快感，更在舞场这个特殊的色情空间内获得了巨大的肉身满足，否则他不会“有时候拥着兰娜坐在沙发上，听听悦耳的乐声，瞧瞧兰娜的媚态，不大跳舞”。然而这种纵欲的愉悦在个人和家庭双重危机的威胁下愈发导向都市的罪恶，所以剑青在最后一次身拥佳人时反省式地坦陈，“自从事变以后，我们的学校搬到了租界，我就学上了跳舞。为了跳舞，常常荒废了功课”①。

在这里，“金钱消耗庞大”和“危险的男女学生”两条罪状似乎可以找到充分的依据，这和 40 年代后期广州禁舞时“提倡奢侈，竟尚跳舞，致使血气

① 汪丽玲:《糜烂》,《大众》1944 年 2 月号。

未定之一般青年，乐而忘忧，争抛有为事业，夜以继日”[1]的理由几乎别无二致。

不过，天津《华北新报》的禁舞主张尚有一层隐秘的原因，虽没有专门列出，却流露只言片语，即“使这种英美色彩亦随着租界而解消”。这正如1927年天津禁舞风波中，“‘跳舞’这个名词，差不多闹成了一种新潮流的问题”[2]，十七年过去，跳舞又成了日伪人士眼中有关“英美色彩”的问题。

太平洋战争爆发后，日本同英美的敌对关系自不待言。天津《华北新报》先后发表《扫除英美敌性教育 克复东亚固有文化 南洋各地教育甦生活跃》(1944年5月13日，第二版)、《击灭美英完成东亚解放 快拯救我们自己吧》(1944年8月16日，第一版)、《复兴东亚必先击灭美英》(1944年8月24日，第一版)等文章，极力渲染“大东亚战争”的正义性和“大东亚共荣”的整体性，将日本对亚洲诸国的侵略行径包装为解除英美帝国主义枷锁的道义战争，力图使中国民众放弃抗战转而以英美为敌，衷心配合日本侵略者完成这场所谓的“圣战”。

西洋交际舞自是欧风美雨的产物，传入中国也是率先登陆上海、天津等租界城市，流布范围更是由在华西洋人开始，逐渐渗透到租界乃至华界，首先被易于接受西洋文化影响的上流人士效仿，继而向下传播，由中产阶级接棒，遂成为现代都市重要的娱乐活动之一。原产地在西洋，社会影响颇大，跳舞被选作具有战争意义的“桥头堡”进行打击禁止也就是自然而然的。上述《糜烂》中的剑青自陈搬到租界才迷上跳舞，正说明租界空间带有鲜明的西洋文化色彩，跳舞只是这种色彩中的一抹亮色。剑青的沉迷舞场，无疑证明了跳舞具有“满足肉欲”的消极方面，但同时也从一个侧面昭示了上海从通商口岸城市向现代消费社会和休闲社会发展的程度与实绩，而这样的状况也同样适用于天津。那么，以“圣战”的名义对移植自欧美的都市娱乐空间进行打压，片面地将其定义为“狂欢享乐之宫”，显然是以牺牲都市的现代性建构为代价来完成“大东亚”的整体性与同一性。可以想见，当处于灯火管制下的城市在午夜时分，无边黑暗中仅余六家舞场的光耀，而不久“自动停业”，连这最后的光耀也同黑暗接成一片，这正可视作丰富多元的

---

① 《跳舞 荒淫无度 醉生梦死》，《广州日报》1946年10月25日。

② 爱雪男士：《〈与其禁跳舞还不如禁娼妓〉的读后感》，《大公报》1927年7月21日。

都市空间惨遭侵蚀宰割的写照。

1944 年 12 月 17 日，天津《华北新报》副刊“文艺”上刊登了署名“王屋”的抒情诗《天津》。全诗以精炼的笔致和饱满的情感，勾勒出“天津”自近代以来充满苦难、奢靡与怪诞的城市形象，堪称一部浓缩的天津近现代史。诗中写道：“我恨你像爱你一样的／坚实／我将以／最响亮的字句／道出你的成长／你的年龄／你的秘密和罪恶／因为你呵／天津／你是／你是一个这样的都市”。与话音刚落的禁舞言论相对照，可以发现，“罪恶”的确是“一个这样的都市”无法回避的关键词；而另一方面，那些“回力球，马场”、“乐队的演奏”、“RAILWAY 的走私”等等数不清的“罪恶”，也可看作这个都市最具现代性的所在。因此，“恨你像爱你一样的坚实”无疑传达出一种面对陌生的席卷而至的现代性时最复杂又是最真实的情感，无限纠结的同时，依旧落脚在对这座城市的拥抱与归依。这种对“罪恶”的揭示与《天津舞业的罪恶史》是截然相反的，它们先后出现在同一张报纸上，显然颇为奇妙。或许这首诗也可以看成是对天津这样一个在战争期间严重丧失了主体性的“罪恶”都市的一曲挽歌，包括对那最后休业的六家舞场，以及那二百余名流落街头的舞女。

伴随着日本侵略者的投降，天津《华北新报》的生命就此走向尽头，然而禁舞的声音却依旧不绝于耳。广州市政府从 1945 年开始取缔舞场，至 1947 年 10 月更出台《禁止营业性跳舞场实施办法》进行厉禁，可惜并未达到满意的效果，转而对舞厅采取“限制发展、鼓励转业”的缓禁方针。1947 年 8 月，为拯救日益衰败的统治，国民政府通过《厉行节约消费办法纲要》，明确提出禁绝营业性舞场，由此引发了上海舞业从业人员的集体抗议和抵制，并直接导致了 1948 年 1 月 31 日捣毁上海社会局的暴力事件，将数十年间跳舞与国家、政治、道德等诸多类型的宏大叙事之间始终不可调和的尖锐矛盾推向了最高潮。这场轰动一时的舞潮案最终换得当局对舞业的让步，“分期禁绝”的妥协政策虽余威尚存，在动荡的时局中却难免落得个不了了之的结局，整个民国时期跳舞的是非功过也终于消失在历史的天幕中。

归根结底，跳舞只是一种体现现代精神、符合都市生活的娱乐方式，而禁舞则将这种娱乐方式赋予了多种象征性意义，继而被不同的力量引向不同的不可思议的方向。天津《华北新报》的禁舞言论实际上彰显了日本侵略者在“大东亚战争”末期的宣传策略和高度统制言论的具体实施。就禁舞这个问题本身来说,既和多个时期的禁舞事件一样将跳舞作为某种宏大叙事的化身或突破口,又在扫除英美影响方面具有其独特性。尽管这已经是一段埋没在故纸堆中的早已被人遗忘的历史,却依旧关联着战争、政治、都市、文化等多重命题,成为中国现代“禁舞史”上重要的一页。

(作者单位:天津师范大学文学院)

后　记

由北京大学中文系和天津师范大学文学院共同主办的“20 世纪三四十年代平津文坛国际学术研讨会”于 2010 年 11 月 27—29 日在北京大学和天津师范大学举行。

北京大学中文系是现代中国大学中最早建立的中文系，具有光辉的学术传统，根基深厚，名家众多。一百年来，北京大学中文系的教学与研究水平始终居于全国前列，并不断突破旧有的格局，将西方学术精神与中国传统的学术理念相结合，形成新的学术典范，在中文学科的教学体制、课程设置等方面，对全国相关学科均产生了良好的辐射性影响。北京大学中文系中国现代文学专业是中国最早成立的现代文学专业，杰出学者王瑶先生是这一学科的开创者。半个多世纪以来，北京大学中文系中国现代文学专业已形成完整的教学体系、鲜明的治学风格、层次清晰的学术梯队，以及富有前瞻性的学术视野，并与诸多国外著名的教学科研机构建立了紧密的合作关系。北京大学中文系中国现代文学专业先后涌现出严家炎、孙玉石、钱理群、温儒敏、陈平原、商金林等享誉海内外的知名学者，始终保持着全国领先地位。

天津师范大学文学院近几年来也得到了较好较快的发展，中国语言文学一级学科于 2011 年成功获批博士学位授权点。中国现当代文学是天津师范大学的传统优势学科，1979 年获准招收硕士研究生以来，已有三十一年的历史，在教学、科研、研究生培养等方面都取得了一定的成绩。

“20 世纪三四十年代平津文坛”，这不仅是当前学术研究的热点，也是具有重要理论价值的课题。20 世纪 30 年代是中国现代文学的黄金时代，以京派为代表的北方文坛和以左翼、海派为代表的南方文坛，在文学创作和理论探索上各擅胜场，成绩斐然。40 年代虽然处于战争状态，但作为沦陷区的平津文坛，在文学格局的丰富性和复杂性上，仍具有重要的研究价值。

而且，将20世纪三四十年代北京、天津的文学予以整体性观照，有助于在特定历史时期内考察京津两地的城市文学空间及其互动性。

北京是一座拥有八百五十余年历史的古都，元、明、清三代和北洋政府均建都于此，历朝历代文化相互更迭，也相互融汇，累积于北京文化的地层之中，奠定了北京独特的政治与文化地位，数百年来一直作为中国的政治和文化中心。民国时期的北京，高校林立，北京大学、清华大学、北京师范大学、北京女子师范大学、辅仁大学、燕京大学等著名高校汇聚于此。特别是1928年国民政府迁都南京后，北京改名北平，从此其政治地位有所削弱，文化地位却日渐提升。由于众多高校的存在，使北平的文化品格具有鲜明的精英知识分子的印迹。在文学创作上，则形成了一个以北平高校师生为中心、体现出学院派文化特征、在审美原则上趋向于古典主义的文学创作流派，是为京派。无论是以周作人及其弟子为代表“苦雨斋”，还是以林徽因为中心的“太太的客厅”，还是以朱光潜为发起人的“读诗会”，京派作家显示出远离政治、追求文学自身的审美价值的纯文学倾向，成为20世纪30年代中国文学之翘楚。其文化立场也具有明显的精英色彩，承接着古都北平百年来流风未散、余韵不衰的士大夫风习。即便是日据时期，北平成为沦陷区，未曾内迁的部分作家仍坚持自身的文学审美理想，延续京派的命脉；也有一部分作家堕落为汉奸，在家国离乱中进退失据。可见，20世纪三四十年代的北平文坛，其文学成就和文学史地位都值得研究者关注，不仅是中国现代文学研究的热点，还是城市文化研究的绝佳案例。

与北平相比，天津不具有强烈的政治性和精英文化品格，而体现出鲜明的商业性和世俗文化色彩。作为近代中国最早开埠的通商口岸之一，天津因租界的出现，获得了独特的文化风貌与格局。作为拥有独立的政治、经济和文化权力的“国中之国”，租界与普通市民聚居的天津老城在文化环境上截然不同，构建出天津的“洋文化”风貌。作为洋务运动的大本营，天津又在近代中国最早设立了报馆、邮局、铁路，以及新式学堂、出版社、译书局等文化机构。北洋大学堂、《国闻报》、《大公报》等均在近现代中国文化史上产生了重大影响。加之寓居天津的官僚政客和上层文人也将传统的士大夫风习植入天津文化的肌体之中。以上种种，共同构成天津的“雅文化”风貌。而天津文化最本质的特征，却是以广大市民为核心的市井文化。“九河下梢天津卫”本是水陆码头，居民五方杂处，其生活方式与价值观念均体现出明显的移民文化特征。来自不同地域和文化群落的移民，将形形色色的文化习俗和生存理念植入天津文化的土壤之中，并在相互间的碰撞与磨合中实现交融，从而形成天津文化的流动性与包容性并存的基本形态。普通的天津市民大多生活贫苦，与雅文化和洋文化相隔绝，却以自身的俗文化品格与二者遥相呼应，形成天津的“俗文化”特质。可见，近代开埠以来，洋文化随殖民者进入天津，与本土的雅文化、俗文化在相互间的碰撞与磨合中实现交融，从而形成天津文化雅俗并置、土洋结合的基本形态，成为近现代中国城市文化格局的一个范本。多元的文化格局，使天津获得了迥异于北平的独特的文学阅读趣味；商业化的城市品格，又使天津具有广阔的文学消费市场，成为北平作家发表文学作品、展现创作实力的舞台。京派作家尽管由北平高校师生所组成，其最重要的文学阵地却是创办于天津的《大公报·文艺》。于是，北平提供作家、天津提供市场，成为20世纪三四十年代中国北方文坛的重要现象，使平津文坛实现了互动和互补，形成了一个官方与民间、精英与世俗、外洋与本土相结合的独特的文学场域。

综上可知，研究、探讨“20世纪三四十年代平津文坛”这一课题，具有独特的文学史和文化史价值，对于推动中国现代文学研究乃至京津两地的文化建设都具有重要意义。

会议的成功举办得到了天津师范大学校领导和北京大学中文系领导的大力支持。商金林先生、高恒文兄等为会议的召开和论文集的出版付出了辛苦，在此表示衷心感谢！

赵利民

2012年3月10日